Née en 1947, Donna Cross a vécu quelques années à Londres où elle a travaillé dans l'édition avant de retourner vivre aux États-Unis, son pays d'origine. Elle est l'auteure de plusieurs essais. *L'Indomptée*, son unique roman, lui a demandé sept années de recherches et d'écriture, et est aujourd'hui un best-seller.

Donna Cross

L'INDOMPTÉE

Le roman de la Papesse Jeanne

ROMAN

Traduit de l'anglais (États-Unis) par Hubert Tézenas

Presses de la Cité

Ce livre est une œuvre de fiction.
Les noms, les personnages, les lieux et les événements
sont le fruit de l'imagination de l'auteur ou sont utilisés fictivement.
Toute ressemblance avec des personnes réelles, vivantes ou mortes,
serait pure coïncidence.

Une première édition française a paru en 1997
sous le titre
La Papesse Jeanne.

TEXTE INTÉGRAL

TITRE ORIGINAL
Pope Joan

ÉDITEUR ORIGINAL
Crown Publishing Group, 1996

ISBN 978-2-7578-8787-5

À mon père, William Woolfolk,
sans qu'il soit nécessaire de rien ajouter.

Prologue

On était en l'an de grâce 814, au vingt-huitième jour du mois de Wintarmanoth. De mémoire d'homme, jamais hiver n'avait été aussi rude.

Hrotrud, la sage-femme du village d'Ingelheim, avançait péniblement dans la neige en direction de la chaumière du chanoine. Une rafale de vent s'engouffra entre les arbres et plaqua sur son corps mille doigts de glace, avides de pénétrer les accrocs et les coutures de son mince vêtement de laine. Le chemin forestier était enseveli sous une nappe blanche. À chaque pas, elle s'enfonçait jusqu'aux genoux. Ses cils, ses sourcils étaient couverts de givre. Elle devait continuellement s'essuyer la figure pour discerner quelque chose. Le froid lui brûlait les mains et les pieds, malgré les chiffons de lin dont elle avait enveloppé ses membres.

Une tache noire apparut devant elle, sur le chemin. La forme d'un corbeau mort. Même ces charognards endurcis mouraient de faim cet hiver : leurs becs ne parvenaient plus à découper la chair gelée des cadavres. Avec un nouveau frisson, Hrotrud pressa le pas.

Gudrun, la femme du chanoine, était entrée en couches un mois plus tôt que prévu. *Beau moment pour naître*, songea amèrement l'accoucheuse. *Cinq enfants mis au monde ce mois-ci, et aucun n'aura survécu au-delà d'une semaine...*

Un violent tourbillon de neige aveugla Hrotrud, qui pendant un interminable moment ne distingua plus rien de ce qui restait du sentier. Une vague de panique l'envahit. Plus d'un villageois avait ainsi trouvé la mort, errant en cercles à courte distance de sa demeure. Cernée par un paysage uniformément blanc, elle se força à rester immobile jusqu'à la fin de la bourrasque. Quand le vent retomba, c'était tout juste si l'on devinait encore le tracé du chemin. Hrotrud reprit sa marche. Ses mains et ses pieds ne lui faisaient plus mal. Ils avaient perdu toute sensibilité. Elle savait ce que cela signifiait, mais ne pouvait se permettre d'y attacher de l'importance maintenant. Il lui fallait à tout prix garder son calme. *Pense à autre chose.*

Alors, elle revit la maison de son enfance, une belle *casa* dotée d'un demi-manse de terre – six hectares. Avec ses murs de bois massif, elle était chaude, douillette, et autrement plus confortable que celles de leurs voisins, faites de lattes et de torchis. Un grand feu crépitait dans le foyer central, dont la fumée s'élevait en spirales vers une ouverture aménagée dans le toit. Son père portait un beau manteau en peau de loutre par-dessus son excellente chemise de lin ; la longue chevelure noire de sa mère s'ornait de rubans de soie. En ce temps-là, Hrotrud possédait deux tuniques à manches larges, ainsi qu'un manteau de la meilleure laine. Elle n'avait pas oublié la caresse de cette riche étoffe sur sa peau.

Tout s'était achevé trop vite. Deux étés de sécheresse, suivis d'une gelée assassine, avaient anéanti la récolte. Un peu partout, le peuple mourait de faim. En Thuringe, la rumeur parlait de la présence de cannibales. Pendant un temps, grâce à la vente judicieuse des biens familiaux, son père avait su préserver les siens de la famine. Mais Hrotrud avait pleuré quand on lui avait pris son manteau de laine, persuadée qu'il ne pourrait jamais rien lui arriver de pire. À huit ans, elle n'entrevoyait pas encore la cruauté du monde.

Luttant contre un étourdissement croissant, elle contourna une nouvelle congère. Elle n'avait rien avalé depuis plusieurs jours. *Peu importe. Si tout se passe bien, je festoierai ce soir. Et pour peu que le chanoine soit satisfait, je pourrai peut-être même repartir avec un peu de jambon.*

Hrotrud émergea de la forêt. Juste devant elle se dressait la masse indistincte de la chaumière. À l'écart du paravent des arbres, la couche de neige était plus épaisse, mais la sage-femme poursuivit hardiment son avance en s'aidant de ses bras et de ses fortes cuisses, plus confiante à présent que le salut était en vue.

Arrivée à la porte, elle frappa un coup, et entra sans attendre. Il faisait trop froid pour se soucier des règles de bienséance. À l'intérieur, l'obscurité lui fit écarquiller les yeux. L'unique fenêtre de la chaumière avait été condamnée pour l'hiver. Une lumière ténue provenait de l'âtre et des quelques chandelles placées dans la pièce. Au bout d'un moment, sa vision s'étant précisée, elle repéra les deux petits garçons assis l'un contre l'autre devant le feu.

– L'enfant est-il né ? demanda-t-elle.

– Pas encore, répondit le plus âgé des deux.

Hrotrud marmonna une courte prière de remerciement à saint Côme, patron des sages-femmes. Elle avait été plus d'une fois privée de sa paie de cette façon, renvoyée sans un denier malgré le mal qu'elle s'était donné pour venir.

Face aux flammes, elle défit les lambeaux d'étoffe qui recouvraient ses mains et ses pieds, puis lâcha un cri d'alarme en découvrant leur teinte bleuâtre. *Sainte Mère, ne laissez pas le gel me les prendre !* Le village n'aurait que faire d'une sage-femme estropiée. Elias le cordonnier avait perdu son gagne-pain de cette manière, juste après avoir été surpris par une tempête sur la route de Mayence. Ses phalanges avaient d'abord noirci, puis étaient tombées au bout d'une semaine. Depuis lors, décharné et en loques, il vivait recroquevillé près des portes de l'église, suppliant les passants de lui donner l'aumône.

Secouant la tête d'un air sombre, Hrotrud pressa et frotta ses doigts gourds sous le regard des garçonnets silencieux. Leur présence la rassura. *L'accouchement sera facile*, se dit-elle en s'efforçant de chasser le pauvre Elias de ses pensées. *Après tout, j'ai délivré Gudrun de ces deux-là sans mal*. L'aîné, un enfant robuste, au regard pétillant, devait approcher les six hivers. L'autre, son petit frère aux joues rondes, âgé de trois ans, se balançait d'avant en arrière, suçant son pouce d'un air morose. Les deux garçons étaient noirs de poil, comme leur père. Ni l'un ni l'autre n'avait hérité l'extraordinaire chevelure d'or pâle de leur mère saxonne.

Hrotrud se souvint de la façon dont les hommes du village avaient contemplé bouche bée les longues boucles de Gudrun, lorsque le chanoine l'avait ramenée de l'un de ses périples missionnaires en Saxe. En prenant femme, le chanoine avait soulevé maints remous. Selon certains, il avait enfreint la loi, l'empereur ayant promulgué un édit interdisant aux hommes d'Église de se marier. D'autres prétendaient qu'il ne pouvait en être ainsi, dans la mesure où un homme privé d'épouse était fatalement soumis aux tentations les plus perverses. Il n'était que de voir l'exemple des moines de Stablo, qui faisaient honte à l'Église par leurs fornications et leurs beuveries. Or, nul ne pouvait nier que le chanoine était un homme sobre et âpre au labeur.

Il faisait bon. Le vaste foyer accueillait une grosse pile de rondins de bouleau et de chêne. La fumée montait en épaisses volutes jusqu'à la brèche percée dans le chaume du toit. C'était une demeure confortable. Les madriers qui constituaient les murs étaient lourds et épais, et chaque fente avait été soigneusement calfeutrée avec de la paille et de la terre pour repousser le froid. La fenêtre était obstruée par de fortes planches de chêne, mesure de protection supplémentaire contre les *nordostroni*, ces cruels vents du nord-est hivernaux. La maison était vaste, suffisamment pour être divisée en trois compartiments séparés par des cloisons de planches : l'un pour le chanoine et sa femme, le second pour les animaux qu'on y rassemblait par grand froid – Hrotrud les entendait souffler et piétiner à sa gauche –, et au centre, cette pièce-ci, où la famille mangeait, travaillait, et où les enfants dormaient. Hormis l'évêque, dont la demeure était bâtie de pierre, personne à Ingelheim ne disposait d'un meilleur logis.

Les extrémités de Hrotrud, retrouvant leurs sensations, se mirent à fourmiller. Elle examina ses doigts. Ils étaient durs et secs, mais leur bleuissement reculait, remplacé par une rassurante complexion d'un rouge rosé. Elle exhala un soupir de soulagement et décida de dédier une offrande à saint Côme le prochain jour d'action de grâces. Pendant quelques instants, Hrotrud s'attarda autour du feu pour s'imprégner de sa chaleur. Puis, après avoir gratifié les garçons d'un signe de tête et d'une tape d'encouragement, elle se dépêcha de passer de l'autre côté de la cloison, derrière laquelle l'attendait la femme en couches.

Gudrun gisait sur un lit de tourbe garni de paille fraîche. Le chanoine, un homme aux cheveux noirs et aux sourcils touffus, qui lui donnaient un air perpétuellement sévère, était assis à l'écart. Il salua Hrotrud du menton, puis reporta son attention sur un grand livre à reliure de bois posé sur ses genoux. Hrotrud avait déjà aperçu ce volume lors de précédentes visites, mais sa vue lui inspirait chaque fois un profond respect. C'était un exemplaire de la sainte Bible, le seul livre qu'elle eût jamais vu. Comme les autres villageois, Hrotrud ne savait ni lire ni écrire. En revanche, elle savait que cette bible était un trésor, et qu'elle valait davantage en sous d'or que tout le revenu annuel du village. Le chanoine l'avait apportée de son Angleterre natale, où les livres n'étaient point aussi rares qu'en pays franc.

Hrotrud vit tout de suite que Gudrun allait mal. Son souffle était faible, son pouls trop rapide, son corps tout entier gonflé d'eau. La sage-femme connaissait ces signes. Il n'y avait pas un instant à perdre. Elle fouilla dans sa besace et en retira quelques fientes de colombe ramassées à l'automne. Elle revint près de l'âtre, les jeta au feu et contempla avec satisfaction la fumée noire qui, en s'élevant, allait débarrasser l'air de ses esprits malins.

Il lui fallait soulager la douleur de Gudrun, afin que celle-ci puisse se détendre et aider son enfant à naître. Pour cela, elle avait apporté de la jusquiame. Elle prit une poignée de petites fleurs jaunes striées de pourpre, les plaça au fond d'un mortier d'argile et entreprit de les réduire en poudre d'une main experte, tout en se pinçant le nez pour ne pas sentir leur odeur âcre. Une fois sa tâche terminée, elle fit infuser la poudre dans une timbale de vin rouge qu'elle présenta à Gudrun.

– Qu'est-ce donc que tu t'apprêtes à lui donner ? demanda brusquement le chanoine.

Hrotrud sursauta. Elle avait presque oublié sa présence.

– Elle est faible. Cette potion apaisera sa souffrance et aidera l'enfant à naître.

L'homme fronça les sourcils. Il prit la timbale des mains de Hrotrud, contourna la cloison et jeta son contenu dans le feu, qui émit un chuintement.

– C'est un sacrilège, femme !

Hrotrud était abasourdie. Il lui avait fallu des semaines de laborieuses recherches pour amasser cette petite quantité du précieux remède. Elle se tourna vers le chanoine, prête à s'enflammer, mais se retint en croisant le silex de son regard.

– Il est écrit « Tu enfanteras dans la douleur », martela le chanoine en frappant son livre de la paume. Ton remède est impie !

Hrotrud était indignée. Sa médecine était rigoureusement chrétienne. Ne récitait-elle pas neuf Notre Père chaque fois qu'elle retirait une plante de terre ? Le chanoine ne s'était certes jamais plaint lorsqu'elle lui avait administré de la jusquiame pour apaiser ses fréquentes rages de dents. Mais il était vain de discuter. C'était un homme influent. Un mot de sa part sur ses prétendues pratiques impies, et la réputation de Hrotrud serait ruinée.

Gudrun eut un gémissement de douleur. *Soit*, se dit Hrotrud. Puisque le chanoine ne voulait pas entendre parler de jusquiame, il lui faudrait tenter une autre approche. Elle prit dans sa besace une longue pièce d'étoffe, mesurant la Vraie Taille du Christ, dont elle drapa l'abdomen de Gudrun en une série de gestes rapides et efficaces. Celle-ci gémit quand Hrotrud la souleva de sa couche. Le moindre mouvement lui était douloureux, mais on ne pouvait faire autrement. Puis la sage-femme tira de sa besace un petit paquet soigneusement enveloppé de soie. Il contenait un de ses biens les plus précieux : l'astragale d'un lièvre abattu le jour de Noël. Elle avait obtenu ce trésor l'année précédente, à l'occasion d'une partie de chasse de l'empereur. Avec mille précautions, elle prit trois minuscules éclats d'os et les glissa dans la bouche de Gudrun.

– Mâche lentement, murmura-t-elle.

Gudrun hocha faiblement la tête. Hrotrud se redressa et attendit. Du coin de l'œil, elle épia le chanoine, tellement concentré sur son livre que ses sourcils se rejoignaient presque à la naissance de son nez.

La parturiente gémit encore et se tordit de douleur, mais son mari ne leva pas la tête. *Un homme froid*, se dit Hrotrud. *Et cependant, il faut bien qu'il y ait un peu de feu au creux de ses reins, sans quoi il ne l'aurait pas prise pour femme.*

Combien de temps s'était-il écoulé depuis que le chanoine avait ramené la Saxonne ? Dix, onze hivers ? Gudrun n'était déjà plus très jeune selon les critères francs – elle pouvait avoir vingt-six ou vingt-sept ans. Mais elle était si belle, avec ses longs cheveux d'or et les yeux bleus propres aux *alienigenae*... Toute sa famille avait péri dans le massacre de Verden. Des milliers de Saxons avaient préféré mourir ce jour-là plutôt que d'admettre la vérité de Notre-Seigneur Jésus-Christ. *Pauvres fous, pauvres barbares ! Ce n'est pas à moi qu'une telle mésaventure arriverait.* Elle aurait juré tout ce qu'on voulait. Et elle referait de même aujourd'hui si les barbares déferlaient de nouveau sur le royaume franc. Elle aurait juré fidélité à n'importe quel dieu, aussi mystérieux et terrible fût-il. Cela ne faisait aucune différence. Qui pouvait deviner ce qui se passait dans les profondeurs d'un cœur ? Une femme avisée se devait d'être sa propre conseillère.

Le feu crépita, lança des étincelles. Il se languissait. Hrotrud marcha jusqu'au tas de bûches empilé dans un coin de la pièce, choisit deux gros rondins de bouleau et les déposa dans l'âtre. Ils sifflèrent sous la langue des flammes. La sage-femme fit demi-tour et revint vers Gudrun.

Celle-ci avait mastiqué les copeaux d'astragale une bonne demi-heure plus tôt, mais rien ne s'était modifié dans son état. Ce puissant remède ne faisait aucun effet. Les contractions de la femme du chanoine étaient chaotiques et vaines. Ses forces allaient s'amenuisant.

Hrotrud soupira. Des mesures plus radicales s'imposaient.

Le chanoine se regimba quand Hrotrud lui annonça qu'elle allait avoir besoin de son aide.

– Envoie chercher des femmes au village, grogna-t-il d'un ton chagrin.

– Messire, c'est impossible. Qui pourrais-je bien envoyer ? demanda Hrotrud, les mains levées vers le ciel. Je ne puis y aller, car votre épouse a grand besoin de ma présence. Votre fils aîné ne le peut pas davantage. Bien qu'il m'ait tout l'air d'un fin gaillard, il risquerait de se perdre dans la tempête. J'ai failli m'égarer moi-même.

Le maître du logis la foudroya du regard.

– Fort bien, lâcha-t-il. J'irai moi-même.

En le voyant se lever, Hrotrud secoua la tête d'un air impatient.

– Cela ne donnerait rien de bon. À votre retour, il serait trop tard. C'est de votre aide que j'ai besoin, messire, et vite, si vous voulez que vivent votre femme et votre enfant.

– De mon aide ? Es-tu folle, sage-femme ? Ceci – il désigna le lit d'un geste dédaigneux – est affaire de femmes. C'est chose impure ! Je m'y refuse.

– Dans ce cas, votre épouse mourra.

– Sa vie est entre les mains de Dieu.

– Peu m'importe, grommela Hrotrud en haussant les épaules. Mais je suis sûre que vous ne trouverez pas facile d'élever vos deux fils sans l'aide de leur mère.

– Et pourquoi devrais-je te croire ? l'interrogea le religieux en dardant un regard courroucé sur l'accoucheuse. Gudrun a déjà enfanté par deux fois sans peine, après que je l'eus fortifiée par mes prières. Tu ne peux pas savoir si elle va mourir.

C'en était trop. Chanoine ou non, Hrotrud ne pouvait supporter de voir sa compétence ainsi mise en doute.

– C'est vous qui ne savez rien ! répliqua-t-elle. Vous ne l'avez même pas regardée. Allons, regardez-la ! Et répétez-moi ensuite qu'elle n'est pas en train de mourir.

Le chanoine s'approcha du lit et baissa les yeux sur son épouse. Les cheveux poisseux de celle-ci étaient collés sur sa peau, devenue jaunâtre. Ses yeux étaient cernés de noir et profondément enfoncés dans leurs orbites. N'eût été son souffle incertain, on l'aurait crue déjà morte.

– Eh bien ? lança Hrotrud.

L'homme fit volte-face.

– Par le sang de Dieu ! Pourquoi n'as-tu pas amené les femmes avec toi ?

– Comme vous venez de le dire, messire, votre épouse a enfanté à deux reprises sans l'ombre d'un problème. Je n'avais aucune raison de penser qu'il en irait autrement ce jour. En outre, qui aurait accepté de me suivre par un temps pareil ?

Le chanoine s'approcha du foyer et se mit à faire les cent pas. Au bout d'un moment, il s'arrêta.

– Que veux-tu que je fasse ?

Hrotrud sourit à belles dents.

– Oh ! bien peu de chose, messire, bien peu de chose… Pour commencer, aidez-moi à la lever.

Chacun se plaça d'un côté de Gudrun. Ils la prirent par les épaules et la soulevèrent. Son corps était lourd, mais ils réussirent néanmoins à la mettre sur pied. Chancelante, elle se laissa aller de tout son poids contre son mari. Le chanoine s'avéra plus vigoureux que Hrotrud ne l'eût cru. Cela valait mieux, car elle allait avoir besoin de toute son énergie.

– Nous devons forcer l'enfant à prendre la bonne position. À mon commandement, soulevez-la aussi haut que vous le pourrez. Et secouez-la de toutes vos forces.

Le chanoine acquiesça. Tête baissée, Gudrun oscillait entre eux comme un poids mort.

– Allez-y ! cria Hrotrud.

Ils soulevèrent Gudrun par les épaules et la secouèrent de haut en bas. La malheureuse hurla, chercha à se débattre. La douleur et l'effroi décuplaient sa vigueur et ils ne furent pas trop de deux pour la maîtriser. *Si seulement il m'avait laissée lui faire boire la jusquiame… Elle souffrirait moitié moins.*

Ils la remirent sur ses pieds, mais elle continua de lutter. Hrotrud réitéra son ordre, et de nouveau ils soulevèrent Gudrun et la secouèrent, avant de la reposer sur le lit, où elle resta à demi évanouie, marmonnant de mystérieuses paroles dans sa langue natale. *Parfait*, songea Hrotrud. *Si j'agis vite, tout sera fini avant qu'elle n'ait repris ses esprits.*

Hrotrud enfonça une main dans le puits de naissance et trouva à tâtons l'entrée de l'utérus. Il était rigide, enflé par d'interminables heures de contractions inefficaces. Avec l'ongle de son index droit, qu'elle gardait long à cette seule fin, Hrotrud perça la membrane rebelle. Avec un gémissement, Gudrun sombra dans l'inconscience. Un flot de sang chaud se répandit sur la main de la sage-femme, coula le long de son bras, souilla le lit. Enfin, elle sentit l'ouverture s'agrandir sous ses doigts. Avec un cri d'exultation, elle enfonça encore sa main, trouva le crâne de l'enfant et exerça dessus une légère pression.

– Prenez-la par les épaules et tirez-la vers vous, ordonna-t-elle au chanoine, très pâle.

Il obéit. Hrotrud sentit la pression s'accentuer au fur et à mesure que l'homme joignait ses forces aux siennes. Au bout de quelques minutes, le bébé entama sa lente descente dans le canal utérin. Hrotrud continua de tirer en douceur, en prenant garde de ne pas blesser le délicat cartilage de sa tête et de son cou. Enfin, le sommet de son crâne parut, couvert d'une touffe de cheveux fins et trempés. Hrotrud dégagea la tête, et tourna le corps du nouveau-né pour permettre à l'épaule droite, puis à la gauche, d'émerger. Au prix d'une dernière traction, le petit corps glissa tout entier entre les mains de la sage-femme.

– C'est une fille, annonça Hrotrud. Et très saine, à en juger par son aspect.

Elle eut un sourire d'approbation en écoutant le cri sonore de l'enfant, puis se retourna pour affronter le regard critique du chanoine.

– Une fille, répéta-t-il. Tous ces efforts en vain !

– Ne dites pas cela, sire, dit Hrotrud, craignant soudain que la déception du père ne mette son festin en péril. Cette petite fille est vigoureuse. Si Dieu le veut, elle vivra et vous fera honneur.

Le chanoine secoua la tête.

– C'est un châtiment divin. Le Seigneur me punit de mes péchés… et des siens, ajouta-t-il en désignant son épouse, toujours évanouie. Vivra-t-elle ?

– Oui.

Hrotrud se devait d'être convaincante. N'ayant pas perdu l'espoir de savourer ce soir le goût de la viande, elle ne pouvait se permettre d'infliger une seconde déception au chanoine. Et Gudrun, après tout, avait des chances de survie raisonnables. Certes, l'accouchement avait été rude. Après un tel calvaire, bien des femmes étaient frappées de fièvre et rongées par la maladie. Mais Gudrun était solide. Hrotrud soignerait ses blessures avec un onguent à base d'armoise et de graisse de renard.

– Si Dieu le veut, elle vivra, répéta-t-elle d'une voix ferme.

Il lui parut inutile d'ajouter que Gudrun ne porterait sans doute plus jamais d'enfant.

– C'est mieux que rien, lâcha le chanoine en s'approchant du lit pour contempler sa femme.

Il effleura délicatement sa chevelure d'or pâle, assombrie par la sueur. L'espace d'un instant, Hrotrud crut qu'il allait l'embrasser. Puis elle vit son expression s'altérer. Il prit l'air grave, et même furieux.

– *Per mulierem culpa successit*, psalmodia-t-il. « Par la femme arriva le péché » !

Il lâcha la mèche de cheveux et recula.

Hrotrud secoua la tête. À coup sûr, des paroles tirées de la sainte Bible. Le chanoine était un drôle d'homme, mais grâce au ciel, ce n'était pas son affaire. Elle se hâta de laver la parturiente afin de pouvoir rentrer chez elle à la lumière du jour.

Gudrun ouvrit les yeux et vit le chanoine debout devant elle. L'ombre d'un sourire se figea sur ses lèvres dès qu'elle discerna son regard.

– Mon mari ? souffla-t-elle, hésitante.

– C'est une fille, lâcha froidement le chanoine sans cacher son déplaisir.

Gudrun acquiesça, puis détourna le visage vers le mur. Le chanoine s'éloigna, s'arrêtant pour jeter un bref coup d'œil sur la minuscule fillette couchée sur sa paillasse.

– Jeanne, dit-il. Nous l'appellerons Jeanne.

Sur ce, il quitta brusquement la pièce.

1

Le tonnerre gronda, tout proche. L'enfant s'éveilla. Elle remua dans son lit, cherchant la chaleur et le réconfort des corps endormis de ses frères. Et tout à coup, elle se souvint. Ses frères étaient partis.

Il pleuvait. C'était une forte averse de printemps, qui emplissait la nuit d'une odeur aigre-douce de terre fraîchement labourée. La pluie martelait le toit de la maison du chanoine, mais le chaume épais protégeait la chambre de l'humidité, sauf en deux endroits, près des coins, où l'eau s'écrasait en lourdes gouttes sur la terre battue.

Le vent se leva, et la frondaison d'un chêne tout proche se mit à fouetter, au rythme irrégulier des rafales, les murs de la maison. Un éclair fit pénétrer dans la pièce l'ombre étirée de ses branches. Fascinée, la fillette vit les monstrueux doigts noirs effleurer le bord du lit. On eût dit qu'ils cherchaient à l'atteindre. Elle se recroquevilla.

Mère ! Elle ouvrit la bouche pour appeler, mais se retint. Au moindre son, la main menaçante bondirait sur elle. L'enfant resta pétrifiée, incapable de se décider. Et finalement, elle redressa le menton. Elle ferait ce qu'elle devait faire. Avec une grande lenteur, sans quitter l'ennemi des yeux, elle se glissa hors du lit. Ses pieds entrèrent en contact avec la surface froide de la terre battue, et cette sensation familière la rasséréna. Osant à peine respirer, elle se dirigea à reculons vers la cloison derrière laquelle dormait sa mère. Un nouvel éclair déchira la nuit.

Les doigts noirs s'allongèrent, comme pour la saisir. Elle ravala un cri et, la gorge serrée, s'obligea à poursuivre lentement sa progression, sans céder à l'envie de courir.

Elle touchait au but. Une énorme salve de tonnerre explosa au-dessus du toit. Au même moment, quelque chose la toucha dans le dos. Elle cria, fit volte-face et courut jusqu'à la cloison, renversant au passage la chaise qu'elle venait de heurter.

À l'exception du souffle régulier de sa mère, la seconde pièce était obscure et silencieuse. La fillette sut aussitôt qu'elle était profondément endormie ; le vacarme ne l'avait pas réveillée. Elle courut jusqu'au lit, souleva la grosse couverture de laine et se glissa dessous. Sa mère était couchée sur le flanc, lèvres entrouvertes. Son souffle chaud caressa la joue de la petite fille. Celle-ci se pelotonna contre la douceur de son corps vêtu d'une fine chemise de lin.

Gudrun s'étira, changea de position. Ses yeux s'ouvrirent, et elle posa sur la fillette un regard hébété. Puis elle la prit dans ses bras.

– Voyons, ma Jeanne, ma petite caille, reprocha-t-elle tendrement, en plaquant ses lèvres sur les cheveux soyeux de sa fille. Ne devrais-tu pas être dans ton lit ?

D'une voix aiguë et accélérée par la peur, Jeanne se hâta de narrer à sa mère l'irruption de la main monstrueuse.

Gudrun écouta, tout en murmurant à sa fille des paroles d'apaisement. Elle devinait à peine son visage. Jeanne n'était guère jolie. Elle ressemblait trop à son père, au cou épais et à la mâchoire carrée. Déjà, son corps d'enfant était lourd et râblé, bien loin de la grâce longiligne commune aux enfants du peuple de sa mère. En revanche, ses yeux étaient magnifiques : très grands, très expressifs, avec des prunelles d'une belle couleur verte, striées de gris sombre près de leur centre. Gudrun souleva une mèche de la chevelure de sa fille et la caressa. Elle aimait son éclat d'or pâle, visible jusque dans l'obscurité. *Mes cheveux*. Et non ceux de son mari, ni ceux de son peuple cruel. *Mon enfant*. Elle enroula une boucle blonde autour de son index et sourit. *Celle-là, au moins, est à moi*.

Réconfortée par la sollicitude de sa mère, Jeanne se détendit. Par mimétisme, elle se mit à son tour à jouer avec la tresse maternelle et la défit peu à peu, jusqu'à libérer tout à fait sa chevelure. Jeanne s'émerveilla au spectacle de ses longues boucles tombant en cascade sur le drap sombre, telle une rivière d'or. Jamais elle n'avait vu sa mère ainsi décoiffée. Sur ordre de son époux, Gudrun nattait ses cheveux, puis les cachait sous un bonnet de lin rude. La chevelure d'une femme, disait le chanoine, était le filet dans lequel Satan capturait l'âme des hommes. Et celle de Gudrun était extraordinairement belle, longue, douce et dorée, sans une ombre de gris, bien qu'elle fût maintenant une vieille femme de trente-six hivers.

– Pourquoi Matthieu et Jean sont-ils partis ? demanda la fillette à brûle-pourpoint.

Sa mère le lui avait expliqué plusieurs fois, mais elle voulait l'entendre encore.

– Tu le sais. Ton père a choisi de les emmener dans son voyage missionnaire.

– Pourquoi pas moi ?

Gudrun soupira. Cette enfant posait tant de questions !

– Matthieu et Jean sont des garçons. Un jour, ils seront prêtres, comme ton père. Toi, tu es une fille. Par conséquent, ces choses-là ne te concernent pas.

Voyant que Jeanne n'était pas satisfaite, elle ajouta :

– De toute façon, tu es beaucoup trop jeune.

– J'ai eu quatre ans au dernier mois de Wintarmanoth ! s'exclama Jeanne, indignée.

Une lueur amusée éclaira le regard de sa mère.

– Oui, j'oubliais, tu es une grande fille, n'est-ce pas ? Quatre ans ! Presque une adulte, en somme !

Jeanne laissa sa mère lui caresser les cheveux en silence. Puis elle demanda :

– C'est quoi, les païens ?

Son père et ses frères avaient maintes fois parlé de ces païens avant leur départ. Jeanne ne comprenait pas exactement ce que ce terme désignait, mais elle avait fort bien saisi qu'il faisait référence à quelque chose de mal.

Gudrun se raidit. Ce mot avait un pouvoir maléfique. Il était sur les lèvres de tous les envahisseurs qui avaient pillé sa maison, massacré sa famille et ses amis – les odieux soudards de l'empereur franc, Carolus, que depuis sa mort on appelait Magnus : le Grand. Carolus Magnus – Charlemagne. Ses sujets l'auraient-ils surnommé ainsi, se demanda Gudrun, s'ils avaient vu ses armées arracher des nourrissons saxons aux bras de leurs mères avant de fracasser leurs petites têtes contre des pierres rougies de sang ? Gudrun cessa de caresser les cheveux de sa fille et bascula sur le dos.

– C'est une question qu'il vaudrait mieux poser à ton père, murmura-t-elle.

Jeanne ne comprenait pas ce qu'elle avait dit de mal, mais la dureté de la voix de sa mère ne lui échappa pas. Elle sentit qu'elle serait bientôt renvoyée dans son lit si elle ne trouvait pas un moyen de réparer sa bévue.

– Parlez-moi des Anciens, s'empressa-t-elle de dire.

– Je ne peux pas. Ton père réprouve ces légendes.

Jeanne sut ce qu'elle avait à faire. Ayant solennellement placé les deux mains sur son cœur, elle prêta serment comme sa mère le lui avait enseigné, en lui promettant un secret éternel au nom de Thor, puissant dieu du Tonnerre.

Gudrun éclata de rire et attira sa fille contre son cœur.

– Tu as gagné, ma petite caille. Tu sais si bien demander que je vais te raconter l'histoire des Anciens.

D'une voix redevenue chaude, douce et mélodieuse, elle commença à parler de Wotan, de Thor, de Freya et de tous les dieux qui avaient peuplé son imagination d'enfant saxonne, avant que les armées de Charlemagne n'apportent la parole du Christ dans un bain de sang et de flammes. Elle scanda la légende d'Asgard, le formidable royaume des dieux, pays de palais d'or et d'argent que l'on ne pouvait rallier qu'en traversant Bifrost, le pont de l'arc-en-ciel. Ce pont était surveillé par Heimdall le Gardien, qui ne connaissait pas le sommeil, et dont l'ouïe était si fine qu'il entendait l'herbe pousser. Entre les murs du Walhalla, le plus beau de tous les palais, vivait Wotan, le père des dieux, et sur ses épaules étaient perchés deux corbeaux : Hugin, la Pensée, et Munin, la Mémoire. Assis sur son trône tandis que les autres divinités festoyaient, Wotan méditait sur les vérités que lui soufflaient Pensée et Mémoire au creux de l'oreille.

Jeanne hocha gaiement la tête. C'était sa partie préférée de l'histoire.

– Parlez-moi du Puits de Sagesse, supplia-t-elle.

– Bien qu'il fût déjà fort sage, Wotan recherchait sans cesse une sagesse plus grande encore. Un jour, donc, il se rendit devant le Puits de Sagesse, gardé par Mimir le Sage, et demanda la permission d'y boire. « Quel prix es-tu prêt à payer ? » demanda Mimir. Wotan répondit que Mimir pouvait lui demander ce qu'il désirait. « La sagesse ne s'acquiert que par la souffrance, répondit celui-ci. Si tu veux boire de cette eau, il te faudra sacrifier l'un de tes yeux. »

– Et Wotan l'a fait, n'est-ce pas, Mère ? Il l'a fait !

Gudrun opina du chef.

– C'était un choix très douloureux, mais Wotan consentit à perdre un œil. Il but l'eau. Ensuite, il transmit à l'humanité la sagesse qu'il venait d'obtenir.

Jeanne leva sur sa mère un regard immense et grave.

– Vous auriez fait pareil, Mère ? Vous l'auriez fait pour être sage, pour tout connaître ?

– Seuls les dieux font de tels choix.

Puis, voyant que sa fille continuait de la fixer d'un air interrogateur :

– Je ne crois pas. J'aurais eu bien trop peur.

– Moi aussi, fit Jeanne, songeuse. Mais j'aurais bien voulu être capable de le faire. J'aurais tellement voulu savoir ce que le puits avait à m'apprendre !

Gudrun sourit.

– Peut-être n'aurais-tu pas aimé ce que tu aurais appris là-bas. Mon peuple a un dicton : « Le cœur d'un sage est rarement heureux. »

Sans vraiment comprendre, Jeanne hocha la tête.

– Et maintenant, parlez-moi de l'Arbre, chuchota-t-elle en se blottissant de plus belle contre sa mère.

Et Gudrun entreprit de lui décrire Irminsul, l'arbre de l'univers. Il se dressait jadis au cœur du plus sacré des bois saxons, aux sources de la Lippe. Son peuple l'avait vénéré jusqu'au jour où il avait été abattu par les armées de Charlemagne.

– Il était splendide, expliqua-t-elle, et si haut que nul ne pouvait en voir la cime.

Elle s'arrêta net. Sentant subitement une présence, Jeanne leva les yeux. Son père se tenait sur le seuil. Gudrun s'assit.

– Mon mari ? fit-elle. Je ne vous attendais pas avant la prochaine lune.

Le chanoine ne répondit pas. Il prit un cierge sur la table près de la porte, s'avança vers l'âtre, et l'alluma.

– La petite a eu peur du tonnerre, expliqua Gudrun, anxieuse. J'essayais de la réconforter en lui racontant une innocente légende.

– Innocente ! s'écria le chanoine d'une voix tremblante de rage contenue. Comment peux-tu voir de l'innocence dans un tel blasphème ?

Il fut devant le lit en deux foulées, posa son cierge et arracha la couverture, découvrant la mère et la fille. Jeanne, à demi cachée par un rideau de cheveux d'or, avait les bras serrés autour du cou de Gudrun.

Pendant un long moment, il contempla, stupéfait et incrédule, les cheveux dénoués de sa femme. Tout à coup, sa furie l'emporta.

– Sorcière païenne, comment as-tu osé ? Alors que je te l'avais expressément interdit !

Il empoigna Gudrun et entreprit de la tirer hors du lit. Mais Jeanne s'accrocha à sa mère. Une ombre inquiétante passa sur les traits du chanoine.

– Disparais, ma fille !

Jeanne hésita, écartelée entre la peur et un désir inconscient de protéger sa mère. Celle-ci la repoussa.

– Va-t'en, lui souffla-t-elle. Va-t'en vite.

Jeanne relâcha son étreinte, se laissa glisser sur le sol et partit en courant. Parvenue à la porte, elle se retourna juste à temps pour voir son père attraper sa mère par les cheveux, lui renverser la tête en arrière et la forcer à se prosterner. Jeanne revint sur ses pas. La terreur l'arrêta net quand elle vit son père dégainer la dague de chasse à manche d'os attachée à sa ceinture de corde.

– *Forsachistu diabolae ?* demanda-t-il à Gudrun, en une sorte de murmure.

Comme elle ne répondait pas, il appuya le tranchant du couteau contre sa gorge.

– Dis les mots, gronda-t-il, menaçant. Dis-les !

– *Ec forsacho allum diaboles*, répondit Gudrun, les yeux emplis de larmes de défi. *Wuercum and wuordum, thunaer ende woden ende saxnotes ende allum...*

Paralysée de peur, Jeanne vit son père soulever une lourde poignée de la chevelure de sa mère et la trancher de sa lame. Les mèches soyeuses tombèrent avec un crissement étouffé. Un long serpent d'or glissa sur le sol.

Jeanne plaqua une main sur sa bouche pour retenir ses sanglots, fit demi-tour et détala.

Dans l'obscurité, elle percuta une forme, et cette forme l'étreignit. Prisonnière, elle poussa un cri perçant. La monstrueuse main noire ! Elle l'avait oubliée. Elle se débattit, frappant les ténèbres à l'aveuglette de ses petits poings, mais la chose, trop forte pour elle, la maintenait fermement.

– Jeanne ! Jeanne, ne t'inquiète pas. C'est moi !

Malgré sa peur, les mots portèrent. Elle reconnut Matthieu, son frère de dix ans. Il venait de rentrer avec leur père.

– Jeanne, cesse de te débattre ! Tout va bien. C'est moi.

La fillette tendit le bras et sentit sous ses doigts la surface lisse de la croix de bois que son frère portait toujours autour du cou. Poussant un soupir de soulagement, elle se laissa aller contre lui.

Tous deux s'assirent dans l'ombre, écoutant le chuchotement de la lame qui s'acharnait sur les cheveux de leur mère. À un certain moment, celle-ci cria de douleur. Matthieu jura à haute voix. Un sanglot s'éleva en guise de réponse. Il venait du lit où Jean, son cadet, âgé de sept ans, s'était réfugié sous les couvertures.

Enfin, la dague cessa de crisser. Après un silence, le chanoine se mit à psalmodier une oraison. Jeanne sentit Matthieu se détendre. C'était terminé. Elle noua les bras autour de son cou et pleura. Il la berça tout doucement.

Elle finit par lever les yeux sur lui.

– Père a traité Mère de païenne.

– Oui.

– Elle ne l'est pas, bredouilla Jeanne, hésitante. N'est-ce pas ?

– Elle l'a été. Il y a très longtemps. Plus maintenant. Mais elle était en train de te conter une histoire païenne.

Intéressée, Jeanne interrompit ses pleurs.

– Tu connais le premier des Commandements, n'est-ce pas ? demanda Matthieu.

– « Un seul Dieu tu adoreras et aimeras parfaitement. »

– Oui. Cela veut dire que les dieux dont t'a parlé Mère sont des imposteurs. Parler d'eux est un péché.

– C'est pour cela que Père… ?

– Oui, coupa Matthieu. Mère devait être punie pour le salut de son âme. En outre, elle a désobéi à son mari, ce qui va aussi à l'encontre de la loi de Dieu.

– Pourquoi ?

– Parce que c'est écrit dans le saint Livre. « Car l'époux prime l'épouse. Les femmes doivent donc se soumettre à leurs maris en toute chose. »

– Pourquoi ?

– Pourquoi ? répéta Matthieu, pris de court par une question que personne ne lui avait jamais posée. Eh bien, je suppose que c'est… parce que les femmes, par nature, sont inférieures aux hommes. Les hommes sont plus grands, plus forts, et plus intelligents.

– Mais…

– Assez de questions, petite sœur. Tu devrais être au lit. Viens donc.

Il la porta jusqu'au lit et la déposa près de Jean, déjà endormi. Matthieu s'était montré bon envers elle. Par gratitude, Jeanne consentit à se glisser sous les couvertures et à fermer les yeux, comme pour dormir.

Mais elle était bien trop agitée pour trouver le sommeil. Dans le noir, les yeux ouverts, elle considéra Jean. *Il a sept ans, et il ne sait pas réciter le psautier*. Bien qu'elle n'en eût que quatre, elle connaissait les dix premiers psaumes par cœur.

Jean n'était pas si intelligent que cela. Et pourtant, c'était un garçon. Mais comment Matthieu aurait-il pu se tromper ? Matthieu savait tout. Il allait devenir prêtre, comme leur père.

Étendue dans le noir, elle retourna longuement le problème, dans tous les sens.

Vers l'aube, elle s'endormit d'un sommeil nerveux, peuplé de rêves de guerre entre dieux jaloux et irascibles. L'ange Gabriel en personne descendait du ciel, armé de son glaive de feu, afin d'affronter Thor et Freya. Au terme d'une furieuse bataille, les imposteurs étaient défaits, et Gabriel se dressait, seul et triomphant, devant les portes du paradis. Son glaive avait disparu. Dans sa main brillait une dague de chasse à manche d'os.

2

Le style de bois courait avec agilité sur la cire jaune de la tablette, traçant des lettres, des mots entiers. Jeanne, fascinée, se tenait juste derrière l'épaule de Matthieu pendant que celui-ci recopiait ses leçons du jour. De temps à autre, il s'arrêtait et promenait la flamme d'une chandelle au-dessus de la tablette afin d'empêcher la cire de durcir trop vite.

Elle aimait regarder Matthieu lorsqu'il s'adonnait à l'étude. La pointe d'os de son style transformait la cire lisse en guirlandes de symboles d'une mystérieuse beauté. Rêvant de comprendre le sens de chaque signe, elle accompagnait intensément chaque mouvement du style, comme si la forme des lettres recelait la clé de l'énigme.

Matthieu reposa son instrument, se redressa sur le tabouret et se frotta les yeux. Flairant l'opportunité, Jeanne s'approcha de la tablette et désigna un mot du doigt.

– Qu'est-ce que ça veut dire ?

– Jérôme. C'est le nom d'un des Pères de l'Église.

– Jérôme, répéta-t-elle lentement. Ce nom ressemble un peu au mien.

– La première et la dernière lettre sont identiques, admit Matthieu avec un sourire.

– Montre-moi mon nom.

– Père serait furieux.

– Il n'en saura rien. S'il te plaît, Matthieu. Je veux savoir. Peux-tu me montrer ?

Matthieu hésita.

– Je suppose qu'il n'y a rien de mal à t'apprendre à écrire ton nom. Cette connaissance pourra t'être utile quand tu seras mariée et maîtresse de maison.

Plaçant sa main sur celle de sa sœur, il l'aida à tracer les lettres de son nom en latin : J-O-H-A-N-N-A.

– Bien. Maintenant, essaie toute seule.

Jeanne serra le style et força ses doigts à adopter la même position contraignante que ceux de son frère, afin qu'ils puissent à leur tour tracer les signes gravés dans sa mémoire. Au bout d'un moment, voyant qu'elle ne parvenait pas à diriger le style à sa guise, elle eut un sanglot de frustration.

Matthieu la consola.

– Doucement, petite sœur. N'oublie pas que tu n'as que six ans. L'écriture ne vient pas facilement à ton âge. J'ai commencé à six ans moi aussi, et j'ai eu beaucoup de mal. Sois patiente. Tu réussiras avec le temps.

Le lendemain, Jeanne se leva de bonne heure et sortit de la maison. Dans la terre molle qui bordait l'enclos à cochons, elle dessina et redessina les lettres de son nom, jusqu'à être sûre de les avoir bien formées. Quand ce fut fait, elle appela Matthieu pour lui montrer son œuvre.

– C'est très bien, petite sœur. Excellent. Mais il ne faut pas que Père voie ceci.

De la semelle, il fit disparaître les marques sur le sol.

– Non, Matthieu ! s'écria Jeanne, tentant de le repousser.

Troublés par ses cris, les cochons grognèrent en chœur.

Matthieu se pencha et la serra dans ses bras.

– Ce n'est rien, petite sœur. Ne sois pas triste.

– Mais… Tu viens de me dire toi-même que mes lettres étaient bonnes !

– Elles le sont, répondit Matthieu, surpris de constater que l'écriture de sa sœur était meilleure que celle de Jean, qui avait pourtant trois ans de plus qu'elle. Mais je ne veux surtout pas que Père les voie. C'est pour cette raison que je les ai effacées.

– Tu m'apprendras d'autres lettres, n'est-ce pas, Matthieu ?

– Je t'en ai déjà montré plus que je n'aurais dû.

– Père ne saura rien, assura-t-elle d'un ton grave. Je ne lui en dirai pas un mot, je te le promets. Et j'effacerai toutes mes lettres chaque fois que j'aurai terminé.

Elle darda sur lui son regard gris-vert. Matthieu finit par céder. Sa petite sœur savait assurément être persuasive. Il lui pinça la joue.

– Très bien. Mais souviens-toi : tu devras toujours garder notre secret.

Les leçons, par la suite, devinrent une sorte de jeu. Dès que l'occasion se présentait, ce qui n'arrivait pas aussi souvent que Jeanne l'aurait voulu, Matthieu lui montrait comment tracer des lettres dans la terre. Jeanne était une élève avide d'apprendre. Bien qu'inquiet des éventuelles conséquences de son enseignement, Matthieu était incapable de résister à son ardeur. Lui aussi aimait apprendre. La passion de Jeanne lui allait droit au cœur.

Cependant, il fut scandalisé le jour où elle vint le trouver en portant l'énorme bible paternelle, reliée de bois.

– Que fais-tu ? s'écria-t-il. Va tout de suite la remettre à sa place ! Tu n'aurais jamais dû poser tes mains dessus.

– Apprends-moi à lire.

– Quoi ? lâcha-t-il, stupéfait de son audace. Voyons, Jeanne, tu m'en demandes beaucoup trop !

– Pourquoi ?

– Eh bien… Pour commencer, lire est mille fois plus difficile qu'apprendre l'alphabet. Je doute que tu en sois capable.

– Et pourquoi donc ? Tu as bien appris, toi.

– Certes, dit-il avec un sourire indulgent. Mais moi, je suis un homme.

C'était une demi-vérité, car il n'avait pas encore atteint son treizième hiver. Dans un peu plus d'un an, à son quatorzième anniversaire, il serait vraiment un homme. Mais il lui plaisait de revendiquer dès maintenant ce privilège, d'autant plus que sa sœur ne connaissait pas la différence.

– Je peux y arriver, dit-elle. Je le sais.

Matthieu soupira. Sa tâche n'allait pas être aisée.

– Ce n'est pas tout, Jeanne. Pour une fille, il est contre nature et dangereux de savoir lire et écrire.

– Sainte Catherine savait, elle. L'évêque l'a dit dans son sermon, t'en souviens-tu ? Elle était admirée pour sa sagesse et sa science.

– C'est différent. Catherine était une sainte. Toi, tu n'es qu'une fille.

Jeanne resta muette. Matthieu, connaissant la détermination de sa jeune sœur, ne put que se réjouir d'avoir eu le dernier mot si facilement. Il tendit les mains vers la bible.

Elle fit mine de la lui donner, puis se déroba.

– Pourquoi Catherine était-elle une sainte ?

Mains tendues, Matthieu marqua un temps d'arrêt.

– Elle a subi le martyre et est morte au nom de la Foi. Cela aussi, l'évêque l'a dit dans son sermon, t'en souviens-tu ? ajouta-t-il, incapable de résister au désir de la singer.

– Pourquoi a-t-elle subi le martyre ?

– Elle avait défié l'empereur Maxence et cinquante de ses plus sages conseillers en démontrant, au terme d'un débat logique, la nature erronée du paganisme. Elle en a été punie. Et maintenant, petite sœur, rends-moi le livre.

– Quel âge avait-elle ?

Que d'étranges questions sortaient de la bouche de cette enfant !

– Je ne discuterai pas davantage, lâcha Matthieu, exaspéré. Rends-moi le livre !

Elle recula encore, la bible serrée contre son sein.

– Quand elle s'est rendue à Alexandrie pour débattre avec les conseillers de l'empereur, elle était vieille, n'est-ce pas ?

Matthieu hésitait à lui arracher le saint livre des mains. La chose comportait des risques. La fragile reliure pouvait se rompre, auquel cas ils se retrouveraient tous deux dans une situation plus que délicate. Mieux valait continuer de répondre à ses questions, aussi sottes et puériles fussent-elles, jusqu'à ce qu'elle fût lassée de ce petit jeu.

– Elle avait trente-trois ans. Comme a dit l'évêque, le même âge que Jésus-Christ lors de la Crucifixion.

– Et quand sainte Catherine a affronté l'empereur, était-elle déjà admirée pour son savoir, comme l'a dit l'évêque ?

– Évidemment, fit Matthieu d'un ton condescendant. Sinon, comment aurait-elle pu surpasser les plus sages conseillers du pays ?

– Alors, elle a forcément appris à lire avant de devenir sainte, répliqua Jeanne, le visage éclairé d'une lueur triomphale. Et à ce moment-là, elle n'était qu'une fille. Comme moi !

Matthieu resta un instant sans voix, partagé entre courroux et surprise. Puis il éclata de rire.

– Petite diablesse ! Voilà donc où tu voulais en venir. Tu es douée pour la controverse, pas de doute !

Elle lui tendit le livre avec un sourire plein d'espoir. Matthieu le prit en secouant la tête. Quelle étrange créature, si curieuse, si déterminée, si sûre d'elle ! Elle ne ressemblait ni à Jean ni aux autres enfants de son âge. Un regard de vieille savante illuminait ses traits puérils. Il n'était pas étonnant que les autres petites filles du village refusent de se lier avec elle.

– Fort bien, petite sœur. Aujourd'hui débute ton apprentissage de la lecture. Mais ne nourris pas trop d'espérances. C'est une tâche bien plus ardue que tu ne crois.

Jeanne, folle de joie, se jeta au cou de son frère. Il se dégagea de son étreinte, ouvrit le livre et déclara d'un ton bourru :

– Nous commencerons ici.

La fillette se pencha sur le livre, s'imprégna de l'odeur âcre du parchemin tandis que Matthieu lui montrait du doigt un paragraphe.

– Évangile de Jean, premier chapitre, verset un : *In principio erat verbum et verbum erat apud Deum et verbum erat Deus.* « Au commencement était le Verbe, et le Verbe était tourné vers Dieu, et le Verbe était Dieu. »

L'été et l'automne suivants furent doux et généreux. La récolte fut la meilleure que le village eût connue depuis des années. Mais au mois de Heilagmanoth, la neige revint, et le vent se mit à souffler du nord en froides rafales. La fenêtre unique de la maison fut de nouveau condamnée pour faire rempart contre une congère adossée au mur. La famille passait le plus clair de ses journées enfermée à l'intérieur. Matthieu et Jeanne avaient désormais du mal à trouver un peu de temps pour leurs leçons. Quand il ne faisait pas trop mauvais, le chanoine s'en allait exercer son sacerdoce avec Jean, préférant laisser Matthieu à ses chères études. Dès que Gudrun partait dans la forêt chercher du bois, Jeanne courait vers le pupitre sur lequel son frère aîné était courbé, et ouvrait la bible à la page où ils avaient laissé la leçon précédente. Ce fut ainsi qu'elle continua de progresser. Avant même le printemps, elle maîtrisait presque tout l'Évangile de Jean.

Un jour, Matthieu tira un objet de sa besace et le lui tendit avec un sourire. C'était un médaillon de bois, retenu par un cordon. Matthieu passa le cordon autour du cou de Jeanne, qui vit avec émerveillement le pendentif tomber sur sa poitrine.

– Qu'est-ce que c'est ?

– Un petit cadeau.

– Oh !... merci, fit-elle, sans comprendre vraiment.

Matthieu rit de son désarroi.

– Regarde l'endroit du médaillon.

Jeanne fit ce qu'il lui ordonnait. Le visage d'une femme était gravé sur la surface de bois. C'était une œuvre grossière, Matthieu n'ayant rien d'un sculpteur, mais les yeux étaient fort bien représentés : leur intelligence avait même quelque chose de saisissant.

– Et maintenant, ajouta Matthieu, regarde le revers.

Jeanne retourna le médaillon. En grosses lettres capitales, elle lut : « Sainte Catherine d'Alexandrie ».

Avec un petit cri de joie, elle pressa le pendentif contre son cœur. Elle savait ce qu'un tel présent signifiait. C'était la façon de Matthieu de saluer ses mérites et de témoigner de la foi qu'il avait en elle. Ses yeux s'emplirent de larmes.

– Merci ! répéta-t-elle.

Cette fois, elle a parfaitement compris, se dit son frère en souriant. Jeanne remarqua alors ses yeux cernés de noir. Il semblait épuisé.

– Matthieu... serais-tu malade ? demanda-t-elle, inquiète.

– Bien sûr que non ! s'empressa-t-il de répondre d'un ton un peu trop enjoué. Commençons la leçon, veux-tu ?

Mais il se montra nerveux, distrait. De manière étrange, il ne la reprit pas à sa première erreur d'inattention.

– Tu ne te sens pas bien ? s'enquit de nouveau Jeanne.

– Si. Je suis un peu las, c'est tout.

– Veux-tu arrêter ? Rien ne presse. Nous reprendrons demain.

– Non. Je te demande pardon, je me suis laissé distraire. Où en étions-nous ? … Ah oui ! Relis donc le dernier paragraphe, et cette fois, fais bien attention au verbe : *videat*, et non *videt*.

Le lendemain matin, Matthieu s'éveilla en se plaignant d'avoir mal à la tête et à la gorge. Gudrun lui apporta un bol fumant de lait caillé à la bourrache et au miel.

– Garde le lit aujourd'hui, lui dit-elle. Le fils de la vieille mère Wigbod souffre d'une fluxion. Il se peut que tu sois atteint du même mal.

Matthieu rit avec force dénégations. Il consacra plusieurs heures à son étude, puis tint à sortir afin d'aider son frère Jean à tailler la vigne.

Le lendemain, il avait de la fièvre et des difficultés à avaler. Le chanoine lui-même vit qu'il était malade. Il le dispensa d'étudier ce jour-là, ce qui constituait une faveur inouïe.

On manda de l'aide au monastère de Lorsch. Deux jours plus tard, l'infirmier vint examiner Matthieu, dodelinant sans cesse du chef et bougonnant gravement dans sa barbe. Pour la première fois, Jeanne sentit que son frère pouvait être en danger, et cette idée la terrifia. Le moine saigna abondamment Matthieu, épuisa son répertoire de prières et de saints talismans, mais à la Saint-Séverin, l'état du malade devint critique. Il gisait dans le lit, frappé de stupeur et secoué de quintes de toux si violentes que Jeanne se couvrait les oreilles pour essayer de ne plus l'entendre.

La famille le veilla pendant toute la journée, puis pendant la nuit. Jeanne s'agenouilla à côté de sa mère sur le sol. La métamorphose de Matthieu était effrayante. Sa peau tendue à craquer déformait ses traits en un horrible masque. Sous les rougeurs mouvantes de la fièvre, son teint était d'un gris lugubre.

Au-dessus des têtes, dans les ténèbres, la voix du chanoine dévidait maintes prières pour la délivrance de son fils.

– *Domine Sancte, Pater omnipotens, aeterne Deus, qui fragilitatem conditionis nostrae infusa virtutis tuae dignatione confirmas...*

Jeanne était ivre de sommeil. Son menton s'affaissa.

– Non !

Le cri de sa mère l'éveilla brusquement.

– Il est parti ! Matthieu, mon fils !

Jeanne observa le lit. Rien, apparemment, n'avait changé. Matthieu était toujours aussi immobile. Puis elle remarqua que sa peau avait perdu sa rougeur : elle était grise comme la pierre.

Elle saisit sa main. Elle la trouva molle, lourde, moins chaude qu'avant. Elle la serra, la pressa contre sa joue. *S'il te plaît, Matthieu, ne meurs pas...* Car s'il mourait, elle ne dormirait plus jamais entre Jean et lui. Elle ne le verrait plus assis à son pupitre, sourcils froncés, ne s'assiérait plus près de lui pendant qu'il faisait courir son index sur les pages de la bible. *S'il te plaît, ne meurs pas.*

Un peu plus tard, on la renvoya, afin que sa mère et les femmes du village pussent laver la dépouille de Matthieu et l'apprêter pour les funérailles. Quand tout fut prêt, Jeanne fut autorisée à revenir lui faire ses adieux. N'eût été son teint gris, on l'aurait cru tout bonnement endormi. Si elle le touchait, il se réveillerait, et ses yeux s'ouvriraient pour la contempler avec une affection espiègle. Comme sa mère lui avait dit de faire, elle le baisa sur la joue. Celle-ci était froide et curieusement flasque, comme les flancs du lapin mort qu'elle était allée chercher dans la remise la semaine précédente. Elle retira vivement ses lèvres.

Matthieu était mort.

Il n'y aurait plus de leçons.

Debout près de l'enclos à cochons, elle fixait les lambeaux de terre noire qui commençaient d'apparaître sous la neige fondante. C'était à cet endroit précis qu'elle avait tracé ses premières lettres.

– Matthieu…

Elle tomba à genoux. La neige mouillée traversa promptement son manteau de laine et lui glaça la chair. Mais peu importait le froid, elle ne pouvait plus reculer. Elle avait quelque chose à faire. De l'index, elle traça dans la neige les mots familiers de l'Évangile de Jean.

Ubi sum ego vos non potestis venire. « Là où je suis, vous ne pouvez venir. »

– Nous ferons tous pénitence, annonça le chanoine après les funérailles, afin d'expier les péchés qui ont attiré sur notre famille le courroux de Dieu.

Il fit agenouiller Jean et Jeanne sur la table de bois brut qui servait d'autel familial. Ils y restèrent toute une journée sans rien manger ni boire, jusqu'au crépuscule. On leur permit ensuite d'aller dormir, dans un lit qui leur paraissait maintenant grand et vide sans leur frère. Jean pleurait de faim. En pleine nuit, Gudrun vint les tirer de leur sommeil, un doigt plaqué sur ses lèvres. Le chanoine dormait. Elle se hâta de leur tendre des morceaux de pain et un bol de bois empli de lait de chèvre tiède. C'était tout ce qu'elle avait pu dérober au garde-manger sans éveiller les soupçons de son mari. Jean dévora son pain, et comme il avait encore faim, Jeanne partagea sa part avec lui. Dès qu'ils eurent fini, Gudrun reprit le bol et s'en fut, après les avoir bordés jusqu'au menton. Nichés l'un contre l'autre, les enfants ne tardèrent pas à se rendormir.

Le chanoine les réveilla aux premières lueurs de l'aube. Sans rompre leur jeûne, il les remit à genoux sur l'autel. La matinée passa tout entière, et l'heure du dîner, sans qu'ils soient autorisés à se relever.

Tandis qu'un rayon de soleil couchant caressait l'autel, venu d'une fente dans le volet de la fenêtre, Jeanne soupira et changea de position. Ses genoux la faisaient terriblement souffrir, son estomac grondait. Elle s'efforçait néanmoins de rester concentrée sur les paroles de sa prière.

– *Pater Noster qui es in caelis, sanctificetur nomen tuum, adveniat regnum tuum...*

C'était peine perdue. L'inconfort de sa position ne cessait de la tenailler. Elle était lasse, elle avait faim, et Matthieu lui manquait. Comment faisait-elle pour ne pas pleurer ? Malgré le poids qui pesait sur sa gorge et sa poitrine, les larmes refusaient de lui venir aux yeux.

Elle considéra le crucifix de bois fixé au mur juste devant l'autel. Le chanoine l'avait apporté de son Angleterre natale à son arrivée en mission chez les Saxons. Œuvre d'un artiste de Northumbrie, la figure du Christ dégageait une puissance introuvable dans l'art franc. Son corps aux membres émaciés s'étirait sur la croix, ses côtes saillaient. Toute la partie inférieure, tordue, déformée, renforçait l'impression de terrible agonie. Sa tête était renversée en arrière, et sa pomme d'Adam était visible – singulier rappel d'une virilité tout humaine. Par endroits, le bois était profondément creusé pour évoquer le sang de ses nombreuses blessures.

Et pourtant, en dépit de sa puissance, cette figure était grotesque. Jeanne le savait, le sacrifice du Christ aurait dû l'emplir d'amour et d'admiration, mais elle ne ressentait en ce moment que dégoût. Comparé aux dieux splendides de sa mère, ce personnage était laid, brisé, vaincu.

Tout à côté d'elle, Jean se mit à gémir. Elle lui prit la main. Jean supportait mal la pénitence. Elle était plus forte que lui, et le savait. Bien qu'il eût dix ans, et elle tout juste sept, il lui paraissait naturel de le protéger, plutôt que le contraire.

De grosses larmes se formèrent dans les yeux du garçonnet.

– Ce n'est pas juste, bredouilla-t-il.

– Ne pleure pas, souffla Jeanne, craignant que le bruit n'attirât leur mère ou, pire, leur père. Notre pénitence sera bientôt finie.

– Ce n'est pas cela ! protesta-t-il, blessé dans sa dignité.

– Alors, qu'est-ce qui se passe ?

– Tu ne comprendrais pas.

– Dis-le-moi.

– Père va vouloir que je reprenne les études de Matthieu. Je le sais. Et je n'en suis pas capable. Je n'y arriverai pas.

– Peut-être que si, murmura Jeanne, bien qu'elle comprît fort bien les inquiétudes de son frère.

Leur père l'accusait de paresse et le battait chaque fois qu'il constatait son absence de progrès, mais Jean n'était pas coupable. Malgré tous ses efforts, il apprenait lentement. Il en avait toujours été ainsi.

– Non, insista Jean. Je ne suis pas comme Matthieu. Sais-tu que Père projetait de l'emmener à Aix-la-Chapelle afin d'obtenir son inscription à l'école palatine ?

– C'est vrai ? lâcha Jeanne, abasourdie.

L'école du palais ! Jamais elle n'aurait cru que son père pût nourrir de si hautes ambitions pour Matthieu.

– Je n'arrive pas encore à lire Donatien. Père m'a fait remarquer que Matthieu maîtrisait Donatien à neuf ans. Moi, j'en ai presque dix. Qu'est-ce que je vais faire, Jeanne ? Que vais-je devenir ?

Jeanne se creusa la cervelle pour trouver des paroles réconfortantes, mais l'épreuve de la pénitence était venue à bout de la volonté de son frère. Il se mit à pleurer à chaudes larmes.

– Il me battra, je le sais ! bégaya Jean. Je… je ne veux plus être battu !

Gudrun apparut sur le seuil. Après un coup d'œil anxieux par-dessus son épaule, elle se précipita vers son fils.

– Tais-toi. Veux-tu que ton père t'entende ? Tais-toi, te dis-je !

Jean chancela sur l'autel, renversa la tête en arrière et poussa un cri. Sourd aux injonctions de sa mère, il se remit à pleurer de plus belle, les larmes roulant sur ses joues rougies.

Gudrun l'empoigna par les épaules et le secoua. La tête de l'enfant s'agita follement d'avant en arrière. Il avait les yeux clos, la bouche béante. Tout à coup, Jeanne entendit claquer ses dents. Stupéfait, Jean ouvrit les yeux et vit sa mère.

Gudrun le serra contre son sein, le réconforta tout en l'admonestant :

– Ne pleure plus. Pour le salut de ta sœur et pour le mien, tu ne dois plus pleurer. Tout ira bien. Reste silencieux.

Jeanne, songeuse, assistait à la scène. Elle reconnaissait la vérité des paroles de son frère. Jean n'était pas intelligent. Il ne pourrait certainement pas suivre les traces de Matthieu. Soudain, une bouffée de sang lui monta aux joues. Une idée venait de la frapper avec la force d'une révélation.

– Que se passe-t-il, Jeanne ? demanda Gudrun, ayant remarqué l'expression singulière de sa fille. Te sentirais-tu mal ?

Elle était inquiète. Les démons de la fièvre, disait-on, aimaient à s'attarder sous un toit.

– Non, Mère. Simplement, je... je viens d'avoir une idée, une merveilleuse idée !

Gudrun grogna. Les idées de sa fille avaient une fâcheuse tendance à lui valoir des ennuis.

– Laquelle ?

– Père souhaitait que Matthieu entre à l'école palatine.

– Je le sais.

– Il voudra y envoyer Jean à sa place. Voilà pourquoi Jean pleure. Il sait qu'il n'est pas capable d'étudier là-bas, et il redoute la colère de Père.

– Eh bien ?

– Moi, je peux. Je suis capable de prendre la suite de Matthieu !

Pendant un long moment, Gudrun fut trop interloquée pour répondre. Sa fille, son bébé qu'elle chérissait entre tous – la seule de ses enfants avec qui elle eût partagé la langue et les mystères de son peuple –, voulait à présent se plonger dans l'étude des livres sacrés des conquérants chrétiens ? Le seul fait que Jeanne pût envisager cette idée lui parut profondément blessant.

– Quelle absurdité ! s'exclama Gudrun.

– Le travail ne me fait pas peur, insista Jeanne. J'aime l'étude, j'aime apprendre. Et ainsi, Jean ne sera pas obligé de le faire. Il n'est pas doué pour ces choses.

Jean, le visage toujours enfoui au creux de l'épaule de sa mère, émit un sanglot étouffé.

– Tu es une fille, lâcha Gudrun. Ces choses, comme tu dis, ne te concernent pas. D'ailleurs, ton père n'acceptera jamais.

– C'était avant, Mère. Tout a changé. Ne le voyez-vous pas ? Père pourrait changer d'avis.

– Je t'interdis de parler de cette idée à ton père. La faim et la fatigue t'auront donné le vertige, comme à ton frère. Sans cela, jamais tu ne tiendrais des propos aussi insensés !

– Mais si seulement je pouvais lui montrer…

– Pas un mot de plus !

Jeanne se replia dans le silence. Sous sa tunique, elle serra dans sa paume le médaillon de sainte Catherine gravé par Matthieu. *Je sais lire le latin, et Jean, lui, en est incapable. Quelle importance si je suis une fille ?*

Elle s'approcha de la bible posée sur le pupitre. Elle la souleva et s'imprégna de son poids, des rainures familières des motifs dorés de sa couverture. L'odeur mêlée du bois et du parchemin, si étroitement associée à Matthieu, lui fit penser à leur travail commun, à tout ce qu'il lui avait appris, à tout ce qu'elle voulait encore apprendre. *Peut-être, si je montre à Père l'étendue de mon savoir... peut-être verra-t-il de quoi je suis capable.* Une nouvelle bouffée d'excitation s'empara d'elle. *Il pourrait aussi se mettre très en colère.* Les fureurs de son père l'effrayaient. Il l'avait frappée maintes fois, assez souvent pour qu'elle n'ignorât pas la force de son courroux.

Hésitante, elle caressa longuement la reliure de bois. Sous l'effet d'une subite impulsion, elle ouvrit la bible. Ses yeux tombèrent sur l'ouverture de l'Évangile de Jean, d'où Matthieu avait tiré sa première leçon de lecture. *C'est un signe.*

Sa mère, assise, lui tournait le dos. Elle berçait son frère, dont les sanglots s'étaient mués en hoquets de désespoir. *C'est le moment.* Jeanne, portant dans ses bras le livre ouvert, passa dans la pièce voisine.

Son père était tassé sur sa chaise, tête basse, le visage entre les mains. Il ne bougea pas à l'approche de Jeanne. Elle s'arrêta, soudain effrayée. Son idée était impossible, ridicule. Son père ne l'approuverait jamais. Elle s'apprêtait à battre en retraite quand il retira ses mains et leva les yeux. Elle se tenait debout devant lui, la bible entre les mains.

D'une voix tremblante, elle se mit à lire.

– *In principio erat verbum et verbum erat apud Deum et verbum erat Deus...*

Il n'y eut point d'interruption. Elle poursuivit, gagnant en assurance à chaque mot.

– « Tout fut par lui. Et rien de ce qui fut ne fut sans lui. En lui était la vie, et la vie était la lumière des hommes. »

La beauté et le pouvoir des mots l'enivraient, la poussaient, lui donnaient la force de continuer. Elle arriva à la fin du passage, rouge de fierté et certaine d'avoir bien lu. Elle leva les yeux. Le regard de son père était rivé sur elle.

– Je sais lire. Matthieu m'a appris. C'était notre secret, dit-elle avec une précipitation joyeuse. Vous serez fier de moi, Père, je le sais. Laissez-moi poursuivre les études de Matthieu, et…

– Toi ! tonna le chanoine, pointant sur elle un doigt accusateur. C'était donc toi ! C'est toi qui as attiré sur notre maison la fureur de Dieu ! Enfant dénaturée ! Monstre ! Tu as tué ton frère !

Jeanne poussa un cri. Le chanoine marchait sur elle, bras levé. Elle lâcha le saint livre et tenta de s'enfuir, mais il l'attrapa et la fit tourner sur elle-même. Son poing s'écrasa sur la joue de l'enfant avec une violence qui la projeta en arrière, sa tête allant heurter le mur du fond.

Son père se dressait à nouveau devant elle. Jeanne fit un bouclier de ses bras pour se protéger du prochain coup. Celui-ci ne vint pas. De longues secondes s'écoulèrent. La gorge du chanoine émit une succession de bruits rauques. Jeanne comprit qu'il pleurait. Jamais elle n'avait vu son père pleurer.

– Jeanne ! s'écria Gudrun en s'engouffrant dans la pièce. Qu'as-tu fait, ma fille ?

Elle s'agenouilla devant l'enfant et vit aussitôt la bosse tuméfiée en train de se former sous son œil droit.

– Qu'est-ce que je t'avais dit ? murmura-t-elle. Pauvre folle, regarde ce que tu as fait !

Et, plus fort :

– Va voir ton frère. Il a besoin de toi.

Elle aida Jeanne à se relever et la poussa en hâte vers l'autre pièce. Le chanoine la suivit des yeux, l'air lugubre.

– Chassez-la de vos pensées, mon mari, lâcha Gudrun. Elle ne compte pas. Et ne désespérez pas. N'oubliez pas qu'il vous reste un fils.

3

Aranmanoth, mois du blé mûr. Jeanne arrivait à l'automne de sa neuvième année quand elle rencontra pour la première fois Asclepios. En route pour Mayence, où il devait prendre ses fonctions de maître d'études à l'école cathédrale, celui-ci avait fait étape chez le chanoine.

– Soyez le bienvenu, messire !

Le père de Jeanne était manifestement ravi.

– Nous nous réjouissons de votre arrivée. J'ose espérer que le voyage n'a pas été trop pénible, ajouta-t-il en invitant, d'une révérence, son hôte à franchir le seuil. Entrez, venez vous rafraîchir. Du vin, Gudrun, du vin ! Votre présence, maître, fait grand honneur à mon humble logis.

À en juger par la déférence de son père, cet Asclepios devait être un savant de renom.

Il était grec, et vêtu à la mode byzantine. Son excellente chlamyde de lin blanc, agrafée sur l'épaule par une simple broche de métal, était recouverte d'une longue cape bleue bordée de fil d'argent. Il portait les cheveux courts, à la façon des paysans, huilés et soigneusement plaqués en arrière pour dégager son front. À la différence du chanoine, glabre comme tous les membres du clergé franc, Asclepios arborait une longue barbe ondulée, aussi blanche que ses cheveux.

Quand son père héla Jeanne pour la présenter au visiteur, elle fut frappée d'une soudaine timidité et resta plantée devant l'étranger, le regard rivé sur les sandales tressées de ce dernier. Venant à son secours, le chanoine lui ordonna d'aller aider sa mère à préparer le souper.

Une fois assis à table, le chanoine dit :

– Nous avons coutume de lire un passage de la sainte Bible avant de nous servir. Nous ferez-vous l'honneur de lire ce soir ?

– Avec plaisir, dit Asclepios en souriant.

Il ouvrit la bible avec précaution et tourna ses fragiles pages de parchemin.

– Je lirai l'Ecclésiaste, annonça-t-il. *Omnia tempus habent, et momentum suum cuique negotio sub caelo...*

Jamais Jeanne n'avait entendu parler le latin d'aussi belle manière. Il avait une prononciation inhabituelle : les mots ne se carambolaient pas les uns les autres à la mode gauloise ; chacun d'eux formait une entité ronde et distincte, comme une goutte d'eau de pluie.

– « Il y a un moment pour tout et un temps pour chaque chose sous le ciel. Un temps pour naître, et un temps pour mourir ; un temps pour planter, et un temps pour cueillir ce qui a été planté… »

Jeanne avait maintes fois entendu son père lire ces phrases, mais dans la bouche d'Asclepios, elles prenaient une beauté insoupçonnée. Quand il eut terminé, le visiteur referma le livre.

– C'est un beau manuscrit, dit-il au chanoine, écrit d'une main experte. Vous devez l'avoir apporté d'Angleterre. L'art, à ce qu'on dit, y est encore florissant. De nos jours, il est rare de trouver un livre exempt de barbarismes grammaticaux.

Le maître de maison rougit de plaisir.

– Il y en a bien d'autres semblables à la bibliothèque de Lindisfarne. Celui-ci m'a été confié par l'évêque, lorsqu'il m'a chargé de cette mission en pays saxon.

Le repas fut somptueux, le plus magnifique jamais offert par le chanoine à un hôte. Il y eut un cuissot de porc salé et rôti, doré à point, des betteraves et du maïs bouillis, du fromage fort, et des miches de pain cuites sous la braise. Le chanoine fit servir de la cervoise franque, épicée, sombre, épaisse comme une soupe paysanne. Pour finir, on dégusta des amandes grillées et des pommes cuites.

– Magnifique, déclara Asclepios à la fin du repas. Il y a fort longtemps que je n'ai si bien festoyé. Depuis mon départ de Byzance, je n'avais plus savouré une aussi succulente viande de porc.

Gudrun était ravie.

– C'est parce que nous élevons nous-mêmes nos bêtes et que nous les engraissons avant l'abattage, dit-elle. La viande des sangliers de la forêt est dure et sans saveur.

– Parlez-nous de Constantinople ! lança Jean. Est-il vrai que les rues y sont pavées de pierres précieuses, que les fontaines crachent de l'or liquide ?

– Non, fit Asclepios en riant. Mais c'est tout de même une merveilleuse cité.

Jeanne et son frère écoutèrent bouche bée sa description de Constantinople, ville de hauts édifices de marbre à dômes d'or et d'argent, perchée sur un promontoire surplombant le port de la Corne d'Or, où accostaient des vaisseaux venus du monde entier. Telle était la ville où Asclepios était né et avait grandi. Il avait été contraint de fuir lorsque sa famille s'était trouvée impliquée dans une querelle religieuse avec le basileus – une affaire de destruction d'icônes. Jeanne ne comprit pas ce point, à la différence de son père, qui secoua la tête en signe de réprobation en entendant le récit des persécutions subies par la famille d'Asclepios.

La discussion prit alors un tour théologique, et Jeanne et son frère furent refoulés dans la partie de la maison où leurs parents dormaient. En tant qu'invité d'honneur, Asclepios aurait droit au grand lit, voisin de l'âtre, pour lui seul.

– S'il vous plaît, Mère, demanda Jeanne, puis-je rester pour les écouter ?

– Non. Tu devrais déjà être couchée. En outre, notre hôte t'a suffisamment raconté d'histoires. Leur dialogue d'érudits ne t'intéressera pas.

– Mais…

– Il suffit. Va te mettre au lit. J'aurai besoin de ton aide demain matin de bonne heure. Ton père désire offrir un second banquet à son hôte. Encore quelques visites de ce genre, grommela-t-elle, et nous serons ruinés !

Elle borda ses enfants sur la paillasse, les embrassa, et s'en fut. Jean s'endormit promptement, mais Jeanne demeura éveillée, à tenter de comprendre ce que disaient les voix de l'autre côté de l'épaisse cloison de bois. N'y tenant plus, elle finit par se lever et s'approcha de la porte à pas de loup. Elle se mit à quatre pattes pour épier dans l'ombre son père et Asclepios, occupés à converser autour du feu. Elle mourait de froid. La chaleur des flammes ne parvenait pas jusqu'à elle, et Jeanne ne portait qu'une fine chemise de lin. Elle réprima un frisson, mais n'envisagea pas pour autant de retourner au lit. Il lui fallait à tout prix entendre ce que disait Asclepios.

Il était question de l'école cathédrale.

– Connaissez-vous la bibliothèque ? s'enquit Asclepios.

– Bien sûr, répondit le chanoine, ravi de cette question. J'y ai passé d'innombrables heures. Elle renferme une excellente collection de plus de soixante-quinze manuscrits.

Asclepios opina poliment du chef, mais ne parut guère impressionné. Jeanne, elle, n'en crut pas ses oreilles : tant de livres réunis en un seul et même endroit !

– On y trouve *De scriptoribus ecclesiasticis*, d'Isidore, et *De gubernatione Dei*, de Salvien. Il y a aussi les *Commentarii* complets de Jérôme, merveilleusement illustrés. Sans compter un exemplaire particulièrement précieux de l'*Hexaméron*, de votre compatriote saint Basile.

– Possèdent-ils des manuscrits de Platon ?

– Platon ? répéta le chanoine, choqué. Certes non ! Ce ne sont pas là lectures convenables pour un chrétien.

– Vraiment ? Vous n'approuvez donc pas l'étude de la logique ?

– Elle a sa place dans le trivium, dit le chanoine, mal à l'aise, dès lors qu'on s'appuie sur des écrits adéquats, comme ceux d'Augustin et de Boèce. Mais la foi est fondée sur l'autorité des Écritures, non sur l'évidence logique. Par une curiosité mal placée, un homme risque d'ouvrir la porte au doute.

– Je comprends votre point de vue, fit Asclepios, plus par courtoisie que par conviction. Toutefois, peut-être pourrez-vous m'éclairer sur ce point : d'où vient-il que l'homme possède la faculté de raisonner ?

– La raison est l'étincelle de l'essence divine en l'homme. « Et Dieu créa l'homme à sa propre image. »

– Vous maniez fort bien les Écritures. Vous admettrez donc que la raison est un don de Dieu ?

– Assurément.

Jeanne s'approcha encore, abandonnant peu à peu l'ombre de la cloison. Elle ne voulait surtout pas perdre un mot de ce qu'allait dire Asclepios.

– Dans ce cas, pourquoi craindre la confrontation entre foi et raison ? Comment cette dernière pourrait-elle nous entraîner loin de Dieu, puisque c'est Lui qui nous en a fait don ?

Le chanoine se tortilla sur sa chaise. Jeanne ne l'avait jamais vu aussi embarrassé. Son père était un missionnaire, rompu à la lecture et aux sermons, mais peu accoutumé aux débats logiques. Il ouvrit la bouche pour répliquer, puis la referma.

– En effet, poursuivit Asclepios, n'est-ce pas le manque de foi qui conduit les hommes à redouter le verdict de la raison ? Quand la destination est douteuse, le chemin est parsemé de craintes. Une foi vigoureuse n'a que faire de la peur, car si Dieu existe, la raison ne peut que nous ramener vers Lui. *Cogito, ergo Deus est*, a dit saint Augustin. « Je pense, donc Dieu est. »

Jeanne buvait si avidement chaque parole qu'elle s'exclama à haute voix pour manifester son approbation. Son père tourna la tête. Elle se replia vivement dans l'obscurité, osant à peine respirer. Le murmure des deux hommes reprit. *Dieu soit loué, on ne m'a pas vue.* Sur la pointe des pieds, elle retourna vers la paillasse où Jean ronflait.

Longtemps après que les voix se furent tues, Jeanne resta éveillée dans les ténèbres. Elle se sentait libre et avait le cœur léger, comme si on venait de la soulager d'un écrasant fardeau. Ce n'était pas sa faute si Matthieu était mort. Son désir d'apprendre n'avait pas tué son frère, en dépit de ce que prétendait son père. Ce soir, à entendre Asclepios, elle avait découvert que l'amour du savoir n'était ni un péché ni une abomination, mais la conséquence directe du don de Dieu qu'était la raison. *Je pense, donc Dieu est.* Au plus profond de son âme, elle ressentait la vérité de cette sentence.

Les paroles d'Asclepios venaient de répandre une vive lumière dans son cœur. *J'essaierai de lui parler demain. Peut-être aurai-je une chance de lui montrer que je sais lire.*

La perspective était si alléchante qu'elle ne put se défaire de cette idée, et ne s'endormit qu'à l'aube.

Le lendemain matin de bonne heure, sa mère envoya Jeanne dans les bois, afin de ramasser des faînes et des glands pour les cochons. Pressée de rentrer pour revoir le docte hôte de son père, Jeanne voulut se hâter d'expédier ses corvées. Mais sur la terre d'automne couverte de feuilles mortes, les glands étaient difficiles à trouver. Et il n'était pas question de rentrer avant que son panier ne fût plein.

Lorsqu'elle revint, Asclepios s'apprêtait à partir.

– J'espérais que vous nous feriez l'honneur de dîner encore avec nous, disait le chanoine. Je suis particulièrement intéressé par vos idées sur la Sainte-Trinité. J'aimerais approfondir le sujet.

– Vous êtes trop aimable, mais l'évêque m'attend dès ce soir à Mayence, et je suis impatient de prendre mes nouvelles fonctions.

– Bien sûr, bien sûr. Toutefois... Vous n'avez pas oublié notre conversation à propos de mon garçon. Consentirez-vous à rester pour assister à sa leçon ?

– C'est bien le moins que je puisse faire pour un hôte aussi généreux, répondit Asclepios avec une politesse étudiée.

Jeanne prit son ouvrage de couture et s'installa à quelque distance sur une chaise, s'efforçant d'être aussi discrète que possible afin de n'être pas renvoyée par son père.

Point n'était besoin pour elle de s'inquiéter. Le chanoine n'avait d'yeux que pour Jean. Espérant sans doute impressionner son visiteur par l'étendue du savoir de son fils, il commença la leçon en interrogeant Jean sur les règles de grammaire selon Donatien. C'était une erreur, la grammaire étant justement le point faible de son fils. Comme il fallait s'y attendre, celui-ci s'en tira plus que médiocrement, confondant ablatif et datif, écorchant ses verbes et s'avérant enfin incapable d'analyser une phrase. Asclepios l'écouta solennellement, sourcils froncés.

Rouge d'embarras, le chanoine se replia en terrain plus sûr. Il aborda le catéchisme d'énigmes du grand Alcuin, que son fils et lui avaient maintes fois répété. Jean fit assez bonne figure dans la première partie.

– Qu'est-ce que l'année ?

– Un char à quatre roues.
– Quels chevaux le mènent ?
– Le soleil et la lune.
– Combien a-t-il de palais ?
– Douze.
– Quels en sont les gardiens ?
– Les douze signes du zodiaque.

Ragaillardi par ce petit succès, le chanoine s'aventura dans un questionnaire plus ardu. Jeanne était inquiète. Son frère était à présent dans un état proche de la panique.

– Qu'est-ce que la vie ?

– La joie des bienheureux, le chagrin des malheureux, et… et…

La voix de Jean se brisa. Asclepios s'agita sur sa chaise. Jeanne ferma les yeux, se concentra sur la réponse correcte, et pria pour que son frère se la rappelle.

– Eh bien ? insista le chanoine. Et ?

Une soudaine inspiration illumina le visage de Jean.

– Et la recherche de la mort !

Le chanoine acquiesça.

– Et qu'est-ce que la mort ?

Hébété, Jean considéra son père, tel un daim aux abois à l'approche du chasseur.

– Qu'est-ce que la mort ? répéta le chanoine.

C'était peine perdue. Son quasi-échec lors de la précédente question et le déplaisir croissant de son père eurent raison des derniers lambeaux de sang-froid de Jean. Il ne pouvait plus se souvenir de quoi que ce fût. Ses traits se tordirent. Jeanne vit qu'il allait pleurer. Le chanoine le foudroya du regard. Une lueur de pitié passa dans les yeux d'Asclepios.

Elle n'en put supporter davantage. La détresse de son frère, la colère de son père, l'intolérable humiliation des siens sous les yeux d'Asclepios la mirent hors d'elle. Sans même réfléchir à ce qu'elle faisait, elle s'écria :

– Un événement inévitable, un incertain pèlerinage, le chagrin des vivants, le voleur d'hommes !

Son intervention fit l'effet d'un coup de tonnerre. Trois têtes se levèrent en même temps, le visage empreint de sentiments variés. Sur celui de Jean se lisait le dépit, sur celui du chanoine l'indignation, et sur celui d'Asclepios la surprise. Le chanoine fut le premier à retrouver sa voix.

– Quelle insolence est-ce encore là, ma fille ?

Puis, songeant à Asclepios :

– N'eût été la présence de notre hôte, je te corrigerais sur-le-champ. Étant donné les circonstances, ton châtiment attendra. Hors de ma vue !

Jeanne quitta son siège et s'efforça de rester maîtresse d'elle-même jusqu'à la porte de la maison, qu'elle referma derrière elle. Puis elle se mit à courir, aussi vite et aussi loin qu'elle put, jusqu'aux fougères qui bordaient la forêt. Là, elle se jeta à terre.

Elle crut mourir de souffrance. Être ainsi rabaissée devant l'homme qu'elle souhaitait le plus au monde impressionner ! *Ce n'est pas juste. Jean ne connaissait pas la réponse, moi si. Pourquoi aurais-je dû me taire ?*

Longtemps, elle observa l'ombre croissante des arbres. Un rouge-gorge se posa tout près et commença à fouir la terre en quête de vers. Il finit par en dénicher un, et, bombant le torse, se mit à parader en cercles avec sa proie. *Tu es comme moi : tout gonflé d'orgueil*… Même en sachant que l'orgueil était un péché – pour lequel elle avait été maintes fois punie –, elle ne pouvait s'empêcher de raisonner. *Je suis plus apte à l'étude que Jean. Pourquoi devrait-il étudier, plutôt que moi ?*

Le rouge-gorge s'envola, lointaine et minuscule tache de couleur parmi les arbres. Elle serra la médaille de sainte Catherine et pensa à Matthieu. Lui se serait assis près d'elle, aurait parlé, aurait expliqué les choses de façon qu'elle les comprenne. Comme il lui manquait !

Tu as tué ton frère ! avait tonné son père. La nausée lui étreignit la gorge. Et pourtant, son esprit se rebellait encore. Oui, elle était orgueilleuse. Oui, elle voulait davantage que ce que Dieu avait imparti aux femmes. Mais pourquoi Dieu aurait-il puni Matthieu de son péché à elle ? Cela n'avait aucun sens.

Pourquoi ne parvenait-elle pas à renoncer à son impossible rêve ? Tout le monde lui répétait que son désir d'apprendre était contre nature. Et malgré cela, elle avait soif de s'instruire, soif d'explorer le vaste monde d'idées et de possibilités qui s'ouvrait aux savants. Les autres fillettes du village ne s'y intéressaient pas. Elles se contentaient d'assister à la messe sans en saisir le premier mot. Elles acceptaient tout ce qu'on leur disait et ne regardaient pas plus loin. Elles ne rêvaient que d'un bon mari – c'est-à-dire d'un homme qui les traiterait humainement, et ne les battrait pas – et d'une terre fertile. Elles n'avaient aucun désir de s'aventurer au-delà des frontières familières du village. Elles étaient aussi incompréhensibles aux yeux de Jeanne que la fillette l'était aux leurs.

Pourquoi suis-je différente ?

Un bruit de pas s'éleva derrière elle. Une main se posa sur son épaule. Celle de Jean.

– Père m'envoie, bougonna-t-il. Il veut te voir.

– Je te demande pardon, fit Jeanne en lui prenant la main.

– Tu n'aurais pas dû. Tu n'es qu'une fille.

Elle se mordit la lèvre.

– J'ai eu tort. Pardonne-moi.

Jean tenta en vain de maintenir un masque de vertu outragée.

– Entendu, je te pardonne. Au moins, Père n'est plus en colère contre *moi*. Viens t'en assurer par toi-même.

Il l'aida à se lever, épousseta son vêtement. Main dans la main, ils revinrent vers la maison.

À la porte, Jean poussa sa sœur devant lui.

– Vas-y. C'est toi qu'ils veulent voir.

Jeanne se demanda de qui son frère voulait parler, mais elle n'eut pas le temps de poser la question : elle se retrouva face à son père et à Asclepios. Les deux hommes l'attendaient près de l'âtre.

Elle approcha, puis s'arrêta devant eux dans une attitude soumise. Son père la scrutait d'un air singulier, comme s'il avait avalé quelque fruit amer. Avec un grognement, il lui fit signe d'aller vers Asclepios. Celui-ci lui prit les mains et darda sur elle un regard pénétrant.

– Tu connais le latin ? demanda-t-il.

– Oui, messire.

– D'où te vient cette connaissance ?

– J'ai écouté les leçons de mon frère, messire, avoua-t-elle, baissant la tête pour ne pas croiser les yeux de son père. Je sais bien que je n'aurais pas dû le faire.

– Qu'as-tu appris d'autre ? l'interrogea le visiteur.

– Je sais lire, messire, et aussi écrire un peu. Mon frère Matthieu m'a appris quand j'étais petite.

Du coin de l'œil, elle surprit le tressaillement furieux du chanoine.

– Montre-moi.

Asclepios ouvrit la bible, choisit un passage et la lui tendit. C'était la parabole de la graine de moutarde de l'Évangile selon saint Marc. Elle commença à lire, trébuchant au départ sur certains mots latins – il y avait longtemps qu'elle n'avait plus eu le Livre sous les yeux.

– *Quomodo assimilabimus regnum Dei aut in qua parabola ponemus illud ?*

Ensuite, elle poursuivit sans hésitation jusqu'à la fin du texte.

– « À quoi allons-nous comparer le Royaume de Dieu, ou par quelle parabole allons-nous le représenter ? C'est comme une graine de moutarde : quand on la sème en terre, elle est la plus petite de toutes les semences du monde, mais quand on l'a semée, elle monte et devient plus grande que toutes les plantes potagères, et elle pousse de grandes branches, si bien que les oiseaux du ciel peuvent faire leurs nids à son ombre. »

Elle se tut. Dans le silence qui s'ensuivit, on entendait le doux murmure de la brise d'automne qui caressait le chaume du toit.

– Comprends-tu le sens de ce que tu viens de lire ? demanda Asclepios.

– Je crois.

– Explique-le-moi.

– Ce texte signifie que la foi ressemble à une graine de moutarde. On la sème au fond de son cœur, comme on sèmerait une graine dans son jardin. Si on la cultive, cette graine poussera jusqu'à se transformer en un arbre magnifique. De même, celui qui cultive sa foi accédera au Royaume des Cieux.

Asclepios se caressa la barbe, sans montrer ni approbation ni désapprobation. S'était-elle trompée dans son interprétation ?

Une autre idée lui vint.

– Ou alors…

Le visiteur haussa les sourcils.

– Oui ?

– La parabole pourrait aussi vouloir dire que l'Église est une graine de moutarde. Au commencement, elle était toute petite, et elle a poussé dans l'ombre. Il n'y avait que le Christ et les douze apôtres pour s'occuper d'elle. Mais elle a fini par se transformer en un arbre immense, dont l'ombre recouvre le monde entier.

– Et les oiseaux perchés sur ses branches ?

Elle réfléchit un instant.

– Ce sont les fidèles. Ils recherchent leur salut dans l'Église, tout comme les oiseaux trouvent un refuge dans les branches de l'arbre.

L'expression d'Asclepios était indéchiffrable. Une fois de plus, il se caressa la barbe. Jeanne décida de faire une ultime tentative.

– Et aussi… Le grain de moutarde pourrait représenter le Christ. Le Christ était comme une graine quand il a été mis en terre, et comme un arbre quand il a ressuscité pour monter aux cieux.

Asclepios se tourna vers le chanoine.

– Vous avez entendu ?

L'intéressé fit la grimace.

– Ce n'est qu'une fille. Je suis sûr qu'elle n'a pas…

– La graine en tant que foi, en tant qu'Église, en tant que Christ. *Allegoria, moralis, anagoge.* La triple exégèse classique des Écritures. Exprimée de façon sommaire, certes, mais son interprétation est aussi complète que celle de Grégoire le Grand. Et tout cela sans la moindre éducation formelle ! Extraordinaire ! Cette enfant vient de démontrer une intelligence inouïe. Je serai son tuteur.

Jeanne était éberluée. Rêvait-elle ? Devait-elle en croire ses oreilles ?

– Pas à l'école épiscopale, bien sûr, enchaîna Asclepios, car on ne me le permettrait pas. Je m'arrangerai pour venir ici chaque semaine, et je lui fournirai des manuscrits pour qu'elle puisse étudier dans l'intervalle.

Le chanoine s'impatientait. Ce n'était pas le dénouement qu'il avait imaginé.

– Fort bien, dit-il. Et mon garçon ?

– Le garçon ? Je crains qu'il n'ait guère d'avenir en tant qu'étudiant. En travaillant dur, il pourrait à la rigueur faire un bon prêtre de campagne. La loi exige seulement qu'ils sachent lire, écrire et administrer les sacrements. Mais n'en demandons pas davantage. L'école cathédrale n'est pas pour lui.

– Je n'en crois pas mes oreilles ! Vous êtes disposé à éduquer ma fille, mais pas mon fils ?

Asclepios haussa les épaules.

– L'une a du talent, l'autre non. Toute autre considération est superflue.

– Une femme savante ! s'exclama le chanoine, indigné. Elle, étudier les textes sacrés pendant que son frère est ignoré ? Je ne le permettrai pas ! Soit vous les prenez tous les deux, soit vous n'en aurez aucun.

Jeanne retint son souffle. Elle récita une prière muette, puis s'interrompit. Dieu ne l'approuverait peut-être pas. Elle glissa une main sous sa tunique et saisit le médaillon de sainte Catherine. *Elle* comprendrait. *Aidez-moi à obtenir ceci. Je vous ferai une splendide offrande. Mais je vous en supplie, aidez-moi.*

– Je vous ai déjà dit que ce garçon n'a aucune aptitude pour l'étude, s'impatienta Asclepios. L'éduquer serait une perte de temps.

– La cause est donc entendue, lâcha le chanoine, rageur.

Incrédule, Jeanne regarda son père se lever.

– Un instant, fit Asclepios. Vous semblez déterminé.

– Je le suis.

– Fort bien. Cette fille montre tous les signes d'une prodigieuse intelligence. Avec une instruction appropriée, elle pourrait accomplir de grandes choses. Je n'ai pas le droit de laisser échapper un tel potentiel. Puisque vous insistez, j'enseignerai aux deux.

Jeanne respira bruyamment.

– Merci ! s'écria-t-elle, tant pour sainte Catherine que pour Asclepios. Je travaillerai dur pour mériter votre estime !

Asclepios la gratifia d'un regard brillant de sagacité. *On dirait un feu intérieur*, se dit Jeanne. Et ce feu allait illuminer son avenir…

– Il le faudra, dit-il, souriant imperceptiblement sous sa barbe blanche. Oh oui ! ma fille, il faudra que tu travailles.

4

Rome

L'intérieur du palais du Latran, avec ses hautes voûtes de marbre, paraissait délicieusement frais par rapport à la chaleur suffocante des rues de Rome. Quand les énormes portes de bois de la résidence papale se furent refermées dans son dos, Anastase cligna des yeux à plusieurs reprises dans la pénombre. D'instinct, sa main se mit en quête de celle de son père. Presque aussitôt, l'enfant se souvint, et la ramena le long de son corps.

« Tiens-toi droit, et ne reste pas accroché à la cape de ton père, lui avait dit sa mère ce matin-là, en arrangeant d'un coup sec sa ceinture incrustée de pierreries. Tu as douze ans, amplement l'âge de te comporter comme un homme. Et n'oublie pas de soutenir le regard de tous ceux qui te parleront. Ton patronyme est parmi les plus grands. Tu ne dois jamais paraître déférent. »

Anastase redressa ses épaules et haussa le menton. Il était petit pour son âge, ce qui était pour lui une source de tourment perpétuelle, mais s'efforçait en permanence, par son attitude, de se grandir autant que possible. Ses yeux ayant commencé à s'adapter à l'obscurité, il promena autour de lui un regard curieux. C'était sa première visite au Latran, majestueuse demeure du pape et siège de tous les pouvoirs à Rome. Anastase était intimidé. Les entrailles de ce palais formaient une structure gigantesque, qui contenait non seulement les archives de l'Église et la chambre du trésor, mais aussi des dizaines d'oratoires, de *triclinia*[1] et de chapelles – parmi lesquelles le Sanctum Sanctorum, la fameuse chapelle privée des papes. Face à Anastase, sur le mur du grand vestibule, était affichée une énorme *tabula mundi*, carte annotée qui représentait le monde comme un disque plat entouré d'océans. Les trois continents – l'Asie, l'Afrique et l'Europe – étaient séparés par deux puissants fleuves, le Tanaïs et le Nil, ainsi que par la mer Méditerranée. Au centre exact de la terre, bordée à l'est par le paradis terrestre, se dressait la cité sainte de Jérusalem. Anastase observa longuement la carte. Son attention était surtout attirée par les immenses espaces vierges, à la fois mystérieux et effrayants, qui occupaient ses confins, à la lisière des ténèbres.

Un homme approcha, vêtu de la dalmatique de soie blanche caractéristique des membres de la maison papale.

– Veuillez accepter le salut et la bénédiction de notre très saint-père le pape Pascal, déclara-t-il.

– Puisse-t-il vivre de longues années, répliqua le père d'Anastase, afin qu'il nous soit donné de continuer à prospérer sous sa houlette bienveillante.

Une fois les formalités d'usage accomplies, les deux hommes se détendirent.

– Eh bien, Arsène, dit l'homme, comment te portes-tu ? Je suppose que tu es ici pour voir Théodore ?

Le père d'Anastase acquiesça.

– En effet. Je voudrais conclure la nomination de mon neveu Cosme au poste d'*arcarius*[2]. Le paiement, ajouta-t-il en baissant le ton, remonte à plusieurs semaines. Je

1. *Triclinium :* salle à manger romaine. *(Toutes les notes sont du traducteur.)*

2. Caissier du trésor pontifical.

ne comprends pas ce qui a pu retarder autant l'annonce officielle.

– Ces derniers temps, Théodore a eu fort à faire, notamment à cause de cette vilaine querelle sur la possession du monastère de Farfa. Le Saint-Père a été fort contrarié par la décision de la cour impériale.

L'homme se pencha vers Arsène et ajouta, sur le ton de la conspiration :

– Il n'a pas davantage apprécié de voir Théodore se faire le champion de la cause de l'empereur. Autant t'y préparer : il est possible que Théodore ne puisse pas faire grand-chose pour toi en ce moment.

– J'y ai pensé, fit le père d'Anastase avec un haussement d'épaules. Cela dit, il est toujours *primicerius*[3], et le paiement a été effectué.

– Nous verrons.

La conversation s'interrompit brusquement. Un troisième personnage s'approcha, lui aussi vêtu d'une dalmatique blanche. Anastase, debout à côté de son père, se raidit un peu plus.

– Puisse la bénédiction du Très Saint Père t'accompagner, Sarpatus, dit Arsène.

– Toi aussi, mon cher Arsène, toi aussi, répondit le nouveau venu, dont la bouche était étrangement tordue, avant de se tourner vers le troisième homme. Eh bien, Lucien, tu semblais à l'instant tout à fait fasciné par les propos d'Arsène… Se peut-il qu'il y ait du nouveau, quelque chose d'intéressant ? Je ne demande pas mieux que de l'entendre. Depuis le départ de l'empereur, la vie est si ennuyeuse !

– Non, bien sûr que non. Si nous avions des nouvelles, tu sais bien que je t'en ferais part.

Lucien, nerveux, s'adressa ensuite au père d'Anastase.

– Je te laisse, Arsène. Mes devoirs m'appellent.

3. Grand chambellan.

Il s'inclina et s'en fut d'un pas alerte. Sarpatus secoua la tête.

– Lucien est très tendu depuis quelque temps. Je me demande bien pourquoi, soupira-t-il, avec un regard appuyé pour le père d'Anastase. Enfin, peu importe ! Je vois que tu n'es pas venu seul.

– Oui. Puis-je te présenter mon fils Anastase ? Il subira bientôt l'examen qui lui permettra de devenir lecteur. Son oncle Théodore l'aime beaucoup. C'est pourquoi je l'ai amené à notre entrevue.

Anastase s'inclina.

– Puissiez-vous prospérer sous l'égide du Seigneur, déclara-t-il avec dignité, ainsi qu'on le lui avait appris.

L'homme sourit.

– Le latin de cet enfant est excellent. Je te félicite, Arsène. Ton fils sera pour toi un atout de choix – à moins, bien sûr, qu'il ne partage le déplorable manque de jugement de son oncle. Oui, vraiment, c'est un bel enfant... Quel âge a-t-il ?

Anastase se chargea lui-même de répondre.

– J'ai eu douze ans juste après l'Avent.

– Ah ? Tu parais plus jeune, dit Sarpatus en lui flattant la nuque.

Anastase sentit grandir dans son cœur une forte aversion envers cet inconnu. Il se dressa sur ses ergots et lâcha :

– Je doute que le jugement de mon oncle soit si mauvais. Comment, sinon, serait-il devenu primicerius ?

Arsène pinça le bras de son fils en signe d'avertissement, mais son regard était doux et l'ombre d'un sourire se dessinait sur ses lèvres. L'homme considéra l'enfant avec une lueur de surprise – ou de colère – au fond des yeux. Anastase soutint ce regard. Au bout d'un long moment, l'homme céda et se tourna vers son père.

– Quelle touchante loyauté ! Bien, bien, j'espère que les idées de ce garçon se révéleront aussi correctes que son latin.

Un grand bruit résonna soudain au fond du vestibule, dont les lourdes portes s'ouvrirent.

– Ah ! Voici venir le primicerius. Je ne vous dérange pas plus longtemps.

Avec une révérence affectée, Sarpatus s'éloigna.

Le silence s'abattit sur la salle lorsque Théodore entra, accompagné de son gendre Léon, récemment promu au rang de *nomenclator*[4]. Le primicerius s'arrêta peu après le seuil pour échanger quelques phrases avec certains membres du clergé et de la noblesse assemblés là. Avec sa dalmatique de soie rubis et sa ceinture dorée, Théodore était de loin le mieux vêtu. Il goûtait les belles étoffes et s'habillait toujours avec ostentation, ce qui suscitait l'admiration d'Anastase.

Quand il en eut fini avec les politesses, Théodore fouilla le vestibule du regard. Il aperçut Anastase et son père, sourit, et s'avança à leur rencontre. Tout en s'approchant, il lança un clin d'œil à l'enfant et porta une main à la poche de sa dalmatique. Anastase lui rendit son sourire. Il savait ce que ce geste signifiait. Théodore, plein d'amour pour les enfants, avait toujours un petit cadeau à offrir. *Que recevrai-je aujourd'hui ?* se demanda Anastase. *Une figue bien mûre, un bonbon vermillon, ou peut-être même un morceau de massepain, truffé d'amandes et de noisettes confites ?*

L'attention d'Anastase était si entièrement concentrée sur la poche de Théodore qu'il ne vit pas tout de suite arriver les trois hommes. Ils surgirent d'un seul coup, dans le dos de son oncle. L'un d'eux plaqua une main sur la bouche de Théodore et le tira en arrière. Anastase crut qu'il s'agissait d'une sorte de facétie. Sans cesser de sourire, il leva sur son père un regard interrogateur. Son cœur fit un bond quand il lut la peur dans ses yeux. Ses prunelles revinrent sur son oncle, qui se débattait.

4. Ministre chargé du culte et des œuvres charitables.

Théodore était un homme vigoureux, mais le combat était inégal. Ses trois assaillants l'encerclèrent, le prirent par les bras, le mirent à terre. L'avant de sa dalmatique rouge fut déchiré, révélant sa peau blanche. L'un des hommes empoigna Théodore par les cheveux et renversa sa tête en arrière. Anastase devina l'éclat du métal. Il y eut un cri, et le visage de Théodore se transforma soudain en une fontaine écarlate. Un petit jet de liquide aspergea Anastase à la figure. Il sursauta. Il y porta une main, puis la considéra avec stupeur. C'était du sang. À l'autre bout de la salle, quelqu'un cria. Anastase vit Léon, le gendre de Théodore, disparaître sous une horde d'agresseurs.

Les trois hommes lâchèrent Théodore, qui tomba à genoux. Quand son oncle leva la tête, Anastase poussa un cri de terreur. C'était une vision horrible. Un flot de sang jaillissait des deux puits noirs et vides qui avaient été ses yeux, coulait sur ses joues, dégoulinait de son menton sur ses épaules et sur son torse.

Anastase enfouit son visage au creux de la hanche de son père. La grande main de celui-ci se posa sur son épaule, puis sa voix s'éleva, forte et ferme.

– Non, mon fils. Tu ne dois pas te voiler la face.

Ses paumes repoussèrent l'enfant, le forçant à contempler l'effroyable scène qui se déroulait sous leurs yeux.

– Regarde, et prends-en de la graine. Tel est le coût du manque d'art et de finesse. Théodore vient de payer au prix fort l'ostentation avec laquelle il a soutenu l'empereur.

Anastase, raide comme une statue, vit les assaillants tirer Théodore et Léon jusqu'au centre du vestibule. Plusieurs fois, les victimes trébuchèrent et faillirent tomber sur le sol carrelé, rendu glissant par leur propre sang. Théodore voulut crier quelque chose, mais ses paroles étaient inintelligibles. La bouche ouverte, il offrait un spectacle plus répugnant encore.

Les hommes forcèrent Théodore et Léon à s'agenouiller, puis à pencher la tête en avant. L'un d'eux leva une épée au-dessus de la nuque du nomenclator et, d'un seul coup sec, le décapita. Théodore, qui continuait de se débattre, avait apparemment le cou plus épais : il fallut trois ou quatre coups d'épée pour lui couper la tête.

Anastase s'aperçut enfin que les assaillants portaient la croix écarlate de la milice papale.

– Père, ce sont les gardes ! Les gardes de la milice !

– Oui, confirma celui-ci en attirant son fils contre lui.

Anastase s'efforça de refouler la vague de terreur qui menaçait de s'emparer de lui.

– Mais pourquoi ? Pourquoi, Père ? Pourquoi ont-ils fait une chose pareille ?

– Ils ont obéi aux ordres.

– Aux ordres ? répéta Anastase, incrédule. Mais qui aurait pu leur donner cet ordre ?

– Qui ? fit son père, d'une voix calme malgré son extrême pâleur. Réfléchis un peu, mon fils. Il faudra bien que tu apprennes à réfléchir, si tu ne veux pas risquer de subir un jour le même sort. Voyons un peu : qui donc détient le pouvoir à Rome ? Qui est capable de donner cet ordre ?

Anastase resta muet, réduit au silence par l'énormité de la réponse qui était en train d'éclore en lui.

– C'est bien cela, approuva son père, une main sur son épaule. Qui d'autre que le pape ?

5

– Non, non et non ! s'écria Asclepios d'une voix rendue cassante par l'impatience. Quand donc formeras-tu des lettres plus petites ? Vois comment ta sœur a recopié sa leçon. Il faut que tu aies davantage de respect pour le parchemin, mon garçon. Qui peut se permettre de gâcher une feuille entière pour recopier un paragraphe ? Si les moines d'Andernach écrivaient de la sorte, tous les troupeaux d'Austrasie seraient décimés en un mois !

Jean lança à sa sœur un regard lourd de rancune.

– C'est trop difficile, lâcha-t-il. Je n'y arriverai pas.

– Fort bien, soupira Asclepios. Reprends ta tablette, et tâche de t'appliquer. Nous en reviendrons au parchemin quand tu auras acquis une meilleure maîtrise.

Il se tourna vers Jeanne.

– Eh bien ? As-tu fini *De inventione* ?

– Oui, messire.

– Cite-moi donc les six questions probatoires qui servent à déterminer les circonstances de l'action humaine.

– *Quis, quid, quomodo, ubi, quando, cur*, répondit aussitôt la fillette. « Qui, quoi, comment, où, quand, pourquoi. »

– Bien. À présent, tâche d'identifier les *constitutiones* rhétoriques.

– Cicéron a défini quatre *constitutiones* différentes : la controverse sur le fait, la controverse sur la définition, la controverse sur la nature de l'acte, et…

Avec un bruit sourd, Gudrun poussa la porte et entra, pliant sous le poids des seaux de bois pleins d'eau qu'elle portait au bout de chaque bras. Jeanne se leva pour l'aider, mais Asclepios posa une main sur son épaule pour la faire rasseoir.

– Et ?

Jeanne hésita, l'œil toujours fixé sur sa mère.

– Achève, ordonna Asclepios d'un ton qui ne souffrait aucune contestation.

– La controverse sur la juridiction ou la procédure.

Satisfait, son maître hocha la tête.

– Trouve-moi un exemple du troisième *status*. Écris-le sur ton parchemin, mais seulement quand tu seras certaine qu'il vaut la peine d'être conservé.

Gudrun commença à s'affairer dans la pièce. Elle raviva le feu, mit un chaudron à bouillir, apprêta la table pour le dîner. Par deux ou trois fois, elle jeta des coups d'œil irrités par-dessus son épaule. Sentant au fond de son cœur l'aiguillon de la culpabilité, Jeanne se força néanmoins à se concentrer sur son travail. Chaque seconde était précieuse : Asclepios ne venait qu'une fois par semaine, et ses leçons étaient la chose au monde la plus importante à ses yeux.

Mais qu'il était ardu de s'instruire, perpétuellement confrontée au poids du déplaisir maternel ! Asclepios avait lui aussi remarqué l'hostilité de Gudrun, mais il la mettait sur le compte du fait que Jeanne, en étudiant, se trouvait détournée de ses tâches domestiques. La fillette, elle, en connaissait la véritable raison. Son apprentissage était considéré comme une trahison, une violation du monde secret qu'elle ne partageait qu'avec sa mère – un monde peuplé de dieux et de mystères saxons. En apprenant le latin, en étudiant les textes chrétiens, Jeanne allait vers ce que sa mère honnissait par-dessus tout : le Dieu chrétien qui avait ravagé sa patrie et, plus concrètement, le chanoine, son époux.

En vérité, Jeanne étudiait surtout des textes classiques préchrétiens. Asclepios vénérait les œuvres « païennes » de Cicéron, Sénèque, Lucain et Ovide, condamnées par la plupart des clercs. Il lui enseignait le grec en s'appuyant sur des textes fort anciens de Ménandre et d'Homère, qui n'étaient que blasphème aux yeux du chanoine. Habituée par son maître à apprécier avant tout la clarté et le style, Jeanne ne s'était jamais demandé si la poésie d'Homère était acceptable au regard de la doctrine chrétienne. Ces vers étaient si beaux que Dieu les habitait forcément.

Elle eût aimé expliquer ces choses à sa mère, mais savait que cela ne changerait rien. Homère ou Bède le Vénérable, Cicéron ou saint Augustin – ces noms illustres, dans l'esprit de Gudrun, se valaient tous. Ils n'étaient pas saxons. Rien d'autre ne comptait.

Jeanne, distraite, fit une grosse tache d'encre sur son parchemin. Levant la tête, elle rencontra aussitôt le regard pénétrant d'Asclepios.

– N'aie crainte, mon enfant, dit-il, d'une voix étonnamment douce pour un homme qui ne tolérait guère la distraction. Ce n'est pas grave. Recommence ici.

Les villageois d'Ingelheim étaient rassemblés autour de l'étang communal. Une sorcière devait être jugée ce jour-là, événement propre sans aucun doute à susciter de l'horreur, de la pitié, et une jubilation résultant d'un répit bienvenu dans le cycle sans fin des corvées quotidiennes.

– *Benedictus !* proclama le chanoine en faisant le geste de bénir l'eau de la mare.

Hrotrud tenta de s'enfuir, mais fut aussitôt rattrapée par deux hommes, qui la ramenèrent devant le chanoine aux sourcils froncés en signe de désapprobation. Elle jura et se débattit, mais ses gardiens réussirent néanmoins à lui lier les mains dans le dos au moyen de chiffons de lin. Elle poussa un cri de douleur lorsqu'ils serrèrent le nœud autour de ses poignets.

– *Maleficia*, chuchota quelqu'un au bord de la foule, tout près de l'endroit où se tenaient Jeanne et Asclepios. Saint Barnabé, préserve-nous du mauvais œil !

Asclepios ne dit rien, mais secoua tristement la tête. Il était arrivé à Ingelheim ce matin de bonne heure pour donner sa leçon hebdomadaire, mais le chanoine avait ordonné à ses enfants d'assister au procès de Hrotrud, ancienne sage-femme du village.

« Vous en apprendrez plus long sur les voies du Seigneur en observant son jugement qu'en lisant tous les textes païens du monde », s'était-il justifié, non sans un regard appuyé pour Asclepios.

Si Jeanne n'appréciait pas de manquer sa leçon, elle était curieuse de suivre le procès, n'ayant jamais vu quiconque être jugé pour sorcellerie. Elle regrettait cependant que l'accusée fût Hrotrud. Elle aimait cette femme, honnête et sans fourberie, qui l'avait toujours courtoisement traitée, sans chercher à la tourner en ridicule comme la plupart des gens du village. Gudrun lui avait raconté le rôle crucial joué par la sage-femme dans sa venue au monde – un véritable supplice, soit dit en passant, où la mère et la fille n'avaient eu la vie sauve que grâce à l'intervention de Hrotrud. Tout en promenant ses yeux sur la foule, Jeanne se dit que cette femme avait dû aider à naître la majeure partie des personnes présentes – du moins celles qui avaient plus de six ans. À lire la haine qui brillait dans les regards, nul n'aurait pu s'en douter. Depuis que la maladie, en paralysant ses mains, l'empêchait d'exercer sa profession, la pauvre femme vivait de la charité de ses voisins, ainsi que du maigre profit qu'elle retirait de la vente d'herbes médicinales et de philtres de sa composition.

Son talent en la matière avait été sa perte : à si bien soigner l'insomnie et à apaiser rages de dents et maux de tête et d'estomac, elle avait fini par être assimilée à une sorcière par une grande partie des villageois.

Quand il en eut terminé avec la bénédiction de l'étang, le chanoine vrilla son regard sur Hrotrud.

– Femme ! Tu sais le crime dont tu es accusée. Consens-tu à confesser librement tes péchés, afin d'assurer le rachat de ton âme ?

Hrotrud le toisa du coin de l'œil.

– Si j'avoue, me laisseras-tu aller librement ?

Le chanoine secoua la tête.

– C'est expressément interdit par la sainte Bible : « Une magicienne, tu ne la laisseras pas vivre. » Exode, chapitre vingt-deux, verset dix-huit. Mais tu mourras d'une mort consacrée, et promptement, ce qui te permettra de jouir des incommensurables bienfaits du Royaume des Cieux.

– Non ! s'écria Hrotrud en le défiant du regard. Je suis une chrétienne, non une sorcière, et quiconque prétend le contraire est un fieffé menteur !

– Sorcière ! Tu endureras les flammes de l'enfer pour l'éternité ! Comment oses-tu nier l'évidence déployée sous tes yeux ?

Tout à coup, le chanoine agita sous son nez une ceinture de lin crasseuse, déformée par une série de nœuds grossiers. Hrotrud sursauta et recula d'un pas.

– Vous avez vu sa frayeur ? murmura quelqu'un, tout près de Jeanne. Elle est coupable, c'est sûr ! Qu'on la brûle !

N'importe qui s'effraierait d'un mouvement aussi brusque, se dit Jeanne. *Ce n'est pas une preuve de culpabilité.*

Le chanoine montra la pièce à conviction à la foule.

– Cette ceinture appartient à Arno, le meunier. Elle a disparu il y a une demi-lune. Tout de suite après, il s'est alité, frappé d'une terrible douleur aux entrailles.

Dans la foule, les visages prirent un air solennel. On n'aimait pas beaucoup Arno, soupçonné de tricherie dans la pesée du grain. Cependant, la maladie du meunier causait un grave préjudice à toute la communauté. Sans lui, le blé ne pouvait plus être transformé en farine, car la loi interdisait à tout villageois de moudre lui-même son grain.

– Il y a deux jours, reprit le chanoine d'un ton solennel, cette ceinture a été retrouvée dans la forêt, tout près de la hutte de Hrotrud.

Un murmure traversa l'assistance, ponctué de cris.

– Sorcière !

– Diablesse !

– Qu'on la brûle !

Le chanoine scruta de nouveau la sage-femme.

– Tu as volé la ceinture et fait ces nœuds pour renforcer tes incantations maléfiques. Par cette action, tu as poussé Arno aux confins extrêmes de la mort.

– Jamais ! s'exclama Hrotrud, indignée, en tentant de se libérer. Je n'ai rien fait de tel ! Je n'ai jamais vu cette ceinture ! Je ne…

Impatient, le chanoine fit un signe aux deux gardes, qui soulevèrent Hrotrud comme un sac d'avoine, la balancèrent plusieurs fois d'avant en arrière, puis la lâchèrent de concert. Hrotrud plana un moment en l'air, laissant échapper un cri de rage et de peur, et retomba en plein centre de la mare dans une gerbe d'éclaboussures.

Jeanne et Asclepios furent bousculés par la foule qui cherchait à s'approcher de la rive. Si Hrotrud reparaissait à la surface de l'étang, cela signifierait que l'eau bénite ne voulait pas d'elle. Démasquée comme sorcière, elle serait alors brûlée sur un bûcher. Si elle coulait à pic, son innocence serait prouvée, et elle serait sauvée.

Dans un silence de mort, tous les yeux se fixèrent sur la surface de la mare. Des cercles s'agrandissaient autour de l'endroit où Hrotrud avait disparu. Ailleurs, l'eau était immobile.

Avec un grognement, le chanoine fit signe à ses hommes, qui se jetèrent à l'eau et plongèrent pour ramener Hrotrud.

– Elle est innocente des charges dont on l'accuse, décréta l'homme d'Église. Dieu soit loué !

Jeanne crut lire une ombre de déception sur les traits de son père. Ou était-ce un mauvais tour de son imagination ?

À plusieurs reprises, les hommes émergèrent, puis replongèrent sans succès. Enfin, l'un d'eux remonta à la surface avec Hrotrud dans ses bras. Elle était inconsciente, le visage bouffi et livide. L'homme la traîna jusqu'à la berge et la coucha par terre. Elle ne réagit pas. Il se pencha sur elle pour écouter son cœur, et se releva au bout d'un moment.

– Elle est morte, annonça-t-il.

Un murmure s'éleva dans la foule.

– Regrettable, lâcha le chanoine. Mais du moins est-elle morte innocente du crime dont elle était accusée. Dieu reconnaît les siens. Il offrira récompense et repos à son âme.

Les villageois se dispersèrent. Certains, curieux, allèrent examiner le corps de Hrotrud de plus près, d'autres s'en furent par petits groupes, en bavardant à mi-voix.

Jeanne et Asclepios regagnèrent la maison du chanoine en silence. La fillette était profondément troublée. Elle avait honte de l'excitation ressentie avant le début du procès, même si elle ne s'était pas attendue alors à ce que Hrotrud perde la vie. À l'évidence, la sage-femme n'avait rien d'une sorcière. Jeanne était donc certaine que Dieu s'empresserait de prouver son innocence.

Ce qu'il avait fait.

Mais pourquoi l'avait-il laissée mourir ?

Elle n'en parla que plus tard, après avoir repris sa leçon sous le toit de chaume. Au milieu d'une phrase, elle reposa son style et demanda à brûle-pourpoint :

– Pourquoi Dieu a-t-il fait une chose pareille ?

– Peut-être n'est-il pas responsable, répondit Asclepios, comprenant aussitôt le sens de sa question.

Jeanne le dévisagea intensément.

– Vous voulez dire que… qu'une injustice aurait pu se produire en dépit de sa volonté ?

– Peut-être pas. Mais il se peut que la faute incombe ici à la nature du procès plutôt qu'à la volonté de Dieu.

Jeanne médita un moment sur ces dernières paroles.

– Mon père répondrait sans doute que les sorcières sont jugées de la sorte depuis des siècles.

– En effet.

– Mais ce n'est pas forcément une justification. Quel autre argument pourrait-on avancer ?

– C'est à toi de me le dire.

Jeanne soupira. Asclepios était profondément différent de son père, et même de Matthieu. Il refusait de lui enseigner des vérités toutes faites, préférant toujours la laisser découvrir les bonnes réponses par le raisonnement. Elle se mit à réfléchir au problème en se caressant le bout du nez, comme elle faisait souvent.

Bien sûr ! Il fallait qu'elle fût aveugle pour ne l'avoir pas vu plus tôt. Cicéron et son *De inventione* ! Jusqu'alors, ce texte n'avait guère représenté à ses yeux qu'une abstraction, un ornement rhétorique, un pur exercice intellectuel.

– Je pense aux questions probatoires de Cicéron, dit-elle. Ne pourrait-on pas les appliquer à ce cas ?

– Continue.

– *Quid :* il existe ici un fait indiscutable, celui de la ceinture nouée. Mais quel est le sens de ce fait ? *Quis :* qui a fait ces nœuds, puis déposé la ceinture dans la forêt ? *Quomodo :* comment a-t-elle été dérobée à Arno ?

Quando, ubi : quand et où a-t-elle été volée ? Quelqu'un a-t-il vu Hrotrud en sa possession ? *Cur :* pourquoi Hrotrud aurait-elle pu vouloir du mal à Arno ?

Jeanne parlait de plus en plus vite, émerveillée par les possibilités ouvertes par son idée.

– On aurait pu trouver des témoins et les questionner. Hrotrud et Arno auraient pu être confrontés. Leurs réponses auraient pu déterminer l'innocence de Hrotrud. Et… Hrotrud n'aurait pas eu besoin de mourir pour se disculper !

Ils étaient sur un terrain dangereux et le savaient. Tous deux restèrent silencieux. Jeanne était encore bouleversée par l'énormité de ce qui venait de naître dans son esprit : elle avait découvert l'application de la logique en matière de révélation divine et la possibilité d'une justice immanente, au sein de laquelle les postulats de la foi seraient gouvernés par une recherche rationnelle, et où la croyance serait soutenue par le pouvoir de la raison.

– Tu serais bien avisée de ne pas mentionner cette conversation à ton père, déclara Asclepios.

La fête de saint Bertin venait de passer. Les jours raccourcissaient de plus en plus, et avec eux la durée des leçons. Le soleil était déjà bas sur l'horizon quand Asclepios se leva.

– Cela suffit pour aujourd'hui, mes enfants.

– Puis-je sortir ? demanda Jean.

Sur un geste distrait de son maître, il se leva et courut vers la porte. Jeanne sourit. L'évidente absence de goût de son frère pour l'étude l'embarrassait. Avec lui, Asclepios se montrait fréquemment impatient, voire bourru. Son frère était un élève lent et sans volonté. « Je n'y arriverai pas ! » geignait-il dès qu'il rencontrait une difficulté. À certains moments, Jeanne aurait aimé le secouer et crier :

« Essaie ! Essaie au moins ! Comment peux-tu savoir que tu n'y arriveras pas si tu n'essaies pas ? »

Plus tard, elle se reprochait ces poussées d'irritation. Jean n'était pas coupable d'être lent à comprendre. D'ailleurs, sans lui, elle n'aurait pas pu s'instruire pendant ces deux années – et la vie sans l'étude lui était devenue inconcevable.

– J'ai quelque chose à t'annoncer, Jeanne, dit Asclepios dès que Jean eut disparu. Je viens d'apprendre que l'on n'a plus besoin de mes services à l'école cathédrale. Un autre professeur – un Franc – vient d'être proposé au poste de maître d'études, et l'évêque l'estime mieux armé que moi pour cette fonction.

– Comment est-ce possible ? s'écria Jeanne, abasourdie. Qui est cet homme ? Il ne peut pas être plus savant que vous !

Asclepios sourit.

– Ta déclaration montre sinon de la sagesse, du moins de la loyauté. J'ai rencontré le Franc en question. C'est un grand savant, dont les centres d'intérêt conviennent mieux que les miens à l'enseignement de l'école.

Voyant que Jeanne ne saisissait pas, il poursuivit :

– La sorte de savoir que nous avons étudiée ensemble a sa place, Jeanne, mais cette place n'est pas entre les murs de l'école cathédrale. Rappelle-toi ce que je t'ai dit, et sois prudente : certaines idées sont dangereuses.

– Mais… qu'allez-vous faire ? Comment vivrez-vous ?

– J'ai un ami à Athènes, un marchand qui a fait fortune. Il veut que je devienne le tuteur de ses enfants.

– Vous partez ? lâcha Jeanne, incrédule.

– Il est prospère. Son offre est généreuse. Je n'ai guère le choix.

– Vous repartez en Grèce ? Quand ?

– Dans un mois. N'eût été le plaisir que je prends à étudier avec toi, je serais déjà parti.

– Mais… Vous pourriez vivre ici, avec nous. Vous pourriez devenir notre tuteur, à Jean et à moi, et… nous aurions des leçons chaque jour !

– C'est impossible, mon enfant. Ton père possède à peine de quoi vous nourrir pour l'hiver. Il n'y a pas de place à votre table ni autour de votre feu pour un étranger. D'ailleurs, il faut bien que je poursuive mes propres travaux. Je n'aurai plus accès à la bibliothèque épiscopale.

– Ne partez pas ! s'écria Jeanne, la gorge nouée. Je vous en supplie, ne partez pas !

– Je le dois, ma très chère fille. Crois-moi, j'aimerais qu'il en fût autrement, murmura-t-il en flattant la blonde chevelure de son élève. J'ai beaucoup appris à te fréquenter, et je doute de retrouver de sitôt un aussi brillant disciple. Tu possèdes une rare intelligence. C'est un don de Dieu, auquel tu devras toujours faire honneur… quel qu'en soit le prix.

Craignant que sa voix ne trahît son émotion, Jeanne demeura muette. Asclepios lui prit la main.

– Ne t'inquiète pas. Ton instruction ne s'arrêtera pas là. Je prendrai des dispositions. Je ne sais encore précisément ni où ni comment, mais je ferai le nécessaire. Ton intelligence est trop prometteuse pour être laissée en friche. Nous saurons la faire fructifier, je te le promets, ajouta-t-il en serrant fortement sa main. Fais-moi confiance.

Après son départ, Jeanne resta derrière son pupitre. Quand sa mère revint, portant un fagot de bois, elle la trouva assise dans les ténèbres croissantes.

– Ah ! tu as donc fini ? Parfait ! Viens plutôt m'aider à allumer le feu.

Asclepios revint la voir le jour de son départ, vêtu de sa longue cape de voyage bleue. Il lui tendit un gros paquet enveloppé d'étoffe.

– Pour toi, dit-il en le plaçant dans les bras de la fillette.

Jeanne se hâta de défaire le paquet, et poussa un cri de joie en découvrant son contenu. C'était un livre, relié à la façon orientale de bois garni de cuir.

– Ceci est mon livre, expliqua Asclepios. Je l'ai fabriqué moi-même, il y a bien des années. C'est un exemplaire d'Homère. Tu trouveras le texte grec original dans la première moitié, et une traduction latine ensuite. Il t'aidera à entretenir ta connaissance de ces deux langues jusqu'au jour où tu reprendras tes études.

Jeanne resta sans voix. Un livre, un livre pour elle seule ! Un tel privilège n'était partagé que par quelques moines et savants du plus haut rang. Elle l'ouvrit et contempla, ligne après ligne, la splendide écriture de son maître, qui emplissait les pages de parchemin de mots d'une inexprimable beauté. Asclepios l'observait, le regard plein d'une tendre mélancolie.

– N'oublie pas, Jeanne. N'oublie jamais.

Il lui ouvrit les bras. Elle vint à lui, et pour la première fois, ils se donnèrent l'accolade et demeurèrent longuement enlacés. Quand Asclepios s'écarta enfin, sa cape était mouillée par les larmes de Jeanne.

Elle ne le vit pas s'éloigner à cheval. Elle resta dans la maison, là où il l'avait laissée, serrant son livre à s'en blanchir les phalanges.

Jeanne savait que son père ne lui permettrait pas de garder le manuscrit de son maître. Le chanoine n'avait jamais approuvé ses études, et maintenant qu'Asclepios était parti, personne ne pourrait plus s'opposer à sa volonté. Elle décida donc de le cacher. Après l'avoir soigneusement remmailloté, elle l'enfouit sous la paille épaisse du matelas, de son côté du lit.

Elle était avide de le lire, d'entendre de nouveau résonner dans son esprit la joyeuse cadence de la poésie d'Homère. Mais c'était trop dangereux. Il y avait toujours quelqu'un dans la maison, ou juste à côté, et elle craignait d'être découverte. Elle n'avait qu'une seule possibilité : la nuit. Quand tout le monde dormait, elle pouvait lire sans courir le risque d'être soudain interrompue. Mais il lui fallait de la lumière – une chandelle, ou au moins de l'huile. La famille ne disposait que de deux douzaines de bougies par an – le chanoine avait scrupule à en prendre davantage à l'église. Elle n'avait aucune chance d'en dérober une sans être aussitôt remarquée. En revanche, la réserve paroissiale renfermait une énorme quantité de cire, car les habitants d'Ingelheim étaient tenus d'en fournir cent livres par an au titre de l'impôt. Si elle parvenait à s'emparer d'un peu de cette cire, elle pourrait fabriquer sa propre chandelle.

Ce ne fut pas chose facile, mais elle réussit à chaparder une quantité suffisante de cire pour confectionner une petite bougie, en utilisant un morceau de corde de lin en guise de mèche. C'était une chandelle grossière, à la flamme minuscule, mais elle lui donna néanmoins la lumière dont elle avait besoin pour lire.

La première nuit, elle se montra extrêmement prudente. Elle attendit longtemps après que ses parents se furent retirés sur leur couche, par-delà la cloison, et que son père eut commencé à ronfler. Enfin, elle se glissa hors du lit, silencieuse et nerveuse comme un faon, en prenant soin de ne pas réveiller Jean, couché près d'elle. Il dormait bruyamment, la tête enfouie sous la couverture. Tout doucement, Jeanne retira le précieux livre de sa cachette et le porta jusqu'au petit pupitre de bois, dans le coin opposé de la pièce. Elle alluma sa chandelle contre une braise de l'âtre.

De retour au pupitre, elle approcha la flamme. La lumière était ténue et vacillante, mais en plissant les yeux, on devinait les lignes tracées à l'encre noire. Les lettres semblaient danser en signe d'invitation. Jeanne savoura longuement cet instant en silence. Puis elle tourna la page et entama sa lecture.

Les jours chauds et les nuits fraîches de Windumemanoth, mois des vendanges, vinrent et s'en furent promptement. Les rudes *nordostroni* arrivèrent plus tôt que prévu, soufflant du nord-est en rafales puissantes et glacées. Derechef, la fenêtre fut condamnée, mais le vent semblait capable de se faufiler dans chaque interstice. Pour demeurer au chaud, il fallait laisser le feu crépiter toute la journée. La fumée et la suie envahissaient la pièce.

Toutes les nuits, dès que le reste de la famille était endormi, Jeanne se relevait pour lire dans l'ombre, des heures durant. Ayant brûlé sa petite chandelle, elle dut patienter un temps interminable avant de réussir à voler un peu plus de cire à la réserve de l'église. Quand elle fut de nouveau prête, elle se jeta à corps perdu dans l'étude. Après avoir achevé la lecture de son livre, elle le reprit au début, en s'attachant cette fois à analyser les formes verbales les plus complexes et à les recopier sur sa tablette afin de les apprendre par cœur. À force d'étudier dans une lumière si faible, elle avait les yeux rougis et les tempes douloureuses, mais il ne lui vint jamais à l'esprit de renoncer. Elle se sentait heureuse.

La Saint-Colomban passa sans qu'elle eût reçu la moindre nouvelle des dispositions prises par Asclepios pour la poursuite de son éducation. Néanmoins, elle ne désespérait pas. Tant qu'elle aurait son livre, elle continuerait d'apprendre et de progresser. Un événement allait forcément se produire très bientôt. Un maître se présenterait au village et la demanderait. Peut-être serait-elle convoquée par l'évêque, lequel lui ferait part de son inscription dans une école de la ville.

Jeanne se relevait un peu plus tôt chaque nuit. Il lui arrivait même parfois de ne point attendre les ronflements sonores de son père, et de renverser un peu de cire fondue sur le pupitre sans s'en apercevoir.

Une nuit, tandis qu'elle étudiait un problème de syntaxe particulièrement ardu, elle crut entendre un son étouffé de l'autre côté de la cloison.

Elle souffla sa chandelle et resta aussi immobile qu'une statue dans l'obscurité, n'entendant plus que les battements furieux de son cœur.

Elle patienta longtemps. Il n'y avait plus un bruit. Sans doute avait-elle été victime de son imagination. Le soulagement déferla sur elle comme une vague bienfaisante. Elle attendit encore avant de se lever et de rejoindre l'âtre pour rallumer sa chandelle. Porteuse d'un précieux cercle de lumière, elle revint s'asseoir à son pupitre. Tout à coup, à l'extrême orée de ce cercle, là où la clarté épousait l'ombre, elle aperçut une paire de pieds.

Les pieds de son père.

Le chanoine sortit des ténèbres. D'instinct, Jeanne tenta de lui cacher le livre d'Asclepios, mais il était trop tard. Le visage paternel, éclairé par en dessous, était spectral et terrifiant.

– Quelle vilenie est-ce encore là ?

– Un livre, murmura Jeanne.

– Un livre ! tonna-t-il, incrédule. D'où vient-il ? Que fais-tu avec ?

– Je… je le lis. Il est à moi, Père. Il m'a été donné par Asclepios. Il est à moi.

La force de la gifle la prit au dépourvu. Elle bascula de son tabouret et s'effondra sur la terre battue, froide sous sa joue.

– À toi ! Enfant insolente ! Sache que je suis ici le seul maître !

Jeanne se redressa sur un coude et regarda, impuissante, son père se pencher sur le manuscrit et tenter de déchiffrer un mot à la lueur pâle de la chandelle.

Subitement, il se dressa comme un ressort et traça en l'air un grand signe de croix.

– Approche, souffla-t-il, sans quitter le livre des yeux.

Jeanne se leva. Sa tête tournait, sa tempe lui faisait mal. À pas lents, elle s'approcha de son père.

– Ceci n'est pas la langue de notre sainte mère l'Église, lâcha-t-il en pointant un index rageur sur la page ouverte. Quel est le sens de ces signes ? Réponds sans mentir, ma fille, si tu as de l'estime pour ton âme immortelle !

– Père… c'est de la poésie.

Malgré sa frayeur, Jeanne éprouvait une sorte de fierté. Elle n'osa pas ajouter qu'il s'agissait d'une œuvre d'Homère, que son père considérait comme un ignoble païen. Le chanoine ne lisait pas le grec. S'il ne remarquait pas la traduction latine qui concluait le volume, peut-être ne s'apercevrait-il pas de la véritable nature de sa faute.

Il emprisonna le front de sa fille entre ses deux grosses mains de paysan.

– *Exorcizo te, immundissime spiritus, omnis incursio adversarii, omne phantasma…*

Ses doigts resserrèrent leur étau avec une telle force que Jeanne poussa un cri de douleur et de peur.

Gudrun parut sur le seuil.

– Par tous les saints, mon mari, que se passe-t-il ? Que lui faites-vous ?

– Silence ! rugit le chanoine. Cette fille est possédée ! Son démon doit être exorcisé !

Il accentua encore sa pression, et Jeanne crut un instant que ses yeux allaient jaillir de leurs orbites. Gudrun le prit par le bras.

– Cessez donc ! Ce n'est qu'une enfant ! Cessez, mon mari ! Voulez-vous la tuer dans votre folie ?

L'impression d'écrasement disparut brutalement. Le chanoine fit volte-face, et d'une seule bourrade expédia Gudrun à l'autre bout de la pièce.

– Hors d'ici ! Au diable tes mièvreries de femelle ! Je viens de surprendre cette enfant en train de pratiquer la sorcellerie en pleine nuit ! Avec un grimoire ! Elle est possédée, te dis-je !

– Non, Père, non ! s'écria Jeanne. Ce n'est pas de sorcellerie qu'il s'agit, mais de poésie ! Ce n'est qu'un poème écrit en grec, rien d'autre ! Je le jure !

Le chanoine voulut se saisir d'elle, mais elle l'esquiva et se faufila dans son dos. Il pivota, l'œil noir de menace. Il allait la tuer.

– Père ! Retournez-le ! Retournez ce livre, je vous en supplie ! Vous y verrez du latin ! Du latin, Père !

Il eut un instant d'hésitation. Gudrun se hâta de lui apporter le manuscrit. Les yeux du chanoine, toujours vrillés sur Jeanne, refusaient de se baisser.

– S'il vous plaît, Père ! Regardez seulement la fin du livre ! Lisez vous-même… Ce n'est pas de la sorcellerie !

Il prit le manuscrit des mains de Gudrun. Celle-ci souleva la chandelle et la maintint au-dessus de la page ouverte. Il se pencha sur le texte, et ses épais sourcils se rejoignirent sous l'effet de la concentration.

– J'étudie ce livre, enchaîna Jeanne, incapable de contenir le flot de paroles qui jaillissaient de ses lèvres. Oui, je lis la nuit, afin que personne ne le sache. Je savais bien que vous ne m'approuveriez pas. C'est un texte d'Homère. *L'Iliade*, un grand poème… Je ne suis pas une sorcière, Père, ajouta-t-elle entre deux sanglots. Ce n'est pas de la sorcellerie !

Le chanoine ne lui prêtait aucune attention. Il lisait d'un air concentré, les yeux rivés sur la page, les lèvres en perpétuel mouvement. Enfin, il releva la tête.

– Dieu soit loué, déclara-t-il, il ne s'agit pas de sorcellerie. Mais ceci est l'œuvre d'un païen sans vergogne, et constitue une grave offense envers notre Seigneur.

Il se tourna vers Gudrun.

– Ravive le feu, femme. Cette abomination doit être détruite.

Jeanne poussa un cri. Brûler le magnifique livre qu'Asclepios lui avait confié !

– Père, ce manuscrit est précieux ! Il se monnaierait en or. Nous pourrions en tirer un bon prix, ou peut-être… en faire don à la bibliothèque épiscopale !

– Perverse créature, tu es si profondément vautrée dans le péché que c'est un miracle que tu ne t'y sois pas encore noyée. Ce n'est pas là présent digne d'un évêque, ni de quelque âme chrétienne que ce soit !

Gudrun s'avança vers le tas de bois et choisit quelques bûches. Jeanne la suivit des yeux avec désespoir. Elle n'avait pas le droit de laisser commettre pareil crime. Si seulement l'épouvantable douleur qui lui vrillait le crâne lui laissait un instant de répit, elle pourrait réfléchir !

Ayant remué les braises de l'âtre, Gudrun entreprit d'y disposer les bûches.

– Un instant, lâcha soudain le chanoine. Laisse ce feu.

Il caressa les pages du manuscrit d'un air concupiscent.

– Il est vrai que ce parchemin a de la valeur, dit-il. Mieux vaut le réutiliser.

Sur ce, il posa l'ouvrage sur le pupitre et disparut dans l'autre pièce.

Jeanne lança un regard interrogateur à sa mère, qui haussa les épaules. À sa gauche, Jean était assis, très raide, sur la paillasse. Réveillé par le vacarme, il fixait sa sœur avec des yeux écarquillés.

Le maître des lieux revint. Sa main serrait un objet long et étincelant. Sa dague de chasse à manche d'os… Comme toujours, sa vision emplit Jeanne de terreur. L'ombre incertaine d'un souvenir enfoui effleura sa conscience, puis s'en fut avant qu'elle ait pu l'identifier.

Son père s'assit devant le pupitre. Orientant son arme de manière à placer son tranchant au contact de la page, il gratta la surface du parchemin. Une lettre disparut. Il émit un petit grognement de satisfaction.

– Je le savais, marmonna-t-il. Je l'ai vu faire autrefois, au monastère de Corbie. Par la suite, quand le parchemin est redevenu vierge, on peut écrire dessus un autre texte. Et maintenant, ajouta-t-il avec un geste péremptoire en direction de sa fille, à toi de continuer.

Tel serait donc son châtiment. De sa propre main, elle allait devoir détruire l'œuvre d'Asclepios, effaçant d'un seul mouvement un savoir qui lui était interdit et toutes ses espérances.

Le regard de son père luisait d'une écœurante expectative.

Impassible, elle prit le couteau qu'il lui tendait et s'assit face au pupitre. Elle contempla longtemps la page. Ensuite, tenant l'arme comme l'avait fait son père, elle fit glisser lentement la lame contre le parchemin.

Rien ne se produisit.

– Je n'y arrive pas, dit-elle, levant sur le chanoine un regard plein d'espoir.

– Comme ceci, répliqua son père, en posant une grosse main sur la sienne pour imprimer à la lame un léger mouvement latéral.

Une lettre disparut.

– Essaie encore.

Elle songea à Asclepios, à ses longues heures d'écriture, à la foi qu'il lui avait témoignée lorsqu'il lui avait offert ce livre… Ses yeux s'emplirent de larmes, et sa vue se brouilla.

– Je vous en prie, ne me forcez pas à… Père, je vous en supplie !

– Ma fille, par ta désobéissance, tu as gravement offensé notre Seigneur. En guise de pénitence, tu devras travailler jour et nuit jusqu'à ce que ces pages soient entièrement épurées de leur contenu sacrilège. Tant que ta tâche ne sera pas achevée, tu n'auras droit qu'au pain sec et à l'eau. Quant à moi, je prierai Dieu pour qu'il ait pitié de toi malgré l'atrocité de ton péché. Commence ! ordonna-t-il en désignant le livre.

Jeanne plaqua la lame contre le parchemin et fit comme son père le lui avait enseigné. Une lettre pâlit, puis s'évanouit tout à fait. Elle déplaça légèrement la dague : une seconde lettre disparut. Et encore une autre, puis une autre. Peu après, un mot entier manquait sur la surface rugueuse du parchemin.

La lame s'approcha du mot suivant : *aletheia*, la vérité. Jeanne s'interrompit, paralysée.

– Continue !

La vérité…

Les courbes de l'écriture se détachaient avec force sur le parchemin blême. Un refus impérieux s'empara d'elle. La peur et le chagrin de la nuit s'évaporèrent. Ce n'était pas juste.

Elle reposa la dague. Lentement, elle leva la tête pour affronter le regard du chanoine. La menace qu'elle y lut lui coupa le souffle.

– Reprends ce couteau, gronda-t-il.

Jeanne voulut parler, mais aucun mot ne franchit la barrière de sa gorge nouée. Elle secoua la tête.

– Fille d'Ève, je vais t'apprendre à craindre les tortures de l'enfer ! Apporte-moi la verge !

Traînant les pieds, Jeanne alla jusqu'au coin de la pièce et en rapporta l'odieuse cravache noire que son père utilisait pour châtier ses enfants.

– Prépare-toi, ordonna le chanoine.

Elle s'agenouilla devant l'âtre. Avec des gentes lents, car ses mains tremblaient, elle dénoua son manteau de laine grise et retira sa tunique de lin, exposant la chair nue de son dos.

– Récite le Notre Père, souffla son père.

– Notre Père, qui es aux cieux…

Le premier coup la frappa entre les omoplates. Une vague de douleur s'éleva de sa nuque vers les profondeurs de son crâne.

– Que Ton nom soit sanctifié…

Le second coup fut plus violent. Jeanne se mordit le bras pour ne pas pleurer. Elle avait déjà été battue, mais jamais avec une telle force.

– Que Ton règne vienne…

Le troisième coup s'enfonça dans sa chair et fit jaillir le sang. Un liquide chaud inonda les flancs de la fillette.

– Que Ta volonté soit faite…

Le choc du quatrième coup lui fit renverser la tête en arrière. Elle croisa le regard de son frère, qui l'observait attentivement, les traits empreints d'une émotion singulière. Qu'était-ce ? De la peur ? De la curiosité ? De la pitié ?

– Sur la terre comme au…

La verge s'abattit encore. Une fraction de seconde avant que la douleur ne lui fît fermer les yeux, Jeanne reconnut l'expression de Jean. Il exultait.

– … au ciel. Donne-nous aujourd'hui…

Nouveau coup, encore plus lourd. Combien en avait-elle déjà reçu ? Jeanne fut prise de vertige. Son père n'était jamais allé au-delà de cinq coups.

Il frappa encore. Loin, très loin, elle entendit quelqu'un hurler.

– … notre pain de ce jour. Pardonne-nous… pardonne…

Ses lèvres s'agitèrent, mais les mots refusaient de sortir.

Nouveau coup.

Dans un éclair de lucidité, Jeanne comprit soudain. Il ne s'arrêterait pas. Il n'existait plus de limite. Son père allait la battre jusqu'à la mort.

Nouveau coup.

Le bourdonnement qui emplissait ses tympans se fit assourdissant. Tout à coup, le silence retomba, et avec lui les ténèbres miséricordieuses.

6

Pendant plusieurs jours, le récit du supplice de Jeanne agita le hameau. Le chanoine avait failli tuer sa fille à coups de cravache, et il serait certainement allé jusqu'au bout si les hurlements de sa femme n'avaient alerté un groupe de villageois. Trois hommes dans la force de l'âge n'avaient pas été de trop pour l'éloigner de l'enfant.

Ce n'était certes pas la sauvagerie de son geste qui faisait jaser. Les brutalités de cet ordre étaient monnaie courante. Le forgeron n'avait-il pas réduit en miettes tous les os du visage de sa femme à force de coups de pied, simplement parce qu'il ne supportait plus d'être houspillé ? La malheureuse était défigurée à vie, mais personne n'y pouvait rien. L'homme était seul maître chez lui. L'unique loi susceptible de limiter son pouvoir concernait la taille du gourdin qu'il avait le droit d'utiliser pour châtier les siens.

Or, le chanoine ne s'était pas servi d'un gourdin.

Ce qui intriguait plutôt les villageois, c'était la façon dont leur guide spirituel avait soudain perdu tout sang-froid. Une telle frénésie de violence avait quelque chose de surprenant de la part d'un homme de Dieu, et ce fait réjouissait les bonnes gens d'Ingelheim. Le chanoine ne leur avait pas fourni une aussi belle matière à ragots depuis qu'il avait ramené la Saxonne pour la fourrer dans son lit. Les langues allaient donc bon train, ne s'interrompant que lorsque l'intéressé passait dans les parages.

Jeanne ne sut rien de tout cela. Après l'avoir battue, son père interdit à quiconque, pendant une journée entière, de l'approcher. Toute la nuit, et toute la journée du lendemain, elle resta inanimée sur le sol de la maison. La terre battue collait à ses chairs lacérées. Quand sa mère reçut enfin la permission de la soigner, une fièvre dangereuse s'était emparée d'elle.

Gudrun prit soin de sa fille avec une grande sollicitude. Elle nettoya ses plaies à l'eau fraîche, puis au vin. Ensuite, elle leur appliqua un onguent apaisant à base de feuilles de mûrier.

Tout est de la faute du Grec, se disait-elle, amère, en tâchant de faire boire à Jeanne, goutte par goutte, un chaud breuvage au lait caillé. *Quelle idée de lui offrir un livre, de lui farcir la tête d'idées absurdes... !* Une fille n'était pas faite pour l'étude. Jeanne était *son* enfant. Elle aurait dû rester toujours auprès de sa mère, partager avec elle la langue et les mystères de son peuple, afin de devenir le baume de ses vieux jours. *Maudite soit l'heure où le Grec a franchi le seuil de cette maison. Puisse le courroux de tous les dieux s'abattre sur lui !*

D'un autre côté, la fierté de Gudrun n'avait pas été peu flattée par le déploiement de bravoure de sa fille. Jeanne avait défié son père avec la force héroïque de ses ancêtres saxons. Gudrun aussi, jadis, avait su se montrer forte et brave. Mais de longues années d'exil et d'humiliation avaient eu raison de sa volonté de combattre. *Du moins*, se dit-elle, *notre sang n'est-il pas mort. Le courage de mon peuple court dans les veines de ma fille.*

Elle s'interrompit pour caresser la gorge de Jeanne, comme pour l'encourager à avaler le bienfaisant liquide. *Guéris, ma petite caille. Guéris, et reviens-moi.*

La fièvre tomba au matin du neuvième jour. En ouvrant les yeux, Jeanne trouva Gudrun penchée sur elle.

– Mère ? lâcha-t-elle, d'une voix si rauque qu'elle la reconnut à peine.

– Te voilà donc enfin de retour parmi nous, ma petite caille, répondit Gudrun en souriant. J'ai cru te perdre.

Jeanne voulut s'asseoir, mais retomba lourdement sur la paille. La violente douleur qui venait de la transpercer raviva d'odieux souvenirs.

– Mère… Le livre ?

Les traits de Gudrun s'assombrirent.

– Ton père en a effacé chaque page avant de demander à Jean d'y écrire d'autres inepties.

Tout était fini. Jeanne se sentit envahie d'une formidable faiblesse. Elle avait sommeil.

Gudrun souleva un bol de bois empli d'un liquide fumant.

– Tu dois manger pour reprendre des forces, décréta-t-elle. Je t'ai préparé un bon bouillon.

– Non, fit Jeanne, secouant la tête. Je n'en veux pas.

Elle n'avait nulle envie de retrouver ses forces. Elle ne désirait que mourir. À quoi bon vivre, si elle n'avait pas la moindre chance d'échapper à la vie confinée d'Ingelheim ? Elle était prise au piège, sans espoir de salut.

– Bois au moins une gorgée, insista Gudrun. Si tu veux, pendant ce temps, je te chanterai une de nos vieilles chansons.

Jeanne détourna la tête.

– Laisse donc ces balivernes aux prêtres, reprit sa mère en lui flattant le front. N'avons-nous pas nos propres secrets, toi et moi, ma petite caille ? Nous continuerons de les partager, comme par le passé. Mais d'abord, il faut que tu récupères. Bois ce bouillon. C'est une recette saxonne, il te rendra des forces.

Elle approcha la cuiller de bois de la bouche de sa fille. Trop faible pour résister, Jeanne laissa sa mère verser un peu de soupe entre ses lèvres. Le goût était agréable, chaud, riche, réconfortant. Malgré elle, son appétit s'éveilla.

– Ma petite caille, mon ange chéri…, la cajola Gudrun. Elle trempa la cuiller dans le bol et la présenta à Jeanne, qui but une seconde gorgée.

Puis la voix de Gudrun s'éleva doucement pour chanter une mélodie saxonne. Charmée par le chant et les caresses de sa mère, Jeanne sombra peu à peu dans le sommeil.

Une fois la fièvre vaincue, le jeune corps de Jeanne reprit promptement des forces. Une demi-lune plus tard, elle était sur pied. Ses blessures étaient refermées. Cependant, il était clair qu'elle en conserverait les marques jusqu'à son dernier souffle. Gudrun se lamenta plus d'une fois sur les longues zébrures noirâtres qui enlaidissaient le dos de sa fille, mais Jeanne n'en avait cure. En vérité, elle ne se souciait plus de rien. Ayant perdu tout espoir, elle se contentait d'exister.

Elle passait maintenant tout son temps en compagnie de sa mère, se levant à l'aube pour l'aider à nourrir les porcs et les poules, à recueillir les œufs, à ramasser du bois pour l'âtre, et à rapporter du ruisseau d'innombrables et lourds seaux d'eau. Une fois ces corvées accomplies, elles s'affairaient côte à côte pour préparer le repas.

Un jour, tandis qu'elles pétrissaient la pâte à pain – la levure n'était guère employée dans cette région du pays franc –, Jeanne demanda à brûle-pourpoint à sa mère :

– Pourquoi l'avez-vous épousé ?

La question prit Gudrun au dépourvu. Elle hésita avant de répondre :

– Tu ne saurais concevoir ce que nous avons enduré quand les armées de Charles sont arrivées.

– Je sais ce qu'elles ont fait subir à votre peuple, Mère. Ce que je ne comprends pas, en revanche, c'est pourquoi, après avoir tant souffert, vous avez suivi un ennemi.

Gudrun ne répondit pas.

Je l'ai offensée, se dit Jeanne. *Elle ne dira plus rien.*

– Quand l'hiver est venu, lâcha enfin sa mère, le regard lointain, nous avons connu la famine, car les chrétiens avaient tout brûlé, nos champs comme nos maisons. Nous nous sommes mis à manger tout ce qui nous tombait sous la main – herbes, chardons, jusqu'aux graines que nous trouvions dans les crottes du bétail. Nous étions au bord de la mort lorsque ton père est arrivé, parmi d'autres missionnaires. Ils étaient différents des soldats. Ils ne portaient pas d'épée, aucune arme, et ils nous ont traités comme des personnes, non comme des bêtes sauvages. Ils nous ont donné à manger en échange de notre promesse de les écouter prêcher la parole du Dieu chrétien.

– La foi contre du pain ? dit Jeanne. Voilà un bien pauvre expédient pour gagner l'âme d'autrui.

– J'étais jeune, impressionnable, et surtout ivre de faim, de peur et de misère. Il faut que leur Dieu soit plus grand que les nôtres, me disais-je. Sinon, comment auraient-ils réussi à nous anéantir ? Ton père a vite manifesté un intérêt particulier pour ma personne. Il fondait de grands espoirs sur moi, disait-il, malgré mes origines païennes. Il affirmait ne pas douter de ma capacité à comprendre la Vraie Foi. À la façon dont il me dévisageait, j'ai su qu'il me désirait. Quand il m'a demandé de le suivre, j'ai accepté. Il m'offrait la vie à un moment où la mort rôdait partout. Il ne m'a pas fallu longtemps, ajouta-t-elle dans un murmure, pour comprendre l'étendue de mon erreur.

Ses yeux brillaient de larmes contenues. Jeanne la serra dans ses bras.

– Ne pleurez pas, Mère.

– Il faut que tu tires la leçon de mon égarement, reprit Gudrun, exaltée. Surtout, ne va pas répéter la même erreur. Se marier revient à renoncer à tout – non seulement à son corps, mais aussi à sa fierté, à son indépendance, à sa vie même. Me comprends-tu ? ajouta-t-elle, agrippant le bras de Jeanne. Si tu nourris l'espoir d'être un jour heureuse, ma fille, retiens mes paroles : *ne te donne jamais à aucun homme !*

Jeanne fut parcourue d'un violent frisson. Le souvenir de la morsure de la verge paternelle venait de la rattraper.

– Non, Mère, promit-elle solennellement. Je ne me donnerai jamais.

Au mois d'Ostarmanoth, tandis que les tièdes brises printanières commençaient à caresser la terre, permettant au bétail de regagner les pâturages, la monotonie des semaines fut soudain rompue par la venue d'un étranger. C'était un jeudi – « jour de Thor », comme Gudrun persistait à l'appeler dès que le chanoine n'était pas à portée de voix –, et le grondement du tonnerre se faisait entendre dans le lointain. Jeanne et Gudrun besognaient de concert dans le jardin familial. La fillette avait pour tâche d'arracher les orties et de détruire les taupinières. Sa mère, derrière elle, traçait de nouveaux sillons et écrasait les dernières mottes de terre à l'aide d'une grosse planche de chêne. Tout en travaillant, elle chantait l'épopée des Anciens. Chaque fois que sa fille lui faisait écho en saxon, elle riait de plaisir. Jeanne venant tout juste d'en finir avec un sillon, elle leva les yeux et aperçut son frère, qui courait vers elles à longues foulées. Elle avertit sa mère d'un coup de coude. Dès que Gudrun eut aperçu son fils, le dernier mot saxon mourut sur ses lèvres.

– Vite ! lança Jean, hors d'haleine, en saisissant sa mère par le bras. Père vous attend à la maison. Pressons !

– Doucement, Jean, fit Gudrun. Tu me fais mal. Que se passe-t-il ?

– Je l'ignore, répondit Jean, sans lui lâcher le bras. Il m'a seulement parlé d'un visiteur, mais je n'en sais pas plus. Hâtez-vous : il a dit qu'il me corrigerait si je ne vous ramenais pas sur-le-champ !

Le chanoine attendait les siens sur le seuil.

– Vous avez mis le temps, grommela-t-il à leur arrivée.

Gudrun le gratifia d'un regard froid, ce qui eut le don d'allumer une étincelle de courroux dans les prunelles de son mari. Il bomba le torse et prit un air important.

– Un émissaire va nous rendre visite, annonça-t-il. Mandé par l'évêque de Dorstadt. Il faut lui offrir un repas digne de son rang. Je m'en vais l'accueillir à la cathédrale, et je le ramènerai ici. Fais vite, femme ! Il sera bientôt dans nos murs.

Sur ce, il s'en fut en claquant la porte. Gudrun resta de marbre.

– Prépare donc le bouillon, ordonna-t-elle à Jeanne. Je vais chercher des œufs.

Jeanne versa de l'eau dans le grand chaudron de fer dont sa mère se servait pour cuisiner, puis le suspendit au-dessus des flammes du foyer. D'un sac de laine, presque vide au terme d'un long hiver, elle retira quelques poignées d'orge séché et les jeta dans la marmite. Elle remarqua, non sans surprise, que ses mains tremblaient. Depuis combien de temps n'avait-elle plus ressenti un tel émoi ?

Un émissaire de l'évêque de Dorstadt ! Se pouvait-il que sa venue la concernât ? Asclepios avait-il enfin trouvé un moyen de lui faire reprendre ses études ?

Elle coupa une tranche de lard et la jeta dans le bouillon. Non, c'était impossible. Il y avait près d'un an que son maître était reparti. S'il avait trouvé une solution, elle en aurait entendu parler depuis longtemps. Il était dangereux d'espérer. L'espoir avait déjà failli la détruire. Elle ne tomberait pas dans ses filets une seconde fois.

Cependant, elle ne put faire taire entièrement son excitation lorsque la porte se rouvrit, une heure plus tard. Son père entra, suivi d'un homme aux cheveux noirs. Le nouveau venu ne correspondait nullement à son attente. Il avait les traits épais et sans intelligence d'un *colonus*[1], et le port d'un soudard plus que celui d'un érudit. Sa tunique, à l'emblème de l'évêché, était froissée et crasseuse.

– Nous ferez-vous l'honneur de souper parmi nous ? demanda le chanoine, en indiquant la marmite qui chauffait dans l'âtre.

– Merci, mais c'est impossible.

L'homme s'exprimait en langue vulgaire, et non en latin, ce qui causa une seconde surprise à Jeanne.

– J'ai laissé le reste de l'escorte dans une *cella*[2] près de Mayence. Le chemin forestier était trop étroit pour dix hommes à cheval, j'ai donc fini le trajet seul. Je dois rejoindre mes compagnons dès ce soir, car au petit matin nous reprendrons la route de Dorstadt.

Il retira un rouleau de parchemin de sa besace et le tendit à son hôte.

– De la part de Son Éminence le seigneur-évêque de Dorstadt, dit-il avec emphase.

Le chanoine défit précautionneusement le sceau et déroula le parchemin, qui émit quelques craquements. Jeanne ne quitta pas son père des yeux, tandis qu'il s'efforçait d'en déchiffrer le contenu. Il le lut de haut en bas, puis recommença, comme si quelque chose lui avait échappé. Enfin, il leva la tête, l'œil noir de fureur.

– Que signifie ceci ? lâcha-t-il. Je croyais que ce message me concernait !

– C'est le cas, dit le messager en souriant. N'êtes-vous pas le père de l'enfant ?

– L'évêque n'a donc rien à dire de mon sacerdoce ?

1. Personne de condition non libre mais supérieure à celle du serf, dépendante d'un maître et attachée au sol. Le pluriel est *coloni*, le féminin *colona*.

2. Dépendance d'un monastère, à vocation souvent agricole.

L'homme haussa les épaules.

– Tout ce que je sais, mon père, c'est que j'ai ordre d'escorter l'enfant jusqu'à l'école de Dorstadt, ainsi que le dit ce message.

Jeanne laissa échapper un cri. Sa mère se précipita vers elle et l'entoura d'un bras protecteur. Le chanoine hésita, l'œil toujours fixé sur l'étranger. Tout à coup, il parut se décider.

– Fort bien, dit-il. Je dois admettre qu'il s'agit d'une occasion unique pour mon fils, même si son aide risque de me manquer cruellement.

Il se tourna vers Jean.

– Va donc préparer ton bagage, mon fils, sans perdre un instant. Tu seras demain à Dorstadt, où tu reprendras tes études pour obéir au souhait de l'évêque.

Jeanne faillit s'étrangler. L'émissaire secoua la tête.

– Sauf votre respect, mon père, il me semble que c'est une fille que je dois ramener à Dorstadt. Oui, une fille du nom de Jeanne…

Celle-ci se dégagea de l'étreinte de sa mère.

– Je suis Jeanne ! lança-t-elle.

L'émissaire pivota vers la fillette, mais le chanoine s'interposa.

– Billevesées, dit-il. C'est bien mon fils que l'évêque attend. Jean, Jeanne… Simple lapsus calami, petite erreur due à la distraction du scribe épiscopal, rien de plus. Ces choses arrivent fréquemment, même sous la plume des meilleurs scribes.

L'étranger hésita.

– Je ne sais si…

– Faites usage de votre cervelle, jeune homme. Que voulez-vous que l'évêque puisse attendre d'une fille ?

– Effectivement, admit l'autre, je me suis posé la question.

Jeanne allait protester. Sa mère l'attira de nouveau contre elle et lui fit signe de se taire.

– Mon fils, en revanche, poursuivit le chanoine, étudie les Écritures depuis le berceau. Jean, récite donc un passage du livre de la Révélation à notre honorable hôte.

Jean pâlit.

– *Acopa... Apocalypsis Jesu Christi quo... quam dedit illi Deus palam fa... facere servis...*

Le messager l'interrompit d'un geste impatient.

– Le temps presse. Nous devons partir sur-le-champ pour rejoindre la cella avant la nuit.

Son regard incertain alla de Jean à Jeanne, puis se posa sur Gudrun.

– Qui est cette femme ?

Le chanoine s'éclaircit la gorge.

– Une païenne saxonne dont je m'efforce de tourner l'âme vers Dieu.

L'émissaire considéra les yeux bleus, la silhouette gracieuse et la chevelure d'or pâle qu'on devinait sous le bonnet de lin blanc. Il esquissa un large sourire à demi édenté, et s'adressa directement à elle.

– Tu es la mère de ces enfants ?

Gudrun opina du chef. Le chanoine s'empourpra.

– Quel est ton avis, femme ? Est-ce le garçon ou la fille que veut l'évêque ?

– Chien insolent ! explosa le chanoine, furieux. Vous osez mettre en doute la parole d'un serviteur du Seigneur ?

– Calmez-vous, mon père, fit l'autre avec ironie. Auriez-vous oublié vos devoirs envers l'autorité que je représente ?

Écarlate, le chanoine ne put que foudroyer du regard l'envoyé de l'évêque. Celui-ci interrogea de nouveau Gudrun.

– Je t'écoute. Le garçon, ou la fille ?

Jeanne sentit les doigts de sa mère se crisper sur ses épaules. Il y eut un long silence. Puis Gudrun dit, d'une voix douce, musicale, et chargée de cet accent saxon qui ferait toujours d'elle une étrangère :

– C'est le garçon que vous voulez. Emmenez-le.

– Mère ! s'écria Jeanne, choquée de la trahison maternelle.

Satisfait, l'émissaire hocha la tête.

– L'affaire est réglée, déclara-t-il en se dirigeant vers la porte. Je dois aller m'occuper de mon cheval. Veillez à ce que l'enfant soit prêt le plus tôt possible.

– Non !

Jeanne tenta d'intervenir, mais Gudrun la retint et lui murmura en saxon :

– Fais-moi confiance, ma petite caille. C'est beaucoup mieux ainsi, je te le promets.

– Non ! cria de nouveau la fillette en se débattant.

Sa mère mentait. La visite de l'émissaire était l'œuvre d'Asclepios, Jeanne en était certaine. Son maître ne l'avait pas oubliée. Il avait trouvé un moyen de lui faire continuer ce qu'ils avaient commencé ensemble. Ce n'était pas Jean qu'on attendait à l'école de Dorstadt.

– Non !

D'un coup de reins, elle se dégagea et courut vers la porte. Le chanoine tenta de la rattraper, mais elle lui échappa. Déjà, elle était dehors, courant à toutes jambes vers le messager qui s'éloignait. Derrière elle, dans la maison, elle entendit crier son père ; la voix de sa mère, brouillée de colère et de larmes, s'éleva en retour.

Elle rattrapa l'homme au moment où il rejoignait son cheval et tira sur sa tunique. Il baissa les yeux sur elle. Du coin de l'œil, Jeanne vit que son père approchait.

Elle avait très peu de temps pour délivrer son message. Il fallait qu'il soit d'une clarté irréfutable.

– *Magna est veritas et praevalebit*.

« La vérité est grande, et elle prévaudra. » C'était une citation d'Esdras, assez obscure pour n'être connue que par les clercs les plus érudits. L'envoyé de l'évêque l'identifierait à coup sûr. Et constatant qu'elle aussi la connaissait, et qu'elle parlait le latin, il saurait que c'était bien elle que l'évêque attendait.

– *Lapsus calami non est*, enchaîna-t-elle. Il ne s'agit pas d'une erreur de copiste. Je suis Jeanne. Je suis celle que vous êtes venu chercher.

L'homme la contempla avec bienveillance.

– Que me chantes-tu là, joli minois ? Quel étrange chapelet de paroles ! dit-il en lui caressant le menton. Pardonne-moi, mon enfant, mais je n'entends rien à la langue saxonne. Et crois-moi, je commence à le regretter, surtout après avoir vu ta mère !

Il plongea la main dans une sacoche de sa selle et en ressortit une datte confite.

– Voilà une petite gâterie pour toi. Tiens, prends-la.

Médusée, Jeanne ne put que regarder stupidement le fruit. L'homme n'avait rien compris. Cet enfant de l'Église, cet émissaire de l'évêque ne connaissait pas un mot de latin ! Comment était-ce possible ?

Les pas de son père retentirent dans son dos. Son bras la ceignit brutalement par la taille. Il la souleva de terre et la porta jusqu'à la maison.

– Non ! hurla-t-elle.

La grosse main du chanoine se plaqua sur son visage. Sur le point d'étouffer, elle se débattit de tous ses membres. Il ne la relâcha qu'à l'intérieur de la demeure. Elle s'écrasa au sol et respira goulûment. Il leva le poing.

– Non ! s'écria Gudrun en venant se planter devant lui, d'un ton que sa fille ne lui avait jamais entendu prendre. Vous ne la toucherez pas ! Sinon, je dis toute la vérité.

Le chanoine dévisagea sa femme avec incrédulité. Au même instant, Jean apparut sur le seuil. Il traînait un sac de lin où il avait mis ses effets.

– Notre fils attend votre bénédiction pour partir, dit Gudrun.

L'homme soutint longtemps son regard avant de se retourner vers Jean.

– Agenouille-toi.

L'enfant s'exécuta. Son père plaça une main sur son front baissé.

– Mon Dieu, toi qui ordonnas à Abraham de quitter sa maison et le protégeas tout au long de son errance, nous te recommandons cet enfant.

Un fin rayon de lumière entré par la fenêtre illumina la chevelure de Jean.

– Veille sur lui, fournis-lui ce qui lui sera nécessaire pour son âme et pour son corps…

Tandis que son père poursuivait sa prière, Jean posa sur sa sœur, sans lever la tête, une paire de grands yeux effrayés. *Il ne souhaite pas partir*, comprit-elle tout à coup. Comment avait-elle pu ne pas le voir ? Elle ne s'était pas souciée un instant de ce que ressentait son frère. *Il a peur. Il est incapable de satisfaire aux exigences d'une école, et il le sait.*

Si seulement je pouvais partir avec lui…

Une ébauche de plan germa dans son esprit.

– … et quand son pèlerinage sur cette terre s'achèvera, puisse-t-il arriver sain et sauf au Royaume des Cieux, par la grâce de Jésus-Christ notre Sauveur. Amen.

La bénédiction était terminée, et Jean se releva. Docile comme un mouton à l'approche du sacrifice, il accueillit sans broncher l'étreinte de sa mère et les ultimes recommandations paternelles. Mais quand Jeanne s'approcha pour l'embrasser, il la serra contre lui et se mit à sangloter.

– N'aie crainte, lui glissa-t-elle à l'oreille.

– C'est assez, décréta le chanoine en prenant son fils par l'épaule pour le pousser vers la porte. Ne laisse pas sortir ta fille, ajouta-t-il à l'intention de Gudrun.

Ils s'en furent. La porte se referma avec un bruit sourd.

Jeanne courut à la fenêtre. Gudrun resta plantée au milieu de la pièce, à l'observer.

– Ma petite caille…

Jeanne passa près d'elle en l'ignorant. Elle reprit son ouvrage de couture et s'assit près du feu. Elle avait besoin de réfléchir. Elle n'avait pas beaucoup de temps, et son plan devait être soigneusement préparé.

Son entreprise promettait d'être ardue, voire périlleuse. Mais pour effrayante qu'elle fût, cette pensée ne changerait pas son état d'esprit. Jeanne savait désormais, avec une certitude à la fois merveilleuse et terrifiante, ce qu'elle avait à faire.

Ce n'est pas juste, se dit Jean, assis en croupe derrière l'émissaire de l'évêque, en fixant d'un air chagrin l'emblème cousu sur la tunique rouge de celui-ci. *Je ne veux pas aller là-bas*. Comme il détestait son père ! Il fouilla dans la poche de sa tunique pour toucher le précieux objet qu'il y avait dissimulé en secret juste avant de partir. Ses doigts rencontrèrent le manche d'os de la dague paternelle.

Un sourire vengeur se dessina sur ses lèvres. Son père pâlirait de rage en constatant la disparition de son arme. Tant pis pour lui ! Quand il s'en apercevrait, Jean serait à bonne distance d'Ingelheim, et le chanoine n'y pourrait plus rien. C'était un médiocre triomphe, mais dans sa misérable situation, il n'avait rien d'autre à quoi se raccrocher.

Pourquoi n'a-t-il pas voulu envoyer Jeanne à ma place ? Une noire rancœur s'infiltra dans son esprit. *Tout est la faute de ma sœur*. À cause d'elle, il avait dû supporter pendant près de deux ans les accès d'impatience d'Asclepios, ce vieillard ennuyeux et acariâtre. À l'évidence, c'était elle que l'évêque attendait. Il ne pouvait en être autrement. C'était *elle* qui était intelligente, *elle* qui savait le latin et le grec, *elle* encore qui était capable de lire Augustin, tandis que lui ne maîtrisait pas même les psaumes.

Certes, il aurait pu fermer les yeux sur cette supériorité, et sur bien des choses encore. Jeanne n'était-elle pas sa sœur ? En revanche, elle était coupable d'un crime qu'il ne pourrait jamais lui pardonner : elle était la favorite de leur mère. Combien de fois les avait-il entendues rire et chuchoter en saxon, pour s'interrompre sitôt qu'il les rejoignait ? Elles croyaient qu'il ne se doutait de rien. Sa mère ne s'adressait jamais à lui dans la langue des Anciens. *Pourquoi ?* se demanda Jean, amer, pour la millième fois. *Croyait-elle que je la dénoncerais à Père ? Jamais je n'aurais fait une chose pareille, pour rien au monde, même s'il m'avait battu jusqu'au sang.*

Ce n'est pas juste. Pourquoi m'a-t-elle toujours préféré Jeanne ? Je suis son fils, et chacun sait qu'un fils est mille fois plus précieux qu'une vile fille. En outre, Jeanne tenait fort mal son rang de femelle. Elle ne savait ni coudre ni tisser aussi bien que les autres de son âge. Sans parler de son intérêt pour l'étude, évidemment contre nature… Sa mère elle-même semblait réprouver ce trait de son caractère. Les enfants du village se gaussaient constamment de Jeanne. Avoir une telle sœur était plus qu'embarrassant. Jean l'eût volontiers reniée, s'il en avait eu la possibilité.

Une soudaine bouffée de remords l'envahit. Jeanne s'était toujours montrée bonne envers lui. Bien souvent, elle avait pris sa défense lorsque leur père se mettait en colère, elle avait fait ses devoirs à sa place lorsqu'il ne les comprenait pas. Mais s'il lui savait gré de son aide – elle lui avait épargné plus d'une rossée –, il lui en tenait également rigueur. Cette situation l'humiliait. N'était-il pas son aîné ? C'était lui qui aurait dû veiller sur elle, non le contraire.

Et maintenant, par sa seule faute, il trottait en croupe derrière cet étranger vers un lieu qu'il ne connaissait pas, vers une vie qu'il ne désirait pas davantage. À l'école de Dorstadt, il se retrouverait bientôt enfermé du matin au soir dans quelque salle nue, cerné de piles de livres aussi moisis qu'ennuyeux.

Pourquoi son père n'avait-il pas compris son désintérêt pour l'étude ? *Je ne suis pas Matthieu. La connaissance des livres ne sera jamais mon fort.* Jean n'aspirait nullement à devenir clerc ou savant. Il savait fort bien ce qu'il voulait : entrer dans les armées de l'empereur et guerroyer pour soumettre les hordes païennes. Il tenait cette idée d'Ulfert, le sellier, qui jadis avait suivi le comte Hugo dans la première campagne de l'empereur contre les Saxons. Combien de merveilleux récits le vieillard lui avait-il contés dans la pénombre de son échoppe, oublieux de ses outils, le regard exalté par les mille souvenirs de sa grande victoire !

« Comme les grives qui fondent sur les vignes à l'automne, lui avait dit un jour le vieil homme, dont il buvait chaque mot, nous déferlions sur les campagnes, cantique aux lèvres, traquant les païens tapis dans les bois, les marais et les fossés, massacrant sans distinction hommes, femmes et enfants. Nos épées, nos écus rougeoyaient de sang. Au crépuscule, il ne restait plus dans les parages une seule âme qui vive à n'avoir point abjuré ses croyances païennes et juré allégeance, genoux en terre, à la Vraie Foi ! »

Le vieil Ulfert était allé chercher son glaive, celui qu'il avait arraché, encore tout chaud, à la main d'un païen mort. Sa poignée était incrustée de pierreries ; sa lame était d'un jaune luisant. À la différence des Francs, qui connaissaient le fer, les païens avaient des épées d'or – un métal inférieur, selon Ulfert, qui malgré sa beauté manquait de la robustesse et du tranchant des armes franques. Le cœur de Jean avait fait un bond à la vue de cette arme. Le vieil Ulfert lui avait tendu l'épée, et l'enfant l'avait empoignée, soupesée, puis brandie au-dessus de sa tête. Le manche aux pierreries paraissait avoir été façonné pour sa main. La lame avait fendu l'air, plusieurs fois, avec un sifflement sourd qui semblait faire écho au martèlement dans sa poitrine. À cet instant, Jean avait compris qu'il était né pour la guerre.

La rumeur parlait d'une nouvelle campagne militaire, au printemps. Peut-être le comte Hugo répondrait-il de nouveau à l'appel de l'empereur. S'il en allait ainsi, Jean projetait de s'enrôler, quel que fût l'avis de son père. Il aurait bientôt quatorze ans – l'âge d'homme. Bien d'autres étaient partis en guerre à cet âge-là, voire plus jeunes encore. Il était prêt à s'enfuir si nécessaire.

Bien sûr, le fait qu'il était désormais voué à vivre en reclus dans les murs de l'école de Dorstadt risquait de lui compliquer la tâche. La nouvelle de la conscription viendrait-elle seulement jusqu'à lui ? Et si oui, réussirait-il à s'enfuir ?

Cette pensée était tellement troublante qu'il la chassa de son esprit pour la remplacer par sa chimère favorite. Il se vit au premier rang des guerriers, en pleine bataille. La bannière argentée du comte flottait devant lui, comme pour l'inviter à aller de l'avant. Il pourchassait les païens vaincus. Ceux-ci cherchaient désespérément à le fuir. Les longs cheveux d'or de leurs femmes flottaient au vent. Il les massacrait à tour de bras, maniant son glaive d'une main experte, taillant et tuant sans relâche ni merci. Tous les survivants finissaient par se soumettre à sa personne, reniant leur aveuglement et faisant vœu d'accepter la Lumière.

Jean esquissa un sourire rêveur. Le claquement régulier des sabots du cheval ponctuait leur avancée dans la forêt enténébrée.

Un sifflement, suivi d'un bruit sourd.

Avec un soupir, l'émissaire de l'évêque bascula en arrière. Son épaule, en heurtant Jean, arracha l'enfant à son sommeil. Celui-ci poussa un cri de protestation, mais déjà l'homme glissait vers le sol, et sa masse inerte l'entraîna irrésistiblement dans sa chute.

Ils s'écrasèrent à terre ensemble. Jean tomba sur l'homme. Celui-ci resta là où il était, sans bouger. Lorsque l'enfant prit appui sur sa main pour se relever, ses doigts rencontrèrent un objet long et lisse.

C'était la tige d'une flèche, terminée par un empennage de plumes jaunes. La pointe disparaissait entièrement dans la poitrine du messager épiscopal.

Jean se releva d'un bond, tous les sens en alerte. De l'autre côté du sentier, un homme vêtu de loques émergea des broussailles. Il tenait un arc à la main. Un carquois empli de flèches à pennes jaunes se balançait dans son dos.

Va-t-il me tuer ?

L'homme marcha sur Jean, qui scruta les alentours, en quête d'une issue. Les arbres étaient très denses dans cette partie de la forêt. Peut-être le garçon pourrait-il échapper à son assaillant.

Mais celui-ci était déjà sur lui – assez près, en tout cas, pour permettre à Jean de lire la noire menace qui dansait dans son regard.

L'enfant voulut courir, mais c'était trop tard. L'homme le saisit par le bras. Jean se débattit follement. Son agresseur, qui le dominait d'une bonne tête, le maintint tout contre lui, si bien que ses orteils décollèrent du sol.

Jean se souvint brusquement de la dague. De sa main libre, il fouilla dans les replis de sa tunique. Ses doigts trouvèrent le manche d'os et le saisirent. La lame jaillit puis plongea d'un seul mouvement. Avec une sorte d'ivresse, Jean la sentit qui s'enfonçait profondément dans les chairs de son ennemi. Quand elle eut touché l'os, il la retira avec un mouvement de torsion. L'homme jura, porta une main à son épaule meurtrie, et lâcha sa proie.

Jean se rua entre les arbres. Mille branches acérées déchirèrent ses vêtements et lui griffèrent la peau, mais il courut de plus belle. Malgré la lune, l'obscurité régnait sous les épaisses frondaisons. Au moment où il jetait un coup d'œil par-dessus son épaule pour voir s'il était poursuivi, il heurta un hêtre. Il empoigna la première branche à portée de sa main et se mit à escalader l'arbre, son corps agile s'élevant rapidement. Lorsque les branches, de plus en plus frêles, menacèrent de plier sous son poids, il s'immobilisa et attendit.

On n'entendait que le doux bruissement des feuillages. Une chouette ulula par deux fois, et son étrange appel résonna longtemps dans le silence. Puis Jean distingua un bruit de pas. Retenant son souffle, il serra convulsivement la dague dans sa main et se félicita d'avoir mis un manteau brun, presque invisible dans les ténèbres.

Les pas se rapprochèrent. Jean perçut un souffle rauque et haletant.

L'homme venait de s'arrêter au pied de l'arbre.

Au clair de lune, Jeanne se faufila hors de la chaumière. Les ombres s'étiraient, fantomatiques, autour d'elle, et elle frissonna en songeant aux esprits malins et aux trolls qui hantaient la nuit, comme dans les histoires de *Waldleuten*. Elle rajusta sa cape grise autour de son cou et s'avança parmi les ombres, fouillant du regard le paysage méconnaissable à la recherche du sentier forestier. La lumière était favorable – on était deux jours avant la pleine lune –, et elle ne tarda pas à repérer le vieux chêne, fendu en deux par la foudre, qui marquait le départ du chemin. Elle traversa le champ en courant pour le rejoindre.

À l'orée du bois, elle s'arrêta, puis reprit sa route. Les arbres se refermèrent bientôt au-dessus d'elle. Le sentier était encombré de pierres et de broussailles, mais elle marchait vite. La cella se trouvait à quinze milles. Elle devait y être avant l'aube.

Elle s'efforçait de maintenir une foulée régulière, mais ce n'était pas simple. Dans l'obscurité, elle frôlait bien souvent le bord du chemin, où les ronces s'accrochaient à ses vêtements, à ses cheveux. Le terrain était de plus en plus inégal. Plusieurs fois, elle trébucha sur un rocher ou une racine. Il lui arriva même de tomber, ce qui lui valut de s'écorcher mains et genoux.

Après plusieurs heures de marche, le ciel s'éclaircit par-delà la cime des arbres. L'aube approchait. Malgré son épuisement, Jeanne pressa le pas. Elle courait presque le long du chemin. Il fallait absolument qu'elle parvienne à la cella avant le départ des hommes de l'évêque.

Son pied gauche heurta quelque chose. Elle voulut reprendre son équilibre, mais, entraînée par sa propre vitesse, elle tomba en avant et ne put qu'étendre les bras pour amortir sa chute.

Jeanne resta un instant immobile, le souffle coupé. Son bras droit lui faisait mal. Une branche aiguë l'avait écorché. À cela près, elle ne semblait pas blessée. Elle s'assit et regarda derrière elle.

Un homme couché sur le sol lui tournait le dos. Dormait-il ? Impossible. Sinon, il se serait réveillé au moment où elle avait trébuché sur lui. Elle toucha son épaule. Il bascula sur le dos. Le regard mort de l'émissaire épiscopal se fixa sur elle. Sa bouche formait une grimace édentée. Sa riche tunique était lacérée, sanguinolente. Son majeur gauche manquait, sectionné net.

Jeanne se releva.

– Jean ! s'écria-t-elle, scrutant les sous-bois.

– Par ici…

Une tache de peau claire bougea dans l'obscurité.

– Jean !

Elle courut vers son frère, qu'elle étreignit avec fièvre.

– Jeanne… Que fais-tu ici ? Père est-il avec toi ?

– Non. Je t'expliquerai plus tard. Es-tu blessé ? Que s'est-il passé ?

– On nous a attaqués. Un brigand, d'après moi. Il a volé la bague de l'émissaire. J'étais en croupe quand la flèche l'a frappé.

Jeanne demeura sans voix. Son frère se dégagea et recula d'un pas.

– Je me suis défendu, ajouta-t-il avec fierté, le regard singulièrement brillant. Tu peux me croire ! Quand ce gueux a voulu me saisir, je l'ai frappé avec ça !

Il brandit la dague à manche d'os.

– Je l'ai touché à l'épaule, me semble-t-il. En tout cas, j'ai eu le temps de m'échapper.

Jeanne considéra longuement la lame trempée de sang.

– C'est la dague de Père, lâcha-t-elle.

– Oui, répondit Jean, haineux. Je la lui ai volée. Et alors ? Il m'a forcé à partir, moi qui ne le voulais pas !

– Soit, fit Jeanne. Cache-la bien. Nous devons nous hâter si nous voulons être à la cella avant l'aube.

– La cella ? Mais… pourquoi irais-je à Dorstadt ? Après ce qui vient de se passer, je peux rentrer à la maison.

– Non, Jean. Réfléchis. Père connaît désormais les attentes de l'évêque, et il ne te permettra pas de rester. Il trouvera un moyen de t'envoyer à l'école cathédrale. Peut-être t'y conduira-t-il lui-même. Et tu oublies qu'à ton retour, ajouta-t-elle en montrant le coutelas, il aura sûrement découvert que tu lui as volé ceci.

Jean avait l'air ahuri.

– Tout ira bien, murmura-t-elle en le prenant par la main. Je serai avec toi, je t'aiderai. Viens.

Main dans la main, sous un ciel de plus en plus clair, les deux enfants poursuivirent leur route en direction de la cella, où attendaient les hommes de l'évêque.

7

Quand ils parvinrent à la cella, le soleil planait encore bas sur l'horizon, mais les hommes de l'évêque étaient déjà levés, attendant non sans impatience le retour de leur compère. Lorsque Jeanne et Jean racontèrent ce qui s'était produit, leurs regards se firent soupçonneux. Ils prirent la dague à manche d'os des mains de Jean et l'examinèrent avec soin. Jeanne remercia le ciel de lui avoir donné l'idée de la laver à l'eau claire d'un ruisseau. Accompagnés des deux enfants, les hommes partirent à cheval à la recherche du corps de l'émissaire. La découverte de la flèche à pennes jaunes confirma les dires de Jean et de Jeanne. Que devait-on faire du corps ? Il était hors de question de le ramener à Dorstadt : non seulement le voyage durait une demi-lune, mais le soleil de printemps chauffait déjà les journées. Il fut donc décidé qu'on l'enterrerait dans la forêt, en marquant l'emplacement d'une grossière croix de bois. Jeanne récita une prière sur sa tombe, ce qui fit forte impression, car les hommes de l'évêque, à l'instar de leur défunt compagnon, ne savaient pas le latin. Certains que leur maître attendait une fille, ils refusèrent dans un premier temps d'emmener Jean.

– Nous n'avons ni cheval ni nourriture pour lui, déclara leur chef.

– Nous monterons ensemble, suggéra Jeanne. Et je partagerai avec lui ma ration.

L'homme secoua la tête.

– C'est toi que veut l'évêque. Nous n'avons que faire de ton frère.

– Avant notre départ, mon père a conclu un pacte avec l'émissaire, mentit-elle. Il ne m'a laissée partir qu'à la condition que mon frère m'accompagne. S'il revient chez nous, mon père me sommera de rentrer à mon tour, et vous serez forcés de me ramener.

L'homme fronça les sourcils. Il venait de goûter des désagréments d'un long voyage, et la perspective de repartir sous peu ne lui plaisait guère. Jeanne le sentit, et poussa son avantage.

– Je n'hésiterai pas à dire à l'évêque que j'ai fait de mon mieux pour expliquer notre situation, mais que vous n'avez rien voulu entendre. Sans doute ne sera-t-il pas ravi de constater que tout est de votre faute.

L'homme la fixa avec des yeux ronds. Jamais une fille n'avait parlé avec tant d'effronterie devant lui. Il commençait à comprendre pourquoi l'évêque tenait tant à la voir.

– Soit, admit-il à contrecœur. Ton frère n'a qu'à venir.

Le voyage fut harassant, car les membres de l'escorte, dans leur hâte de retrouver leurs foyers, chevauchaient du matin au soir. Jeanne n'en souffrit guère ; bien au contraire, elle était fascinée par les changements perpétuels du paysage – et par le monde nouveau qui lui entrouvrait chaque jour un peu plus ses portes. Elle était enfin libre, débarrassée d'Ingelheim et de ses étroites frontières. Ivre de curiosité, elle traversait les misérables hameaux et les villes grouillantes avec le même ravissement. Jean, en revanche, ne tarda pas à se montrer irrité par le manque de nourriture et de repos. Jeanne tenta à plusieurs reprises de l'apaiser, mais sa bonne humeur et sa sollicitude ne faisaient que jeter de l'huile sur le feu.

Ils arrivèrent aux portes du palais épiscopal le dixième jour, vers midi. L'intendant gratifia d'un regard réprobateur les deux enfants, crottés et vêtus de hardes paysannes, et ordonna aussitôt qu'on leur donnât un bain et des vêtements propres avant de les présenter à l'évêque.

Pour Jeanne, accoutumée à se tremper en hâte dans le ruisseau glacé qui coulait derrière la chaumière, ce fut une extraordinaire expérience. Le palais disposait en effet de bains couverts, avec de l'eau chaude, un luxe dont elle ne soupçonnait même pas l'existence. Elle y resta immergée près d'une heure, pendant que des servantes frottaient inlassablement sa peau jusqu'à la rendre toute rose. Elles lui lavèrent le dos avec une infinie délicatesse, considérant ses cicatrices avec des froncements de sourcils réprobateurs. Elles rincèrent sa chevelure d'or pâle et en firent des tresses étincelantes dont elles encadrèrent son visage. Ensuite, elles lui présentèrent une belle tunique de lin vert. La texture en était si douce, et la trame si fine, que Jeanne eut peine à croire qu'elle eût pu être confectionnée par des mains humaines. Quand elle fut vêtue de pied en cap, les femmes lui apportèrent un miroir. Jeanne y découvrit le visage d'une étrangère. Jamais elle n'avait contemplé ses propres traits, hormis à la surface mouvante et boueuse de la mare du village. La netteté de l'image que lui renvoyait le miroir la laissa pantoise. Elle brandit l'objet devant elle et s'étudia d'un œil critique.

Elle n'était pas belle, elle le savait déjà. Elle ne possédait ni le front haut et pâle, ni le menton délicat, ni les épaules menues, ni la silhouette gracile si chers aux ménestrels et aux galants. Elle avait la complexion et l'aspect robuste d'un garçon. Son front était trop bas, son menton trop ferme, ses épaules trop droites pour qu'on pût la trouver jolie. En revanche, sa chevelure – celle de sa mère – était ravissante, de même que ses yeux gris-vert, ourlés de longs cils. Avec un haussement d'épaules, elle rendit le miroir. L'évêque ne l'avait pas mandée pour sa beauté.

Jean la rejoignit, également resplendissant dans sa tunique neuve et sa cape de lin bleu. Les deux enfants furent conduits à l'intendant du palais.

– Voilà qui est mieux, dit celui-ci en les détaillant des pieds à la tête. Et maintenant, suivez-moi.

Ils remontèrent une longue galerie dont les murs étaient couverts d'immenses tapisseries tissées de fil d'or et d'argent. Le cœur de Jeanne battait la chamade. Ils allaient rencontrer l'évêque.

Saurai-je répondre à ses questions ? M'acceptera-t-il dans son école ? Elle tenta de se souvenir de certaines choses qu'elle avait apprises, mais son esprit resta désespérément vide. Quand elle songea à Asclepios et aux espoirs qu'il avait placés en elle, son estomac se noua.

Ils firent halte devant une massive double porte en chêne. Derrière, on entendait des éclats de voix et un cliquetis de vaisselle. L'intendant fit signe à un valet d'ouvrir les battants.

Jeanne et Jean franchirent le seuil et s'arrêtèrent net, bouche bée. Deux cents personnes au bas mot étaient réunies dans la salle de banquet, assises autour d'immenses tables croulant sous les victuailles. De grands plateaux garnis de toutes les variétés envisageables de viande rôtie – chapons, oies, poules d'eau, cuissots de cerf – reposaient un peu partout, toujours à portée des convives, qui prenaient à pleine main des morceaux de viande et les engloutissaient à qui mieux mieux, s'essuyant ensuite les mains sur leurs manches. Au centre de la plus grande table, à demi dévorée mais néanmoins reconnaissable, reposait la tête massive et luisante de sauce d'un sanglier rôti. On voyait aussi des potages et des pâtés en croûte, des noix décortiquées, des figues, des dattes, des confiseries blanches et vermillon, et encore bien d'autres mets que Jeanne était incapable d'identifier. Jamais elle n'avait vu autant de nourriture en un même lieu.

– Une chanson ! Une chanson !

Les timbales d'étain se mirent à frapper le bois des tables, en cadence et avec une insistance croissante.

– Allons, Widukind, chante-nous une chanson !

Un grand jeune homme au teint pâle finit par se lever en riant.

– « *Ik gihorta dat seggen dat sih urhettun aenon muo tin, hiltibraht enti hadubrant...* »

« Ainsi l'ai-je ouï dire, les deux guerriers se rencontrèrent d'homme à homme, Hildebrand et Hadubrand, entre les armées… »

Jeanne était surprise. Le jeune homme chantait en tudesque – en langue païenne, aurait dit son père.

Les hommes se mirent debout et se joignirent à son chant, timbale levée :

– « Ils se jetèrent une pluie de lances acérées ; ils fondirent l'un sur l'autre, martelèrent leurs écus de bois jusqu'à les briser… »

Étrange chanson pour une table d'évêché, se dit Jeanne avec un regard de biais à son frère, visiblement fasciné. Avec un cri d'exultation, les hommes terminèrent leur chant, puis se rassirent en faisant bruyamment grincer le bois des bancs.

Un autre convive se leva, un sourire paillard aux lèvres.

– Tout récemment, j'ai entendu parler de quelque chose qui s'élève dans la pénombre…

Il fit une pause.

– Une devinette ! s'écria quelqu'un, soulevant l'approbation de la foule. Haido et ses fameuses devinettes ! Oui ! Écoutons-la !

Le dénommé Haido attendit que le bruit fût retombé.

– J'ai entendu parler de quelque chose qui s'élève dans la pénombre, reprit-il, de quelque chose qui enfle et qui se dresse. La jeune mariée, pleine de courage, m'a-t-on dit, n'hésita pas à empoigner à pleine main cette merveille dépourvue d'os…

Plusieurs rires entendus fusèrent dans l'assistance.

– La fille du prince aurait, dit-on, recouvert cette chose d'un voile d'étoffe. De quoi s'agit-il ? demanda Haido avec un air de défi.

– Regarde entre tes jambes, cria quelqu'un, et tu trouveras une réponse sûre et certaine !

Les convives partirent d'un grand éclat de rire, accompagné de force gestes obscènes. Jeanne était médusée. Se trouvait-elle bien dans la résidence d'un évêque ?

– Faux ! riposta Haido. Vous êtes tous dans l'erreur !

– La réponse ! La réponse ! psalmodia la foule dans un grand tintement de timbales.

Haido attendit encore, jouant sur l'impatience générale.

– Il s'agit de pâte à pain ! annonça-t-il, triomphal, avant de se rasseoir dans une explosion d'hilarité.

Dès que le vacarme eut cessé, l'intendant ordonna aux deux enfants de le suivre et les entraîna vers le fond de la salle, où la table d'honneur se dressait sur une estrade. Au centre, l'évêque riait encore, somptueusement vêtu d'une robe de soie jaune souillée de graisse et de vin. Un coussin distinguait des autres sa place sur le banc. Il ne ressemblait nullement au portrait que s'en était fait l'imagination de Jeanne. C'était un homme massif, au cou épais. On devinait la forte musculature de son torse et de ses épaules sous sa fine tunique de soie. Son ventre replet et son visage rouge étaient ceux d'un amateur de bonne chère et de vin. À l'approche de Jeanne et de son frère, il porta un bonbon cramoisi aux lèvres de la plantureuse dame assise à son côté. Elle l'avala, lui chuchota quelque chose à l'oreille, et tous deux s'esclaffèrent.

L'intendant du palais s'éclaircit la voix.

– Monseigneur, nos hommes viennent de ramener l'enfant d'Ingelheim.

L'évêque le gratifia d'un regard opaque.

– L'enfant ? Quel enfant ?

– La fille que vous envoyâtes chercher, monseigneur. Celle que vous envisagez d'accueillir à l'école épiscopale, me semble-t-il. Elle vous fut recommandée par le Gr…

– Oui, oui, je m'en souviens, fit l'évêque avec un geste d'impatience, reposant négligemment le bras sur l'épaule de sa voisine.

Son regard alla de Jeanne à Jean.

– Au nom du ciel, je vois double !

– Non, monseigneur. Le chanoine d'Ingelheim vous confie également son fils. Le frère et la sœur sont arrivés ensemble à la cella et refusent d'être séparés.

– De mieux en mieux, dit l'évêque, visiblement amusé. Que pensez-vous de cela, vous autres ? J'en demande un, et on m'en ramène deux ! Si seulement l'empereur savait se montrer aussi généreux envers son humble prélat !

Toute la tablée éclata de rire. Quelques « Amen » fusèrent.

L'évêque se pencha pour détacher la cuisse d'une poule rôtie, puis se tourna vers Jeanne.

– Es-tu aussi savante qu'on veut bien le dire ?

Jeanne hésita.

– Je… je tâche d'étudier avec application, monseigneur.

– Étudier, la belle affaire ! lâcha l'évêque, en mordant dans la cuisse dégoulinante de sauce. Mon école est pleine de nigauds qui passent leur temps à étudier, mais ne savent rien. Que *sais-tu*, ma fille ?

– Je sais lire et écrire, monseigneur.

– En tudesque, ou en latin ?

– En tudesque, en latin, et en grec.

– En grec ? Voilà qui est intéressant ! Odo lui-même ne sait pas le grec, n'est-ce pas, Odo ? lança l'évêque à un homme émacié, assis à quelque distance.

L'intéressé esquissa un sourire lugubre.

– C'est une langue païenne, messire, une langue d'idolâtres et d'hérétiques.

– Très juste, approuva l'évêque d'un ton malicieux. Odo a toujours raison, n'est-ce pas, Odo ?

Le clerc fit une moue.

– Vous savez fort bien, monseigneur, que je n'approuve pas votre dernière lubie. Il me paraît dangereux, pour ne pas dire sacrilège, d'admettre une femme à l'école.

Une voix retentit du fond de la salle, déclenchant une fois de plus l'hilarité générale :

– Elle n'est pas encore femme, ou je ne m'y connais plus !

Jeanne sentit le sang affluer à ses joues. Comment ces gens osaient-ils se comporter de la sorte en présence de l'évêque ?

– C'est aussi une vaine entreprise, reprit Odo, haussant le ton. Les femmes sont, par leur nature, entièrement incapables de raisonner. Leurs humeurs corporelles, froides et humides, ne sont pas propices à l'activité cérébrale. Elles ne peuvent donc pas comprendre les plus hautes idées spirituelles et morales.

Jeanne posa un regard incrédule sur l'homme qui venait de parler.

– En effet, j'ai déjà entendu exprimer cette opinion, dit l'évêque, un large sourire aux lèvres. Mais dans ce cas, comment expliques-tu le savoir de cette fille – sa connaissance du grec, par exemple, que tu ignores toi-même ?

– Pure vanterie ! Nous n'avons nulle preuve de ses talents. Vous êtes trop crédule, monseigneur. Peut-être le Grec a-t-il manqué d'honnêteté en vous rapportant ses exploits.

C'en était trop. Non content de l'insulter, cet homme plein de haine osait s'attaquer à Asclepios ! Jeanne était sur le point de répliquer lorsqu'elle croisa le regard bienveillant d'un chevalier aux longs cheveux roux, assis près de l'évêque. *Non*, semblaient lui souffler ses yeux de saphir. Elle hésita, troublée. Le chevalier se pencha vers l'évêque et lui glissa quelques mots à l'oreille. Le prélat opina de la tête, puis s'adressa au clerc nommé Odo.

– Soit. Fais-lui donc subir l'examen.

– Monseigneur ?

– Interroge-la. Vois si elle est digne de notre école.

– Ici, monseigneur ? L'endroit me paraît peu indiqué pour…

– Ici même. Ainsi, nous en profiterons tous.

Le clerc fronça les sourcils, puis tourna vers Jeanne son visage en lame de hache.

– *Quicunque vult*, lâcha-t-il. Signification ?

Jeanne fut surprise de la simplicité de la question. Peut-être cachait-elle un piège. Peut-être cherchait-on à lui faire baisser sa garde.

– C'est la doctrine selon laquelle les trois parties de la Trinité sont consubstantielles, répondit-elle avec prudence. Elle montre que le Christ est divin aussi pleinement qu'il est humain.

– L'origine de cette doctrine ?

– Le premier concile de Nicée.

– *Confessio Fidei*. Le sens de cette locution ?

– C'est la doctrine pernicieuse qui prétend que le Christ aurait été d'abord humain, et ensuite seulement serait devenu divin par le biais de son adoption par le Père. *Filius non proprius, sed adoptivus*.

Elle tenta en vain de déchiffrer l'expression d'Odo.

– En quoi consiste la fausseté de cette hérésie ?

– Si le Christ est devenu fils de Dieu par grâce divine et non par nature, il ne peut qu'être subordonné au Père. C'est une hérésie et une abomination, récita consciencieusement Jeanne, car l'Esprit-Saint procède non seulement du Père, mais aussi du Fils. Il n'y a qu'un seul Fils, et il n'est pas adoptif. *In utraque natura proprium eum et non adoptivum filium Dei confitemur*.

Plusieurs convives firent claquer leurs doigts en signe d'approbation.

– *Litteratissima !* s'écria quelqu'un.

– Un vrai petit phénomène, n'est-ce pas ? renchérit une dame dans le dos de Jeanne.

– Eh bien, Odo ? s'enquit l'évêque. Qu'en dis-tu ? Le Grec a-t-il dit vrai ?

Odo fit la grimace, un peu comme s'il venait de boire une gorgée de vinaigre.

– Il semble en effet que cette enfant ait quelque notion de la théologie orthodoxe. Mais en soi, cela ne prouve rien, lâcha-t-il d'un ton condescendant. Il existe, chez certaines femelles, une faculté hautement développée leur permettant de garder en mémoire et de répéter les paroles entendues dans la bouche des hommes, d'où résulte une apparence de pensée. Mais cette qualité ne doit surtout pas être confondue avec le véritable raisonnement, qui reste une vertu essentiellement mâle. Car, comme nous le savons tous, la femme est, par nature, inférieure à l'homme.

– Pourquoi ? laissa échapper Jeanne avant d'avoir pu se retenir.

Odo sourit. On aurait dit un renard sûr d'avoir pris un lièvre au piège.

– Cette question, fillette, révèle l'étendue de ton ignorance. Car saint Paul lui-même a édicté cette vérité, que les femmes sont en dessous des hommes par leur conception, par leur place et par leur volonté.

– Par leur conception, par leur place et par leur volonté ? répéta Jeanne, sans comprendre.

– Oui, répondit Odo, très lentement, comme s'il s'adressait à une demeurée. Par leur conception, car tu sais qu'Adam fut créé le premier, et qu'Ève ne le fut qu'ensuite ; par leur place, car Ève fut créée pour être la compagne d'Adam ; et par leur volonté : incapable de résister à la tentation, elle mangea la pomme.

De nombreux convives acquiescèrent dans la salle. L'évêque prit un air grave. À son côté, le chevalier aux cheveux roux ne laissait rien transparaître de ses pensées. Odo eut un petit sourire satisfait, qui souleva dans le cœur de Jeanne un profond dégoût. Elle réfléchit longuement en se caressant le bout du nez.

– Et pourquoi, finit-elle par répliquer, la femme serait-elle inférieure par sa conception ? Elle fut peut-être créée en second, mais à partir de la côte d'Adam, alors que celui-ci était constitué de simple terre glaise.

Quelques murmures s'élevèrent vers le fond de la salle.

– Quant à sa place, reprit-elle, la femme devrait être préférée à l'homme, car Ève fut créée à l'intérieur du paradis, tandis qu'Adam naquit hors de ses limites.

Nouveaux murmures. Le sourire d'Odo se figea. Jeanne ne s'en rendit pas compte, fascinée par les ramifications de son raisonnement.

– Et en matière de volonté, la femme devrait être jugée supérieure à l'homme, car si Ève croqua la pomme par amour de la connaissance et du savoir, Adam l'imita uniquement parce qu'elle lui avait demandé de le faire.

Un silence outré s'abattit sur la salle. Les lèvres d'Odo se plissèrent de colère. L'évêque dardait sur Jeanne une paire d'yeux incrédules.

Elle était allée trop loin.

Certaines idées sont dangereuses, l'avait un jour avertie Asclepios.

Elle s'était laissé entraîner par la chaleur du débat. Cet homme, cet Odo, ce monstre d'arrogance, n'avait eu de cesse de la rabaisser devant l'évêque. Elle venait de sacrifier toutes ses chances d'être admise à l'école de l'évêché et le savait, mais pour rien au monde elle n'aurait accepté de se laisser humilier par ce petit clerc plein de haine. Elle redressa le menton et fit face à la table, le regard en feu.

Le silence s'éternisait. Tous les yeux étaient rivés sur l'évêque, qui continuait de la fixer. Enfin, tout doucement d'abord, un bruit sourd et saccadé s'échappa de ses lèvres.

L'évêque riait.

Sa plantureuse voisine émit un gloussement nerveux. Un formidable vacarme emplit la salle. La plupart des convives se tenaient les côtes, riant aux larmes. Jeanne épia le chevalier à la crinière de feu. Il affichait un grand sourire. Leurs regards se croisèrent, et il lui décocha un clin d'œil.

– Eh bien, cher Odo, lança l'évêque, ayant enfin réussi à reprendre son souffle, force t'est d'admettre que cette fille t'a cloué le bec !

Odo adressa au prélat un regard empoisonné.

– Et le garçon, monseigneur ? Dois-je lui faire aussi subir l'examen ?

– Non. Puisque la fille semble lui être attachée, nous les prendrons tous les deux ! À n'en pas douter, cette mignonne a reçu une éducation… peu orthodoxe. Mais elle apportera ainsi à notre école la bouffée de fraîcheur dont elle a tant besoin. Odo, tu as deux nouveaux élèves. Veille bien sur eux !

Jeanne scruta l'évêque d'un air abasourdi. Que voulait-il dire ? Était-il possible que cet Odo fût le maître d'études de l'école épiscopale ? *Leur* maître ? Dans quel guêpier venait-elle de se fourrer ?

– Vous avez, je suppose, pris les dispositions nécessaires pour loger cette fillette ? demanda Odo. Il est bien sûr exclu qu'elle fréquente le quartier des pensionnaires.

– Ah oui !… la loger. Voyons…

– Monseigneur, intervint le chevalier aux cheveux de feu, l'enfant pourrait s'installer chez moi. Ma femme et moi avons deux filles qui l'accueilleront avec grand plaisir. Elle fera une parfaite compagne pour ma petite Gisla.

Jeanne l'observa. C'était un homme de vingt-cinq ans environ, dans la force de l'âge, vigoureux, et de belle prestance, aux pommettes hautes et à la barbe soyeuse. Ses épais cheveux, d'une teinte extraordinaire, étaient séparés en leur milieu et tombaient en lourdes boucles sur ses épaules. Ses yeux d'azur semblaient receler un trésor d'intelligence et de bonté.

– Riche idée, Gerold, approuva l'évêque en lui assenant une forte tape dans le dos. Tout est arrangé. La fille ira chez toi.

Un serviteur s'approcha, portant un plateau de confiseries. Les prunelles de Jean s'écarquillèrent à la vue de ces mille merveilles nappées de beurre. L'évêque sourit.

– Mes enfants, vous devez être affamés au terme de votre long voyage. Venez donc vous asseoir près de moi.

Il se rapprocha de la dame plantureuse, dégageant un espace suffisant entre le chevalier aux cheveux roux et lui. Jean et Jeanne contournèrent la table et vinrent s'asseoir. L'évêque lui-même leur servit des confiseries. Jean se mit à manger à pleine bouche.

L'évêque reporta son attention sur sa voisine. Ils buvaient dans la même timbale et riaient beaucoup ; il entreprit de lui caresser la chevelure, défaisant sa coiffe au passage. Jeanne regarda longtemps le plateau de confiseries avant d'en choisir une, qu'elle goûta, mais ne put finir. Son goût sucré lui parut écœurant. Elle aurait préféré être loin de cette salle, loin du bruit, de ces visages inconnus, et surtout loin de la singulière attitude de l'évêque.

– Ta journée a été longue, lui glissa le chevalier roux. Souhaites-tu te retirer ?

Jeanne hocha la tête. Voyant sa sœur se lever, Jean avala une dernière sucrerie et l'imita.

– Non, fils, dit Gerold, posant une main sur l'épaule de Jean. Toi, tu restes ici.

– Mais… je veux aller avec elle, protesta Jean.

– Ta place est ici, parmi les garçons. Quand tu auras fini ton repas, l'intendant te conduira à tes quartiers.

Jean pâlit, mais se maîtrisa et ne dit rien.

– Voici une arme intéressante, dit Gerold en remarquant la dague à manche d'os glissée dans sa ceinture. Puis-je la voir ?

Jean lui tendit son poignard. Gerold le tourna et le retourna, admirant la finesse des motifs sculptés sur le manche. Sous le feu des torches, la lame lançait des éclairs. Jeanne frissonna en se rappelant la façon dont elle avait scintillé dans la pénombre de la chaumière juste avant que son redoutable tranchant ne s'attaquât aux belles pages du manuscrit d'Asclepios.

– Excellente dague, fit Gerold. Roger possède une épée dont la garde ressemble à celle-ci. Roger ! lança-t-il à l'adresse d'un adolescent attablé non loin. Viens donc montrer ton épée à notre jeune ami !

Roger s'exécuta, tirant de son fourreau une lame à garde ouvragée. Jean la considéra avec vénération.

– Puis-je la toucher ?

– Tu peux même la prendre en main si tu le veux.

– On te donnera une épée, déclara Gerold. Et aussi un arc, si tu as la force de le manier. Explique-lui, Roger.

– C'est la vérité, acquiesça celui-ci. Chaque jour, nous apprenons le combat et le maniement des armes.

Une lueur de ravissement passa dans le regard de Jean.

– Vois-tu ce petit éclat sur le tranchant ? C'est en ce point qu'elle s'est entrechoquée avec la lame de notre maître d'armes en personne !

Jean était émerveillé.

– Partons, glissa Gerold à Jeanne. Je crois que ton frère ne s'inquiétera plus de notre départ.

Sur le seuil, Jeanne se retourna pour jeter un dernier coup d'œil à Jean. Assis avec l'épée sur les genoux, il conversait à bâtons rompus avec Roger. Elle allait le quitter à contrecœur. Même s'ils avaient été plus souvent rivaux qu'amis, Jean représentait son dernier lien avec le foyer familial, avec un monde familier et compréhensible. Sans lui, elle serait seule.

Gerold marchait devant elle dans la galerie. Très grand, il progressait à longues enjambées. Jeanne dut se mettre au pas de course pour le rejoindre.

Pendant de longues minutes, ils n'échangèrent pas un mot. Puis Gerold lâcha soudain :

– Tu as fait très bonne figure face à Odo.

– Je crains qu'il ne m'apprécie guère.

– Certes non. Odo s'accroche à sa dignité comme un homme à ses pièces d'or quand il ne lui en reste plus qu'une poignée.

Jeanne sourit. Obéissant à une brusque impulsion, elle décida d'accorder sa confiance à cet homme.

– Cette femme, demanda-t-elle, non sans embarras, était-ce la… l'épouse de l'évêque ?

Toute sa vie elle avait traîné comme un boulet une certaine conscience du caractère honteux du mariage de ses parents. C'était un sentiment puéril, mal formulé et non admis, néanmoins profond. Un jour, ayant perçu à quel point Jeanne était sensible à cette question, Asclepios lui avait expliqué que de telles unions n'étaient pas rares dans les rangs du bas clergé. Mais chez un évêque ?

– L'épouse de… Oh ! tu veux parler de Theda ! Non, notre Fulgence n'est pas de ceux qui se marient. Theda est une de ses maîtresses.

Une maîtresse ! L'évêque avait des maîtresses !

– Tu es choquée, je le sens. Il ne faut pas. Fulgence n'est pas un homme pieux. Il tient son titre d'évêque de son oncle, qui fut prélat avant lui. Il ne s'est jamais conduit comme un prêtre et n'affecte point la sainteté, comme tu l'auras noté. Mais en dépit de tout, c'est un homme bon. Bien que n'étant pas lettré lui-même, il admire le savoir. C'est lui qui a fondé cette école.

Gerold avait parlé sans détour, comme à une personne capable de le comprendre, non comme à une enfant. Jeanne lui en sut gré. Cependant, ses paroles avaient quelque chose de troublant. Était-il digne d'un évêque, d'un prince de l'Église, de vivre ainsi ? D'entretenir des… maîtresses ?

Ils parvinrent aux portes extérieures du palais. Deux pages vêtus de soie rouge repoussèrent les énormes panneaux de chêne. Au-delà, la lumière propagée par les torchères de la galerie se dissolvait peu à peu dans l'obscurité.

– Viens, dit Gerold. Tu te sentiras mieux après une bonne nuit de sommeil.

Et il se dirigea d'un pas rapide vers les écuries. Après une hésitation, Jeanne le suivit dans la fraîcheur nocturne.

– Nous y voilà !

Gerold fit un geste sur la gauche. Dans le lointain, Jeanne put tout juste discerner la forme sombre d'un groupe de bâtiments qui se découpaient sur le ciel baigné de lune.

– Voici Villaris, ma résidence – et la tienne, Jeanne !

Malgré les ténèbres, le fort de Villaris était magnifique. Tapi à flanc de colline, il paraissait gigantesque à la fillette émerveillée. Il se composait de quatre puissantes tours de bois, reliées par une série de cours et de majestueux portiques. Gerold et Jeanne franchirent les fortes palissades de chêne qui protégeaient l'entrée et longèrent plusieurs bâtiments annexes : la cuisine, un four à pain, une écurie, un grenier, deux granges. Ils mirent pied à terre au milieu d'une petite cour. Gerold confia sans tarder sa monture au maître d'écurie, qui les attendait. Des torches enduites de résine et disposées à intervalles réguliers éclairèrent leur progression le long d'une étroite galerie aveugle, aux murs de laquelle étaient adossées des rangées d'armes flamboyantes : glaives, lances, javelots, arbalètes et scramasaxes, ces redoutables sabres à simple tranchant, courts et lourds, que prisaient tant les guerriers francs. Ils finirent par émerger dans une seconde cour, cernée de portiques couverts, et accédèrent à la grande salle du fort, immense, sonore et ornée de riches tapisseries. Au centre de la pièce, Jeanne découvrit la plus belle femme qu'elle eût jamais vue, à l'exception peut-être de sa mère. Mais tandis que Gudrun était grande et blonde, celle qui lui faisait face à présent était toute menue. Elle arborait de magnifiques cheveux d'ébène et de grands yeux noirs et fiers. Prenant tout leur temps, ces yeux se promenèrent sur Jeanne d'un air hautain.

– Qu'est-ce que c'est que cela ? lâcha-t-elle, abrupte, en la voyant approcher.

– Jeanne, dit Gerold, sans paraître relever sa brusquerie, voici Richild, mon épouse et la maîtresse de ce château. Richild, permets-moi de te présenter Jeanne d'Ingelheim, arrivée ce jour pour étudier à l'école cathédrale.

Jeanne ébaucha une révérence maladroite. Richild la considéra avec mépris et se tourna vers Gerold.

– À l'école ? Est-ce une plaisanterie ?

– Fulgence vient de l'admettre. Elle habitera à Villaris pendant la durée de ses études.

– Ici ?

– Elle partagera le lit de Gisla, à qui, j'en suis sûr, une compagnie aussi érudite fera le plus grand bien.

Les gracieux sourcils de Richild se haussèrent.

– On dirait une paysanne.

Jeanne rougit sous l'insulte.

– Tu t'égares, ma femme, répliqua sèchement Gerold. Jeanne est notre invitée, ne l'oublie pas.

– Soit, fit Richild, caressant d'un doigt la tunique neuve de Jeanne. Au moins, elle semble propre.

Elle adressa un signe impérieux à une servante.

– Conduis-la au dortoir.

Sur ce, elle quitta la grande salle.

Plus tard, étendue sur un matelas de paille souple auprès d'une petite fille qui ronflait bruyamment (Gisla ne s'était même pas réveillée quand elle s'était glissée dans le lit à côté d'elle), Jeanne repensa à son frère. Avec qui dormait-il à cette heure – si toutefois il parvenait à dormir ? Pour sa part, elle n'était pas près d'y arriver. Dans son esprit, les pensées et les émotions se bousculaient. Son ancienne maison et plus particulièrement sa mère lui manquaient. Elle aurait voulu être étreinte, caressée, appelée « ma petite caille ». Elle avait eu tort de s'enfuir en silence et sous l'effet de la colère, sans un adieu. Gudrun l'avait certes trahie devant l'émissaire de l'évêque, mais Jeanne savait qu'elle l'avait fait par excès d'amour, parce qu'elle ne supportait pas l'idée de voir sa fille la quitter. Il se pouvait fort bien à présent qu'elle ne revît jamais sa mère. Elle avait agi sans réfléchir aux conséquences. Car elle ne pourrait jamais rentrer chez elle, c'était sûr et certain. Son père la tuerait sans hésiter pour sa désobéissance. Sa place était désormais ici, dans ce pays inconnu. Elle allait devoir y rester, pour le meilleur et pour le pire.

Mère..., songea-t-elle en promenant un regard inquiet sur les ténèbres de la pièce.

Une larme solitaire roula sur sa joue.

8

La salle d'étude, petite pièce aux murs de pierre adossée à la bibliothèque épiscopale, était perpétuellement humide et fraîche, même lorsqu'il faisait chaud au-dehors, comme cette après-midi-là. Jeanne aimait cette fraîcheur, et aussi la puissante odeur de parchemin qui y flottait, sorte de muette invitation à explorer la vaste collection de manuscrits conservée de l'autre côté de la porte.

Une immense fresque recouvrait un des murs de la salle. Elle représentait une femme, vêtue à la façon grecque d'une longue robe flottante, qui dans sa main gauche tenait une paire de cisailles, dans la droite un fouet. Cette femme incarnait la Connaissance. Ses cisailles étaient là pour élaguer les erreurs et les faux dogmes, son fouet se destinait à châtier les élèves paresseux. Les sourcils de la Connaissance étaient froncés et se rejoignaient. Les coins de sa bouche s'incurvaient vers le bas. Le tout lui donnait une mine sévère. Ses yeux sombres semblaient en permanence vriller sur l'observateur un regard inflexible. Odo avait commandé cette fresque à un artiste peu après avoir pris ses fonctions de maître d'études.

– *Bos mugit, equus hinnit, asinus rudit, elephans barrit*... « Le bœuf mugit, le cheval hennit, l'âne brait, l'éléphant barrit… »

Sur la gauche de la salle, les débutants psalmodiaient une litanie monocorde, s'entraînant à réciter des formes verbales simples. Odo battait la mesure de sa main droite, tout en surveillant d'un œil exercé le travail des autres élèves.

Ludovic et Ebbo étaient tous deux courbés sur un psaume qu'ils étaient censés apprendre par cœur. Mais l'inclinaison de leurs têtes, qui se touchaient presque, montrait qu'ils ne se consacraient plus à leur tâche. Sans cesser de marquer la cadence, Odo leur frappa la nuque au moyen d'une longue verge. Ils sursautèrent et reportèrent sur-le-champ tout leur intérêt sur leurs tablettes.

Non loin de là, Jean étudiait un chapitre de Donat. À l'évidence, il éprouvait de grandes difficultés. Il lisait très lentement, articulant chaque lettre du bout des lèvres et s'arrêtant pour se gratter la tête chaque fois qu'il butait sur un mot inconnu.

Assise à l'écart – les autres la fuyaient –, Jeanne s'appliquait à terminer ce qu'Odo l'avait chargée de faire : un commentaire de la vie de saint Antoine. Elle écrivait d'une main alerte, sans lever les yeux, faisant glisser sa plume sur le parchemin avec assurance et précision. Sa concentration était absolue.

– C'est assez pour aujourd'hui, décréta Odo. Le groupe des novices peut se retirer. Les autres attendront que j'aie examiné leur travail.

Les novices se levèrent en hâte et quittèrent la salle d'étude aussi vite que le protocole le permettait. Les autres élèves reposèrent leurs styles et levèrent sur leur maître des regards empreints d'espérance, avides qu'ils étaient de jouir librement des plaisirs de cette belle après-midi.

Seule Jeanne demeura penchée sur son parchemin.

Odo fronça les sourcils. Le zèle déployé par la fillette le surprenait chaque jour. L'envie le démangeait de faire pleuvoir les coups de verge sur son échine, mais elle ne lui en avait pas encore donné la moindre occasion. Elle semblait avoir vraiment envie d'apprendre.

Il s'avança vers son pupitre et resta ostensiblement planté devant elle. Enfin, elle cessa d'écrire et leva sur lui un regard surpris, peut-être même déçu.

– M'avez-vous appelée, messire ? Veuillez me pardonner. J'étais si concentrée sur mon travail que je n'ai pas entendu.

Elle joue son rôle à merveille, se dit Odo. *Mais je ne me laisserai pas abuser.* Elle feignait le respect et la soumission chaque fois qu'il lui adressait la parole, mais la vérité était lisible dans ses yeux. Au fond de son âme, elle se gaussait de lui et ne cherchait qu'à le défier. Et cela, Odo ne pouvait le tolérer.

Il se pencha sur le pupitre et lut son travail ligne à ligne.

– Ta main n'est pas suffisamment sûre, dit-il en pointant son index long et pâle sur le parchemin. Regarde ici, et encore ici. Tes lettres manquent cruellement de rondeur. Qu'as-tu à me dire pour justifier un travail aussi peu appliqué ?

Jeanne était indignée. Elle venait d'écrire dix pages de glose – bien davantage que ce que tout autre élève de l'école aurait pu produire en deux fois plus de temps. Son raisonnement était cohérent et complet. Odo lui-même n'osait le contester. Elle l'avait bien vu cligner des yeux à la lecture d'un paragraphe où elle savait avoir élégamment manié le subjonctif.

– Eh bien ? insista Odo.

Il n'espérait qu'une chose : qu'elle lui tiendrait tête et lui ferait quelque réponse insolente. *Maudite créature, arrogante et contre nature...* Cette fillette cherchait à rompre l'ordre établi par Dieu en usurpant la légitime autorité des hommes. *Allez*, l'incita-t-il en son for intérieur. *Dis ce que tu penses.*

Jeanne s'efforça de juguler son indignation. Elle savait ce que son maître cherchait à faire. Quelles que soient ses provocations, elle ne lui rendrait pas ce service. Elle ne lui donnerait pas de raison de la renvoyer de l'école.

– Je n'ai point d'excuse, messire, lâcha-t-elle d'une voix neutre.

– En guise de punition, tu me copieras vingt-cinq fois ce passage de la Première Épître à Timothée, chapitre deux, versets onze et douze, d'une belle écriture et avant de partir.

Le cœur de Jeanne se gonfla de courroux. Si seulement elle pouvait dire à cet homme méchant et borné ce qu'elle pensait de lui !

– Bien, messire, dit-elle, gardant les yeux baissés pour qu'il ne pût lire ses sentiments.

Odo était déçu. Mais elle ne résisterait pas éternellement. Tôt ou tard, elle se dévoilerait. Et il serait là. Il tourna les talons et se dirigea vers un autre élève.

Avec un soupir, Jeanne reprit sa plume. Première Épître à Timothée, chapitre deux, versets onze et douze. Elle les connaissait par cœur. Odo lui avait maintes fois infligé cette punition. Il s'agissait d'une citation de saint Paul : « Je ne permettrai pas à une femme d'enseigner, pas davantage de dominer un homme ; elle devra rester silencieuse et écouter avec soumission. »

Parvenue à la moitié de sa corvée, elle sentit que quelque chose n'allait pas et leva les yeux. Odo était parti. Debout près de la porte, les garçons bavardaient. D'habitude, ils se ruaient hors de la salle dès la fin de la leçon. Elle leur jeta un coup d'œil inquiet. Aux confins du groupe, Jean semblait écouter ses compagnons. Jeanne intercepta son regard. Il sourit et lui fit un petit signe.

Elle lui rendit son sourire et revint à sa copie. Presque aussitôt, un sombre pressentiment lui fit dresser les cheveux sur la nuque. Les garçons n'étaient-ils pas en train de fomenter quelque traquenard ? Ils s'en prenaient fréquemment à elle, et Odo ne faisait rien pour les en empêcher. Bien qu'habituée à endurer en silence, elle redoutait terriblement leurs manigances.

Elle se hâta de recopier les dernières lignes de son devoir et se leva. Les garçons se tenaient toujours près de la porte. Ils l'attendaient, c'était évident. Elle haussa fièrement le menton. Quoi qu'ils eussent en tête, elle passerait entre eux d'un pas digne et s'en irait.

Son manteau était suspendu à un clou, à côté de la porte. Ignorant ostensiblement ses camarades, elle le décrocha, le jeta sur ses épaules et rabattit sa capuche.

Une matière lourde et gluante se déversa sur son crâne. Elle y porta la main pour ôter sa capuche, mais celle-ci resta en place. Ses doigts étaient recouverts d'une substance pâteuse. *De la gomme arabique*. Couramment utilisée dans les écoles et les ateliers de scribes, elle permettait, mêlée à du vinaigre et à du fusain, de fabriquer l'encre. Jeanne s'essuya la main sur sa cape, mais la gomme refusa de se détacher. D'un geste frénétique, elle tenta de nouveau de se débarrasser de sa capuche et poussa un cri de douleur : ses cheveux étaient collés à l'intérieur.

Son gémissement provoqua une explosion d'hilarité. Elle marcha à grands pas vers la porte. Le groupe s'entrouvrit sur son passage.

– *Lusus naturae !* lancèrent plusieurs voix. Aberration de la nature !

Au milieu de la bande, elle aperçut son frère, qui riait et l'insultait avec les autres. Elle croisa son regard. Il détourna la tête en rougissant.

Elle poursuivit son avance. Quand elle vit l'écharpe bleue tendue à ras du sol, il était trop tard. Elle trébucha et tomba lourdement sur le flanc.

Jean m'a trahie.

Elle se releva en grimaçant sous l'effet d'une violente douleur au côté. La gomme immonde dégoulinait sur son visage. Elle tenta de l'empêcher d'atteindre ses yeux, mais en vain. Sa vue se brouilla.

Les garçons resserrèrent leur cercle en riant et se mirent à la pousser en tous sens pour lui faire mordre derechef la poussière. Plusieurs fois, elle reconnut la voix de Jean au milieu des autres. Transformés en taches de lumière et de couleur, les murs dansaient dans le brouillard. Elle ne distinguait plus la porte.

Un flot de larmes afflua soudain vers ses paupières.

Ils n'attendaient pas autre chose. C'était ce qu'ils voulaient – la faire pleurer, la forcer à les implorer, à montrer quelque faiblesse, afin de pouvoir se moquer de plus belle.

Je ne leur donnerai pas ce plaisir.

Elle se redressa et ravala ses larmes. Cet exploit ne fit que les enflammer davantage, et ils se firent plus pressants. L'aîné des élèves la frappa violemment sur la nuque. Elle chancela, mais parvint à rester debout.

Une voix d'homme retentit. Odo se décidait-il enfin à mettre un terme à son supplice ?

– Que se passe-t-il ici ?

Elle reconnut son timbre. Gerold ! Elle ne l'avait jamais entendu parler sur ce ton. Ses agresseurs s'écartèrent si vite qu'elle faillit retomber.

Le bras de Gerold lui ceignit les épaules pour l'aider à recouvrer son aplomb. Elle se laissa aller contre lui.

– Félicitations, Bernhar, lança-t-il au plus grand des garçons, celui qui l'avait frappée à la nuque. N'est-ce pas la semaine passée que je t'ai vu dans la salle d'armes, si désespérément occupé à demeurer hors d'atteinte de l'épée d'Éric que tu n'as pas réussi à porter le moindre coup ? Heureusement, je vois que tu n'as pas les mêmes difficultés quand il s'agit de malmener une pauvre fille sans défense !

Bernhar voulut bredouiller une excuse, mais Gerold lui coupa la parole.

– Garde ta salive pour monseigneur l'évêque. Il te mandera sitôt qu'il aura eu vent de cela. Et crois-moi, il sera informé dès aujourd'hui.

Dans un silence absolu, Gerold souleva Jeanne et la prit dans ses bras. Sa vigueur la surprit. Elle écarta la tête pour ne pas souiller de gomme sa belle tunique.

– Encore une chose, dit-il, se retournant après quelques pas. D'après ce que je viens de voir, elle est non seulement plus brave que n'importe lequel d'entre vous, mais aussi plus fine, toute fille qu'elle est.

Jeanne sentit de nouveau les larmes lui monter aux yeux. Personne n'avait jamais pris sa défense de cette façon, hormis peut-être Asclepios. Mais Gerold était… différent.

Le bouton de rose croît dans les ténèbres. Il ne sait rien du soleil, mais s'efforce néanmoins de vaincre la nuit, jusqu'au jour où son carcan s'ouvre enfin. La rose éclôt alors, déployant ses pétales dans la lumière.

Je l'aime.

La pensée l'atteignit avec une soudaineté qui la bouleversa. Que signifiait-elle ? Elle n'avait pas le droit d'aimer Gerold. C'était un comte, un grand seigneur, et elle n'était que la fille d'un humble chanoine. C'était un homme mûr, de vingt-cinq hivers, qui la considérait certainement comme une enfant, bien qu'elle eût presque treize ans, bien qu'elle fût sur le point de devenir femme.

Et il était marié.

Jeanne avait la tête qui tournait.

Gerold la mit sur son cheval et monta derrière elle. Les garçons étaient amassés à la porte, sans oser proférer un mot. Jeanne se laissa aller au creux des bras de son sauveur.

– Je te ramène à la maison, murmura-t-il en éperonnant sa monture.

9

Le comte Gerold, noble seigneur d'une lointaine marche nordique de l'Empire, commanda à son nouvel alezan de se mettre au galop à l'approche de la butte sur laquelle se dressait son château. Le cheval obtempéra sur-le-champ, impatient de retrouver la chaleur de son écurie et la saveur du fourrage. Juste à côté, la monture d'Osdag, fidèle serviteur de Gerold, força l'allure à son tour, malgré le poids du cerf mort jeté en travers de sa croupe.

La sortie avait été fructueuse. Sur un coup de tête – car ses chasses se composaient d'ordinaire d'au moins six hommes –, Gerold avait décidé de partir en forêt accompagné du seul Osdag et de deux chiens de meute. La chance leur avait souri. Presque aussitôt, ils avaient repéré la trace d'un animal, sur laquelle Osdag s'était penché d'un œil expert.

« C'est un cerf, avait-il annoncé. Et un grand. »

Ils avaient traqué leur proie pendant près d'une heure avant de la débusquer à l'orée d'une petite clairière. Gerold avait porté son olifant d'ivoire à ses lèvres et soufflé une succession de notes aiguës. Les chiens s'étaient élancés. Mettre la bête aux abois n'avait pas été chose facile, mais ils avaient fini par y réussir, et Gerold l'avait achevée d'un coup de lance précis. Ainsi qu'Osdag l'avait annoncé, c'était un grand et bel animal.

À l'approche de l'hiver, sa viande serait bienvenue sur les étagères du garde-manger de Villaris.

À quelque distance, Gerold aperçut Jeanne assise en tailleur sur l'herbe. Ayant ordonné à Osdag de rejoindre l'écurie sans l'attendre, il bifurqua vers elle. Au cours de l'année écoulée, il s'était pris d'une singulière affection pour cette fille. Une étonnante personne, inutile de le nier, trop seule, trop grave pour son jeune âge, mais dotée d'un cœur et d'une intelligence qui la rendaient attrayante.

Il fit halte tout près de l'endroit où Jeanne se trouvait assise, aussi immobile qu'un bas-relief de cathédrale, mit pied à terre et mena son alezan par la bride. Jeanne était si absorbée dans ses pensées qu'elle ne le remarqua que lorsqu'il fut à moins de dix pas. Elle se leva en rougissant, sous l'œil amusé du comte. Cette enfant était incapable de feinte – un trait de caractère qu'il trouvait charmant et très différent de… ce à quoi il était accoutumé. Son engouement enfantin pour lui était reconnaissable à une lieue.

– Tu réfléchissais profondément, dit-il.

– Oui, répondit-elle en s'approchant pour admirer l'alezan. S'est-il bien comporté ?

– À la perfection. C'est une excellente monture.

Elle caressa la flamboyante crinière de l'animal. Elle savait fort bien juger les chevaux, peut-être parce qu'elle avait grandi loin d'eux. Gerold avait cru comprendre qu'elle était issue d'une famille aussi pauvre que n'importe quels coloni, bien que son père fût chanoine.

Le cheval lui renifla l'oreille, et elle partit d'un rire cristallin. Même si Jeanne n'était pas belle à proprement parler, elle ne manquait pas d'attrait. Ses grands yeux semblaient deux puits profonds, sa mâchoire était carrée et vigoureuse, et ses épaules droites lui donnaient l'aspect d'un garçon, impression désormais rehaussée par ses cheveux courts, dont les boucles d'or pâle couvraient tout juste le haut de ses oreilles. Après la mauvaise farce dont elle avait été victime à l'école, il avait fallu les couper au plus court afin de les débarrasser de la gomme arabique.

– À quoi pensais-tu, Jeanne ?

– Eh bien, je… À quelque chose qui s'est passé tantôt à l'école.

– Raconte-moi.

– Est-il vrai, demanda-t-elle en levant les yeux sur lui, que les petits des louves blanches viennent au monde mort-nés ?

– Je te demande pardon ? fit Gerold, très surpris malgré son habitude des questions insolites de sa pupille.

– Je l'ai entendu dire à Jean et aux autres élèves. Il se prépare une chasse au loup blanc – celui de la forêt d'Annapes.

Gerold hocha la tête.

– Je connais cette femelle. Une bête fourbe et solitaire, qui chasse à l'écart de toute meute et ne connaît pas la peur. L'hiver dernier, elle a attaqué un convoi de voyageurs et s'est emparée d'un nourrisson avant que quiconque ait pu porter la main à son arc. On raconte ces temps-ci qu'elle est pleine. Je suppose que ces gens veulent l'abattre avant la naissance de ses rejetons, c'est bien cela ?

– Oui. Jean et les autres ne tiennent plus en place depuis qu'Ebbo leur a annoncé que son père avait promis de l'emmener à cette chasse.

– Eh bien ?

– Odo était furieux. Il a dit qu'il ferait personnellement en sorte que cette battue soit annulée, car selon lui la louve blanche est un animal sacré, une manifestation vivante de la résurrection du Christ.

Dubitatif, Gerold haussa les sourcils.

– D'après Odo, ses petits naîtront morts. Puis leur père viendra les lécher, pendant trois jours et trois nuits, et les ramènera ainsi à la vie. C'est un miracle si rare que personne n'en a jamais été le témoin.

– Qu'as-tu répondu ? s'enquit Gerold, qui connaissait assez Jeanne pour savoir qu'elle n'avait pas dû rester muette devant une telle assertion.

– Je lui ai demandé comment on pouvait savoir tout cela, si personne n'en avait jamais été le témoin.

– J'imagine que notre maître d'études n'a guère apprécié ta question ! s'exclama Gerold en riant aux éclats.

– Il l'a trouvée inconvenante et aussi irrespectueuse. Car, m'a-t-il dit, on n'a pas davantage assisté à la Résurrection, et cependant, nul ne doute de sa vérité.

– N'y pense plus, mon enfant, dit le comte en plaçant une main sur l'épaule de sa pupille.

Jeanne marqua une pause, comme pour réfléchir à ce qu'elle allait dire, puis leva sur Gerold un regard solennel.

– Comment pouvons-nous être sûrs et certains de la réalité de la Résurrection, si personne n'y a assisté ?

Gerold était tellement abasourdi qu'il tira sur la bride de son cheval, qui fit un écart. Il lui flatta l'encolure pour l'apaiser.

Comme presque tous ses pairs de la Frise, seigneurs parvenus à l'âge d'homme sous le règne du grand Charles, Gerold, très attaché aux anciennes coutumes, était un chrétien au sens le plus vague du terme. Il assistait à la messe, faisait l'aumône et veillait à respecter fêtes et rites. Il suivait les enseignements de l'Église qui ne l'embarrassaient pas dans la pratique de ses droits et devoirs seigneuriaux, et ignorait les autres.

En revanche, ayant beaucoup vécu, il savait reconnaître le danger.

– Ne me dis pas que tu as posé cette question à Odo !

– Pourquoi ne l'aurais-je pas fait ?

– Par le sang de Dieu !

Le danger était peut-être imminent. Gerold n'avait aucune estime pour Odo, petit clerc aux idées étroites et à l'esprit plus étroit encore. Mais c'était exactement le genre d'arme que ce triste sire pouvait utiliser pour embarrasser Fulgence et bouter Jeanne hors de l'école, ou pire encore.

– Qu'a-t-il répondu ?

– Il n'a pas répondu, fit-elle en rougissant. Il s'est mis en colère, et m'a... réprimandée.

Gerold émit une sorte de sifflement.

– Qu'espérais-tu au juste ? Tu es assez âgée pour savoir que certaines questions ne doivent pas être posées.

– Et pourquoi ?

Les grands yeux gris-vert de Jeanne le fixèrent avec une intensité redoublée. *Des yeux de païenne*, se dit Gerold, *qui refuseront toujours de se baisser devant un homme ou devant Dieu.*

– Pourquoi ? insista-t-elle.

– Parce qu'elles ne doivent pas être posées, voilà tout.

Gerold était une nouvelle fois agacé par l'intelligence de cette fille, tellement en avance sur son âge !

Une émotion – douleur ou colère ? – embrasa brièvement le regard de Jeanne, puis s'éteignit. Elle redressa le menton.

– Je dois rentrer, dit-elle. La tapisserie du vestibule est presque achevée, et votre épouse m'attend pour y mettre la dernière main.

Elle se tourna vers le château.

Gerold l'observa avec un sourire. Tant de dignité offensée chez une si jeune personne ! Il songea à l'absurdité de ce que Jeanne venait de dire : Richild, sa femme, s'était assez souvent plainte de la gaucherie de sa pupille dès lors qu'il s'agissait de tenir une aiguille. Lui-même avait maintes fois assisté aux vains efforts de Jeanne pour forcer ses doigts à lui obéir, sans parler des piètres résultats de son travail.

– Ne sois pas froissée, dit-il avant qu'elle ne s'éloigne. Mais si tu veux réussir en ce bas monde, tu devras faire preuve de plus de patience.

Elle lui jeta un regard de biais, renversa la tête en arrière et partit d'un rire délicieux, guttural, mélodieux et terriblement contagieux. Gerold était sous le charme. Cette fille pouvait bien être têtue comme une vieille mule et prompte à s'emporter, elle avait aussi le cœur chaud et l'esprit vif.

– Je n'ai pas voulu te brusquer, dit-il en la rattrapant pour lui soulever le menton. Tu me surprends, voilà tout. Tu es d'une grande sagesse en certaines matières, et d'une immense stupidité en d'autres.

Jeanne allait répliquer, mais il mit un doigt en travers de ses lèvres.

– Je ne connais pas la réponse à ta question, mon enfant. Tout ce que je sais, c'est que cette question est dangereuse en soi. D'aucuns n'hésiteraient pas à t'accuser d'hérésie. Peux-tu le comprendre ?

Elle opina gravement de la tête.

– L'hérésie est une offense envers Dieu, dit-elle.

– C'est cela, et davantage encore. Poser une telle question pourrait bien signifier l'anéantissement de tes espérances, de ton avenir, ou même… de ta vie.

Il avait lâché le mot. Les yeux gris-vert le fixaient sans ciller. Désormais, il était trop tard pour reculer. Il devait tout lui raconter.

– Il y a quatre hivers, un groupe de voyageurs a été lapidé à mort non loin d'ici, dans un pré qui jouxte la cathédrale. Il y avait là deux hommes, une femme et un garçon qui n'était pas plus âgé que toi.

Bien qu'il fût un soldat aguerri, un vétéran des campagnes menées par l'empereur contre les barbares Obodrites, le sang lui afflua au visage au souvenir de ce qui s'était passé ce jour-là. La mort, aussi atroce fût-elle, n'avait plus de secret pour lui. Et pourtant, il avait reculé devant un tel massacre. Les hommes étaient désarmés, quant aux deux autres… Ils avaient mis bien du temps à mourir. La femme et le garçon avaient eu l'agonie la plus longue, car leurs compagnons avaient tenté jusqu'au bout de les protéger de leurs corps.

– Lapidés ? répéta Jeanne, les yeux écarquillés. Mais… pourquoi ?

– Ils étaient arméniens, membres de la secte des pauliciens. Ils se rendaient à Aix, et eurent l'infortune de passer en ce pays juste après une forte averse de grêle qui avait détruit nos vignes. En de telles circonstances, le peuple recherche toujours le responsable de ses maux. Nos gens se sont empressés de regarder tout autour d'eux et de s'en prendre à ces étrangers d'obédience suspecte. On les appela *tempestarii*, on les accusa d'avoir déclenché la tempête par leurs mauvais sorts. Fulgence tenta de les défendre, mais ils furent soumis à la question et leurs idées furent taxées d'hérésie. Des idées, ma petite Jeanne, qui n'étaient pas très différentes de la question que tu as posée tout à l'heure à Odo…

Le regard lointain, elle se replia dans le silence. Gerold la laissa méditer sur ce qui venait d'être dit.

– Asclepios m'a dit un jour quelque chose de semblable, lâcha-t-elle enfin. Certaines idées sont dangereuses.

– C'était un sage.

– Oui. Je serai plus prudente.

– Fort bien.

– Et maintenant, dites-moi. Comment savoir si la Résurrection a bien eu lieu ?

Gerold éclata de rire.

– Tu es incorrigible ! s'écria-t-il en passant une main dans les cheveux d'or de sa pupille. Soit… je te dirai ce que je pense.

Les prunelles de Jeanne s'allumèrent. Il s'esclaffa de plus belle.

– Mais pas maintenant, ma jolie. Il faut que je m'occupe de Pistis. Viens me trouver avant les vêpres, et nous parlerons.

La vénération de Jeanne se lisait à livre ouvert dans son regard. Gerold lui caressa la joue d'un revers de main. Malgré son tout jeune âge, elle le troublait. Mais après tout, son lit conjugal était assez froid, Dieu le savait, pour qu'il eût le droit de savourer la chaleur d'une affection aussi innocente sans en éprouver trop de remords.

L'alezan renifla encore Jeanne.

– J'ai une pomme, dit-elle tout à coup. Puis-je la lui donner ?

– Pistis mérite une récompense, approuva Gerold. Il s'est bien comporté. Il deviendra vite un chasseur de premier ordre, ou je ne m'y connais pas.

Elle tira de sa besace une petite pomme rouge et vert et la tendit à l'alezan. Celui-ci la flaira un instant, puis la croqua à belles dents. Comme Jeanne retirait son bras, Gerold crut apercevoir un éclair pourpre au milieu de sa paume. Elle surprit son regard et voulut cacher sa main, mais il s'en empara et la tourna vers la lumière. Un profond sillon de sang séché entaillait sa paume d'un bout à l'autre.

– Odo ? demanda-t-il à mi-voix.

– Oui, fit-elle avec une grimace.

À l'évidence, Odo s'était de nouveau servi de sa verge, et cette fois-ci avec une force considérable. La plaie était profonde. Elle devait être immédiatement soignée pour éviter la gangrène.

– Tu dois t'occuper de ceci sans tarder, dit Gerold d'une voix tremblante. Rentre à la maison. Je t'y retrouverai.

L'intensité de son émotion le troubla lui-même. Odo avait indéniablement tenu son rôle en la châtiant. À dire vrai, mieux valait qu'il l'eût frappée, car, ayant ainsi soulagé sa colère, il ne serait peut-être pas tenté de donner suite à cette sombre affaire. Et cependant, la vue de cette blessure venait de faire naître dans le cœur de

Gerold une furie aussi irraisonnée que violente. Il aurait volontiers étranglé Odo.

– Ce n'est rien, dit Jeanne, rivant toujours sur le comte son regard perçant.

Gerold inspecta de nouveau la plaie. Elle traversait la partie la plus sensible de la main. Tout autre enfant aurait pleuré, voire hurlé de douleur. Jeanne n'avait rien dit, même quand il l'avait interrogée.

Quelques semaines plus tôt, lorsqu'il avait fallu la tondre à cause de la gomme arabique, elle s'était débattue comme une vraie Sarrasine. Plus tard, quand Gerold s'était enquis des raisons d'une telle résistance, elle n'avait pu lui fournir d'autre motif que celui de l'effroi soulevé dans son cœur par le chuchotement des ciseaux.

– Père !

Dhuoda, la benjamine des filles de Gerold, apparut au loin et se mit à dévaler la butte pour les rejoindre. Ils l'attendirent. Elle arriva enfin, rouge et pantelante, et ouvrit les bras à son père. Il la souleva de terre et la fit tournoyer à bonne hauteur, dans un concert de cris exubérants. Puis il la reposa.

Dhuoda se pendit à son bras.

– Père, Père, venez voir ! Notre Lupa vient de mettre au monde cinq chiots. Pourrai-je en avoir un pour moi seule, Père ? Aura-t-il le droit de dormir sur mon lit ?

– Nous verrons cela, répondit Gerold en riant. Pour l'heure, ramène Jeanne à la maison. Sa main est blessée. Elle a besoin de soins.

– Sa main ? Montre, ordonna-t-elle à Jeanne, qui s'exécuta à contrecœur. Mon Dieu ! que s'est-il passé ?

– Elle te le racontera sur le chemin du retour, intervint Gerold. Hâte-toi, ma fille, et fais ce que je t'ai dit.

– Oui, Père, fit Dhuoda avant de se tourner vers Jeanne. As-tu très mal ?

– Pas assez pour m'empêcher d'arriver au portail avant toi !

Jeanne s'élança en courant. Dhuoda poussa un cri de joie et se rua à ses trousses. Les deux filles partirent à l'assaut de la colline en s'esclaffant.

Gerold les regarda s'éloigner. Il souriait, mais ses yeux étaient empreints de trouble.

L'hiver vint. Il allait rester gravé à jamais dans la mémoire de Jeanne comme celui où elle devint femme. Ayant treize ans, elle aurait dû y être prête, mais la soudaine apparition d'une tache de sang sombre sur sa chemise de lin, accompagnée d'une forte douleur à l'abdomen, la prit néanmoins au dépourvu. Ayant maintes fois entendu sa mère et les femmes de la maison de Gerold parler de la chose, elle sut immédiatement de quoi il retournait ; elle voyait aussi ces femmes laver leurs serviettes chaque mois. Jeanne se confia à une servante, qui s'empressa de lui apporter une pile de serviettes propres avec un clin d'œil entendu.

Jeanne était abattue. Pas seulement à cause de la douleur ou de la contrainte que son nouvel état de femme lui infligeait, mais par l'idée même de ce qui lui arrivait. Elle se sentait trahie par son corps, qui chaque jour la transformait un peu plus en un être neuf et inconnu. Quand les élèves de l'école commencèrent à faire des allusions égrillardes à ses seins naissants, elle s'efforça de les aplatir sous des morceaux d'étoffe, qui lui faisaient mal, mais atteignaient leur but. Aussi loin que remontaient ses souvenirs, son sexe n'avait jamais été qu'une source de maux, et elle avait l'intention de combattre aussi longtemps que possible l'évidence croissante de sa féminité.

Wintarmanoth apporta une gelée effroyable, qui s'abattit sur le pays comme un gant de fer. Le froid était si violent qu'il donnait mal aux dents. Les loups et autres prédateurs de la forêt s'approchèrent du hameau comme ils n'avaient jamais osé le faire. Peu de villageois s'aventuraient à l'extérieur sans une raison pressante.

Gerold supplia Jeanne de renoncer à aller à l'école, mais elle ne se laissa pas dissuader. Chaque matin, excepté le jour du Seigneur, elle revêtait son épaisse cape de laine, qu'elle nouait autour de sa taille pour mieux se protéger du vent glacé. Puis elle couvrait à pied les deux milles qui la séparaient de la cathédrale, le corps penché en avant. Quand affluèrent les redoutables vents de Hornung, qui poussaient le froid sur les chemins en cinglantes rafales, Gerold ordonna qu'on fît chaque jour seller son cheval pour la mener lui-même à Dorstadt.

Bien que Jeanne y vît chaque jour son frère, celui-ci ne lui adressait plus la parole. S'il était toujours aussi peu doué pour l'étude, son habileté au maniement de l'épée et de la lance lui avait valu le respect de ses compagnons, auprès desquels il s'épanouissait à vue d'œil. À l'évidence, il ne souhaitait pas mettre en péril cette respectabilité toute neuve en maintenant des liens avec une sœur aussi embarrassante. Il se détournait toujours à son approche.

Les filles du hameau gardaient elles aussi leurs distances vis-à-vis de Jeanne. Elles la considéraient avec méfiance et l'excluaient de leurs jeux et de leurs causeries. Elles voyaient en elle une aberration de la nature – mâle par l'esprit, femelle par le corps. Elle n'était nulle part à sa place.

Jeanne était seule, certes, mais elle avait Gerold. Et Gerold lui suffisait. Elle se contentait de sa présence. De parler et de rire avec lui de sujets qu'elle n'aurait pu aborder avec nul autre.

Par un jour de grand froid, juste après leur retour de l'école, il lui fit signe de le suivre.

– Viens, dit-il. J'ai quelque chose à te montrer.

Il la conduisit jusqu'à la porte du petit cabinet où il conservait ses parchemins, y saisit un long objet rectangulaire et le lui tendit.

Un livre ! Vieux, certes, et quelque peu usé, mais intact… Le titre se détachait en lettres d'or sur sa couverture de bois : *De rerum natura*, le chef-d'œuvre de Lucrèce ! Asclepios lui avait maintes fois parlé de son importance. Il n'en existait plus qu'un exemplaire, prétendait-on, précieusement conservé à la grande bibliothèque de Lorsch. Et cependant, Gerold semblait le lui offrir comme s'il s'agissait d'un beau morceau de viande.

– Mais comment… ?

– Toute chose écrite peut être copiée, répondit-il avec un sourire complice. Naturellement, cette copie a un prix. Un prix considérable, en l'occurrence. Crois-moi, l'abbé a marchandé ferme, affirmant plus d'une fois être à court de scribes. Et en effet, il a fallu dix mois pour mener à bien cette noble tâche. Mais enfin, voici l'objet. Et il ne m'aura pas coûté un denier de plus que sa valeur !

Les yeux brillants, Jeanne promena une main sur la couverture. Depuis son arrivée à l'école, on ne lui avait jamais permis d'étudier de tels textes. Odo lui interdisait absolument d'ouvrir les grands livres classiques de la bibliothèque épiscopale. Il préférait la restreindre à l'étude des textes sacrés, les seuls à convenir à un esprit de femme, faible et impressionnable par définition. Orgueilleuse, elle ne lui avait jamais révélé à quel point ce parti pris la blessait. *À ta guise, barre-moi l'accès de ta bibliothèque*, se disait-elle pour se consoler. *Mais jamais tu ne pourras empêcher mon esprit de réfléchir*. Il n'en était pas moins frustrant de savoir ces trésors de la connaissance à la fois si proches et si inaccessibles. Gerold l'avait compris. D'ailleurs, il semblait toujours comprendre ce qu'elle pensait et ressentait. Comment aurait-elle pu ne pas l'aimer ?

– Lis-le, dit-il. Quand tu auras terminé, viens me trouver, et nous parlerons de tout cela. Ce que dit Lucrèce t'intéressera à coup sûr.

Jeanne écarquilla les yeux.

– Mais alors, vous…

– Oui, je l'ai lu. Cela te surprend-il ?

– Oui. C'est-à-dire non, mais…

Ses joues s'embrasèrent. Elle ignorait qu'il connût le latin. Un seigneur savait rarement lire et écrire. Il revenait à son intendant, un lettré, de tenir à jour ses registres et la correspondance de son fief.

Gerold rit de son embarras.

– Ce n'est rien, dit-il. Comment aurais-tu pu le deviner ? J'ai fréquenté quelques années l'école palatine, du temps de l'empereur Charlemagne.

– L'école palatine !

Un nom légendaire… Cet établissement, fondé par feu l'empereur, avait formé les plus brillants esprits de son temps. Le grand Alcuin lui-même y avait professé.

– Oui. J'y ai été envoyé par mon père, qui voulait faire de moi un savant. J'ai appris là-bas mille choses fort intéressantes, mais j'étais jeune et trop fougueux de nature pour me plier à une vie aussi sédentaire. Lorsque l'empereur a levé une armée pour faire campagne contre les Obodrites, je l'ai suivi, malgré mes treize ans d'âge. Je suis resté au loin pendant des années, et peut-être y serais-je encore si mon frère aîné n'était mort, faisant de moi l'héritier de ce domaine.

Jeanne le considéra avec un émerveillement redoublé. Gerold était un érudit, un homme de lettres ! Comment avait-elle pu ne pas s'en apercevoir ? Elle aurait dû le deviner, à la façon dont il lui avait parlé de ses études à elle.

– Va lire, ordonna-t-il amicalement. Tu trépignes d'impatience, c'est écrit sur ton visage. Tu disposes d'une heure avant le souper. Mais ne laisse pas passer le tintement de la cloche.

Jeanne monta quatre à quatre à l'étage, jusqu'au dortoir qu'elle partageait avec Dhuoda et Gisla. Elle rejoignit son lit et ouvrit le livre. Elle se mit à lire très lentement, savourant chaque mot et s'arrêtant de-ci de-là pour graver dans sa mémoire telle ou telle tournure de phrase particulièrement élégante. Quand la lumière crépusculaire déclina, elle alluma une chandelle et revint au manuscrit.

Elle lut encore et encore, oublieuse du monde, et eût sans doute laissé passer l'heure du repas si Gerold n'avait pas envoyé une servante la chercher.

Les semaines se succédèrent à grande vitesse, raccourcies par l'entrain que mettaient Jeanne et Gerold à étudier ensemble. À son réveil chaque matin, elle se demandait comment elle allait faire pour patienter jusqu'au soir. Car ce n'était qu'après les vêpres et le souper qu'ils reprenaient leur lecture de Lucrèce.

De rerum natura fut pour elle une révélation, un livre magique, riche en science et en sagesse. Pour découvrir la vérité, écrivait Lucrèce, il suffisait d'observer le monde naturel. Si cette idée paraissait raisonnable à l'époque romaine, elle n'était rien de moins qu'extraordinaire, pour ne pas dire révolutionnaire, en l'an de grâce 827. Mais cette philosophie séduisait profondément Jeanne et Gerold, réunis par leur esprit pratique.

En un sens, ce fut grâce à Lucrèce que Gerold captura la louve blanche.

Un jour, Jeanne revint de l'école pour trouver Villaris en plein charivari. Les chiens aboyaient à s'en décrocher les mâchoires. Les chevaux galopaient furieusement dans leur enclos. La cour intérieure résonnait de grondements terrifiants.

Au centre de celle-ci, Jeanne découvrit la raison de ce tumulte. Une louve blanche se débattait à l'intérieur d'une cage oblongue. Les barreaux de chêne massifs, épais de trois pouces, grinçaient sous les assauts de la bête en furie. Gerold et ses hommes encerclaient la cage, brandissant leurs lances et leurs arcs pour le cas où le fauve parviendrait à s'échapper. Gerold fit signe à sa pupille de reculer. Les étranges yeux roses de la louve luisaient de haine. Jeanne se surprit à prier pour que les barreaux résistent.

Au bout d'un long moment, la louve se lassa. Haletante et tête baissée, elle s'immobilisa, bien campée sur ses pattes puissantes. Gerold baissa sa lance et vint vers Jeanne.

– Et maintenant, lui glissa-t-il, nous n'avons plus qu'à mettre à l'épreuve de la réalité la théorie d'Odo.

Pendant près d'une demi-lune, déterminés à observer le moment précis de la naissance des petits, tous deux se relayèrent pour monter la garde. En vain. La louve continuait d'arpenter sa cage, le regard sombre, sans donner le moindre signe d'une mise bas imminente. Ils en étaient venus à douter de sa grossesse quand elle entra brusquement en couches.

Cela se passa pendant le tour de garde de Jeanne. La louve, très agitée, ne cessait de changer de position et de se retourner sur le sol, comme si elle était mal à son aise. Puis elle grogna et fut prise de contractions. Jeanne courut prévenir Gerold, qu'elle trouva sur la terrasse avec Richild.

– Venez vite ! s'écria-t-elle, faisant fi du protocole. Le travail vient de commencer !

Gerold se leva immédiatement. Richild fronça les sourcils et ouvrit la bouche pour parler, mais il n'y avait plus un seul instant à perdre. Jeanne tourna les talons et courut le long de la galerie couverte qui menait à la cour principale. Gerold, après s'être arrêté pour empoigner une torche, la suivit de près. Ni l'un ni l'autre n'eut le loisir d'apercevoir l'expression qui avait figé les traits de Richild à leur départ.

Lorsqu'ils arrivèrent dans la cour, la louve était en plein travail. Jeanne et Gerold virent émerger une patte minuscule, suivie d'une autre, puis d'une tête parfaitement dessinée. Au prix d'une ultime contraction, un petit corps sombre et luisant fut expulsé des entrailles de la louve et tomba sur la paille.

Jeanne et Gerold plissèrent les yeux pour tenter de percer la noirceur de la cage. Le nouveau-né gisait inerte, aux trois quarts recouvert par la poche placentaire, de sorte qu'on distinguait à peine sa tête. Sa mère prit entre ses dents le placenta et le dévora. Gerold leva plus haut sa torche. Le louveteau ne paraissait pas respirer.

La mère eut une nouvelle contraction, signe d'une seconde naissance imminente. Le temps passa. Le petit ne donnait toujours pas le moindre signe de vie. Jeanne finit par poser sur Gerold des yeux perplexes. Le louveteau allait-il demeurer inanimé tant que son père ne viendrait pas pour lui rendre la vie ? Se pouvait-il qu'Odo ait eu raison ?

Si tel était bien le cas, ils avaient signé l'arrêt de mort du louveteau en emprisonnant sa mère loin du mâle qui l'avait fécondée.

De nouveau, la louve gronda. Un second nouveau-né apparut et atterrit en partie sur le premier. L'impact parut réveiller celui-ci, qui tressaillit et fit entendre un petit couinement de protestation.

– Regardez !

Jeanne et Gerold s'étreignirent en riant à l'unisson, ravis du résultat de leur expérience. Pendant ce temps, les deux louveteaux se frayèrent un chemin vers le flanc de leur mère et se mirent à téter goulûment, avant même qu'elle ait pu mettre bas son troisième rejeton.

Ensemble, Jeanne et Gerold contemplèrent les premiers instants d'intimité de cette nouvelle famille. Leurs mains se nouèrent dans l'ombre.

De sa vie, Jeanne ne s'était jamais sentie aussi proche de quelqu'un.

– Votre absence s'est fait cruellement ressentir aux vêpres, lâcha Richild, immobile sous le portique, avec un regard glacial pour le comte et sa pupille. Nous sommes à la veille de la Saint-Norbert, se peut-il que vous l'ayez oublié ? L'absence du seigneur lors des saintes dévotions constitue un piètre exemple pour ses gens.

– J'avais autre chose à faire, rétorqua froidement Gerold.

Richild allait répliquer quand Jeanne l'interrompit d'un ton jubilatoire :

– Nous avons vu la louve blanche mettre bas ! Et ses petits n'étaient pas morts, contrairement à tout ce que l'on raconte. Lucrèce avait raison !

Richild la considéra comme elle eût considéré une démente.

– Toutes les choses de la nature sont explicables, enchaîna Jeanne. Ne le voyez-vous pas ? Les petits sont nés vivants, sans aucun lien avec le monde surnaturel, exactement comme le disait Lucrèce !

– Quel discours païen est-ce là ? Aurais-tu la fièvre ?

Gerold s'interposa en hâte.

– Va te coucher, Jeanne. Il se fait tard.

Il prit son épouse par le bras et l'entraîna à l'intérieur du château. Jeanne resta là où elle était. La voix de Richild, trop vive, résonna de nouveau dans le silence du soir.

– Voilà ce que tu as obtenu à force d'instruire cette fille au-delà de sa capacité d'apprentissage ! Gerold, tu dois cesser de l'encourager dans sa quête contre nature !

Jeanne repartit à pas lents vers le dortoir.

La louve blanche fut abattue après avoir mis au monde le dernier de ses rejetons. C'était une bête dangereuse, une mangeuse d'hommes, et il n'était pas question de la remettre en liberté. Son dernier-né, frêle et malade, ne vécut que quelques jours. Mais les deux autres ne tardèrent pas à devenir des louveteaux vigoureux et débordants d'activité, dont les jeux perpétuels faisaient la joie de Jeanne et de Gerold. L'un d'eux arborait la robe brune mouchetée de gris caractéristique des loups de la région. Gerold en fit don à Fulgence, qui ne se priva pas du plaisir de le montrer à Odo. Quant à l'autre, le premier-né, il avait hérité de la robe immaculée de sa mère et de ses yeux opalescents. Jeanne et Gerold le gardèrent. Ils le baptisèrent Luc, en l'honneur de Lucrèce, et leur affection pour ce louveteau joueur et bourré d'énergie ne fit que renforcer l'étroitesse des liens qui les unissaient déjà.

10

Une foire se tiendrait bientôt à Saint-Denis ! La nouvelle était de taille. Dans tout le royaume, aucune foire n'avait eu lieu depuis plus d'années que la plupart des gens n'auraient su en compter. Et pourtant, quelques-uns des plus vénérables vieillards – comme Burchard, le meunier – gardaient en mémoire le temps où l'on dénombrait deux ou trois foires par an en pays franc. Du moins le prétendaient-ils, car il était difficile de les croire. Cela remontait bien sûr à l'époque où l'empereur Charlemagne était à son apogée, où les routes et les ponts étaient sûrs, où brigands et charlatans ne rôdaient pas en tout lieu, et où – Dieu nous en préserve ! – les redoutables hordes normandes ne déferlaient pas régulièrement sur les campagnes. Aujourd'hui, les routes étaient trop périlleuses pour que les foires fussent profitables : les marchands n'osaient plus transporter leurs précieux biens, et leurs clients ne tenaient pas davantage à risquer leur vie.

Quoi qu'il en fût, il y aurait bientôt foire à Saint-Denis. Et ce serait merveille, si la moitié seulement de ce qu'avait clamé le héraut se transformait en réalité. On pourrait voir des négociants de Byzance aux coffres garnis d'épices, de soieries et de brocarts ; des commerçants de Venise proposer des capes rehaussées de cuir et de plumes de paon ; des marchands d'esclaves venus de Frise, vantant leur cargaison de Slaves et de Saxons ; des Lombards aux nombreux sacs de sel, entassés au fond des cales de navires à voiles orangées, frappées à l'emblème des signes du zodiaque ; et aussi toutes sortes de curiosités : des funambules et des acrobates, des conteurs, des jongleurs, des chiens et des ours savants.

Certes, Saint-Denis était loin – à cent cinquante milles de Dorstadt, soit une demi-lune de voyage au gré des routes crevassées et des rivières grondantes. Mais nul ne se laisserait rebuter par cet obstacle. Tous ceux qui avaient pu mettre la main sur un cheval ou une mule s'apprêtaient à partir.

Comme il seyait à un comte de son rang, Gerold emmenait une suite considérable. Quinze de ses *fideles* en armes devaient chevaucher avec lui, de même qu'une suite de serviteurs attachés à sa famille. Jeanne était du voyage. Par faveur spéciale – une idée de Gerold, sans doute –, Jean serait autorisé à les accompagner. Les préparatifs, dirigés par Richild, n'avaient pas représenté une mince affaire, car elle tenait à ce que personne ne manquât de rien pendant le voyage. Depuis plusieurs jours, on chargeait les nombreux chariots stationnés dans la cour du château.

Le matin du départ, Villaris bourdonnait d'activité. Les serviteurs couraient en tous sens, nourrissant et équipant les chevaux de bât ; le panetier et ses mitrons s'affairaient autour du four, dont la haute cheminée vomissait d'énormes bouffées de fumée ; le forgeron martelait comme un dément dans l'antre de sa forge, se dépêchant de fabriquer un dernier lot d'éperons, de clous et de pièces d'attelage. Les sons les plus divers se mêlaient dans une formidable confusion : des servantes s'appelaient d'une voix suraiguë qui avait peine à couvrir les cris et les sifflements des valets ; des vaches piétinaient en mugissant, tandis qu'on les trayait en hâte, un âne surchargé protestait contre le fardeau dont on l'avait accablé. Ce remue-ménage avait soulevé un voile de poussière, qui planait à mi-hauteur, illuminé par le soleil printanier telle une poudre d'or.

Jeanne se promenait dans la cour, impatiente et attentive aux ultimes préparatifs. Son loup blanc tournait autour d'elle, les oreilles dressées et le regard luisant d'expectative. Il partait lui aussi. Ainsi en avait décidé Gerold, car l'animal, âgé de six mois, était si profondément attaché à sa jeune maîtresse qu'il eût été vain de vouloir les séparer. Jeanne caressa en riant sa fourrure de neige. Luc lui lécha la paume et s'assit, langue pendante, comme pour rire avec elle.

– Puisque tu n'as rien de mieux à faire que de bayer aux corneilles, lança Richild en passant près de Jeanne, va donc prêter main-forte au panetier.

Elle se rendit donc à la cuisine, où le panetier faisait de grands gestes frénétiques avec ses bras blanchis de farine. Toute la nuit, il avait veillé afin de confectionner des petits pains et des tourtes pour le voyage.

En milieu de matinée, le convoi fut prêt. Le chapelain dit une brève prière pour la protection des voyageurs, après quoi le convoi s'ébranla lentement. Jeanne allait dans le premier char avec Richild, Gisla, Dhuoda et leurs trois suivantes, derrière Gerold et ses hommes à cheval. Toutes les femmes rebondissaient à l'unisson sur leurs banquettes au gré des ornières. Luc trottinait à côté du véhicule, surveillant de temps en temps sa jeune maîtresse du coin de l'œil. Celle-ci avait le regard fixé droit devant elle. Jean était parmi les cavaliers, confortablement installé sur une excellente jument rouanne.

Je monte aussi bien que lui, se dit Jeanne, amère. Gerold avait passé de nombreuses heures à lui enseigner l'art équestre, et elle était désormais une cavalière émérite.

Comme s'il avait senti son regard, Jean se retourna et lui adressa un sourire entendu, à la fois complice et malicieux. Puis il éperonna sa monture et se porta à la hauteur de Gerold. Les deux cavaliers échangèrent quelques mots. Gerold renversa la tête en arrière et s'esclaffa.

Une vague de jalousie gonfla le cœur de Jeanne. Qu'avait pu dire Jean pour amuser Gerold à ce point ? Tous deux n'avaient rien en commun. Gerold était un homme instruit, un érudit, et Jean n'entendait rien aux choses de l'esprit. Et cependant, il chevauchait avec le comte, devisait avec lui, riait avec lui, tandis qu'elle-même était condamnée à les suivre à distance, clouée sur un banc de cette maudite carriole !

Et tout cela parce qu'elle était une fille ! Pour la centième fois, elle maudit le sort qui avait si mal déterminé son sexe.

– Il est impoli de regarder fixement autrui, Jeanne, remarqua Richild en dardant sur elle ses prunelles sombres et dédaigneuses.

Jeanne cessa de contempler Gerold.

– Je vous demande pardon, ma dame.

– Garde les mains croisées dans ton giron et baisse les yeux, comme il sied à toute demoiselle modeste.

Jeanne obéit humblement.

– Un bon maintien, poursuivit Richild, est la plus haute des vertus féminines, bien davantage que la capacité à lire. Tu le saurais si tu avais été convenablement élevée.

Après avoir surveillé sa pupille quelques instants, la femme de Gerold reporta son attention sur sa broderie. Jeanne l'épia du coin de l'œil. Richild était indubitablement belle selon les canons de la mode en vigueur, lesquels requéraient pâleur, mine ascétique et épaules chétives. Sa peau lisse s'étirait sur un front extrêmement haut, couronné de boucles noires, luisantes, épaisses. Ses yeux, bordés de longs cils, étaient d'un brun si profond qu'ils semblaient presque de jais. Jeanne sentit une pointe d'envie la tenailler. Richild était tout ce qu'elle ne serait jamais.

– Allons, Jeanne, il est grand temps que tu me donnes ton avis, l'interpella Gisla, la fille aînée de Gerold, d'une voix joyeuse. Quelle robe porterai-je pour mes noces ?

Âgée de quinze hivers, Gisla avait un an de plus que Jeanne. Elle était d'ores et déjà promise au comte Hugo, un seigneur de Neustrie. Gerold et Richild se réjouissaient de cette alliance. Le mariage devait avoir lieu six mois plus tard.

– Comment le pourrais-je ? dit Jeanne. Tu as tant de belles robes !

C'était la pure vérité. Jeanne était toujours surprise par l'ampleur de la garde-robe de Gisla, suffisamment variée pour lui permettre de porter chaque jour, pendant une demi-lune, une tunique différente. À Ingelheim, une fille qui en possédait une de laine robuste se considérait déjà bien lotie, et elle en prenait le plus grand soin, la sachant appelée à durer de nombreuses années.

– Quelle que soit celle que tu choisiras, je suis sûre que le comte Hugo te trouvera ravissante.

Gisla gloussa. Fille au grand cœur mais à l'esprit simple, elle partait d'un rire nerveux chaque fois que l'on mentionnait le nom de son fiancé.

– Oh non ! lâcha-t-elle. Tu ne t'en tireras pas ainsi ! Mère trouve que je devrais porter la bleue, mais je préfère la jaune. Allons, donne-moi une vraie réponse.

Jeanne exhala un soupir. En dépit de son caractère étourdi et de ses bêtises, elle appréciait Gisla. Elles partageaient le même lit depuis le soir où elle était arrivée à Villaris, épuisée et craintive. Gisla l'avait fort bien accueillie, s'était montrée aimable, et Jeanne lui en saurait éternellement gré. Cependant, toute conversation était difficile, l'intérêt de Gisla étant entièrement centré sur les étoffes, la nourriture, et les hommes. Depuis plusieurs semaines, elle ne parlait que de son mariage, ce qui commençait à mettre à rude épreuve la patience de son entourage.

Jeanne sourit et fit un effort pour se montrer obligeante.

– Peut-être devrais-tu choisir la bleue. Elle rehausse l'éclat de tes yeux.

– La bleue ? Crois-tu ? répéta Gisla, fronçant les sourcils. La jaune, elle, possède un ravissant galon de dentelle.

– Va pour la jaune, dans ce cas.

– Tu as cependant raison, la bleue va bien avec mes yeux. Peut-être est-ce le meilleur choix. Qu'en penses-tu ?

– Moi, intervint Dhuoda, je pense que je vais me mettre à hurler si j'entends encore parler de cette maudite noce ! Qui se soucie de connaître la couleur de ta robe ?

La cadette, âgée de neuf ans, était jalouse de l'attention trop exclusivement témoignée à son aînée depuis quelque temps.

– Dhuoda, cette remarque est inconvenante, fit Richild en levant les yeux de sa broderie.

– Je te demande pardon, dit Dhuoda à sa sœur, d'un air contrit.

Mais dès que sa mère eut de nouveau détourné le regard, elle tira la langue à Gisla, qui lui répondit par un sourire indulgent.

– Quant à toi, ajouta Richild à l'intention de Jeanne, tu n'as pas à donner ton opinion. C'est moi seule qui déciderai de la tenue de Gisla.

Jeanne rougit, mais ne répondit rien.

– Le comte Hugo est un bien bel homme, intervint Berthe, une servante. Avec sa cape et ses gants d'hermine, il a fière allure sur son destrier !

Cette fille rougeaude, qui n'avait pas seize hivers, était entrée un mois plus tôt au service de Richild pour remplacer une suivante morte de la typhoïde.

Gisla gloussa de plaisir. Encouragée, Berthe poursuivit :

– Et à la façon dont il vous regarde, gente demoiselle, peu importe la tunique que vous porterez le jour des noces. Le soir venu, il ne pensera qu'à vous l'ôter !

Sur ce, la servante partit d'un grand éclat de rire. Gisla pouffa de plus belle. Les autres occupantes du char gardèrent le silence, les yeux fixés sur Richild.

Le regard scintillant de colère, celle-ci posa sa broderie.

– Que viens-tu de dire, Berthe ? l'interrogea-t-elle d'un ton dangereusement calme.

– Euh… rien, gente dame.

– Mère, je suis sûre qu'elle ne cherchait pas à…

– Je ne souffrirai ni indécence ni propos orduriers !

– Je vous demande pardon, gente dame, bredouilla Berthe.

Elle conservait malgré tout une ombre de sourire aux lèvres, comme si elle ne pouvait pas croire que Richild fût vraiment en colère.

Celle-ci tendit le bras vers l'arrière du char.

– Dehors.

– Mais, gente dame ! s'exclama Berthe, soudain consciente de l'énormité de sa faute. Je ne voulais pas…

– Dehors ! En guise de pénitence, tu marcheras jusqu'au bout du voyage.

La route était encore longue jusqu'à Saint-Denis. Berthe considéra piteusement ses pieds, chaussés de socques grossiers à semelles de chanvre. Jeanne fut prise de pitié. La servante avait eu une phrase étourdie, mais elle était jeune et inexpérimentée dans ses fonctions ; en outre, elle n'avait cherché à offenser personne.

– Tu réciteras le Notre Père à haute voix tout en marchant.

– Oui, ma dame.

Berthe enjamba la rambarde, sauta à terre et se mit à marcher à côté du char. Au bout d'un bref moment, sa voix s'éleva, lente et monocorde :

– *Pater Noster qui es in caelis…*

Elle récitait bizarrement, mettant régulièrement l'accent là où il ne fallait pas. Jeanne était sûre qu'elle ne comprenait pas le sens de ses paroles.

Richild revint à sa broderie. Ses cheveux d'ébène luisaient sous le soleil. Ses lèvres étaient serrées. Ses yeux étincelaient encore de colère lorsqu'elle piqua son aiguille.

Ce n'est pas une femme heureuse, songea Jeanne. Ce constat était d'autant plus étonnant qu'il concernait l'épouse de Gerold. Leur union avait certainement été arrangée par leurs parents. Il arrivait que de tels mariages formassent des couples heureux, mais ce n'était pas leur cas. Ils dormaient séparément, et s'il fallait en croire les commérages de leurs serviteurs, ils n'avaient plus partagé les mêmes draps depuis de longues années.

– Souhaites-tu chevaucher ?

Gerold lui souriait. Il venait de se placer à sa hauteur, sur son étalon alezan, et tenait de la main droite la bride de Boda, une jument baie que Jeanne aimait particulièrement.

Elle rougit, embarrassée par la nature inconvenante des pensées qu'elle venait d'avoir. Elle était si absorbée qu'elle n'avait pas vu Gerold quitter les autres cavaliers, détacher Boda du groupe des montures de réserve, et la ramener par la bride jusqu'au char.

– Chevaucher avec les hommes ? intervint Richild. Je ne le permettrai pas. C'est indécent !

– Balivernes ! riposta Gerold. Il n'y a aucun mal à cela, et Jeanne ne demande pas mieux, n'est-ce pas, Jeanne ?

– Je… je…

– Naturellement, dit Gerold, si tu préfères rester ici…

– Non ! s'écria Jeanne. Je vous en prie, laissez-moi monter Boda !

Elle se dressa sur sa banquette et tendit les bras. Gerold la prit par la taille en riant et la déposa sur sa selle, puis sur celle de la jument qui l'accompagnait. Jeanne se redressa. Depuis leur char, Gisla et Dhuoda l'observaient avec surprise, et Richild avec une furieuse réprobation.

Gerold parut ne rien remarquer. Jeanne lança Boda au trot et rejoignit prestement les cavaliers. Les mouvements souples et cadencés de la jument étaient un vrai plaisir, comparés aux incessantes secousses du chariot. Son loup gambadait à ses côtés, la queue haute, visiblement ravi.

Elle ralentit à la hauteur de son frère, qui ne réussit pas à cacher son désarroi. Jeanne éclata de rire. Au bout du compte, le voyage vers Saint-Denis ne serait pas aussi long qu'elle l'avait cru.

Le convoi traversa un affluent du Rhin sans encombre. À cet endroit, le pont était large et robuste. Il avait été bâti du temps de l'empereur Charlemagne, et le seigneur de ce comté l'entretenait avec soin. En revanche, la Meuse, au bord de laquelle on parvint au huitième jour, leur opposa un sérieux obstacle, car le pont qui l'enjambait était depuis longtemps abandonné. Ses poutres étaient pourries, et plusieurs brèches béantes dans le tablier rendaient tout passage impossible. Un peu plus loin, quelqu'un avait improvisé un pont de fortune en alignant flanc contre flanc une rangée de barques de bois. Une personne pouvait ainsi traverser le fleuve en sautant d'un bateau à l'autre. Mais ce pont flottant ne pouvait en aucun cas supporter le poids de tous les gens et chevaux, ni de tous les biens entassés dans les chars. Gerold et deux de ses hommes longèrent la rive vers le sud en quête d'un gué. Une heure plus tard, ils revinrent pour signaler un passage possible, à deux milles en aval.

Le convoi se remit en branle. Les chars penchaient dangereusement parmi les broussailles de la berge. Les femmes devaient souvent s'agripper des deux mains à la rambarde pour éviter de basculer par-dessus bord. Berthe marchait toujours à côté, articulant à mi-voix une prière sans fin. Ses semelles de corde étaient si usées qu'elle boitait déjà. Ses orteils étaient enflés, ses talons crevassés et sanguinolents. Jeanne remarqua qu'elle décochait parfois un regard en coin vers Richild et ses filles, comme si elle tirait une sorte de consolation de leur précaire équilibre.

Enfin, le gué fut atteint. Gerold et deux autres cavaliers s'avancèrent à cheval dans le fleuve pour mesurer sa profondeur et la force du courant. L'eau les encercla rapidement, sans toutefois les engloutir, après quoi son niveau redescendit peu à peu, au fur et à mesure que le lit s'élevait vers la berge opposée.

Gerold revint sur ses pas et fit signe au reste du convoi d'avancer. Jeanne piqua des deux sans hésitation et pénétra dans le fleuve sur sa jument, suivie de son loup, qui se mit à nager sans crainte. Après une seconde d'hésitation, Jean et les autres lui emboîtèrent le pas.

Les eaux de la Meuse cernèrent Jeanne, qui dut retenir un cri en sentant leur froide morsure sur ses jambes. Derrière elle, les chars suivirent en cahotant, tirés par des mules réticentes. Mâchoires serrées, Berthe s'enfonça à pas lents dans l'eau, qui ne tarda pas à lui arriver aux épaules.

Un coup d'œil jeté en arrière permit à Jeanne de constater que la servante était en mauvaise posture. Elle fit demi-tour. La jument pouvait les porter toutes deux sans difficulté. Elle n'était plus qu'à cinq pas quand Berthe disparut sous la surface, aussi soudainement que si quelqu'un l'avait tirée par les chevilles. Jeanne s'arrêta, hésitante. Puis elle pressa sa monture vers les cercles concentriques de plus en plus larges qui marquaient l'endroit où la servante avait disparu.

– N'avance plus !

La main de Gerold tira sur la bride et retint la jument. Tenant dans son autre poing une branche de saule, il descendit de cheval et se mit à marcher vers la berge en sondant le fond du fleuve avant chaque pas. À une brassée de l'endroit où Berthe avait sombré, il s'arrêta net : sa branche venait de s'enfoncer profondément.

– Un trou d'eau ! s'écria-t-il.

Il se débarrassa de sa cape et plongea.

Une extraordinaire confusion s'instaura immédiatement. Les cavaliers se mirent à arpenter en tous sens le lit du fleuve, hurlant des instructions et battant la surface de leurs bâtons.

Gerold avait plongé dans l'eau. Comment ne voyaient-ils pas qu'ils risquaient par leurs allées et venues de le piétiner ?

– Arrêtez ! cria Jeanne.

Nul ne lui prêta attention. Elle se dirigea donc vers Egbert, le chef des gens de Gerold, et l'empoigna par le bras.

– Arrêtez !

Médusé, Egbert esquissa un geste pour se libérer, mais elle l'en dissuada du regard.

– Dites-leur d'arrêter ! De cette façon, ils ne font qu'aggraver les choses.

Il leva le bras à l'adresse de ses hommes. Ceux-ci cessèrent leurs recherches, encerclèrent le trou d'eau, et attendirent dans un silence mortel.

Un long moment s'écoula. Derrière eux, le premier char venait d'atteindre la berge opposée, sur laquelle il s'éleva sans trop de peine. Jeanne ne le remarqua pas. Ses yeux étaient rivés sur l'endroit où Gerold avait disparu.

La peur lui fit venir la sueur au front. Les rênes glissèrent de sa main. Sentant son trouble, la jument baie fit un écart. Luc renversa la tête en arrière et hurla.

Jeanne pria en silence.

Le temps passait.

C'était trop long. Il allait se noyer.

Elle sauta à bas de sa selle et s'immergea dans l'eau glacée. Elle ne savait pas nager, mais cette pensée ne l'arrêta pas un instant. Elle pataugea vers le trou d'eau. Luc chercha à lui entraver le passage en bondissant devant elle, mais elle le contourna. Une seule chose comptait :

retrouver Gerold, le hisser à la surface, et le ramener à la vie.

Elle n'était plus qu'à un pas quand Gerold émergea dans une gerbe d'éclaboussures. Il inspira bruyamment.

– Gerold ! s'exclama Jeanne, folle de joie.

Il lui adressa un signe de tête. Puis il prit une longue goulée d'air, prêt à replonger.

– Regardez ! s'écria le muletier, montrant du doigt un point situé en aval.

Une sorte de corolle bleue venait d'apparaître à la surface des flots et dérivait doucement vers la berge opposée.

La robe de Berthe était bleue.

Les cavaliers se remirent en selle et partirent au galop. Entre deux eaux, prise dans les branches et les débris accumulés au bord du fleuve, Berthe flottait sur le dos, bras et jambes écartés. Ses traits sans vie étaient figés en une affreuse expression d'effroi.

– Repêchez-la, ordonna Gerold d'un ton sec. Nous allons l'emmener à l'église de Prüm pour lui donner des funérailles décentes.

Incapable de détourner son regard de la morte, Jeanne se mit à trembler de tous ses membres. Berthe venait soudain de lui rappeler Matthieu, son frère mort – même peau grisâtre, mêmes yeux mi-clos, même bouche affaissée.

Les bras de Gerold l'enserrèrent tout à coup. D'une main, il la força à tourner la tête, puis à poser le front contre son épaule. Elle ferma les yeux et s'abandonna. Deux hommes mirent pied à terre et entrèrent dans l'eau. Jeanne entendit un doux bruissement de roseaux quand ils soulevèrent le corps de Berthe.

– Tu étais prête à aller me chercher, n'est-ce pas ? chuchota Gerold au creux de son oreille.

– Oui, répondit-elle en un souffle, sans lever la tête.

– Sais-tu nager ?

– Non.

L'étreinte de Gerold s'accentua. Derrière eux, les hommes emportaient déjà la dépouille de la servante vers les chars. Le chapelain marchait à leurs côtés, tête basse, en psalmodiant une oraison. Richild ne l'avait pas imité. Menton haut, elle fixait Jeanne et Gerold.

Jeanne se défit de l'étreinte du comte.

– Qu'y a-t-il ? demanda-t-il d'une voix tendre.

Richild les observait toujours.

– Rien, je…

Il suivit la direction de son regard.

– Je vois, murmura-t-il en écartant une mèche blonde de son front. Rejoignons les autres.

Côte à côte, ils revinrent vers les chars. Gerold s'en fut peu après pour consulter le chapelain au sujet de la cérémonie funèbre.

– Jeanne, déclara Richild, tu resteras avec nous sur le chariot jusqu'à la fin du voyage. Tu y seras plus en sécurité.

Il était vain de protester. Jeanne regagna sagement sa banquette.

Après avoir déplacé des sacs de grain pour lui faire de la place, les hommes déposèrent Berthe sur le plancher du char de queue. Une servante d'un certain âge se jeta sur le corps de la défunte et se mit à pleurer bruyamment. Chacun attendit dans un silence à la fois respectueux et embarrassé. Finalement, le chapelain s'approcha et parla à la femme à voix basse. Celle-ci leva sur Richild un regard rougi de larmes.

– Vous ! hurla-t-elle. C'est vous, ma dame, qui l'avez tuée ! Ma petite Berthe était une bonne et brave fille, qui vous aurait fidèlement servie ! Sa mort pèsera sur votre conscience, ma dame ! Oui, sur votre conscience !

Deux domestiques de Richild s'emparèrent sans ménagement de la vieille et l'éloignèrent, tandis qu'elle criait encore des imprécations.

Le chapelain s'approcha de la comtesse, les mains jointes en signe de contrition.

– La mère de Berthe, gente dame. Son chagrin aura conduit cette pauvre femme dans les affres de l'égarement. La mort de son enfant est évidemment un accident. Un tragique accident.

– Ce n'était pas un accident, Wala, corrigea Richild d'un ton grave. C'était la volonté de Dieu.

Wala pâlit.

– Bien sûr, gente dame, bien sûr.

Chapelain particulier de la comtesse, il jouissait d'une position à peine meilleure que celle d'un colonus ordinaire. S'il déplaisait à sa maîtresse, il risquait d'être fouetté, ou pire, renvoyé.

– La volonté de Dieu, répéta-t-il. La volonté de Dieu, oui, ma dame, assurément.

– Va donc parler à cette faible créature, car l'extrémité de sa douleur semble avoir mis son âme en danger mortel.

– Ah ! ma dame ! fit-il, élevant vers le ciel deux longues mains blanches. Quelle sainte indulgence ! Quelle *caritas* !

Richild eut un geste d'impatience, et le chapelain s'en fut à grands pas, à la manière d'un homme qui vient d'être décroché du gibet juste avant l'ouverture de la trappe.

Gerold donna le signal du départ, et le convoi reprit son chemin vers Saint-Denis. À l'arrière, sur le dernier chariot, les cris de la mère éplorée s'atténuèrent peu à peu pour se muer en sanglots étouffés. Les yeux de Dhuoda étaient humides de larmes, et l'éternelle bonne humeur de Gisla elle-même semblait ébranlée. En revanche, Richild resta de marbre. Jeanne l'épiait du coin de l'œil. Pouvait-on cacher à ce point son émotion ? Ou bien la femme de Gerold était-elle aussi froide de cœur qu'elle le paraissait ? Se pouvait-il qu'elle ne ressentît pas un instant le poids de la mort de la servante ?

Le regard de Richild croisa le sien. Jeanne se détourna pour l'empêcher de lire dans ses pensées.

La volonté de Dieu ?

Non, ma dame.

Votre ordre.

La première journée de foire fut effrénée. Les visiteurs se pressaient vers l'énorme portail de fer qui menait au champ clos contigu à l'abbaye de Saint-Denis – paysans en grossières chemises de lin, seigneurs et *fideles* en tuniques de soie et baudriers d'or, au bras de leurs épouses élégamment parées de mantes à bord de fourrure et de belles coiffes incrustées de bijoux, Lombards et Aquitains affublés de bottes et de culottes bouffantes. Jamais Jeanne n'avait eu sous les yeux un aussi vaste et curieux éventail d'humanité. Dans le pré, les éventaires des marchands se succédaient sans interruption, et leurs innombrables articles s'étalaient en une extraordinaire profusion de couleurs et de formes. Il y avait là des robes et des mantes de soie pourpre, des plumes de paon, des gilets de cuir estampé, des denrées aussi rares que l'amande et le raisin, toutes les variétés d'épices, des perles, des gemmes, de l'argent et de l'or. De nouvelles marchandises affluaient sans cesse sous le portail, entassées sur des chars grinçants ou portées à même le dos des plus humbles commerçants. Les corps de ces derniers ployaient souvent sous des charges pesant deux fois leur poids. Nombreux étaient ceux qui ne dormiraient pas de la nuit, tiraillés par les multiples douleurs de muscles soumis à trop rude épreuve, mais du moins ceux-là feraient-ils l'économie des impôts les plus lourds, le *rotaticum* et le *saumaticum*, calculés sur la valeur des marchandises acheminées sur un véhicule à roues et à dos d'animal.

Dès qu'ils eurent franchi la porte, Gerold se tourna vers Jeanne et Jean.

– Tendez la main.

À chacun, il remit un denier d'argent.

– Tâchez de le dépenser avec sagesse.

Jeanne ouvrit des yeux ronds. Elle n'avait vu de telles pièces que deux fois, et toujours à bonne distance. Car à Ingelheim le troc était la seule forme de commerce ; la rente de son père, une dîme prélevée aux paysans de la paroisse, était toujours versée sous forme de biens et de nourriture.

Un denier ! Elle tenait entre ses doigts une fortune au-delà de toute description.

La compagnie s'aventura le long d'une allée noire de monde, entre deux rangées d'étals. Partout, les vendeurs vantaient leur marchandise et les chalands marchandaient ferme les prix, tandis que des bateleurs de toutes les espèces – danseurs, jongleurs, acrobates, montreurs d'ours et de singes – déployaient leur art. L'écho d'innombrables négociations, plaisanteries et discussions, menées en cent langues et dialectes divers, les encerclait de toutes parts.

Il était aisé de se perdre dans cette foule foisonnante. Jeanne saisit la main de son frère – qui, à sa grande surprise, ne protesta pas – et prit garde de ne point s'éloigner de Gerold. Le loup les talonnait, comme toujours inséparable de Jeanne. Leur petit groupe ne tarda pas à distancer celui de Richild, qui progressait plus lentement. À mi-chemin de la première rangée, Gerold fit halte pour attendre le reste de la compagnie. À sa gauche, une femme braillait en regardant deux marchands qui tiraient chacun sur le bout d'une pièce de lin pour la mesurer à l'aide d'une longue règle de bois.

– Arrêtez ! criait-elle. Nigauds ! Vous allez la déchirer !

Un peu plus loin, une tempête de cris et de rires explosa, en provenance d'un attroupement formé autour d'un petit enclos.

– Viens, dit Jean en tirant sa sœur par le bras.

Elle hésita, peu encline à quitter Gerold, mais celui-ci remarqua l'intérêt de Jean et leur signifia d'y aller.

Une autre clameur monta de la foule à leur approche. Jeanne vit un homme tomber à genoux au centre de l'enclos et porter une main à son épaule, comme s'il souffrait. Aussitôt, il se remit debout, et ce fut alors qu'elle repéra le gros gourdin de saule qu'il serrait dans son poing. Un autre homme se tenait à l'intérieur de l'enclos, armé de façon similaire. Tous deux se mirent à tourner l'un autour de l'autre en agitant férocement leurs gourdins. Soudain, avec un couinement suraigu, un verrat ensanglanté passa entre eux en courant. Les hommes tentèrent en même temps de l'assommer, mais leur proie réussit à esquiver tous les coups. En revanche, celui qui venait de tomber fut de nouveau atteint, cette fois dans les parties, et poussa un cri de douleur. La foule hurla de rire.

L'œil brillant de joie, Jean s'esclaffa avec les autres. Il tira sur la manche d'un paysan trapu, au visage grêlé de vérole.

– Que se passe-t-il ? demanda-t-il avec entrain.

L'homme tourna vers lui son sourire hilare.

– Ben, ces deux-là en ont après le cochon, ça se voit, non ? Celui qui l'tue, c'est çui-là qui l'emporte chez lui !

Jeanne trouvait ce spectacle bien étrange. Les deux hommes jouaient furieusement du gourdin, mais leurs coups, erratiques et imprécis, ne trouvaient que le vide, ou à la rigueur leur rival, bien plus souvent qu'ils n'atteignaient le pauvre cochon. Elle décela quelque chose de singulier dans l'aspect de celui qui lui faisait face. Elle l'observa de plus près et constata qu'un voile laiteux recouvrait ses pupilles. Ce fut au tour de l'adversaire de se tourner dans sa direction. Ses yeux avaient un aspect normal, mais son regard semblait vague, fixe et perdu dans l'espace.

Tous deux étaient aveugles.

Un nouveau coup s'abattit, et l'homme aux pupilles voilées s'écarta en titubant, la tête entre les mains. Jean fit un bond de joie, frappa dans ses mains et cria avec la foule. Une flamme insolite dansait dans ses prunelles.

Jeanne se détourna.

– Psst ! Gente demoiselle !

De l'autre côté de l'allée, un marchand lui faisait signe. Elle laissa Jean à son sinistre combat et s'approcha de l'étal, sur lequel était déployé un assortiment d'articles religieux. Il y avait là des croix en bois et des médaillons de toutes sortes, ainsi que des reliques de plusieurs saints, parmi les plus populaires dans la région : une mèche de cheveux de saint Willibrord, un ongle de saint Romaric, deux dents de sainte Waldetrudis, et un lambeau de la robe de sainte Geneviève, vierge et martyre.

L'homme tira une petite fiole de sa besace de cuir.

– Savez-vous ce qu'elle contient ? chuchota-t-il.

Jeanne secoua la tête.

– Quelques gouttes du lait de la Sainte Vierge.

Jeanne n'en crut pas ses oreilles. Un si grand trésor en ce lieu ? Sa place était plutôt dans le tabernacle de quelque grand monastère ou d'une cathédrale.

– Un denier, précisa l'homme.

Un denier ! Elle palpa la pièce d'argent qui reposait au fond de sa poche. L'homme lui tendit la fiole ; elle la prit. Brièvement, elle s'imagina la mine que ferait Odo si elle revenait à Dorstadt avec un tel trophée pour la cathédrale.

L'homme ouvrit la main en souriant. Jeanne hésita. Pourquoi vendait-il un tel trésor à si vil prix ? Pour une abbaye ou une cathédrale en quête d'une sainte relique capable de faire affluer les pèlerins, cette fiole valait une incommensurable fortune.

Elle en ôta le bouchon et jeta un coup d'œil à l'intérieur. À mi-hauteur, la surface pâle du lait miroitait, lisse et bleutée dans la clarté solaire. Elle réussit à y tremper le bout de son petit doigt. Ensuite, elle leva les yeux, promena un vif regard autour d'elle, éclata de rire, porta la fiole à ses lèvres, et but son contenu d'un trait.

– Êtes-vous folle ? hoqueta l'homme, grimaçant de colère.

– Délicieux ! dit-elle en lui rendant la fiole. Vous ferez tous mes compliments à votre chèvre.

– Comment ? Mais vous… vous…

Le marchand se tut, incapable d'exprimer sa rage. Elle crut un instant qu'il allait contourner son étal pour lui sauter à la gorge. Un grondement s'éleva. Le loup blanc se posta devant sa maîtresse, œil luisant et babines retroussées.

– Qu'est ceci ? demanda le vendeur, estomaqué.

– Ceci est un loup, lâcha une voix dans le dos de Jeanne.

C'était Gerold. Devant sa pose placide, mais néanmoins menaçante, le marchand battit en retraite en marmonnant quelque chose dans sa barbe. Gerold prit Jeanne par l'épaule et l'emmena en sifflant Luc. Le loup montra les crocs une dernière fois avant de les suivre.

Gerold ne disait mot. Il marchait en silence, et Jeanne dut presser le pas pour accompagner ses longues foulées. *Il est en colère*, se dit-elle. *Et avec juste raison.* Elle s'était mal conduite avec le marchand. N'avait-elle pas promis de faire preuve de prudence ? Pourquoi cherchait-elle constamment à provoquer, à défier autrui ? *Certaines idées sont dangereuses.* Pourquoi ne le gravait-elle pas dans son esprit une fois pour toutes ? Peut-être était-elle vraiment folle.

Tout à coup, elle s'aperçut que Gerold riait dans sa barbe.

– La tête qu'a faite ce marchand quand tu as vidé sa fiole ! Je ne suis pas près de l'oublier, dit-il en la serrant contre lui. Tu es une perle, ma Jeanne. Mais dis-moi, comment as-tu deviné que ce lait n'était pas celui de la Vierge ?

Soulagée, Jeanne sourit.

– Je me méfiais depuis le début. Car si cette chose était vraiment sacrée, pourquoi en demandait-il un si petit prix ? Et pourquoi sa chèvre était-elle attachée derrière l'étal, à l'abri des regards ? S'il l'avait reçue à titre de paiement, il n'aurait pas eu besoin de la dissimuler ainsi.

– Très juste. Mais de là à boire ce lait ! pouffa Gerold. Pour que tu sois à ce point sûre de toi, il devait y avoir autre chose.

– En effet. Quand j'ai retiré le bouchon, j'ai bien vu que ce lait n'était pas tourné. Il semblait parfaitement frais, alors que celui de la Vierge aurait forcément plus de huit cents ans d'âge.

– Je vois. Mais n'aurait-il point pu être préservé de la corruption par son immense sainteté ?

– Si, en effet. J'ai donc trempé mon doigt dans le lait, et il était encore chaud ! Une relique aussi sainte pourrait sans doute rester pure, mais pourquoi serait-elle tiède ?

– Bien observé. Lucrèce lui-même n'aurait pas mieux fait !

Jeanne rayonnait, enchantée de lui plaire.

Ils étaient pratiquement arrivés à l'extrémité de la rangée d'étals, là où la gigantesque croix de Saint-Denis, dressée pour préserver la paix des moines de l'abbaye, marquait la limite du champ de foire. Presque tous les étals de vendeurs de parchemins étaient réunis là.

Gerold en repéra un le premier. Il allongea sa foulée pour admirer la marchandise, de premier choix. Les vélins, notamment, étaient merveilleux : le côté peau était parfaitement lisse, et plus blanc que Jeanne ne l'avait jamais vu ; l'autre, comme d'habitude, avait une légère teinte jaune, mais les points laissés par les poils du veau étaient minuscules, quasi invisibles.

– Quel plaisir ce doit être d'écrire sur un tel vélin ! s'exclama Jeanne en caressant une feuille.

Gerold fit signe au marchand.

– Quatre feuilles, ordonna-t-il.

Quatre feuilles ! se dit Jeanne, médusée par tant de largesse. C'était assez pour rédiger un codex entier !

Pendant que Gerold réglait son achat, l'attention de sa pupille fut attirée par une petite pile de parchemins en mauvais état et entassés sans ordre au fond de l'échoppe. Leurs bords étaient déchirés. Un texte était écrit dessus, à demi effacé en certains endroits par d'affreuses taches brunes. Elle se pencha pour mieux lire, et ses joues s'enflammèrent soudain.

Ayant remarqué son intérêt, le marchand s'approcha.

– Si jeune, et déjà capable de flairer une affaire ! dit-il, onctueux. Ces rouleaux sont vieux, certes, mais il n'est pas dit qu'ils ne serviront plus. Regardez !

Avant que Jeanne ait pu dire un mot, il saisit un long outil à bout plat et le fit glisser sur la page, effaçant ainsi plusieurs lettres.

– Arrêtez ! s'écria-t-elle, envahie par le souvenir amer du manuscrit d'Asclepios. Arrêtez !

Le marchand fronça les sourcils.

– Ne vous inquiétez pas, gente demoiselle, ce ne sont que des écrits païens. Voyez, dit-il en exhibant fièrement sa page défigurée. Toute propre, et prête à l'emploi !

Comme il allait continuer à jouer de son outil, elle lui empoigna le bras.

– Je vous en donne un denier, lâcha-t-elle.

L'homme feignit d'être profondément offensé.

– Ils en valent trois, demoiselle, au bas mot.

Jeanne tira la pièce de sa poche et la lui tendit.

– Un denier, répéta-t-elle. C'est tout ce que j'ai.

– Soit, dit le marchand après une hésitation. Ils sont à vous.

Jeanne lui remit sa pièce, rassembla les précieux rouleaux sans lui laisser le temps de changer d'avis, puis rejoignit Gerold en courant.

– Regardez ! fit-elle, tout excitée.

Le comte parcourut une feuille des yeux.

– Je ne connais pas cet alphabet.

– C'est du grec, expliqua-t-elle. Et très ancien. Un traité de mécanique, semble-t-il. Voyez ce diagramme.

Gerold étudia le schéma qu'elle lui montrait.

– On dirait une machine hydraulique, dit-il, curieux. Voilà qui est intéressant. Pourrais-tu me traduire ce texte ?

– Oui.

– Ainsi, je parviendrai peut-être à la fabriquer.

Ils échangèrent un sourire de conspirateurs.

– Père !

La voix de Gisla couvrit la rumeur de la foule. Gerold se retourna, chercha sa fille du regard. Il dominait tous les badauds d'une tête. Sous le soleil, ses cheveux roux flamboyaient comme une masse d'or en fusion. Le cœur de Jeanne fit un bond. *Tu es une perle, ma Jeanne*, avait-il dit. Elle crispa la main sur les rouleaux de parchemin.

– Père ! Jeanne ! lança de nouveau Gisla.

Elle apparut soudain entre deux paysans, souriante et suivie d'une servante aux bras chargés d'achats.

– Je vous ai cherchés partout ! Qu'est-ce que tu tiens là, Jeanne ?

L'intéressée allait répondre, mais Gisla sourit avec un geste d'impatience.

– Encore un de ces stupides vieux livres ! Regarde plutôt ce que moi j'ai trouvé ! Ce sera parfait pour mes noces !

Et elle déploya un grand carré d'étoffe multicolore, qui se mit à scintiller dans la lumière. À l'examiner de près, Jeanne s'aperçut qu'il était cousu de fil d'or et d'argent.

– C'est splendide, souffla-t-elle.

– Je sais ! pouffa Gisla, en prenant Jeanne par le bras pour l'entraîner vers un étal situé à quelque distance. Viens voir ! Il y a une vente d'esclaves !

– Non, dit Jeanne, freinant des quatre fers.

Elle avait déjà vu de nombreux marchands d'esclaves à Ingelheim. La plupart de leurs captifs étaient saxons, comme sa mère.

– Es-tu sotte ! la taquina Gisla. Ce ne sont que des païens. Ils n'éprouvent pas de sentiments, du moins pas comme nous.

– Tiens, je me demande ce qu'on vend ici, lança Jeanne dans l'espoir de distraire l'attention de son amie.

Elle l'attira vers une minuscule échoppe, dressée tout au bout de la rangée, et qui s'avéra sombre et entièrement close. Le jeune loup en fit le tour en reniflant ses planches.

– Voilà qui est étrange, dit Gisla.

Dans la vigoureuse lumière de l'après-midi, cette échoppe fermée était en effet une curiosité. Intriguée, Jeanne frappa au volet.

– Entrez, lâcha une voix tremblante, venue de l'intérieur.

Gisla sursauta, mais ne battit pas en retraite. Les deux filles contournèrent la cabane et poussèrent une étroite porte aménagée sur le côté. La porte gémit en s'ouvrant. Un torrent de soleil s'infiltra dans l'obscurité.

Elles entrèrent. Une étrange odeur flottait dans l'air, douce et sucrée, rappelant celle du miel fermenté. Au centre, une forme minuscule était assise en tailleur. C'était une très vieille femme, simplement vêtue d'une ample robe sombre. Sans doute avait-elle plus de soixante-dix hivers. Elle n'avait plus guère de cheveux, hormis quelques mèches blanches sur le pourtour du crâne, et sa tête dodelinait constamment, comme si elle souffrait de fièvre. Mais ses yeux brillants semblaient vifs et alertes. Ils étudièrent Jeanne et Gisla avec une intense perspicacité.

– Ravissantes petites colombes, chevrota-t-elle. Si jolies, si jeunes… Qu'attendez-vous de la vieille Balthilde ?

– Nous voulions seulement…

Jeanne renonça, incapable de trouver une explication. Le regard de la vieille femme la troublait.

– … savoir ce qu'il y a à vendre ici, compléta Gisla.

– Ce qu'il y a à vendre ? Ce que j'ai à vendre ? Quelque chose que vous voulez, mais que vous ne posséderez jamais.

– Qu'est-ce donc ? l'interrogea Gisla.

– Quelque chose qui vous appartient déjà, bien que vous n'en disposiez pas encore, répondit la vieille avec un sourire édenté. Quelque chose qui n'a pas de prix, et qui peut cependant être acheté.

– Qu'est-ce ? la pressa la fille de Gerold.

– L'avenir, fit Balthilde, l'œil luisant. Votre avenir, petite colombe. Tout ce qui sera un jour et n'est pas encore.

– Une diseuse de bonne aventure ! fit Gisla en tapant dans ses mains, fière d'avoir résolu l'énigme. Voilà ce que vous êtes. Combien ?

– Un sou.

Un sou ! Douze deniers, c'est-à-dire le prix d'une excellente vache à lait, ou de deux béliers de premier choix !

– C'est beaucoup trop, dit Gisla, confiante et ravie d'être de nouveau dans son élément. Je vous en donne un denier.

– Cinq deniers.

– Deux. Un pour chacune, dit Gisla, en attrapant deux pièces dans sa besace et en les montrant à Balthilde.

Celle-ci hésita, prit les deniers et signifia aux adolescentes de s'asseoir par terre. Elles obéirent. La vieille femme saisit les mains de Jeanne et la scruta d'un air singulier. Elle resta longtemps silencieuse avant de prendre la parole.

– Changelin, tu ne seras bientôt plus ce que tu es aujourd'hui. Tu deviendras autre.

Tout cela n'avait guère de sens, si ce n'était que Jeanne serait bientôt femme. Mais pourquoi l'avait-elle appelée « changelin » ?

– Tu rêves de ce qui t'est interdit, reprit la diseuse de bonne aventure, serrant plus fort les mains de Jeanne. Oui, changelin, j'ai percé le désir secret de ton cœur. Tu ne seras pas déçue. Tu connaîtras la gloire, au-delà de tes espérances, et aussi le chagrin, au-delà de ton imagination.

Balthilde lâcha les mains de Jeanne et prit celles de Gisla. Celle-ci eut un clin d'œil amusé pour son amie.

– Tu te marieras bientôt, et en grande pompe.

– C'est la vérité ! pouffa Gisla. Mais dites-moi, vieille femme, je ne vous ai point payée pour apprendre ce que je sais déjà. Mon mariage sera-t-il heureux ?

– Ni plus ni moins que la plupart.

Gisla leva les yeux au ciel.

– Tu seras femme, mais jamais mère, psalmodia Balthilde.

Le sourire de Gisla s'évanouit.

– Resterai-je inféconde ?

– Ton avenir est sombre et vide, poursuivit la vieille femme, dont la voix évoquait de plus en plus une lamentation. Tu connaîtras la douleur, la confusion et la terreur.

La fille de Gerold demeura pétrifiée, telle une souris face au serpent.

– Il suffit ! s'écria Jeanne, arrachant les mains de son amie de celles de Balthilde. Viens avec moi, Gisla. Partons.

Celle-ci la suivit sans résister. Mais à l'extérieur de l'échoppe, elle fondit en larmes.

– Ne sois pas sotte, l'apaisa Jeanne. C'est une vieille folle, elle ne sait pas ce qu'elle dit. Les diseurs de bonne aventure mentent comme des arracheurs de dents !

Mais la fille de Gerold pleura, encore et encore. De guerre lasse, Jeanne la conduisit vers un étal de douceurs, où toutes deux se gavèrent de figues confites. L'humeur de Gisla finit par s'améliorer.

Ce soir-là, lorsqu'elles contèrent leur mésaventure au comte, celui-ci s'emporta.

– C'est de la sorcellerie, ni plus ni moins ! Vous me mènerez dès demain à cette vieille. J'ai deux mots à lui dire, et je lui apprendrai à effrayer les pucelles ! Ma fille, garde-toi d'ajouter foi à ces balivernes. Pourquoi avoir sollicité ses fallacieux conseils ? Quant à toi, dit-il en se tournant vers Jeanne, je me serais attendu à un peu plus de discernement de ta part !

Jeanne accepta la réprimande sans mot dire. Cependant, une part d'elle-même désirait profondément croire à la réalité des pouvoirs de Balthilde. La vieille femme n'avait-elle pas prédit qu'elle réaliserait son désir secret ? Si elle avait dit vrai, elle accéderait à la gloire, en dépit de son sexe et de l'opinion générale.

Mais si Balthilde avait vu juste pour son avenir, il en allait de même pour celui de Gisla.

Quand Gerold se rendit à l'échoppe le lendemain avec les deux adolescentes, elle était déserte. Personne ne fut capable de leur dire où la vieille femme s'en était allée.

Au mois de Winnemanoth, Gisla épousa le comte Hugo, non sans que les familles eussent rencontré quelque difficulté pour arrêter une date permettant la consommation immédiate du mariage. L'Église interdisait en effet les rapports conjugaux le dimanche, le mercredi et le vendredi, ainsi que pendant les quarante jours précédant Pâques, les huit jours suivant la Pentecôte, et les cinq jours avant la sainte communion, mais aussi la veille de toute grande fête et pendant les Rogations. Au total, toute activité conjugale était prohibée pendant quelque deux cent vingt jours par an, sans compter ceux de chaque mois où Gisla avait ses menstrues. Rares étaient donc les dates possibles. On finit néanmoins par se mettre d'accord pour le vingt-quatrième jour du mois, ce qui satisfit tout le monde à l'exception de la fiancée, très impatiente de voir les festivités commencer.

Enfin, le grand jour arriva. Tout Villaris fut sur le pied de guerre avant l'aube pour se mettre au service de Gisla. Dans un premier temps, on l'aida à se glisser dans une chemise de lin jaune à manches longues. Elle enfila ensuite une resplendissante tunique, confectionnée avec le drap de fil d'or et d'argent qu'elle avait acheté à la foire de Saint-Denis. À partir de ses épaules, le vêtement tombait jusqu'à terre en plis gracieux, repris en écho par ses manches s'élargissant en corolle depuis les coudes. On ceignit ses hanches d'une large ceinture incrustée de pierreries propres à lui porter chance – l'agate pour la préserver de la fièvre, la craie contre le mauvais œil, la calcédoine pour la rendre féconde, le jaspe pour la protéger durant ses couches. Enfin, on couvrit sa tête d'un voile de soie délicatement brodé qui descendait jusqu'au sol, masquant entièrement ses cheveux cuivrés. Figée dans sa robe nuptiale, osant à peine marcher ou s'asseoir, Gisla n'était pas sans rappeler à Jeanne quelque ravissant oiseau exotique tué à la chasse, farci, troussé et prêt à subir la découpe.

Voilà qui ne m'arrivera pas, se dit-elle. Elle n'avait aucune intention de se marier, même si huit mois tout au plus la séparaient de ses quinze ans. Encore trois ans de célibat, et on la regarderait comme une vieille fille. Elle ne saisissait pas pourquoi les jouvencelles de son âge étaient tellement avides de se marier, dans la mesure où ce sacrement condamnait toute femme à un état de servitude permanent. L'homme était le maître absolu de son épouse, de ses biens, de ses enfants, de sa vie même. Ayant enduré la tyrannie de son père, Jeanne n'était pas disposée à donner à quelque homme que ce fût un tel pouvoir sur sa personne.

Gisla, plus écervelée que jamais, marcha vers son promis avec enthousiasme, force rougissements et petits rires. Le comte Hugo, superbe dans sa cape bordée d'hermine, l'attendait sous le portail de la cathédrale. Elle prit la main qu'il lui offrait et se tint fièrement tandis que Wido, l'intendant de Villaris, énumérait publiquement toutes les terres, tous les gens, tous les animaux et tous les biens que Gisla, fille aînée du comte Gerold, apportait en dot à son époux. Le cortège entra ensuite dans la cathédrale, où Fulgence attendait devant l'autel pour dire une messe solennelle.

– *Quod Deus conjunxit homo non separet*, marmonna-t-il dans son latin plus qu'hésitant.

Il avait été soldat avant d'hériter une charge d'évêque au crépuscule de sa vie. S'étant mis très tardivement à l'étude, il avait le plus grand mal à parler un latin digne de ce nom.

– *In nomine Patria et Filia*...

Jeanne haussa les sourcils. Le prélat, empêtré dans ses désinences, venait de dire « Au nom de la Patrie et de la Fille » au lieu d'« Au nom du Père et du Fils... » !

Ayant achevé sa bénédiction, Fulgence poursuivit la messe en tudesque, à son grand soulagement.

– Puisse cette femme être toujours aimable comme Rachel, fidèle comme Sarah, et fertile comme Léa, dit-il en imposant une paume sur le front de Gisla. Puisse-t-elle porter de nombreux fils afin de faire honneur à la lignée de son époux.

Jeanne, voyant tressauter les épaules de la mariée, sut qu'elle venait de réprimer un gloussement.

– Qu'elle prenne pour modèle le chien, dont le cœur et les yeux sont toujours tournés vers son maître ; et quand bien même son maître le fouetterait ou lui jetterait la pierre, le chien le suivra en remuant la queue.

Voilà qui sonnait aux oreilles de Jeanne comme difficilement supportable, mais Fulgence considérait Gisla avec affection et ne cherchait nullement à l'offenser.

– Toute femme, enchaîna-t-il, se doit d'éprouver pour son mari un amour parfait et indestructible.

Le prélat se tourna vers le comte Hugo.

– Puisse cet homme être brave comme David, sage comme Salomon, et fort comme Samson. Puisse son domaine croître de même façon que sa fortune. Puisse-t-il se montrer toujours juste envers sa dame, sans la punir au-delà de ce qui est raisonnable. Puisse-t-il vivre longtemps pour voir ses fils honorer son nom.

L'échange des vœux commença. Le comte Hugo parla le premier et passa une bague à turquoise byzantine à l'annulaire de Gisla – car ce doigt contenait la veine menant au cœur.

Puis vint le tour de l'épousée. Jeanne l'écouta réciter ses vœux. Gisla avait la voix joyeuse. Son avenir semblait assuré.

Et le mien ? Que me réserve-t-il ?

Jeanne ne resterait pas éternellement à l'école cathédrale. Trois ans, tout au plus. Laissant libre cours à son imagination, elle se vit maître d'études dans quelque établissement renommé, à Reims, peut-être, voire à l'école palatine, passant ses journées à explorer la sagesse antique.

Il me faudrait pour cela quitter Villaris. Quitter Gerold.

Elle l'avait toujours su. Mais depuis quelques mois, elle rejetait cette pensée, préférant se satisfaire du présent et de la joie qu'elle éprouvait à côtoyer Gerold chaque jour.

Elle le chercha du regard. Il avait le profil vigoureux et bien découpé, la silhouette haute et droite. Ses cheveux roux tombaient en lourdes boucles sur ses épaules.

Jamais je n'ai vu un aussi bel homme, se dit-elle pour la centième fois.

Comme s'il lisait dans ses pensées, il se tourna vers elle. Leurs regards se rencontrèrent. Une lueur dans les prunelles du comte – de la tendresse ? – lui fit chaud au cœur.

J'ai tort de m'inquiéter, se dit-elle. *Rien ne m'oblige à prendre une décision dès maintenant.*

Elle avait trois ans devant elle.

Il pouvait se passer tant de choses en trois ans !

À son retour de l'école la semaine suivante, Jeanne trouva Gerold qui l'attendait sous le portique.

– Suis-moi, dit le comte, d'un ton qui indiquait qu'il avait une surprise pour elle.

Ils franchirent la porte du château, puis le rempart de bois, longèrent le chemin sur plusieurs milles, bifurquèrent soudain en pleine forêt et émergèrent peu après dans une petite clairière, au milieu de laquelle se dressait une chaumière délabrée, visiblement à l'abandon. Sans doute avait-elle jadis appartenu à quelque citoyen aisé, car ses murs en clayonnage enduit de torchis paraissaient encore solides ; quant à sa porte, elle était de chêne massif. Elle rappela à Jeanne la maison paternelle d'Ingelheim, quoique nettement plus petite ; son toit de chaume, criblé de trous, pourrissait de partout.

Ils s'arrêtèrent face à l'entrée.

– Attends-moi ici, ordonna Gerold.

Jeanne, intriguée, le vit faire le tour complet de la maisonnette avant de la rejoindre et de s'immobiliser près d'elle.

– Regarde.

Avec une feinte solennité, il leva les mains au-dessus de sa tête et battit des paumes à trois reprises.

Rien ne se produisit. Jeanne lui décocha un regard surpris. Gerold scrutait toujours la chaumière, manifestement en attente de quelque chose. Mais de quoi ?

La porte de chêne s'ouvrit en geignant, d'abord lentement, puis plus vite, sur les ténèbres de la pièce. Jeanne jeta un coup d'œil. Personne. La porte s'était ouverte seule.

Cent questions se bousculèrent sous son crâne, mais une seule réussit à se frayer un chemin jusqu'à ses lèvres.

– Comment… ?

– Un miracle, dit Gerold, levant vers le ciel un regard empreint d'une parodie de piété.

Jeanne fit une grimace sceptique.

Il partit d'un grand éclat de rire.

– Alors, ce doit être de la sorcellerie !

Jeanne s'approcha de la porte et l'inspecta.

– Sauriez-vous la refermer ? demanda-t-elle, bien décidée à relever le défi que les yeux du comte semblaient lui lancer.

Gerold leva les mains et frappa dans ses paumes trois fois. Un instant plus tard, la porte grinça, et bascula sur ses gonds. Jeanne observa son mouvement avec une extrême vigilance, mais ne remarqua rien d'anormal, ni sur le panneau de chêne, ni sur la poignée, ni sur les gonds de fer.

La porte s'était refermée.

– Eh bien ? l'interrogea Gerold, l'air malicieux.

Jeanne hésita, n'aimant guère l'idée de déclarer forfait. Au moment où elle allait s'avouer vaincue, un bruit ténu s'éleva quelque part au-dessus d'elle. Dans un premier temps, elle ne parvint pas à l'identifier. Ce son, quoique familier, avait ici quelque chose de déplacé.

Soudain, elle reconnut le chant de l'eau qui coule.

– Une machine hydraulique ! s'écria-t-elle. Celle que décrivait le manuscrit de Saint-Denis ! Vous l'avez construite !

Gerold s'esclaffa.

– Disons plutôt que je l'ai adaptée. Car l'autre était conçue pour pomper l'eau, non pour ouvrir les portes !

– Comment fonctionne-t-elle ?

Le comte lui montra le mécanisme, caché sous la charpente vermoulue à dix grands pas de la porte, ce qui expliquait qu'elle ne l'eût point repéré. Il lui détailla un système complexe de leviers, de poulies et de contrepoids, relié au panneau intérieur de la porte par deux fines tiges de fer à peine visibles. Il avait actionné le tout en tirant sur une corde lorsqu'il avait fait le tour de la maison.

– Splendide ! s'exclama-t-elle à la fin de son exposé. Pourriez-vous recommencer ?

– Impossible. Il faudrait pour cela que j'alimente le réservoir d'eau.

– Allons-y. Où sont les seaux ?

– Tu es incorrigible ! fit Gerold en lui donnant une chaleureuse accolade.

Au contact de son torse ferme et de ses bras puissants, Jeanne se sentit fondre. Il la relâcha tout à coup.

– Viens, dit-il d'un ton bourru. Les seaux sont derrière.

Ils les portèrent jusqu'au ruisseau, à un quart de mille, les remplirent, revinrent, versèrent tout leur contenu dans le récipient, puis répétèrent la manœuvre. Au troisième voyage, la tête finit par leur tourner. Le soleil était chaud, l'air chargé de promesses printanières, et leurs cœurs étaient légers.

– Gerold, regardez ! cria Jeanne, enfoncée jusqu'aux genoux dans l'eau fraîche du ruisseau.

Quand il se retourna, elle l'aspergea du contenu de son seau, mouillant l'avant de sa tunique.

– Petite diablesse !

Il emplit son seau et l'aspergea en retour. Ils jouèrent à s'éclabousser mutuellement, dans une pluie de gouttelettes, jusqu'à ce que Jeanne fût déséquilibrée par une attaque de Gerold au moment où elle se penchait pour remplir son seau. Elle glissa, et tomba lourdement dans le ruisseau. L'onde se referma au-dessus de sa tête, et pendant un bref instant, elle fut prise de panique, incapable de retrouver sous ses pieds le contact des galets.

Le bras de Gerold lui ceignit la taille, la ramena à la surface, et la remit d'aplomb.

– Je te tiens, Jeanne, chuchota-t-il à son oreille pour l'apaiser, je te tiens.

Elle s'accrocha à lui. Leurs tuniques mouillées collaient l'une à l'autre, soulignant la promiscuité de leurs corps.

– Je vous aime, souffla-t-elle. Je vous aime.

– Jeanne, ma chère petite perle…

Soudain, la bouche de Gerold fut sur la sienne, et elle lui rendit son baiser, envahie par une passion irrépressible à force d'être retenue. L'air, autour d'elle, semblait murmurer le nom de l'être aimé. *Gerold, Gerold…*

Tous deux étaient à cent lieues de se douter que, dans les ombres du bosquet qui bordait la crête de la colline, quelqu'un les observait.

Odo était en route vers Héristal, où il devait rendre visite à son oncle, l'un des saints frères de l'abbaye, quand sa mule, incapable de résister à l'appel d'un bouquet de trèfle des plus appétissants, avait quitté le sentier. Son maître avait eu beau l'accabler de jurons, tirer sur sa bride et la fouetter de sa cravache de roseau, elle n'avait rien voulu entendre. De guerre lasse, Odo s'était laissé entraîner jusqu'au bord de la crête. Et là, baissant les yeux vers le ruisseau, il avait vu.

Femme instruite n'est jamais chaste. Une phrase de saint Paul… Ou s'agissait-il de saint Jérôme ? Peu importait. Odo avait toujours cru à sa vérité, et il lui était donné à présent d'en contempler la preuve de ses propres yeux !

Il flatta l'encolure de sa mule. *Brave bête, tu auras double ration ce soir.* Il se ravisa aussitôt. Le fourrage était fort cher, et après tout, ce stupide animal n'avait fait que suivre les voies du Seigneur.

Odo se hâta de regagner le sentier à pied. Sa visite attendrait. Il était impératif de faire un crochet par Villaris.

Peu après, les tours du château apparurent à l'horizon. Dans sa hâte, il avait marché plus vite qu'à l'ordinaire. Le clerc franchit la haute palissade et fut accueilli par un garde. D'un geste impatient, il coupa court aux politesses.

– Conduis-moi à dame Richild, ordonna-t-il. Je dois lui parler sur-le-champ.

Gerold dénoua les bras de Jeanne, qui emprisonnaient sa nuque, et recula d'un pas.

– Viens, dit-il d'une voix tremblante d'émoi. Rentrons.

Grisée d'amour, Jeanne voulut l'embrasser encore.

– Non, lâcha-t-il avec fermeté. Je dois te ramener dès maintenant, tant que j'en ai encore la volonté.

Elle leva sur lui un regard brouillé.

– Vous ne… voulez pas de moi ? demanda-t-elle timidement, baissant la tête.

Gerold la força à redresser le menton.

– Je te veux plus que je n'ai jamais voulu aucune femme.

– Dans ce cas, pourquoi… ?

– Par le sang de Dieu, Jeanne ! Je suis un homme, et j'ai des désirs d'homme. Ne me tente pas au-delà de mes limites !

Voyant naître deux larmes dans les yeux de sa pupille, il adoucit le ton et ajouta :

– Que veux-tu que je fasse, ma perle ? Que je fasse de toi ma maîtresse ? Crois-moi, Jeanne, je te prendrais immédiatement, sur ce lit d'herbes, si je pensais pouvoir te rendre heureuse. Mais ne vois-tu pas que je signerais ta perte en me conduisant de la sorte ?

Son regard de saphir, impérieux, était vrillé sur elle. Le souffle de Jeanne se fit court. Elle ne souhaitait qu'une chose : qu'il la reprît dans ses bras.

Gerold effleura une boucle d'or pâle. Elle voulut parler, mais sa voix se brisa. Folle de honte et de frustration, elle inspira profondément pour maîtriser son émoi.

– Viens.

Il lui prit la main. Elle se laissa guider vers le sentier sans protester. En silence, les doigts noués, ils se mirent en marche vers Villaris.

11

– Dame Richild, comtesse de Villaris, annonça le héraut au moment où la femme de Gerold faisait son entrée solennelle dans la grande salle d'audience de l'évêché.

– Je vous salue, Éminence, déclara-t-elle avec une ample révérence.

– Soyez la bienvenue, répondit Fulgence. M'apportez-vous des nouvelles de votre seigneur et maître ? Puisse Dieu l'avoir préservé de toute infortune au cours de son voyage !

– Rassurez-vous.

Richild se réjouissait de trouver l'évêque si transparent. Le prélat s'interrogeait à coup sûr sur le motif de sa visite. Gerold étant parti depuis cinq jours, un laps de temps largement suffisant pour affronter toutes sortes de dangers sur les routes, il devait se poser des questions.

– Nous n'avons reçu aucune mauvaise nouvelle, monseigneur, et n'en attendons pas. Gerold s'en est allé avec vingt hommes bien armés et bien approvisionnés. Et dans la mesure où il est en mission pour l'empereur, il se gardera bien de prendre le moindre risque en chemin.

– Je l'ai entendu dire, en effet. On l'a nommé missus en Westphalie, c'est bien cela ?

– Oui. Pour régler un conflit ayant trait au prix du sang. Mais comme il sera également appelé à trancher diverses querelles de voisinage, il ne devrait pas être de retour avant une demi-lune.

Le temps qu'il me faut, se dit-elle. *Exactement le temps qu'il me faut.*

Ils s'entretinrent brièvement d'affaires locales – de la pénurie de grain au moulin, de la nécessaire réfection du toit de la cathédrale, du grand nombre de veaux nés ce printemps-là. Richild prenait soin de respecter une indispensable courtoisie, mais se gardait d'aller plus loin. *Je suis de meilleure souche que lui.* Fallait-il le lui rappeler avant d'en venir à l'objet de sa visite ? À l'évidence, il ne soupçonnait rien. Tant mieux : la surprise serait sa meilleure alliée.

Ayant jugé le moment venu, elle dit :

– Éminence, je suis venue solliciter votre aide pour une affaire domestique.

– Ma dame, s'empressa-t-il de répondre, flatté, je ne serai que trop heureux de vous aider. Quelle est la nature de votre difficulté ?

– Elle concerne cette Jeanne, notre pupille. Ce n'est plus une enfant. Elle… a atteint l'âge de femme. Il ne sied plus qu'elle demeure sous notre toit.

– Je vois, dit Fulgence, qui manifestement ne voyait rien. À moi, donc, d'envisager de lui trouver un autre…

– Je viens d'arranger à son bénéfice un mariage des plus avantageux, l'interrompit Richild. Avec Iso, le fils du maréchal-ferrant Bodo. C'est un brave garçon, fort bien de sa personne, qui prendra tôt ou tard la succession de son père, car il est fils unique.

– Vous m'en voyez surpris. Votre pupille aurait-elle exprimé le vœu de se marier ?

– Ce n'est évidemment pas à elle qu'il revient d'en décider. Ce mariage va au-delà de ses plus folles espérances. Non seulement sa famille est pauvre, mais ses étranges manières lui ont valu une sorte de… réputation.

– Sans doute, admit aimablement l'évêque. Mais elle semble vouée corps et âme à ses études. Or, elle ne pourrait en aucun cas les poursuivre si elle épousait le fils de Bodo.

– C'est justement la raison de ma présence. Puisque c'est vous-même, Éminence, qui avez eu la bonté de l'accueillir dans votre école, je souhaiterais que vous ayez celle de l'en renvoyer.

– Je vois, répéta-t-il. Et quel est le sentiment du comte à ce propos ?

– Il ne sait rien. L'occasion vient de se présenter.

– Dans ce cas, dit Fulgence, soulagé, nous attendrons son retour. Rien ne sert de presser les choses.

– L'occasion dont je vous parle risque de se perdre, insista Richild. Le fils de Bodo ne s'est pas peu fait prier – il semblerait qu'il se soit entiché d'une fille de la ville –, mais j'ai naturellement veillé à proposer une alliance avantageuse. Son père et moi sommes d'ores et déjà d'accord sur le montant de la dot. L'intéressé a accepté de se soumettre aux vœux paternels, mais il est fort jeune et risque à tout moment de changer d'humeur. Mieux vaut que les noces aient lieu sans tarder.

– Cependant…

– Permettez-moi de vous rappeler, Éminence, que je suis la châtelaine de Villaris, et que cette jouvencelle a été placée sous ma tutelle. Je suis pleinement capable de prendre une telle décision en l'absence de mon époux. Je dirais même que je suis mieux placée que lui pour le faire. Pour parler franchement, la partialité de Gerold brouille entièrement son jugement dès qu'il s'agit de cette fille.

– Je vois, dit l'évêque – qui cette fois voyait fort bien.

– Mon inquiétude est strictement pécuniaire, se dépêcha d'ajouter Richild. Comprenez-moi. Gerold a dépensé une petite fortune pour acheter des livres à cette fille, et ce en pure perte, car les portes de l'érudition lui seront à jamais fermées par son sexe. Il faut bien que quelqu'un se préoccupe de son avenir ; c'est ce que je fais. Vous devez convenir que ce mariage lui est favorable.

– Certes.

– Bien. Vous acceptez donc de la dispenser de ses études ?

– Je vous présente toutes mes excuses, ma dame, mais ma décision devra attendre le retour du comte Gerold. Je vous promets de débattre longuement de cette affaire avec lui, et aussi avec la fille. Car si ce mariage est… favorable, comme vous dites, je préférerais ne pas l'arranger contre sa volonté. En revanche, si tout le monde est d'accord, nous procéderons avec célérité.

Richild ouvrit la bouche, mais il lui vola la parole.

– Je sais que vous pensez que ce mariage sera compromis s'il ne se fait pas sur-le-champ. Pardonnez-moi, ma dame, mais je ne puis consentir à votre requête. Une demi-lune et même une lune entière ne feront pas grande différence.

Encore une fois, elle voulut protester, et encore une fois, l'évêque l'en empêcha.

– Ma décision est prise, dame Richild. Il est inutile de discuter plus avant.

Richild rougit sous l'insulte. *Pauvre fou ! Qui croit-il être pour me donner des ordres ? Ma famille fréquentait les palais royaux quand la sienne était encore à labourer la terre !*

Elle soutint son regard sans ciller.

– Fort bien, Éminence. Puisque telle est votre décision, je dois l'accepter.

Elle fit mine d'enfiler ses gants de cavalière.

– Au fait, ajouta-t-elle d'un ton détaché, je viens de recevoir une lettre de mon cousin Sigismond, l'évêque de Troyes.

Les traits de l'évêque s'emplirent de respect.

– Un grand homme, ma dame, un grand homme.

– Savez-vous qu'il doit présider le synode qui se tiendra à Aix cet été ?

– Je l'ai entendu dire.

– Dans ce cas, vous savez peut-être aussi quel y sera le principal thème de discussion ?

– J'aimerais beaucoup l'apprendre, répondit Fulgence.

– Il s'agit de corriger certains… écarts dans la conduite de la dignité épiscopale.

– Des écarts ?

Il ne saisissait toujours pas. Elle allait devoir être directe.

– Mon cousin a l'intention de débattre longuement de la question des vœux épiscopaux, et en particulier du vœu de chasteté.

Fulgence pâlit.

– Vraiment ?

– Ce sera, semble-t-il, la grande affaire du synode. Sigismond a rassemblé nombre de preuves gênantes concernant les évêchés francs. Mais il n'est guère familier de cette partie de l'Empire, et devra se contenter de témoignages locaux. Dans sa missive, il me prie expressément de lui faire part de toute information dont je pourrais disposer sur *votre* évêché, Éminence. J'aurais dû lui répondre plus promptement, mais l'affaire du mariage de cette fille m'a tenue fort occupée. À dire vrai, les préparatifs de la noce m'empêcheraient tout à fait de répondre à mon cousin. En revanche, si le mariage est reporté…

Fulgence resta silencieux et immobile comme une statue. Richild en fut vaguement surprise. Elle ne s'était pas attendue à une telle résistance.

Mais un détail finit par trahir l'évêque. Une imperceptible étincelle de peur dansait dans ses prunelles.

Richild sourit.

D'humeur mélancolique, Jeanne était assise sur un rocher. Son loup était couché à ses pieds, la tête posée sur ses genoux, et fixait sur elle son regard opalescent.

– Il te manque aussi, n'est-ce pas ? demanda-t-elle en caressant sa robe blanche.

Elle se sentait seule. Gerold était parti depuis plus d'une semaine. Jeanne souffrait cruellement de son absence, presque dans sa chair. Elle aurait pu placer sa main sur le point de sa poitrine où la douleur était la plus vive.

Elle comprenait la raison de son départ. Après leur baiser au bord du ruisseau, il avait été contraint de s'éloigner. Elle et lui avaient besoin d'être séparés, besoin de temps pour laisser retomber la chaleur des passions. Elle comprenait, mais son cœur n'en souffrait pas moins.

Elle tâchait de se raisonner, de se répéter que les choses devaient être ainsi, que tout était pour le mieux, mais au bout du compte, elle se retrouvait invariablement confrontée au même fait : elle aimait Gerold.

Furieuse contre elle-même, elle secoua la tête. Si Gerold avait eu le courage de prendre ses distances pour son salut à elle, avait-elle le droit d'être indigne de lui ? Il fallait bien supporter ce qu'on ne pouvait changer. À son retour, se dit-elle, pleine d'espoir, les choses seraient différentes. Elle se satisferait de l'avoir près d'elle, de parler et de rire avec lui, comme… avant. Comme avant, ils seraient maître et élève, prêtre et nonne, frère et sœur. Elle effacerait de sa mémoire le souvenir de ses bras autour de sa taille, de ses lèvres sur les siennes…

Wido, l'intendant, arriva derrière elle.

– Dame Richild veut te parler, Jeanne.

Accompagnée de Luc, Jeanne le suivit sous le rempart. Une fois dans la cour intérieure, Wido lui dit :

– Le loup reste ici.

Richild n'aimait pas les chiens et leur interdisait l'entrée de sa maison. Jeanne ordonna à Luc de se coucher et de ne pas bouger. Un garde la conduisit sous le portique et jusqu'à la grande salle, où de nombreuses servantes préparaient le repas du soir. L'ayant traversée, ils gagnèrent la terrasse, où attendait la maîtresse de Villaris.

– Vous m'avez mandée, ma dame ?

– Assieds-toi.

Jeanne se dirigea vers un fauteuil, mais la comtesse, d'un geste impérieux, lui désigna un tabouret de bois installé devant un petit pupitre. Jeanne y prit place.

– Tu écriras sous ma dictée, décréta Richild.

Comme toutes les nobles dames de Frise, elle ne savait ni lire ni écrire. Wala, le chapelain du château, lui servait d'habitude de scribe. Wido avait également quelques notions d'écriture et prêtait parfois sa plume à sa maîtresse.

Que me veut-elle ? se demanda Jeanne, déconcertée.

Impatiente, Richild frappa du pied. D'un œil exercé, Jeanne considéra les plumes posées devant elle et choisit la plus acérée. Elle prit une feuille de parchemin vierge, trempa sa plume dans l'encrier, et leva la tête.

– Écris : « De la part de Richild, comtesse et châtelaine du domaine de Villaris… »

Jeanne écrivit d'une main experte. Le grattement de sa plume était le seul bruit dans le silence mortel de la terrasse.

– « … à l'attention du chanoine d'Ingelheim. »

– Mon père ?

– Continue. « Votre fille Jeanne, ayant atteint sa quinzième année et se trouvant par là même en âge de prendre époux, n'a plus la permission d'étudier à l'école épiscopale. »

Jeanne cessa d'écrire.

– « En tant que tutrice et gardienne des destinées de votre enfant, poursuivit Richild, feignant toujours de dicter, j'ai arrangé pour elle un excellent mariage, avec un homme prospère : Iso, le fils du maréchal-ferrant de notre ville. Le mariage aura lieu dans deux jours. Les termes de l'accord sont les suivants. »

Jeanne se leva d'un bond, renversant le tabouret au passage.

– Pourquoi faites-vous cela ?

– Parce que je le veux, répliqua Richild, une ombre de sourire aux lèvres. Et parce que je le peux.

Elle sait. Elle sait tout sur Gerold et moi.

Les joues de Jeanne s'embrasèrent.

– Oui, reprit la comtesse. Gerold m'a conté votre navrante petite aventure au bord du ruisseau. As-tu vraiment cru le séduire avec tes baisers maladroits ? Figure-toi que nous en avons ri ensemble, et le soir même !

Jeanne était trop médusée pour répondre.

– Je te sens surprise. Tu ne devrais pas l'être. Tu croyais peut-être être la première ? Ma pauvre fille, mais tu n'es que la dernière d'une longue liste de conquêtes ! Comment donc as-tu pu prendre ce petit jeu au sérieux ?

Comment peut-elle savoir ce qui s'est passé entre nous ? Lui a-t-il réellement parlé ?

Une vague de froid remonta le long de l'échine de Jeanne.

– Vous… vous ne le connaissez pas.

– Je suis sa femme, petite insolente.

– Vous ne l'aimez pas.

– Non. Mais je n'ai pas pour autant l'intention de laisser une vulgaire fille de coloni se mettre dans mes jambes !

– Vous ne pouvez rien faire sans l'accord de Fulgence ! C'est lui qui m'a accueillie à l'école. Vous ne pouvez pas m'en fermer les portes sans sa permission !

Richild lui tendit un rouleau de parchemin frappé du sceau de l'évêque. Jeanne le lut à toute vitesse, puis recommença plus lentement. Aucun doute n'était permis. Fulgence avait bel et bien décrété son renvoi. Le document portait également la signature d'Odo. Quel n'avait pas dû être le plaisir du clerc !

Richild jubilait. Cette petite effrontée découvrait enfin l'étendue de son insignifiance.

– Il est inutile de discuter davantage, dit-elle. Rassieds-toi, et finis d'écrire ma lettre à ton père.

– Gerold ne vous laissera pas faire !

– Pauvre sotte, c'est son idée !

– Si ce mariage était son idée, pourquoi auriez-vous attendu qu'il s'en aille pour l'arranger ?

– Gerold a le cœur tendre. Il n'a pas osé t'annoncer la nouvelle lui-même. C'était chaque fois pareil, avec les autres. Il m'a demandé de résoudre le problème à sa place. C'est ce que j'ai fait.

– Je ne vous crois pas, bredouilla Jeanne, reculant d'un pas et refoulant ses larmes. Je ne vous crois pas !

Richild soupira.

– L'affaire est close. Finiras-tu cette lettre, ou dois-je faire venir Wala ?

Jeanne tourna les talons et partit en courant. Avant même d'avoir atteint la grande salle, elle entendit sonner la cloche de la comtesse, qui appelait son chapelain.

Son loup attendait là où elle l'avait laissé. Jeanne se jeta à genoux près de lui et le serra dans ses bras.

Je ne dois pas céder à la panique. C'est exactement ce qu'elle espère.

Elle avait besoin de réfléchir, de décider d'un plan. Mais ses pensées tourbillonnaient trop vite, la ramenant sans cesse au même point.

Gerold.

Où est-il ?

Richild n'aurait pas agi ainsi en sa présence. *À moins qu'elle n'ait dit la vérité, à moins que ce mariage ne soit l'idée de Gerold...*

Jeanne chassa cette pensée. Gerold l'aimait. Il n'aurait certainement pas permis de la marier contre son gré à un homme qu'elle n'avait jamais vu.

Peut-être rentrerait-il à temps pour tout arrêter. Peut-être…

Elle secoua la tête. À quoi bon se raccrocher à un espoir aussi ténu ?

Gerold ne rentrera pas avant deux bonnes semaines. Et le mariage aura lieu dans deux jours.

Son salut ne dépendait plus que d'elle-même. Elle refusait de se marier.

J'irai voir Fulgence. Je lui parlerai, je le persuaderai de l'impossibilité de cette alliance.

Elle était certaine que l'évêque n'avait pas signé ce document de bon cœur. Par le biais de mille petites attentions, il avait fait comprendre à Jeanne qu'il l'appréciait et tirait un grand plaisir de ses progrès scolaires – d'autant plus qu'ils avaient le don de mettre Odo en rage.

Richild a dû trouver un moyen de le forcer à céder.

Si Jeanne réussissait à lui parler, elle avait une chance de le convaincre d'annuler le mariage, ou du moins de le reporter jusqu'au retour de Gerold.

Et s'il refuse de me recevoir ? Étant donné les circonstances, c'est fort possible.

Fulgence dira la messe dimanche. Auparavant, il se rendra en grande procession jusqu'à la cathédrale. Je l'approcherai, je me jetterai à ses pieds s'il le faut. Peu importe. Il devra s'arrêter, et il m'écoutera. Je l'y forcerai.

– Crois-tu qu'il me reste une chance ? demanda-t-elle au loup en le regardant au fond des yeux. Cela sera-t-il suffisant pour me sauver ?

L'animal pencha la tête, comme s'il cherchait à comprendre. Cette mimique avait toujours beaucoup fait rire Gerold. Jeanne enfouit de nouveau son visage au creux de l'épaisse fourrure de son loup blanc.

Les tabellions et autres officiers cléricaux apparurent les premiers, marchant en grande procession vers la cathédrale. Derrière eux, et à cheval, venaient les membres du clergé, diacres et sous-diacres, tous splendidement mis. Odo chevauchait parmi eux, habillé d'une simple robe brune, l'air hautain et réprobateur. Lorsque son regard tomba sur Jeanne, debout au milieu de la masse de mendiants et de requérants en tout genre qui attendaient l'évêque, ses lèvres minces se retroussèrent en un malveillant sourire.

L'évêque parut enfin, drapé de soie blanche, à cheval sur un magnifique palefroi caparaçonné de pourpre. Les principaux dignitaires du palais épiscopal le talonnaient : le trésorier, le chambellan, l'aumônier. La procession fit halte, aussitôt cernée par une meute de miséreux en haillons réclamant l'aumône au nom de saint Étienne, patron des indigents. Mal à l'aise, l'aumônier se mit en devoir de leur distribuer de menues pièces.

Jeanne en profita pour s'approcher de l'endroit où l'évêque attendait, sur son cheval piaffant d'impatience.

Elle tomba à genoux.

– Éminence, entendez ma supplique… !

– Je connais l'affaire, la coupa Fulgence sans la regarder. J'ai rendu mon jugement. Je n'entendrai pas cette requête.

Il éperonna son palefroi, mais Jeanne bondit et s'empara de la bride pour l'immobiliser.

– Ce mariage signera ma ruine, lui glissa-t-elle rapidement et à mi-voix, afin de n'être entendue de nul autre que lui. Si vous ne pouvez rien faire pour l'empêcher, consentirez-vous du moins à le reporter d'un mois ?

Fulgence tenta d'avancer, mais Jeanne tira de plus belle sur la bride. Deux gardes s'avancèrent. L'évêque leur fit signe de rester à l'écart.

– Une demi-lune, Éminence. Je vous en implore, accordez-moi une demi-lune !

Et en dépit de sa détermination, elle éclata en sanglots.

Fulgence était un être faible, aux nombreux défauts, mais il ne manquait pas de cœur. Son regard s'adoucit. Il caressa de la main les boucles d'or de Jeanne.

– Ma fille, je ne puis rien pour toi. Tu dois te résigner à ton sort, ce qui, somme toute, est assez naturel pour une femme.

Il se pencha sur elle et ajouta dans un souffle :

– J'ai pris mes renseignements sur le jeune homme qui sera bientôt ton époux. C'est un beau et bon garçon. Tu n'auras pas de mal à le supporter.

Il fit un nouveau signe aux gardes. Ils prirent la bride des mains de Jeanne et la repoussèrent dans la foule des manants, qui s'ouvrit sur son passage. S'efforçant de dissimuler ses larmes, elle entendit des rires étouffés de toutes parts. Un peu plus loin, elle aperçut Jean. Quand elle se dirigea vers lui, il battit en retraite.

– Va-t'en, maudite ! s'écria-t-il. Je te déteste !

– Mais… pourquoi ? Que t'ai-je fait ?

– Tu le sais bien !

– Jean, que se passe-t-il ?

– Je dois quitter Dorstadt ! À cause de toi !

– Je ne comprends pas.

– « Tu n'as plus rien à faire ici », m'a dit Odo. « Nous ne t'avons accepté qu'à cause de ta sœur. »

Jeanne était abasourdie. Pas un instant elle n'avait songé aux conséquences pour son frère de ce qui lui arrivait. Il était pauvre, et l'école ne l'avait admis parmi leurs étudiants qu'à cause d'elle.

– Je n'ai pas choisi ce mariage, Jean.

– Tu n'as de cesse de me gâcher l'existence, et voilà que tu recommences !

– N'as-tu pas entendu ce que je viens de dire à l'évêque ?

– Peu m'importe ! Tout est de ta faute !

– Tu détestes l'étude. Est-ce si grave s'ils te renvoient ?

– Tu ne comprends pas, riposta-t-il avec un coup d'œil par-dessus l'épaule de sa sœur. Tu ne comprends jamais !

Jeanne se retourna et vit les élèves de l'école rassemblés non loin de là. L'un d'eux les montra du doigt, ce qui souleva l'hilarité générale.

Ils savent déjà, songea-t-elle. *Bien sûr. Odo ne s'est pas gêné pour humilier Jean.* Son regard, lorsqu'il revint sur son frère, était empreint de compassion. À cause d'elle, il était séparé de ses compagnons. Or, Jean n'avait jamais demandé autre chose que d'être accepté par un groupe.

– Tout ira bien, dit-elle pour l'apaiser. Tu es libre de rentrer chez nous, à présent.

– Libre ? répéta Jean, avec un rire amer. Libre comme un moine, la belle affaire !

– Que veux-tu dire ?

– Je serai bientôt enfermé au monastère de Fulda. Père a envoyé ses instructions à l'évêque peu après notre arrivée. En cas d'échec dans mes études, il a exigé que j'entre dans les ordres.

Jeanne saisissait enfin. Une fois que les portes du monastère se seraient refermées sur lui, il ne pourrait plus en sortir. Il ne deviendrait pas soldat. Il ne chevaucherait jamais dans l'armée de l'empereur.

– Il doit y avoir un moyen, soupira-t-elle. Retournons voir l'évêque. Si nous plaidons ensemble, tous les deux, peut-être consentira-t-il à…

Son frère la foudroya du regard, la bouche tordue en un rictus de dégoût.

– Si… si seulement tu pouvais n'avoir jamais vu le jour !

Sur ce, il fit volte-face et s'enfuit.

Profondément abattue, Jeanne reprit le chemin de Villaris.

Elle était assise au bord du ruisseau, à l'endroit même où Gerold l'avait embrassée quelques semaines plus tôt. On eût dit qu'une éternité s'était écoulée depuis lors. Elle leva les yeux vers le soleil déclinant. Bientôt les vêpres. Le lendemain, à la même heure, elle serait mariée au fils du maréchal-ferrant.

À moins que...

Elle scruta la ligne d'arbres qui marquait la limite de la forêt de Dorstadt. Celle-ci était si vaste et si touffue qu'une personne pouvait s'y cacher pendant des jours, voire des semaines, sans risquer d'être découverte. Gerold ne devait revenir que dans une demi-lune. Était-elle capable de survivre par ses propres moyens jusque-là ?

La forêt était périlleuse. Elle regorgeait de sangliers, d'aurochs, et... de loups. Sa mémoire lui représenta l'image de la sauvagerie de la mère de Luc, enfermée dans une cage de chêne au milieu de la cour de Villaris.

J'emmènerai Luc. Il me protégera et m'aidera à me nourrir. Le jeune loup excellait déjà à la chasse au petit gibier, lequel abondait en cette saison.

Soudain, elle pensa à son frère. Elle n'avait pas le droit de fuir sans le prévenir.

Il pourrait même venir avec moi. Naturellement ! C'était la solution, pour elle comme pour lui. Ils se terreraient ensemble dans la forêt en attendant le retour de Gerold.

Il fallait prévenir Jean. Elle lui dirait de prendre sa lance, son arc et son carquois, et de la retrouver ce soir même dans une petite clairière de la forêt qu'ils connaissaient bien.

Certes, ce plan avait quelque chose de désespéré. Mais ne l'était-elle pas ?

Dhuoda se trouvait dans le dortoir. Malgré ses dix ans, c'était une fillette vigoureuse, en avance pour son âge. Sa ressemblance avec sa sœur sautait aux yeux. Elle accueillit Jeanne avec enthousiasme.

– Je viens d'apprendre la nouvelle ! s'écria-t-elle. Tu te maries demain !

– Pas si je réussis à l'empêcher, grommela Jeanne.

Dhuoda parut surprise. Gisla, elle, avait été tellement heureuse de se marier !

– Pourquoi, Jeanne ? Est-ce un vieil homme ? Un édenté ? Serait-il scrofuleux ?

– Rien de tout cela, fit Jeanne, souriant malgré elle. D'après ce qu'on m'a dit, il est jeune et avenant.

– Alors, pourquoi…

– Je n'ai pas le temps de t'expliquer, Dhuoda. Je suis venue te demander une faveur. Es-tu capable de garder un secret ?

– Bien sûr ! s'exclama la fillette.

Jeanne tira de sa besace un rouleau de parchemin.

– Cette missive s'adresse à mon frère Jean. Cours la lui remettre à l'école. J'aurais voulu m'y rendre moi-même, mais le tailleur m'attend sur la terrasse pour confectionner ma tunique nuptiale. Veux-tu bien faire cela pour moi ?

Dhuoda considéra le rouleau d'un air hésitant. Comme sa mère, elle ne savait ni lire ni écrire.

– Qu'est-ce que cela dit ?

– Je ne puis te l'expliquer maintenant, Dhuoda. Sache seulement que c'est très important.

– Un secret !

– L'école n'est qu'à deux milles d'ici. En te dépêchant, tu feras l'aller-retour en une heure.

La fillette lui prit le parchemin des mains.

– Je serai rentrée bien avant !

Dhuoda traversa la cour principale d'un pas nerveux, en serpentant de-ci de-là pour esquiver les servantes et autres valets qui la parcouraient toujours en tous sens à cette heure de la journée. Il lui semblait être en train de vivre une grande aventure. Serrant entre ses doigts la surface lisse du rouleau de parchemin, elle regretta de ne pouvoir lire son contenu. La science de Jeanne l'emplissait d'admiration.

Cette mystérieuse mission brisait pour une fois l'écrasante monotonie de la routine de Villaris. En outre, Dhuoda était fort heureuse d'aider Jeanne, qui s'était toujours montrée bonne envers elle.

Elle avait presque atteint le rempart quand quelqu'un la héla.

– Dhuoda !

L'intéressée reconnut aussitôt la voix de sa mère. Elle fit comme si elle n'avait rien entendu et poursuivit sa marche. Mais quand elle voulut franchir la grande porte, le guetteur l'intercepta d'une main sur l'épaule. Dhuoda se retourna et fit face à Richild.

– Dhuoda ! Où cours-tu donc ?

– Nulle part, répondit la fillette, tentant de cacher le parchemin dans son dos.

Richild surprit son mouvement. Elle fronça les sourcils.

– Qu'est-ce que tu tiens là ?

– Rien.

– Donne, fit sa mère, tendant une main impérieuse.

Dhuoda hésita. En obéissant, elle trahirait Jeanne. D'un autre côté, si elle refusait…

Sa mère fixait sur elle un regard noir de colère. Dhuoda comprit qu'elle n'avait pas le choix.

Pour sa dernière nuit de célibataire, Richild avait tenu à ce que Jeanne dormît dans la petite pièce attenante à sa propre chambre – privilège d'ordinaire réservé aux enfants malades ou à sa suivante favorite. Bien que Richild eût présenté cette mesure comme une faveur spéciale, Jeanne avait la certitude qu'elle ne cherchait qu'à la surveiller de près. Peu lui importait. Dès que la comtesse serait endormie, elle s'enfuirait de la chambre sans difficulté.

Ermentrude, une jeune servante, entra dans la petite pièce avec un grand bol de bois empli de vin épicé.

– De la part de dame Richild. En votre honneur, demoiselle.

– Je n'en veux pas, répondit Jeanne, répugnant à accepter la moindre faveur de son ennemie.

– Mais… dame Richild m'a ordonné de rester jusqu'à ce que vous ayez tout bu, car je dois reprendre le bol ensuite.

Servante novice, Ermentrude n'avait que douze ans. Elle cherchait à bien faire.

– Tu n'as qu'à le boire toi-même, ou le vider par terre. Richild n'en saura rien.

Le visage d'Ermentrude s'éclaira. L'idée ne lui était pas venue à l'esprit.

– Oui, ma demoiselle. Merci, ma demoiselle, dit-elle, tournant les talons.

– Un instant !

Riche, épais et miroitant sous la flamme de la torche, le vin débordait presque. Jeanne allait avoir besoin de toutes les forces qu'elle pourrait rassembler pour survivre une demi-lune dans la forêt. Il n'était plus temps de céder à d'absurdes bouffées d'orgueil. Elle prit le bol et but goulûment, d'une seule traite. Le goût amer du vin lui échauffa la gorge. S'étant essuyé les lèvres de sa manche, elle rendit le récipient à Ermentrude, qui repartit aussitôt.

Jeanne souffla sa chandelle et s'étendit sur le lit, les yeux ouverts. Le matelas de plumes enveloppait son corps d'une étrange douceur. Elle était habituée à dormir dans le dortoir, sur une simple paillasse. Mais elle aurait préféré que Richild la laissât passer la nuit près de Dhuoda. Elle n'avait pas revu celle-ci depuis la remise du parchemin. Toute l'après-midi, elle était demeurée cloîtrée dans la chambre de la comtesse, entourée de servantes occupées à arranger sa robe nuptiale et à préparer sa dot.

Dhuoda avait-elle remis le message à Jean ? Jeanne n'avait aucun moyen de s'en assurer. Comme prévu, elle attendrait son frère dans la clairière. S'il ne venait pas, elle partirait seule avec Luc.

Dans la chambre contiguë, elle entendit bientôt le souffle profond et régulier de Richild. Elle patienta encore un moment, afin de s'assurer que la comtesse dormait. Puis elle se leva, se coula le long du mur et sortit.

Dès qu'elle eut franchi le seuil, les paupières de Richild se rouvrirent.

Jeanne se déplaça sans bruit de galerie en galerie, et finit par déboucher à l'air libre, dans la cour. La tête lui tournait légèrement. Elle inspira une longue bouffée d'air.

Le silence régnait. Un guetteur solitaire était assis, dos au rempart, près de la porte. Il ronflait, menton sur la poitrine. L'ombre de Jeanne, devant elle, était grotesquement étirée par le clair de lune. Elle leva une main, et l'ampleur de son geste la stupéfia.

Aussi doucement que possible, elle siffla Luc. Le veilleur bougea dans son sommeil. Luc n'apparut pas. Tâchant de rester toujours enveloppée d'ombre, elle se dirigea vers l'endroit où le loup dormait habituellement. Elle ne pouvait en aucun cas se permettre d'éveiller le garde.

Sans crier gare, le sol se déroba sous ses pieds. Prise de nausée, elle dut s'appuyer contre une colonne pour retrouver son équilibre.

Elle traversa la cour en luttant contre le vertige. Elle reconnut la silhouette de Luc au pied d'un mur. Le jeune loup gisait sur le flanc. Ses yeux opalescents étaient fixes et ouverts sur la nuit, sa langue pendait hors de sa gueule.

Elle toucha l'animal, et fut surprise de la froideur de son corps. Avec un petit cri, elle recula. Son regard tomba sur un morceau de viande à demi dévoré, puis abandonné sur le sol. Un insecte se posa sur la petite flaque de sang qui l'entourait. Il but, s'envola, décrivit quelques cercles erratiques et retomba tout à coup. Ensuite, il ne bougea plus.

Un violent bourdonnement envahit les tympans de Jeanne. Tout se mit à osciller autour d'elle. Elle recula encore et fit demi-tour, mais les pavés se dérobèrent une fois de plus, avant de lui sauter à la figure.

Elle ne se rendit compte de rien lorsqu'une paire de bras vigoureux se referma sur elle pour la soulever de terre et la traîner à l'intérieur du château.

Le grincement des roues faisait un contrepoint mélancolique au bruit des sabots des mules. Le char, cahotant sur la route de la cathédrale, emmenait Jeanne vers sa messe de noces.

Ce matin-là, on avait dû la secouer longuement pour la réveiller. Hébétée, elle avait laissé sans réagir les servantes de Richild la vêtir et la coiffer.

Mais à mesure que les effets de la drogue se dissipaient, Jeanne avait recouvré la mémoire. *C'est le vin.* Elle revit Luc, gisant dans la nuit, et une boule se forma dans sa gorge. Son ami était mort seul, sans réconfort ni compagnie. Il ne lui restait plus qu'à espérer que ses souffrances avaient été brèves. Sans doute Richild avait-elle pris du plaisir à empoisonner sa pitance. Consciente du lien que le loup avait établi entre Jeanne et Gerold, elle l'avait toujours détesté.

Richild avait elle aussi pris place sur le char. Elle se tenait juste devant Jeanne, splendidement vêtue d'une éclatante tunique de soie bleue. Ses cheveux noirs s'enroulaient autour de sa tête, maintenus par un diadème d'argent incrustée d'émeraudes. Elle était très belle.

Pourquoi m'a-t-elle épargnée ?

À chaque tour de roue, le char s'approchait un peu plus de la cathédrale. Meurtrie dans sa chair et dans son âme, seule et prise au piège, Jeanne regretta que sa rivale ne l'eût point tuée.

Les roues heurtèrent bruyamment les pavés inégaux du parvis de la cathédrale, et le cocher fit halte. Presque aussitôt, deux suivantes de Richild encadrèrent Jeanne. Avec une solennité de circonstance, elles l'aidèrent à descendre du char.

Une foule immense était rassemblée autour de l'église. On célébrait les premiers martyrs en même temps que les noces de Jeanne, et toute la ville avait accouru pour l'occasion.

Au premier rang des badauds, Jeanne aperçut un grand jeune homme au corps lourd, mal à son aise, entre ses parents. Le fils du maréchal-ferrant. La jeune fille ne fut pas sans remarquer sa mine lugubre et son air abattu. *Il ne souhaite pas ce mariage plus que moi. Et je le comprends.*

Encouragé par son père, il s'avança vers Jeanne et lui tendit la main. Elle la prit. Ils se tinrent côte à côte sans bouger tandis que Wido, l'intendant de Villaris, annonçait le contenu de la dot de Jeanne.

Celle-ci jeta un coup d'œil vers la forêt. Elle ne pouvait plus s'enfuir. La foule les encerclait, et les hommes de Richild ne la lâchaient pas du regard.

Parmi les curieux, elle reconnut Odo, entouré des élèves de l'école. Jean n'était pas du nombre. Elle scruta la foule et finit par le repérer à l'écart, ignoré par ses compagnons. Comme elle, il était seul. Elle croisa son regard. Curieusement, il ne détourna pas les yeux. Son visage exprimait une tristesse non dissimulée.

Longtemps, ils avaient été deux étrangers. Mais cet instant de douleur les réunissait de nouveau. Ils se comprenaient. De crainte de rompre ce lien fragile, Jeanne maintint les yeux fixés sur Jean.

L'intendant avait achevé sa lecture face à la foule impatiente. Le fils du maréchal-ferrant conduisit Jeanne à l'intérieur de la cathédrale. Richild et sa suite entrèrent à leur tour, et les curieux leur emboîtèrent le pas.

Fulgence attendait devant l'autel. À l'arrivée de Jeanne et de son fiancé, il leur fit signe de s'asseoir. On célébrerait d'abord la fête des Martyrs, puis les noces.

– *Omnipotens sempiterne Deus qui me peccatoris...*

Comme à l'accoutumée, l'évêque écorcha son texte latin, mais Jeanne, cette fois, n'en avait cure. Fulgence signifia à un prêtre de préparer l'offertoire et se mit en devoir de réciter la prière liturgique de l'oblation.

– *Suscipe sanctum Trinitas...*

Près de Jeanne, le fils du maréchal-ferrant courba pieusement le front. La jeune fille tenta de prier elle aussi, mais ne put que remuer les lèvres sans conviction. Son cœur était désespérément vide.

– *Deus qui humanae substantiae...*

Les portes de la cathédrale s'ouvrirent avec fracas. Cessant de bredouiller, Fulgence fixa un regard incrédule sur l'entrée. Jeanne se tordit le cou pour voir elle aussi ce qui se passait, mais la foule des fidèles lui faisait écran.

Elle l'aperçut tout à coup. Une puissante créature d'aspect humain, mais plus haute d'une tête que le plus grand des hommes, se découpait dans la lumière aveuglante du seuil. Sa figure vide d'expression lançait des éclairs métalliques ; ses yeux étaient enfoncés dans leurs orbites au point d'être invisibles. Deux cornes dorées émergeaient de son crâne.

Quelque part, une femme hurla.

Wotan, songea Jeanne. Elle avait depuis longtemps cessé de croire aux dieux de sa mère, mais c'était bien

Wotan, tel que le lui décrivait jadis sa mère, qui remontait en cet instant précis l'allée centrale.

Serait-il venu pour me sauver ?

À son approche, elle s'avisa que le visage et les cornes de métal appartenaient à un heaume de guerrier. La créature était un homme, non un dieu. À l'arrière de sa tête, de longs cheveux d'or dépassaient de son casque et couvraient ses épaules.

– Les Normands ! s'écria quelqu'un.

L'intrus poursuivit son avance sans broncher. Arrivé au pied de l'autel, il brandit son glaive à double tranchant et l'abattit avec une férocité barbare sur la tonsure d'un clerc. Le malheureux s'effondra, décapité, dans un flot de sang.

Un formidable chaos s'ensuivit. Partout, les gens hurlaient et se bousculaient vers la sortie. Jeanne fut entraînée par une foule si compacte que ses semelles, par moments, ne touchaient plus le sol. La vague de villageois reflua vers la porte, et s'arrêta net.

La sortie était bloquée par un nouvel intrus, en tenue de bataille comme le premier, à cela près qu'il était armé d'une hache, et non d'un glaive.

La foule oscilla, indécise. Jeanne entendit une clameur monter de l'extérieur. D'autres Normands – une dizaine au bas mot – apparurent sur le seuil. Ils se jetèrent sur la foule en hurlant et en faisant tournoyer d'énormes haches.

Les villageois battirent en retraite, se piétinant les uns les autres dans l'espoir d'échapper aux lames meurtrières. Jeanne, poussée dans le dos, tomba à terre. Plusieurs pieds lui écrasèrent les flancs et le dos. Elle voulut lever les bras pour se protéger la tête. Quelqu'un lui écrasa la main droite. Elle poussa un cri de douleur.

Luttant pour s'extirper de la mêlée, elle réussit à ramper sur le côté et finit par atteindre un recoin délaissé par la foule. Sans se redresser, elle regarda en direction de l'autel et vit Fulgence entouré de Normands. L'évêque tentait de les repousser avec la grande croix de bois naguère dressée derrière l'autel, qu'il avait sans doute décrochée du mur. Ses ennemis avançaient et reculaient au rythme de ses coups, incapables de l'atteindre de leurs épées. L'un d'eux reçut un coup de croix en pleine face et fut propulsé à l'autre bout du chœur.

Jeanne continua de ramper au milieu des vociférations et de la fumée – un incendie avait-il été allumé ? –, à la recherche de Jean. Tout autour d'elle, ce n'étaient que hurlements, cris de guerre, râles de douleur ou d'effroi. Le sol disparaissait sous les bancs renversés et les corps inertes ensanglantés.

– Jean ! appela-t-elle, percevant à peine sa propre voix dans le vacarme général.

La fumée, plus épaisse ici, lui piquait les yeux, et sa vue commençait à se brouiller.

Il y eut un sifflement d'air dans son dos. D'instinct, elle se jeta sur le côté. La lame du Normand, qui visait son cou, ne réussit qu'à lui taillader la joue. La violence du coup la fit retomber à terre, où elle se recroquevilla de douleur, une main au visage.

Le Normand se dressait devant elle. Un éclair meurtrier dansait dans son regard bleu. Elle rampa en arrière.

Le Normand leva son glaive pour l'achever. Jeanne détourna la tête.

Le coup ne vint pas. Elle ouvrit les yeux à l'instant où l'épée tombait des mains de son agresseur. Celui-ci s'abattit sur les dalles, un filet de sang au coin des lèvres. Jean se tenait derrière lui. Au creux de son poing scintillait la lame rougie de la dague à manche d'os de leur père.

Une lueur singulière habitait ses prunelles.

– Je l'ai frappé en plein cœur ! As-tu vu cela ? Jeanne, il t'aurait tuée !

– Ils nous tueront tous ! s'écria-t-elle, saisie d'horreur, en attrapant le bras de son frère. Il faut sortir d'ici, vite ! Cachons-nous !

Jean se libéra.

– J'en ai tué un autre. Il m'a attaqué avec sa hache, et je lui ai planté ma lame en travers de la gorge.

Jeanne jeta autour d'elle un regard éperdu, en quête d'une cachette. À quelques pas se dressait un retable. Sa façade de bois sculpté était recouverte de panneaux à dorures dépeignant la vie de saint Germain. L'arrière devait être creux. Peut-être y aurait-il assez de place pour…

– Vite ! cria-t-elle à son frère. Suis-moi !

Elle saisit la manche de sa tunique, le força à se coucher près d'elle et se mit à ramper vers le côté du retable. Oui ! Il y avait bien un espace, juste assez large pour permettre à un corps mince de s'y glisser.

Derrière, tout était ténèbres, à l'exception d'un rai de lumière qui traversait une étroite fente à la jointure des deux panneaux. Elle s'accroupit tout au fond de sa cachette et ramena ses jambes sous elle pour faire de la place à son frère. Mais Jean n'apparut pas. Elle revint vers l'entrée du passage et jeta un coup d'œil.

Elle le vit à quelques pas, penché sur le corps du Normand qu'il venait de tuer. Il tirait sur ses vêtements, comme s'il cherchait quelque chose.

– Jean ! Par ici ! Dépêche-toi !

Sans lâcher le corps du Normand, il leva sur elle un regard ivre de violence. Jeanne n'osa plus appeler, de peur d'attirer l'attention. Un instant plus tard, son frère poussa un cri de triomphe et se releva. Il venait de s'emparer de l'épée de sa victime. Elle lui fit signe de la rejoindre. Mais il lui adressa un salut moqueur en brandissant l'épée et s'en fut.

Dois-je le suivre ? se demanda-t-elle, s'approchant encore de l'ouverture.

Un enfant hurla non loin, et son cri affreux resta suspendu dans l'air avant de s'évanouir d'un seul coup.

Tremblant comme une feuille, Jeanne recula, puis colla un œil à la fente de lumière.

On se battait juste devant sa cachette. Elle entendit le son du métal heurtant le métal, eut une furtive vision d'étoffe jaune, et devina le flamboiement d'un glaive dressé. Un corps s'écroula lourdement. Le combat se déplaça sur le côté, ce qui permit à Jeanne de distinguer l'ensemble de la nef, jusqu'aux portes d'entrée de la cathédrale. Elles étaient entrebâillées, encombrées d'une masse grotesque de corps.

Les Normands entreprirent de dégager l'entrée en entassant leurs victimes le long du mur de droite.

La voie fut bientôt libre.

Maintenant, se dit-elle. *Je dois courir jusqu'aux portes.*

Mais elle ne le put. Ses membres refusaient de lui obéir.

Un homme parut à l'extrémité de son champ de vision, tellement échevelé et défiguré par la peur qu'elle mit un certain temps à reconnaître Odo. Il marchait vers la sortie, boitant bas de la jambe gauche et serrant dans ses bras l'énorme bible du maître-autel.

Il avait presque atteint les portes lorsque deux Normands s'interposèrent. Il leur fit face, brandissant sa bible comme s'il espérait ainsi repousser quelque esprit malin. Un coup d'épée trancha le saint livre en deux ; un autre lui perça la poitrine. Odo resta un moment debout, tenant devant lui les deux moitiés du manuscrit. Puis il tomba en arrière et ne bougea plus.

Jeanne se replia dans les ténèbres. Des cris d'agonie fusaient un peu partout. Elle enfouit sa tête entre ses bras. Les battements de son cœur lui martelaient les tempes.

Les cris s'étaient tus.

Les Normands s'interpellèrent dans leur langue gutturale, et peu après retentit un fracas de bois brisé. D'abord, Jeanne se demanda ce qui se produisait. Puis elle comprit que les barbares étaient en train de dépouiller la cathédrale de ses trésors, en riant et en s'exclamant, d'excellente humeur.

Il ne leur fallut guère de temps pour achever leur mise à sac. Jeanne les entendit bientôt grogner sous le poids de leur butin. Leurs voix s'estompèrent dans le lointain.

Raide comme une statue, elle attendit encore, l'oreille aux aguets. Tout était silencieux. Elle se dirigea vers le côté du retable et passa la tête au-dehors.

La cathédrale était dévastée. Ses bancs étaient renversés, ses tapisseries avaient été arrachées, ses statues gisaient en morceaux sur les dalles. Il n'y avait plus trace des Normands.

Des corps jonchaient le sol, empilés dans le plus grand désordre. À quelques pas, au pied des marches menant à l'autel, Fulgence était étendu près de la grande croix de bois. Celle-ci était fendue et luisante de sang. Les corps de deux Normands aux crânes fracassés gisaient près de lui.

Avec une extrême prudence, la jeune fille sortit la tête et les épaules de sa cachette.

Au bout de la salle, quelque chose bougea. Jeanne se replia dans l'ombre, tout en gardant un œil sur la nef.

Une masse d'étoffe remua, puis se souleva et se détacha du monceau de cadavres.

Quelqu'un avait survécu !

Une jeune femme se leva. Elle tournait le dos à Jeanne. En titubant, elle se mit à marcher vers la porte. Sa robe cousue d'or était déchirée et sanguinolente. Ses cheveux dénoués tombaient sur ses épaules en boucles cuivrées.

– Gisla ! s'écria Jeanne.

À l'appel de son nom, la survivante se retourna et revint d'un pas incertain vers le retable.

Un rire tonitruant s'éleva aux portes de la cathédrale.

Gisla se mit à courir, mais il était trop tard. Plusieurs Normands franchirent le seuil et se jetèrent sur elle avec des cris de jubilation. Ils la soulevèrent au-dessus de leurs têtes.

Ils la portèrent jusqu'au pied de l'autel et la plaquèrent sur les dalles en lui écartant bras et jambes. Elle se tordit en tous sens. Le plus grand des hommes retroussa sa tunique, en couvrit son visage et se laissa tomber sur elle de tout son long. Gisla hurla. L'homme plongea les deux mains entre ses seins et la pénétra sous les encouragements de ses compagnons.

Jeanne eut un haut-le-cœur et plaqua une main devant sa bouche.

Le Normand se releva. Un autre prit sa place. Gisla ne se débattait plus. Un des hommes la tira par les cheveux pour la faire réagir.

Un troisième homme la violenta, puis un quatrième. Ensuite, ils l'abandonnèrent et allèrent attraper plusieurs sacs empilés près des portes. Compte tenu du cliquetis métallique qu'ils émirent, sans doute ces sacs contenaient-ils d'autres richesses. Les Normands les avaient oubliés, et étaient revenus les prendre.

Avant de quitter les lieux, l'un d'eux revint vers Gisla, la souleva comme un sac de grains et la jeta en travers de son épaule.

Ils sortirent par une porte latérale.

Dans les ténèbres de son refuge, Jeanne ne perçut plus qu'un silence surnaturel.

La lumière provenant de la fente étirait les ombres. Plus un son n'avait rompu le silence depuis plusieurs heures. Jeanne rampa tout doucement vers l'ouverture.

Le maître-autel était toujours debout, mais dépouillé de ses plaques d'or. Jeanne s'y adossa, et promena sur la nef un regard circulaire. Sa tunique nuptiale était souillée de sang. Était-ce le sien ? Elle n'aurait su le dire. Sa joue tailladée lui faisait mal. D'un pas incertain, elle se mit à errer entre les corps.

À mi-hauteur d'une pile de cadavres rassemblés près des portes, elle reconnut le maréchal-ferrant et son fils, embrassés comme s'ils avaient cherché à se protéger l'un l'autre. La mort avait vieilli, ratatiné son fiancé. Quelques heures plus tôt, il était debout près d'elle, grand, rubicond, plein de vigueur. *Il n'y aura pas de mariage.* La veille encore, cette seule pensée l'eût comblée de joie. À présent, elle n'éprouvait plus qu'un profond sentiment de vide. Elle reprit sa lugubre quête.

Elle trouva Jean dans un coin. Son poing étreignait encore l'épée du Normand. On lui avait fracassé la nuque, mais cette mort violente n'avait laissé aucune trace sur son visage. Ses yeux bleus étaient limpides, grands ouverts. Sa bouche esquissait une sorte de sourire.

Il était mort en guerrier.

Elle courut en trébuchant jusqu'à la porte et la poussa. Le panneau s'écroula, arraché de ses gonds par les haches normandes. Jeanne sortit et aspira une longue goulée d'air frais. L'odeur de la mort était sur le point de l'asphyxier.

Tout était désert. La fumée s'élevait en lascives spirales des monceaux de décombres qui, ce matin encore, formaient une riante bourgade autour de la cathédrale.

Dorstadt était en ruine.

Plus rien ne bougeait. Personne n'avait survécu. Tous les habitants de la ville s'étaient rassemblés dans la cathédrale pour assister à la messe.

Jeanne regarda à l'est. Par-delà la cime des arbres, une grosse colonne de fumée montait vers le ciel.

Villaris.

Ils avaient incendié le château.

Elle s'assit sur le parvis et enfouit son visage entre ses mains.

Gerold.

Elle avait besoin de sa présence, du réconfort de ses bras, pour rendre le monde reconnaissable. Elle fouilla l'horizon du regard, s'attendant presque à le voir surgir, sur le dos de son alezan, les cheveux claquant au vent comme un étendard.

Il faut que je l'attende. S'il revient et ne me retrouve pas, il croira que j'ai été enlevée par les Normands. Comme Gisla.

Cependant, je ne puis rester ici. Elle scruta de nouveau l'horizon et ne vit aucun signe des Normands. Mais étaient-ils vraiment partis ? Ou avaient-ils l'intention de revenir ?

S'ils me trouvent... Elle avait vu de ses yeux la sorte de traitement qu'ils réservaient aux jeunes femmes sans défense.

Mais où pouvait-elle se cacher ? Elle se dirigea vers les arbres qui marquaient l'orée de la forêt, d'abord à pas lents, puis en courant. Son souffle se mêla de sanglots. À chaque pas, elle s'attendait à ce que des mains hideuses surgissent de nulle part pour la saisir et la forcer à contempler les affreux masques de métal des Normands. Parvenue à l'abri des fourrés, elle se jeta à terre.

Au bout d'un interminable moment, elle eut enfin la force de s'asseoir. La nuit était toute proche. La forêt bruissait, noire et inquiétante. Elle entendit un bruit, et sursauta.

Les Normands pouvaient camper tout près, dans ces bois.

Il lui fallait fuir Dorstadt et retrouver Gerold, où qu'il fût.

Mère... Jamais elle n'avait eu tant besoin de sa mère, mais elle ne pouvait rentrer chez elle. Son père ne lui avait jamais pardonné. Si elle rentrait maintenant, apportant la nouvelle de la mort de son dernier fils, il se vengerait sur elle, c'était sûr.

Si seulement je n'étais pas une fille... Si seulement...

Cet instant devait demeurer gravé dans sa mémoire jusqu'à son dernier souffle. Ses pensées étaient-elles guidées par une puissance bienveillante, ou au contraire par un esprit maléfique ? Elle n'avait plus le temps de réfléchir. Une occasion se présentait. Sans doute ne reparaîtrait-elle plus jamais.

Le soleil rougeoyait à l'horizon. Jeanne devait agir vite.

De retour dans la pénombre de la cathédrale, elle fit basculer sur le côté le corps inerte de Jean.

– Pardonne-moi, murmura-t-elle en défaisant son manteau.

Quand elle eut fini, elle le couvrit de sa cape, lui ferma les yeux et arrangea sa dépouille du mieux qu'elle put. Elle se redressa et fit quelques mouvements pour s'habituer à ses nouveaux vêtements. Somme toute, ils n'étaient guère différents des siens, à l'exception des manches, plus serrées aux poignets. Ses doigts caressèrent la dague à manche d'os prise à la ceinture de son frère. Sa lame était encore acérée.

Elle se rendit devant l'autel, défit son bonnet et posa sur la table une longue mèche de cheveux d'or pâle.

Elle souleva sa dague et, avec une lenteur délibérée, se mit à couper.

Au crépuscule, la silhouette d'un tout jeune homme apparut sur le seuil de la cathédrale. Ce personnage fouilla le paysage de son regard gris-vert. La lune était en train de se lever dans un ciel criblé d'étoiles.

Par-delà les ruines, la route de l'est dessinait un serpent argenté dans les ténèbres grandissantes.

La silhouette quitta furtivement l'ombre de la cathédrale. Il ne restait plus personne en vie à Dorstadt pour voir Jeanne se mettre en route pour le grand monastère de Fulda.

12

La grande salle, envahie par une rumeur grondante, était noire de monde. Les gens avaient souvent parcouru de nombreux milles pour rallier ce petit village de Westphalie et assister au procès. Au coude à coude, ils se bousculaient, dispersaient la litière de jonc jetée sur la terre battue pour absorber une accumulation immémoriale de bière, de graisse, de salive et d'excréments. Une forte puanteur envahissait l'air chaud et confiné. Mais personne ne s'en souciait ou presque, car cette sorte d'odeur était de mise dans les foyers francs. De toute façon, l'attention de la foule était concentrée ailleurs, et en particulier sur le comte aux cheveux de flamme qui, paré du titre de missus, était venu de Frise pour rendre la justice au nom de l'empereur.

Gerold se tourna vers Frambert, l'un des sept échevins chargés de l'épauler dans sa mission.

– Combien d'affaires nous reste-t-il à voir aujourd'hui ?

L'audience avait été ouverte aux premières lueurs de l'aube. On était à présent au milieu de l'après-midi, et les débats allaient bon train depuis huit heures. Derrière la haute table à laquelle siégeait Gerold, les membres de son escorte étaient sur le point de s'assoupir, appuyés sur leurs épées. Il avait pris avec lui vingt de ses meilleurs soldats. Depuis la mort de Charlemagne, l'Empire avait sombré dans le chaos, et la tâche des missi dominici impériaux devenait de plus en plus délicate. Souvent, ils étaient accueillis avec une méfiance de mauvais aloi par les seigneurs et autres potentats locaux, hommes riches, puissants, et peu habitués à voir leur autorité contestée. Partant du sage principe que la loi n'était rien tant qu'on n'avait pas les moyens de la faire respecter, Gerold avait pris soin de bien s'entourer, au risque de laisser Villaris entre les mains d'une poignée de défenseurs. Heureusement, la puissante palissade qui ceignait le château constituait une protection suffisante contre les brigands solitaires qui, depuis bien des années, étaient la seule menace véritable dans la région de Dorstadt.

Frambert se pencha sur la liste des plaignants, inscrite sur un rouleau de parchemin large de huit pouces et long d'une quinzaine de pieds.

– Il vous reste trois litiges à trancher, messire comte.

Gerold soupira. Il se sentait las et affamé. Ce chapelet sans fin d'accusations mesquines, de protestations d'innocence et de jérémiades en tout genre était sur le point d'avoir raison de sa patience. Il ne rêvait que d'une chose : rentrer à Villaris au plus vite, et revoir Jeanne.

Jeanne... Jeanne et sa voix envoûtante, son rire profond et riche, ses merveilleux yeux gris-vert, qui le contemplaient avec tant d'intelligence et d'amour... Comme elle lui manquait ! Mais il ne fallait pas qu'il pense à elle. C'était pour s'éloigner d'elle qu'il avait accepté la charge de missus impérial, pour se donner le temps de reprendre le contrôle des sentiments de plus en plus ingouvernables qu'il avait récemment vus grandir en lui.

– Affaire suivante, Frambert, ordonna-t-il.

Frambert déroula son rouleau de parchemin et se mit à lire d'une voix forte, pour couvrir le brouhaha.

– Abo se plaint de son voisin Hunald et l'accuse de s'être emparé de son bétail illégalement, et sans juste compensation.

Gerold eut un hochement de tête entendu. Ce genre de litige n'était que trop banal. Dans ces contrées reculées, l'illettrisme était tel que les laboureurs capables de tenir un registre écrit de leurs biens se comptaient sur les doigts de la main. Et, bien sûr, l'absence de registres ouvrait la porte à toutes les formes de fraudes.

Hunald, un gros homme au visage rubicond, richement vêtu de lin écarlate, s'avança pour nier les accusations émises à son encontre.

– Ces bêtes sont à moi. Qu'on apporte le reliquaire ! cria-t-il, désignant de l'index le précieux coffret qui reposait sur la table. Je suis innocent comme l'agneau, et je suis prêt à le jurer devant Dieu, sur ces saints ossements !

– Ce sont mes vaches, messire, et non les siennes, et il le sait fort bien ! protesta Abo, un petit homme maigre, à la mise aussi humble que celle de son adversaire était voyante. Hunald pourra bien jurer tant qu'il le voudra, la vérité ne changera pas d'un pouce !

– Comment, Abo ! Mettrais-tu en doute le jugement divin ? s'exclama Hunald avec juste ce qu'il fallait de pieuse indignation. Notez, messire comte, que cet homme vient de blasphémer !

Gerold se tourna vers Abo.

– Pouvez-vous prouver que ces bêtes sont à vous ?

La question était inhabituelle. En pays franc, la notion de témoignage n'existait pas davantage que celle de preuve. Hunald jeta un regard intrigué à Gerold. Où cet étranger voulait-il en venir ?

– Prouver ? répéta Abo, visiblement désemparé. Eh bien… ma femme, Berta, est capable de les nommer toutes, de même que mes quatre enfants, car ils connaissent ces vaches depuis leur plus jeune âge. Ils sauraient même vous dire laquelle a ses humeurs quand on la trait, et laquelle préfère le trèfle à l'herbe des prés. Faites-les venir, et je les appellerai une à une ! Elles viendront à moi, je vous le dis, car elles connaissent le son de ma voix autant que la caresse de ma main.

Une petite lueur d'espoir s'était allumée dans les yeux du plaignant.

– Sornettes ! rugit Hunald. Cette cour de justice est-elle censée retenir les actes aveugles de bestiaux stupides, quand ceux-ci contredisent les lois sacrées du paradis ? J'exige un vrai jugement ! Approchez le reliquaire, et laissez-moi jurer !

Gerold réfléchit en se caressant la barbe. Hunald, en tant qu'accusé, était dans son droit en réclamant le jugement de Dieu. Selon la loi, Dieu ne lui permettrait jamais de se parjurer en posant sa main sur de saintes reliques.

Mais Gerold avait quelques doutes. Il ne manquait pas d'hommes qui, plus soucieux des richesses palpables de ce bas monde que des vagues menaces qui pesaient sur l'autre, n'hésiteraient pas à mentir. *Je le ferais moi-même si l'enjeu en valait la peine*. Pour protéger un être cher, par exemple, il n'hésiterait pas à mentir sur un plein chariot de reliques.

Jeanne. Irrésistible, son image se forma de nouveau dans son esprit. Il se força à l'en chasser. Il aurait assez de temps pour penser à elle à la fin de la journée.

– Messire, lui glissa Frambert à l'oreille, je me porte garant de Hunald. C'est un homme loyal et généreux, et cette accusation est dénuée de tout fondement.

Sous la table, hors de vue de la foule, Frambert se mit à jouer avec une splendide bague d'argent et d'améthyste en forme d'aigle. Il la fit tourner autour de son majeur afin que Gerold pût l'admirer à sa guise.

– Un homme *très* généreux, répéta-t-il à mi-voix, en retirant la bague avec une esquisse de sourire. Hunald m'a chargé tantôt de vous dire qu'elle était à vous, en signe de sa profonde gratitude.

Gerold prit l'anneau. Jamais il n'avait vu un aussi beau joyau. Il retourna la bague entre ses doigts et la soupesa.

– Merci, Frambert, dit-il enfin. Voilà qui facilitera mon choix.

Pendant que Gerold se tournait vers Hunald, le sourire de Frambert s'élargit.

– Vous souhaitez donc vous soumettre au jugement de Dieu, c'est bien cela ?

– Oui, messire, lâcha l'accusé, plein de confiance depuis qu'il avait vu la bague passer des mains de Frambert à celle du missus.

Un serviteur souleva le reliquaire afin de l'apporter à Hunald, mais Gerold l'arrêta d'un geste.

– Le jugement de Dieu se fera par le *judicium aquae ferventis*, annonça-t-il.

Hunald et Abo froncèrent les sourcils à l'unisson. Comme tous les autres, ils ignoraient le latin.

– *Kesselfang*, traduisit Gerold.

– *Kesselfang !* répéta Hunald en pâlissant.

Le jugement de Dieu par l'eau bouillante était une forme très ancienne de justice, mais elle était tombée en désuétude dans cette partie de l'Empire.

– Qu'on apporte un chaudron, ordonna Gerold.

Un silence stupéfait s'abattit sur la salle, puis peu à peu les commentaires fusèrent de toutes parts. Plusieurs échevins sortirent en quête d'un chaudron. Ils revinrent peu après, portant une grande marmite de fer noirci pleine d'eau fumante. Placée au-dessus du grand feu qui brûlait au centre de la pièce, l'eau ne tarda pas à bouillir.

Gerold eut un hochement de tête satisfait.

– Messire comte, je proteste ! s'écria Hunald, tremblant de peur et d'indignation. Que faites-vous de la bague ?

– Justement, j'y pensais.

Gerold prit l'anneau entre ses doigts, le montra à tous, et le jeta dans le chaudron.

– Sur proposition de l'accusé, décréta-t-il, cette bague sera l'instrument du jugement de Dieu.

Hunald déglutit bruyamment. Petit et glissant, l'anneau risquait d'être diablement difficile à repêcher. Mais il ne pouvait se dérober à l'épreuve sans admettre sa culpabilité et être obligé de rendre ses vaches à Abo – et celles-ci valaient au bas mot soixante-dix sous d'or. Après avoir maudit en son for intérieur ce comte frison et son étrange indifférence à la coutume de l'échange de bons procédés, il inspira, puis plongea son bras droit dans le chaudron.

Ses traits se tordirent aussitôt de douleur. Ses doigts frénétiques tâtèrent le fond du chaudron à la recherche de la bague. Une première fois, elle lui glissa entre les doigts, et il poussa un cri de dépit. L'ayant enfin retrouvée, il retira son bras et brandit son trophée.

Un murmure fasciné parcourut l'assistance. De nombreuses cloques rouges se formaient déjà sur sa peau brûlée.

– Dix jours, lâcha Gerold. Tel sera le délai du jugement de Dieu.

Il y eut un frémissement dans la foule, mais personne ne protesta. Tous connaissaient la loi : si les plaies de Hunald se refermaient en dix jours, son innocence serait prouvée, et les vaches resteraient à lui. Dans le cas contraire, il serait déclaré coupable, et le bétail serait remis à son propriétaire légitime.

Gerold doutait que de telles brûlures pussent cicatriser en si peu de temps. Il avait sciemment choisi un délai assez bref, certain qu'il était de la culpabilité de Hunald. D'ailleurs, même si celui-ci guérissait en dix jours, le supplice qu'il venait de subir le ferait réfléchir à deux fois avant de recommencer à voler les bêtes de son voisin.

– Affaire suivante, Frambert.

– Aelfric accuse Fulrad d'avoir refusé de payer le prix du sang.

L'affaire semblait limpide. Tenbert, le fils de Fulrad, un adolescent de seize ans, avait récemment tué de ses mains une jeune fille, l'une des coloni d'Aelfric. Ce n'était pas la réalité du crime qui était contestée, mais le montant du prix du sang. Les lois relatives au wergeld étaient précises et différentes pour chacun, selon son rang, sa fortune, son âge et son sexe.

– Elle l'a bien cherché, bougonna Tenbert, un grand garçon osseux au visage lugubre et vérolé. Cette colona n'aurait pas dû me résister !

– Il l'a violentée, accusa Aelfric. L'ayant surprise en train de vendanger mes vignes, il a été saisi d'une soudaine fantaisie. C'était un joli brin de fille de douze hivers – une enfant, en somme, et elle n'a pas compris son désir. Elle a cru qu'il lui voulait du mal. Comme elle refusait de se donner à lui de bon gré, il l'a battue jusqu'à l'assommer. Elle est morte le lendemain, toute bouffie, en appelant sa mère.

– Tu n'as aucune raison de te plaindre, intervint Fulrad avec vigueur. Ne t'ai-je pas réglé le prix du sang dès la semaine suivante ? Je t'ai donné cinquante sous, un montant plus que généreux pour une simple colona !

– Cette fille est morte. Elle ne s'occupera plus de mes vignes. Quant à sa mère, une de mes meilleures tisserandes, elle est tellement accablée qu'elle ne fait plus rien de bon. J'exige le juste prix du sang : cent sous !

– Pure folie ! s'écria Fulrad, écartant les bras. Messire, avec ce que je lui ai déjà versé, Aelfric a de quoi s'acheter vingt excellentes vaches à lait – lesquelles, comme chacun sait, valent bien davantage qu'une petite garce, sa mère et un métier à tisser réunis !

Gerold fronça les sourcils. Ce marchandage sur la vie d'une fillette lui répugnait. La petite victime était à peine plus âgée que Dhuoda. Penser que ce grand gaillard à la mine sombre avait cherché à la prendre de force avait quelque chose d'obscène. Bien sûr, ces choses-là arrivaient chaque jour. Toute fille de colonus atteignant son quatorzième anniversaire avec une virginité intacte était soit extraordinairement chanceuse, soit laide, soit les deux à la fois. Gerold n'était pas né de la dernière pluie. Mais s'il connaissait les coutumes de ce monde, il ne les approuvait pas toujours.

Un énorme codex relié de cuir et frappé du sceau impérial reposait sur la table devant lui. Ce manuscrit renfermait les plus anciennes lois de l'Empire, de la *Lex salica* à la *Lex carolina*, compilation des diverses révisions et additions apportées au système légal par l'empereur Charlemagne. Gerold savait les textes par cœur et n'avait nul besoin de consulter le livre. Il l'ouvrit néanmoins avec une grande solennité. Le codex impressionnait toujours les plaignants, et le jugement qu'il s'apprêtait à rendre requérait toute l'autorité possible.

– La loi salique est parfaitement claire sur ce point, dit-il en relevant la tête. Le juste prix du sang pour une colona est de cent sous.

Fulrad proféra un juron. Aelfric sourit.

– La fille avait douze ans, poursuivit Gerold. Elle se trouvait donc en âge d'enfanter. Selon la loi, le prix de son sang doit être triplé. Il sera de trois cents sous.

– Quoi ? rugit Fulrad. Le missus aurait-il perdu la tête ?

– La somme, poursuivit Gerold, imperturbable, sera répartie comme suit : deux cents sous pour Aelfric, et cent sous pour la famille de la victime.

Ce fut au tour d'Aelfric de s'indigner.

– Cent sous pour sa famille ? Pour des coloni ? Je suis le seul maître de ma terre, messire. Le prix du sang de cette fille me revient de plein droit !

– Chercheriez-vous à me ruiner ? renchérit Fulrad, trop furieux pour jouir du désarroi de son ennemi. Trois cents sous, par tous les diables ! C'est presque le prix du sang d'un guerrier, d'un prêtre, ou encore…

Menaçant, il s'avança vers la table judiciaire.

– Ou encore d'un comte !

Un frisson d'alarme parcourut la salle quand une dizaine de soldats au service de Fulrad s'avancèrent à leur tour. Ils étaient armés de glaives et semblaient savoir s'en servir.

Les hommes de Gerold mirent la main à leurs épées, prêts à les refouler. Mais le comte les apaisa d'un geste.

– Au nom de l'empereur, édicta-t-il d'une voix glaciale, foudroyant Fulrad de son regard bleu, je viens de rendre mon jugement. Affaire suivante, Frambert.

Frambert ne répondit pas. Il avait quitté son siège d'un bond et se cachait sous la table.

Les secondes s'égrenèrent dans un silence mortel. Gerold finit par s'adosser à son siège, la main droite négligemment posée sur la garde de son épée.

Tout à coup, en éructant un juron, Fulrad pivota sur lui-même, empoigna rudement Tenbert par le bras et l'entraîna vers la porte. Ses hommes le suivirent. La foule s'ouvrit sur leur passage. En franchissant le seuil, Fulrad abattit son poing sur la tête de son fils. Le glapissement de celui-ci résonna dans la salle, et l'assistance éclata d'un rire nerveux.

Gerold eut un sourire sombre. Tenbert pouvait se préparer à une correction mémorable. Peut-être qu'une bonne rossée lui servirait de leçon. En tout cas, elle ne ressusciterait pas la fille. Mais du moins les siens recevraient-ils leur part du prix du sang, ce qui leur permettrait d'acheter leur liberté et de construire une vie meilleure pour leurs autres enfants et petits-enfants.

Gerold fit signe à ses gardes. Ils rengainèrent leurs épées et reprirent position derrière la table.

Frambert émergea de sa cachette et se rassit d'un air digne. Son visage était livide, et sa voix tremblait quand il donna lecture du dernier litige du jour.

– Ermoin le meunier et sa femme se plaignent de leur fille, laquelle a, volontairement et contre leur ordre, pris un esclave pour mari.

La foule s'ouvrit pour laisser passer un couple de bourgeois grisonnants, dont la mise soignée témoignait de la réussite d'Ermoin dans son négoce. Un homme plus jeune les suivait, vêtu d'une tunique d'esclave en lambeaux, et une toute jeune femme fermait la marche, tête basse.

– Messire, lança le meunier sans attendre qu'on lui donne la parole, vous avez sous les yeux notre fille Hildegarde, la joie de nos cœurs vieillissants et l'unique survivante de nos huit enfants. Nous l'avons élevée avec tendresse, et peut-être même avec une tendresse excessive, ainsi que nous l'avons récemment appris à nos dépens. Car elle n'a répondu à notre affection que par la pire des effronteries.

– Qu'attendez-vous de cette cour ? demanda Gerold.

Ermoin parut surpris de la question.

– Qu'on lui impose le choix, messire. Le fuseau ou l'épée. Elle doit choisir, ainsi que l'exige la loi !

Gerold prit un air grave. Au cours de sa carrière de juge, il avait déjà rencontré un cas semblable et ne tenait guère à répéter l'expérience.

– La loi, comme vous dites, prévoit en effet cette épreuve. Mais elle me paraît bien… rigoureuse, dirons-nous, pour une enfant élevée avec autant de tendresse. N'y a-t-il pas d'autre moyen ?

Ermoin comprit ce qu'il voulait dire. L'esclave pouvait aussi être autorisé à racheter sa liberté.

– Non, messire.

– Soit, fit Gerold, résigné.

Il n'y avait plus d'issue. Les parents de cette écervelée connaissaient la loi et insistaient pour que la procédure fût menée à son terme.

– Apportez un fuseau, ordonna Gerold, qui se tourna ensuite vers un de ses hommes. Hunric, prête-moi ton épée.

Il refusait d'utiliser sa propre arme, qui n'avait jamais transpercé un corps sans défense.

Le brouhaha reprit de plus belle. Quelqu'un partit chercher un fuseau dans une maison du voisinage.

La fille leva le menton quand un homme rapporta l'instrument. Son père lui parla rudement, et elle baissa aussitôt la tête. Mais durant un bref instant, Gerold avait pu apercevoir son visage. Elle était ravissante avec ses grands yeux, sa peau laiteuse, ses sourcils étroits et ses lèvres pleines et douces. Gerold comprenait l'indignation de ses parents. Une fille aussi belle aurait sans peine conquis le cœur d'un riche laboureur, voire d'un seigneur.

Le comte plaça une main sur le fuseau. De l'autre, il leva l'épée.

– Si Hildegarde choisit l'épée, déclara-t-il d'une voix forte, son mari, l'esclave Romuald, sera passé sur-le-champ au fil de sa lame. Si elle choisit le fuseau, elle deviendra esclave à son tour !

Le choix était terrible. Jadis, Gerold avait vu une autre fille, moins belle mais tout aussi jeune, confrontée à la même alternative. Celle-là avait choisi l'épée et assisté à la mise à mort immédiate de l'homme qu'elle aimait. Mais aurait-il pu en être autrement ? Avait-elle vraiment le droit d'opter pour la pire des déchéances – non seulement pour elle, mais aussi pour ses enfants et petits-enfants ?

Hildegarde resta coite. Elle n'eut même pas un frisson à l'énoncé de l'épreuve à venir.

– Comprends-tu le sens du choix que tu t'apprêtes à faire ? demanda Gerold.

– Elle comprend, messire, répondit Ermoin, serrant le bras de sa fille. Elle sait exactement ce qu'elle doit faire.

Gerold pouvait l'imaginer sans peine. Les parents s'étaient certainement assurés de la coopération de leur fille à grand renfort de menaces, et sans doute aussi de coups.

Les deux gardes qui flanquaient le jeune homme lui saisirent les bras pour prévenir toute tentative de fuite. Il leur jeta un regard furieux. Son visage était intéressant – front bas et planté de cheveux drus, yeux vifs, mâchoire vigoureuse, nez droit et décidé. Sans doute avait-il un peu de sang romain. En tout cas, malgré sa condition d'esclave, il ne manquait pas de courage. Gerold signifia aux gardes de le lâcher.

– Parle, Hildegarde, dit-il. Le moment est venu.

Ermoin chuchota quelque chose à l'oreille de sa fille. Elle acquiesça. Il la lâcha et la poussa en avant.

Elle leva la tête et contempla l'esclave. L'amour qui noyait ses prunelles prit Gerold au dépourvu.

– Non !

Son père tenta de la retenir, mais il était trop tard. Les yeux fixés sur son amant, la fille s'approcha du fuseau sans la moindre hésitation, s'assit, et se mit à filer.

Le lendemain, sur la route de Villaris, Gerold repensa aux événements de la veille. Hildegarde avait tout sacrifié : sa famille, sa fortune, sa liberté. La passion qu'il avait lue dans son regard l'avait ébranlé avec une force qu'il peinait à comprendre. Il n'avait qu'une certitude : lui aussi aspirait à atteindre cette pureté, cette intensité de sentiment à côté de laquelle toute autre émotion semblait pâle et dénuée de sens. Il n'était pas trop tard. À vingt-neuf ans, il n'était certes plus tout jeune, mais se trouvait à l'apogée de ses forces.

Il n'avait jamais aimé Richild et n'avait jamais prétendu l'aimer. Et il savait bien qu'elle-même ne sacrifierait jamais un de ses peignes ornés de pierreries pour lui. Leur mariage avait été soigneusement arrangé par leurs familles. C'était dans l'ordre des choses, et jusqu'à une époque récente, Gerold s'était satisfait de cette situation. Et quand, peu après la naissance de Dhuoda, Richild lui avait fait part de son vœu de ne plus avoir d'enfant, il avait accepté sans peine. Il ne lui était que trop aisé de trouver des filles disposées à lui donner du plaisir loin du lit conjugal.

Mais l'arrivée de Jeanne avait tout changé. Il se rappela ses cheveux magnifiques encerclant son visage, la maturité de ses yeux gris-vert. Le besoin qu'il avait d'elle, bien au-delà du simple désir, avait marqué son cœur au fer rouge. De sa vie, il n'avait jamais rencontré un être semblable. Son intelligence, sa vivacité, son empressement à contester les idées que le reste du monde considérait comme des vérités immuables, tout cela forçait son admiration. Il lui parlait comme il n'avait jamais parlé à personne. Il lui faisait confiance en toute chose, et eût même été prêt à remettre sa vie entre ses mains.

Il lui aurait été facile de la prendre pour maîtresse – leur baiser au bord du ruisseau ne lui laissait aucun doute là-dessus. Et cependant, contrairement à son habitude, il avait reculé. Il désirait autre chose de Jeanne, même si, sur le moment, il ne s'en était pas rendu compte.

À présent, il savait.

Je la veux pour femme.

La chose n'allait pas de soi. Il risquait de payer fort cher sa liberté, mais cela n'avait pas d'importance.

Si elle veut de moi, Jeanne sera ma femme.

Cette résolution lui apporta une sorte de paix intérieure. Gerold respira profondément, s'imprégnant des riches senteurs printanières de la forêt. Il y avait bien des années qu'il ne s'était pas senti aussi heureux, aussi vivant.

Ils étaient tout près. Un nuage bas et noir flottait dans les airs, soustrayant Villaris aux regards. Mais Jeanne était là. Elle l'attendait. Impatient, il éperonna Pistis.

Peu à peu, une odeur déplaisante envahit ses narines. Une odeur de fumée.

Ce n'était pas un nuage qui enveloppait Villaris. C'était de la fumée.

Ses hommes et lui se lancèrent au galop à travers bois, sans se soucier des branches et des ronces qui les griffaient à chaque instant. Ils émergèrent dans la clairière et firent halte brutalement, stupéfaits.

Villaris n'existait plus.

Sous l'épais nuage s'étalait un monceau de cendres noires – tout ce qui restait du château qu'ils avaient quitté deux semaines plus tôt.

– Jeanne ! s'écria Gerold, éperdu. Dhuoda ! Richild !

Avaient-elles fui ? Étaient-elles ensevelies sous les décombres fumants ?

Ses hommes tombèrent à genoux au milieu des cendres et se mirent en quête du moindre indice susceptible d'être identifié – lambeau de vêtement, bague, diadème… Plusieurs se mirent à pleurer à chaudes larmes en retournant la poussière, tant ils redoutaient de trouver ce qu'ils cherchaient.

À quelques pas de là, sous un amas de poutres noircies, Gerold aperçut quelque chose qui lui serra le cœur.

C'était un pied. Un pied humain.

Il entreprit de dégager les poutres, tirant dessus de toutes ses forces, à mains nues. Peu à peu, un corps apparut sous ses paumes sanguinolentes. C'était celui d'un homme, si gravement brûlé que ses traits étaient méconnaissables. En revanche, l'amulette qui pendait à son cou permit à Gerold d'identifier Andulf, un des gardes du château. Il serrait son épée dans sa main droite. Gerold voulut la prendre, mais les doigts du mort refusèrent de lâcher prise. La fournaise du brasier avait fondu ensemble la chair et le fer.

Andulf était mort en combattant. Mais qui avait-il combattu ? Ou quoi ? Gerold scruta les lieux d'un œil averti. Il ne remarqua aucune trace de campement, aucune arme, aucun objet susceptible de lui fournir un indice. La forêt semblait immobile sous le soleil printanier.

– Messire !

Ses hommes venaient de repérer les corps de deux autres soldats. Comme Andulf, ils étaient morts le glaive au poing. Cette découverte redoubla l'ardeur des arrivants, mais leurs recherches restèrent vaines. On ne trouva personne d'autre.

Où sont-ils tous ? Gerold avait laissé derrière lui une quarantaine de personnes à son départ de Villaris. Il était impossible qu'ils se fussent tous évanouis sans laisser la moindre trace.

Son cœur se mit à battre la chamade, envahi d'un fol espoir. Jeanne était vivante, forcément ! Peut-être était-elle toute proche, terrée avec les autres dans les profondeurs de la forêt. Ou peut-être s'étaient-ils réfugiés en ville !

Il remonta en selle et appela ses hommes. Au triple galop, la troupe rallia Dorstadt. À l'approche des rues désertes, les cavaliers se mirent au pas.

Sans un mot, ils se dispersèrent au gré des venelles. Gerold, accompagné de Worad et d'Amalwin, prit le chemin de la cathédrale. Ses lourdes portes de chêne étaient détachées de leurs gonds. Inquiets, les trois hommes mirent pied à terre et s'approchèrent, l'épée brandie. Sur les marches de bois du perron, Gerold faillit glisser. Il baissa les yeux et vit une mare noirâtre, alimentée par une rigole de sang venu de l'intérieur.

Il pénétra dans la cathédrale.

Pendant un bref instant, les ténèbres le protégèrent de l'horreur. Puis, peu à peu, ses pupilles s'adaptèrent.

Derrière lui, Amalwin eut un haut-le-cœur. Gerold sentit sa gorge se nouer, mais réussit à se maîtriser. Il se couvrit la bouche et le nez de sa manche, puis s'engagea dans l'allée. Il était difficile de ne pas trébucher à chaque pas sur un cadavre. Il entendit ses hommes jurer. Son propre souffle était court, presque haletant. Il continua sa progression, comme dans un rêve, parmi les restes humains.

Il découvrit les siens près du maître-autel. Il reconnut Wala, le chapelain, et Wido, l'intendant. Irminon, la femme de chambre, était tout près. Ses bras rigides serraient toujours son bébé mort contre son sein. Worad était son mari. Il poussa un hurlement de chagrin, se jeta à terre et la serra fort dans ses bras malgré les plaies, malgré le sang.

Gerold se détourna. Son regard saisit un éclat d'émeraude et d'argent. Le diadème de Richild. Elle gisait sur le dos, ses longs cheveux noirs formant un suaire sur son corps. Il ramassa le diadème et voulut le reposer sur le front de sa femme. La tête de Richild se tordit bizarrement, avant de se détacher tout à fait de son corps.

Épouvanté, Gerold recula. Ses orteils heurtèrent un autre cadavre, et il faillit tomber à la renverse. Il baissa les yeux. À ses pieds gisait Dhuoda, le corps tordu, comme si elle cherchait encore à esquiver le coup de son agresseur. Avec un gémissement de douleur, Gerold tomba à genoux auprès de sa fille cadette. Il la caressa, effleura sa douce chevelure d'enfant, replaça ses membres dans une position moins grotesque. Il la baisa sur la joue et lui ferma les paupières. Ce n'était pas dans l'ordre des choses. C'est elle qui aurait dû préparer le corps de son père pour les derniers sacrements.

Pris d'un sinistre pressentiment, il se releva et reprit sa quête morbide. Jeanne devait être quelque part. Il fallait qu'il la trouve.

Il traversa la nef en examinant chaque cadavre au passage. Il reconnut les traits d'un compagnon, d'un voisin, d'un laboureur. Mais Jeanne n'était nulle part.

Se pouvait-il qu'elle ait miraculeusement survécu ? Gerold osait à peine l'espérer. Il poursuivit sa fouille.

– Messire ! Messire !

Des voix pressantes le hélaient de l'extérieur. Il sortit de la nef juste à temps pour voir ses hommes déboucher au galop sur la place.

– Les Normands, messire ! Ils sont sur le fleuve, en train d'embarquer sur leur vaisseau.

Sans hésiter, Gerold s'élança vers Pistis.

Ses hommes et lui galopèrent à bride abattue jusqu'au fleuve, en martelant de leurs sabots la terre durcie du chemin. Fous de haine, ils n'avaient qu'une idée en tête : la vengeance.

Au détour d'une dernière courbe, ils aperçurent un long vaisseau à fond plat. Sa haute proue, sculptée en forme de tête de dragon, arborait une gueule béante hérissée de crocs. La plupart des Normands étaient déjà à bord, mais une vingtaine d'entre eux étaient encore sur la berge, montant la garde en attendant que tout leur butin eût été embarqué.

Avec un cri de guerre, Gerold talonna sa monture et leva sa lance. Ses hommes lui emboîtèrent le pas sans hésiter. Les Normands de la berge se jetèrent à l'eau ou se mirent à courir en tous sens. Plusieurs furent piétinés par les chevaux chrétiens. Gerold brandit sa javeline dentelée et visa le Normand le plus proche, un géant à barbe jaune et à casque d'or. Celui-ci se retourna, souleva son écu juste à temps, et la lance se ficha dedans avec un bruit sourd.

Une pluie de flèches s'abattit soudain. Les occupants du navire ripostaient. Pistis se cabra furieusement avant de s'effondrer, atteint à l'œil. Gerold sauta à terre, mais se reçut mal et se blessa à la jambe gauche. Il courut en boitant vers le géant, qui tentait encore d'arracher la javeline de son écu. Gerold écrasa la hampe de l'arme de son pied, et le Normand dut lâcher son bouclier. Surpris, celui-ci brandit une lourde hache, mais il était trop tard. Un seul coup d'épée suffit à Gerold pour l'atteindre en plein cœur. Avant même que son adversaire eût mordu la poussière, il pivota sur ses talons et attaqua un autre Normand, auquel il fracassa le crâne. Un jet de sang lui gicla au visage, et il dut s'essuyer les yeux. Il était à présent au cœur de la mêlée. Fou de rage, il frappa en tous sens, encore et encore, entraîné dans un délire sanguinaire.

– Ils s'enfuient ! Ils s'enfuient !

Le cri de ses hommes tinta aux oreilles de Gerold. Il leva les yeux vers la berge et constata que le drakkar, ayant déployé sa voile écarlate, venait d'appareiller.

Un cheval bai, privé de cavalier, piétinait nerveusement à quelques pas. Gerold l'enfourcha. Le cheval rua, effrayé, mais il parvint à l'apaiser, puis le lança au galop vers le rivage. Après avoir hurlé à ses hommes de le suivre, Gerold précipita sa monture dans l'eau. Une lance était suspendue le long du flanc du destrier. Gerold la décrocha et la projeta en direction du navire normand avec une force qui faillit le jeter à bas de sa selle. La lance siffla dans l'air, pointe flamboyante sous le soleil, et retomba juste sous la proue à gueule de dragon.

Un odieux éclat de rire s'éleva à bord du vaisseau. Les Normands se mirent à l'insulter dans leur langue rocailleuse. Pour le narguer, deux d'entre eux hissèrent à bout de bras une masse enveloppée d'étoffe dorée : Gerold distingua la silhouette d'une jeune femme aux cheveux cuivrés, apparemment inanimée.

– Gisla ! hurla-t-il tout à coup, fou de désespoir.

– Père ! répondit sa fille, soulevant faiblement la tête. Père… !

Ce cri devait résonner longtemps dans les profondeurs de l'âme de Gerold. Il éperonna son destrier, mais celui-ci refusa d'aller plus avant. Gerold le frappa du plat de son épée, mais le cheval se cabra de plus belle. Un cavalier moins habile eût été désarçonné ; Gerold tint bon, luttant pour plier l'animal à sa farouche volonté.

– Messire ! Messire !

Ses hommes l'entourèrent. Ils cherchaient à s'emparer de la bride, à le ramener vers la rive.

– C'est sans espoir, messire ! lui glissa Grifo au creux de l'oreille. Nous ne pouvons plus rien faire.

Sa voile gonflée par le vent, le navire normand s'éloignait rapidement. Il n'existait aucun moyen de le poursuivre, pas la moindre embarcation à proximité. L'art de la navigation s'était depuis longtemps perdu en terre franque.

Anéanti, Gerold laissa Grifo conduire son cheval jusqu'à la berge. Le cri éperdu de Gisla résonnait encore sous ses tempes. Sa fille était perdue, irrémédiablement perdue. Il avait entendu parler de jeunes filles capturées lors des incursions de plus en plus fréquentes des Normands le long des côtes de l'Empire, mais jamais il n'aurait cru, ni même imaginé…

Jeanne ! L'idée le frappa avec une telle force qu'elle lui coupa le souffle. Ils l'avaient enlevée, elle aussi ! L'esprit en désordre de Gerold se mit à bouillonner. Il chercha une autre possibilité, mais n'en trouva point. Les barbares avaient enlevé Jeanne et Gisla, afin de leur faire subir les plus inexprimables outrages, et il n'y avait rien, absolument plus rien qu'il pût faire pour les sauver.

Ses yeux tombèrent sur un Normand mort. Il sauta à bas de son cheval et empoigna la longue hache à double face que tenait encore la main de l'homme. À chaque coup assené par Gerold, le cadavre tressautait. Son heaume doré finit par glisser, révélant le visage imberbe d'un tout jeune homme, mais Gerold continua de s'acharner sur lui. Le sang jaillissant de partout éclaboussait copieusement sa tunique.

Deux de ses hommes voulurent l'arrêter, mais Grifo les retint.

– Non, dit-il. Laissez-le faire.

Au bout d'un interminable moment, Gerold relâcha la hache, tomba à genoux et se couvrit le visage de ses mains. Ses doigts dégoulinaient de sang poisseux. Un violent sanglot lui secoua les épaules, et il ne chercha plus à résister. Sans retenue, il fondit en larmes.

13

Colmar, 24 juin 833, le Champ du mensonge

Anastase écarta la lourde tenture qui protégeait l'entrée de la tente pontificale et se coula à l'intérieur.

Grégoire, quatrième du nom à s'asseoir sur le trône de saint Pierre, était toujours en prière, agenouillé sur un coussin de soie placé devant l'extraordinaire effigie d'ivoire du Christ qui dominait l'ensemble du décor. La statuette avait survécu à un dangereux périple au gré des routes et des ponts en ruine, en franchissant sans encombre les redoutables cols alpins. Ici, à l'abri de cette tente grossière dressée en terre franque, sa beauté était aussi impressionnante que dans le luxe de la chapelle particulière de Grégoire, nichée au cœur du palais du Latran.

– *Deus illuminatio mea, Deus optimus et maximus*, psalmodiait Grégoire, le visage empreint de ferveur.

Ai-je jamais éprouvé une foi aussi limpide ? se demanda Anastase, observant silencieusement le pape depuis l'entrée. Autrefois, peut-être, dans sa petite enfance. Mais il avait perdu toute innocence le jour où son oncle Théodore avait été assassiné sous ses yeux dans une salle du palais des papes. « Regarde, lui avait dit son père, et prends-en de la graine. »

Anastase avait donc regardé et appris – appris à cacher ses sentiments derrière un masque de circonstance, appris à manipuler, à tromper, à trahir si nécessaire. Et cette science lui avait été amplement profitable. À vingt-deux ans, il était déjà *vestiarius*[1], fait sans précédent pour un homme aussi jeune. Son père n'était pas peu fier de lui. Et Anastase avait bien l'intention de ne pas s'arrêter en si bon chemin.

– Seigneur Jésus, continua Grégoire, donnez-moi la sagesse dont j'aurai besoin ce jour. Montrez-moi la voie qui permettra d'empêcher cette guerre impie et de réconcilier l'empereur avec ses fils rebelles.

Est-il possible qu'il ne sache pas encore ce qui est sur le point de se passer ? Anastase en croyait à peine ses oreilles. Le pontife était décidément une âme innocente. À vingt-deux ans, pas même la moitié de l'âge du pape, Anastase en savait bien plus long que lui sur la marche du monde.

Il n'a pas l'étoffe d'un pape. Cette pensée lui était déjà venue plus d'une fois. Certes, Grégoire était un être pieux, nul ne pouvait le nier, mais la piété était à l'évidence une vertu surestimée. La nature profonde de cet homme le disposait davantage à une vie monacale qu'aux subtilités politiques de la cour papale. Qu'espérait donc l'empereur Louis quand il avait demandé à Grégoire d'effectuer ce long voyage de Rome à l'empire des Francs pour jouer un rôle de médiateur ?

Anastase toussa discrètement afin d'attirer l'attention du Saint-Père, mais celui-ci était perdu dans sa prière, fixant sur la statue du Christ des yeux noyés d'exaltation.

– Il est temps, Votre Sainteté, finit par dire Anastase.

Grégoire priait depuis une bonne heure, et l'empereur l'attendait.

Surpris, le pape tourna la tête et aperçut le vestiarius. Il opina du chef, se signa, et se releva en lissant sa robe de pourpre.

1. Camérier, c'est-à-dire officier de la chambre du pape.

– Je constate que l'effigie de Notre-Seigneur Jésus-Christ a redoublé les forces de Votre Sainteté, fit Anastase en aidant Grégoire à ajuster son pallium. J'ai moi-même plus d'une fois ressenti son pouvoir.

– Magnifique statue, n'est-ce pas ?

– En effet. J'admire tout particulièrement la beauté de la tête, qui est de très grande proportion par rapport au corps. Elle me remet en mémoire cette citation de la première Épître aux Corinthiens : « Et la tête du Christ est Dieu », glorieuse expression de l'idée selon laquelle le Christ réunit en sa personne les deux natures, la divine et l'humaine.

Grégoire acquiesça avec ravissement.

– Voilà une vérité merveilleusement énoncée. Anastase, tu es un excellent vestiarius. L'éloquence de ta foi est pour moi une source d'inspiration permanente.

Anastase accueillit le compliment avec plaisir. L'éloge papal se traduirait peut-être par une nouvelle promotion – au rang de nomenclator, par exemple, ou à celui de primicerius. Il était jeune, certes, mais de tels honneurs n'étaient pas hors de sa portée. En fait, ils constituaient même des étapes nécessaires à l'accomplissement du grand dessein que nourrissait son ambition : devenir lui-même pape un jour.

– Vous me flattez, Votre Sainteté, dit-il avec une feinte humilité. C'est la perfection de la statue, et non celle de mes pauvres paroles, qui mérite vos louanges.

– Ainsi parle la voix de la vraie *humilitas*, dit Grégoire avec un sourire, avant de poser gravement une main sur l'épaule du jeune homme. Anastase, c'est l'œuvre du Seigneur que nous accomplirons ce jour.

Le jeune homme scruta attentivement les traits du pontife. *Il ne se doute de rien.* Parfait. À l'évidence, Grégoire restait persuadé de pouvoir rétablir la concorde entre l'empereur et ses fils. Il ignorait tout de l'accord secret discrètement mis en place par Anastase sur les instructions explicites de son père.

– La prochaine aube se lèvera sur une nouvelle ère de paix en cette terre troublée, prédit Grégoire.

C'est la vérité, à cela près que cette paix ne sera pas du tout celle que vous vous imaginez.

Si tout se passait comme prévu, l'empereur se lèverait le lendemain à l'aube pour s'apercevoir que ses troupes l'avaient déserté pendant la nuit, le laissant seul face aux armées de ses fils. Tout était prêt. Le prix avait été payé. Rien de ce que Grégoire pourrait dire ou faire aujourd'hui n'y changerait quoi que ce fût.

Il était néanmoins important que la médiation papale eût lieu comme prévu. Ses pourparlers avec Grégoire distrairaient l'attention de l'empereur en ces heures cruciales. Le pontife devait donc être encouragé.

– C'est une très belle chose que vous accomplirez ce jour, Votre Sainteté, dit Anastase. Le ciel vous en saura gré.

– Je le sais, cher Anastase. C'est un grand moment.

– On vous appellera « Grégoire le Pacifique », ou peut-être « Grégoire le Grand »...

– Il ne faut pas, Anastase. Si je réussis dans ma mission, ce sera l'œuvre de Dieu, non la mienne. L'avenir de l'Empire, dont dépend la sécurité de Rome, est dans la balance. Si nous triomphons, ce sera uniquement grâce au soutien du Seigneur.

La foi candide de Grégoire fascinait Anastase, qui avait tendance à la considérer comme une sorte d'aberration de la nature. Grégoire était sincèrement, profondément humble. Mais tout bien réfléchi, se dit Anastase, il avait toutes les raisons de l'être, étant donné la maigreur de ses talents.

– Accompagne-moi jusqu'à la tente impériale, dit le pape. J'aimerais que tu assistes à notre entretien.

Tout se déroule à merveille. Ensuite, Anastase n'aurait plus qu'à rentrer à Rome et à attendre. Dès que Lothaire aurait été couronné empereur, il saurait le récompenser pour les services qu'il avait rendus ici.

Grégoire marcha vers la sortie.

– Viens, dit-il. Il est temps d'accomplir ce qui doit l'être.

Ils sortirent sur le pré, envahi par les tentes et les bannières de l'armée impériale. Il était bien difficile d'imaginer que le lendemain matin ce foisonnement de couleurs se serait évanoui. Anastase essaya de se représenter l'expression sur le visage de Louis quand il émergerait de sa tente et trouverait les champs vides à ses pieds.

Ils franchirent un cordon de gardes et parvinrent devant la tente du souverain. Grégoire fit halte pour murmurer une ultime prière.

– *Verba mea auribus percipe, Domine...*

Non sans impatience, Anastase attendit que les lèvres molles, presque féminines, de Grégoire eussent fini d'articuler la supplique du cinquième psaume.

– *... intende voci clamoris mei, rex meus et Deus meus...*

Pauvre fou ! À cet instant précis, le mépris d'Anastase pour le pontife était si profond qu'il dut faire un effort conscient pour garder une voix respectueuse.

– Devons-nous entrer, Votre Sainteté ?

Grégoire leva la tête.

– Oui, cher Anastase. Je suis prêt.

14
Fulda

Bien avant l'aube, dans la pénombre lunaire, les moines de Fulda descendirent les marches de l'escalier de nuit et traversèrent d'un pas serein, à la file, la cour intérieure menant à l'église abbatiale. Leurs robes grises semblaient ne faire qu'une masse unique dans l'obscurité. Seul le piétinement étouffé de leurs sandales de cuir rompait le silence. Les alouettes elles-mêmes ne s'éveilleraient pas avant plusieurs heures. Les frères entrèrent dans le chœur et, avec l'assurance que confère une longue habitude, prirent chacun leur place respective pour la célébration de la vigile. Frère Jean Anglicus s'agenouilla avec les autres, trouvant d'instinct la position la plus confortable sur la terre battue.

Domine labia mea aperies…

La prière s'ouvrit sur un verset avant d'aborder le troisième psaume, selon la règle bénie de saint Benoît.

Jean Anglicus aimait ce premier office du jour. Le rituel immuable laissait à son esprit toute liberté d'errer pendant que ses lèvres proféraient des paroles familières. Si certains moines paraissaient près de piquer du nez, Jean Anglicus se sentait merveilleusement lucide. Dans cet étroit univers, éclairé par la flamme vacillante des cierges et borné par la rassurante solidité des murs, tous ses sens étaient en alerte.

Son sentiment d'appartenir à une communauté était plus fort que jamais à cette heure de la nuit. La lumière crue du jour, si prompte à exposer les personnalités, les goûts et les dégoûts, les amitiés et les rancœurs de chacun, était dissoute par les ombres et l'unisson des voix qui chuchotaient, mélodieuses, dans l'air figé de la nuit.

Te Deum laudamus...

Jean Anglicus entonna l'alléluia avec ses frères. Les nuques des moines, courbées et encapuchonnées, étaient aussi indistinctes que les graines d'un sillon.

Et pourtant, Jean Anglicus n'était pas comme les autres. Jean Anglicus n'avait point sa place dans cette illustre confrérie. Ce n'était pas par suite d'un quelconque défaut d'esprit ou de caractère. La raison en était plutôt un caprice du destin – ou celui d'un Dieu cruel et indifférent –, qui avait décidé de laisser Jean Anglicus à l'écart. Cet être n'avait pas sa place parmi les moines de Fulda ; car Jean Anglicus, né Jeanne d'Ingelheim, était une femme.

Quatre années avaient passé depuis que Jeanne s'était présentée aux portes de l'abbaye, vêtue des hardes de son frère Jean. On l'avait appelée « Anglicus » à cause de son père anglais. Et au sein de cette brillante communauté de lettrés, de poètes et de hauts esprits, elle n'avait pas tardé à se distinguer.

Ces mêmes qualités d'intelligence qui ne lui avaient valu que dérision et mépris du temps où elle ne cherchait pas à cacher sa condition de femme étaient aujourd'hui l'objet de louanges universelles. Son esprit brillant, sa connaissance des Écritures et son éloquence dans les débats faisaient l'orgueil de la communauté. Elle était libre d'étudier jusqu'à la limite extrême de ses capacités. À vrai dire, on l'y encourageait. Du rang de novice, elle fut rapidement promue à celui de *seniorus*, ce qui accrut sa liberté d'accès à la célèbre bibliothèque de Fulda, gigantesque collection de quelque trois cent cinquante manuscrits qui incluait notamment une longue liste d'auteurs classiques – Suétone, Tacite, Virgile et Pline, entre autres. Jeanne voguait d'un rouleau à l'autre avec des transports de plaisir. Tout le savoir du monde semblait être rassemblé en ces murs. Elle n'avait qu'à se servir.

L'ayant vue un jour en train de compulser un traité de saint Jean Chrysostome, frère Joseph, le prieur, eut la surprise de découvrir qu'elle savait le grec, une compétence que ne possédait aucun autre moine. Il s'en ouvrit à l'abbé Raban, qui confia aussitôt à Jeanne la tâche de traduire l'excellente collection de traités de médecine que recelait l'abbaye. Cette collection incluait cinq des sept livres d'aphorismes d'Hippocrate, le *Tetrabiblos* complet d'Aetius, ainsi que des fragments d'Oribase et d'Alexandre de Tralles. Frère Benjamin, le médecin de la communauté, fut tellement impressionné qu'il fit de Jeanne son élève. Il lui montra comment cultiver et récolter les plantes de son jardin médicinal, et aussi comment faire usage de leurs diverses propriétés curatives : le fenouil contre la constipation, la moutarde contre les toux, le cerfeuil contre les saignements, l'armoise et l'épilobe contre les fièvres… On trouvait dans le jardin de Benjamin des remèdes pour combattre toutes les maladies humaines. Jeanne l'aidait à composer les différents cataplasmes, purgatifs, infusions et à mélanger les simples, toutes choses qui formaient la base de la médecine monastique. Elle l'accompagnait à l'infirmerie pour soigner les malades. C'était une tâche fascinante, qui convenait parfaitement à son esprit analytique et curieux. Entre ses études, son travail avec frère Benjamin et le chant des cloches qui s'élevait sept fois par jour, immuable, pour rappeler aux moines que le temps était venu de s'adonner aux prières canoniques, ses journées étaient fort utilement remplies. Jeanne trouva vite dans cette existence d'homme une liberté qu'elle n'avait jamais connue jusque-là, et s'aperçut non moins vite qu'elle y prenait goût.

La veille encore, Hatto, le vieux portier, célèbre pour sa langue bien pendue, lui avait déclaré en souriant :

« Je ne devrais peut-être point t'en parler, car ta tête risque d'enfler au point de ne plus entrer dans son capuchon, mais j'ai entendu hier le père abbé dire au prieur que tu es l'esprit le plus vif de notre confrérie, et que tu vaudras un jour à cette maison de grandes distinctions. »

Les paroles de la diseuse de bonne aventure de Saint-Denis étaient aussitôt revenues à la mémoire de Jeanne. *Tu connaîtras la gloire, au-delà de tes espérances.* Qu'avait-elle voulu dire par là ? Elle l'avait aussi traitée de « changelin », avant d'ajouter : *Tu ne seras bientôt plus celle que tu es aujourd'hui. Tu deviendras autre.*

Voilà au moins une chose vraie, songea Jeanne en caressant du doigt sa tonsure, rendue presque invisible par l'épais anneau de cheveux d'or pâle qui l'encerclait. Bien que ses cheveux – ceux de sa mère – eussent été jadis sa seule fierté, elle s'était volontiers laissé tondre. Sa tonsure de moine, de même que la fine balafre laissée sur sa joue par un glaive normand, renforçait son allure masculine – déguisement nécessaire dont sa vie dépendait à présent.

Dans les premiers temps après son arrivée à Fulda, elle avait vécu chaque journée dans une profonde angoisse, sans savoir si quelque aspect nouveau et inattendu de la routine monastique n'allait pas soudainement démasquer son imposture. Elle travailla d'arrache-pied pour singer le comportement des hommes, mais craignit longtemps d'être trahie par quelque détail insoupçonné. Cependant, personne ne paraissait rien remarquer.

Fort heureusement, la règle bénédictine était savamment étudiée pour préserver la pudeur de chaque membre de la communauté, de l'abbé au plus humble des novices.

Le corps physique, ce grand vaisseau du péché, devait être dissimulé autant que possible. L'ample robe de bure traditionnelle fournissait un paravent plus que suffisant aux signes naissants de la féminité de Jeanne. Par précaution, elle enveloppait chaque jour sa poitrine d'une longue écharpe de lin. La règle de saint Benoît stipulait que les moines devaient dormir en robe et ne jamais rien dévoiler d'autre que leurs mains et leurs pieds, même lors des chaudes nuits de Heuvimanoth. Les bains étaient interdits, sauf aux malades. Même les latrines de la communauté, qu'on appelait *necessaria*, épargnaient l'intimité des moines : d'épaisses cloisons de bois massif séparaient les sièges de pierre froide.

Peu après avoir adopté son déguisement et s'être élancée sur la route de Fulda, Jeanne avait appris à contenir son flux menstruel au moyen d'un épais capitonnage de feuilles absorbantes, qu'elle enterrait ensuite. À l'abbaye, cette précaution s'avéra inutile. Elle se contenta bientôt de jeter les feuilles souillées dans le noir orifice des latrines, où elles se mêlaient sur-le-champ aux excréments.

Chacun à Fulda la considérait comme un homme. Une fois le sexe d'une personne admis, s'aperçut-elle, nul ne le remettait jamais en question. Et c'était heureux, car la découverte de sa véritable nature l'aurait conduite à une mort certaine.

Ce fut justement cette certitude qui, dans un premier temps, l'empêcha de tenter quoi que ce fût pour renouer le contact avec Gerold. Elle ne pouvait ni confier un message à quelqu'un ni s'enfuir. Sa qualité de novice lui valait d'être étroitement surveillée jour et nuit.

Combien d'heures avait-elle passées, les yeux grands ouverts sur son étroite couchette, étranglée par les affres du doute ? Dans l'hypothèse où elle retrouverait Gerold, voudrait-il encore d'elle ? Sur la berge du ruisseau, quand elle s'était offerte à lui, il l'avait repoussée. Ensuite, sur le chemin du retour à Villaris, il s'était montré distant, presque en colère. Et pour finir, il avait saisi au vol la première occasion de s'éloigner.

Comment donc as-tu pu prendre cette affaire au sérieux ? lui avait lancé Richild. *Tu n'es que la dernière d'une longue liste de conquêtes !* Se pouvait-il qu'elle ait dit vrai ?

Il semblait absurde de risquer sa vie pour retrouver un homme qui ne voulait plus d'elle, qui peut-être n'avait jamais voulu d'elle. Et cependant…

Jeanne vivait à Fulda depuis un bon trimestre quand elle fut témoin d'un événement qui l'aida à prendre sa décision. Tandis qu'elle traversait la cour de l'abbaye avec un groupe de novices pour se rendre au cloître, une soudaine agitation du côté de la loge du portier attira son attention. Elle vit une troupe de cavaliers franchir les portes, précédant une dame somptueusement vêtue de soie dorée, aussi élégante sur sa selle qu'une statue de marbre. Cette femme était d'une grande beauté : son visage pâle, aux traits délicats, était encadré par une chatoyante cascade de cheveux châtains. Et pourtant, un voile de tristesse planait sur ses yeux sombres.

« Qui est-ce ? demanda Jeanne, intriguée.

– C'est Judith, la femme du vicomte Waifar, répondit frère Rudolph, le maître des novices. Une femme instruite. On la dit capable de lire et d'écrire le latin comme un homme.

– *Deus, juva nos*, lâcha frère Gailo en se signant d'un air apeuré. Serait-ce une sorcière ?

– Sa réputation de piété n'est plus à faire. Elle a même écrit un commentaire de la vie d'Esther.

– Abomination ! s'écria frère Thomas, un autre novice au visage rond comme un melon, au menton en galoche et aux paupières tombantes. Grossier outrage aux lois de la nature ! Comment une femme, être de viles passions, pourrait-elle comprendre ces choses ? Dieu la punira certainement de son arrogance. »

Avec son visage poupin et ses paupières lourdes, Thomas était convaincu de la supériorité de sa vertu, et ne manquait pas une occasion d'en faire étalage.

« C'est déjà fait, répliqua frère Rudolph. Le vicomte a grand besoin d'un héritier, et sa dame ne lui en donne pas. Le mois dernier, elle a de nouveau accouché d'un enfant mort-né. »

Le cortège de cavaliers fit halte devant l'église abbatiale. Jeanne vit Judith mettre pied à terre et s'approcher de la porte d'un pas solennel, un cierge à la main.

« Tu ne devrais pas la regarder ainsi, frère Jean, fit remarquer Thomas, avide de s'attirer les faveurs de frère Rudolph. Un bon moine maintient le regard baissé devant une femme.

– Tu as raison, fit Jeanne. Mais je n'ai jamais vu une dame ainsi faite, avec un œil brun et l'autre bleu.

– N'aggrave pas ton péché par un accès de fausseté, frère Jean ! Les deux yeux de cette dame sont bruns.

– Et comment le sais-tu, frère Thomas, si tu ne l'as pas regardée ? »

Les autres novices s'esclaffèrent. Frère Rudolph lui-même ne put réprimer un sourire. Thomas, lui, foudroya Jeanne du regard. Il n'était pas près de lui pardonner cette offense.

L'attention du groupe fut attirée par frère Hildwin, le sacristain, qui s'empressa de s'interposer entre la dame et l'église.

« La paix soit avec vous, gente dame ! dit-il en tudesque.

– *Et cum spiritu tuo* », répondit l'intéressée, dans un latin irréprochable.

Frère Hildwin poursuivit ostensiblement son apostrophe en langue vulgaire.

« Si vous êtes en quête d'un toit et d'un couvert, nous sommes tout prêts à vous accueillir, vous et votre suite. Veuillez me suivre jusqu'au quartier des hôtes de marque.

J'irai ensuite informer le seigneur abbé de votre présence. Il tiendra certainement à vous saluer en personne.

– Vous êtes bien aimable, mon père, mais je ne demande pas l'*hospitalitas*, répondit Judith, toujours en latin. Je désire seulement allumer un cierge en cette église à la mémoire de mon enfant défunt. Je repartirai aussitôt.

– Ah ! Dans ce cas, ma fille, il est de mon devoir de vous avertir que vous ne pourrez franchir ces portes tant que vous serez… impure. »

Les joues de Judith s'enflammèrent, mais elle ne perdit pas pour autant contenance.

« Je connais la loi, mon père. J'ai pris soin d'attendre les trente-trois jours requis après la naissance.

– Cet… enfant dont vous avez accouché était une fille, n'est-ce pas ? demanda frère Hildwin d'un ton condescendant.

– Oui.

– Dans ce cas, le délai de… d'impureté est augmenté. Vous ne pourrez pénétrer dans l'enceinte sacrée de cette église que soixante-six jours après la délivrance.

– Où cette loi est-elle écrite ? Je ne l'ai point lue.

– Et mieux vaut que vous ne la lisiez point. Vous êtes une femme. »

Jeanne était indignée de l'effronterie de Hildwin. Le poids de sa propre expérience lui fit ressentir dans sa chair l'humiliation de Judith. Le savoir, l'intelligence, la naissance de cette femme semblaient compter pour rien. Alors que le plus vil des manants, ignorant et crotté, pouvait pénétrer dans cette église à son aise, Judith était considérée comme « impure » et n'en avait pas le droit.

« Rentrez chez vous, ma fille, poursuivit frère Hildwin, et priez plutôt en votre chapelle privée pour l'âme de cet enfant, qui n'a point connu le baptême. N'oubliez pas que le Seigneur a en horreur tout ce qui est contre nature. Abandonnez votre plume et remplacez-la par un fuseau, qui est un objet propre à l'activité féminine. Peut-être

Dieu consentira-t-il ensuite à vous soulager du fardeau qu'il vous a imposé. »

Judith rougit de plus belle.

« Cet affront ne restera pas sans réponse. Mon époux en sera informé, et il n'appréciera pas. »

Il s'agissait surtout de sauver la face : l'autorité temporelle du vicomte ne s'étendait pas à l'abbaye, et Judith le savait fort bien. Menton haut, elle fit demi-tour et revint vers son escorte.

Tout à coup, Jeanne se détacha du petit groupe de novices.

« Donnez-moi votre cierge, ma dame, et je l'allumerai pour vous. »

Une lueur de surprise et de défiance passa dans les beaux yeux sombres de Judith. Cherchait-on à l'humilier davantage ?

Les deux femmes se firent face un long moment : Judith, incarnation de la beauté féminine dans sa tunique brodée d'or, et Jeanne, un peu plus grande, sans apprêt, presque masculine dans son austère robe de bure.

Quelque chose dans le regard gris-vert qui soutenait le sien finit par convaincre la vicomtesse. Sans un mot, elle plaça son cierge dans la main tendue de Jeanne. Puis elle remonta à cheval et s'en fut.

Comme promis, Jeanne alla allumer le cierge devant l'autel. Le sacristain était furieux.

« Petit impertinent ! » la cingla-t-il quand elle passa à sa hauteur.

Ce soir-là, à la grande joie de frère Thomas, Jeanne fut condamnée à jeûner pour expier sa faute.

À la suite de cet épisode, elle fit un prodigieux effort pour chasser Gerold de ses pensées. Jamais elle ne se contenterait de vivre l'existence limitée d'une épouse. En outre, ses rapports avec Gerold n'étaient pas ceux qu'elle s'était imaginés à l'origine. Elle n'était alors qu'une enfant, inexpérimentée et candide. Son amour était un pur mirage, né de la solitude et du besoin d'être aimée. Or, si Gerold l'avait aimée, il ne serait pas parti au loin.

Aegra amans, se dit-elle. Virgile avait mille fois raison : l'amour était bel et bien une maladie. Il transformait les gens, les forçait à adopter des comportements aussi singuliers que déraisonnables. Elle avait tout intérêt à se débarrasser d'un sentiment aussi pesant.

Ne te donne jamais à aucun homme. L'avertissement de sa mère lui revint soudain en mémoire. Dans la ferveur de sa passion enfantine, elle l'avait oublié. Elle comprenait maintenant à quel point elle était chanceuse d'avoir échappé au sort de sa mère.

Jour après jour, Jeanne se répéta tant de fois ces choses qu'elle en vint à les croire.

15

Les moines étaient rassemblés dans la salle du chapitre, assis par ordre d'ancienneté sur les bancs de pierre qui couraient le long des murs. En dehors des offices religieux, cette réunion était la plus importante du jour : c'était là que se traitaient les affaires temporelles de la communauté et que l'on examinait tout ce qui avait trait à l'administration, aux finances, aux nominations et aux litiges. C'était là, encore, que les moines qui avaient enfreint la règle affrontaient les accusations de leurs frères, confessaient leurs fautes et se voyaient notifier leur pénitence.

Jeanne ne se rendait jamais au chapitre sans une certaine appréhension. Ne risquait-elle pas de s'être trahie par quelque parole ou geste inconsidéré ? Si son identité devait être révélée un jour, la chose se passerait au sein de cette assemblée.

La réunion commençait invariablement par la lecture d'un chapitre de la règle de saint Benoît, qui régissait précisément la vie spirituelle et administrative de la communauté. Ce code de lois monastiques était lu de la première à la dernière page, chapitre par chapitre, de manière qu'en l'espace d'un an tous les moines l'aient entendu en son entier.

Après la lecture et la bénédiction, l'abbé Raban prit la parole :

– Frères, avez-vous des fautes à confesser ?

Avant même qu'il eût achevé sa phrase, frère Thedo se leva.

– Mon père, j'ai une faute à confesser.

– De quoi s'agit-il ? demanda l'abbé, d'un ton légèrement agacé, car frère Thedo était toujours le premier à s'accuser d'avoir mal agi.

– J'ai péché en pratiquant l'*opus manuum*[1]. Alors que je recopiais la vie de saint Amand, je me suis endormi dans l'écritoire.

– Encore ? fit l'abbé, haussant les sourcils.

Thedo baissa humblement la tête.

– Mon père, j'ai commis un péché scandaleux. Veillez à m'infliger la plus cruelle des pénitences.

– Soit, soupira l'abbé Raban. Tu resteras deux jours en prière debout devant l'église.

Les moines échangèrent des sourires entendus. Frère Thedo passait tant de temps en pénitence devant l'église, véritable pilier de remords, qu'il faisait presque partie du décor.

– Vous êtes trop charitable, mon père, dit Thedo, déçu. Étant donné la gravité de ma faute, je demande que la durée de ma pénitence soit fixée à une semaine.

– Dieu n'apprécie aucunement l'orgueil, Thedo, même dans la souffrance. Tâche de garder cela à l'esprit quand tu imploreras son pardon pour tes autres péchés.

Confus, Thedo se rassit en rougissant.

– D'autres fautes à confesser ?

Frère Hunric se leva.

– Je me suis présenté deux fois en retard à l'office de nuit.

L'abbé opina du chef. Les retards de Hunric avaient été remarqués, mais la franchise avec laquelle il reconnaissait ses torts sans chercher à les cacher lui vaudrait un allégement de pénitence.

1. Activité manuelle, opposé à *opus Dei*, activité spirituelle.

– Tu seras de veille jusqu'à la Saint-Denis.

Frère Hunric courba la nuque. La Saint-Denis tombait deux jours plus tard. Deux nuits d'affilée, il devrait donc rester debout et surveiller la progression de la lune et des étoiles pour déterminer aussi exactement que possible l'arrivée de la huitième heure de la nuit. Il lui faudrait alors réveiller ses frères endormis pour la célébration de la vigile. Ces veilles étaient nécessaires à la bonne observance de l'office de nuit, car le cadran solaire, seul autre moyen de mesurer le passage du temps, était évidemment inutile dans l'obscurité.

– Durant ta veille, poursuivit l'abbé, tu devras prier en permanence, et tu demeureras agenouillé sur une litière d'orties, ce qui te remettra en mémoire ta paresse et t'empêchera d'aggraver ta faute en t'endormant de nouveau.

– Oui, mon père, dit frère Hunric, recevant le verdict sans colère.

Il savait bien que pour un crime aussi grave la punition aurait pu être beaucoup plus lourde.

Plusieurs autres moines se levèrent ensuite pour confesser des fautes aussi mineures que bris d'assiettes au réfectoire, fautes d'orthographe dans leur activité de copistes, erreurs de prière, et tous reçurent leur pénitence avec humilité. Quand le dernier d'entre eux se fut rassis, l'abbé Raban marqua un temps d'arrêt pour s'assurer que plus personne ne voulait prendre la parole, puis déclara :

– D'autres infractions à la règle ont-elles été commises ? Que tous ceux qui ont quelque chose à dénoncer parlent pour le salut des âmes de leurs frères.

On abordait la partie de la réunion que redoutait Jeanne. Son regard parcourut le banc de pierre et s'arrêta sur le visage poupin de frère Thomas, qui dardait sur elle des yeux hostiles. Elle frissonna. *A-t-il l'intention de m'accuser ?*

Mais Thomas resta coi. Juste derrière lui, en revanche, frère Odilon prit la parole.

– Pendant le jeûne de vendredi, déclara-t-il, j'ai vu frère Hugues cueillir une pomme dans le verger et la manger.

Frère Hugues se mit debout, visiblement nerveux.

– Mon père, plaida-t-il, il est vrai que j'ai cueilli cette pomme, car à force de trimer pour arracher les mauvaises herbes, j'ai soudain senti une immense faiblesse dans mes jambes. Mais laissez-moi ajouter, très saint père, que je ne l'ai pas mangée. J'en ai juste pris une bouchée, afin de reprendre des forces et de poursuivre mon *opus manuum*.

– Les faiblesses de la chair n'autorisent pas à enfreindre la règle, répondit l'abbé Raban d'un ton sentencieux. Le jeûne est une épreuve conçue par Dieu pour jauger la force d'âme des fidèles. Comme Ève, mère de tous les péchés, tu as failli. Ta faute est d'autant plus grave que tu ne l'as pas confessée toi-même. En guise de pénitence, tu jeûneras pendant une semaine et t'abstiendras de toute pitance jusqu'à l'Épiphanie.

Une semaine de jeûne, et la suppression des pitances – ces petits suppléments qui venaient adoucir le sévère ordinaire des moines, composé de légumes verts, de fèves et quelquefois de poisson – jusqu'aux premiers jours de l'année nouvelle, bien après la Noël ! La suppression des pitances serait d'autant plus pénible à supporter qu'en cette saison bénie les dons en nature affluaient au monastère de toute la région, offerts par des chrétiens soudain inquiets du salut de leurs âmes. Gâteaux au miel, pâtés en croûte, poulets rôtis et autres douceurs aussi rares que merveilleuses abonderaient brièvement sur les tables de l'abbaye. Frère Hugues jeta un regard noir à frère Odilon.

– En outre, reprit Raban, afin de marquer ta reconnaissance envers frère Odilon, qui vient de faire preuve d'un louable souci de ton bonheur spirituel, tu te prosterneras devant lui ce soir même et lui laveras les pieds avec humilité et gratitude.

Frère Hugues baissa la tête. Il était bien forcé d'obéir aux ordres de l'abbé, mais pour ce qui était de la gratitude, Jeanne avait quelques doutes. La pénitence était plus facile à obtenir en action qu'en pensée.

– Quelqu'un a-t-il d'autres fautes à dévoiler ? s'enquit l'abbé.

Seul le silence lui répondit.

– Dans ce cas, reprit-il, j'ai la douleur de vous annoncer que l'un de nous s'est rendu coupable du plus odieux des péchés, d'un crime détestable envers Dieu et le ciel…

Le cœur de Jeanne fit un bond.

– Quelqu'un a rompu ses vœux sacrés.

Frère Gottschalk se leva d'un bond.

– Ce sont les vœux de mon père, non les miens ! protesta-t-il d'une voix tremblante.

De trois ou quatre ans l'aîné de Jeanne, Gottschalk était un jeune homme aux épais cheveux noirs, dont les yeux étaient si profondément enfoncés dans leurs orbites qu'ils évoquaient deux hématomes. Comme Jeanne, c'était un oblat, voué au monastère dès l'enfance par son père, un seigneur saxon. Parvenu à l'âge adulte, il voulait quitter Fulda.

– Il est légitime pour un chrétien d'offrir son fils à Dieu, dit Raban. Vouloir reprendre un tel don représente un immense péché.

– N'est-ce pas un péché aussi grand de lier un homme contre sa nature et contre sa volonté ? C'est tyrannie, et non vérité !

– Si le méchant ne se convertit pas, Dieu aiguisera son épée, reprit l'abbé Raban avec une voix de mauvais augure. Il a bandé son arc et l'a ajusté. Il dirige sur lui des traits meurtriers.

Des cris fusèrent dans l'assistance.

– Honte à toi ! Pécheur ! Honte à toi, frère !

– Ta désobéissance, mon fils, met ton âme en danger mortel, édicta l'abbé, solennel. Il n'existe qu'un seul remède à ce mal, ainsi que le déclare l'Apôtre dans une phrase juste et terrible : *Tradere hujusmodi hominem in interitum carnis, ut spiritus salvus sit in diem Domini* – « Cet homme doit connaître la destruction de sa chair, afin que son esprit soit sauvé quand viendra le jour du Seigneur ».

Sur un geste de Raban, deux *decani juniores*, moines chargés de la discipline monastique, s'emparèrent de Gottschalk et le menèrent au centre de la salle. Le fautif ne chercha pas à résister quand ils le mirent à genoux, puis retroussèrent sa robe, dévoilant la nudité de sa croupe et de son dos. Frère Germar, le doyen des diacres, alla décrocher dans un coin de la pièce un gros gourdin de bois à l'extrémité duquel étaient clouées plusieurs lanières de corde à nœuds. Ayant pris position, il brandit son arme et l'abattit sur l'échine de Gottschalk. La morsure des lanières résonna d'un mur à l'autre.

Un frisson traversa le dos balafré de Jeanne. Elle était bien placée pour savoir que la chair avait sa propre mémoire, plus aiguisée sans doute que celle de l'esprit.

Frère Germar releva le bras et frappa de nouveau, encore plus fort. Le corps entier de Gottschalk tressaillit, mais il garda les mâchoires serrées, refusant de donner à l'abbé le plaisir de l'entendre se plaindre. Le fouet s'abattit de plus belle, encore et encore, mais Gottschalk ne céda pas.

Une fois les sept coups rituels administrés, Germar baissa le bras. L'abbé Raban, d'un geste rageur, lui fit signe de continuer. Avec un regard surpris, le moine s'exécuta.

Il y eut trois nouveaux coups, puis quatre, puis cinq, et tout à coup, un horrible craquement retentit : le gourdin venait de briser un os. Gottschalk renversa la tête en arrière et poussa un hurlement – un cri effroyable, déchirant, venu du cœur de ses entrailles – qui resta longtemps suspendu en l'air avant de se transformer en sanglot.

L'abbé Raban hocha la tête, satisfait, et ordonna à frère Germar de cesser ses coups. Tandis que le fautif était à demi traîné vers la porte, Jeanne devina un éclair blanc au milieu de son dos inondé de sang. Une de ses côtes, en se cassant, lui avait transpercé les chairs.

Contrairement à l'habitude, l'infirmerie était vide. Par cette belle journée, sans vent, les vieillards et les malades chroniques avaient été conduits au-dehors pour profiter un peu de la bienfaisante caresse du soleil.

Frère Gottschalk gisait sur le flanc, à demi inconscient. Ses plaies ouvertes coloraient le drap de rouge. Penché sur lui, frère Benjamin, le médecin de l'abbaye, tentait d'endiguer le flot de sang au moyen de bandages déjà imbibés. Il leva la tête à l'entrée de Jeanne.

– Bien. Te voici. Prends donc une brassée de charpie de lin sur l'étagère et apporte-la-moi.

Jeanne s'empressa d'obéir. Frère Benjamin défit le bandage du blessé, le jeta à terre et le remplaça par de la charpie propre, laquelle vira au rouge en quelques secondes.

– Aide-moi à le retourner, dit le moine médecin. Dans cette position, sa côte brisée continue de lui entailler les chairs. Il faut la remettre en place pour faire cesser l'hémorragie.

Jeanne contourna le lit et se plaça de façon à pouvoir, d'un seul geste, redresser l'os.

– Doucement, reprit Benjamin. Bien qu'à demi évanoui, il risque de souffrir. À mon signal, frère Jean… Un, deux, trois !

Jeanne exerça une traction au moment exact où Benjamin poussait. Un nouveau flot de sang jaillit. L'os, quant à lui, n'était plus visible dans la plaie béante.

– *Deo, juva me !* s'écria Gottschalk, ivre de douleur, avant de s'effondrer, inerte.

– Et maintenant, frère Jean, que nous reste-t-il à faire ? l'interrogea Benjamin.

– Il faut encore appliquer un onguent… d'armoise, peut-être, mélangée à quelques brins de pouliot. Et aussi imprégner la charpie de vinaigre pour en faire une compresse.

– Excellent, acquiesça Benjamin, satisfait de la réponse. Nous y ajouterons également un peu de livèche pour lutter contre l'infection.

Côte à côte, ils préparèrent leur onguent, et un puissant parfum d'herbes fraîches ne tarda pas à flotter dans l'infirmerie. Quand le nouveau bandage fut prêt et imprégné, Jeanne le tendit à son maître.

– À toi de le mettre en place, dit celui-ci en reculant d'un pas.

Et Benjamin regarda son élève refermer seule les lèvres de la plaie, puis arranger le bandage d'une main experte.

Quand Jeanne eut fini, le moine s'approcha pour examiner son œuvre. Le bandage était irréprochable – mieux placé, peut-être, qu'il ne l'eût fait lui-même. Cependant, il n'aimait guère la mine de frère Gottschalk. Froide et moite au toucher, la peau de ce dernier était blanche comme un linge. Son souffle était trop court, et son pouls, tout juste perceptible, était dangereusement rapide.

Il va mourir, se dit-il. *Le père abbé sera furieux*. Raban s'était emporté au chapitre, et le savait sûrement. La mort de Gottschalk lui attirerait des reproches. Si d'aventure la nouvelle parvenait aux oreilles du roi Louis… Les abbés eux-mêmes n'étaient pas à l'abri de la censure et du renvoi.

Frère Benjamin se creusa la cervelle pour trouver une solution. Dans un cas comme celui-là, sa pharmacopée était impuissante : il était impossible d'administrer quoi que ce fût au blessé par voie orale, même de l'eau, tant que celui-ci resterait inconscient.

La voix de Jean Anglicus le tira de sa méditation.

– Dois-je allumer un feu dans la cheminée afin de mettre quelques pierres à chauffer ?

Benjamin considéra son apprenti avec surprise. Poser des pierres chaudes enveloppées d'étoffe sur le corps d'un patient était une pratique médicale courante en hiver, quand le froid risquait de saper ses dernières forces. Mais en cette saison, pendant les dernières chaleurs de l'automne ?

– C'est ce que préconise Hippocrate en cas de blessures, rappela Jeanne.

Le mois précédent, elle avait remis à son maître la traduction d'un traité du grand médecin grec.

Frère Benjamin fronça les sourcils. Il aimait la médecine, mais n'avait pas l'âme d'un novateur. Il préférait manier des remèdes éprouvés plutôt que d'expérimenter des théories innovantes.

– D'après Hippocrate, enchaîna Jeanne avec une impatience à peine perceptible, un choc violent provoque un froid pénétrant qui peut tuer un homme.

– Il est vrai que j'ai vu plus d'un homme mourir subitement par suite d'une blessure, quand bien même celle-ci ne semblait pas mortelle. *Deus vult.* Je n'ai pu qu'attribuer ce phénomène à la volonté de Dieu…

Le regard de Jean Anglicus brillait d'expectative. De toute évidence, l'apprenti quémandait la permission de tenter l'expérience.

– Fort bien, soupira frère Benjamin, tu peux allumer le feu. Cela ne fera pas de mal à frère Gottschalk, et peut-être même cela lui fera-t-il du bien, ainsi que l'affirme le médecin païen.

Le vieux moine s'assit sur un banc, tout heureux de pouvoir reposer ses jambes arthritiques pendant que son apprenti allait et venait autour de l'âtre.

Quand les pierres furent bien chaudes, Jeanne les enveloppa de flanelle et les disposa soigneusement sur le corps du blessé. Elle plaça les deux plus grosses sous ses pieds, de façon à les maintenir légèrement surélevés suivant la recommandation d'Hippocrate. Pour finir, elle recouvrit Gottschalk d'une couverture de laine.

Au bout d'un long moment, les paupières du blessé s'entrouvrirent. Avec un gémissement, il commença à bouger. Frère Benjamin s'approcha du lit. Le visage du jeune homme avait retrouvé une roseur de bon aloi, et son souffle semblait plus régulier. Le moine prit la mesure de son pouls et constata qu'il était redevenu normal.

– Dieu soit loué, soupira le médecin, visiblement soulagé, en adressant un sourire à Jean Anglicus.

Il a le don, se dit-il, plein d'une fierté quasi paternelle légèrement teintée d'envie. D'emblée, ce garçon lui avait paru très prometteur – raison pour laquelle il avait tenu à faire de lui son apprenti –, mais jamais il n'aurait cru qu'il apprendrait tant de choses, et surtout aussi vite. En quelques années, Jean Anglicus avait assimilé un savoir qu'il lui avait fallu toute une vie pour acquérir.

– Tu as le don de guérison, frère Jean, dit-il. Aujourd'hui, tu as surpassé ton vieux maître. Je n'aurai bientôt plus rien à t'enseigner.

– Ne dites pas cela ! protesta Jeanne avec tristesse, car elle aimait beaucoup Benjamin. J'ai encore mille choses à apprendre, je le sais.

Gottschalk grogna de nouveau, et ses lèvres grimaçantes découvrirent une rangée de dents.

– Il commence à sentir la douleur, fit Benjamin.

Sans perdre un instant, il confectionna une potion de vin rouge et de sauge, où il mit à infuser quelques gouttes de jus de pavot. Cette sorte de préparation nécessitait un très grand soin, car si elle était capable de soulager les plus effroyables douleurs, elle pouvait aussi bien tuer. La différence ne tenait qu'à l'habileté du médecin.

Quand il eut fini, Benjamin tendit le bol plein à Jeanne, qui le porta vers le lit et l'offrit à Gottschalk. Celui-ci le repoussa avec orgueil, mais ce simple mouvement lui arracha un cri de douleur.

– Bois donc, frère Gottschalk, insista doucement Jeanne, en approchant le bol de ses lèvres. Il faut bien que tu te remettes pour pouvoir espérer recouvrer un jour ta liberté.

Le blessé lui décocha un regard étonné. Après avoir goûté quelques gorgées avec méfiance, il avala d'un trait le reste de la potion, comme un homme qui vient de marcher toute une journée sous le soleil sans rien boire.

Une voix autoritaire retentit soudain dans leurs dos.

– Gardez-vous de placer vos espoirs dans les herbes et les potions.

Jeanne se retourna pour voir entrer l'abbé Raban, suivi d'une cohorte de moines. Reposant le bol, elle se leva.

– C'est le Seigneur qui donne la vie aux hommes et préserve leur santé. Seule la prière pourra guérir ce pécheur.

Raban fit un signe aux moines, qui se placèrent autour du lit en silence, et récita avec eux l'oraison pour les malades. Gottschalk ne se joignit pas à eux. Il demeura immobile, les yeux clos, comme s'il dormait. Mais Jeanne devina à son souffle que ce n'était pas le cas.

Son corps guérira, se dit-elle, *mais pas son âme blessée.* Elle sentit son cœur se serrer. Elle comprenait le refus de Gottschalk de se soumettre à la tyrannie de Raban, qui ne lui rappelait que trop son propre combat contre son père.

– Loué soit le Seigneur, lança l'abbé d'une voix forte.

Jeanne ajouta sa voix à celles des moines, mais son esprit remercia aussi le païen Hippocrate. Les os de cet idolâtre étaient retournés à la poussière plusieurs siècles avant la naissance de Jésus-Christ, mais sa science, perpétuée à travers les âges, venait de permettre de sauver un fils de Dieu.

– Ta blessure est en voie de guérison, annonça Jeanne à Gottschalk après avoir défait son bandage.

Deux semaines avaient passé depuis la flagellation. La côte brisée du blessé s'était remise en place, et les lèvres de sa plaie étaient entièrement refermées. Comme Jeanne, en revanche, il porterait toute sa vie la marque de son châtiment.

– Merci de t'être donné tant de mal, mon frère, répondit Gottschalk. Hélas, tout sera bientôt à recommencer, car d'ici à ce qu'*il* me fasse une nouvelle fois rouer de coups, ce n'est qu'une question de temps.

– Tu le défies trop ouvertement. Pourquoi ne tentes-tu pas une approche plus subtile ?

– Je le défierai jusqu'à mon dernier souffle ! s'exclama Gottschalk. Cet homme porte le mal en lui.

– As-tu songé à lui offrir de renoncer à tes terres en échange de ta liberté ?

Lorsqu'un oblat était voué à un monastère, ce don s'accompagnait toujours d'un legs foncier important. Si l'oblat en question renonçait à ses vœux, le monastère était censé lui restituer ses terres.

– Naturellement. Mais ce ne sont pas mes terres qui l'intéressent. C'est ma soumission, corps et âme. Et il ne l'obtiendra jamais, dût-il me tuer.

Cet affrontement de deux volontés était un combat que Gottschalk ne pouvait remporter. Il ne lui restait plus qu'à fuir avant le désastre final.

– J'ai réfléchi à ton sujet, déclara Jeanne. Un synode se tiendra à Mayence le mois prochain. Tous les évêques de la chrétienté seront présents. Si tu leur fais parvenir une pétition réclamant ta dispense, ils ne pourront guère faire autrement que de l'étudier. Leur décision pèsera plus lourd que celle de l'abbé.

– Le synode ne se prononcera jamais contre la volonté du grand Raban Maur, objecta Gottschalk d'un air sombre. Il est trop puissant.

– L'autorité d'un abbé n'est pas absolue, pas même celle d'un archevêque, fit Jeanne. En outre, tu disposes d'un argument de poids, dans la mesure où tu as été voué à l'oblation dès l'enfance, bien avant d'avoir atteint l'âge de raison. Au cours de mes recherches à la bibliothèque, j'ai trouvé plusieurs passages de saint Jérôme susceptibles d'étayer ta position, et je les ai recopiés, ajouta-t-elle avec un sourire, en tirant un rouleau de parchemin des replis de sa robe. Regarde toi-même.

Le regard de Gottschalk s'illumina au fil de sa lecture. Il finit par lever sur Jeanne des yeux enthousiastes.

– Splendide ! Tous les Raban du monde ne sauraient réfuter une argumentation aussi bien menée !

Soudain, une ombre mélancolique s'abattit de nouveau sur ses traits.

– Mais… je n'ai aucun moyen de présenter ceci à temps pour le synode. Jamais l'abbé ne me laissera la permission de m'absenter, ne serait-ce qu'un jour – surtout si c'est pour me rendre à Mayence.

– Burchard, le marchand d'étoffes, pourrait y emporter ta missive. Son commerce le ramène régulièrement à l'abbaye. Je le connais bien, car il passe chaque fois à l'infirmerie en quête de remèdes pour sa femme, qui souffre de migraines. C'est un brave homme, auquel tu pourras confier ta pétition : entre ses mains, elle arrivera à Mayence sans encombre.

– Pourquoi fais-tu cela ? demanda Gottschalk, méfiant.

Jeanne haussa les épaules.

– Tout homme devrait être libre de choisir sa vie.

Cela vaut aussi pour les femmes, ajouta-t-elle en son for intérieur.

Tout se déroula comme prévu. Quand Burchard se présenta à l'infirmerie en quête de remèdes, Jeanne lui remit la pétition de Gottschalk, que le marchand emporta sans hésiter, cachée dans une sacoche de selle.

Quelques semaines plus tard, l'abbé reçut une visite très inattendue d'Otgar, l'évêque de Trêves. Tout de suite après avoir été officiellement accueilli dans la cour intérieure de l'abbaye, l'évêque demanda à être reçu par l'abbé dans ses appartements.

Il apportait une nouvelle extraordinaire : Gottschalk était relevé de ses vœux, et donc libre de quitter Fulda à sa convenance.

Ne souhaitant pas s'attarder sous le regard réprobateur de l'abbé Raban, l'intéressé décida de partir sur-le-champ. Faire son bagage ne présenta pas de difficulté. Ayant vécu toute sa vie au monastère, Gottschalk n'avait rien à emporter. Frère Anselme, le cuisinier, lui prépara un sac de provisions pour ses premiers jours sur la route, et ce fut tout.

– Où iras-tu ? demanda Jeanne.

– À Spire, répondit-il. Une de mes sœurs s'y est mariée. Je resterai quelque temps chez elle. Ensuite… je ne sais pas ce que je ferai.

Il avait lutté pour sa liberté si longtemps, et avec si peu d'espoir de réussite, qu'il ne s'était jamais arrêté à réfléchir à ce qu'il ferait au cas où il obtiendrait gain de cause. Il ne connaissait rien à la vie hors de l'enceinte du monastère, loin de sa routine prévisible et rassurante. Bien qu'il fût trop fier pour l'admettre, Jeanne aperçut un éclair de peur dans son regard.

Il n'y eut point d'adieux officiels, Raban ayant interdit toute manifestation. Seuls Jeanne et les quelques moines dont la présence dans la cour se justifiait par leur *opus manuum* assistèrent au départ de Gottschalk, enfin devenu un homme libre. Jeanne le vit s'éloigner sur la route, puis disparaître à l'horizon.

Trouverait-il le bonheur ? Elle l'espérait. Mais il y avait en lui quelque chose de désespéré, comme chez tous les hommes voués à aspirer sans relâche à ce qu'ils ne peuvent avoir, et à choisir toujours la voie la plus ardue. Elle se promit de prier pour lui, de même que pour toutes les âmes tourmentées et condamnées à voyager seules le long des chemins de la vie.

16

Le jour de la fête des Morts, tous les moines de Fulda se rassemblèrent dans la cour intérieure pour la *separatio leprosorum*, cérémonie solennelle dont l'objet était de séparer les lépreux du reste du monde. Cette année-là, sept malades infortunés avaient été identifiés dans la région, quatre hommes et trois femmes. Il y avait un garçon de quatorze printemps à peine, très peu marqué par le fléau, et aussi une vieille femme de plus de soixante ans, dont les yeux sans paupières, la bouche sans lèvres et les mains sans doigts attestaient un stade avancé de la maladie. Tous ces malheureux avaient été conduits dans la cour, affublés d'une cape noire.

Les frères s'approchèrent en digne procession. L'abbé Raban marchait en tête, très droit et tout imbu de dignité abbatiale. À sa droite venait Joseph, le prieur, et à sa gauche, l'évêque Otgar. Les autres moines suivaient par ordre d'ancienneté. Deux frères lais fermaient la marche, poussant une brouette remplie de terre du cimetière.

– Je vous interdis dorénavant l'accès aux églises, aux moulins, aux marchés et à tous les lieux où les gens ont à se rassembler, lança gravement l'abbé aux lépreux. Je vous interdis d'emprunter les routes et les chemins communs. Je vous interdis d'approcher quelque personne vivante que ce soit sans avoir agité votre cloche en signe d'avertissement. Je vous interdis de toucher les enfants et de leur donner quoi que ce soit.

Une jeune femme se mit à sangloter. Deux taches d'humidité auréolaient sa vieille tunique de laine à hauteur de poitrine. *Une mère qui allaite*, se dit Jeanne. *Où est son enfant ? Qui en prendra soin ?*

– Je vous interdis de manger et de boire en compagnie de quiconque, si ce n'est d'autres lépreux. Je vous interdis de laver vos mains, votre visage ou tout objet dont vous auriez eu l'usage à l'eau de quelque rivière, ruisseau ou fontaine que ce soit. Je vous interdis la connaissance charnelle de votre épouse ou de toute autre personne. Je vous interdis de mettre au monde des enfants ou de les nourrir.

Les sanglots de la femme s'intensifièrent. Un flot de larmes coula sur ses joues criblées de plaies.

– Quel est ton nom ? l'interrogea l'abbé en langue vulgaire, avec un agacement mal dissimulé.

Ce déploiement d'émotion gâchait le bel ordonnancement de la cérémonie par lequel Raban comptait impressionner l'évêque. Il était en effet de plus en plus évident qu'Otgar n'était pas seulement venu à Fulda pour relever Gottschalk de ses vœux, mais aussi pour observer l'administration de l'abbé et en rendre compte.

– Madalgis, bredouilla la femme. Je vous en prie, messire, laissez-moi rentrer chez moi, où mes quatre petits sont seuls, sans père, et attendent que je les nourrisse !

– Le ciel y pourvoira. Tu as péché, Madalgis, et Dieu t'en a punie, expliqua Raban avec une patience étudiée. Il ne faut pas pleurer, mais au contraire remercier le Seigneur, car grâce à lui tes tourments seront allégés dans l'autre vie.

Madalgis considéra l'abbé d'un œil incrédule, puis rougit violemment et fondit en larmes de plus belle.

Voilà qui est étrange, se dit Jeanne, intriguée.

Raban tourna le dos à la pauvre femme et entama la prière des morts.

– *De profundis clamavi ad te, Domine...*

Les autres moines se joignirent à lui. Jeanne fit de même, mais son regard brillant demeura fixé sur Madalgis.

Une fois la prière terminée, Raban aborda l'ultime partie de la cérémonie, qui consistait à séparer officiellement et un par un les lépreux du monde. Il s'avança devant le premier – le garçon de quatorze ans.

– *Sis mortuus mundo, vivens iterum Deo*, proféra l'abbé. « Sois mort au monde, et vivant au regard de Dieu. »

Il fit signe à frère Magenard, qui plongea une pelle dans la brouette, en retira un peu de terre du cimetière et la jeta sur le malade, souillant sa robe et ses cheveux.

Cinq fois de suite, le rituel fut répété. Quand vint le tour de Madalgis, celle-ci tenta de prendre la fuite, mais les deux frères lais lui bloquèrent le passage. Raban fronça les sourcils d'un air critique.

– *Sis mortuus mundo, vivens it...*

– Arrêtez ! s'écria Jeanne.

L'abbé resta bouche bée. Toutes les têtes se tournèrent vers le fauteur de troubles. Jeanne s'avança vers Madalgis et l'examina rapidement, puis se tourna vers l'abbé.

– Mon père, cette femme n'est pas lépreuse !

– Quoi ? lâcha Raban, luttant pour garder sa contenance.

– Ses lésions ne sont pas dues à la lèpre. Observez la coloration de sa peau : elle est correctement irriguée. Sa maladie n'est pas infectieuse. Elle peut être soignée.

– Si cette femme n'est pas lépreuse, d'où lui viennent ses plaies ?

– Les causes peuvent être multiples. Il est difficile de les déterminer sans un examen plus approfondi. Mais une chose est sûre : ce n'est pas un cas de lèpre.

– Dieu a porté sur cette femme les marques visibles du péché. Nous ne devons pas défier sa volonté !

– Elle est marquée, c'est un fait, mais pas par la lèpre. Dieu, dans sa grandeur, nous a offert la capacité de discerner des autres ceux qu'il a choisi d'accabler de ce lourd fardeau. Lui plairait-il que nous condamnions une âme que lui-même n'a pas vouée au châtiment ?

L'argument était habile. Désemparé, Raban constata qu'il avait porté sur son entourage.

– Comment savoir si tu as correctement interprété les signes de la volonté de Dieu ? Ta fierté est-elle si grande que tu sois capable de lui sacrifier tous tes frères ? Car n'oublie pas qu'en soignant cette femme tu nous mettras tous en grand danger !

Un murmure traversa le groupe de moines. Rien, hormis les effroyables tourments de l'enfer, n'inspirait plus d'horreur, de répulsion et de crainte que la lèpre.

Avec un gémissement, Madalgis se jeta aux pieds de Jeanne. Elle avait suivi la discussion sans comprendre, car Jeanne et Raban s'étaient exprimés en latin, cependant elle sentait que ce jeune moine avait pris sa défense.

Jeanne lui posa une main sur l'épaule, tant pour l'apaiser que pour la faire taire.

– Personne ne courra le moindre danger, hormis moi-même. Avec votre permission, mon père, je me rendrai chez elle et je lui administrerai à domicile les remèdes nécessaires.

– Seul ? Chez une femme ! dit l'abbé, horrifié. Frère Jean Anglicus, ton propos est peut-être innocent, mais tu es un jeune homme, et en tant que tel, tu es soumis aux plus basses passions de la chair. Il est de mon devoir de père spirituel de t'en préserver.

Jeanne ouvrit la bouche pour répliquer, puis la referma avec impatience. À quoi bon ? Personne n'était plus qu'elle à l'abri de la tentation évoquée par Raban, mais elle n'avait aucun moyen de le lui faire comprendre.

La voix rocailleuse de frère Benjamin s'éleva dans son dos.

– J'accompagnerai frère Jean, dit-il. Je suis un vieillard, et ces tentations ne me hantent plus. Mon père, vous pouvez vous fier à frère Jean. La certitude avec laquelle il affirme que cette femme n'est pas lépreuse démontre qu'il a raison. Son savoir médical est immense.

Jeanne glissa au moine médecin un regard reconnaissant. Madalgis était toujours pendue au bas de sa robe, sanglotant à voix basse. L'abbé hésita. Il n'avait qu'une envie : administrer une raclée à frère Jean pour sa désobéissance et son insolence. Mais l'évêque Otgar l'observait ; Raban ne pouvait se permettre de se montrer intransigeant ou cruel.

– Soit, admit-il à contrecœur. Après les vêpres, frère Jean, toi et frère Benjamin accompagnerez cette pécheresse en son logis et ferez tout ce qui peut l'être au nom de Dieu pour la guérir de son affection.

– Merci, mon père, dit Jeanne.

Raban les bénit d'un signe de croix.

– Puisse Dieu, dans son immense bonté, vous protéger de tous les maux.

Avec ses sacoches pleines de remèdes, la mule progressait d'un pas nonchalant, indifférente au soleil couchant. La maison de Madalgis était à quelque cinq milles de l'abbaye. À ce train-là, ils avaient peu de chance d'y arriver avant le crépuscule. Jeanne tira impatiemment sur la bride. Pour lui faire plaisir, l'animal esquissa cinq ou six pas plus rapides, puis reprit peu à peu son train initial.

Tout en marchant, Madalgis devisait à bâtons rompus, avec le déploiement d'énergie nerveuse qui suit souvent les grandes frayeurs. Jeanne et Benjamin ne tardèrent pas à tout savoir de sa triste histoire. En dépit de sa pauvreté, ce n'était pas une colona, mais une femme libre, dont le mari avait jadis possédé une terre d'un manse[1]. Après la mort de celui-ci, elle s'était efforcée de

1. Un manse équivaut environ à douze hectares.

nourrir les siens en labourant elle-même sa terre, mais cette attitude héroïque avait bientôt été réduite à néant par le seigneur Rathold, son voisin, qui convoitait le domaine. Rathold ayant fait part des travaux de Madalgis à l'abbé Raban, celui-ci avait interdit à la jeune femme, sous peine d'excommunication, de poser de nouveau la main sur un soc d'araire.

« Il est sacrilège, pour une femme, d'effectuer le travail d'un homme », avait-il déclaré en prononçant sa sentence.

Confrontée à l'idée de la famine, Madalgis avait été forcée de vendre ses terres au seigneur Rathold pour un prix dérisoire : une poignée de sous, une hutte minuscule et un maigre pré pour ses vaches.

Elle avait ensuite entrepris de fabriquer du fromage, et cet expédient, grâce au troc, lui permettait tout juste de subsister avec ses enfants.

Sitôt qu'elle aperçut son humble logis, Madalgis poussa un cri de joie et s'élança la première. Elle ne tarda pas à entrer dans la hutte. Jeanne et Benjamin l'y suivirent quelques minutes plus tard. Ils la retrouvèrent à demi enfouie sous une grappe d'enfants hors d'haleine, qui riaient, pleuraient et parlaient tous en même temps. Voyant entrer les deux moines, ceux-ci poussèrent des cris effarés et entourèrent leur mère pour la protéger. Ils ne voulaient pas qu'elle fût de nouveau capturée. Madalgis leur expliqua la situation, et les sourires revinrent peu à peu. Les enfants se mirent à observer les étrangers avec curiosité.

Une femme entra, un nourrisson dans chaque bras. Elle salua respectueusement les deux moines, puis tendit l'un des enfants à Madalgis, qui le prit dans ses bras et aussitôt lui donna le sein. La nouvelle venue paraissait avoir bien plus de cinquante ans, mais, à l'examiner de près, Jeanne se dit qu'elle pouvait n'en avoir que trente. Les souffrances de la vie avaient profondément marqué son visage. *Pendant son absence, cette femme a allaité l'enfant de Madalgis en même temps que le sien.*

Jeanne remarqua sa poitrine tombante, son ventre flasque et la pâleur malsaine de sa peau. Elle avait déjà vu ces symptômes : trop souvent, les femmes portaient leur premier rejeton à treize ou quatorze ans ; à partir de là, leur vie se déroulait dans un état de grossesse quasi permanent, et elles mettaient au monde un enfant après l'autre avec une effroyable régularité. Il n'était pas rare qu'une femme connût vingt grossesses, dont un certain nombre de fausses couches. Quand ces femmes-là atteignaient enfin l'âge du repos, si tant est qu'elles fussent encore en vie, leur corps était en ruine, et leur esprit brisé par la fatigue. Jeanne se promit de confectionner une tisane de poudre d'écorce de chêne et de sauge pour fortifier cette brave paysanne à l'approche de l'hiver.

Madalgis glissa quelques mots à son aîné, un grand garçon de douze ou treize ans. Il sortit et revint peu après, portant une miche de pain et un morceau de fromage veiné de bleu qu'il présenta à Jeanne et à frère Benjamin. Ce dernier accepta le pain, mais refusa le fromage, visiblement moisi. Jeanne eut la même réticence, mais elle en prit néanmoins une petite tranche pour ne pas déplaire à ses hôtes, et la mit en bouche. À sa grande surprise, elle trouva son goût délectable – riche, relevé, étonnamment savoureux –, bien meilleur que celui de n'importe quel fromage de Fulda.

– C'est délicieux, dit-elle.

Le garçon sourit jusqu'aux oreilles.

– Comment t'appelles-tu ? s'enquit Jeanne.

– Arn.

Tout en mangeant, Jeanne regarda autour d'elle. Le logis de Madalgis était une hutte grossière, sans fenêtre. Des brèches béantes s'ouvraient dans les murs de torchis, par où s'engouffrait déjà l'air du soir, chassant la fumée de l'âtre. Dans un coin de la pièce se dressait un enclos à bestiaux. D'ici à un mois, Madalgis y mettrait ses vaches pour l'hiver – pratique courante chez les pauvres gens. Ce système avait l'avantage de protéger les animaux tout en fournissant au logis une source de chaleur bienvenue. Hélas, outre cette chaleur corporelle, les bêtes apportaient avec elles un grand nombre de parasites : tiques, mouches, puces et insectes en tout genre se nichaient avidement dans les aspérités et sous les paillasses. Les pauvres étaient bien souvent criblés de morsures et de démangeaisons. Ce type d'affection était d'ailleurs fréquemment représenté dans les églises du pays, où il n'était pas rare de trouver au mur quelque portrait de Job, le corps meurtri de plaies, en train de se gratter avec un couteau.

Certaines personnes – et sans doute Madalgis était-elle du nombre – finissaient avec le temps par développer de violentes manifestations de maladie. Leur peau se couvrait d'ulcérations, que ne faisait qu'exacerber le frottement constant de la laine rude.

L'épreuve du diagnostic devrait néanmoins attendre, car il faisait déjà nuit noire. *Nous nous mettrons à la tâche demain*, se dit Jeanne.

Le lendemain matin, on entreprit de nettoyer la hutte du sol au plafond. La vieille litière de jonc qui couvrait le sol fut retirée, la terre battue balayée, puis lavée. On brûla les paillasses, et on en fit de nouvelles avec de la paille fraîche. Le toit de chaume, à demi pourri, fut remplacé.

Le plus difficile fut de convaincre Madalgis de prendre un bain. Comme tout un chacun, elle se lavait régulièrement le visage, les pieds et les mains, mais l'idée d'une immersion totale lui paraissait absurde, voire dangereuse.

– La fièvre s'emparera de moi, dit-elle. Je mourrai !

– Tu mourras si tu ne te baignes pas, répondit Jeanne avec autorité. D'ailleurs, la vie d'une lépreuse n'est-elle pas pire que la mort ?

Les vents de Herbistmanoth avaient cruellement refroidi les eaux du ruisseau qui coulait derrière le pré. Il fallut donc apporter de l'eau et la chauffer sur le feu, puis la verser dans un baquet à linge. Pendant que les deux moines tournaient le dos, Madalgis entra dans le baquet malgré sa réticence et se lava à grande eau.

Après le bain, la malade enfila une tunique neuve, obtenue par Jeanne auprès de frère Conrad, le cellérier. Faite dans une épaisse toile de lin, nettement moins irritante que la grosse laine, celle-ci serait bien assez chaude pour servir à Madalgis tout l'hiver.

Lavée, vêtue de frais et évoluant dans un logis débarrassé de sa vermine, Madalgis donna sur-le-champ des signes d'amélioration. Ses lésions séchèrent. La cicatrisation commença.

– Tu avais raison ! dit frère Benjamin à Jeanne, émerveillé. Ce n'était pas la lèpre. Rentrons, il faut absolument montrer ce prodige aux autres !

– Attendons quelques jours, répondit-elle, prudente.

Elle ne voulait pas que le moindre doute subsistât à leur retour.

– Montre-moi encore ! supplia Arn.

Jeanne sourit. Depuis plusieurs jours, elle tâchait d'enseigner au garçonnet la méthode classique de Bède le Vénérable pour compter avec ses doigts. Son nouvel élève ne manquait ni de curiosité ni de talent.

– D'abord, prouve-moi que tu as bien retenu ce que je t'ai déjà appris. Que représentent ces doigts-ci ? l'interrogea-t-elle en montrant les trois derniers doigts de sa main gauche.

– Les unités ! répondit Arn sans hésiter. Et ceux-là sont les décimales, ajouta-t-il en désignant le pouce et l'index correspondants.

– Bien. Et ceux de la main droite ?

– Voici les centaines, et là les milliers.

– Parfait. Choisis deux nombres.

– Le douze, parce que c'est mon âge. Et le second… trois cent soixante-cinq, le nombre de jours de l'année !

– Douze fois trois cent soixante-cinq…, articula Jeanne en comptant rapidement sur ses doigts. Voilà qui nous fait quatre mille trois cent quatre-vingts.

Ravi, Arn applaudit.

– À toi d'essayer, déclara Jeanne en répétant l'opération plus lentement, afin qu'il ait le temps d'imiter chacun de ses gestes.

Ensuite, elle le laissa faire seul.

– Excellent ! lâcha-t-elle dès qu'il fut parvenu au résultat exact.

Arn sourit, puis redevint grave.

– Jusqu'où es-tu capable de compter ? l'interrogea-t-il. Saurais-tu multiplier des centaines par des milliers ? Ou même des milliers par d'autres milliers ?

Jeanne acquiesça.

– Touche-toi la poitrine à cet endroit. Ici, tu vois ? Là, tu as les dizaines de milliers. Et si tu te touches la cuisse, comme ceci, tu obtiendras les centaines de milliers. Par exemple, mille cent fois deux mille trois cents donnent… deux millions cinq cent trente mille !

Émerveillé, Arn écarquilla les yeux. Ces nombres étaient si immenses qu'il avait peine à les concevoir.

– Encore !

Jeanne s'esclaffa. Elle aimait lui faire la leçon, car Arn buvait avidement aux sources du savoir, ce qui lui rappelait sa propre enfance. *Il serait honteux de laisser cette étincelle d'intelligence étouffer dans les ténèbres de l'ignorance.*

– Si c'était possible, dit-elle, accepterais-tu de venir étudier à l'école abbatiale ? Tu pourrais y apprendre bien des choses : pas seulement à compter, mais aussi à lire et à écrire.

– À lire et à écrire ? répéta Arn, incrédule.

Ces extraordinaires talents n'étaient-ils pas réservés aux prêtres et aux plus grands seigneurs ?

– Devrais-je me faire moine ?

Jeanne songea avec amusement qu'Arn arrivait à l'âge où les garçons sont généralement saisis d'un très vif intérêt pour le beau sexe. De manière compréhensible, l'idée de la chasteté lui semblait repoussante.

– Non, répondit-elle en riant. Tu pourrais être admis à l'école extérieure, qui est réservée aux fils de laïcs. En revanche, il te faudrait quitter ta mère et séjourner à l'abbaye. Et tu devrais également te montrer très studieux, car notre maître d'études est d'une grande sévérité.

– J'accepte ! s'écria Arn sans l'ombre d'une hésitation. Fais-moi entrer dans cette école, s'il te plaît !

– Très bien. Nous repartons à Fulda demain. J'en parlerai au maître d'études dès notre arrivée.

– Enfin ! s'écria frère Benjamin.

Droit devant eux, à l'endroit approximatif où la route pavée rencontrait l'horizon, se dressait la muraille grise de Fulda, flanquée des tours jumelles de l'église abbatiale.

Le petit groupe de voyageurs était harassé, et la moiteur glacée de l'air n'avait rien fait pour arranger les rhumatismes du vieux moine médecin. Chaque pas était pour lui un nouveau tourment.

– Nous y serons bientôt, dit Jeanne. D'ici une heure, frère Benjamin, vos pieds reposeront tranquillement devant l'âtre.

Au loin, un grand martèlement de planches annonçait déjà leur arrivée : nul n'approchait des portes de

Fulda sans être promptement repéré. En entendant ce vacarme, Madalgis serra son nourrisson contre son sein. Elle n'avait accepté de suivre les deux moines qu'à la condition d'emmener son dernier-né.

Alignés selon leur rang, les frères s'étaient rassemblés dans la cour pour les accueillir. L'abbé en personne était venu.

Effrayée, Madalgis se réfugia derrière Jeanne en le voyant.

– Avance, ordonna Raban.

– N'aie crainte, Madalgis, chuchota Jeanne. Fais ce que te demande le père abbé.

Madalgis s'avança toute tremblante au sein du cercle des moines. Un murmure incrédule salua son approche. Ses plaies avaient disparu. À l'exception de quelques cicatrices et marques de sécheresse, la peau dorée par le soleil de son visage et de ses bras était saine et lisse. Aucun doute n'était plus permis. À l'évidence, cette femme n'était pas lépreuse.

– Ô merveilleux signe de grâce ! s'exclama l'évêque Otgar, ravi. Comme Lazare, elle est revenue à la vie !

Le cercle des moines se referma sur les voyageurs et les accompagna triomphalement jusqu'à l'église.

La guérison par Jeanne de Madalgis fut considérée comme un véritable miracle. Fulda résonna longtemps des louanges adressées à Jean Anglicus. Et quand le vieux frère Aldwin, l'un des deux prêtres de la communauté, mourut dans son sommeil, les moines eurent peu de doutes sur le nom de son probable successeur.

L'abbé Raban, toutefois, voyait les choses d'un autre œil. Jean Anglicus était à la fois trop effronté et trop présomptueux à son goût. Raban lui préférait frère Thomas, moins brillant mais autrement plus prévisible – une qualité fort appréciée de l'abbé.

Il s'agissait cependant de ménager l'évêque Otgar. Celui-ci avait entendu la façon dont Gottschalk avait failli mourir après avoir été battu, et cet événement menaçait d'entacher le prestige de Raban. En choisissant un moine moins qualifié de préférence à Jean Anglicus, il risquait de soulever des questions. Et si le roi recevait un rapport défavorable à son sujet, l'abbé pouvait fort bien être déchu de son titre. Raban opta donc pour la prudence.

– En tant que père spirituel, annonça-t-il au chapitre, il m'incombe de désigner un nouveau prêtre parmi vous. Après de longues prières et une mûre réflexion, mon choix s'est arrêté sur un frère que son immense savoir rend parfaitement apte à remplir cette délicate fonction : frère Jean Anglicus.

Un murmure d'approbation s'éleva parmi les moines. Jeanne sentit ses joues s'enflammer. Prêtre ! Elle serait initiée aux mystères, recevrait le droit d'administrer les saints sacrements ! Telle était l'ambition jadis nourrie par son père pour son frère aîné Matthieu – et, après la mort de celui-ci, pour Jean. Et voici que cette ambition était sur le point d'être réalisée par sa fille. Quelle ironie du sort !

Assis de l'autre côté de la salle, frère Thomas lui jeta un regard noir. *Cette distinction aurait dû me revenir*, se disait-il, amer. *Raban m'avait choisi. Ne me l'a-t-il pas dit lui-même, il y a seulement quelques semaines ?*

La guérison d'une lépreuse avait tout changé. Et pourtant, cette Madalgis n'était rien, une simple manante, ou à peine plus. Quelle importance si on l'enfermait à la léproserie ?

Thomas avait du mal à admettre que Jean Anglicus l'eût supplanté. D'emblée, il avait détesté sa vivacité d'esprit, dont il avait plus d'une fois fait les frais, et aussi l'aisance avec laquelle il avançait dans son étude. Ses progrès à lui étaient plus laborieux. Il avait beaucoup peiné pour apprendre le latin et graver dans sa mémoire les chapitres de la règle.

En revanche, il ne manquait pas d'acharnement et mettait un point d'honneur à respecter scrupuleusement les moindres signes extérieurs de la foi. Une fois son repas terminé, il n'oubliait jamais de reposer fourchette et couteau perpendiculairement, en hommage à la sainte Croix. Il ne buvait pas son vin d'un trait comme les autres, mais trois gorgées par trois gorgées, pieuse illustration du miracle de la Trinité. Jean Anglicus, lui, ne se donnait pas la peine de marquer ainsi sa dévotion.

Le regard haineux de Thomas s'arrêta de nouveau sur son rival. Celui-ci semblait tellement angélique avec son halo de cheveux d'or pâle ! *Puisse-t-il rôtir éternellement dans les flammes de l'enfer, en compagnie de la maudite païenne qui l'engendra.*

Le réfectoire était une salle aux murs maçonnés, large de quarante pieds, longue de cent, et assez vaste pour accueillir ensemble les trois cent cinquante moines de Fulda. Avec ses sept hautes fenêtres côté sud, auxquelles répondaient six autres au nord, c'était l'un des endroits les plus agréables de l'abbaye, bénéficiant de la lumière du jour toute l'année. Les puissants chevrons soutenant les poutres étaient ornés de scènes de la vie de Boniface, saint patron de l'abbaye, peintes de couleurs vives, ce qui ajoutait encore à la gaieté chatoyante de l'endroit. La salle était aussi plaisante aujourd'hui, en cette froide journée de Heilagmanoth, qu'au cœur de l'été.

Il était midi, et les frères étaient assemblés là pour le dîner, premier des deux repas du jour. L'abbé Raban trônait au centre d'une longue table en forme de U, face à l'est. Il était flanqué de douze moines à main droite et de douze autres à main gauche, censés représenter les douze apôtres du Christ. Sur les tables étaient posés des plateaux de pains, de légumes et de fromage. Des souris couraient en tous sens sur la terre battue, à l'affût de la moindre miette.

Selon la règle de saint Benoît, les frères prenaient leur repas sans parler. L'austère silence n'était rompu que par le cliquetis des ustensiles et par la voix monocorde du lecteur qui, choisi pour la semaine, lisait au pupitre un passage des Psaumes ou de la *Vie des Pères*. « De même que le corps mortel tire sa subsistance de la nourriture, aimait à dire l'abbé Raban, il faut bien que l'âme reçoive son pain spirituel. »

La *regula taciturnitis*, ou règle du silence, était une théorie, prônée par tous mais observée seulement par quelques-uns. Au fil du temps, les frères avaient mis au point un système très élaboré de signes de la main et de mimiques faciales grâce auquel ils communiquaient au cours des repas. Des conversations entières pouvaient être menées de cette façon, surtout quand le lecteur était médiocre, comme c'était le cas aujourd'hui : frère Thomas ânonnait lentement, en appuyant sur chaque mot et en laissant tout à fait de côté la poésie musicale des psaumes. En outre il lisait trop fort, de sorte que sa voix brisait les tympans de ses frères. Bien qu'il ne manquât pas au monastère de moines capables de s'acquitter mieux que lui de cette tâche, l'abbé le nommait souvent lecteur, car, ainsi qu'il aimait à le dire, « une voix trop douce ne ferait qu'inciter les démons à s'insinuer dans les cœurs ».

Un sifflement étouffé attira l'attention de Jeanne. Levant les yeux de son écuelle, elle vit que frère Adalgar lui faisait signe de l'autre côté de la table.

Il lui montra quatre doigts. Ce nombre renvoyait à un chapitre de la règle de saint Benoît, fréquemment utilisée dans ce type d'échange, où l'on prisait particulièrement l'énigme et les circonlocutions.

Jeanne n'eut aucun mal à se remémorer les premières lignes du quatrième chapitre : *Omnes supervenientes hospites tamquam Christus suscipiantur* – « Tous ceux qui viendront devront être reçus comme le Christ ».

Elle saisit sur-le-champ ce que voulait dire frère Adalgar. Un visiteur était arrivé à Fulda – et il devait s'agir d'une personne de renom, sans quoi le moine ne se serait pas donné la peine de mentionner sa présence. Fulda recevait en effet jusqu'à douze visiteurs par jour, riches et pauvres, pèlerins en robe de fourrure et misérables en haillons, et autres voyageurs fourbus qui savaient qu'on ne les renverrait pas, qu'ils trouveraient en ces murs quelques jours de repos, un refuge, et de quoi manger avant de reprendre leur route.

Jeanne, intriguée, haussa à l'adresse d'Adalgar une paire de sourcils interrogateurs.

À cet instant, l'abbé Raban fit un geste de la main. Les moines se levèrent à l'unisson et s'alignèrent par ordre d'ancienneté. Comme ils s'ébranlaient vers la porte du réfectoire, frère Adalgar se pencha sur son oreille.

– *Parens*, murmura-t-il en la pointant du doigt.

Un parent.

Du pas mesuré qui seul convenait aux moines de Fulda, Jeanne suivit ses frères hors du réfectoire. Rien, dans son aspect extérieur, ne trahissait sa profonde agitation.

Frère Adalgar pouvait-il avoir raison ? Un de ses parents était-il à Fulda ? Son père ? Sa mère ? *Parens*... Ce pouvait être l'un ou l'autre. Et si c'était son père ? Il s'attendrait à voir Jean. Cette pensée l'emplit de crainte. Si son père découvrait son imposture, il la dénoncerait à coup sûr.

Mais après tout, peut-être était-ce sa mère. Gudrun, elle, ne trahirait jamais son secret. Elle comprendrait qu'une telle révélation lui coûterait la vie.

Mère... Il y avait dix ans que Jeanne ne l'avait revue, et la séparation avait eu lieu dans les pires circonstances.

Tout à coup, elle ressentit l'envie, presque irrésistible, de revoir son visage aimé, de se blottir dans ses bras et de l'entendre chuchoter les mots rythmés de la langue des Anciens.

Frère Samuel, le frère hospitalier, l'arrêta au moment où elle quittait le réfectoire.

– Tu es dispensé de tes devoirs pour cette après-midi, frère Jean, lui annonça-t-il. Quelqu'un désire te voir.

Partagée entre l'espoir et la crainte, Jeanne ne dit mot.

– N'aie pas l'air si grave, mon frère. On dirait que c'est le diable qui vient te rendre visite pour s'emparer de ton âme immortelle !

Frère Samuel partit d'un grand éclat de rire. C'était un homme jovial, au grand cœur, aimant le rire et la plaisanterie. Après lui avoir reproché longtemps ces qualités peu monacales, l'abbé Raban avait baissé les bras et décidé de le nommer hospitalier, fonction qui, dans la mesure où elle consistait à accueillir les visiteurs, convenait parfaitement à sa tournure d'esprit.

– C'est ton père, reprit-il joyeusement. Il t'attend au jardin.

Une bouffée de panique craquela le masque impassible de Jeanne. Elle recula en secouant la tête.

– Je... je ne veux pas le voir. C'est impossible !

Le sourire de frère Samuel s'évanouit.

– Voyons, mon frère, tu déraisonnes. Ton père est venu d'Ingelheim dans le seul but de te parler.

Elle devait trouver une explication.

– Les choses ne sont pas au mieux entre nous, bredouilla-t-elle. Je... nous nous sommes querellés à mon départ.

Frère Samuel lui passa un bras amical autour des épaules.

– Je comprends. Mais c'est ton père, et il vient de fort loin. En lui parlant, même peu de temps, tu feras acte de charité.

Incapable de lui opposer un argument valable, Jeanne resta coite. Frère Samuel interpréta ce silence comme un consentement.

– Viens, je te mène à lui.

– Non ! s'écria-t-elle en se dégageant.

Frère Samuel demeura interdit. On ne s'adressait pas sur ce ton à l'hospitalier, l'un des sept obédienciers de l'abbaye.

– Ton âme est en émoi, frère Jean, dit-il sèchement. Tu as grand besoin d'un redressement spirituel. Nous en discuterons demain au chapitre.

Que puis-je faire ? se demanda Jeanne. Il serait difficile, pour ne pas dire impossible, de cacher sa véritable identité à son père. D'un autre côté, un débat au chapitre risquait d'avoir des conséquences aussi catastrophiques. Aucune excuse ne pourrait justifier son refus. Et si, comme Gottschalk, elle était convaincue d'insoumission…

– Pardonnez-moi, répondit-elle, respectueuse, pour mon manque de sang-froid et d'humilité. Mais vous m'avez pris au dépourvu, et mon trouble m'a fait oublier tous mes devoirs. Je vous demande pardon le plus humblement du monde…

L'excuse était bien tournée. Le sourire revint aux lèvres de Samuel. Il n'était pas rancunier.

– Je te l'accorde, mon frère. Viens, nous irons ensemble jusqu'au jardin.

Tandis qu'ils quittaient le cloître et passaient devant les étables, le moulin et le fournil, Jeanne soupesa fiévreusement ses chances. La dernière fois que son père l'avait vue, elle n'était qu'une petite fille, âgée de douze ans à peine. Elle avait profondément changé. Peut-être ne la reconnaîtrait-il pas.

Ils arrivèrent dans le jardin, traversé de treize planches rectilignes – nombre symbolique entre tous, choisi pour rappeler la sainte congrégation du Christ et de ses douze apôtres lors de la Cène. Chaque planche mesurait exactement sept pieds de largeur – encore un symbole : le chiffre sept, en tant que nombre d'attributs de l'Esprit-Saint, représentait la totalité des choses créées.

Au fond du jardin, entre une planche de passerage et une autre de cerfeuil, son père attendait, le dos tourné. Jeanne reconnut immédiatement sa silhouette courtaude, son cou épais, sa posture décidée. Elle rabattit encore un peu sa capuche de manière à couvrir entièrement ses cheveux et, autant que possible, son visage.

Entendant des pas, le chanoine se retourna. Ses cheveux et ses sourcils broussailleux, qui jadis effrayaient tant Jeanne, avaient entièrement viré au gris.

– Dieu soit avec toi, murmura frère Samuel en adressant à Jeanne une petite tape d'encouragement sur l'épaule.

Et il les laissa seuls.

Son père vint vers elle d'un pas hésitant. Il était plus petit que dans le souvenir de Jeanne. Elle remarqua non sans surprise qu'il s'appuyait sur une canne. À son approche, elle se détourna et, d'un geste, lui signifia de la suivre. Il fallait quitter au plus vite la lumière crue du soleil au zénith. Elle le précéda dans la chapelle sans fenêtre qui jouxtait le jardin, espérant faire de la pénombre son alliée. Elle attendit qu'il se fût assis sur un banc pour prendre place à l'autre bout, en prenant soin de garder la tête basse et de dissimuler son profil.

Le chanoine se mit à dire le Notre Père.

– *Pater noster, qui es in caelis, sanctificetur nomen tuum...*

Ses grosses mains tremblaient. Sa voix cassante, presque chevrotante, était celle d'un vieillard. Jeanne pria avec lui. Une fois la prière terminée, ils restèrent un moment silencieux.

– Mon fils, déclara enfin le chanoine, tu te conduis fort bien. Le frère hospitalier m'a appris que tu seras bientôt prêtre. Tu as accompli les espoirs que je plaçais autrefois en ton frère aîné.

Matthieu... D'instinct, Jeanne porta la main à la médaille de sainte Catherine qu'elle n'avait jamais cessé de porter autour du cou. Ce geste n'échappa pas à son père.

– Ma vue baisse, dit-il. Mais… ne serait-ce pas là le médaillon de ta sœur Jeanne ?

Jeanne lâcha instantanément l'effigie, maudissant sa stupidité. Comment avait-elle pu oublier de la cacher ?

– Je… je le lui ai pris en souvenir, Père. Après…

Elle n'eut pas le courage de lui raconter l'horreur de l'attaque normande.

– Ta sœur est-elle morte sans… déshonneur ?

Jeanne fut aussitôt assaillie par l'image de Gisla, hurlant de douleur et d'effroi tandis que les Normands la violentaient tour à tour.

– Elle est morte vierge, Père.

– *Deo gratias*, lâcha le chanoine en se signant. Elle a péri selon la volonté de Dieu. Cette enfant était obstinée et anormale. Elle n'aurait jamais connu la paix dans ce monde-ci. Tout est pour le mieux.

– Elle n'aurait pas tenu ce langage.

Si le chanoine décela la pointe d'ironie qui vibrait dans la voix de Jeanne, il n'en montra rien.

– Sa mort a causé un profond chagrin à ta mère.

– Comment se porte-t-elle ?

Le chanoine se tut. Quand il répondit enfin, ce fut d'une voix plus tremblante encore.

– Elle est partie.

– Partie ?

– Dans les profondeurs de l'enfer, où elle rôtira pour les siècles des siècles.

– Non…, souffla Jeanne, le cœur serré.

– Elle est morte il y a une lune, refusant d'être absoute ou réconciliée avec le Christ, en invoquant ses idoles païennes. Quand la sage-femme m'a annoncé qu'elle ne survivrait pas, j'ai fait tout ce qui était en mon pouvoir, mais elle n'a pas voulu recevoir les derniers sacrements. Et quand j'ai glissé entre ses lèvres la sainte hostie, elle me l'a recrachée au visage !

– La sage-femme ? Voulez-vous dire que…

Sa mère avait plus de cinquante ans : elle avait largement passé l'âge de porter un enfant. D'ailleurs, elle n'en avait plus eu après la naissance de Jeanne.

– On ne m'a pas permis de l'enterrer dans le cimetière chrétien, à cause de l'enfant non baptisé qui était resté dans ses entrailles.

Tout à coup, le chanoine se mit à pleurer. De profonds sanglots l'ébranlèrent.

L'aimait-il malgré tout ?

Les larmes du chanoine s'apaisèrent peu à peu, et il récita la prière des morts. Jeanne, cette fois, ne l'accompagna pas. À voix basse, elle invoqua le nom sacré de Thor, dieu du Tonnerre, ainsi que sa mère le lui avait appris bien des années plus tôt.

Mal à son aise, son père s'éclaircit la gorge.

– J'ai une question, Jean. À propos de ma mission en terre saxonne. Crois-tu que… que les moines de cette abbaye auraient l'usage de mes services, pour la conversion des païens ?

– Et votre office à Ingelheim ?

– Je dois t'avouer que ma position à Ingelheim est devenue délicate. Le récent malheur de ta mère…

Jeanne comprit soudain. Les sanctions contre les membres du clergé mariés, rarement appliquées sous

Charlemagne, s'étaient durcies au cours du règne de son fils, dont le zèle chrétien lui avait valu d'être surnommé Louis le Pieux. Le récent synode de Paris avait puissamment renforcé la théorie et la pratique du célibat clérical. La grossesse de Gudrun, preuve tangible de la lubricité du chanoine, n'aurait pas pu intervenir à pire moment.

– Vous avez perdu votre fonction ?

Son père hocha la tête à contrecœur.

– Cependant, j'ai encore bien assez de volonté et de savoir-faire pour œuvrer au nom du Seigneur, ajouta-t-il. Si tu pouvais intercéder en ma faveur auprès de l'abbé Raban Maur…

Jeanne ne répondit pas. Son cœur était bouffi de chagrin, de colère et de douleur. La compassion n'y avait pas sa place.

– Tu ne réponds pas ? dit le chanoine en se levant, d'un ton où elle crut retrouver quelque chose de son despotisme d'antan. Tu es devenu orgueilleux, mon fils ! N'oublie pas que c'est moi seul qui t'ai permis d'accéder à cet endroit et à la position que tu occupes désormais. *Contritionem praecedit superbia, et ante ruinam exaltatio spiritus* – « L'arrogance précède la ruine, et l'orgueil précède la chute ». Proverbes, chapitre seize.

– *Bonum est homini mulierem non tangere* – « Il est bon pour un homme de ne point toucher une femme », riposta Jeanne. Première Épître aux Corinthiens, chapitre sept.

Son père leva sa canne pour la frapper, mais son mouvement lui fit perdre l'équilibre, et il tomba. Jeanne lui tendit une main pour l'aider à se relever, mais il s'accrocha à elle, l'attirant vers le sol.

– Mon fils, supplia-t-il, les yeux noyés de larmes, mon fils, ne m'abandonne pas ! Tu es tout ce qui me reste !

Dégoûtée, elle recula si violemment que sa capuche glissa sur sa nuque. Elle la rajusta en hâte, mais il était trop tard. Les traits de son père se figèrent en une grimace horrifiée.

– Non, lâcha-t-il, abasourdi. Cela ne peut pas être !

– Père…

– Fille d'Ève, qu'as-tu fait ? Où est ton frère ? Où est Jean ?

– Il est mort.

– Mort ?

– Tué par les Normands, à la cathédrale de Dorstadt. J'ai tenté de le sauver, mais…

– Sorcière ! Monstre ! Démon de l'enfer ! s'écria-t-il en se signant à plusieurs reprises.

– Père, s'il vous plaît, laissez-moi vous expliquer…

Jeanne était au désespoir. Elle devait l'apaiser avant que ses éclats de voix n'attirent l'attention. Le chanoine récupéra son bâton et se releva. Tout son corps tremblait comme une feuille. Jeanne fit un mouvement pour l'aider, mais il la repoussa.

– Tu as tué ton frère aîné ! Pourquoi n'as-tu pas eu la clémence d'épargner son cadet ?

– J'aimais Jean, Père. Jamais je ne lui aurais fait de mal. Les Normands l'ont tué. Ils sont arrivés sans crier gare, brandissant leurs haches et leurs épées ! protesta-t-elle, la gorge secouée de sanglots. Jean a voulu résister, mais ils n'ont épargné personne, personne ! Ils…

Son père se tourna vers la porte.

– Il faut que cela cesse, gronda-t-il. Je dois t'empêcher de continuer à répandre le mal.

Elle lui saisit le bras.

– Père, non, je vous en prie, ils me tueront !

Furieux, il fit volte-face.

– Diablesse ! Puisses-tu être morte dans les entrailles de ta païenne de mère avant même de voir le jour ! Lâche-moi !

Jeanne s'accrocha à lui avec l'énergie du désespoir. S'il franchissait le seuil de la chapelle, elle était perdue.

– Frère Jean ? lança une voix depuis le seuil. As-tu des ennuis ?

C'était frère Samuel, l'air inquiet. Surprise, Jeanne relâcha son étreinte. Son père se libéra d'un geste brutal et marcha vers le moine.

– Conduisez-moi à l'abbé Raban. Je dois… je dois…

Il s'interrompit brusquement, le regard frappé de stupeur. En quelques secondes, la peau de son visage devint violacée. Ses traits se tordirent grotesquement. Son œil droit paraissait à présent plus bas que l'autre, tandis que sa bouche s'affaissait d'un côté.

– Père ? fit Jeanne, s'approchant d'un pas incertain.

Il agita vers elle une paire de bras frénétiques.

Terrifiée, elle recula.

Le chanoine hurla quelque chose d'incompréhensible et s'effondra soudain en avant, comme un arbre coupé.

Frère Samuel appela à l'aide. Presque aussitôt, cinq moines parurent sur le seuil. Jeanne, agenouillée près de son père, le souleva dans ses bras. La tête du chanoine ballait lourdement. Elle la posa sur son épaule. En le regardant au fond des yeux, elle eut la stupéfaction d'y déchiffrer une haine inexprimable. Les lèvres de son père tentaient désespérément d'articuler un mot.

– M… m… m…

– N'essayez pas de parler, murmura Jeanne. Vous êtes trop faible.

Il la fixa avec une furie sauvage. Enfin, au prix d'un effort terrible, il parvint à prononcer le mot désiré :

– M… m… *mulier !*

Femme !

Dans une ultime convulsion, sa tête se tourna sur le côté et demeura dans cette position, le regard figé à jamais dans une grimace d'exécration.

Jeanne se pencha sur lui en quête d'une trace de souffle. Après une longue attente, elle referma ses paupières.

– Il est mort.

Frère Samuel et les autres se signèrent.

– Il me semble l'avoir entendu parler avant de mourir, dit l'hospitalier. Qu'a-t-il dit ?

– Il… il a invoqué Marie, la mère du Christ.

– Un saint homme, opina frère Samuel en hochant la tête, avant de s'adresser aux autres : Menez-le à l'église. Nous apprêterons sa dépouille avec tous les honneurs requis.

– *Terra es, terram ibis*, psalmodia l'abbé Raban.

Comme les autres moines, Jeanne se pencha pour ramasser une poignée de terre et la jeter dans la fosse au fond de laquelle reposait le cercueil de planches lisses de son père.

Il l'avait toujours méprisée. Même toute petite, avant que la guerre n'eût été déclarée entre eux, elle n'avait jamais pu obtenir de lui autre chose qu'une tolérance teintée d'amertume. Aux yeux de son père, elle n'était qu'une fille, un être stupide et sans valeur. Mais bien que sachant tout cela, elle était choquée de la détermination avec laquelle il avait voulu la dénoncer, et par conséquent la condamner à une mort horrible.

Toutefois, quand la dernière pelletée de terre eut été jetée sur la sépulture paternelle, Jeanne sentit gonfler dans son cœur une vague de mélancolie. Elle avait toujours craint son père. Peut-être même l'avait-elle haï. Et cependant, elle avait l'impression d'avoir perdu quelque chose. Matthieu, Jean, sa mère… Tous étaient partis. Son père représentait jusqu'à ce jour le lien ultime avec ses origines – avec l'enfant qu'elle avait été. Jeanne d'Ingelheim n'existait plus. Seul subsistait Jean Anglicus, prêtre et moine de l'abbaye bénédictine de Fulda.

17

Fontenoy, 841

La prairie, traversée en son milieu par le lit d'argent délicatement sinueux d'une rivière, scintillait dans la clarté métallique des premiers feux de l'aube. *Un décor incongru pour une bataille*, songea Gerold, amer.

L'empereur Louis le Pieux était mort moins d'un an plus tôt, mais, déjà, la rivalité larvée qui avait longtemps opposé ses trois fils s'était transformée en guerre ouverte. Bien que l'aîné, Lothaire, eût hérité le titre d'empereur, le gigantesque territoire de l'Empire avait été divisé entre lui et ses deux frères cadets, Charles et Louis. Cet arrangement malhabile, et par là même dangereux, avait laissé tout le monde sur sa faim. En dépit de cette périlleuse situation, la guerre eût pu être évitée si Lothaire avait fait preuve d'un plus grand talent diplomatique. Mais sa nature despotique l'avait poussé à traiter ses deux cadets avec une telle arrogance qu'ils avaient fini par s'allier contre lui. Les trois héritiers de Louis le Pieux, bien décidés à régler leurs différends dans le sang, allaient se battre aujourd'hui à Fontenoy.

Après une longue hésitation, Gerold s'était rangé dans le camp de Lothaire. Il connaissait les défauts de celui-ci, mais l'empereur représentait néanmoins le dernier espoir de maintenir uni le royaume franc. Les divisions qui déchiraient le pays depuis l'année passée avaient prélevé un effroyable tribut, car les Normands, profitant du désordre militaire induit par le chaos politique, avaient intensifié leurs incursions sur les côtes franques, causant ainsi d'immenses ravages. Si Lothaire réussissait ce jour à remporter une grande victoire, ses frères n'auraient d'autre choix que celui de le soutenir. Dans l'esprit de Gerold, mieux valait un pays régi par un tyran qu'un pays anéanti.

Un grand martèlement de planches donna l'ordre du rassemblement. Lothaire avait décidé de faire dire une messe à la première heure pour donner du courage à ses soldats avant la bataille. Gerold laissa là ses méditations solitaires et regagna le camp.

Vêtu d'une chasuble de drap d'or, l'évêque d'Auxerre était monté sur un char à provisions afin d'être vu de tous.

– *Libera me, Domine, de morte aeterna*..., psalmodia-t-il de sa voix grave, tandis que de nombreux prêtres passaient dans les rangs des soldats pour distribuer la sainte hostie.

Beaucoup d'hommes étaient des coloni dénués de toute science des armes. En temps normal, ils eussent été exemptés du service militaire impérial, mais les circonstances actuelles étaient tout sauf normales. Bon nombre d'entre eux avaient été arrachés à leurs foyers sans même avoir eu le temps de préparer leur bagage ou de faire leurs adieux aux leurs. Ils recevaient à présent la communion d'un air hébété et n'étaient aucunement en condition de se préparer à mourir. Leurs pensées étaient encore fermement arrimées aux choses de ce bas monde auxquelles on les avait si brutalement arrachés : leur champ, leur gagne-pain, leurs dettes, leurs femmes, les enfants laissés derrière eux. Très inquiets, ils ne comprenaient pas encore l'étendue de leur infortune ; ils ne pouvaient croire qu'on attendait d'eux qu'ils combattent et meurent sur cette terre inconnue, tout cela pour un souverain dont le nom même, quelques jours plus tôt, n'évoquait qu'un lointain écho à leurs oreilles. *Combien d'entre ces innocents seront encore en vie pour voir le soleil se coucher ce soir ?*

– Ô Seigneur des Hosties, déclama l'évêque à la fin de la messe, Champion de toutes les batailles, Grand Pourvoyeur de victoires, donne-nous le bouclier de ton soutien, ainsi que le glaive de ta gloire, afin de garantir l'anéantissement de nos ennemis. Amen.

– Amen ! répétèrent à l'unisson des milliers de voix.

Au même instant, un étroit croissant de soleil parut à l'horizon et répandit une lumière dorée sur la prairie. Les pointes des lances et des flèches se mirent à briller comme autant de pierres précieuses. Un cri joyeux monta des rangs.

L'évêque retira son pallium, le tendit à un prêtre subalterne, puis détacha sa chasuble et la laissa glisser à terre, pour apparaître finalement en grande tenue de soldat : il portait non seulement la *brunia*, épais pourpoint de cuir trempé dans la cire chaude et bardé de plaques de fer, mais aussi des *bauga*, jambières en fer.

Il a l'intention de combattre lui aussi.

À strictement parler, le saint office de l'évêque lui interdisait de verser le sang d'autrui, mais en pratique, ce pieux idéal était le plus souvent ignoré : les évêques et les prêtres combattaient auprès de leur roi comme tous ses autres vassaux.

Un assistant tendit à l'évêque un glaive à croix gravée. Le prélat brandit son arme, dont la poignée d'or lança des éclairs sous le soleil naissant.

– Priez Jésus-Christ ! s'écria-t-il, exalté. À l'assaut, vaillants chrétiens, et que le sang coule à flots !

Gerold commandait le flanc gauche, positionné sur la crête d'une colline qui bordait le champ de bataille côté sud. Sur le monticule opposé, Pépin, le neveu de Lothaire, commandait le flanc droit, un contingent d'Aquitains fort bien armés. L'avant-garde, emmenée par Lothaire en personne, était rassemblée juste derrière l'orée des arbres qui marquait la limite orientale de la plaine, face aux lignes ennemies.

L'étalon bai de Gerold renâcla et fit entendre un hennissement d'impatience. Le comte lui flatta l'encolure. Mieux valait préserver toute l'énergie de l'animal pour la charge, qui ne devait plus tarder.

– Bientôt, murmura-t-il au creux de son oreille dressée. Très bientôt.

Puis il scruta le ciel. Il serait bientôt six heures – le début de la matinée. Le soleil, encore bas à l'horizon, faisait face à l'ennemi. *C'est un avantage qu'il ne faudra pas négliger.* À chaque instant, il surveillait Lothaire, guettant le signal de l'assaut. Un quart d'heure passa. Les deux armées s'observaient avec une tension palpable au-dessus des herbes de la prairie verdoyante. Un autre quart d'heure s'écoula. Puis un autre. Et encore un autre.

N'y tenant plus, Gerold dévala la pente sur son destrier pour rejoindre l'avant-garde. Il trouva Lothaire à cheval sous une forêt de bannières.

– Majesté, pourquoi attendons-nous ainsi ? Les hommes s'impatientent.

Lothaire lui jeta un regard chagrin.

– Je suis l'empereur, lâcha-t-il. Ce n'est pas à moi d'aller au-devant de mes ennemis.

Le souverain n'appréciait guère le comte, beaucoup trop indépendant à son goût – le résultat, sans aucun doute, de trop nombreuses années passées parmi les païens et les barbares de sa lointaine marche nordique.

– Mais, sire, voyez le soleil ! En donnant l'assaut maintenant, nous l'aurons pour allié, tandis que dans une heure il sera trop tard !

– Ayez foi en Dieu, comte Gerold. N'oubliez pas que je suis celui qui a reçu les saintes huiles. Le Seigneur ne manquera pas de nous donner la victoire.

Au ton de Lothaire, Gerold comprit qu'il était inutile d'insister. Il s'inclina avec raideur, fit tourner les talons à sa monture, et regagna sa position.

Lothaire avait peut-être raison. Il se pouvait que Dieu eût l'intention de leur offrir la victoire. Mais le rôle des hommes n'était-il pas de l'y aider ?

Il était dix heures. Le soleil approchait de son zénith. Gerold pesta dans sa barbe. Que s'imaginait donc Lothaire ? Ils attendaient depuis près de quatre heures. La chaleur chauffait à blanc les cottes de mailles, et les hommes s'agitaient de plus en plus. Ceux qui avaient besoin de se soulager étaient contraints de le faire sur place, car il était interdit de rompre les rangs. Une forte odeur d'urine flottait dans l'air immobile.

Dans ces circonstances, Gerold se réjouit de voir arriver une petite cohorte de serviteurs apportant des tonneaux de vin. Ses hommes avaient chaud et soif. Une bonne timbale de vin était ce dont ils avaient le plus besoin pour retrouver leur ardeur. Un joyeux brouhaha s'éleva quand les serviteurs se mirent à circuler dans les rangs. Gerold lui-même accepta un bol d'épais vin rouge et se sentit beaucoup mieux après l'avoir bu, mais il n'autorisa pas pour autant ses soldats ni lui-même à répéter la chose. Si quelques gorgées de vin avaient le pouvoir d'aiguillonner le courage d'un homme, une quantité excessive représentait un réel danger, tant pour lui-même que pour ses compagnons d'armes.

Lothaire n'eut pas ces scrupules. Magnanime, il encouragea ses hommes à boire de plus belle. Et bientôt, en braillant, en plastronnant et en se vantant à qui mieux mieux d'être meilleur guerrier que leur voisin, tous les cavaliers de l'avant-garde se bousculèrent pour figurer au premier rang. Ils en vinrent à se quereller comme des enfants – ce qu'ils étaient d'ailleurs pour la plupart : la majeure partie d'entre eux n'avaient pas plus de dix-huit ans.

– Ils arrivent ! Ils arrivent !

Un cri angoissé courut dans les rangs. L'armée ennemie s'était mise en branle, très lentement, de manière que les fantassins et les archers pussent accompagner de près la cavalerie, qui ouvrait la marche. Il émanait de ce spectacle une impression de solennité, voire de majesté, qui évoquait plus une procession religieuse que la préparation d'une bataille.

Au sein des troupes de Lothaire, une grande agitation se répandit aussitôt : chacun se hâtait de retrouver son heaume, sa lance et son écu. Les chevaliers avaient à peine eu le temps de se remettre en selle que la cavalerie ennemie se lança au galop à une vitesse effrayante, dans un furieux martèlement de sabots qui sonnait comme mille coups de tonnerre.

Les bannières impériales s'abaissèrent, puis se relevèrent. C'était le signe de la riposte. Les cavaliers de l'avant-garde s'élancèrent dans la plaine. L'étalon de Gerold fit un bond, mais son maître le rattrapa.

– Pas encore, murmura-t-il.

Il avait reçu l'ordre d'attendre. Le flanc gauche devait être le dernier à se jeter dans la bataille, après les bataillons de Lothaire et de Pépin.

Telles deux immenses vagues, les armées opposées, fortes de quarante mille hommes chacune, déferlèrent l'une contre l'autre. Il y avait là, sur une bande d'un demi-mille de largeur, tout ce que le pays franc comptait de seigneurs et de nobles gens. Dans une clameur sauvage, une grappe de cavaliers se détacha en désordre de l'avant-garde impériale. Ses membres voulaient tous avoir le privilège d'être les premiers à engager le combat sous les yeux de l'empereur.

Gerold vit ce mouvement anarchique d'un mauvais œil. Au train où ils galopaient, ils atteindraient la rivière beaucoup trop vite, et seraient à coup sûr en train d'y patauger quand leurs ennemis les rejoindraient, bien campés, eux, sur la terre ferme de la berge.

Ivres de vin et de jeunesse, les cavaliers de Lothaire se ruèrent sans une hésitation dans le lit de la rivière. Avec un formidable fracas, semblable à celui d'un os qui se brise, les deux cavaleries entrèrent en collision. Malgré leur désavantage – les ennemis, perchés sur la berge, les dominaient de deux bonnes têtes –, les soldats de Lothaire se battirent vaillamment, tout en tentant de maîtriser leurs montures qui glissaient sans cesse sur les roches. Ceux qui étaient touchés tombaient à l'eau. Pris au piège de la vase et écrasés par le poids de leurs cottes de mailles, ils étaient souvent piétinés par leurs propres chevaux, en proie à la panique.

La deuxième vague de cavaliers vit trop tard ce qui la menaçait. Poussés, bousculés par ceux qui les suivaient, ils ne purent s'arrêter à temps. Eux aussi furent forcés de dévaler la pente boueuse de la berge et de se jeter dans l'eau teintée de sang. Ils ne firent ainsi que repousser les survivants de la première vague vers les lances ennemies.

Seule l'arrière-garde de la cavalerie, qui encadrait Lothaire, réussit à faire halte avant qu'il ne fût trop tard. On se replia en hâte. On battit en retraite dans le plus grand désordre, enfonçant au passage les lignes d'archers et de piétaille qui venaient ensuite. Les fantassins, épouvantés, jetèrent leurs armes et s'enfuirent à leur tour pour éviter d'être piétinés.

La déroute était totale. Les deux ailes, commandées par Gerold et par Pépin, représentaient le dernier espoir de salut de l'empereur. De leur position, les troupes de Gerold pouvaient éviter l'obstacle de la rivière et s'en prendre directement au roi Louis. Le comte, jetant un coup d'œil sur la butte qui lui faisait face, constata que Pépin et ses Aquitains se battaient déjà, le dos tourné au champ de bataille. Le roi Charles devait les avoir pris à revers.

Il ne fallait plus compter sur eux pour aider Lothaire.

Gerold considéra de nouveau le champ de bataille. Le gros des troupes de Louis avait traversé le ruisseau pour se lancer à la poursuite de Lothaire. Du coup, son arrière-garde était imprudemment réduite, ce qui mettait le roi en position vulnérable. C'était la dernière chance de l'armée impériale.

Gerold se dressa sur son destrier et brandit sa lance.

– En avant ! Au nom de l'empereur !

– Au nom de l'empereur !

La clameur demeura suspendue dans l'air derrière les troupes de Gerold, qui s'élancèrent à flanc de pente dans un tourbillon de poussière et piquèrent droit sur l'étendard du roi Louis. Celui-ci flottait, vermeil et bleu, sous le soleil estival.

La petite escorte restée auprès du roi resserra les rangs. Gerold et les siens arrivèrent à bride abattue.

Le comte tua son premier adversaire d'un coup de lance. Frappé en pleine poitrine, l'homme bascula à bas de sa selle, entraînant la lance dans sa chute. Armé de son seul glaive, Gerold poursuivit sa charge avec une détermination aveugle, frappant de droite et de gauche pour se frayer un chemin, au fil de l'épée, vers l'étendard de Louis. Ses hommes le suivaient de près.

Pas à pas, pouce à pouce, la garde de Louis céda devant la violence de l'assaut. Et tout à coup, la voie fut libre. Le griffon rouge du royal étendard se dressait sous les yeux de Gerold. Monté sur un destrier blanc, le roi Louis le regardait fixement.

– Rendez-vous ! hurla Gerold. Rendez-vous, et vous aurez la vie sauve !

En guise de réponse, Louis abattit son glaive, qui heurta celui de Gerold. Ils s'affrontèrent d'homme à homme, égaux en force et en habileté. Soudain, un cheval tout proche fit un violent écart, frappé par une flèche. L'étalon de Gerold se déroba. Louis profita de son avantage pour viser le cou du comte. Celui-ci se baissa à temps et enfonça son épée sous l'aisselle du roi, entre ses côtes.

Louis eut un hoquet. Un flot de sang lui vint à la bouche. Son corps se tordit, glissa vers le sol.

– Le roi est mort ! s'écrièrent à l'unisson les hommes de Gerold, exultant. Louis a été tué !

Le corps du souverain traînait au sol, encore retenu à sa monture par un de ses étriers. Son cheval se cabra. Le heaume royal se détacha, révélant un visage plat, au nez camus – un visage complètement inconnu.

Gerold étouffa un juron. Un tel stratagème était indigne d'un roi. Ce n'était pas Louis qu'il venait d'estoquer, mais un imposteur destiné à les leurrer !

Il n'eut pas le temps de se lamenter. Déjà, les troupes de Louis encerclaient les siens. Épaule contre épaule, ses hommes et lui tentèrent de forcer leur barrage en se protégeant les uns les autres.

Une tache de verdure fugitivement entraperçue redoubla l'ardeur de Gerold. Plus que quelques pas, et ils auraient le champ libre pour se replier au galop.

Un ennemi se dressait encore sur son passage, plus solide qu'un chêne. Gerold prit promptement sa mesure. C'était un robuste gaillard, au torse large et aux bras puissants. Il portait une masse – une arme de force, non d'habileté. Gerold feignit de partir à gauche. L'homme ayant répondu à son geste, il changea vivement de direction en portant un coup d'épée à son bras droit. Avec un juron, l'homme fit passer la masse dans sa main gauche.

Derrière lui, Gerold perçut un sifflement meurtrier, semblable au froissement d'ailes d'un oiseau. Il ressentit une violente douleur au moment où la flèche lui transperçait l'épaule. Impuissant, il vit son épée lui glisser entre les doigts.

Son adversaire releva sa masse, et l'abattit presque aussitôt. Gerold eut le réflexe de fuir, mais il était trop tard.

Le coup l'atteignit avec un fracas épouvantable, l'expédiant sur-le-champ dans un monde de ténèbres.

Les étoiles brillaient d'une imperturbable beauté au-dessus de la plaine noire de cadavres. Vingt mille hommes avaient péri ce jour-là – nobles, vassaux, fermiers, artisans, pères, fils, frères – au nom de la grandeur révolue de l'Empire, et aussi pour sauver ses derniers espoirs de survie.

Gerold ouvrit les paupières. Pendant un long moment, il ne put que contempler les étoiles, incapable de se rappeler ce qui s'était passé. Une odeur puissante lui envahit peu à peu les narines. Une odeur désagréable, écœurante, et familière.

L'odeur du sang.

Il s'assit. Ce mouvement provoqua une formidable douleur entre ses tempes, et cette douleur lui rendit la mémoire. Il porta la main gauche à son épaule droite. La flèche y était restée logée. Il devait s'en débarrasser au plus tôt pour éviter l'infection. Il l'empoigna par la tige et extirpa sa pointe d'un coup sec.

La souffrance lui arracha un cri, et il dut rassembler toute son énergie pour ne pas perdre connaissance. Lorsque la douleur finit par s'atténuer, il prit conscience de ce qui l'entourait. La terre, autour de lui, était jonchée des vestiges répugnants de la bataille : glaives abandonnés, écus fendus, membres tranchés, étendards lacérés, cadavres raidis.

De la colline où campaient Charles et Louis descendait la rumeur d'une célébration victorieuse. Les plaisanteries et les rires rauques flottaient, incongrus, dans le profond silence de la plaine. La lumière du camp des vainqueurs pleuvait en pâles lambeaux sur le champ de bataille. Aucun son ne venait du camp de l'empereur, sur la butte opposée. Pas une torche ne brûlait là-haut. Tout était sombre et silencieux.

Lothaire était vaincu. Ses troupes, ou ce qu'il en restait, s'étaient éparpillées dans les bois environnants en quête d'un refuge.

Gerold se leva, luttant contre une vague de nausée. À quelques pas, il reconnut son étalon bai, horriblement mutilé. Les pattes postérieures de l'animal s'agitaient en l'air. Il avait été éventré d'un coup de lance par en dessous. Ses entrailles s'échappaient à demi d'une plaie béante. Au moment où Gerold s'avançait vers lui, une petite silhouette se dressa, furtive, visiblement en alerte. C'était un chien, affamé et galeux, venu festoyer au généreux banquet de cette sombre nuit. Gerold agita les bras, et le cabot détala, l'œil luisant de haine. Le comte s'agenouilla auprès de son cheval, lui caressa l'encolure, lui chuchota des paroles. Le souffle de l'animal s'apaisa, mais une immense douleur dansait dans ses grands yeux noirs. Gerold tira son coutelas de sa gaine et lui trancha la gorge. Puis il demeura là, à le bercer, jusqu'à ce que ses pattes eussent complètement cessé de bouger.

Soudain, plusieurs voix étouffées s'élevèrent dans son dos.

– Regardez ! Ce heaume doit bien valoir un sou !

– Laisse-le donc, dit une autre voix, plus basse et plus autoritaire. Ne vois-tu point qu'il est fendu sur tout l'arrière du crâne ? Il ne vaut plus rien. Suivez-moi, vous autres, si vous comptez faire meilleure cueillette !

Des pillards… Les morts étaient des proies autrement plus faciles que les vivants. Ils ne tardaient jamais à être délestés de leurs vêtements, cottes, armes et bijoux.

– Hé ! fit une voix toute proche. Celui-là est vivant !

On entendit un choc, suivi d'un cri bref, qui cessa d'un seul coup.

– Si vous en trouvez d'autres, dit une voix, faites-lui subir le même sort. Il ne faudrait pas qu'un témoin s'avise de nous faire mettre la corde au cou !

Gerold se releva en titubant. Ils le découvriraient dans un instant. Prenant grand soin de rester toujours à l'abri des ombres, il se faufila sans bruit jusqu'à la lisière du bois le plus proche.

18

La vie à Fulda ne fut guère troublée par la querelle des trois fils de Louis le Pieux. Tel un pavé dans la mare, la bataille de Fontenoy souleva une vague puissante autour des centres de pouvoir, mais dans les lointaines marches orientales de l'Empire, son effet se borna à un imperceptible frémissement. Certes, les plus grands seigneurs terriens de la contrée avaient rejoint l'armée du roi Louis, car la loi exigeait de tout homme libre possédant plus de quatre manses qu'il se soumît au service militaire. Mais la victoire de Louis fut prompte et décisive : à l'exception de deux d'entre eux, tous ces seigneurs rentrèrent donc sains et saufs.

Les journées de l'abbaye s'écoulaient sur le même rythme qu'auparavant, prises dans la trame immuable de la vie monacale. Grâce à une succession de généreuses récoltes, la région connut une période d'opulence sans précédent. Les greniers de l'abbaye étaient pleins à craquer. Les maigres cochons d'Austrasie étaient si bien nourris qu'ils commencèrent à prendre de l'embonpoint.

Puis soudain, ce fut le désastre. Plusieurs semaines de pluie continuelle ruinèrent les semailles du printemps. Dans la terre gorgée d'eau, il fut impossible de tracer des sillons et les graines ne tardèrent pas à pourrir. Plus grave encore, l'humidité s'insinua dans les greniers et détruisit tout le grain qui y était entreposé.

La famine de l'hiver suivant fut, de mémoire d'homme, la pire jamais connue. À la grande horreur de l'Église, certains misérables eurent recours au cannibalisme. Les routes devinrent dangereuses pour les voyageurs, traqués non seulement pour leurs biens, mais aussi pour la viande de leurs corps. À Lorsch, après une pendaison en place publique, la foule affamée envahit le gibet pour se disputer les cadavres encore chauds des condamnés.

Affaibli par la disette, le peuple devint une proie facile pour les maladies. Des milliers d'hommes moururent de la peste. Les symptômes ne variaient point : maux de tête, désorientation, frissons, puis forte fièvre et toux violente. On n'y pouvait rien, sinon dépouiller les malades de leurs vêtements et les couvrir de linges humides dans l'espoir de faire descendre leur température. Ceux qui survivaient à la fièvre avaient une petite chance de recouvrer la santé. Mais ils étaient rares.

L'enceinte sacrée de l'abbaye ne constitua pas longtemps une protection contre la pestilence. La première victime de l'épidémie fut frère Samuel, l'hospitalier, que sa fonction exposait fréquemment au contact du monde extérieur. Il passa de vie à trépas en deux jours. L'abbé Raban attribua ce malheur à sa prolixité et à son goût immodéré pour la plaisanterie. Les souffrances de la chair, selon lui, n'étaient que les manifestations externes d'une décadence morale et spirituelle. Puis vint le tour de frère Aldoard, considéré par tous comme un modèle de piété et de vertu monastique. Il fut suivi de peu par frère Hildwin, le sacristain, et par plusieurs autres.

À la grande surprise des moines, l'abbé Raban annonça qu'il partait en pèlerinage sur le tombeau de saint Martin, près de Tours. Il souhaitait invoquer la protection du martyr contre la peste.

– Le prieur Joseph me remplacera aussi longtemps que durera mon absence, expliqua-t-il. Obéissez-lui sans sourciller, car sa parole vaudra la mienne.

La soudaineté de la nouvelle et le départ précipité de l'abbé suscitèrent nombre de commentaires. Certains moines s'empressèrent de louer la décision de Raban d'entreprendre un voyage aussi ardu pour le salut de tous. D'autres murmurèrent qu'il s'absentait afin d'échapper lui-même au danger.

Jeanne n'eut pas le temps de s'intéresser à cette polémique. Elle était occupée du matin au soir à dire la messe, à recevoir la confession de ses frères et à administrer, de plus en plus souvent, les derniers sacrements.

Une nuit, elle constata que frère Benjamin était absent de sa place habituelle à la vigile. Extrêmement dévot, le vieux moine ne manquait jamais l'office. Dès la fin de la messe, Jeanne se précipita à l'infirmerie. En pénétrant dans la longue salle rectangulaire, elle reconnut l'arôme puissant de la graisse d'oie et de la moutarde, remèdes connus pour lutter contre les affections pulmonaires. L'infirmerie était pleine à craquer : tous les lits étaient occupés. Les frères affectés à l'infirmerie pour l'*opus manuum* circulaient entre les malades, arrangeant les couvertures, offrant de l'eau, et priant en silence au chevet de ceux qui étaient déjà au-delà de tout réconfort matériel.

Frère Benjamin, assis sur un lit, était en train d'expliquer à frère Deodatus, un novice, la meilleure façon d'appliquer un emplâtre à la moutarde. À l'entendre, Jeanne se remémora le jour lointain où il lui avait fait la même leçon. Un sourire se dessina sur ses lèvres. Si frère Benjamin était encore capable de diriger l'infirmerie, ses jours n'étaient certainement pas en danger.

Une brutale quinte de toux interrompit le discours du vieux médecin. Jeanne se hâta de rejoindre son chevet. Ayant trempé un morceau d'étoffe dans le bol d'eau de rose posé près du grabat, elle l'appliqua délicatement sur le front brûlant de son maître. *Comment peut-il rester lucide malgré une fièvre aussi forte ?*

Benjamin cessa enfin de tousser, s'étendit sur le dos et ferma les yeux. Son souffle était court. Ses cheveux gris fer formaient un halo ténu autour de son visage. Ses grosses mains de laboureur, néanmoins dotées d'une douceur et d'une habileté inattendues, gisaient à plat sur la couverture, ouvertes et impuissantes comme celles d'un nourrisson. Le cœur de Jeanne se serra.

Frère Benjamin ouvrit enfin les yeux, reconnut son élève, et sourit.

– Tu es venu, frère Jean, souffla-t-il. C'est bien. Comme tu le vois, j'ai grand besoin de tes services.

– Un peu d'achillée et d'écorce de saule en poudre auront tôt fait de vous remettre d'aplomb, répliqua-t-elle d'un ton trop enjoué.

Benjamin secoua la tête.

– C'est du prêtre, et non du médecin, que j'ai besoin à présent. Aide-moi à passer dans l'autre monde, mon frère, car j'en ai fini avec celui-ci.

Jeanne lui prit la main.

– Je ne vous laisserai pas nous quitter sans combattre.

– Tu sais déjà tout ce que j'avais à t'enseigner. Tu dois maintenant apprendre à accepter l'inévitable.

– Je n'accepterai pas de vous perdre, riposta-t-elle avec feu.

Pendant les deux jours suivants, Jeanne lutta farouchement pour la vie de frère Benjamin. Elle déploya toute la science qu'il lui avait transmise, essaya tous les remèdes auxquels elle put penser. La fièvre continuait à le consumer. Le corps replet du vieux moine se ratatina, tel un cocon vide après l'essor du papillon. Sous les rougeurs de la fièvre, elle décela bientôt une inquiétante lividité.

– Absous-moi, supplia Benjamin. Je veux recevoir les derniers sacrements en pleine possession de mes facultés.

À quoi bon repousser plus longtemps l'échéance ?

– *Quid me advocasti ?* psalmodia-t-elle, en prenant soin de respecter la cadence solennelle de la liturgie. Que me demandes-tu ?

– *Ut mihi unctionem tradas*, répondit le mourant. Donne-moi l'onction.

Ayant trempé son pouce dans un mélange de cendres et d'eau, Jeanne traça un signe de croix sur la poitrine du vieux moine, puis la recouvrit d'un fragment de toile, symbole de pénitence.

Benjamin fut saisi d'une nouvelle quinte de toux. Quand elle s'acheva, Jeanne remarqua qu'il avait du sang dans la bouche. Effrayée, elle se hâta de réciter les sept psaumes pénitentiels et d'effectuer l'onction rituelle des yeux, des oreilles, du nez, de la bouche, des mains et des pieds. Le rite lui parut prendre un temps infini. Benjamin gisait maintenant les yeux clos, complètement inerte. Était-il conscient ? Jeanne n'aurait su le dire.

Le moment était venu d'administrer le viatique. Jeanne éleva la sainte hostie, mais Benjamin ne réagit pas. *Il est trop tard. C'est ma faute.*

Elle déposa l'hostie sur les lèvres de Benjamin. Le vieux moine ouvrit les yeux et la prit dans sa bouche. Jeanne le bénit d'un geste. D'une voix frémissante, elle entama la prière sacramentelle.

– *Corpus et Sanguis Domini nostri Jesu Christi in vitam aeternam te perducant...*

Benjamin mourut à l'aube, à l'heure où les doux cantiques des laudes traversaient l'air matinal. Jeanne en fut profondément affligée. Depuis le jour où, douze ans plus tôt, le vieux moine l'avait prise sous son aile, il était devenu à la fois son ami et son mentor. Et même après que ses nouvelles fonctions de prêtre l'eurent éloignée de l'infirmerie, Benjamin avait continué de l'aider, de l'encourager, de la soutenir. Il avait été un père pour elle.

Incapable de trouver consolation dans la prière, Jeanne se jeta à corps perdu dans son travail. L'église abbatiale s'emplissait chaque jour pour la messe. Le spectre de la mort faisait affluer les fidèles en nombre sans précédent.

Un jour, tandis qu'elle tendait le calice à un vieil homme, elle remarqua ses yeux luisants et la rougeur fiévreuse de ses joues. Quand il eut bu une gorgée de vin consacré, il s'écarta pour laisser place à la communiante suivante, une jeune mère, qui portait une petite fille dans les bras. La femme souleva son enfant pour lui permettre de recevoir la communion. La bouche minuscule de la fillette s'ouvrit pour boire au calice, exactement comme l'avait fait le vieillard un instant plus tôt.

Tout à coup, Jeanne écarta le calice. Rompant un morceau du pain consacré, elle le trempa dans le vin et le présenta à l'enfant. Déconcertée, la fillette regarda sa mère, qui lui fit un signe d'encouragement. C'était une entorse à la coutume, mais le prêtre devait savoir ce qu'il faisait. Enhardie, Jeanne continua de procéder de la sorte, trempant le pain dans le vin, jusqu'à la fin de la file des communiants.

Le prieur la convoqua immédiatement après la messe. Jeanne ne pouvait que se réjouir de ne pas devoir se justifier face à l'abbé Raban. Joseph n'était pas homme à s'accrocher à tout prix à une tradition si on lui fournissait une bonne raison d'en changer.

– Aujourd'hui, dit le prieur, tu as procédé à une altération importante dans la liturgie.

– Oui, mon père.

– Pourquoi ?

Il n'y avait point d'indignation dans cette question, mais plutôt une certaine curiosité.

Jeanne s'expliqua.

– Un vieil homme malade et une fillette en bonne santé…, répéta le prieur, méditatif, quand elle eut terminé.

Je dois reconnaître que l'association n'est pas des plus heureuses.

– Il n'y a pas que cela, dit Jeanne. Je crois aussi qu'il aurait pu lui transmettre sa maladie.

– Comment le saurions-nous ? demanda Joseph, confondu. Les esprits nocifs sont partout.

– Peut-être ne sont-ce pas les esprits nocifs qui causent cette maladie – pas exclusivement, en tout cas. Il se peut qu'elle soit aussi transmise par le contact physique avec les personnes atteintes ou les objets qu'elles touchent.

L'idée était assez nouvelle, mais pas entièrement radicale. On savait déjà que certaines maladies étaient contagieuses. Après tout, c'était bien pour cette raison que les lépreux étaient mis au ban. Nul n'aurait songé à contester par ailleurs le fait que la maladie frappait souvent des maisonnées entières, au point d'emporter parfois tous les membres d'une même famille en quelques jours, voire en quelques heures. Mais la cause d'un tel phénomène n'était pas claire.

– Transmise par le contact physique ? De quelle manière ?

– Je l'ignore, avoua Jeanne. Mais aujourd'hui, quand j'ai vu cet homme malade et les plaies ouvertes qui lui entouraient la bouche, j'ai eu l'intuition que… Je ne puis vous en dire plus, mon père, il est trop tôt. Mais tant que je n'en saurai pas davantage, je préférerais continuer à tremper l'hostie dans le vin plutôt que de faire passer le calice de bouche en bouche.

– Tu oserais décider d'un tel changement sur la base d'une simple… intuition ?

– Si j'ai tort, mon erreur ne causera de mal à personne, car les fidèles continueront comme auparavant de partager la chair et le sang du Christ. Mais si mon… intuition est avérée, nous aurons sauvé des vies.

Joseph médita un instant sur ce qu'il venait d'entendre. Une altération de la liturgie n'était pas chose à prendre à la légère. D'un autre côté, Jean Anglicus était un savant, renommé pour ses talents de médecin. Joseph n'avait pas oublié la façon dont il avait guéri la lépreuse. Tout bien réfléchi, il était préférable de suivre son « intuition », dans la mesure où celle-ci émanait forcément de Dieu.

– Je t'autorise à continuer ainsi pour le moment, dit-il enfin. À son retour, naturellement, l'abbé Raban tranchera comme il l'entend.

– Merci, mon père.

Ne voulant surtout pas laisser au prieur le temps de se dédire, Jeanne se retira en hâte.

L'immersion du pain dans le vin fut baptisée *intinctio*. Hormis chez quelques vieux moines, qui tenaient fort à leurs habitudes, l'innovation trouva un écho amplement favorable parmi les frères, car elle convenait autant à l'esthétique de la messe qu'aux exigences de l'hygiène. Un moine de Corbie, de passage à Fulda sur le chemin du retour, fut si favorablement impressionné qu'il rapporta l'idée à son abbaye, où l'intinction fut adoptée.

Parmi les fidèles, la fréquence des cas de peste diminua de façon notable, même si elle ne disparut pas tout à fait. Jeanne entreprit d'enregistrer soigneusement chaque nouveau cas afin de détecter l'origine de l'infection.

Le retour de l'abbé Raban réduisit ses efforts à néant. Peu après son arrivée, il convoqua Jeanne dans ses quartiers et lui fit aussitôt part de sa réprobation.

– Le canon de la messe est sacré. Comment as-tu osé l'enfreindre ?

– Père abbé, il s'agit d'un changement non de substance, mais de pure forme. En outre, je crois qu'il a sauvé des vies.

Jeanne voulut s'expliquer, mais Raban l'interrompit.

– Tes observations sont vaines : elles ne procèdent pas de la foi, mais des sens physiques, et ceux-ci sont indignes de confiance. Ce sont les outils du Malin, qui lui permettent de détourner les hommes de Dieu pour les jeter dans la frénésie des concepts de l'intellect.

– Si Dieu ne voulait pas que nous contemplions le monde matériel, pourquoi nous aurait-il donné des yeux pour voir, des oreilles pour entendre, et un nez pour sentir ? Faire usage des sens qu'il nous a donnés ne peut en aucun cas être un péché.

– Rappelle-toi la phrase de saint Augustin : « La foi consiste à croire en ce qu'on ne peut voir. »

– Augustin écrit aussi que nous ne pourrions croire si nous ne disposions d'un esprit rationnel. Il ne faut pas mépriser ce que nous disent nos sens et notre raison.

Raban fronça les sourcils. Esprit très conventionnel, il ne prisait guère le débat logique et préférait le terrain plus sûr de l'autorité scolastique.

– Reçois le conseil de ton père et obéis, déclara-t-il en citant sentencieusement la règle de l'ordre. Reviens à Dieu par le sentier difficile de l'obéissance, que tu as délaissé à force de vouloir suivre ta propre volonté.

– Mais, mon père…

– Il suffit ! explosa Raban, pâle de colère. Jean Anglicus, je te relève à cette minute de tes devoirs de prêtre ! Tu méditeras sur les bienfaits de l'humilité en retournant à l'infirmerie, où je te charge d'assister frère Odilon avec toute la soumission qui lui est due.

Jeanne allait protester, mais se retint à temps. Elle avait poussé Raban dans ses derniers retranchements. En insistant, elle risquait de s'attirer de graves ennuis. Au prix d'un immense effort de volonté, elle courba le front.

– À vos ordres, mon père.

Réfléchissant par la suite à ce qui s'était passé, Jeanne comprit que Raban avait raison. Elle avait fait preuve d'orgueil et de désobéissance. Cela dit, à quoi bon obéir, si d'autres devaient en pâtir ? L'intinction sauvait des vies. Elle en était certaine. Mais comment en convaincre l'abbé ? Venant d'elle, il ne voudrait plus rien entendre. En revanche, il pouvait encore être convaincu par le poids d'une autorité établie. À l'*opus Dei* et à ses devoirs à l'infirmerie, Jeanne ajouta donc de longues heures d'étude à la bibliothèque, où elle se mit en devoir de dénicher, dans les œuvres d'Hippocrate, d'Oribase et d'Alexandre de Tralles, tous les arguments susceptibles d'étayer sa théorie. Elle travaillait sans relâche, ne dormant que deux ou trois heures par nuit au risque de s'exténuer.

Un jour, penchée sur un texte d'Oribase, elle trouva enfin ce qu'elle cherchait. Elle était en train de recopier le passage crucial quand elle éprouva tout à coup une grande difficulté à écrire. Sa tête la faisait souffrir, et elle n'arrivait plus à tenir sa plume droite. Elle mit ce malaise sur le compte du manque de sommeil et tâcha de poursuivre sa besogne. Soudain, sa plume lui échappa inexplicablement des doigts et tomba sur la page, répandant plusieurs taches d'encre sur le vélin, recouvrant des mots entiers. Elle voulut la saisir, mais ses doigts tremblaient si violemment qu'elle n'y parvint pas.

Elle se leva, appuyée au coin de son pupitre pour lutter contre un vertige grandissant. Elle rejoignit la porte en titubant. Sur le seuil, une formidable nausée s'empara d'elle. Avec un violent haut-le-cœur, elle tomba à quatre pattes sur le sol et vomit bruyamment.

Sans trop savoir comment, elle réussit à se traîner jusqu'à l'infirmerie. Frère Odilon la fit allonger sur un grabat et porta une main à son front. La paume du moine lui parut glacée. Étonnée, Jeanne tressaillit.

– Tes mains sont froides. Viens-tu de te les laver ?

Frère Odilon secoua la tête.

– Ce ne sont pas mes mains qui sont froides, frère Jean. C'est toi qui brûles de fièvre. J'ai bien peur que la peste ne se soit emparée de toi.

Jeanne rejeta farouchement cette idée. La peste ? C'était impossible. Elle était tout bonnement fatiguée.

Frère Odilon étendit sur son front un lambeau de lin imbibé d'eau de rose.

– Ne bouge pas, dit-il, je vais mettre du lin à tremper. Je serai de retour dans un instant.

Sa voix semblait lointaine. Jeanne ferma les yeux. L'étoffe fraîche répandait une caresse sur sa peau. Charmée par son plaisant parfum, elle se sentit sombrer peu à peu dans une obscurité bienveillante.

Ses yeux se rouvrirent soudain. Odilon allait couvrir son corps de lin mouillé pour faire baisser la fièvre ! Et pour ce faire, il allait devoir la déshabiller !

Il n'en était pas question. Mais que faire ? Quelle que fût sa résistance – et dans l'état où elle se trouvait, celle-ci ne pouvait être très longue –, ses protestations seraient à coup sûr interprétées comme le délire pur et simple d'une âme fiévreuse.

Elle s'assit et posa les pieds au sol. Aussitôt, un furieux martèlement s'empara de ses tempes. Elle se leva, entreprit de marcher vers la porte. Les murs de la salle tournoyaient autour d'elle, mais elle se força à avancer encore et réussit à quitter l'infirmerie. À l'approche du portail de l'abbaye, elle fit une pause, respira profondément et s'efforça de garder son aplomb en passant devant Hatto, le portier. Celui-ci lui jeta un regard curieux, mais ne chercha pas à l'arrêter. Arrivée hors de l'enceinte, elle se dirigea droit vers la rivière toute proche.

Dieu soit loué. La barque de l'abbaye était à l'amarre, retenue par une maigre corde attachée à une branche basse. Jeanne la dénoua, monta à bord, et repoussa la berge à deux mains. Au moment où l'embarcation s'éloignait doucement, elle s'évanouit.

Pendant un certain temps, la barque resta immobile sur l'eau. Puis le courant l'effleura, la lécha, la fit pivoter sur elle-même, et l'entraîna vers l'aval à bonne allure.

Le ciel tournait lentement sur lui-même, contorsionnant les hauts nuages blancs et leur faisant prendre des formes étranges. Un soleil pourpre effleura l'horizon. Ses rayons, plus brûlants que des flammes, mordirent le visage de Jeanne, lui desséchèrent les yeux. Fascinée, elle vit son contour s'altérer et se fondre en une silhouette humaine.

Le visage de son père flottait à présent devant elle, crâne souriant et décharné. Sa bouche sans lèvres s'ouvrit, béante. *Mulier !* accusa-t-elle. Mais ce n'était pas la voix de son père, c'était celle de sa mère. La bouche s'ouvrit encore plus, et Jeanne vit alors que ce n'était pas une bouche, mais l'entrée béante et hideuse d'une noire caverne. Au fond des ténèbres, un grand feu brûlait, vomissant de puissants piliers de flammes rouges et bleues. Des gens s'agitaient dans ce feu, et leurs corps se tordaient de douleur, grotesques. Une de ces silhouettes se tourna vers Jeanne. Épouvantée, elle reconnut les prunelles d'azur et la chevelure d'or pâle de sa mère. Gudrun l'appela et lui tendit les bras. Jeanne voulut la rejoindre, mais le sol se déroba sous ses pieds et elle se sentit tomber, tomber encore vers la bouche béante, pour s'abîmer enfin dans les flammes en hurlant le nom de sa mère.

Elle se trouvait maintenant dans un champ enneigé. Villaris se dressait dans le lointain. Le soleil faisait fondre la neige sur les toits du château, et l'eau tombait des gouttières en une pluie de minuscules pierreries. Elle entendit un martèlement de sabots, se retourna, et aperçut Gerold qui galopait vers elle, chevauchant Pistis. Elle courut à sa rencontre sur la neige. Il fit halte à sa hauteur, se pencha, la hissa devant lui. Elle se laissa aller en arrière, abandonnée à la tendre vigueur de ses bras. Elle était sauvée. Plus rien ne l'atteindrait. Gerold ne le permettrait pas. Ensemble, ils chevauchèrent vers les tours scintillantes de Villaris. Les foulées de l'alezan s'allongèrent sous eux, et Jeanne se sentit bercée, bercée, bercée…

Le mouvement cessa. Elle ouvrit les yeux. Par-delà le plat-bord, la cime des arbres se découpait, noire et immobile, sur le ciel crépusculaire. Le bateau ne bougeait plus.

Des voix murmurèrent quelque part au-dessus d'elle, mais Jeanne ne comprit pas ce qu'elles disaient. Plusieurs mains se tendirent, la touchèrent, la soulevèrent. Confusément, elle se rappela qu'elle ne devait laisser personne la ramener à Fulda tant qu'elle serait malade, et elle se débattit de toute la force de ses membres. Quelqu'un jura, très loin. Une douleur aiguë, très brève, lui vrilla la mâchoire. Et ce fut le néant.

Jeanne se sentit émerger tout doucement d'un puits de ténèbres. Ses tempes la faisaient horriblement souffrir. Sa gorge était aussi sèche qu'un parchemin. Elle passa la pointe de sa langue sur ses lèvres craquelées, et y trouva le goût du sang. Une douleur sourde lui transperçait la mâchoire. Son menton était enflé sous ses doigts tremblants. *Où donc me suis-je blessée ?*

Où suis-je ?

Elle était couchée sur un matelas de plumes, dans une pièce qu'elle ne reconnut pas. À en juger par le nombre et par la qualité des meubles, le maître des lieux devait être un homme prospère. Outre l'énorme lit sur lequel elle trônait, elle recensa des bancs capitonnés de douce étoffe, un fauteuil à haut dossier couvert de coussins, une longue table à gibier, un pupitre, un certain nombre de coffres et de malles finement sculptés. Un grand feu crépitait dans l'âtre, et deux miches de pain frais venaient d'être placées sur les cendres. Leur arôme commençait tout juste à envahir la pièce.

À quelques pas de là, une jeune femme rondelette se tenait debout, tournant le dos à Jeanne. Elle était fort occupée à pétrir une boule de pâte. Une fois sa tâche achevée, elle épousseta la farine sur sa tunique et son regard tomba sur la malade. Elle se hâta de gagner la porte.

– Mon mari ! cria-t-elle. Venez vite, mon mari ! Notre hôte s'est réveillée !

Un jeune homme au teint rougeaud, grand et efflanqué, entra un instant plus tard.

– Comment se sent-elle ?

Jeanne sursauta. *Elle ?* Baissant les yeux, elle constata que sa robe de moine avait disparu. À la place, elle portait une tunique de lin bleu évidemment féminine.

Ils savent.

Elle voulut se redresser sur le lit, mais ses membres refusèrent de lui obéir.

– Ne t'épuise pas en vain, chuchota le jeune homme, en lui posant une main sur l'épaule.

Avec ses traits juvéniles et ses yeux semblables à deux bleuets, il respirait la bienveillance et l'honnêteté.

Qui est-ce ? Parlera-t-il de moi à l'abbé Raban ? Ou l'a-t-il déjà fait ? Suis-je vraiment son « hôte », ou bien sa prisonnière ?

– S… soif, parvint-elle à souffler.

Le jeune homme trempa un bol dans un seau de bois posé près du lit, l'approcha des lèvres de Jeanne et l'inclina doucement, de manière à faire couler un filet d'eau dans sa bouche.

Jeanne lui prit le bol des mains et but à longs traits. Jamais, semblait-il, elle n'avait rien goûté d'aussi délicieux.

– Ne bois pas trop vite, avertit le jeune homme. Depuis plus d'une semaine que tu es ici, nous n'avons réussi à te faire avaler que quelques cuillerées.

Plus d'une semaine ! Était-il possible qu'elle eût passé ici tout ce temps ? Depuis l'instant où elle s'était effondrée au fond de la barque, elle ne se souvenait plus de rien.

– Où… où suis-je ? l’interrogea-t-elle d’une voix rauque.

– Tu es sur les terres de messire Riculf, à cinquante milles en aval de l’abbaye de Fulda. Nous avons retrouvé ta barque prisonnière d’un amas de branches, tout au bord de la rivière. Tu étais hors de toi, brûlante de fièvre. Et cependant, tu t’es débattue comme une lionne pour nous empêcher de t’emmener.

Jeanne porta une main à sa mâchoire endolorie.

– Je te demande pardon, dit le jeune homme en souriant. Il était impossible de te faire entendre raison. Mais si cela peut te consoler, tu as distribué autant de coups que tu en as reçu !

Il releva sa manche droite et lui montra un hématome noirâtre à hauteur de son épaule.

– Vous m’avez sauvé la vie, dit Jeanne. Merci.

– Après tout ce que tu as fait pour moi et les miens, c’est la moindre des choses.

– Est-ce que… nous nous connaissons ?

Il sourit de plus belle.

– J’imagine que j’ai changé depuis notre dernière rencontre. Je devais avoir douze ans, presque treize. Voyons…

Et il se mit à compter sur ses doigts selon la méthode de Bède.

– C’était il y a six ans, reprit-il. Six fois trois cent soixante-cinq jours… voyons… cela nous donne deux mille cent quatre-vingt-dix jours !

Une lueur de compréhension embrasa le regard de Jeanne.

– Arn ?

Le jeune homme la serra dans ses bras avec enthousiasme.

Ils ne parlèrent pas davantage ce jour-là. Jeanne était si faible qu'Arn ne voulut pas l'épuiser outre mesure. Après avoir avalé quelques cuillerées de potage, elle sombra dans un profond sommeil.

Elle se réveilla le lendemain dans de meilleures dispositions, et surtout affamée, ce qui était de bon augure. Tout en partageant avec Arn une assiette de pain et de fromage, elle l'écouta avec une attention avide raconter tout ce qui s'était passé depuis qu'ils ne s'étaient vus.

– Comme tu l'avais prédit, le père abbé de Fulda a si bien apprécié notre fromage qu'il a fait de nous ses *prebendarii*, en nous promettant une vie confortable si nous lui en fournissions cent livres par an. Mais cela, tu dois déjà le savoir.

Jeanne acquiesça. Repoussant et exquis tout à la fois, le fromage veiné de bleu de Madalgis s'était rapidement imposé sur les tables de l'abbaye. Les hôtes de Raban, laïcs ou moines, étaient régulièrement enchantés de son goût, si bien que la demande ne cessait de croître dans la région.

– Comment se porte ta mère ? demanda-t-elle.

– Fort bien. Elle s'est remariée – avec un brave homme, un éleveur, dont les vaches lui ont permis de produire encore plus de fromage. Leur commerce s'accroît chaque jour, et ils vivent heureux et prospères.

– Comme toi, remarqua Jeanne en promenant sur la pièce un regard circulaire.

– C'est à toi que je dois ma fortune, répondit Arn. Car à l'école abbatiale j'ai appris à lire et à compter, qualités qui sont devenues nécessaires au fur et à mesure que le commerce de ma mère s'étendait. Ayant eu vent de mes talents, le seigneur Riculf a fait de moi son intendant. J'administre son domaine et je veille à le préserver des braconniers. C'est d'ailleurs au cours d'une de mes rondes que j'ai trouvé ta barque.

Jeanne secoua la tête, émerveillée. Elle revit Arn et sa mère six ans plus tôt, entassés dans une hutte misérable, vivant aussi pauvrement que des coloni et condamnés, semblait-il, à une existence de privations et de disette. Et cependant, Madalgis s'était remariée, avait acquis la prospérité, et son fils était devenu l'intendant d'un puissant seigneur ! *Vitam regit fortuna – la chance régit la vie*, se dit-elle. *La mienne comme celle des autres.*

– Voici Bona, ma femme, déclara fièrement Arn. Et voici notre petite fille Arnalda.

Bona, joli brin de femme aux yeux rieurs et au sourire prompt, était encore plus jeune que son mari. Elle pouvait tout au plus avoir dix-sept ans. Elle était déjà mère, et son ventre rebondi trahissait l'imminence d'une seconde naissance. La petite Arnalda était ravissante avec ses boucles d'or, ses joues roses et ses yeux bleus. Elle sourit à Jeanne, dévoilant au passage une mignonne rangée de dents semblables à des perles.

Arn, rayonnant, fit signe à sa femme et à son enfant d'approcher.

– Venez par ici, dit-il, je vais vous présenter à…

Il hésita et se tourna vers Jeanne.

– Au fait, comment dois-je t'appeler ? Le nom de « frère Jean » me paraît quelque peu incongru, sachant… ce que nous savons.

– Jeanne. Appelle-moi Jeanne, car tel est mon nom.

– Jeanne, répéta Arn, flatté de cette marque de confiance. Conte-nous, si tu le veux, comment tu en es venue à vivre parmi les frères bénédictins de Fulda, car un tel exploit semble à peine croyable. Comment y es-tu parvenue ? Qu'est-ce qui t'a poussée à agir de la sorte ? Quelqu'un partage-t-il ton secret ? Est-il possible que personne ne se soit jamais douté de rien ?

Jeanne éclata de rire.

– Le temps, à ce que je vois, n'a pas émoussé ta curiosité.

Les mensonges semblaient inutiles. Elle raconta tout, de son éducation peu orthodoxe à l'école de Dorstadt à ses années à Fulda, en passant par son accession à la prêtrise.

– Ainsi les autres moines ne savent-ils rien, déclara Arn, songeur, quand elle eut fini. Nous pensions que tu avais peut-être été découverte, forcée de fuir… As-tu l'intention de retourner là-bas ? La chose est tout à fait possible. Quant à moi, je préférerais mourir écartelé plutôt que de révéler ton secret !

Jeanne eut un sourire. En dépit de son allure d'homme, Arn ressemblait encore beaucoup à l'enfant qu'elle avait connu.

– Heureusement, un tel sacrifice ne sera pas nécessaire. Je suis partie à temps. Les moines n'ont aucune raison de se méfier. Cela dit… je ne suis pas sûre de vouloir retourner à Fulda.

– Que feras-tu sinon ?

– Bonne question, répondit Jeanne. Pour l'heure, je n'en connais pas la réponse.

Arn et Bona la veillèrent comme des parents aimants pendant plusieurs jours, en lui interdisant formellement de se lever. « Tu n'es pas encore assez forte », disaient-ils à tout bout de champ.

Jeanne n'avait d'autre choix que celui de se soumettre à leur sollicitude. Elle passait de longues journées à enseigner lettres et chiffres à la petite Arnalda. Malgré son jeune âge, la fillette possédait déjà les excellentes aptitudes de son père. Ravie de cette nouvelle compagnie, elle progressait à grands pas.

Quand, le soir venu, l'enfant allait se coucher, Jeanne méditait sans répit sur son avenir. Devait-elle retourner à Fulda ? Elle venait de passer douze ans à l'abbaye. Elle avait mûri entre ses murs et peinait à s'imaginer vivant en d'autres lieux. Mais force lui était de voir les choses en face : elle avait vingt-sept ans, et sa jeunesse était derrière elle. Les moines de Fulda, affaiblis par la rudesse du climat local et une discipline spartiate, vivaient rarement au-delà de quarante ans. Frère Deodatus, le doyen de la communauté, avait cinquante-quatre ans. Combien de temps pourrait-elle résister aux assauts de l'âge ? Combien de temps tiendrait-elle avant d'être de nouveau malade, ce qui lui ferait courir le risque d'être démasquée, condamnée à mort et exécutée ?

Il lui fallait aussi tenir compte de l'abbé Raban, qui ne l'aimait pas et n'était pas homme à dévier de sa position. Quelles rigueurs, quels châtiments devrait-elle affronter à son retour ?

Son âme réclamait un changement de cap. Il n'était pas un livre dans la bibliothèque de Fulda qu'elle n'eût lu et relu, pas une fissure dans le plafond du dortoir qu'elle ne connût par cœur. Depuis des années, elle se réveillait chaque matin avec l'espoir confus qu'un événement intéressant viendrait enfin se produire. Elle brûlait d'explorer un monde plus vaste.

Mais où aller ? À Ingelheim ? Depuis que sa mère était morte, elle n'y avait plus aucune attache. À Dorstadt ? Que pouvait-elle espérer y trouver ? Gerold ? Pouvait-elle s'imaginer qu'il l'attendait encore après toutes ces années ? Pure folie ! Il s'était remarié, plus que probablement, et verrait sans doute sa réapparition d'un très mauvais œil. En outre, Jeanne avait depuis longtemps choisi une autre vie – une vie où l'amour d'un homme n'avait pas sa place.

Ingelheim, Gerold et Fulda appartenaient au passé. Il lui fallait à présent regarder droit devant elle – vers l'avenir, quel qu'il fût.

– Bona et moi avons pris notre décision, lui annonça Arn un beau matin. Tu resteras parmi nous. Nous avons grand besoin d'avoir ici une femme pour tenir compagnie à Bona et l'aider à coudre et à cuisiner, d'autant plus qu'elle accouchera bientôt.

Malgré un ton insupportablement condescendant, l'offre était sincère. Aussi Jeanne choisit-elle d'y répondre avec douceur.

– Je crains que ce ne soit une mauvaise affaire pour vous, dit-elle. J'ai toujours très mal manié l'aiguille. Quant à la cuisine, mieux vaut ne pas me laisser approcher de votre chaudron.

– Bona ne demande pas mieux que de t'apprendre à…

– En vérité, le coupa-t-elle, j'ai vécu si longtemps dans la peau d'un homme que je ne serai jamais une femme convenable – si tant est que je l'aie été un jour ! Non, Arn, la vie d'homme me convient mieux. J'apprécie trop ses avantages pour être heureuse de m'en passer.

Arn réfléchit un instant.

– Dans ce cas, tu n'auras qu'à garder ton déguisement. Peu importe. Tu nous aideras au potager, et… et tu donneras des leçons à ma petite. Elle est déjà sous ton charme, comme moi autrefois !

L'offre était généreuse. Nulle part Jeanne n'aurait pu trouver plus grand confort ni plus grande sécurité qu'au sein de cette famille prospère. Mais leur univers douillet était trop étroit pour satisfaire son esprit aventureux. Elle n'était pas prête à échanger un carcan contre un autre.

– Je te remercie, Arn. Mais j'ai d'autres projets.

– Quels sont-ils ?

– Je vais prendre la route des pèlerins.

– Vers Tours et le tombeau de saint Martin ?

– Non, dit Jeanne. Vers Rome.

– Rome ! s'écria Arn, abasourdi. As-tu perdu la raison ?

– La guerre est finie. D'autres que moi vont entreprendre ce pèlerinage.

Arn secoua la tête.

– Messire Riculf m'a expliqué que Lothaire n'a pas renoncé à sa couronne, malgré sa défaite à Fontenoy. Il s'est replié au palais impérial d'Aix et cherche à reformer les rangs de son armée. Il paraît qu'il fait même des avances aux Saxons, en leur promettant de tolérer leur culte païen s'ils consentent à se battre sous sa bannière !

Jeanne pensa à sa mère. Sans doute celle-ci aurait-elle bien ri en apprenant qu'un roi chrétien suggérait de restaurer le culte des anciens dieux. Elle s'imaginait déjà son commentaire : le mièvre Dieu martyr des chrétiens pouvait s'avérer utile dans la vie de tous les jours, mais pour gagner des batailles, mieux valait invoquer Thor et Odin.

– Tu ne peux partir à Rome pour le moment, reprit Arn. C'est beaucoup trop dangereux.

Il n'avait pas tort. La guerre des rois avait entraîné un complet effondrement de l'ordre établi. Les routes étaient devenues le territoire quasi exclusif des brigands et des bandits de toutes espèces.

– Je n'aurai pas grand-chose à craindre, insista Jeanne. Qui voudrait attaquer un simple prêtre en pèlerinage, n'ayant rien d'autre qu'une robe sur le dos ?

– Ces diables-là te tueraient pour bien moins que cela. Je t'interdis de partir seule ! s'écria Arn avec une autorité qu'il n'aurait jamais osé déployer s'il avait cru avoir affaire à un homme.

– Je suis mon propre maître, riposta-t-elle d'un ton sec. Je vais où je veux.

Reconnaissant immédiatement son erreur, le jeune homme fit marche arrière.

– Attends trois mois, suggéra-t-il, radouci. Un convoi de marchands d'épices passera dans la région. Ils voyagent sous bonne escorte, car ils ne veulent point risquer de perdre leur précieuse marchandise. Ils te donneront protection jusqu'à Langres.

– Langres ! Ce n'est certes pas la route la plus directe.

– Mais c'est la plus sûre. Arrivée à Langres, tu trouveras une hôtellerie destinée aux pèlerins en partance pour le sud. Tu n'auras aucun mal à y rencontrer des compagnons pour achever le voyage.

Jeanne hésita.

– Tu as peut-être raison.

– Messire Riculf a fait ce pèlerinage il y a quelques années. Il a même dessiné une carte. Je l'ai ici.

Arn ouvrit une malle et en sortit un parchemin qu'il déroula avec soin. Bien que noircie par les ans, la carte dessinée à l'encre était encore nettement lisible et indiquait bel et bien le chemin de Rome.

– Merci, Arn, dit Jeanne. Je suivrai ta suggestion. Trois mois de plus ne me feront pas de mal. Cela me laissera du temps à consacrer à Arnalda. Elle est très vive et se tire fort bien de ses leçons.

– Marché conclu, acquiesça Arn en roulant le parchemin.

– Si c'est possible, je souhaite étudier cette carte d'un peu plus près.

– Garde-la aussi longtemps que tu le voudras. Il faut que j'aille à la bergerie surveiller la tonte des bêtes.

Arn s'en fut en souriant, heureux d'avoir pu persuader Jeanne. Restée seule, celle-ci emplit à plusieurs reprises ses poumons des douces senteurs de ce début de printemps. Son esprit voguait sans entrave, tel un faucon enfin débarrassé de son chaperon et rendu à la miraculeuse liberté du vent et du ciel. À cette heure, les moines de Fulda étaient certainement rassemblés dans la pénombre de la salle du chapitre, sur les gradins de pierre, tandis que le frère cellérier leur débitait d'une voix monocorde les comptes de l'abbaye. Qu'il était bon de se sentir au seuil d'une vie d'aventures !

Avec un léger pincement d'émotion, elle se pencha sur la carte. Jusqu'à Langres, la route était excellente. Ensuite, elle bifurquerait vers Besançon et Orbe, longerait le lac de Saint-Maurice, et pénétrerait dans le Valais. Au pied des Alpes, une hôtellerie monastique permettait aux pèlerins de reprendre des forces et des provisions avant de s'attaquer au franchissement de la montagne par le mont Joux, le plus fréquenté des cols alpins. Une fois de l'autre côté des Alpes, la ligne droite et nette de la via Francigena reliait Aoste à Pavie, ralliait Bologne à travers la Toscane, puis Rome.

Rome !

Les plus grands esprits de ce monde se retrouvaient dans l'antique cité. Ses églises recelaient des trésors indicibles, ses bibliothèques conservaient la sagesse accumulée de tous les siècles de l'histoire. Si près des tombeaux les plus sacrés de la chrétienté, Jeanne trouverait forcément ce qu'elle cherchait. À Rome, elle accomplirait sa destinée.

Elle était en train de fixer une sacoche sur le dos de sa mule – Arn avait insisté pour lui en donner une – lorsque la petite Arnalda sortit en courant de la chaumière, ses cheveux blonds encore tout ébouriffés par la nuit.

– Où pars-tu ? demanda l'enfant, levant sur elle de grands yeux anxieux.

Jeanne s'agenouilla et sourit.

– À Rome, répondit-elle, la cité merveilleuse, la cité du pape !

– Tu aimes donc le pape plus que moi ?

Jeanne s'esclaffa.

– Je ne l'ai jamais rencontré. Et il n'y a personne que j'aime plus que toi, petit ange.

– Alors, ne pars pas, fit la fillette en se jetant au cou de Jeanne. Je ne veux pas que tu partes !

Jeanne la serra dans ses bras. *Si j'avais choisi une autre voie, j'aurais pu avoir une petite fille comme elle – un enfant à dorloter, à embrasser, à instruire.* Elle se rappela son propre sentiment de désolation le jour du départ d'Asclepios. Il lui avait laissé un livre, afin qu'elle pût poursuivre ses études. Et elle ? Ayant fui le monastère avec pour tout bien la robe de bure qu'elle portait, elle n'avait rien à offrir à cette enfant.

Quoique… Elle plongea tout à coup une main dans les replis de sa tunique et en sortit le médaillon de bois qui ne l'avait pas quittée depuis le jour où Matthieu le lui avait remis.

– Il représente sainte Catherine, expliqua-t-elle. Comme toi, elle était très intelligente, et très courageuse.

Sur ce, elle lui conta brièvement l'histoire de la sainte. Les yeux d'Arnalda s'écarquillèrent au fil de son récit.

– Comment une fille pouvait-elle savoir autant de choses ?

– Tu pourras être comme elle si tu continues d'étudier, dit Jeanne en passant le pendentif autour du cou d'Arnalda. Cette médaille est à toi, maintenant. Prends-en grand soin, pour moi.

Arnalda serra l'effigie dans sa petite main. À l'évidence, elle était au bord des larmes.

Jeanne fit ses adieux à Arn et à Bona. Celle-ci lui tendit un sac de provisions et une outre de cuir remplie de cervoise.

– Je t'ai mis du pain, du fromage et de la viande séchée. Il y a là de quoi te nourrir pendant une demi-lune, jusqu'à ce que tu aies rallié Langres.

– Merci, dit Jeanne. Je n'oublierai jamais votre bonté.

– N'oublie pas non plus que tu seras toujours la bienvenue, répondit Arn. Tu es ici chez toi.

Jeanne l'étreignit.

– Veille à ce que ta fille étudie, lui glissa-t-elle. Elle est intelligente et aussi curieuse que toi !

Elle monta à califourchon sur sa mule. Tous les membres de la petite famille fixaient sur elle un regard triste. Elle était vouée, apparemment, à laisser sans cesse derrière elle les gens qu'elle aimait. Tel était le prix de la destinée singulière qu'elle s'était choisie. Mais elle avait fait ce choix en connaissance de cause, et les regrets étaient inutiles.

Jeanne lança sa mule au trot. Après un ultime signe d'adieu, elle fit face au sud, face à son destin. Rome.

19

Rome, 844

Anastase reposa sa plume et agita les doigts de sa main droite pour chasser un début de crampe. Très satisfait, il relut la page qu'il venait de rédiger pour son œuvre maîtresse – le *Liber pontificalis*, ou Livre des Papes, minutieuse chronique des pontificats de son temps.

Il flatta de la paume le sommet de la pile de feuilles de vélin vierges posée devant lui. Les exploits, les triomphes, la gloire de son propre règne seraient un jour couchés sur de telles pages.

Arsène, son père, serait fier de lui. Même si la famille d'Anastase collectionnait depuis longtemps titres et honneurs, le trône de saint Pierre lui avait toujours échappé. Autrefois, à certains moments, Arsène avait paru sur le point d'accéder à la dignité suprême, mais les circonstances avaient joué en sa défaveur, et l'occasion ne s'était jamais représentée.

Le tour d'Anastase viendrait. Il pouvait, il devait exaucer les espoirs que son père avait fondés sur lui en devenant évêque de Rome, c'est-à-dire pape.

Naturellement, il devrait encore attendre. Son ambition ne l'empêchait pas de voir que son heure n'avait pas encore sonné. Il n'avait que trente-trois ans. En outre, même si sa position de primicerius lui conférait un grand pouvoir, elle avait un caractère trop séculier pour lui permettre d'atteindre directement au trône apostolique.

Mais cette situation changerait bientôt. Le pape Grégoire gisait sur son lit de mort. Au terme du délai de deuil officiel, un nouveau pontife serait élu – élection dont le résultat aurait été acquis d'avance par Arsène, grâce à un savant mélange de diplomatie, de faveurs et de menaces. Le prochain pape s'appelait Serge. Cardinal de l'église Saint-Martin, un homme faible et corruptible, il était l'héritier d'une noble famille romaine. À la différence de Grégoire, Serge connaissait les manières de ce bas monde. Il saurait sans nul doute exprimer sa gratitude à ceux qui l'avaient aidé à accéder au pontificat. Peu après l'élection, Anastase serait nommé évêque de Castellum, le tremplin idéal pour monter sur le trône papal quand Serge, à son tour, passerait de vie à trépas.

Tout était en place, à un détail près : Grégoire respirait encore. Telle une vigne ancestrale, dont les racines profondes savent tirer leur subsistance d'un sol aride, le vieillard s'accrochait obstinément à la vie. Prudent et contemplatif tout au long de son existence, Grégoire semblait mettre un point d'honneur à mourir avec une lenteur exaspérante.

Il avait régné pendant dix-sept ans, plus longtemps que tout autre depuis le grand Léon III. Cet homme bon, modeste, bien intentionné et fort pieux était aimé du peuple romain. Il avait su être un protecteur plein de sollicitude pour une immense population de pèlerins sans le sou. Il avait fait ouvrir à leur intention de nombreux refuges, et veillé à ce que l'aumône leur fût distribuée avec largesse chaque fois qu'il y avait fête ou procession.

Anastase éprouvait à son endroit des sentiments complexes, où l'admiration et le mépris avaient part égale : s'il admirait l'authenticité de la piété de Grégoire, il méprisait sa simplicité et sa lenteur, qui l'exposaient constamment aux ruses et aux manipulations. Anastase lui-même avait maintes fois tiré profit de cette ingénuité, et notamment au Champ du mensonge, où il avait organisé l'échec des négociations avec l'empereur franc Louis au nez et à la barbe de Grégoire. Ce stratagème avait porté ses fruits. Lothaire, fils aîné de l'empereur Louis et principal bénéficiaire de cette trahison, lui avait exprimé sa gratitude en espèces sonnantes et trébuchantes. Anastase était maintenant un homme riche. Plus important encore, il s'était ainsi assuré le soutien et la confiance de Lothaire. Pendant un certain temps, toutefois, il avait craint que cette alliance patiemment cultivée ne l'eût été en pure perte, car la défaite de Lothaire à Fontenoy avait été un désastre. Mais l'empereur avait réussi à renverser la situation en signant avec ses frères le traité de Verdun, véritable tour de passe-passe politique grâce auquel il avait conservé tant sa couronne que ses territoires. Lothaire s'était de nouveau imposé comme l'empereur incontesté, ce qui ne pouvait qu'arranger les affaires d'Anastase.

Le chant des cloches le tira soudain de sa rêverie. Elles sonnèrent une fois, deux fois, trois fois. Anastase frappa dans ses mains avec jubilation. Enfin !

Il avait déjà endossé sa robe de deuil quand on frappa à la porte. Un notaire papal entra sans bruit.

– Le vicaire de Jésus-Christ vient d'être rappelé auprès de notre Seigneur, annonça-t-il avec componction. Votre présence, messire primicerius, est demandée dans la chambre papale.

Côte à côte, et sans un mot, les deux hommes s'enfoncèrent dans le labyrinthe de couloirs du palais du Latran afin de gagner les appartements du pape.

– C'était un vrai serviteur de Dieu, lâcha enfin le notaire. Un pacificateur et un saint homme.

– Un saint, en effet, approuva Anastase.

Et quelle meilleure place pour un saint que le paradis ? ajouta-t-il en son for intérieur.

– Qui saura le remplacer ? demanda le notaire d'une voix tremblante.

Du coin de l'œil, Anastase constata qu'il pleurait. Les authentiques déploiements d'émotion l'intriguaient toujours. Lui-même était trop artificieux, trop soucieux de l'effet que produisaient ses paroles et ses actes sur autrui pour se laisser aller aux *lacrimae rerum*, c'est-à-dire aux larmes. Cependant, l'émoi du notaire venait à propos pour lui rappeler qu'il avait tout intérêt à préparer sa propre démonstration de tristesse. À l'approche de la chambre pontificale, il retint son souffle et contracta ses traits jusqu'au moment où ses yeux commencèrent à brûler. Cette ruse permettait de faire venir les larmes sans peine. Il l'utilisait rarement, mais son effet était toujours excellent.

Les portes étaient ouvertes sur une foule de pleureurs. La dépouille de Grégoire reposait sur un grand lit au matelas de plumes, les yeux clos, les bras rituellement refermés sur une croix d'or. Presque tous les *optimates*, ou officiers de la cour papale, entouraient le mort. D'un seul regard, Anastase repéra Arighis, le vice-dominus ; Compulus, le nomenclator ; et Stéphane, le vestiarius.

Un secrétaire annonça l'entrée du primicerius. Les autres levèrent les yeux et virent Anastase plongé dans un abîme de douleur, les traits défigurés, les joues inondées de larmes.

Jeanne leva la tête et offrit son visage aux caresses du soleil romain. Elle n'était pas encore habituée à une telle douceur en plein Wintarmanoth – qu'on appelait janvier dans cette partie de l'Empire, où les coutumes franques n'avaient pas pénétré.

Rome ne correspondait nullement à l'image qu'elle s'en était faite autrefois. Elle s'attendait à trouver une cité resplendissante, pavée d'or et de marbre, dont les centaines de clochers dressaient vers le ciel un éblouissant témoignage de l'existence sur terre d'une vraie *civitas Dei* – cité de Dieu. La réalité était bien différente. Tortueuses, grouillantes et bourbeuses, les étroites ruelles de Rome semblaient avoir été conçues en enfer plutôt qu'au paradis. Les plus antiques monuments de la ville, quand ils n'avaient pas été transformés en églises, étaient en ruine. Les temples, amphithéâtres, palais et thermes avaient été dépouillés de leur or et livrés aux éléments. Le lierre grimpait sur les colonnades. Le jasmin et l'acanthe jaillissaient des crevasses de leurs murs. Cochons, chèvres et bœufs à longues cornes paissaient sous les portiques à l'abandon. Des statues impériales gisaient renversées sur le sol. Les sarcophages vides servaient à présent de citernes ou de mangeoires à bétail.

Rome était le théâtre de contradictions irréconciliables : cette merveille du monde était aussi un bourbier répugnant ; les plus splendides œuvres d'art de ce lieu de pèlerinage chrétien célébraient des divinités païennes ; quant au peuple de ce centre du savoir, il végétait dans l'ignorance et la superstition.

En dépit de ces contradictions, ou peut-être à cause d'elles, Jeanne aimait Rome. Le tumulte incessant de ses venelles la mettait en émoi. Les confins du monde s'y rencontraient : Romains, Lombards, Germains, Byzantins et autres Musulmans déployaient là un formidable éventail de coutumes et de langues. Le passé et le présent, l'impie et le chrétien s'y entrecroisaient en un somptueux canevas. Le meilleur et le pire étaient rassemblés au sein de ces murs ancestraux. À Rome, Jeanne avait l'impression d'avoir enfin trouvé le monde d'opportunités et d'aventures dont elle avait rêvé toute sa vie.

Elle passait le plus clair de son temps dans le Borgo, où se concentraient les diverses *scholae* – sociétés – d'étrangers. À son arrivée, un peu plus d'un an auparavant, elle s'était tout naturellement dirigée vers la Schola Francorum. Mais on ne l'y avait pas admise, l'endroit étant déjà envahi de pèlerins et d'immigrants francs. Elle s'était donc rabattue sur la Schola Anglorum, où les origines de son père et son propre nom – Jean Anglicus – lui avaient valu d'être accueillie à bras ouverts.

L'étendue de son savoir lui permit d'accéder promptement à la notoriété. Très vite, des théologiens vinrent de tout Rome pour engager avec elle un débat d'idées. Ils s'en retournaient époustouflés par sa science et son sens de la repartie. Quelle n'aurait pas été leur réaction s'ils avaient su qu'ils avaient été surpassés par une femme ?

Chaque jour, elle assistait à une messe dans une petite église sise à proximité de la schola. Après le déjeuner et la sieste (car la coutume à Rome voulait que l'on dormît pendant les heures les plus étouffantes de l'après-midi), elle se rendait à l'infirmerie, où elle passait le reste de la journée à soigner les malades. Sa science la servit immensément, car la pratique de la médecine n'était nulle part plus avancée qu'en pays franc. Les Romains savaient fort peu de choses des propriétés curatives des plantes, et ignoraient tout de l'examen des urines à des fins de diagnostic et de traitement. Grâce à ses succès répétés, Jeanne fut de plus en plus sollicitée.

Cette vie active et trépidante lui convenait parfaitement. Elle offrait tous les avantages de l'existence monacale, sans aucun de ses inconvénients. Jeanne pouvait à présent donner la pleine mesure de son intelligence sans retenue ni censure. Elle avait accès à la bibliothèque de la schola et à son excellente collection de plus de cinquante volumes, et personne ne la harcelait pour savoir si elle lisait Cicéron ou Suétone plutôt qu'Augustin. Elle était libre d'aller et venir à sa guise, de penser ce qu'elle voulait et d'exprimer le fruit de ses pensées sans redouter la morsure du fouet. Le temps s'enfuyait à grandes enjambées, ponctué par l'accomplissement des tâches de chaque jour.

Cette situation aurait pu se prolonger indéfiniment si le pape Serge, récemment élu, n'était soudain tombé malade.

Depuis la septuagésime, premier des trois dimanches avant le carême, le souverain pontife se plaignait de symptômes vagues, mais néanmoins inquiétants : digestion troublée, insomnie, lourdeur et gonflement des membres. Peu avant Pâques, il fut saisi de douleurs violentes, presque insoutenables. Nuit après nuit, ses hurlements réveillaient le palais entier.

La Société de médecine manda douze de ses membres à son chevet. Ils essayèrent sur lui une grande diversité de remèdes : on fit toucher au Saint-Père un fragment du précieux crâne de saint Polycarpe ; on massa ses membres douloureux avec l'huile d'une lampe qui avait auparavant brûlé toute une nuit sur la tombe de saint Pierre, selon une recette connue pour sa capacité à guérir les cas les plus désespérés ; on le saigna maintes fois, et on le purgea au moyen de vomitifs tellement forts que son corps entier fut secoué de spasmes effroyables. Voyant que tous ces remèdes restaient sans effet, on tenta de le délivrer de sa douleur par révulsion, en posant des lambeaux de lin brûlants sur les veines de ses jambes.

Rien n'y fit. L'état du pape continuant d'empirer, le bon peuple de Rome s'inquiéta de plus en plus. Si Serge mourait aussi vite après son prédécesseur, provoquant une nouvelle vacance du trône de saint Pierre, l'empereur Lothaire risquait de saisir l'occasion pour s'emparer de la ville et y imposer son autorité.

Benoît, le frère de Serge, était inquiet lui aussi – non par amour fraternel, mais parce que la maladie de son aîné menaçait directement ses intérêts particuliers. Après avoir persuadé son frère de le nommer missus pontifical, il avait profité de sa nouvelle position pour accroître ses pouvoirs au détriment du pape. En conséquence, cinq mois à peine après le début de son règne, Serge ne gouvernait plus qu'en apparence. Le pouvoir, à Rome, était entre les mains de Benoît, et cet état de fait se manifestait d'ores et déjà par un accroissement considérable de sa fortune personnelle.

Benoît aurait sans nul doute préféré jouir lui-même du titre de pape et des honneurs d'une si haute dignité, mais il savait fort bien, et depuis toujours, que cet espoir lui était interdit. Il n'avait ni l'éducation ni le vernis nécessaires à une aussi noble fonction. En outre, il n'était que le cadet de Serge. Or, à Rome, les titres et les biens n'étaient pas répartis entre les divers héritiers comme en pays franc. En tant qu'aîné, Serge avait bénéficié de tous les privilèges possibles. C'était là une injustice patente, mais nul n'y pouvait rien, et au bout d'un moment, Benoît avait cessé de se lamenter sur son sort pour chercher la consolation dans les plaisirs de ce monde, lesquels, ainsi qu'il le découvrit vite, ne manquaient pas à Rome. Pendant un temps, sa mère s'était plainte de ses mœurs dissolues, mais elle n'avait fait aucune tentative sérieuse pour le ramener dans le droit chemin : son intérêt et ses espoirs se concentraient sur Serge.

Aujourd'hui, enfin, Benoît sortait de l'indifférence que le sort lui avait réservée. Il n'avait eu aucun mal à convaincre son frère de le nommer missus : Serge s'était toujours senti coupable de la préférence qu'on lui accordait par rapport à son cadet. Benoît connaissait les faiblesses de son frère, mais il avait été encore plus aisé qu'il ne s'y attendait de le corrompre. Après tant d'années d'étude et de privations monacales, Serge était tout disposé à s'abandonner aux plaisirs de la vie. Benoît ne chercha pas à l'envoûter par les femmes, car le pape respectait à la lettre le vœu de chasteté. Ses convictions sur ce point frisaient même l'obsession, à tel point que Benoît dut prendre grand soin de lui dissimuler ses propres aventures.

En revanche, Serge péchait par un insatiable appétit pour les plaisirs de la table. Tout en consolidant son pouvoir, Benoît s'appliqua à distraire son frère par un défilé sans fin de merveilles gastronomiques. En matière de vin et de mets, la gloutonnerie de Serge était prodigieuse. On le disait capable de consommer cinq truites, deux poulardes rôties, une douzaine de pâtés de viande et un cuissot de chevreuil entier en un seul repas. Un jour, après une orgie de ce genre, il avait dit la messe du matin tellement gavé, tellement écœuré qu'à la grande horreur des fidèles il avait vomi la sainte hostie sur l'autel.

À la suite de cet incident, Serge résolut d'en revenir à la stricte diète de pain et de légumes qu'il avait connue dans les monastères. Ce régime spartiate lui rendit sa lucidité. Il reprit goût aux affaires d'État, ce qui contraria un temps les plans de Benoît. Celui-ci attendit patiemment son heure. Quand il jugea que son frère avait eu son content de pieuse mortification, il se remit à le tenter à grand renfort de mets extravagants : sucreries de toutes provenances, pâtés et potages, porcelets rôtis, tonneaux de vin toscan… Serge s'abandonna de nouveau à sa gourmandise.

Cette fois, cependant, sa voracité le mena trop loin. Il tomba malade, dangereusement malade. Quoique entièrement dénué de compassion, Benoît ne souhaitait pas le voir mourir. La fin de son frère marquerait aussi celle de son propre pouvoir.

Il fallait agir. Les médecins de Serge, un bataillon d'incapables, attribuèrent ses maux à de virulents démons, contre la malignité desquels seule la prière était efficace. Ils entourèrent donc Serge d'une multitude de prêtres et de moines qui passaient leurs journées et leurs nuits à prier à son chevet, paumes tournées vers le ciel. Mais cela ne changeait rien à l'affaire. Le pape dépérissait toujours.

Benoît ne se satisfaisait pas de voir son avenir tenir à un fil aussi ténu. Mais que faire ?

– Messire…

Le missus fut tiré de sa méditation par la voix hésitante de Célestin, un des *cubicularii* – chambellans – du pape. Comme la plupart de ses pairs, Célestin était originaire d'une riche et noble famille romaine, qui avait payé fort cher l'honneur de voir un de ses rejetons devenir chambellan pontifical. Benoît jeta au garçon un regard chargé de dédain. Qu'est-ce que cet enfant gâté pouvait savoir de la vie ?

– Qu'y a-t-il ?

– Monseigneur Anastase sollicite une audience.

– Anastase ? répéta Benoît, perplexe.

– L'évêque de Castellum, expliqua Célestin.

– Comment oses-tu m'enseigner ? s'écria Benoît, furieux, en giflant le cubicularius. Voilà qui t'apprendra à respecter tes supérieurs, petit insolent ! Va-t'en, et fais entrer l'évêque !

Célestin s'en fut en se frottant la joue, les yeux humides de larmes. Benoît se massa les doigts pour chasser la douleur du choc. Il se sentait déjà mieux.

Peu après, Anastase franchit les portes de la salle. Grand et distingué, il semblait être l'incarnation même de l'élégance aristocratique. Il était parfaitement conscient de l'impression qu'il produisait sur Benoît.

– *Pax vobiscus*, marmonna celui-ci en mauvais latin.

Anastase remarqua le barbarisme, mais cacha soigneusement son mépris.

– *Et cum spiritu tuo*, répondit-il d'un ton onctueux. Comment se porte Sa Sainteté ?

– Mal. Très mal.

– Vous m'en voyez fort affligé.

C'était là plus qu'une simple politesse. Anastase était sincèrement inquiet. Le moment n'était pas venu pour Serge de mourir. Anastase n'aurait trente-cinq ans – le minimum requis pour être éligible – que dans un peu plus d'un an. Si Serge mourait d'ici là, un autre lui succéderait, sans doute un homme plus jeune, et vingt ans risquaient de s'écouler avant que le trône de saint Pierre ne fût de nouveau vacant. Anastase n'avait pas l'intention d'attendre si longtemps pour accomplir la grande ambition de sa vie.

– Votre frère est l'objet des meilleurs soins, je présume ?

– Il est entouré nuit et jour de saints hommes qui passent leur temps à prier pour qu'il recouvre la santé.

– Ah !

Un pesant silence s'abattit. Les deux hommes étaient également sceptiques quant aux vertus d'un tel dispositif, mais ni l'un ni l'autre ne pouvait se permettre de faire ouvertement état de ses doutes.

– J'ai entendu parler de quelqu'un de la Schola Anglorum, risqua Anastase. C'est un prêtre, et sa réputation de médecin n'est plus à faire.

– Vraiment ?

– Je crois qu'il s'appelle Jean Anglicus. Un étranger. Et, apparemment, un puits de science. On le dit capable de miracles.

– Peut-être devrais-je le faire venir, fit Benoît.

– Peut-être.

Anastase en resta là, Benoît, il le sentait, n'étant pas homme à se laisser pousser dans ses retranchements. Plein de tact, il passa à un autre sujet. Quand il jugea qu'un laps de temps suffisant s'était écoulé, il se leva pour prendre congé.

– *Dominus tecum, Benedictus.*

– *Deus vobiscus.*

De nouveau, la même erreur. *Ignare*, se dit Anastase. Qu'un tel rustre fût autorisé à s'élever si haut dans la hiérarchie du pouvoir ne pouvait que ternir la réputation de l'Église. Après une révérence, Anastase tourna les talons et s'en fut.

Benoît le suivit des yeux. Il allait de ce pas convoquer ce prêtre guérisseur. Sans doute son initiative créerait-elle des remous, car Jean Anglicus n'était pas membre de la Société de médecine, mais peu importait. Benoît trouverait un prétexte. Il y avait toujours une solution quand on savait ce qu'on voulait.

Trois douzaines de cierges brûlaient au pied du grand lit où reposait le souverain pontife. Une file de moines en robe noire, agenouillés juste derrière, psalmodiaient des prières à l'unisson.

Ennodius, archiatre de Rome, leva sa lancette de fer et l'appuya sur l'avant-bras gauche de Serge pour entailler la veine principale. Le sang se mit à couler abondamment de la coupure et fut recueilli dans un bol d'argent que tenait l'apprenti d'Ennodius. L'archiatre secoua la tête en examinant le liquide, sombre et épais. Les humeurs peccantes à l'origine de la maladie du pape refusaient de se laisser déloger. Ennodius maintint la blessure ouverte et laissa le sang couler plus longtemps qu'à l'accoutumée. Il ne pourrait plus répéter l'opération avant plusieurs jours, car la lune allait entrer en Gémeaux, signe absolument impropre aux saignées.

– Comment va-t-il ? s'enquit Florus, un autre médecin.

– Il est au plus mal, répondit l'archiatre.

– Sortons, murmura Florus. Je dois vous parler.

Ennodius étancha le sang par compression des lèvres de la plaie, puis laissa à son apprenti le soin de la panser avec des feuilles enduites de graisse. Après s'être essuyé les mains, il suivit Florus dans le couloir.

– Ils vont faire venir quelqu'un d'autre, lui glissa celui-ci dès qu'ils furent seuls. Un guérisseur de la Schola Anglorum.

– Non ! s'écria Ennodius, effaré.

À Rome, en théorie, la pratique thérapeutique était réservée aux membres de la Société de médecine, même si un petit bataillon de guérisseurs clandestins exerçait ses médiocres talents au sein de la populace. Ceux-là étaient tolérés dans la mesure où ils se contentaient de soigner les pauvres. Mais que l'un d'eux fût officiellement reconnu par le palais pontifical, voilà qui représentait une indéniable menace.

– Cet homme s'appelle Jean Anglicus, enchaîna Florus. Selon la rumeur, il détient des pouvoirs extraordinaires. On dit qu'il est capable de diagnostiquer une maladie par le simple examen des urines du patient.

– Un charlatan, lâcha Ennodius avec un reniflement de mépris.

– À l'évidence ! Mais méfions-nous, certains imposteurs sont extrêmement talentueux. Si ce Jean Anglicus se révélait capable de démontrer ne fût-ce qu'un semblant de savoir, cela pourrait nous être dommageable.

Florus avait raison. Dans une profession où les résultats étaient souvent décevants et toujours imprévisibles, la réputation était tout. Si d'aventure cet étranger réussissait là où ils avaient échoué…

Ennodius réfléchit un instant.

– Il examine les urines, dis-tu ? Fort bien. Nous allons lui en fournir un échantillon.

– Comment ! Vous voulez aider cet intrus ?

L'archiatre sourit.

– J'ai dit que je lui fournirais un échantillon d'urine, Florus. Je n'ai pas dit que ce serait celle du pape Serge.

Encadrée d'une escorte de gardes pontificaux, Jeanne se dirigeait à grands pas vers le Latran, immense palais abritant à la fois la résidence papale et les multiples dépendances administratives qui formaient le siège du gouvernement de Rome. Après être passée devant la grande basilique de Constantin, avec son splendide alignement de fenêtres à voûtes, elle suivit les gardes dans le palais. Une fois à l'intérieur, le groupe gravit la brève volée de marches qui menait au *triclinium major*, grande salle du palais, dont la construction avait été ordonnée par le pape Léon, de sainte mémoire.

La salle, dallée de marbre, était décorée d'une myriade de mosaïques dont l'élégance minutieuse laissa Jeanne pantoise. Jamais de sa vie elle n'avait vu de couleurs aussi chatoyantes, ni de figures aussi criantes de vérité. Personne en pays franc – pas même l'empereur – n'avait le pouvoir de commander une œuvre aussi magnifique.

Au centre du triclinium se tenait un groupe d'hommes. L'un d'eux vint à elle pour l'accueillir. Il avait le teint sombre, des yeux étroits et boursouflés, l'air chafouin.

– Êtes-vous le père Jean Anglicus ? l'interrogea-t-il.

– C'est moi, en effet.

– Je suis Benoît, missus papal et frère du pape Serge. Je vous ai fait venir pour soigner Sa Sainteté.

– Je ferai de mon mieux.

Benoît baissa le ton à la manière d'un conspirateur.

– Prenez garde, il vous faudra tenir compte de ceux qui ne souhaitent pas vous voir réussir.

Jeanne comprit aussitôt. La plupart des membres du groupe qui se trouvait à quelques pas d'elle appartenaient à la Société de médecine. Ils ne verraient pas d'un bon œil une intervention extérieure.

Un autre homme les rejoignit, grand, maigre, doté d'un regard pénétrant et d'un nez crochu. Benoît le présenta sous le nom d'Ennodius, archiatre de la Société de médecine. Le nouveau venu salua Jeanne d'un hochement de tête imperceptible.

– Vous découvrirez par vous-même, si toutefois vous avez le talent requis, que Sa Sainteté est en proie à de furieux démons, dont l'emprise pernicieuse ne se laisse détruire ni par les remèdes ni par les purges.

Jeanne garda le silence. Elle n'avait guère d'estime pour cette sorte de théorie. Pourquoi accuser le monde surnaturel de tous les maux quand les causes physiques étaient si nombreuses ?

Ennodius lui tendit une fiole emplie de liquide jaune.

– Cet échantillon d'urine a été prélevé sur Sa Sainteté il y a moins d'une heure, dit-il. Nous sommes curieux de savoir ce que vous pourrez lui faire dire.

Me voilà donc mise à l'épreuve, se dit Jeanne. *Après tout, cette introduction en vaut une autre.*

Elle saisit la fiole et l'exposa en pleine lumière. Le groupe de médecins forma un arc de cercle. Les narines frémissantes, Ennodius darda sur Jeanne un regard empreint de malicieuse expectative.

Elle fit tourner le flacon sur lui-même, à plusieurs reprises, en scrutant son contenu. Étrange… Elle le huma, huma de plus belle. Elle trempa un doigt dedans, le porta à sa bouche, et en goûta soigneusement la saveur. Une tension quasi palpable pesait sur la salle.

Elle renifla et goûta de nouveau. Aucun doute n'était plus permis.

La ruse était habile. Ils avaient substitué l'urine d'une femme enceinte à celle du pape, confrontant de la sorte Jeanne à un cruel dilemme. En sa qualité de simple prêtre, étranger de surcroît, il lui était interdit d'accuser une si auguste compagnie d'avoir délibérément voulu la tromper. D'un autre côté, si elle ne décelait pas la substitution, elle serait accusée de charlatanisme. Comment échapper à ce guêpier ?

Elle hésita encore un instant.

Enfin, elle se retourna pour faire face au groupe et annonça, le menton haut :

– Dieu s'apprête à réaliser un miracle. D'ici à trente jours, semble-t-il, Sa Sainteté mettra un enfant au monde.

Benoît continuait de pouffer lorsqu'il accompagna Jeanne hors du triclinium.

– La tête de tous ces nobles vieillards ! s'esclaffa-t-il, ravi. Je me demande comment j'ai fait pour ne pas éclater de rire ! Tu as prouvé ton talent et démasqué leur rouerie sans proférer un seul mot d'accusation. Tu as été brillant !

À l'approche de la chambre papale, ils entendirent des cris rauques monter de l'intérieur.

– Vilains ! Charognards ! Je ne suis pas encore mort !

Un grand fracas s'ensuivit. Quelqu'un venait de briser un objet.

Benoît ouvrit la porte à la volée. Écarlate de colère, le pape Serge était assis sur son lit. Sur les dalles, les morceaux d'un bol de terre cuite oscillaient toujours aux pieds d'un groupe de prélats apeurés. Serge serrait une coupe d'or dans sa main et s'apprêtait à la lancer dans leur direction. Benoît s'empressa de lui arracher le projectile des mains.

– Voyons, mon frère ! Tu sais pourtant ce qu'ont dit les médecins. Tu ne dois te fatiguer sous aucun prétexte.

– Quand je me suis réveillé, ces diables-là étaient en train de me badigeonner d'huile. Ils essayaient de me donner l'extrême-onction !

Les prélats, outrés, tentaient de lisser leurs robes avec componction. Il s'agissait apparemment de nobles personnages. Celui qui portait un pallium d'archevêque déclara :

– Étant donné l'état critique de Votre Sainteté, nous avons cru bien faire en…

– Sortez sur-le-champ ! rugit Benoît.

Jeanne n'en crut pas ses oreilles. Il fallait que Benoît fût un personnage très puissant pour s'adresser sur ce ton à un archevêque.

– Réfléchissez, Benoît, se défendit le prélat. Seriez-vous prêt à mettre en danger l'âme immortelle de votre vénérable frère ?

– Dehors ! s'écria Benoît, agitant furieusement les bras, comme pour chasser une volée de corneilles. Tous !

Les dignitaires battirent hâtivement en retraite. Serge se laissa mollement retomber sur ses coussins.

– La douleur, Benoît, gémit-il. Je n'en puis plus.

Benoît prit une carafe sur la table, emplit de vin la coupe d'or qu'il venait de récupérer, et l'offrit à son frère.

– Bois. Cela te fera du bien.

Serge la vida d'un trait.

– Encore, dit-il, en tendant la coupe.

Benoît la remplit une deuxième fois, puis une troisième. Un filet de vin dégoulina à la commissure des lèvres du pape. Serge était de faible constitution, mais très gras. Son aspect général évoquait un système de sphères superposées : son visage rondelet était relié à un menton tout aussi rond, et ses yeux globuleux occupaient le centre de deux orbites de chair plissée.

– Et maintenant, reprit Benoît quand la soif de son frère parut étanchée, regarde ce que je viens de faire pour toi. Voici quelqu'un qui pourra t'aider. Je te présente Jean Anglicus, guérisseur de grand renom.

– Encore un médecin ! soupira le pape.

Il n'émit cependant aucune objection quand Jeanne écarta les couvertures afin de l'examiner. Son état de délabrement la choqua. Ses jambes étaient excessivement enflées, et leur peau était tendue à craquer. Le pontife souffrait évidemment d'une grave inflammation articulaire. Elle en soupçonna sur-le-champ l'origine, mais il lui fallait encore examiner l'intérieur de ses oreilles pour confirmer son hypothèse. Ce qu'elle fit sans tarder. Les concrétions tophacées étaient bien là, petites excroissances pâles semblables à des yeux de crabe dont la présence ne pouvait signifier qu'une chose : Serge souffrait d'une attaque aiguë de goutte. Était-il possible que ses médecins ne l'eussent pas compris ?

À la recherche de la source de l'inflammation, Jeanne promena une paume sur la peau rouge et luisante du pontife.

– Au moins, grommela Serge, ce médecin-là n'a pas une main de laboureur.

Une telle lucidité était étonnante, car le pape brûlait de fièvre. Jeanne prit son pouls, remarquant au passage les multiples entailles faites à son bras par les saignées successives. Le cœur était faible, et le teint du malade, à présent que la colère était passée, avait viré au bleuâtre.

Rien de surprenant à ce qu'il ait si soif, se dit-elle. *Ils ont failli le tuer à force de saignées.*

Elle se tourna vers un jeune chambellan.

– Apporte de l'eau. Vite.

Il fallait absolument circonscrire la bouffissure de ses membres. Grâce au ciel, elle avait apporté un peu de bulbe de colchique en poudre. Elle retira de sa besace un petit carré de parchemin, qu'elle déplia avec soin pour ne rien perdre de la précieuse substance. Le chambellan revint avec une carafe. Jeanne versa un peu d'eau dans une timbale et y laissa infuser deux drachmes de poudre. Elle ajouta au breuvage ainsi obtenu un peu de miel clarifié pour masquer son amertume, ainsi qu'une petite dose d'herbe aux poules pour endormir le pontife – car le sommeil était le meilleur remède contre la douleur, et le repos sa meilleure chance de guérison.

Elle tendit la timbale à Serge, qui y porta avidement les lèvres. Dès la première gorgée, cependant, il recracha le tout avec dégoût.

– C'est de l'eau !

– Buvez, ordonna Jeanne.

À sa grande surprise, le pape obéit.

– Et maintenant ? demanda-t-il après avoir vidé la timbale. Vas-tu me purger ?

– Je pensais que Votre Sainteté avait eu son content de cette sorte de torture.

– Tu veux dire que tu ne vas rien faire d'autre ? l'interrogea Benoît. Trois gorgées de ta potion suffisent ?

Jeanne soupira. Elle avait déjà été maintes fois confrontée à ce genre de réaction. Les malades exigeaient des mesures draconiennes. Plus le mal était grave, plus ils s'attendaient à un traitement violent.

– Votre Sainteté souffre d'une crise de goutte. Je lui ai administré du bulbe de colchique, qui est un remède éprouvé. D'ici peu, elle s'endormira. Et si Dieu le veut, la douleur aura disparu d'ici quelques jours.

Comme pour confirmer ses dires, le souffle rauque du pape s'allongea peu à peu. Serge se laissa aller contre ses oreillers et ferma les paupières.

La porte s'ouvrit tout à coup. Un petit homme entra à pas saccadés, visiblement nerveux. Son regard évoquait celui d'un coq prêt au combat. Il brandit un rouleau de parchemin sous le nez de Benoît.

– Voici le document, lâcha-t-il. Il ne manque plus que sa signature.

À en juger par sa mise et ses manières, ce devait être un marchand.

– Plus tard, Aio, répondit Benoît.

Le nouveau venu secoua la tête avec véhémence.

– Non, Benoît, je ne peux plus attendre ! Tout Rome sait que le pape est en grand danger. Suppose qu'il vienne à mourir dans la nuit ?

Jeanne jeta un regard inquiet en direction de Serge, qui apparemment n'avait rien entendu. Il somnolait déjà.

L'homme agita une grosse bourse pleine de pièces.

– Voici mille sous, la somme convenue. S'il signe tout de suite, cet or est à toi, avec ceci en prime, ajouta-t-il en sortant de sa tunique une seconde bourse, plus petite.

Benoît lui prit le parchemin des mains, s'approcha du lit et le déroula sur le drap.

– Serge ?

– Il dort, protesta Jeanne. Ne le réveillez pas.

Benoît ignora la remarque. Il saisit son frère par l'épaule et le secoua rudement.

– Serge !

Les yeux du pape clignèrent. Benoît attrapa une plume sur la tablette, la trempa dans l'encrier tout proche, et la glissa dans la main de son frère.

– Signe, ordonna-t-il.

Hébété, le pape posa la plume sur le parchemin. Sa main tremblante fit tomber quelques gouttes d'encre. Benoît la prit dans la sienne et aida Serge à tracer la signature pontificale.

De l'endroit où elle se tenait, Jeanne n'eut aucune peine à lire ce que disait le parchemin. C'était une *formata*, par le biais de laquelle Aio était nommé évêque d'Alatri. Cet homme était tout bonnement en train d'acheter un évêché !

Satisfait, Benoît se redressa.

– Repose-toi maintenant, mon frère. Quant à toi, ajouta-t-il à l'usage de Jeanne, reste à son chevet.

Elle opina de la tête. Benoît et Aio quittèrent vivement la chambre.

Jeanne rabattit les couvertures sur Serge et les arrangea avec douceur. Selon toute évidence, rien n'allait plus au sein du palais papal. Et la situation ne risquait pas de s'arranger tant que Serge serait malade et que son frère ferait la loi à sa place. Sa mission était limpide : il s'agissait de rendre sa santé au souverain pontife, et ce le plus tôt possible.

Pendant quelques jours, l'avenir de Serge resta incertain. Le chant constant des prêtres l'empêchait de dormir, et sur demande de Jeanne, leur veille au chevet du pape finit par être suspendue. À l'exception d'un bref passage à la Schola Anglorum, Jeanne ne quitta pas son patient. La nuit, elle dormait sur une pile de coussins, juste à côté du lit pontifical.

Vers le troisième jour, les membres de Serge commencèrent à désenfler, et sa peau à partir en lambeaux. Dans la soirée, Jeanne découvrit tout à coup que Serge ne transpirait plus.

Dieu soit loué. La fièvre est tombée.

Le lendemain matin, il reprit conscience.

– Comment vous sentez-vous ? demanda Jeanne.

– Je… je ne sais pas trop, répondit le pape d'une voix faible. Mieux, je présume.

– Vous semblez aller beaucoup mieux, en effet.

Son teint terreux n'était plus qu'un souvenir, de même que l'opacité de son regard. Soudain, il se mit à se gratter avec frénésie.

– Mes jambes… mes jambes fourmillent !

– Ces démangeaisons sont un excellent signe. Elles montrent que la vie est en train de reprendre ses droits. Mais vous devez éviter d'irriter votre peau, car le danger d'infection n'est pas encore écarté.

Le pontife retira sa main. Toutefois, ses démangeaisons étaient si fortes qu'il ne tarda pas à se gratter de plus belle. De guerre lasse, Jeanne finit par lui administrer une tisane d'herbe aux poules, et il se rendormit.

Le lendemain, lorsqu'il rouvrit les yeux, Serge était pleinement lucide.

– La douleur… Je ne sens plus rien ! dit-il, promenant sur son corps un regard incrédule. Mes jambes ne sont plus enflées !

Enhardi, il s'assit sur le lit. Ayant repéré un chambellan posté près de la porte, il lui lança :

– J'ai faim. Apporte-moi donc un quartier de jambon et du vin !

– Un plat de légumes et une carafe d'eau, rectifia Jeanne d'un ton ferme.

Le chambellan s'en alla sans laisser à Serge le temps de protester.

– Qui es-tu ? demanda le pape, haussant les sourcils.

– Je m'appelle Jean Anglicus.

– Tu n'es pas romain.

– Je suis né en terre franque.

– Dans le Nord ! Ces lointaines contrées sont-elles aussi barbares qu'on le prétend ?

Jeanne sourit.

– On y trouve moins d'églises, si c'est ce que vous voulez dire.

– Si tu es né en pays franc, pourquoi t'appelles-tu Jean Anglicus ? s'enquit le pape avec une vivacité d'esprit étonnante.

– Mon père était anglais, mais il fut envoyé en mission chez les Saxons pour prêcher l'Évangile.

– Les Saxons ? Une tribu sans dieu !

L'image de sa mère traversa l'esprit de Jeanne, et elle ressentit sur-le-champ la bouffée familière de culpabilité et d'amour.

– La plupart d'entre eux sont aujourd'hui chrétiens – si tant est qu'on puisse l'être vraiment quand la foi vous a été imposée par le feu et au fil de l'épée.

Serge plissa les yeux.

– Tu n'approuves pas la vocation de l'Église à convertir les païens ?

– Quelle valeur peut avoir une profession de foi obtenue par la force ? Sous la torture, un être humain est capable d'abjurer tout ce qu'on voudra pour se délivrer de la douleur.

– Et cependant, c'est Notre Seigneur lui-même qui nous a enjoint de répandre la parole de Dieu. « Allez, portez la bonne parole à toutes les nations, et baptisez-les au nom du Père, du Fils et du Saint-Esprit. »

– C'est exact. Mais…

Elle s'interrompit. Une fois de plus, elle était sur le point de se laisser entraîner dans un débat d'idées imprudent, voire dangereux, et avec le pape lui-même !

– Continue.

– Pardonnez-moi, Votre Sainteté, mais… vous n'êtes pas rétabli.

– Soit, mais je ne suis plus malade au point de ne plus pouvoir entendre raison, répliqua le pontife, agacé. Poursuis.

– Eh bien… Je crois qu'il convient de considérer l'ordre dans lequel le Christ a édicté ses commandements. Il s'agit tout d'abord d'apporter la bonne parole aux nations, et ensuite seulement de leur offrir le baptême. Nous ne sommes pas tenus d'imposer ce saint sacrement avant que les esprits n'aient embrassé la foi par le biais d'une compréhension rationnelle. Enseignez d'abord, a dit le Christ, et baptisez ensuite.

Serge la dévisagea avec un intérêt accru.

– Tu raisonnes bien. Où as-tu reçu ton éducation ?

– Je la tiens d'un Grec nommé Asclepios, un homme de grand savoir, qui fut mon tuteur lorsque j'étais enfant. Ensuite, j'ai étudié à l'école cathédrale de Dorstadt, puis à Fulda.

– Ah ! Fulda ! Nous avons récemment reçu un manuscrit de Raban Maur, magnifiquement enluminé, renfermant un poème de sa composition sur la sainte Croix. Je lui écrirai bientôt pour le remercier, et je ne manquerai pas de lui faire part des services que tu m'as rendus.

Jeanne croyait s'être définitivement débarrassée de l'abbé Raban. La haine despotique de cet homme pouvait-elle la poursuivre jusqu'ici, mettant en péril la nouvelle vie qu'elle s'était patiemment bâtie ?

– Je doute que sa réponse conforte la bonne opinion que vous semblez avoir de moi, Votre Sainteté.

– Pourquoi donc ?

– L'abbé voit dans l'obéissance le plus sacré de tous les vœux religieux. Or, ce fut toujours, à mes yeux, le plus difficile à respecter.

– Et pour ce qui est des autres vœux ? demanda Serge sur un ton sévère.

– Né dans la pauvreté, je n'ai jamais eu aucun mal à m'y accoutumer. Quant à la chasteté, ajouta Jeanne en s'efforçant d'éliminer de sa voix toute trace d'ironie, j'ai toujours su résister aux tentations qu'offrent les femmes.

La mine du pape s'adoucit.

– Je suis heureux de te l'entendre dire. Car, sur ce point, l'abbé Raban et moi divergeons nettement. De tous les vœux, celui de chasteté est sans aucun doute le plus grand et le plus agréable à Dieu.

Jeanne dut dissimuler sa surprise. La chasteté était loin d'être universellement pratiquée par les prêtres de Rome. Il n'était pas rare que ceux-ci aient une femme. D'ailleurs, un homme marié pouvait fort bien accéder à la prêtrise à condition qu'il renonçât à toute relation conjugale ultérieure – condition rarement respectée dans les faits. Il était encore plus rare qu'une femme s'élevât contre les aspirations religieuses de son époux, dans la mesure où elle était autorisée à partager le prestige de sa nouvelle position : on appelait respectueusement « prêtresse » ou « diaconesse » la femme d'un prêtre ou d'un diacre. Le pape Léon III était marié au moment de son accession au trône de saint Pierre, et personne à Rome n'aurait songé à lui en tenir rigueur.

Le chambellan revint avec un plat d'argent garni de pain et de légumes, qu'il déposa devant le pontife. Celui-ci rompit un morceau de pain et mordit goulûment dedans.

– Et maintenant, articula-t-il entre deux bouchées, parle-moi de tes rapports avec Raban Maur.

20

On aurait dit, ainsi que le constata Jeanne au fil du temps, que l'enveloppe charnelle de Serge abritait deux êtres distincts : l'un dissolu, vulgaire et veule, l'autre cultivé, intelligent et plein de prévenance. Celse avait décrit ce phénomène en parlant d'*animae divisae* – d'âmes divisées.

Il en allait ainsi du pape Serge. Dans son cas, c'est le vin qui déclenchait la métamorphose. Doux et aimable lorsqu'il était sobre, le pontife devenait effrayant sous l'empire de l'alcool. Les serviteurs du palais, toujours prêts à jaser, contèrent à Jeanne la façon dont, un soir, Serge avait condamné l'un d'eux à mort parce qu'il avait osé servir son souper en retard. Fort heureusement, il avait recouvré ses esprits juste à temps pour empêcher l'exécution, mais le malheureux avait déjà été roué de coups et mis au pilori.

Dans le fond, ses médecins n'avaient pas entièrement tort. Serge était bel et bien possédé, mais les démons qui l'habitaient, loin d'avoir été envoyés par le diable, étaient les siens.

Consciente de ses qualités malgré ce travers, Jeanne décida de tout faire pour le remettre sur pied. Elle lui prescrivit un régime strict de légumes verts et de tisane d'orge. Le pape s'y soumit à contrecœur, de crainte que ses douleurs ne reviennent. Sitôt qu'elle le jugea prêt, elle lui imposa une marche quotidienne dans les jardins du

Latran. Pendant quelque temps, trois serviteurs grimaçant sous son poids durent l'y porter dans son fauteuil. Le premier jour, il réussit tout juste à esquisser quelques pas avant de se rasseoir, épuisé. Sans cesse stimulé par Jeanne, il marchait chaque jour un peu plus loin. Au bout d'un mois, il était capable d'accomplir le tour complet du jardin. La bouffissure résiduelle de ses jointures se résorba peu à peu, et sa peau retrouva une rassurante teinte rose. Ses yeux désenflèrent, ce qui permit aux contours de son visage d'apparaître plus distinctement. Jeanne constata alors qu'il était beaucoup plus jeune qu'elle ne l'avait cru : sans doute n'avait-il pas plus de quarante-cinq ou cinquante ans.

– Je me sens un homme neuf, lui confia-t-il un jour lors de leur promenade quotidienne.

On était au printemps, et le parfum lourd des lilas en fleur emplissait déjà l'air.

– Plus de nausées, plus de fatigue, plus de douleurs ? l'interrogea Jeanne.

– Non. Dieu a vraiment accompli un miracle !

– On peut voir les choses de cette façon, Votre Sainteté. Mais rappelez-vous quel était votre état quand Dieu était votre seul médecin !

Serge tira affectueusement l'oreille de Jeanne.

– Petit insolent ! C'est Dieu qui t'a envoyé à mon chevet pour réaliser sa volonté !

Ils échangèrent un sourire. *C'est le moment*, se dit Jeanne.

– Puisque Votre Sainteté se sent si bien…

– Oui ?

– Je songeais que… la cour siège aujourd'hui. Votre frère Benoît la préside à votre place, comme d'habitude. Mais si vous vous sentiez assez fort pour…

– Benoît est rompu aux affaires du gouvernement. Je ne vois aucune urgence à…

– Ce n'est pas Benoît qui a été élu pape, Votre Sainteté. Rome a besoin de vous.

Le pontife fronça les sourcils. Un long silence suivit.

J'ai parlé trop tôt, et surtout trop hardiment.

– Tu parles d'or, Jean Anglicus, reconnut le pape avec un voile de mélancolie dans le regard. J'ai trop longtemps négligé mes devoirs temporels.

– Le remède est dans l'action, observa-t-elle doucement.

Serge réfléchit encore un instant. Tout à coup, il tourna les talons et se dirigea vers l'entrée du jardin.

– Viens donc ! lança-t-il à Jeanne par-dessus son épaule. Qu'attends-tu ?

Elle ne se fit pas prier.

Deux gardes étaient nonchalamment adossés au mur extérieur de la salle du conseil. Ayant reconnu Serge, ils se redressèrent en hâte et ouvrirent les portes.

– Sa Sainteté le pape Serge, évêque et métropolitain de Rome ! annonça l'un d'eux d'une voix tonitruante.

Serge et Jeanne pénétrèrent dans la salle, où régnait un silence de mort. Soudain, il y eut un concert de grincements en tout genre : chacun se levait en hâte pour saluer l'entrée du pontife. Seul Benoît, bouche bée, resta cloué sur le trône papal.

– Ferme la bouche, mon frère, lança Serge, ou tu finiras par gober une mouche !

– Très Saint Père, est-ce bien raisonnable ? s'écria Benoît, recouvrant enfin ses esprits. Ne risques-tu pas de compromettre ta santé en venant assister à cette audience ?

– Merci mille fois, mon frère, mais je me sens au mieux. Et sache que je ne suis pas venu pour assister à l'audience, mais pour la présider.

Benoît se leva vivement.

– Je me réjouis de l'apprendre, répondit-il sans grand enthousiasme, et il en va de même pour Rome tout entière.

Serge prit place sur le trône.

– Eh bien ? Quel est l'ordre du jour ?

Un notaire s'empressa de le mettre au fait des détails de l'affaire que l'on examinait présentement. Mamert, un riche marchand, demandait la permission d'entamer la restauration de l'Orphanotrophium, un pensionnat destiné aux orphelins, installé à deux pas du Latran dans un édifice en pleine décrépitude. Mamert se proposait de reconstruire entièrement les lieux et d'en faire une hôtellerie à l'usage des riches pèlerins.

– Je connais bien l'Orphanotrophium, dit Serge. J'y ai moi-même séjourné quelque temps après la mort de notre mère.

– Votre Sainteté, intervint Mamert, le bâtiment est dans un état si lamentable qu'il forme un spectacle désolant pour notre belle cité. J'ai le projet de le transformer en palais.

– Et que deviendront les orphelins ? s'enquit le pape.

Mamert haussa les épaules.

– Ils trouveront refuge ailleurs. Ce ne sont pas les hospices qui manquent.

– Il n'est jamais agréable d'être chassé de son logis, remarqua Serge, dubitatif.

– Votre Sainteté, cette hôtellerie sera l'orgueil de Rome ! Ducs et rois se bousculeront pour y dormir !

– Les orphelins ont autant de valeur aux yeux du Seigneur que les rois et les ducs. Le Christ n'a-t-il pas dit : « Bénis soient les pauvres, car le Royaume des Cieux leur appartiendra » ?

– Votre Sainteté, je vous supplie de réfléchir ! Pensez à tout ce que la construction d'un tel établissement peut faire pour la renommée de Rome !

Serge secoua la tête.

– Je ne laisserai pas détruire le refuge de ces pauvres enfants. La demande est rejetée.

– Je proteste ! s'écria Mamert, indigné. Votre frère et moi avons d'ores et déjà conclu un accord. La convention est signée, et le paiement versé.

– Le paiement ? répéta Serge, haussant un sourcil.

Benoît se hâta de secouer la tête à l'intention de Mamert. Celui-ci baissa les yeux, confus.

– Je… je… j'ai déposé une offrande, une offrande plus que généreuse, sur l'autel de saint Servais, afin de garantir le succès de cette entreprise.

– Sois-en félicité, répondit le pape. Ta charité porte en elle-même le fruit de sa propre récompense, car tu souffriras moins durement pendant ta vie éternelle.

– Mais…

– Reçois nos remerciements, Mamert, pour avoir attiré notre attention sur le piteux état de l'Orphanotrophium. Sa rénovation sera dorénavant notre souci premier.

Mamert ouvrit et referma la bouche à plusieurs reprises, comme un poisson échoué sur la grève. Après avoir jeté en direction de Benoît un regard torve, il quitta la salle à grands pas. Serge se tourna vers Jeanne, qui esquissa un sourire en guise de réponse.

Ce bref échange n'échappa pas à Benoît. *Voilà donc la source de ce nouveau problème*, se dit-il, et il se reprocha aussitôt de ne l'avoir pas prévu. La cour pontificale avait connu une saison aussi active que profitable. Benoît avait consacré tant de temps aux affaires de l'État et à l'accroissement de sa fortune privée qu'il n'avait pas pris suffisamment garde à l'influence croissante que ce petit prêtre était en train d'acquérir sur son frère.

Ce n'est que partie remise, songea-t-il. *Ce qui a été fait peut être défait. Tout homme a son point faible.* Il suffisait de découvrir celui de Jean Anglicus.

Sur le chemin du triclinium, Jeanne longeait une galerie à pas pressés. En tant que médecin personnel de Serge, elle était admise à souper à sa table – et ce privilège lui permettait aussi de surveiller étroitement tout ce que le pape mangeait et buvait. L'état de santé du pontife demeurait incertain. Le moindre excès de gourmandise pouvait provoquer une autre attaque de goutte.

– Jean Anglicus !

Jeanne se retourna pour voir Arighis, le vice-dominus, c'est-à-dire le majordome du palais, s'avancer vers elle.

– Je viens d'apprendre qu'une dame du Trastévère est gravement souffrante. Tu es prié de te rendre à son chevet.

Jeanne retint un soupir. Cette semaine-là, elle avait été par trois fois appelée au chevet de malades. La nouvelle de la guérison du pape s'était répandue dans toute la cité. Au grand dam des membres de la Société de médecine, ses services étaient à présent très recherchés.

– Pourquoi ne lui envoie-t-on pas un médecin de la société ? demanda-t-elle.

Agacé, Arighis fronça les sourcils. Il n'était pas dans ses habitudes de voir ses ordres contestés ; en sa qualité de vice-dominus, il était de son droit et de son devoir d'exercer un contrôle rigoureux sur tout ce qui concernait la maison du pape et son personnel, mais ce jeune étranger insolent semblait ne pas l'avoir compris.

– J'ai déjà assuré cette personne de ta venue, dit-il.

Jeanne se raidit, irritée par cette démonstration d'autorité malvenue. En tant que médecin personnel du pape, elle n'avait aucun compte à rendre à Arighis. Mais ce n'était ni le lieu ni l'heure de se lancer dans un tel débat. Aussi inopportun fût-il, l'appel au secours d'une personne souffrante passait avant tout le reste.

– Soit, admit Jeanne. Je vais chercher ma besace.

À l'adresse indiquée, Jeanne découvrit une vaste résidence, construite à la mode antique. Un serviteur la mena à travers une enfilade de cours, de jardins et de galeries jusqu'à une chambre outrancièrement décorée de mosaïques aux vives couleurs, de stuc incrusté de coquillages et de peintures en trompe-l'œil conçues pour donner l'illusion de lointaines perspectives. Il flottait dans cette pièce singulière une odeur sucrée de pommes mûres. Tout au fond, elle aperçut un grand lit, cerné de cierges comme un autel. Une femme d'aspect langoureux était couchée sur le matelas de plumes.

Jamais Jeanne n'avait vu aussi belle personne. Celle-ci était plus rayonnante que Richild, plus même que Gudrun, sa mère, dont elle croyait encore, un instant auparavant, qu'elle était la plus belle femme de la création.

– Je m'appelle Marioza, susurra l'inconnue d'une voix qui avait la douceur du miel fondu.

Face à une telle perfection, Jeanne resta un moment la gorge nouée.

– Ma dame… je… Mon nom est Jean Anglicus, et je suis venu en réponse à votre appel.

Marioza sourit, visiblement satisfaite de l'effet produit.

– Approche donc, cher Jean Anglicus. À moins que tu n'aies l'intention de m'examiner à distance ?

Le parfum de pommes était encore plus intense près du lit. *Je connais cette senteur*, se dit Jeanne. Mais elle ne parvenait pas à l'identifier.

Marioza lui tendit une coupe de vin.

– Boiras-tu à ma santé ?

Jeanne but, conformément à la coutume. Vue de près, Marioza était encore plus étourdissante. Sa peau évoquait un ivoire sans défaut. Ses yeux mauves, ourlés de longs cils, étaient immenses et teintés d'ébène par le puits de ténèbres de ses pupilles.

Elles sont trop dilatées, se dit Jeanne. Cette observation froidement clinique rompit d'un coup le charme instauré par la beauté de Marioza.

– Dites-moi, ma dame, fit Jeanne en reposant sa coupe, quel est le mal dont vous souffrez.

– Si joli, soupira l'inconnue, et pourtant si pressé de se mettre au travail !

– Je ne désire que vous aider, ma dame. Quelle détresse vous a poussée à m'appeler de toute urgence ?

– Puisque tu insistes… Il s'agit de mon cœur.

C'était là un mal fort rare pour une femme de son âge, car Marioza ne devait guère avoir plus de vingt-deux ans. Bien sûr, il pouvait arriver qu'un enfant né sous une mauvaise étoile eût le cœur défectueux, au point que chaque respiration de sa brève existence était une souffrance et un combat. Mais ces êtres-là n'avaient pas l'aspect de Marioza, dont tout le corps, hormis ses pupilles étrangement agrandies, suggérait une santé éclatante.

Jeanne saisit son poignet et lui prit le pouls, qu'elle trouva vigoureux et régulier. Puis elle examina ses mains. Leur coloration était excellente, notamment sous les ongles. Après une légère pression, la peau retrouvait très vite sa complexion originelle. Jeanne inspecta ensuite les jambes et les pieds de Marioza, sans déceler le moindre signe de nécrose. La jeune femme n'avait aucune défaillance de circulation.

Paupières mi-closes, Marioza s'adossa aux oreillers et leva sur Jeanne un regard alangui.

– Chercherais-tu mon cœur ? Tu ne le trouveras pas si bas, Jean Anglicus !

Sur ce, elle écarta les pans de sa robe de soie, révélant deux seins d'un blanc d'ivoire.

Jeanne comprit soudain qu'elle avait sans doute affaire à cette Marioza dont la rumeur faisait la plus célèbre courtisane de Rome ! On disait d'elle qu'elle comptait parmi ses clients quelques illustrissimes personnages.

Elle essaie de me séduire. L'incongruité de la situation fit naître une ombre de sourire sur ses lèvres.

Marioza interpréta ce sourire d'une tout autre façon, et se sentit encouragée. Ce prêtre allait être moins difficile à conquérir que ne l'avait laissé entendre Benoît en lui confiant sa mission. Religieux ou non, Jean Anglicus était un homme, et aucun homme ne pouvait lui résister.

Avec une indifférence ostensible, Jeanne poursuivit son examen. Elle palpa les flancs de Marioza pour vérifier qu'elle n'avait aucune côte brisée. Cette sorte de douleur était souvent confondue avec celle d'une attaque cardiaque. Mais sa patiente ne montra pas le moindre signe d'inconfort.

– Quelles jolies mains tu as ! roucoula-t-elle, en se retournant à demi sur le lit pour mettre en valeur ses courbes voluptueuses. Si fortes, et si fines à la fois !

– La pomme de Satan ! s'écria Jeanne en se redressant.

Voilà bien les prêtres, songeait Marioza. *Tenir un discours pieux en un tel moment...* Mais, après tout, elle connaissait bien les membres du clergé, et savait comment surmonter ces crises de conscience de dernière minute.

– Ne réprime pas tes sentiments, Jean Anglicus : ils sont parfaitement naturels, car ils t'ont été donnés par Dieu. N'est-il pas écrit dans la Bible : « Et ils ne formeront qu'une seule chair » ?

À dire vrai, Marioza n'était pas certaine que cette phrase était bien tirée de la Bible, mais la chose était vraisemblable, car elle lui avait été dite, dans des circonstances quasi identiques, par un archevêque.

– En outre, ajouta-t-elle, hormis toi et moi, personne ne saura jamais ce qui s'est passé entre nous.

Jeanne secoua la tête avec véhémence.

– Je parlais d'autre chose, dit-elle. L'odeur qui flotte dans cette pièce... c'est celle de la mandragore, qu'on appelle aussi pomme de Satan.

Son fruit était un puissant narcotique, ce qui expliquait les pupilles dilatées de Marioza.

– D'où vient l'odeur ? demanda Jeanne, humant tout à coup la fumée d'une chandelle. Qu'as-tu fait, Marioza ? Aurais-tu trempé ta cire dans de l'essence de mandragore ?

La courtisane soupira. Elle avait déjà assisté à la même réaction chez des clercs jeunes et virginaux. Embarrassés, ils cherchaient sans cesse à ramener la conversation sur un terrain plus sûr.

– Approche, murmura-t-elle, et cessons de parler potions. Je connais une bien meilleure façon de passer un moment ensemble.

Elle fit glisser une main sur la tunique de Jean Anglicus, à la recherche de son entrejambe.

Jeanne recula d'un bond. Elle souffla la chandelle et prit fermement la main de Marioza.

– Écoute-moi, Marioza. La mandragore… Tu l'emploies pour ses vertus aphrodisiaques, je le sais. Mais je te conseille de cesser, car sa fumée est aussi un poison.

La courtisane fronça les sourcils. Voilà qui ne faisait pas partie de ses plans. Elle devait trouver au plus tôt un moyen de faire oublier à ce jeune homme ses leçons de médecine.

Un bruit de pas s'éleva dans la galerie adjacente. Il était trop tard pour les manœuvres de persuasion. Marioza agrippa le haut de sa robe à deux mains et la déchira d'un geste sec.

– Comme j'ai mal ! s'écria-t-elle, en saisissant la tête de Jeanne entre ses mains et en la plaquant contre sa poitrine. Écoute mon cœur, vite !

Jeanne tenta de se dégager, mais Marioza tint ferme.

– Oh ! Jean !, souffla-t-elle, haletante, je ne puis résister à la force de ta passion !

La porte s'ouvrit brusquement. Plusieurs gardes pontificaux se ruèrent dans la chambre et s'emparèrent de Jeanne, qu'ils retirèrent du lit sans ménagement.

– Eh bien, mon père, railla leur chef, voilà une étrange façon de donner la communion !

– Cette femme est malade, protesta Jeanne. J'ai été appelé à son chevet pour la soigner.

Le garde la gratifia d'un regard égrillard.

– Je connais en effet plus d'une femme que ce remède-là a soignée de son infertilité !

Un éclat de rire général fit trembler les murs de la pièce.

– Dis-leur la vérité, ordonna Jeanne à Marioza.

La courtisane haussa les épaules, ce qui eut pour effet de faire glisser un peu plus sa robe.

– Ils nous ont vus, très cher. À quoi bon nier ?

– Vous voilà enrôlé dans l'armée des amants de Marioza, lança un autre garde. Vous et vos pairs rempliriez le Colisée sans peine !

Une nouvelle explosion d'hilarité salua ces belles paroles. Marioza joignit son rire à celui des soldats.

– Venez, mon père, fit le chef des gardes en empoignant le bras de Jeanne.

– Où m'emmenez-vous ? demanda celle-ci, bien qu'elle se doutât de la réponse.

– Au Latran. Vous allez devoir vous expliquer devant le Saint-Père.

Jeanne libéra son bras et se tourna une dernière fois vers Marioza.

– Je ne sais ni pourquoi ni pour qui tu agis ainsi, mais je t'avertis, Marioza : ne compte pas bâtir ta fortune sur les faveurs des hommes, car tu découvriras bien vite qu'elles sont aussi fugaces que la beauté.

Le rire de la courtisane mourut sur ses lèvres.

– Petit barbare ! lança-t-elle avec mépris.

Jeanne fut emmenée dans un nouvel éclat de rire.

Sous bonne escorte, Jeanne émergea dans une rue ombrée de crépuscule. Elle ne pouvait se résoudre à haïr Marioza. Elle-même aurait pu connaître un destin semblable si le sort avait choisi une voie différente. Les rues de Rome grouillaient de femmes prêtes à vendre leur corps pour le prix d'un repas. À leur arrivée dans la cité sainte, nombre d'entre elles étaient de pieuses pèlerines, quelquefois même des nonnes. Sans abri ni fortune pour s'offrir le voyage de retour, elles optaient pour cette solution. Les prêtres avaient beau jeu de vitupérer ces « servantes du diable » depuis les hauteurs de leurs chaires. Mieux valait mourir chaste, grondaient-ils, plutôt que de vivre dans le péché. *Eux n'ont jamais connu la faim.*

Marioza n'était donc pas à blâmer. Elle avait simplement servi d'instrument. *Mais entre quelles mains ? Qui cherche à me discréditer ?* Ennodius et ses pairs de la Société de médecine étaient sans nul doute capables d'un aussi sordide expédient, mais n'auraient-ils pas plutôt cherché à mettre en cause sa compétence médicale ?

Alors, qui ?

La réponse s'imposa d'elle-même.

Benoît. Depuis l'épisode de l'Orphanotrophium, il était plein de rancœur, et surtout jaloux de l'influence de Jeanne sur son frère. Au fil des pas, elle sentit grandir sa certitude et sa détermination. Elle savait à présent qui était son ennemi, et n'avait aucune intention de laisser Benoît triompher aussi facilement. S'il était le frère du pape, elle était sa confidente. D'une manière ou d'une autre, elle réussirait à convaincre ce dernier de sa bonne foi.

À son arrivée au Latran, Jeanne vit non sans surprise ses cerbères passer au large du triclinium, où le pape Serge dînait en compagnie de ses optimates et autres dignitaires de la cour, pour la mener tout droit aux appartements de Benoît.

– Eh bien, eh bien ! lança celui-ci d'un ton railleur en la voyant entrer sous bonne escorte. Qu'est ceci, Jean Anglicus ? Que fais-tu flanqué de gardes comme un vulgaire larron ? Parle, Tarasius, ajouta-t-il en se tournant vers le chef de la garde, dis-moi quel crime a commis ce prêtre.

– Messire, nous venons de l'appréhender dans la chambre de la putain Marioza.

– Dans la chambre de Marioza ! répéta Benoît, affectant un regard réprobateur.

– Nous l'avons trouvé sur son lit et dans ses bras, ajouta Tarasius.

– C'est un guet-apens ! se défendit Jeanne. J'ai été appelé à son chevet sous le fallacieux prétexte qu'elle se sentait souffrante. Sachant que les gardes allaient venir, elle m'a embrassé juste avant leur entrée.

– Tu espères me faire croire qu'une simple femme a pu te dominer par la force ? Honte à toi, faux prêtre !

– Honte à vous-même, messire Benoît ! Vous avez fomenté toute cette affaire à seule fin de jeter le discrédit sur ma personne. Vous avez ordonné à Marioza de me faire venir, puis envoyé la garde pontificale afin qu'on nous trouve ensemble !

– Je l'admets volontiers.

Cette réponse laissa Jeanne pantoise.

– Vous confessez votre méfait ?

Benoît prit une coupe de vin sur la table et en but une gorgée, qu'il savoura ostensiblement.

– Te sachant débauché, et n'appréciant pas de voir abuser de la confiance de mon frère, je me suis mis en quête d'une preuve de ta duplicité, voilà tout.

– Je ne suis pas débauché, et vous n'avez aucun motif pour m'accuser de l'être !

– Tu n'es pas débauché ? Tarasius, dis-moi encore dans quelle posture tu as trouvé notre ami.

– Messire, il se tenait couché sur le lit avec cette catin, laquelle était nue dans ses bras.

– Je n'ose imaginer à quel point mon frère sera navré d'entendre un tel témoignage, d'autant plus qu'il avait placé une immense confiance en toi.

Jeanne commença à saisir la gravité de la situation.

– Ne faites pas cela, l'avertit-elle. Votre frère a besoin de moi, car il n'est pas encore hors de danger. Sans une attention médicale de tous les instants, il subira une autre attaque – et celle-là le tuera à coup sûr.

– Ennodius s'occupera de lui, répliqua sèchement Benoît. Tes mains pécheresses lui ont déjà fait assez de mal.

– Moi, je lui ai fait du mal ? explosa Jeanne, hors d'elle. Comment osez-vous dire une chose pareille, vous qui avez osé sacrifier votre propre frère par un mélange de jalousie et de cupidité ?

Elle reçut une gifle liquide en plein visage : Benoît venait de l'asperger du contenu de sa coupe. Le vin lui brûla les yeux et y fit naître des larmes. Il coula aussi dans sa gorge. Suffoquée, elle se mit à tousser et à cracher.

– Au cachot, ordonna Benoît.

– Non !

Avec un cri déchirant, Jeanne échappa aux gardes. Elle devait à tout prix parler à Serge avant que Benoît ait pu lui corrompre l'esprit de ses calomnies. Avec l'énergie du désespoir, elle s'élança dans la galerie menant au triclinium.

– Arrêtez-le ! hurla Benoît.

Le piétinement des gardes résonnait de plus en plus fort à ses trousses. À l'extrémité de la galerie, Jeanne bifurqua hors d'haleine vers les torches flamboyantes du triclinium.

Elle n'était plus qu'à quelques pas de l'entrée quand un croc-en-jambe la fit s'étaler de tout son long. Elle voulut se relever, mais les gardes lui immobilisèrent bras et chevilles. Réduite à l'impuissance, elle fut soulevée de terre et emmenée.

On la transporta dans les profondeurs de couloirs inconnus et d'escaliers de plus en plus raides, si longtemps qu'elle en vint à se demander si cette descente s'achèverait jamais. Enfin, ses geôliers firent halte devant une lourde porte de chêne, bloquée par une barre de fer. Ils retirèrent la barre, entrouvrirent la porte, remirent Jeanne sur pied, la poussèrent à l'intérieur. Elle trébucha dans la pénombre et sentit de l'eau froide enserrer ses chevilles. Avec un sinistre vacarme, la porte se referma derrière elle. Les ténèbres, tout à coup, devinrent absolues.

Les pas des gardes s'éloignèrent dans le couloir. Jeanne avança, les bras tendus, pour apprivoiser les ténèbres. Puis elle posa une main sur sa besace. Par miracle, on n'avait pas songé à l'en déposséder. À l'intérieur, elle palpa un certain nombre de paquets et de fioles, et reconnut chacun d'eux grâce à sa taille et à son poids. Elle finit par trouver ce qu'elle cherchait : une petite boîte contenant sa pierre à feu, quelques brins de paille et le bout de chandelle qu'elle utilisait pour réchauffer ses potions. Elle prit la pierre entre ses doigts et en frappa vivement le côté de la boîte de fer, faisant ainsi jaillir une pluie d'étincelles. Peu après, un brin de paille s'embrasa. Elle en approcha la mèche de sa chandelle et attendit que la flamme naisse, puis se stabilise. Un petit halo jaunâtre l'entoura.

Cette lumière vacillante révéla des contours incertains. Le cachot était vaste – trente pieds sur vingt environ. Ses murs de pierre étaient noircis par les ans. À la texture lisse du sol, Jeanne supposa qu'il était lui aussi fait de pierre, même s'il lui était impossible de s'en assurer : il disparaissait sous plusieurs pouces d'eau boueuse.

Jeanne leva plus haut sa chandelle pour agrandir le cercle de lumière. Dans un coin du cachot, elle devina une forme pâle. Une forme humaine, aussi impalpable qu'un spectre.

Je ne suis pas seule. Une bouffée de soulagement l'envahit, aussitôt suivie d'une grande agitation. Ce lieu était un lieu de châtiment. Et si cet homme était un dément, un assassin, voire les deux à la fois ?

– *Dominus tecum*, lâcha-t-elle. Dieu soit avec toi.

L'homme ne répondit pas. Jeanne réitéra son salut en langue vulgaire, puis ajouta :

– Je suis Jean Anglicus, prêtre et médecin. Puis-je faire quelque chose pour toi, mon fils ?

L'homme était assis, adossé au mur et jambes écartées. Elle approcha. Soudain, la lueur de sa chandelle effleura la tête de l'inconnu – sans visage, car c'était une tête de mort, un crâne encore couvert par endroits de lambeaux de chair et de cheveux.

Avec un cri d'effroi, Jeanne se rua vers la porte et se mit à marteler le lourd panneau de chêne.

– Laissez-moi sortir ! hurla-t-elle.

Elle frappa et frappa encore, jusqu'à ce que ses poignets fussent en sang. Personne ne répondit. Personne ne viendrait. On allait la laisser mourir dans les ténèbres.

Elle croisa les bras sur sa poitrine et s'efforça de cesser de trembler. Peu à peu, les vagues de terreur et de désespoir s'atténuèrent, et un sentiment nouveau se fit jour en son cœur – une détermination aveugle, un entêtement à vivre, à combattre l'injustice qui l'avait menée là. Son esprit paralysé par la peur retrouva enfin sa capacité à raisonner. *Il ne faut pas désespérer*, se dit-elle. *Serge ne me maintiendra pas enfermée éternellement. Il sera d'abord furieux d'entendre le récit de Benoît, mais d'ici quelques jours, il s'apaisera et m'enverra quérir. Je dois simplement tenir.*

Elle décida d'explorer son cachot. En en faisant le tour, elle découvrit trois autres cadavres, mais elle n'eut pas peur, car elle s'y était préparée. D'ailleurs, ils n'étaient pas aussi effrayants que le premier, leurs ossements ayant été depuis longtemps nettoyés de toute chair. Son exploration lui permit en outre de faire une trouvaille importante : le sol, d'un côté du cachot, était surélevé. À cet endroit, l'eau boueuse s'arrêtait à plusieurs pieds du mur, laissant au sec une bande de pierre relativement large. Contre la base du mur, une vieille cape de laine gisait en boule, toute déchirée, mais capable néanmoins de fournir une protection efficace contre le froid pénétrant de cette chambre souterraine. Dans un autre coin de la pièce, elle découvrit un grabat de bois, à natte de paille, qui flottait sur l'eau. Le matelas, épais et de bonne facture, était si bien tissé que sa face supérieure n'était pas mouillée. Jeanne tira le tout jusqu'à la partie sèche du cachot et s'assit dessus après avoir posé sa chandelle à côté. Elle ouvrit sa besace, y prit une pincée d'ellébore, et répandit autour d'elle la poudre vénéneuse, en arc de cercle, pour repousser les rats et la vermine. Puis elle prit un paquet d'écorce de chêne et un autre de sauge séchée. Elle broya le tout et le fit infuser dans une petite fiole de vin mélangé de miel. Ensuite, elle but une longue gorgée afin de se fortifier contre les humeurs délétères de ce lieu malsain. Ayant fait cela, elle se recroquevilla sur la natte, souffla sa chandelle et tira sur ses membres la cape trouée.

Elle demeura immobile dans l'obscurité. Elle avait fait tout ce qui était en son pouvoir. Il ne lui restait plus qu'à se reposer, en songeant à préserver ses forces pour le moment où Serge l'enverrait chercher.

21

C'était le jour de l'Ascension, et la messe devait être célébrée en l'église Saint-Prassède. Le soleil venait à peine de se lever, mais les fidèles se rassemblaient déjà, envahissant la rue sur laquelle donnait le palais du Latran dans un concert de bavardages, de mouvements et de couleurs.

Les lourdes portes de bronze du palais s'ouvrirent enfin. Les premiers à paraître, allant humblement à pied, furent les acolytes et autres clercs des ordres mineurs. Ils furent suivis de près par une formation de gardes à cheval, qui promenaient à tout moment leurs regards acérés sur la foule afin de repérer d'éventuels fauteurs de troubles. Derrière eux venaient les diacres et notaires des sept régions ecclésiastiques, chacun précédé d'un clerc portant haut la bannière de sa région. Puis ce fut le tour de l'archiprêtre et du primicerius, suivis de leurs subalternes. Enfin, le pape Serge parut, magnifiquement paré d'une robe de fil d'or et d'argent. Monté sur une puissante jument rouanne, il était immédiatement suivi des optimates, les principaux dignitaires de l'administration pontificale, par ordre décroissant d'importance : en premier venait Arighis, le vice-dominus, puis le vestiarius, le sacellarius, l'arcarius, et le nomenclator.

La longue procession, ayant traversé la cour du Latran, quitta le palais en grande pompe, en passant devant la statue de la Louve, *mater romanorum* – mère des Romains –, qui, disait-on, avait nourri Romulus et Rémus. Cette sculpture était à l'origine d'une controverse considérable, car nombreux étaient ceux qui jugeaient blasphématoire la présence d'une idole païenne aux portes du palais pontifical. D'autres, en revanche, la défendaient avec une ardeur égale, ne trouvant point de mots pour vanter sa beauté et l'excellence de son auteur.

Juste après avoir effleuré la Louve, la procession bifurqua vers le nord, passa sous la formidable arche de brique de l'aqueduc, et s'engagea sur la Via Sacra, la voie sacrée qu'empruntaient régulièrement les papes depuis la nuit des temps.

Serge plissa les yeux, mis à la torture par la lumière étincelante du soleil. Il avait la migraine, et les tressautements cadencés de sa monture lui donnaient la nausée. Sa main se crispa sur les rênes. *Voilà le prix de ma gloutonnerie*, se dit-il, d'humeur pénitente. Il avait de nouveau cédé au péché en se gavant la veille de nourriture et de vin. En se reprochant sa faiblesse, Serge résolut, pour la vingtième fois de la semaine, de s'amender sans délai.

Avec un pincement de remords, il songea à Jean Anglicus. Il se sentait tellement mieux lorsque ce prêtre étranger était son médecin ! Naturellement, après le crime odieux que celui-ci avait osé commettre, il ne pouvait être question de le reprendre à son service. Jean Anglicus avait rompu le plus sacré des vœux.

– Dieu bénisse notre seigneur le pape !

Les vivats de la foule ramenèrent Serge à la réalité. Il esquissa un signe de croix en signe de bénédiction et dut lutter de plus belle contre la nausée lorsque le cortège entama la descente de la Via Sacra.

On venait juste de dépasser le monastère d'Honorius quand la foule s'écarta soudain à la tête de la procession, fendue par un cavalier au galop arrivant en sens inverse. L'homme et sa monture semblaient également fourbus. La bouche du cheval bai était noyée d'écume, ses flancs se soulevaient. Les hardes du cavalier étaient déchirées, son visage était noirci comme celui d'un Sarrasin par la poussière de la route. Il tira sur ses rênes et sauta à terre à l'avant du cortège.

– Comment oses-tu perturber cette sainte procession ? lui lança Eustathe, l'archiprêtre, d'un air indigné. Gardes, arrachez le pourpoint de cet homme et donnez-lui le fouet ! Cinquante coups de lanière auront tôt fait de lui apprendre le respect !

– Ils… ils arrivent ! bégaya l'homme, tellement essoufflé que ses paroles étaient à peine audibles.

– Un instant, intervint Serge, retenant les gardes. Qui arrive ?

– Lothaire et les siens, parvint à articuler le cavalier.

– L'empereur ? demanda le pape, abasourdi.

L'autre acquiesça.

– Il est à la tête d'une puissante armée de Francs. Votre Sainteté, il a juré de laver dans le sang les offenses commises par votre personne et par la cité de Rome !

Un murmure de désarroi parcourut la foule.

– Quelles offenses ?

Serge réfléchit un moment avant de s'exclamer :

– Le sacre !

Après son élection sur le trône de Pierre, la cité de Rome avait organisé la cérémonie du sacre sans attendre l'approbation de l'empereur. Cette attitude constituait un grave manquement à la charte de 824, qui accordait à Lothaire le droit de *jussio* – ou ratification – de tout pape élu, et ce avant son sacre officiel. La décision de passer outre avait néanmoins été applaudie par le peuple, qui l'avait interprétée comme une vigoureuse affirmation de l'indépendance romaine vis-à-vis de la lointaine couronne lotharingienne. Il s'agissait d'un camouflet délibéré pour l'empereur, mais comme la *jussio* était plus symbolique qu'effective – jamais aucun empereur n'avait refusé de ratifier un pape élu –, personne n'avait cru à une réaction violente de Lothaire.

– Où est l'empereur ? l'interrogea Serge d'une voix faible.

– À Viterbe, Votre Sainteté.

Des cris d'alarme se firent entendre un peu partout. Viterbe, bourgade de la province romaine, était à moins de dix jours de marche de la capitale !

– Très Saint Père, reprit le cavalier, plus loquace maintenant qu'il avait repris son souffle, Lothaire répand la terreur partout où il passe. Ses soldats pillent, rançonnent, enlèvent le bétail et arrachent les pieds de vigne. Ils prennent ce qu'ils veulent, et tout ce dont ils ne veulent pas, ils le brûlent ! Ceux qui ont le malheur de se trouver sur leur passage sont massacrés sans merci – femmes, vieillards, nourrissons, personne n'est épargné ! Nul n'aurait pu imaginer une telle horreur !

Épouvantés, tous les regards cherchèrent le pape, mais ne trouvèrent en lui aucun réconfort. Devant les yeux ahuris du peuple de Rome, les traits de Serge se décomposèrent, ses yeux roulèrent dans leurs orbites, et il s'effondra, inanimé, sur sa jument.

– Il est mort ! s'écria quelqu'un.

Cette lamentation fut aussitôt reprise en chœur par des dizaines de bouches. Les gardes pontificaux se hâtèrent d'entourer Serge, le firent glisser à bas de sa monture et le portèrent jusqu'au Latran, talonnés par le reste de la procession.

Une foule effrayée envahit la cour du palais, au bord de la panique. Les gardes se mirent à circuler en son sein en faisant claquer leurs fouets et scintiller leurs glaives, et les badauds se replièrent dans les venelles obscures, réduits à affronter la terreur dans la solitude de leurs foyers.

L'inquiétude et l'agitation ne firent que croître à mesure que les réfugiés affluaient aux portes de la ville, venus des campagnes environnantes – de Farfa et de Narni, de Laurentum et de Civitavecchia. Ils arrivaient en grand nombre, portant leurs maigres possessions sur leurs dos, leurs morts entassés dans de lourdes charrettes. Tous avaient mille horreurs à conter sur la sauvagerie franque. Leurs effroyables récits mettaient à mal les efforts déployés par la cité pour renforcer ses défenses : jour et nuit, les Romains s'affairaient à déblayer les couches successives de déchets qui s'étaient accumulées au pied des remparts de la ville au long des siècles, car elles risquaient de faciliter l'assaut de l'ennemi.

Les prêtres de la cité étaient occupés de prime aux vêpres à dire la messe et à entendre la volubile confession des fidèles. Les églises étaient pleines à craquer. La peur avait ravivé bien des fois vacillantes. Pieusement, on allumait des cierges et on joignait sa voix à la prière générale pour le salut des foyers et des familles – et aussi pour le rétablissement du pape Serge, sur lequel reposaient tous les espoirs. *Puisse Dieu rendre ses forces à notre Saint-Père*, entendait-on partout. Car celui-ci, à n'en pas douter, allait en avoir grand besoin pour sauver Rome des griffes de ce démon de Lothaire.

La voix de Serge s'élevait, puis retombait au gré des méandres de la mélodie, plus juste et plus douce que celle de n'importe quel autre chantre de la *schola cantorum*. Le maître de chant lui sourit. Encouragé, Serge chanta encore plus fort, à pleins poumons, et sa jeune voix de soprano monta de plus en plus haut, en une joyeuse extase, au point qu'il se crut un instant guidé par elle jusqu'aux cieux.

Le rêve se dissipa, et Serge s'éveilla. Une peur vague, tapie aux confins de sa conscience, accéléra les battements de son cœur avant même qu'il en eût compris la cause.

Avec un hoquet nauséeux, il se souvint.

Lothaire !

Il s'assit sur son lit. Sa tête lui faisait mal, et un goût immonde lui emplissait la bouche.

– Célestin ! cria-t-il d'une voix grinçante comme un vieux gond.

– Oui, Votre Sainteté !

Célestin, couché sur le sol, se releva d'un bond. Avec ses joues roses, ses yeux ronds et sa tignasse blonde ébouriffée, il ressemblait à un chérubin tout droit descendu du ciel. À dix ans à peine, il était le plus jeune des cubicularii. Son père, homme de grande influence à Rome, avait réussi à le placer au palais du Latran avant l'âge habituel. *Après tout*, songea le pape Serge, *je n'étais pas plus vieux lorsque j'ai été arraché à la maison paternelle.*

– Fais venir Benoît, ordonna le pontife. Je souhaite lui parler.

Célestin hocha la tête et tourna les talons en réprimant un bâillement.

L'un des serviteurs de cuisine entra, chargé d'un plateau de pain et de jambon. Serge n'était pas censé rompre son jeûne avant la célébration de la messe, car les mains vouées à porter la sainte Eucharistie devaient être pures de toute souillure. En pratique, cependant, cette règle était souvent bafouée, compte tenu du prodigieux appétit du Saint-Père.

Ce matin-là, pourtant, l'odeur du jambon grillé qu'on lui apportait souleva le cœur de Serge. Il repoussa le plateau.

– Hors de ma vue !

Un notaire entra.

– Sa Grâce l'archiprêtre vous attend dans le triclinium, annonça-t-il avec révérence.

– Qu'il attende ! répondit Serge. Je veux d'abord parler à mon frère.

Le bon sens de Benoît, depuis le début de la crise actuelle, s'était révélé plus que précieux. C'était lui, surtout, qui avait eu l'idée de puiser dans le trésor papal afin d'acheter les bonnes grâces de Lothaire. Cinquante mille sous d'or devaient normalement suffire à panser un orgueil blessé, fût-il impérial.

Célestin revint, accompagné non de Benoît mais d'Arighis, le vice-dominus.

– Où est mon frère ?

– Parti, Votre Sainteté.

– Parti !

– Ivo, le portier, l'a vu quitter la ville à cheval juste avant l'aube, escorté d'une dizaine d'hommes. Nous pensions que vous étiez prévenu.

Serge sentit la bile affluer au fond de sa gorge.

– Et… l'or ?

– Benoît l'a collecté la nuit dernière. Il y avait onze coffres en tout. Il les a emportés avec lui.

– Non !

Mais Serge avait beau nier l'évidence, elle lui sautait aux yeux. Benoît l'avait trahi. Un profond sentiment d'impuissance l'envahit. Lothaire approchait des portes de la ville, et il n'y avait rien, strictement rien qu'il pût faire pour l'arrêter.

Une vague de nausée lui souleva l'estomac. Il se pencha au bord du lit et vomit sur les dalles. Ensuite, il tenta de se lever, mais n'y parvint pas. Une douleur paralysante lui transperçait les jambes. Enfouissant le visage au creux d'un oreiller, Serge se mit à pleurer sans retenue, comme un enfant.

Arighis se tourna vers Célestin.

– Reste auprès de lui. Je descends au cachot.

Jeanne examina le bol de nourriture posé devant elle. Il y flottait un petit croûton de pain rassis et quelques morceaux de viande grisâtres, puants et grouillants de vers. Elle n'avait rien avalé depuis plusieurs jours, car les gardes, à dessein ou par simple négligence, ne la nourrissaient pas quotidiennement. Elle garda longtemps les yeux fixés sur son abjecte pitance, tiraillée entre la faim et la raison. Au bout du compte, elle repoussa le bol. Prenant le croûton de pain, elle en mastiqua une petite bouchée le plus lentement possible.

Depuis combien de temps son calvaire durait-il ? Deux semaines ? Trois ? Elle avait fini par perdre la notion du temps. L'obscurité perpétuelle la désorientait. Bien qu'elle eût pris soin d'utiliser son bout de chandelle avec une infinie parcimonie, ne l'allumant que pour manger ou préparer quelque médication, il se réduisait à présent à un minuscule cylindre de cire, capable tout au plus de lui donner encore une heure ou deux de précieuse lumière.

La solitude était encore plus pénible à supporter que les ténèbres. Le profond silence avait quelque chose de déroutant. Pour rester lucide, Jeanne s'était imposé une série de tâches mentales – réciter de mémoire l'intégralité de la règle de saint Benoît, les cent cinquante psaumes, ou les Actes des Apôtres. Mais ces prouesses mnémoniques ne tardèrent pas à devenir trop routinières pour maintenir son esprit en état d'alerte.

Elle se rappela la façon dont le grand théologien Boèce, emprisonné lui aussi, avait trouvé force et consolation dans la méditation. Des heures durant, elle demeura agenouillée sur la pierre froide du cachot et s'efforça de prier. Mais à son profond dépit, elle ne sentait rien d'autre qu'un grand vide dans son cœur. La graine du doute, semée dès l'enfance par sa mère saxonne, était enracinée dans son âme. Elle tenta de l'en arracher, de s'élever vers la lumière consolatrice de la grâce, mais en vain. Dieu l'écoutait-il ? Était-il seulement là ? Les jours se succédaient sans nouvelles de Serge et son espoir s'amenuisait.

Un fracas métallique la fit tressaillir. On soulevait la barre. Quelques instants plus tard, la porte s'ouvrit en grand, déversant une lumière aveuglante dans son monde de ténèbres. Jeanne plissa les paupières. Une silhouette d'homme se découpait sur le seuil.

– Jean Anglicus ? lança une voix incertaine, qu'elle n'eut aucune peine à reconnaître.

– Arighis ! s'écria-t-elle en se levant, puis en pataugeant dans l'eau noire pour s'approcher du vice-dominus. Est-ce Serge qui t'envoie ?

Arighis secoua la tête.

– Sa Sainteté ne désire pas te voir.

– Dans ce cas, que… ?

– Serge est gravement malade. Tu lui donnas naguère un remède qui lui rendit la santé. En as-tu encore avec toi ?

– Oui.

Jeanne tira de sa besace un sachet de poudre de bulbe de colchique. Arighis tendit la main pour s'en emparer, mais Jeanne recula.

– Qu'est-ce donc ? lâcha le vice-dominus. Est-il possible que tu lui voues une telle haine ? Prends garde, Jean Anglicus ! Désirer la perte du vicaire du Christ reviendrait à placer ton âme immortelle dans le plus grand des périls.

– Je ne le hais point.

Jeanne était sincère. Serge n'avait pas de malignité dans le cœur, elle le savait. Il était faible et manipulé par un frère malhonnête.

– Simplement, je refuse de confier ce remède à des mains inexpertes. Ses pouvoirs sont immenses, et une erreur de dosage pourrait s'avérer fatale.

Ce n'était pas entièrement vrai : la poudre de colchique n'était pas aussi puissante qu'elle le prétendait. Seule une dose énorme risquait de mettre en danger les jours d'un malade. Mais sa dernière chance de recouvrer la liberté se jouait en cet instant. Elle n'était pas disposée à la laisser échapper.

– En outre, ajouta-t-elle, comment saurais-je si le pape souffre du même mal qu'autrefois ? Pour soigner Sa Sainteté, je dois d'abord la voir.

Arighis hésita. Libérer le prisonnier revenait à commettre un acte d'insubordination, expressément contraire aux ordres du souverain pontife. Mais si Serge mourait pendant que l'empereur franc s'approchait des portes de Rome, la papauté et Rome elle-même risquaient d'être anéanties.

– Viens, fit-il brusquement. Je t'emmène au chevet de Sa Sainteté.

Serge reposait sur les coussins de soie du lit papal. Le plus fort de la crise de douleur était passé, mais son combat l'avait épuisé et laissé aussi faible qu'un chaton venant de naître.

La porte de la chambre s'ouvrit. Arighis entra, suivi de Jean Anglicus.

Serge se redressa violemment.

– Que fait ici ce pécheur ?

– Il apporte un puissant remède qui vous rendra vos forces, expliqua Arighis.

Le pape secoua la tête.

– Les seuls vrais remèdes émanent de Dieu. Sa grâce ne saurait en aucun cas être transmise par une main aussi impure !

– Ma main n'a rien d'impur, protesta Jeanne. Benoît vous a menti, Votre Sainteté.

– On t'a surpris dans le lit de cette catin, accusa Serge. Les gardes t'ont vu de leurs propres yeux !

– Ils ont vu ce qu'ils devaient voir et ce qu'on leur avait dit d'observer.

Jeanne s'empressa d'expliquer la façon dont Benoît lui avait tendu un traquenard.

– Je ne voulais pas me rendre là-bas, conclut-elle, mais Arighis a insisté pour que j'y aille.

– C'est exact, Très Saint Père, confirma le vice-dominus. Jean Anglicus m'a suggéré de mander sur place un autre médecin, mais Benoît avait bien insisté pour que ce soit lui, et nul autre, qui soit envoyé au chevet de cette… personne.

Serge resta un long moment silencieux. Enfin, d'une voix brisée, il lâcha :

– Si tu dis vrai, tu as subi le plus grave des préjudices. L'arrivée de Lothaire, bégaya-t-il, fondant soudain en larmes, est le juste châtiment que m'inflige Dieu pour tous mes péchés !

– Si Dieu voulait vous châtier, il emprunterait une voie plus directe, remarqua Jeanne. Pourquoi sacrifier la vie de milliers d'innocents quand il pourrait vous anéantir d'un seul geste ?

L'argument prit Serge au dépourvu. Aveuglé par un narcissisme commun à tous les grands de ce monde, il n'avait jamais été effleuré par cette idée.

– La venue de Lothaire n'est pas un châtiment, insista Jeanne. C'est une mise à l'épreuve – une mise à l'épreuve de votre foi. Il vous incombe de guider le peuple de Rome par la seule force de votre exemple.

– Mon corps et mon cœur sont malades, gémit le pontife. Laisse-moi mourir.

– Si vous mourez, la volonté du peuple mourra avec vous. Vous devez être fort, pour le salut de Rome.

– Quelle différence ? soupira Serge, désespéré. Nous ne pouvons l'emporter contre les armées de Lothaire. Il faudrait un miracle !

– S'il le faut, répliqua Jeanne avec une farouche résolution, nous en accomplirons un.

En ce lundi de Pentecôte, date prévue pour l'arrivée de Lothaire, la place de la basilique Saint-Pierre s'emplit peu à peu des représentants des diverses scholae de la ville, dans leur tenue d'apparat. Lothaire n'ayant pas officiellement déclaré la guerre, il avait été décidé de lui réserver une réception digne de son rang d'empereur. Un déploiement inattendu d'hospitalité avait quelque chance de le décontenancer assez longtemps pour que fût mise en branle la seconde partie du plan de Jeanne.

Au milieu de la matinée, chacun était prêt. Serge donna le signal du départ, et le groupe de tête, celui des *judices*[1], s'ébranla dans un flot de bannières jaunes. Juste derrière chevauchaient les défenseurs et les diacres ; puis, à pied, les membres des diverses sociétés d'étrangers – Frisons, Francs, Saxons, Lombards et Grecs. En s'encourageant les uns les autres, ils empruntèrent la via Triumphalis, antique route bordée de nombreux temples païens en ruine.

Dieu veuille qu'ils ne marchent pas vers leur mort, se dit Jeanne, et elle se tourna vers le pape Serge. L'état de celui-ci s'était nettement amélioré en quelques jours, mais il était loin d'avoir recouvré la santé. Serait-il assez fort pour endurer la difficile épreuve qui l'attendait en ce jour ? Jeanne glissa quelques mots à un chambellan. Celui-ci approcha un fauteuil, sur lequel le pontife se laissa tomber avec reconnaissance. Jeanne lui donna ensuite à boire, pour le fortifier, une timbale d'eau citronnée au miel.

Cinquante des plus puissants patriciens de Rome étaient à présent rassemblés sur l'ample parvis qui s'étendait aux portes de la basilique : on comptait là tous les principaux dignitaires de l'administration du Latran, un groupe trié sur le volet de cardinaux, les ducs et les princes de la cité, ainsi que leur suite. L'archiprêtre Eustathe leur fit

1. Administrateurs des domaines fiscaux.

dire une courte prière, après quoi ils se replièrent dans le silence. Il ne restait plus qu'à attendre.

Le visage grave, chacun gardait les yeux fixés sur le point où la route se dérobait aux regards, par-delà les haies verdoyantes qui quadrillaient la plaine de Néron.

Le temps s'égrenait avec une insupportable lenteur. Le soleil s'élevait imperceptiblement dans le ciel limpide. La brise matinale faiblit, puis mourut tout à fait, laissant les bannières s'enrouler mollement le long des hampes. Des essaims de mouches se mirent à bourdonner au-dessus des têtes.

Plus de deux heures avaient passé depuis le départ de la procession. Ses membres auraient dû être de retour depuis bien longtemps.

Enfin, un son à peine perceptible monta dans le lointain. Chacun tendit l'oreille. Le son se renouvela et grossit au point de devenir identifiable sans risque d'erreur : c'était un chœur de voix, unies dans le même chant.

– *Deo gratias !* soupira Eustathe en apercevant les bannières des judices à l'horizon, telle une flotte de voiles jaunes.

Peu après, les premiers cavaliers apparurent, suivis des membres des diverses scholae. Derrière, on devina bientôt une multitude de casques, qui serpentait aussi loin que portaient les regards : c'était l'armée de Lothaire. Jeanne retint son souffle ; jamais encore elle n'avait vu un tel rassemblement d'hommes en armes.

Serge se leva, appuyé sur sa crosse. L'avant-garde de la procession parvint devant la basilique et s'ouvrit en deux afin de livrer passage à l'empereur.

Lothaire, à cheval, passa entre les rangs. À le voir, Jeanne n'eut aucune peine à croire à la véracité des nombreux récits de cruauté barbare qui l'avaient précédé. Il avait un corps râblé surmonté d'un cou épais et d'une tête massive, au faciès large et plat. Ses petits yeux à fleur d'orbite rayonnaient d'intelligence malveillante.

Les deux formations se faisaient face à présent, l'une noire et souillée par les rigueurs d'une longue route, l'autre immaculée et resplendissante, somptueux foisonnement de robes ecclésiastiques. Derrière le pape, le toit de la basilique Saint-Pierre se dressait, formidable, incandescent, bardé de feuilles d'argent où se réfléchissait la lumière du matin – le cœur spirituel de l'Église, le phare du monde, le plus sacré de tous les sanctuaires de la chrétienté. Devant une telle gloire, plus d'un empereur s'était incliné.

Lothaire mit pied à terre, mais ne daigna pas s'agenouiller pour baiser la première marche du perron comme l'exigeait la coutume. Suivi d'un groupe d'hommes en armes, il gravit les degrés d'un pas hardi. Les prélats assemblés devant les portes ouvertes de la basilique eurent un petit mouvement de recul. Les gardes pontificaux esquissèrent un cercle protecteur autour de Serge, une main sur la poignée de leurs glaives.

Tout à coup, les portes de Saint-Pierre grincèrent et se mirent en branle. Lothaire fit un bond en arrière. Ses hommes tirèrent leurs épées, puis restèrent plantés là, médusés, à regarder de tous côtés. Il n'y avait personne à proximité de l'entrée. Les portes pivotaient lentement sur leurs gonds, mues par une force invisible. Enfin, elles se fermèrent entièrement, avec un bruit sourd.

Maintenant, se dit Jeanne. Le moment était venu pour Serge d'agir.

Comme si le pape avait entendu son injonction muette, il se leva et étendit solennellement les bras. L'homme malade et affaibli n'existait plus. Avec sa chasuble immaculée et sa robe de fil d'or, il était plus imposant que jamais.

Il parla en tudesque pour être sûr d'être compris par les soldats de Lothaire.

– Prenez garde à la main de Dieu, gronda-t-il, car elle vient de vous fermer les portes du plus sacré de tous les autels !

Les hommes de Lothaire émirent des cris d'effroi. L'empereur se tenait immobile, à la fois inquiet et soupçonneux.

– *Si pura mente et pro salute Reipublicae huc advenisti*... reprit le pontife en latin. Si vous avez l'esprit pur et empli de bonnes intentions envers la chose publique, entrez et soyez les bienvenus. Sinon, aucun pouvoir terrestre ne vous ouvrira ces portes !

Lothaire hésita. Serge venait-il d'accomplir un miracle ? Il en doutait, mais comment s'en assurer ? Les voies de Dieu étaient impénétrables. En outre, sa propre position se trouvait soudain considérablement affaiblie, car ses hommes, terrifiés, tombaient à genoux les uns après les autres, lâchant leurs armes.

Avec un sourire contraint, l'empereur ouvrit les bras à Serge. Les deux hommes se donnèrent l'accolade, et leurs lèvres se rencontrèrent en un baiser de paix tout à fait officiel.

– *Benedictus qui venit in nomine Domini*, chanta joyeusement le chœur des chantres. Béni soit celui qui vient au nom du Seigneur !

À cet instant, les portes se remirent en mouvement. Sous les yeux incrédules d'une foule frappée de respect, leurs panneaux bardés d'argent basculèrent vers l'extérieur, jusqu'à s'ouvrir entièrement. Côte à côte, tandis que d'allègres alléluias fusaient à leurs oreilles, Serge et Lothaire s'avancèrent dans la basilique afin de se recueillir devant l'autel du Prince des apôtres.

Toutes les difficultés n'étaient pas pour autant écartées. Il faudrait encore offrir des explications à Lothaire, lui présenter des excuses, négocier des avantages, faire des concessions. Mais le danger immédiat était écarté.

Jeanne repensa à Gerold. Sans doute se serait-il réjoui de l'usage qu'elle venait de faire de son système hydraulique. Elle se le représenta, l'œil clair, illuminé de gaieté, et la tête renversée en arrière afin de mieux libérer ce rire généreux si profondément gravé dans sa mémoire…

Le cœur était décidément un organe singulier. On pouvait survivre des années à la perte d'un être cher, s'y habituer, se réconcilier avec la vie, et cependant, sans crier gare, dans un moment de faiblesse, le chagrin pouvait resurgir d'un seul coup, aussi douloureux qu'une plaie à vif.

22

Gerold laissa échapper un soupir de soulagement dès que ses hommes eurent achevé leur descente des dernières pentes du Mont-Cenis. Les Alpes étaient enfin derrière eux ; la partie la plus difficile du voyage était terminée. La via Francigena s'étirait jusqu'à l'horizon, plate et lisse – car elle avait conservé ses pavés, posés par les Romains en des temps immémoriaux.

Il éperonna son cheval et le mit au galop. Peut-être allaient-ils enfin pouvoir rattraper le temps perdu. Une tempête de neige intempestive leur avait rendu le passage des Alpes extrêmement périlleux. Deux de ses hommes avaient trouvé la mort en glissant avec leurs montures au fond d'un ravin. Gerold avait été forcé d'attendre une amélioration du climat pour poursuivre sa route. Ce retard avait laissé son détachement encore plus loin derrière l'avant-garde de l'armée impériale, laquelle devait se trouver tout près des portes de Rome.

Peu importait. Lothaire ne risquait guère de pâtir de son absence. Cette division d'arrière-garde ne comptait que deux centaines d'hommes – essentiellement des hobereaux et des petits propriétaires arrivés en retard au grand rassemblement printanier du Champ de mars. Pour un officier de la stature de Gerold, se voir confier un tel commandement confinait à l'insulte.

Au cours des trois années qui avaient suivi la bataille de Fontenoy, ses relations avec l'empereur n'avaient cessé de se dégrader. De plus en plus despotique, Lothaire s'était peu à peu entouré de flagorneurs qui lui prodiguaient à tout instant les flatteries les plus viles. Il avait fini par ne plus supporter les vassaux qui, comme Gerold, persistaient à lui faire part de leurs opinions avec sincérité. Celui-ci, par exemple, avait tout fait pour dissuader l'empereur de se lancer dans cette expédition romaine.

« Nous avons besoin de nos troupes sur la côte frisonne pour repousser les Normands, avait-il plaidé à maintes reprises. Leurs incursions sont de plus en plus fréquentes, et de plus en plus destructrices. »

C'était la pure vérité. L'année précédente, les Normands avaient attaqué Saint-Wandrille et Utrecht. Au printemps, ils avaient même remonté la Seine et brûlé Paris ! La nouvelle avait soulevé une vague de terreur dans les campagnes. Si une cité aussi puissante que Paris, nichée au cœur même de l'Empire, n'était plus à l'abri des hordes barbares, rien ni personne ne l'était.

Et pourtant, l'attention de Lothaire était tout entière concentrée sur Rome, qui avait osé prononcer le sacre de Serge sans attendre son approbation – une omission qu'il avait prise pour un affront personnel.

« Envoyez plutôt à Serge un émissaire pour l'informer de votre royal déplaisir, lui avait conseillé Gerold. Punissez les Romains en différant le paiement de la dîme. Mais de grâce, sire, maintenez nos hommes ici, où l'on a grand besoin d'eux ! »

Ce défi à son impériale autorité avait plongé Lothaire dans une rage noire. En guise de représailles, il avait nommé Gerold à la tête de son arrière-garde.

Le détachement alla bon train sur la route pavée. On couvrit près de quarante milles avant le crépuscule, mais sans rencontrer ni bourg ni hameau. Gerold s'était résigné à passer une nuit de plus dans l'inconfort du bas-côté, quand il aperçut une spirale de fumée qui s'étirait paresseusement par-dessus la cime des arbres.

Deo gratias ! Il devait y avoir un village dans les parages, ou du moins une ferme. La perspective d'une nuit douillette l'anima. Ses troupes n'avaient pas encore franchi les frontières du domaine papal. Le royaume de Lombardie, qu'ils traversaient à présent, était situé en territoire impérial, et les lois de l'hospitalité exigeaient que les voyageurs fussent courtoisement hébergés, si ce n'était dans des lits, du moins dans la chaleur sèche des étables.

Au détour de la route, Gerold constata que la fumée venait non d'un âtre pétillant, mais des ruines encore chaudes d'un groupe de maisons calcinées. Sans doute ce hameau avait-il été prospère, se dit le comte en recensant les carcasses d'une quinzaine de bâtisses. L'incendie avait probablement été causé par quelque étincelle échappée d'une lampe, voire d'un feu mal surveillé. De telles calamités n'étaient pas rares là où les maisons étaient construites de bois et de chaume.

Chevauchant entre les vestiges noircis, Gerold fut assailli par le souvenir de son retour à Villaris. Son château avait la même désolante apparence après avoir été brûlé par les Normands. Il se revit fouissant les cendres à la recherche de sa chère Jeanne, cherchant désespérément, et craignant cependant de trouver ce qu'il cherchait. *Jeanne*... Il ne l'avait pas revue depuis quinze années, mais son image restait gravée dans son esprit aussi nettement que s'ils s'étaient quittés la veille : il lui semblait entendre encore vibrer sa voix profonde et mélodieuse et voir les boucles d'or pâle qui encadraient son front haut. Il revit aussi ses grands yeux gris-vert, si sagaces pour son jeune âge.

Il chassa l'image de ses pensées. Mieux valait ne pas trop s'attarder sur certaines choses.

Un mille environ au-delà du hameau, sous la haute croix qui signalait un carrefour, une femme et cinq enfants en haillons demandaient l'aumône. À l'approche de Gerold et de ses cavaliers, la petite famille eut un mouvement de recul.

– La paix soit avec toi, gente mère, dit Gerold. Nous ne te voulons aucun mal.

– Auriez-vous quelque nourriture de réserve, messire ? Pour le salut de mes enfants ?

Quatre marmots coururent vers le comte, mains tendues en une supplique muette. Leurs traits enfantins étaient tirés par la faim. La plus grande, un joli brin de fille de douze ou treize ans aux cheveux noirs, resta en arrière, accrochée à la robe de sa mère.

Gerold détacha de sa selle la sacoche de peau de mouton où il gardait sa ration de vivres pour les prochains jours. Elle contenait encore une miche de pain de bonne taille, un morceau de fromage et un peu de viande de chevreuil salée. Comme il s'apprêtait à rompre le pain en deux, il croisa le regard fixe et fiévreux des enfants. *Nous serons à Rome dans quelques jours*, se dit-il, et il leur tendit la miche entière. *D'ici là, je puis bien me contenter des biscuits du chariot à provisions*.

Avec des cris de joie, les enfants se jetèrent sur le pain comme un vol de moineaux affamés.

– Tu viens de là-bas ? demanda Gerold à la femme, montrant du doigt les ruines noircies.

– Mon mari est le meunier de ce hameau, répondit-elle en hochant la tête.

Gerold eut grand peine à masquer sa surprise. La pitoyable créature qu'il avait sous les yeux ressemblait à tout, sauf à une prospère épouse de meunier.

– Que s'est-il passé ?

– Il y a trois jours, juste après les semailles, des hommes sont arrivés. Des soldats de l'empereur. Ils nous ont dit qu'il nous fallait jurer allégeance à Lothaire ou mourir sur-le-champ. Alors, bien entendu, nous avons juré.

Gerold acquiesça. Les doutes de Lothaire quant à la loyauté de cette région de la Lombardie n'étaient pas entièrement infondés, car elle n'avait été qu'assez récemment rattachée à l'Empire – par son grand-père, le grand Charlemagne.

– Puisque vous leur avez juré fidélité, comment se fait-il que votre village ait été détruit ?

– Les soldats ne nous ont pas crus. Ils nous ont traités de menteurs et ont commencé à jeter des torches enflammées sur nos toits. Lorsque nous avons essayé d'éteindre les brasiers, ils nous ont repoussés de leurs lances. Ils ont également brûlé nos greniers, sans entendre les supplications que nous leur adressions pour le salut de nos enfants. Ils se sont contentés d'éclater de rire, en répondant que cette engeance de traîtres méritait bien de crever de faim !

– Les gueux ! s'exclama Gerold, outré.

Il avait plusieurs fois tenté de persuader Lothaire de se servir non pas de la force, mais de la négociation et du droit pour s'assurer de la loyauté de ses sujets. Comme d'habitude, ses paroles étaient tombées dans l'oreille d'un sourd.

– Ils ont emmené tous nos hommes, poursuivit la femme, sauf les très jeunes et les très vieux. L'empereur marchait sur Rome, disaient-ils, et ils avaient besoin d'un supplément de soldats pour l'infanterie, ajouta-t-elle, fondant en larmes. Ils m'ont pris mon mari et deux de mes fils, alors que le plus jeune a tout juste onze ans !

Gerold fit la grimace. Il fallait que la situation fût bien délicate pour que Lothaire se trouvât réduit à enrôler de force des enfants.

– Qu'est-ce que cela signifie, messire ? demanda la femme. L'empereur aurait-il l'intention d'attaquer la cité sainte ?

– Je l'ignore.

Jusque-là, Gerold s'était dit que Lothaire cherchait seulement à intimider le pape Serge et les Romains au moyen d'une éclatante démonstration de force. Mais la destruction de ce village était de mauvais augure. Quand il se laissait aller à ses humeurs vengeresses, Lothaire était capable de tout.

– Viens avec nous, gente mère, proposa-t-il. Nous te conduirons avec tes enfants jusqu'à la ville la plus proche. Vous n'avez plus rien à faire ici.

Elle secoua la tête avec véhémence.

– Je ne bougerai pas d'un pouce ! Comment mon mari et mes fils nous retrouveraient-ils à leur retour ?

S'ils reviennent, songea tristement Gerold, avant de se tourner vers la fille aux cheveux noirs.

– Pour le salut de tes petits frères, dis à ta mère de nous suivre.

L'adolescente resta silencieuse.

– Ne le prenez pas mal, messire, intervint sa mère, elle ne cherche pas à vous offenser. Elle répondrait si la chose était possible, mais elle ne peut pas parler.

– Elle ne peut pas ? répéta Gerold, étonné, car cette enfant n'avait nullement l'aspect d'une idiote.

– On lui a coupé la langue.

– Grand Dieu !

C'était là un châtiment fréquent pour les voleurs et autres mécréants qui tombaient aux mains d'une justice brutale. Mais il doutait fort que la fillette fût coupable d'un crime passible d'une telle punition.

– Qui a fait cela ? Ne me dis pas que…

La femme hocha tristement la tête.

– Les hommes de Lothaire ont abusé d'elle. Ensuite, ils lui ont coupé la langue afin qu'elle ne puisse jamais les dénoncer.

Gerold n'en crut pas ses oreilles. De telles atrocités ne l'eussent point surpris de la part des hordes normandes ou sarrasines, mais venant des soldats de l'empereur, défenseurs de la loi et de l'ordre chrétiens !

Il distribua sèchement quelques ordres. Plusieurs de ses hommes allèrent vers l'un des chariots et en retirèrent un sac de biscuits et un tonnelet de vin, qu'ils déposèrent aux pieds de la petite famille.

– Dieu vous bénisse, murmura la meunière.

– Toi de même, gente mère, répondit Gerold.

Le détachement reprit sa route et ne tarda pas à découvrir d'autres hameaux dévastés. Sur son passage, Lothaire avait partout répandu la destruction.

Vassal de la couronne impériale, Gerold avait juré sur son honneur de rester fidèle à l'empereur en toutes circonstances. Mais quel honneur y avait-il à servir une brute comme Lothaire ? Le mépris avec lequel celui-ci foulait aux pieds la loi et la décence humaine constituait un motif largement suffisant pour le relever de son serment.

Comme promis, Gerold conduirait l'arrière-garde de l'armée impériale jusqu'à Rome. Ensuite, en revanche, il quitterait pour toujours le service du tyran Lothaire.

Passé Nepi, la route se détériora. La chaussée céda la place à un chemin étroit, balafré de perfides crevasses et de ravines. Les pavés avaient été retirés depuis longtemps pour faire office de matériau de construction, car la pierre était un bien rare. Gerold pouvait maintenant lire les traces du récent passage de Lothaire dans la boue durcie, profondément marquée des centaines de sabots et de roues. Il leur fallait faire extrêmement attention, de peur que leurs chevaux ne trébuchent et se blessent.

Une nuit, une violente averse transforma la route en un infranchissable bourbier. Plutôt que d'attendre qu'elle sèche, Gerold décida de couper à travers la campagne et de rejoindre la via Palestrina, qui les mènerait à Rome par la porte orientale, celle de Saint-Jean.

Ses hommes et lui traversèrent à bonne allure une série de prairies fleurant bon la gentiane et de bois où bourgeonnaient partout les feuilles d'or du printemps. Émergeant d'une épaisse barrière de broussailles, ils se retrouvèrent soudain nez à nez avec une petite troupe de cavaliers, qui escortait un lourd char tiré par quatre chevaux de bât.

– Je vous salue, lança Gerold à l'homme qui semblait être leur chef, personnage au teint sombre et aux paupières lourdes. Nous cherchons la via Palestrina. Pouvez-vous nous dire si nous sommes sur le bon chemin ?

– Oui, grommela l'homme, qui éperonna aussitôt son cheval pour le contourner.

– Si vous comptez rallier la via Flaminia, ajouta Gerold, vous feriez mieux d'y repenser à deux fois. La route est tout à fait impraticable. Votre char s'y enlisera avant que vous n'ayez parcouru dix toises.

– Ce n'est pas notre intention.

Cette réponse était surprenante. La route en question était la seule dans la direction que ce cortège empruntait.

– Où allez-vous ? l'interrogea Gerold.

– Je crois vous avoir dit tout ce que vous aviez besoin de savoir, rétorqua l'homme aux paupières lourdes. Passez votre chemin, et laissez un honnête marchand vaquer à ses affaires.

Les soupçons de Gerold ne firent que croître. Aucun honnête marchand n'aurait osé s'adresser à un seigneur avec une telle morgue.

– Et qu'avez-vous à vendre ? demanda Gerold en s'approchant du char. Peut-être avez-vous quelque chose d'intéressant à me proposer.

– Ne touchez pas ceci ! gronda l'homme.

D'un geste prompt, Gerold souleva la bâche et découvrit le contenu du char : il transportait une dizaine de coffres de bronze à grosses serrures de fer. Chacun d'eux était orné de l'emblème papal, reconnaissable entre tous.

Des hommes du pape, se dit-il. *Ils auront été chargés de mettre le trésor pontifical hors d'atteinte des griffes de Lothaire.*

Il envisagea un instant de s'emparer de ce trésor et de le rapporter à l'empereur, puis se ravisa. *Laissons plutôt les Romains sauver ce qui peut l'être.* Le pape Serge ferait sûrement bien meilleur usage d'une telle fortune que Lothaire, qui s'en servirait pour financer une nouvelle campagne militaire, probablement plus sanglante encore.

Gerold allait passer son chemin quand l'un des Romains sauta à bas de son cheval et se prosterna au sol.

– Pitié, messire ! s'écria-t-il. Épargnez-nous ! Nous ne voulons pas mourir sans que nos âmes aient été libérées du fardeau de cet effroyable crime !

– Quel crime ? demanda Gerold.

– Tiens ta langue, pauvre fou ! rugit le chef du cortège en éperonnant son cheval.

Il aurait certainement piétiné l'homme à terre si Gerold ne s'était interposé en tirant son épée. Immédiatement, ses hommes firent de même et encerclèrent les Romains. Ceux-ci, largement minoritaires, se gardèrent d'esquisser le moindre mouvement de résistance.

– Tout est de la faute de Benoît ! s'écria l'homme à terre, tremblant de colère. C'est lui seul qui a eu l'idée de voler le trésor de l'Église !

Voler le trésor de l'Église ?

Celui qui venait d'être appelé Benoît parla d'un ton qui se voulait conciliant.

– Je n'ai aucun grief contre vous, messire, et vous prie de ne point vous soucier de nos mesquines querelles. Permettez-nous d'aller en paix, et en gage de gratitude, nous vous laisserons un de ces coffres. Il y a là-dedans, ajouta-t-il avec un sourire complice, bien assez d'or pour faire de vous un homme riche.

Cette offre, ainsi que la manière dont elle venait d'être faite, leva les derniers doutes de Gerold.

– Attachez-le, ordonna-t-il à ses hommes. Et les autres aussi. Nous les ramenons à Rome, et leurs coffres avec eux !

Le triclinium resplendissait de la lumière de cent torches. Une cohorte de serviteurs se tenaient derrière la haute table à laquelle siégeait le pape Serge, flanqué des grands dignitaires de la cité : les prélats de chacune des sept régions de Rome à sa gauche, et leurs équivalents laïcs, les sept *defensores*, sur sa droite. Une autre table, tout aussi somptueuse, avait été dressée à la perpendiculaire de la première pour accueillir Lothaire et sa suite, invités d'honneur du banquet. Le reste de l'assistance, composée d'environ deux cents convives, venait de s'asseoir sur de longs bancs de bois, tirés devant un alignement de tables occupant le centre de la salle. Déjà souillées d'innombrables taches, les nappes croulaient sous les assiettes, les cruches, les timbales et les plats de bois.

Ce n'était ni un mercredi, ni un vendredi, ni un autre jour de jeûne officiel. Les convives rassemblés ne devraient donc pas se contenter de poisson et de pain. Au menu figuraient toutes sortes de viandes délectables. Même à la table d'un pape, c'était un festin tout à fait extraordinaire : on voyait là des chapons luisants de sauce blanche et décorés de grenades et de confiseries cramoisies ; de grandes jattes emplies d'une soupe parfumée, mêlée de crème épaisse et relevée de tendres morceaux de viande de lapin et de bécasse ; diverses gelées d'écrevisse et de loche ; des cochons entiers enduits de graisse ; d'énormes rôtis de chevreuil et de chevreau, des pigeons et des oies. Au centre de la table de Lothaire, un cygne rôti entier trônait, plus vivant que nature ; son corps argenté reposait sur une masse de légumes artistiquement disposée pour rappeler les vagues de la mer.

Assise à une des longues tables qui occupaient le centre de la salle, Jeanne promena un œil inquiet sur cet extraordinaire étalage de luxe culinaire, qui risquait fort de pousser le pape Serge vers de dangereux excès.

Sans préavis, le comte de Mâcon, assis à côté de Lothaire, se leva en brandissant sa coupe.

– Je bois à la paix et à l'amitié entre nos peuples chrétiens !

– Paix et amitié ! répétèrent en chœur les convives.

Et chacun s'empressa de vider sa coupe. Les serviteurs se bousculèrent autour des tables pour verser du vin. On but encore à une multitude de choses. Quand les invités d'honneur eurent épuisé tous les prétextes à un nouveau tribut liquide, le festin commença.

Non sans inquiétude, Jeanne vit Serge s'empiffrer et boire avec un abandon total. Les paupières du pontife enflèrent progressivement, sa peau s'assombrit. Jeanne devrait ce soir lui administrer une forte dose de colchique pour prévenir une nouvelle crise de goutte.

Tout à coup, les portes du triclinium s'ouvrirent, et un groupe de gardes pontificaux entra. Progressant en zigzag pour éviter les serviteurs qui allaient et venaient entre les tables, les soldats s'avancèrent à grands pas vers les tables d'honneur. Les conversations cessèrent. Un pesant silence s'abattit. Chacun se tordit le cou pour deviner la cause de cette intrusion, et un murmure de surprise s'éleva peu à peu, car quelques convives venaient d'entrapercevoir l'homme qui marchait au milieu des soldats, tête basse et poignets liés : c'était Benoît.

Les joyeuses sphères qui composaient le visage du pape s'affaissèrent d'un seul coup, telles des vessies trouées.

– Toi ! s'écria-t-il.

Tarasius, le chef des gardes, prit la parole.

– Un détachement de Francs l'a arrêté en pleine campagne. Il avait le trésor avec lui.

Benoît avait eu amplement le temps, sur le chemin du retour à Rome, de réfléchir à sa fâcheuse situation. Ayant été pris sur le fait, il ne pouvait nier son intention de s'emparer du trésor pontifical. Et, après avoir retourné le problème dans tous les sens, il avait été incapable de trouver une excuse crédible. Aussi, en désespoir de cause, avait-il finalement décidé d'implorer la clémence de son frère. Serge avait le cœur tendre. Benoît méprisait cette faiblesse de caractère, mais n'en avait pas moins l'intention de l'utiliser à son profit.

Il tomba à genoux et leva ses bras liés vers le pape.

– Pardonne-moi, Serge. J'ai péché ! Je me repens humblement et sincèrement !

Benoît avait malheureusement compté sans les effets du vin sur l'humeur pontificale. Le visage du pape s'empourpra, signe d'une rage aussi violente qu'inattendue.

– Traître ! Vilain ! Brigand !

Chaque mot était ponctué d'un violent coup de poing sur la table, à faire trembler la vaisselle.

Benoît pâlit.

– Frère, je te conjure de…

– Emmenez-le ! rugit Serge.

– Où devons-nous le conduire, Votre Sainteté ? l'interrogea Tarasius.

La tête de Serge se mit à tourner. Il avait de plus en plus de mal à penser. Il ne savait qu'une chose : il avait été trahi, et il lui fallait se venger en blessant à son tour celui qui avait osé le blesser.

– Cet homme est un voleur ! lâcha-t-il soudain. Qu'il soit puni comme les voleurs !

– Non ! hurla Benoît, sentant les grosses mains des gardes se refermer sur ses épaules. Serge ! *Mon frère !*

Ce dernier mot résonnait encore entre les murs de la salle quand on le traîna au-dehors.

Le sang quitta les joues de Serge, qui s'affaissa sur son siège. Sa tête bascula en arrière, ses yeux chavirèrent, ses bras et ses jambes se mirent à trembler follement.

– Le mauvais œil ! s'écria quelqu'un. Benoît vient de lui jeter un sort !

Des cris de consternation fusèrent parmi les convives, qui se signèrent en hâte pour se protéger des manœuvres du diable.

Jeanne se précipita entre les bancs pour rejoindre Serge, dont le visage avait viré au bleuâtre. Elle lui souleva la tête et ouvrit de force ses mâchoires crispées. Il avait la langue repliée sur elle-même, bloquant le passage de l'air. Empoignant un couteau sur la table, Jeanne en fourra le manche dans la bouche du pape, l'insinua derrière le pli de la langue, et tira. Avec un curieux bruit de succion, la langue jaillit en avant. Serge émit un hoquet et se remit à respirer. Jeanne continua d'appuyer tout doucement sur sa langue afin de dégager les voies respiratoires. Peu à peu, le souffle du pontife redevint régulier. Il poussa un grognement sourd, et s'évanouit.

– Conduisez-le dans sa chambre ! ordonna-t-elle.

Plusieurs serviteurs se hâtèrent de soulever le pape. Ils le portèrent vers les portes, entourés d'une foule curieuse.

– Dégagez ! Faites place ! criait Jeanne.

Et elle suivit le pape inconscient hors de la salle.

Quand on le déposa sur son lit, le pape Serge avait repris connaissance. Jeanne lui administra de la moutarde noire mêlée de gentiane pour le faire vomir. Son état s'améliora de façon spectaculaire. À tout hasard, elle lui donna une forte dose de colchique, qu'elle mélangea à quelques gouttes de jus de pavot pour l'aider à trouver le sommeil.

– Il dormira jusqu'au matin, glissa-t-elle à Arighis.

Le vice-dominus acquiesça.

– Tu sembles épuisé, remarqua-t-il.

– Je suis fatigué, en effet, admit Jeanne.

La journée lui avait paru d'autant plus longue qu'elle n'était pas encore remise de ses longues semaines de cachot.

– Ennodius et les autres médecins de la société t'attendent derrière cette porte. Ils veulent t'interroger sur la rechute de Sa Sainteté.

Jeanne soupira. Elle ne se sentait pas d'humeur à essuyer une pluie de questions hostiles, mais, manifestement, elle n'avait pas le choix. À pas lents, elle se dirigea vers la sortie.

– Un instant, dit Arighis.

Il lui fit signe de le suivre. À l'autre bout de la pièce, il écarta une tapisserie murale et plaqua une main sur le mur. Celui-ci coulissa silencieusement, dégageant une ouverture de deux pieds et demi environ.

– Qu'est ceci ? souffla Jeanne, estomaquée.

– Un passage secret, expliqua Arighis. Construit au temps des empereurs païens, pour leur permettre d'échapper promptement à leurs ennemis. À présent, il relie la chambre du pape à sa chapelle privée, ce qui permet au vicaire du Christ d'aller sans être dérangé prier à toute heure du jour et de la nuit. Viens, ajouta le vice-dominus en se glissant dans la faille après avoir pris une chandelle. Ce subterfuge te permettra d'éviter cette horde de hyènes, du moins pour ce soir.

Jeanne fut touchée du geste d'Arighis, signe d'un respect et d'une confiance croissants. Ils descendirent un étroit escalier en colimaçon et débouchèrent face à un mur dans lequel était encastré un levier de bois. Arighis l'abaissa, et le mur coulissa, ouvrant un second passage. Jeanne s'engagea dans la brèche, et le vice-dominus actionna de nouveau le levier. Le mur se referma sans laisser la moindre trace du passage secret.

Elle se trouvait derrière un pilier de marbre, au fond du Sanctum Sanctorum, la chapelle privée du pape. Deux voix sourdes parlaient à proximité de l'autel. Elle en fut surprise. Personne n'était censé être là à pareille heure de la nuit.

– Le temps a passé, Anastase, dit une voix bourrue, chargée d'un fort accent que Jeanne reconnut aussitôt.

C'était celle de Lothaire. Il venait d'appeler son vis-à-vis Anastase. Sans doute s'agissait-il de l'évêque de Castellum. À l'évidence, les deux hommes s'étaient retirés dans la chapelle pour parler en toute discrétion. Ils pouvaient ne pas voir son intrusion d'un très bon œil.

Que dois-je faire ? se demanda Jeanne. Si elle tentait de se couler sans bruit jusqu'à la porte de la chapelle, elle risquait d'être repérée. Elle ne pouvait pas davantage revenir sur ses pas jusqu'à la chambre du pape : le levier commandant le passage se trouvait de l'autre côté du mur. Il ne lui restait plus qu'à demeurer cachée là en attendant la fin de ce conciliabule et le départ des deux hommes. Ensuite, il lui serait facile de se faufiler hors de la chapelle sans être remarquée.

– Très inquiétante, l'attaque dont vient d'être victime Sa Sainteté, remarqua Lothaire.

– Le vicaire du Christ est gravement malade, répliqua Anastase. Il se peut qu'il ne survive pas à cette année.

– Ce serait une grande tragédie pour l'Église.

– Immense, acquiesça Anastase avec componction.

– Son successeur devra être un homme de force et de vision. Un homme capable de mieux apprécier la… compréhension historique qui unit nos deux peuples.

– Il vous faudra user de toute votre influence, mon roi, pour vous assurer que le prochain pontife soit un homme de cette trempe.

– Feriez-vous allusion à… quelqu'un dans votre genre ?

– Vous ai-je jamais donné la moindre raison de douter de moi, sire ? Le service que je vous rendis à Colmar devrait vous avoir prouvé ma loyauté au-delà de tout soupçon.

– Admettons, fit Lothaire avec une prudence diplomatique. Mais les temps changent, et les hommes aussi. À présent, monseigneur l'évêque, il sied que votre loyauté soit de nouveau mise à l'épreuve. Soutiendrez-vous la prestation de serment, oui ou non ?

– Le peuple de Rome rechignera à vous jurer fidélité, mon roi, après les sanglants dommages que votre armée vient d'infliger à nos provinces.

– Votre famille a le pouvoir de changer cet état de fait, répondit Lothaire. Si Arsène votre père et vous-même prêtez serment, d'autres suivront.

– Vous me demandez là un geste éclatant. Il faudra m'offrir quelque chose d'aussi éclatant en retour.

– Je le sais.

– Un serment n'est qu'une enfilade de mots. Le peuple a besoin d'un pape capable de l'aider à retrouver les coutumes du temps jadis – à retrouver l'Empire franc, et à vous retrouver, vous, mon roi.

– Et je ne vois pas qui mieux que vous pourrait avoir cette capacité, Anastase. Je ferai tout ce qui est en mon pouvoir pour que vous soyez le prochain pape.

Il y eut une brève pause.

– Le peuple prêtera serment, sire, dit enfin Anastase. J'y veillerai.

Jeanne sentit la colère l'envahir. Lothaire et Anastase étaient en train de brader la papauté comme deux marchands sur un étal de foire. En échange des nombreux privilèges du pouvoir pontifical, Anastase consentait à mettre le peuple romain à la merci de l'empereur franc.

On frappa à la porte. Un serviteur de Lothaire entra.

– Le comte vient d'arriver, sire.

– Fais-le entrer. L'évêque et moi-même en avons terminé.

Un homme vêtu d'un pourpoint militaire pénétra dans la chapelle. Il était de haute taille. Ses longs cheveux roux flottaient sur ses épaules. Des yeux saphir illuminaient ses traits.

Gerold !

23

Un cri de surprise s'échappa des lèvres de Jeanne.

– Qui va là ? lâcha Lothaire.

Elle sortit timidement de sa cachette. L'empereur et Anastase la considérèrent avec stupéfaction.

– Qui es-tu ? l'interrogea Lothaire.

– Je suis Jean Anglicus, sire, prêtre et médecin particulier de Sa Sainteté le pape Serge.

– Depuis combien de temps te tiens-tu derrière cette colonne ?

– Sans doute depuis des heures, sire, répondit Jeanne après une courte hésitation. Je suis venu prier pour le prompt rétablissement de Sa Sainteté. Peut-être étais-je plus las que je ne le pensais. Toujours est-il que je me suis endormi et que je viens juste de me réveiller.

Lothaire vrilla sur Jeanne un regard méfiant. Bien plus vraisemblablement, ce petit prêtre avait été surpris dans la chapelle lorsque Anastase et lui étaient entrés, et n'avait trouvé ni issue ni cachette. Mais, après tout, cela n'avait pas d'importance. Que pouvait-il avoir entendu, et surtout compris ? Pas grand-chose. Cet homme était visiblement trop insignifiant pour s'avérer dangereux. Mieux valait l'ignorer.

Anastase, suivant le même raisonnement, était parvenu à une conclusion distincte. Il allait de soi que Jean Anglicus venait de surprendre leur conversation. Mais pourquoi ? Pouvait-il être un espion ? Certainement pas pour le compte de Serge, car le pape n'était pas assez artificieux pour user de tels procédés. Dans ce cas, pour qui d'autre ? Et pour quel motif ? Ce petit prêtre étranger mériterait dorénavant d'être étroitement surveillé.

Gerold se mit lui aussi à dévisager curieusement Jeanne.

– Ton visage m'est familier, mon père, finit-il par dire, sourcils froncés. Nous serions-nous déjà rencontrés ?

Soudain, malgré la pénombre, son expression se transforma. On eût dit qu'il venait de voir un spectre.

– Mon Dieu, souffla-t-il, haletant. Ce n'est pas possible !

– Vous vous connaissez ? s'enquit Anastase.

– Nous nous sommes croisés à Dorstadt, se hâta de répondre Jeanne. J'y ai étudié plusieurs années, à l'école cathédrale. Ma *sœur*, ajouta-t-elle en martelant imperceptiblement ce dernier mot, fut un temps la pupille du comte.

Ses yeux gris-vert adressaient à Gerold un avertissement muet. *Surtout, ne dis rien.* Il retrouva rapidement sa contenance.

– Bien sûr, finit-il par lâcher. Je me souviens fort bien de ta sœur.

Agacé, Lothaire intervint.

– Il suffit. Qu'êtes-vous venu me dire, comte ?

– Mon message s'adresse à vos seules oreilles, mon roi.

– Soit, fit l'empereur, hochant la tête. Que les autres se retirent. Nous nous reverrons, Anastase.

Au moment où Jeanne faisait mine de partir, Gerold lui posa une main sur le bras.

– Attends-moi dehors, lui dit-il. J'aimerais te poser quelques questions… sur ta sœur.

À l'extérieur de la chapelle, tandis qu'Anastase s'en allait, Jeanne se mit à faire nerveusement les cent pas sous l'œil morne de l'écuyer de Lothaire. Sa situation était plus que périlleuse. Au premier mot de travers, sa véritable identité pouvait être révélée. *Je devrais m'enfuir sans tarder, avant que Gerold ne ressorte.* D'un autre côté, elle brûlait d'envie de le revoir. Elle resta donc, figée par un singulier mélange d'impatience et de peur.

La porte de la chapelle s'ouvrit. Gerold parut.

– Est-il possible que ce soit *toi* ? demanda-t-il, incrédule, en marchant droit sur elle. Mais comment… ?

L'écuyer de Lothaire les observait avec une intense curiosité.

– Pas ici, chuchota Jeanne.

Elle le conduisit jusqu'à la minuscule officine où elle gardait ses herbes et autres remèdes. À l'intérieur, elle alluma une lampe à huile, qui les enveloppa tous deux d'un pâle cercle de lumière.

Pendant un temps infini, ils se contemplèrent, grisés par l'émerveillement de la redécouverte. En quinze ans, Gerold avait changé. Son épaisse crinière de feu était désormais striée de gris ; des sillons nouveaux creusaient les coins de ses yeux de saphir et de sa bouche malicieuse. Il restait néanmoins le plus bel homme qu'elle eût jamais vu. Le cœur de Jeanne se mit à battre la chamade.

Gerold fit un pas vers elle, et tout à coup, ils furent dans les bras l'un de l'autre, s'étreignant si fort qu'elle sentit à travers son épaisse robe de prêtre les mailles de fer de la cotte.

– Jeanne, murmura-t-il. Mon amour, ma perle… Jamais je n'aurais cru te revoir !

– Gerold…, put-elle seulement balbutier.

L'index du comte suivit le tracé de la cicatrice qui lui barrait la joue gauche.

– Les Normands ?

– Oui.

Il se pencha et déposa un léger baiser sur la balafre.

– Ils t'ont donc enlevée ? Comme Gisla ?

Gisla ! Il ne fallait surtout pas qu'il sache – jamais – quel horrible calvaire avait enduré sa fille aînée.

– Ils ont pris Gisla. Moi, je… j'ai réussi à m'enfuir.

– Comment ? Et où donc ? Mes hommes et moi avons maintes fois battu la campagne sans retrouver la moindre trace de toi !

Elle lui conta brièvement ce qui s'était passé : son départ vers Fulda, son admission sous l'identité de Jean Anglicus, sa fuite de l'abbaye, son pèlerinage à Rome, et les circonstances qui avaient fait d'elle le médecin particulier du pape.

– Et pendant tout ce temps, dit Gerold quand elle eut fini, tu n'as jamais songé à me prévenir ?

Jeanne décela sans peine le chagrin qui altérait sa voix.

– Je… je doutais que tu veuilles encore de moi. Richild m'avait affirmé que l'idée de me marier au fils du maréchal-ferrant venait de toi, que tu l'avais expressément chargée de tout arranger en ton absence.

– Et tu l'as crue ? demanda-t-il en la relâchant soudain. Par le ciel, Jeanne, j'aurais pensé que tu me connaissais mieux que cela !

– À vrai dire, je ne savais que penser. Tu étais parti. Je ne pouvais deviner le véritable motif de ton absence. Et Richild savait précisément ce qui s'était passé entre nous au bord du ruisseau. Comment aurait-elle pu être au courant si tu ne le lui avais pas dit ?

– J'ignore comment elle l'a appris. Tout ce que je sais, c'est que je t'aimais comme je n'avais jamais aimé… et comme je n'ai plus jamais aimé depuis lors, fit-il d'une voix rauque d'émotion. Sur le chemin du retour, j'ai poussé Pistis presque au-delà de ses forces, tant j'étais avide de revoir enfin les tours de Villaris, et c'est uniquement parce que je savais que tu étais là-bas. Je brûlais d'impatience de te revoir, Jeanne… pour te demander de devenir ma femme.

– Ta femme ? répéta Jeanne, sidérée. Mais… Richild ?

– Quelque chose s'est passé pendant mon voyage – quelque chose qui m'a aidé à comprendre à quel point mon mariage était vide de sens, et à quel point tu étais, toi, essentielle à mon bonheur. Je suis rentré plus tôt que prévu pour t'annoncer mon intention de répudier Richild et te demander ta main.

Jeanne secoua la tête.

– Quel malentendu, murmura-t-elle, mélancolique. Quel gâchis !

– Qu'il ne tient qu'à nous de réparer à présent.

Gerold l'attira contre lui et l'embrassa. À la façon d'une chandelle brûlante approchée d'une tablette de cire, leur baiser effaça en un instant tout ce qu'avaient écrit les années. Ils se crurent revenus au bord du ruisseau, juste derrière Villaris, jeunes et grisés par une passion toute neuve. Il ne la libéra qu'au bout d'un long moment.

– Écoute-moi, ma perle, dit-il d'une voix sourde. Je quitte le service de Lothaire. C'est ce que je viens de lui annoncer dans la chapelle.

– Et il a consenti à te rendre ta liberté ?

– Il a commencé par faire des difficultés, mais j'ai réussi à le convaincre. Bien sûr, ma liberté a un prix. Il m'a fallu renoncer à Villaris et à toutes mes terres. Je ne suis plus un riche seigneur, Jeanne. Mais il me reste la vigueur de mes deux bras, et j'ai des amis qui me soutiendront. L'un d'eux est Siconulf, prince de Bénévent, avec qui j'ai lié amitié du temps où nous guerroyions tous deux contre les Obodrites sous la bannière impériale. Il a besoin d'hommes sûrs, car il est très menacé par son rival Radelchis. Viendras-tu avec moi, Jeanne ? Seras-tu ma femme ?

Un bruit de pas tout proche les sépara. L'instant suivant, la porte s'entrouvrit pour laisser apparaître le visage de Florentin, l'un des notaires du palais.

– Ah ! Je te trouve enfin, Jean Anglicus ! Je t'ai cherché partout. Est-ce que… je dérange ?

Son regard fit plusieurs fois l'aller-retour entre Jeanne et Gerold.

– Pas le moins du monde, se hâta de répondre l'intéressée. Que puis-je pour toi, Florentin ?

– J'ai une effroyable migraine, expliqua le notaire. Je me demandais si… tu consentirais à m'administrer un de tes remèdes calmants.

– Bien sûr, dit Jeanne.

Florentin attendit près de la porte, échangeant quelques propos anodins avec Gerold. Pendant ce temps-là, Jeanne prépara rapidement une mixture de feuilles de violette et d'écorce de saule, qu'elle fit macérer dans un bol de tisane au romarin. Ayant terminé, elle tendit le bol à Florentin, qui s'en alla sans demander son reste.

– Nous ne pouvons pas parler ici, dit-elle à Gerold sitôt que le notaire eut tourné les talons. C'est trop dangereux.

– Quand pourrai-je te revoir ? la pressa le comte.

Jeanne réfléchit un instant.

– Connais-tu le temple de Vesta, sur la via Appia, à la sortie de la ville ? Je t'y rejoindrai demain matin, après tierce.

Il la prit dans ses bras et l'embrassa de nouveau, d'abord doucement, puis avec une voracité croissante, qui souleva dans le cœur de Jeanne une tempête de désir.

– À demain, lui glissa-t-il au creux de l'oreille.

Et il partit, laissant Jeanne en proie à un furieux vertige d'émotions.

Dans la lumière ténue qui annonce l'aube, Arighis promena un regard satisfait sur la cour du palais du Latran. Tout était fin prêt. Un trépied garni de braises crépitait devant la statue de la Louve. Deux solides fers à marquer rougeoyaient au-dessus des flammes. Un soldat tenant un glaive acéré attendait à proximité.

Les premiers feux du soleil illuminèrent l'horizon. L'heure était inhabituelle pour un châtiment public. De tels événements avaient lieu d'ordinaire après la messe. En dépit de cela, une foule de badauds était déjà rassemblée. Les plus curieux étaient arrivés en avance pour s'assurer les meilleures places. Nombre d'entre eux avaient amené leurs enfants, qui gambadaient de-ci de-là, tout excités dans l'attente du spectacle sanglant.

Arighis avait délibérément choisi l'aube pour infliger à Benoît son châtiment, avant que Serge ne fût réveillé et n'eût l'idée de changer d'avis. On risquait bien entendu de l'accuser d'avoir cédé à une précipitation inutile, mais le vice-dominus n'en avait cure. Il savait ce qu'il faisait, et pourquoi.

Arighis occupait la même fonction depuis plus de vingt ans. Sa vie tout entière était vouée au service du palais des papes et au bon fonctionnement de la formidable ruche humaine que formait le siège du gouvernement de Rome. Au fil des ans, Arighis en était venu à considérer le palais pontifical comme une entité vivante, une créature dont il était de sa seule responsabilité d'assurer le bien-être permanent.

Or, ce bien-être était menacé. En moins d'une année, Benoît avait fait du Latran un nid de corruption et de trafic en tout genre. Tyrannique et manipulateur, l'existence même de Benoît était telle une tumeur maligne menaçant la papauté tout entière. La seule chance de guérison consistait à amputer le membre atteint. Benoît devait mourir.

Serge n'ayant pas la force de mener une telle tâche à bien, il revenait à Arighis d'assumer ce fardeau. Il l'avait accepté sans hésitation, pour le bien-être de la sainte mère Église.

Tout était prêt.

– Amenez le prisonnier, ordonna Arighis.

Benoît fut traîné dans la cour par les gardes. Sa tunique était froissée, ses traits étaient tirés et son teint livide après une nuit d'insomnie au cachot. Il promena sur le décor un regard noyé d'inquiétude.

– Où est Serge ? demanda-t-il enfin. Où est mon frère ?

– Sa Sainteté ne peut être dérangée, répondit Arighis.

Benoît pivota sur lui-même pour faire face au vice-dominus.

– Que cherches-tu à faire, Arighis ? Tu as vu comme moi mon frère hier soir. Il était ivre ! Il ne savait plus ce qu'il disait ! Laisse-moi lui parler, et tu verras. Il reviendra sur sa sentence.

– Faites votre devoir, commanda Arighis aux gardes.

Ceux-ci tirèrent Benoît jusqu'au centre de la cour et le forcèrent à s'agenouiller. Ils lui saisirent les deux bras et les plaquèrent sur le piédestal de la statue de la Louve, mains à plat sur la pierre. La terreur déforma les traits de Benoît.

– Non ! Arrêtez ! hurla-t-il, levant désespérément les yeux vers les fenêtres du palais. Serge ! Serge !

Le glaive s'abattit. Benoît poussa un hurlement en voyant ses deux mains rouler sur le sol, coupées net.

La foule applaudit. L'homme au glaive cloua les mains du condamné au flanc de la Louve. Selon une antique coutume, elles resteraient là un mois, à titre d'avertissement pour tous ceux que tenaillerait la tentation de s'emparer du bien d'autrui.

Ennodius, l'archiatre, s'avança à pas lents. Ayant retiré les deux fers rouges des braises, il les appuya sans hésiter sur les moignons sanguinolents de Benoît. Une écœurante odeur de chair brûlée s'éleva dans l'air matinal. Avec un nouveau cri, Benoît s'évanouit. Ennodius se courba sur lui.

Arighis se pencha en avant, tous les sens aux aguets. À la suite d'un tel châtiment, la plupart des condamnés périssaient – soit sur le moment, sous le coup du traumatisme et de la douleur, soit quelque temps après, victimes de leurs saignements ou de la gangrène. Cependant, les plus vigoureux réussissaient à survivre. On les voyait parfois errer dans les rues de Rome, et leurs grotesques mutilations trahissaient au premier regard la nature de leurs crimes : lèvres brûlées pour ceux qui avaient menti sous serment ; pieds tranchés pour les esclaves qui avaient fui ; yeux arrachés pour ceux qui avaient osé convoiter la femme ou la fille d'un supérieur.

Craignant que Benoît ne survécût à son supplice, Arighis avait pris grand soin de demander à Ennodius plutôt qu'à Jean Anglicus de s'occuper de lui.

L'archiatre se redressa enfin.

– Dieu vient de rendre son jugement, annonça-t-il d'un air grave. Benoît est mort.

Loué soit le Seigneur, se dit le vice-dominus. *La papauté est sauve.*

Jeanne faisait la queue dans le *lavatorium*, attendant son tour pour se laver rituellement les mains avant la messe. Ses paupières étaient lourdes, gonflées par le manque de sommeil. Elle avait passé la nuit à se retourner dans son lit, l'esprit empli du souvenir de Gerold. En quelques heures, toutes sortes de sentiments qu'elle croyait depuis longtemps enterrés avaient refait surface, avec une intensité effrayante.

Revoir Gerold avait ressuscité les troublants désirs de sa jeunesse. Et si elle cédait à la tentation de redevenir femme ? Elle s'était accoutumée à répondre seule d'elle-même, à exercer un entier contrôle sur ses faits et gestes. Or, la loi chrétienne soumettait la femme à son mari. Pouvait-elle faire à ce point confiance à un homme, fût-il Gerold ?

Ne te donne jamais à aucun homme. Les paroles de sa mère résonnaient encore dans sa tête.

Elle aurait eu besoin de temps pour démêler l'écheveau de sentiments qui lui encombrait le cœur. Et le temps lui était compté.

Arighis apparut près d'elle.

– Suis-moi, dit-il en l'entraînant hors de la file. Sa Sainteté a besoin de toi.

– Serge serait-il souffrant ?

Très inquiète, elle suivit le vice-dominus le long des galeries menant à la chambre papale. Serge avait été dûment purgé des viandes et des vins ingurgités la veille, et la forte dose de poudre de colchique administrée par Jeanne aurait dû le protéger contre un retour de goutte.

– Au train où vont les choses, il le sera bientôt.

– Pourquoi ? Que se passe-t-il ?

– Benoît est mort.

– Mort !

– La sentence a été exécutée ce matin. Il est mort sur le coup.

Jeanne pressa le pas. Elle n'avait guère de peine à imaginer la façon dont Serge pouvait avoir réagi à une telle nouvelle.

Bien que préparée moralement à ce qui l'attendait, elle eut un choc en le voyant. Le pape était méconnaissable. Ses cheveux étaient ébouriffés, ses yeux injectés et bouffis de larmes, ses joues striées de griffures d'ongles. Agenouillé au pied du lit, il se balançait d'avant en arrière, sanglotant comme un enfant égaré.

– Votre Sainteté ! cria Jeanne à son oreille. Serge !

Le pape continua de se balancer, manifestement rendu sourd et aveugle par le chagrin. Toute communication avec lui était impossible dans son état. Jeanne prit une pincée d'herbe aux poules dans sa besace, la versa dans une timbale d'eau et la porta aux lèvres de Serge. Il but distraitement.

Quelques instants plus tard, ses oscillations ralentirent, puis cessèrent tout à fait. Le pape considéra Jeanne d'un air hagard, presque comme s'il la voyait pour la première fois.

– Pleure-moi, Jean. Mon âme est damnée pour l'éternité !

– Balivernes ! Vous avez agi selon la loi.

– « Ne sois pas comme Caïn », déclama le pontife, citant la Première Épître de Jean, « ce rejeton du diable qui a assassiné son frère ».

– « Et pourquoi l'a-t-il assassiné ? » riposta Jeanne, citant la réponse. « Parce que ses actions étaient mauvaises et celles de son frère légitimes. » Benoît n'avait aucune légitimité, Votre Sainteté. Il vous a trahi. Il a trahi Rome.

– Et à présent le voilà mort, condamné par une sentence jaillie de ma propre bouche ! Mon Dieu !

Il se frappa la poitrine et laissa échapper un cri de chagrin. Jeanne devait à tout prix l'arracher à sa douleur pour l'empêcher de sombrer dans une nouvelle crise de goutte. Elle le prit fermement par les épaules.

– Soumettez-vous à une confession auriculaire, dit-elle.

Cette forme de pénitence, par laquelle le fidèle se livrait à une confession privée *ad auriculum*, c'est-à-dire « à l'oreille » d'un prêtre, était déjà très répandue en royaume franc. Rome, en revanche, s'accrochait encore à la tradition, selon laquelle la confession et la pénitence avaient lieu en public, et seulement à l'article de la mort.

Serge adopta l'idée sur-le-champ.

– Oui, oui, c'est cela, je vais me confesser !

– Faisons venir un cardinal, proposa-t-elle. Avez-vous une préférence ?

– C'est à toi que je me confesserai.

– À moi ? Croyez-vous, Votre Sainteté ?

En sa qualité d'humble prêtre étranger, Jeanne semblait fort peu qualifiée pour confesser un pape.

– Je ne me confesserai à personne d'autre.

– Fort bien, dit-elle en se tournant vers Arighis. Laissez-nous.

Arighis quitta la chambre avec un regard reconnaissant.

Dès qu'ils furent seuls, Serge récita les premiers mots rituels du sacrement de pénitence.

– *Peccavi, impie egi, iniquitatem feci, miserere mei Domine...*

Jeanne entendit avec une compassion émue son déversement de chagrin, de regret et de remords. Avec une âme chargée d'un tel fardeau, il n'était pas étonnant que Serge eût recherché la paix et l'oubli dans le vin.

La confession eut l'effet escompté. Peu à peu, la frénésie de désespoir du pape s'apaisa, le laissant épuisé, mais à l'abri de tout risque pour lui-même comme pour autrui.

Venait à présent la partie la plus délicate de l'affaire : elle allait devoir lui infliger une pénitence afin d'obtenir le pardon de ses péchés. Serge s'attendait sans doute à recevoir une punition lourde – sous forme d'une mortification publique sur les marches de Saint-Pierre, par exemple. Mais un acte de ce genre ne ferait qu'affaiblir le pape et la papauté aux yeux de Lothaire, ce qui devait être évité à tout prix. D'un autre côté, la pénitence infligée par Jeanne ne devait pas être trop légère, sous peine d'être rejetée par le pontife.

Une idée lui vint.

– En signe de repentir, dit-elle, vous vous abstiendrez de boire du vin et de manger toute viande prélevée sur un animal à quatre pattes à dater de ce jour, et ce jusqu'à l'heure de votre mort.

Le jeûne était une forme de pénitence courante, mais il ne s'étendait d'habitude que sur quelques mois, voire sur une année entière. Imposer une vie d'abstinence était une punition sévère, surtout pour un être aussi glouton que Serge. Mais elle aurait l'avantage de préserver le pape de ses propres instincts.

Serge inclina la tête en signe d'acceptation.

– Prie avec moi, Jean.

Elle s'agenouilla à son côté. Sous bien des aspects, Serge n'était qu'un enfant – faible, impulsif, dépendant, capricieux. Et pourtant, il était capable d'une grande bonté. Sans compter qu'à l'heure actuelle il représentait le dernier obstacle entre Anastase et le trône de Pierre.

À la fin de leur oraison, Jeanne se leva. Serge s'agrippa à elle.

– Ne me laisse pas, la supplia-t-il. Je ne puis rester seul.

Jeanne lui couvrit la main.

– Je ne vous laisserai pas, promit-elle solennellement.

En passant entre les colonnes à demi effondrées des ruines du temple de Vesta, Gerold, déçu, constata que Jeanne n'était pas encore arrivée. *Rien de grave*, se dit-il. *Il est encore tôt*. Et il s'assit pour l'attendre, adossé à un gracieux pilier de granit.

À l'instar de la plupart des monuments païens de Rome, le temple avait été dépouillé de tous ses ornements précieux : les rosettes d'orfèvrerie qui paraient jadis les caissons du dôme avaient disparu, de même que les bas-reliefs dorés du fronton. Les niches alignées le long des murs avaient été vidées de leurs statues de marbre, celles-ci ayant été depuis longtemps brûlées dans des fours à chaux pour servir de matériau lors de la construction des églises chrétiennes. De façon remarquable, cependant, la statue de la déesse, nichée sous le dôme, avait été épargnée. Une de ses mains était brisée, et les plis de sa toge avaient fini par s'arrondir, érodés par le temps et les éléments ; la statue avait cependant conservé une puissance et une grâce merveilleuses, éternel témoignage du talent de son auteur païen.

Vesta, la déesse antique du Foyer, représentait en somme tout ce que Jeanne signifiait aux yeux de Gerold :

la vie, l'amour, un regain d'espérance. Il inspira profondément pour s'imprégner de la caresse humide du matin. Il ne s'était pas senti aussi bien depuis des années. Ces temps derniers, il en était arrivé à se trouver blasé de la ronde immuable et nauséabonde des choses de la vie. Il n'était d'ailleurs pas loin de s'y résigner, persuadé de toucher là une conséquence inévitable de l'âge – à bientôt quarante-cinq ans, il était presque un vieil homme.

Et tout à coup, il se rendait compte qu'il s'était trompé. Loin d'être las de l'existence, il avait faim de vivre. Il se sentait jeune, vivant et débordant d'énergie, comme s'il venait de tremper ses lèvres dans le calice du Christ. L'avenir déroulait devant lui un ruban scintillant de promesses. Il allait épouser Jeanne, et ils s'en iraient ensemble pour Bénévent, où ils partageraient une vie d'amour et de paix. Il n'était pas trop tard pour qu'ils eussent des enfants. Dans l'état d'esprit où il se trouvait, rien ne paraissait impossible.

Il se leva en voyant Jeanne franchir le portique, sa robe de prêtre flottant autour de ses jambes. Elle avait les joues roses de l'effort de sa marche ; ses cheveux d'or pâle illuminaient son visage, accentuant la profondeur de ses grands yeux gris-vert – des yeux qui scintillaient comme deux puits de lumière au cœur de ce sanctuaire baigné de pénombre. Comment Jeanne avait-elle pu se faire passer pour un homme ? Elle était la féminité et la sensualité incarnées.

– Jeanne…

Elle prit grand soin de maintenir entre eux une distance prudente. Si elle cédait un instant à la chaleur des bras de Gerold, ses vaillantes résolutions s'envoleraient d'un seul coup.

– Je t'ai trouvé un cheval, dit le comte. En partant maintenant, nous serons à Bénévent en trois jours de temps.

Elle inspira profondément.

– Je ne pars pas, lâcha-t-elle.
– Tu ne pars pas ?
– Je ne puis laisser Serge.

L'espace d'un moment, il fut trop éberlué pour répondre. Enfin, il réussit à articuler :

– Pourquoi ?
– Il a besoin de moi. Il est… faible.
– Il s'agit du pape, Jeanne, pas d'un nourrisson en mal de caresses.
– Ce n'est pas de caresses qu'il a besoin, mais de soins. Les médecins de la schola n'ont aucune connaissance de la maladie qui l'afflige.
– N'a-t-il pas vécu jusqu'à ton arrivée à Rome ? observa Gerold d'un ton légèrement sarcastique.
– Si je pars maintenant, Serge mourra dans les six mois.
– Et alors ? répondit le comte avec une certaine brusquerie. Qu'est-ce que cela peut nous faire ?
– Comment peux-tu dire une chose pareille ?
– Par Dieu, ne nous sommes-nous pas assez sacrifiés ? Le printemps de nos vies est déjà derrière nous, Jeanne. Ne gâchons pas le peu qui nous reste.

Elle se détourna pour dissimuler son trouble. Gerold lui saisit le poignet.

– Je t'aime, Jeanne. Viens avec moi, maintenant, pendant qu'il en est encore temps !

La caresse de sa main fit bouillonner le sang de Jeanne et alluma au plus profond de son être une flamme de désir. Une furieuse envie de l'embrasser, de sentir ses lèvres sur les siennes, s'insinua traîtreusement en elle. Effrayée par ces sentiments honteux, signes de sa faiblesse, elle céda soudain à un accès de colère aussi violent qu'irraisonné, comme si elle en voulait à Gerold de l'avoir mise en émoi. Elle laissa gonfler et écumer dans son cœur cette vague de fureur, espérant sans doute qu'elle submergerait ses autres sentiments, mille fois plus dangereux.

– Qu'espérais-tu ? s'écria-t-elle. Que je m'enfuirais avec toi à ton premier appel ? Ma vie est ici, et c'est une vie que j'aime. Je jouis de l'indépendance et du respect de tous, j'ai accès à des possibilités qui m'ont toujours été refusées quand j'étais femme. Pourquoi devrais-je y renoncer ? Pourquoi ? Pour passer le restant de mes jours cloîtrée dans la pénombre d'une chaumière, entre mes chaudrons et ma broderie ?

– Si c'était là ce que j'attendais d'une épouse, murmura Gerold, je me serais remarié depuis longtemps.

– Fais-le donc ! Ce n'est pas moi qui t'en empêcherai !

La surprise fit hausser les sourcils du comte.

– Que s'est-il passé, Jeanne ? demanda-t-il d'une voix douce. Qu'y a-t-il ?

– Il ne s'est rien passé. J'ai changé, voilà tout. Je ne suis plus l'enfant naïve et éperdue d'amour que tu as connue à Dorstadt. Je suis mon propre maître. Et je n'y renoncerai pas – ni pour toi, ni pour aucun homme !

– T'ai-je demandé de faire une chose pareille ?

Mais Jeanne ne voulait plus entendre raison. La proximité de Gerold et l'attraction physique qu'elle ressentait à son égard étaient une véritable torture – un serpent étreignant sa volonté, comme pour l'étouffer. Elle luttait désespérément pour se libérer.

– Tu es incapable d'accepter une chose pareille, n'est-ce pas ? Tu ne peux supporter l'idée que je ne suis pas prête à renoncer à ma vie pour toi – que je suis la première à rester indifférente à tes charmes virils !

Elle avait cherché à le blesser. Son but était atteint. Gerold la dévisagea longuement, comme s'il la découvrait.

– Je croyais que tu m'aimais, dit-il d'un ton cassant. Je constate que je me suis fourvoyé. Pardonne-moi. Je ne te harcèlerai plus.

Il marcha jusqu'au seuil, hésita, se retourna.

– Nous ne nous reverrons plus jamais. Est-ce bien ce que tu veux ?

Non ! Ce n'est pas du tout ce que je veux ! mourait d'envie de crier Jeanne. Mais une autre part d'elle-même eut le dessus.

– C'est ce que je veux, s'entendit-elle répondre d'une voix curieusement distante.

Eût-il lâché le moindre mot d'amour à cet instant, elle aurait cédé et se serait jetée dans ses bras. Mais il pivota brutalement sur ses talons et s'en alla. Elle entendit ses pas rapides résonner sur les marches du perron.

Encore quelques instants, et il serait parti à jamais.

Le cœur de Jeanne se gonfla. Quand la coupe fut pleine, ses émotions débordèrent, toutes en même temps.

Elle se précipita vers l'entrée du temple.

– Gerold ! Attends !

Un martèlement de sabots sur les pavés couvrit la fin de son cri. Gerold s'éloignait au galop sur la route. Quelques secondes plus tard, sa silhouette fut avalée par le premier tournant.

24

L'été romain arriva, plus torride que jamais. Le soleil dardait ses rayons sans relâche. Dès midi, les cailloux de la chaussée pouvaient calciner les plantes de pied d'un homme. La puanteur des déchets pourrissants, multipliée par la chaleur, montait dans l'air figé et restait suspendue au-dessus de la cité comme une nuée suffocante. Les fièvres pestilentielles ne tardèrent pas à faire rage parmi les pauvres, entassés dans des taudis humides sur les basses terres des berges du Tibre.

Redoutant la contagion, Lothaire et son armée quittèrent la ville. Les Romains s'en réjouirent. Pour entretenir une telle masse d'hommes, on avait été tout près de saigner à blanc les coffres publics.

Serge était partout salué comme un héros. L'adoration du peuple romain l'aida à surmonter le deuil de Benoît. Le retour de sa santé et de son énergie, dû en grande partie au régime rigoureux imposé par Jeanne en guise de pénitence, avait fait de lui un autre homme. Fidèle à sa promesse, il fit reconstruire l'Orphanotrophium. Les murs en ruine furent renforcés, la toiture fut refaite. Des carreaux du meilleur travertin furent arrachés au temple de Minerve et réutilisés pour paver le sol de la grande salle. Une chapelle neuve fut construite, vouée à saint Étienne.

Autrefois, Serge était souvent trop fatigué ou trop malade pour dire la messe. Il célébrait désormais l'office chaque matin. Par ailleurs, on le trouvait fréquemment en train de prier dans sa chapelle privée. Le pape n'était pas homme à faire les choses à moitié : il avait embrassé la foi avec une ferveur égale à celle qu'il déployait naguère dans sa passion des plaisirs de la table.

Deux années de suite, un hiver clément suivi de récoltes généreuses instaura une période de prospérité. Même les légions de pauvres qui encombraient les rues devinrent un peu moins misérables, à mesure qu'augmentaient les aumônes versées par les citoyens. Les Romains, satisfaits de leur cité et de leur pape, multipliaient les offrandes aux autels de leurs églises.

Ils ne se doutaient pas encore – et comment l'auraient-ils pu ? – de l'imminence de la catastrophe qui allait s'abattre sur eux.

Jeanne assistait à l'une des réunions régulières du pape avec les grands princes de la cité quand un courrier échevelé fit irruption dans la salle.

– Qu'y a-t-il ? lança le pontife, courroucé.

Le messager s'agenouilla humblement.

– Votre Sainteté… Je vous apporte un message de Sienne, de la plus haute importance. Une flotte sarrasine de taille impressionnante vient de quitter la côte de l'Afrique. Elle se dirige droit sur Rome.

– Sur Rome ? répéta un prince. Ce doit être une erreur.

– Il n'y a pas d'erreur possible, dit le messager. Les Sarrasins seront ici sous quinze jours !

Un lourd silence suivit, pendant que chacun s'efforçait de prendre la mesure d'une nouvelle aussi sidérante. Finalement, un autre prince prit la parole.

– Peut-être serait-il judicieux de mettre les saintes reliques en lieu sûr, suggéra-t-il.

Il faisait naturellement allusion aux ossements de l'apôtre Pierre, les plus glorieuses reliques de toute la chrétienté, qui reposaient au cœur de la basilique Saint-Pierre, à l'extérieur des murs de la ville.

Romuald, le plus puissant des princes assemblés, renversa la tête en arrière et partit d'un rire tonitruant.

– Vous ne pensez tout de même pas que les infidèles oseraient attaquer Saint-Pierre, mon cher !

– Et qui les en empêcherait ? demanda Jeanne.

– Ces barbares ne sont certes pas des imbéciles, répliqua Romuald. Ils savent que la main vengeresse de Dieu s'abattrait sur eux à l'instant où ils fouleraient les dalles du sanctuaire sacré !

– Ils ont leur propre culte, objecta Jeanne. Ils ne redoutent pas le courroux de notre Dieu.

Le sourire de Romuald mourut sur ses lèvres.

– Quel blasphème est-ce là, prêtre ?

– La basilique est une proie de choix pour les pillards, répondit Jeanne, ne serait-ce que pour la richesse unique de ses trésors. Par sécurité, je suggère que nous les mettions à l'abri derrière les remparts de la ville, de même que le sarcophage de saint Pierre.

– Ce n'est pas la première alerte de ce genre, fit observer Serge, sceptique. Et il ne s'est jamais rien passé.

– En effet, renchérit Romuald, si nous devions prendre ce genre de mesures chaque fois que quelqu'un aperçoit une voile sarrasine, les reliques sacrées passeraient leur temps à aller et venir comme une paire de navettes sur un métier à tisser !

Quelques éclats de rire furent réduits au silence par un froncement de sourcils pontifical.

– Dieu défendra les siens, déclara Serge. Le Prince des apôtres restera là où il est.

– Au moins, insista Jeanne, demandons aux villes voisines de nous envoyer des hommes d'armes pour renforcer la défense de Rome.

– C'est la saison de l'émondage, objecta Serge. Tous les bras sont nécessaires pour tailler les vignes. Pourquoi compromettre la récolte, de laquelle tout dépend, s'il n'y a pas de danger immédiat ?

– Mais, Votre Sainteté…

– Fie-toi à Dieu, Jean Anglicus. Je ne connais point d'armure plus puissante que la foi et la prière chrétiennes.

Jeanne courba humblement la tête, gardant pour elle un flot de pensées autrement rebelles. *Si les Sarrasins arrivent à nos portes, il s'en faudra de beaucoup pour que toutes les prières du monde atteignent à la moitié de l'efficacité d'une seule division de combattants.*

Gerold et sa compagnie campaient aux abords de la ville de Bénévent. Dans l'obscurité des tentes, les hommes dormaient à poings fermés après une folle nuit de ripaille, offerte par le comte afin de les récompenser de leur éclatante victoire de la veille.

Depuis deux ans, Gerold commandait les armées du prince Siconulf, qui luttait bec et ongles pour défendre son trône des menées de son rival Radelchis. Excellent officier, capable de bousculer ses hommes quand il s'agissait de leur apprendre la discipline et le maniement des armes, mais aussi de leur faire pleinement confiance sur le champ de bataille, Gerold avait infligé défaite sur défaite aux forces ennemies. La victoire de la veille était si écrasante qu'elle ferait probablement perdre à Radelchis toute prétention au trône de Bénévent.

Malgré les sentinelles en armes postées tout autour du camp, Gerold et ses hommes dormaient avec l'épée au côté, afin de l'avoir toujours à portée de la main. Le comte préférait ne prendre aucun risque, sachant fort bien qu'un ennemi pouvait rester dangereux même après sa défaite. La soif de vengeance poussait souvent les vaincus à des actes désespérés. Gerold connaissait plus d'un camp victorieux pris par surprise, et dont les soldats avaient été massacrés avant même d'avoir eu le temps de reprendre leurs esprits.

Pour l'heure, cependant, ses pensées voguaient bien loin de cette sorte d'inquiétude. Il était étendu sur le dos, les mains sous la nuque, les jambes nonchalamment dépliées. Près de lui, couverte de sa cape, une femme respirait régulièrement, émettant parfois un léger ronflement.

Dans la clarté de l'aube, Gerold se prit à regretter la brève bouffée de désir animal qui avait fait échouer cette inconnue sur sa couche. Il avait connu maintes rencontres passagères au fil des ans, chacune moins satisfaisante et plus promptement oubliée que la précédente. Force était de l'admettre : il choyait le souvenir d'un amour qui ne pourrait jamais être oublié.

Il secoua la tête avec impatience. À quoi bon ressasser le passé ? Jeanne ne partageait pas ses sentiments. Pour quelle raison, autrement, l'aurait-elle rejeté ?

La fille roula sur le flanc. Gerold lui toucha l'épaule, et elle s'éveilla, fixant sur lui une jolie paire d'yeux bruns au regard vide.

Il prit quelques piécettes dans sa bourse de cuir et les lui tendit.

– C'est le matin, dit-il.

Elle fit tinter les pièces dans sa paume avec un sourire espiègle.

– Dois-je revenir ce soir, messire ?

– Ce n'est pas nécessaire.

– Vous ai-je déplu ? demanda-t-elle, chagrine.

– Non, bien sûr. Mais nous levons le camp dès ce soir.

Peu après, Gerold la regarda s'éloigner sur le pré, piétinant l'herbe sèche de la semelle de ses sandales. Au-dessus d'elle, le ciel nuageux virait lentement au gris pâle.

Un jour nouveau était en train de naître.

Siconulf et ses principaux officiers étaient déjà réunis dans la grande salle quand Gerold y pénétra. Le prince passa outre aux courtoisies d'usage.

– Je viens de recevoir un message de Corse, annonça-t-il abruptement. Soixante-treize vaisseaux sarrasins ont quitté la côte africaine, emportant quelque cinq mille hommes et deux cents chevaux.

Un silence stupéfait salua cette déclaration. Une flotte aussi nombreuse était presque inimaginable. Éburis, fidèle vassal de Siconulf, laissa échapper un sifflement.

– Quelles que soient leurs intentions, dit-il, il est clair qu'il ne s'agit pas d'une simple incursion de pirates !

– Ils cinglent vers Rome, précisa Siconulf.

– Vers Rome ! C'est impossible !

– Absurde ! Ils n'oseraient pas !

Gerold entendit à peine ces commentaires. Mille pensées se bousculaient sous son crâne.

– Le pape Serge aura besoin de notre aide, lâcha-t-il d'un ton cassant.

En réalité, le sort de Serge lui importait peu. Mais en un instant, la nouvelle de l'arrivée imminente des Sarrasins venait de balayer l'amertume et le chagrin qui le tenaillaient depuis deux ans. Une seule chose comptait à présent : retrouver Jeanne, et faire tout ce qui serait en son pouvoir pour la protéger.

– Que suggères-tu, Gerold ? s'enquit Siconulf.

– Mon prince, laissez-moi conduire nos troupes à Rome.

– La cité sainte dispose de ses propres armées, répondit le souverain en fronçant les sourcils.

– Tout au plus peut-elle compter sur la *familia Sancti Petri*, une milice papale aussi peu nombreuse qu'indisciplinée. Ces gens-là tomberont comme des mouches sous les lames sarrasines.

– Que fais-tu du mur d'Aurélien ? Je doute que les Sarrasins puissent l'abattre.

– La muraille est solide, admit Gerold. En revanche, certaines portes sont insuffisamment étayées. Elles ne résisteront pas à un assaut soutenu. Quant au tombeau sacré de l'apôtre Pierre, sa situation hors les murs le rend extrêmement vulnérable.

Siconulf réfléchit. Il répugnait à engager ses troupes pour une autre cause que la sienne propre. Toutefois, en bon prince chrétien, il révérait la cité sainte et ses illustres sanctuaires. La perspective de voir des barbares infidèles profaner le tombeau du Prince des apôtres lui était odieuse. En outre, il était possible qu'il retirât un bénéfice personnel de l'envoi de troupes pour la défense de Rome. Plus tard, le pape Serge pourrait le récompenser en lui cédant quelque riche domaine pontifical situé en bordure de son territoire.

– Je te donne trois divisions, dit-il à Gerold. Combien de temps faut-il pour te préparer ?

– Mes troupes sont déjà sur le qui-vive. Nous pouvons partir sur-le-champ. Si le temps reste clément, nous serons à Rome dans dix jours.

– Prions pour que cela suffise. Dieu soit avec toi, Gerold.

Un calme irréel régnait à Rome. Depuis l'avertissement initial, venu de Sienne deux semaines plus tôt, on n'avait plus eu la moindre nouvelle de la flotte sarrasine. Les Romains avaient donc lentement relâché leur vigilance, de plus en plus convaincus qu'il ne s'agissait que d'une fausse alerte.

L'aube du 23 août parut, riche de promesses. La messe fut dite en la cathédrale Sainte-Marie-des-Martyrs, l'une des plus belles églises de Rome, connue à l'époque païenne sous le nom de Panthéon. L'office fut plus splendide que jamais, car le soleil déversé par l'ouverture circulaire du dôme inondait de lumière dorée l'ensemble de la congrégation. Sur le chemin du retour au Latran, la chorale pontificale chanta *Gloria in excelsis Deo* à pleins poumons.

La mélodie mourut sur les lèvres des chantres à l'instant où ils débouchèrent sur la place du Latran inondée de soleil, au centre de laquelle une foule anxieuse entourait un messager essoufflé et tout crotté.

– Les infidèles ont accosté, annonçait celui-ci d'un ton macabre. La ville de Porto est tombée. Son peuple a été massacré, ses églises profanées !

– Dieu nous préserve !

– Qu'allons-nous devenir ?

– Ils nous tueront jusqu'au dernier !

La foule, houleuse, semblait sur le point de céder à une dangereuse panique.

– Silence ! tonna Serge, couvrant la rumeur de sa forte voix. Cessez sur-le-champ cette démonstration de couardise ! Serions-nous des moutons, pour céder ainsi à la peur ? Serions-nous des nourrissons sans défense ? Nous sommes des Romains ! Et nous sommes à Rome, le protectorat de saint Pierre, gardien des clés du Royaume des Cieux ! « Tu es Pierre », a dit le Christ, « et sur cette pierre, je bâtirai mon église ». Qu'avons-nous à craindre ? Dieu permettra-t-il la profanation du plus sacré de ses autels ?

La foule se tut, ébranlée.

– C'est la vérité ! s'écrièrent plusieurs voix. Écoutons notre Saint-Père ! Serge a raison !

– N'avons-nous pas notre vaillante milice ? renchérit le pontife en désignant du bras son escorte de gardes pontificaux, qui reçurent son salut en brandissant férocement leurs lances. Le sang de nos glorieux ancêtres coule dans leurs veines ! Ils disposent de la force de Dieu omnipotent ! Qui donc pourrait les vaincre ?

La foule émit une rafale de vivats. Le passé héroïque de Rome restait pour tous une source d'orgueil. Chaque citoyen connaissait sur le bout des doigts le récit des triomphes militaires de César, de Pompée et d'Auguste.

Jeanne considérait Serge avec un émerveillement incrédule. Ce tribun héroïque pouvait-il être le même que le vieillard souffreteux, mélancolique et découragé qu'elle avait connu deux ans plus tôt ?

– Qu'ils viennent donc ! rugit Serge. Qu'ils essaient de faire pleuvoir leurs armes sur cette forteresse sacrée ! Leurs cœurs se fendront contre nos murs, car ceux-ci sont protégés par Dieu !

Jeanne sentit distinctement courir sur sa peau la vague croissante d'émotion qui soulevait la foule. Mais elle était trop lucide pour se laisser transporter aussi facilement. *Quelle que soit la force de notre volonté, le monde n'est pas tel que nous voudrions qu'il soit.*

La foule se dressa, poings brandis, visages illuminés. Le nom de Serge fusait un peu partout, dans un concert d'acclamations.

Sur ordre du pape, le peuple passa les deux jours suivants à jeûner et à prier. Les autels de toutes les églises redoublèrent de splendeur, illuminés par une profusion de cierges. On rapportait de partout des récits de miracles. La statue d'or de la Madone de l'oratoire de Saint-Côme, disait-on, avait bougé les yeux et psalmodié une litanie. Le crucifix qui surplombait l'autel de Saint-Adrien avait versé des larmes de sang. Ces miracles furent interprétés comme autant de signes de la faveur et de la protection divines. Jour et nuit, des *Hosanna* fervents faisaient vibrer les murs des églises et des monastères. Le clergé de la ville avait répondu avec enthousiasme aux appels du pape, et chacun se préparait à refouler l'ennemi par l'entremise de l'invincible force de la foi chrétienne.

Peu après l'aube du 26 août, un cri unique résonna jusqu'en bas des remparts.

– Ils arrivent ! Ils arrivent !

Les hurlements terrifiés du peuple n'eurent aucune peine à traverser les épais murs de pierre du Latran.

– Il faut que je monte sur le chemin de ronde, annonça Serge. En me voyant, le peuple saura qu'il n'a rien à craindre.

Arighis et les autres optimates protestèrent, objectant que la chose était trop dangereuse, mais Serge se montra inflexible. On finit par l'accompagner, non sans avoir pris soin de choisir l'endroit où la muraille était la plus haute.

Une ovation s'éleva dès que Serge eut gravi les premières marches. Mais presque aussitôt, tous les regards se tournèrent vers l'ouest. Un formidable nuage de poussière venait d'apparaître dans le ciel. Tout à coup, les Sarrasins en émergèrent au grand galop. Leurs amples capes claquaient au vent, semblables à des ailes de rapaces géants. Un effroyable cri de guerre retentit, sorte de ululement aigu qui resta longtemps suspendu dans l'air, faisant courir un frisson de terreur sur toutes les échines.

– *Deus, juva nos*, lâcha un prêtre tremblotant.

Serge brandit un petit crucifix incrusté de pierreries.

– Jésus-Christ est notre Sauveur et notre Bouclier ! s'exclama-t-il.

Les portes de la ville s'ouvrirent en grand, et la milice pontificale marcha bravement à la rencontre de l'ennemi.

– Mort aux infidèles ! rugissaient les gardes en agitant lances et glaives.

Les deux armées entrèrent en collision dans un violent fracas de métal. Il ne fallut que quelques instants pour comprendre que la lutte était inégale. La cavalerie sarrasine, armée de cimeterres incurvés, enfonça sans mal les rangs des fantassins romains.

Les lignes arrière de la milice, quant à elles, se rendirent compte trop tard qu'un carnage avait lieu à l'avant. Toujours certains de la victoire, les soldats du pape continuèrent d'avancer, poussant dans le dos ceux de l’avant-garde. Ligne après ligne, les guerriers romains tombèrent sous les sabres infidèles, formant un amas de corps qui faisait obstacle à la progression de leurs successeurs.

Ce fut un massacre. Tout à coup, anéantie et terrifiée, la milice battit en retraite dans le plus grand désordre.

– Courez ! s’exclamait-on de toutes parts. Courez !

Les Sarrasins ne se donnèrent pas le mal de poursuivre les fuyards, car leur victoire leur assurait d’ores et déjà la prise d’un butin autrement précieux : la noble basilique Saint-Pierre se dressait devant eux, sans défense. Un noir essaim de cavaliers l’encercla. Sans mettre pied à terre, ils gravirent à cheval les marches du parvis et en franchirent les portes au galop.

Depuis les remparts, les Romains ne pouvaient qu’observer, le souffle coupé. Une longue minute s’écoula, puis une autre. Aucun roulement de tonnerre ne déchira le ciel, aucune mer de feu ne s’abattit des nuées. À la place, un fracas aisément identifiable de métal et de bois brisé monta soudain des entrailles de la basilique. Les Sarrasins étaient en train de piller l’autel sacré.

– C’est impossible, bégaya le pape Serge. Mon Dieu, cela ne peut pas être !

Une horde de Sarrasins émergea de l’église, brandissant la croix d’or de Constantin. Des hommes étaient morts, disait-on, simplement pour avoir osé la toucher. Et cependant, ces diables d’infidèles l’agitaient en tous sens, hilares, en s’amusant à se la mettre entre les jambes, sacrilège obscène et bestial !

Avec un grognement sourd, Serge lâcha son crucifix et tomba à genoux.

– Votre Sainteté ! cria Jeanne en se précipitant vers lui.

Une main sur la poitrine, il grimaçait de douleur.

Une attaque du cœur, se dit Jeanne.

– Emmenez-le, ordonna-t-elle.

Plusieurs gardes, aidés d'Arighis, soulevèrent le pontife et le portèrent jusqu'à la demeure la plus proche, où ils le couchèrent sur une épaisse natte de paille.

Son souffle était laborieux et haletant. Jeanne prépara une infusion de baies d'aubépine et de racine de valériane, qu'elle lui donna à boire. Le breuvage parut le soulager : ses couleurs revinrent imperceptiblement, son souffle se fit moins oppressé.

– Ils sont aux portes ! hurla quelqu'un, dehors. Dieu nous protège ! Ils sont aux portes !

Serge voulut se redresser sur le lit, mais Jeanne le força à s'étendre.

– Vous ne devez pas bouger, Votre Sainteté.

L'effort l'avait épuisé. Il plissa les lèvres.

– Parle-leur en mon nom, souffla-t-il. Qu'ils se tournent vers Dieu… Aide-les… Prépare-les…

Ses lèvres continuèrent de s'agiter, mais aucun son n'en sortit.

– Oui, Votre Sainteté, dit Jeanne, ne pensant qu'à l'apaiser. Je ferai ce que vous me demandez. Mais reposez-vous, je vous en prie, il le faut.

Serge hocha la tête, et se laissa aller sur la paille. Sous l'effet de la tisane, ses paupières clignèrent à plusieurs reprises, puis se fermèrent tout à fait. Il ne restait plus qu'à le laisser dormir et à espérer que le remède serait efficace.

Jeanne laissa le pontife sous la surveillance d'Arighis et sortit dans la rue.

Un vacarme assourdissant, semblable au tonnerre, retentit non loin. Elle sursauta.

– Que se passe-t-il ? lança-t-elle à un groupe de gardes qui passaient en courant.

– Ces porcs idolâtres sont en train d'enfoncer les portes !

Elle revint sur la place. La terreur avait jeté la foule dans un accès de frénésie. Des hommes s'arrachaient violemment les poils de barbe. Des femmes hurlaient et se griffaient les joues jusqu'au sang. Les moines de l'abbaye de Saint-Jean, le capuchon défait, étaient agenouillés en un bouquet noir et compact, les bras tendus vers le ciel. Plusieurs d'entre eux avaient arraché leur robe de bure et se fouettaient les flancs à grands coups de jonc, sans doute pour apaiser l'évident courroux du Seigneur. Bouleversés par ce déploiement de violence, les enfants pleuraient, et leurs voix aiguës se mêlaient au chœur discordant des cris adultes.

Aide-les, avait dit le pape. *Prépare-les.*

Mais comment ?

Jeanne monta quatre à quatre les marches de pierre qui menaient au chemin de ronde, au sommet du rempart. Ayant ramassé le crucifix lâché par le pape, elle le brandit aussi haut qu'elle put afin de le montrer à tous. Le soleil frappa ses pierreries, faisant jaillir un rayon d'or.

– *Hosanna in excelsis*..., entonna-t-elle à pleins poumons.

À mesure que les notes aiguës et claires du cantique tombaient en pluie sur la foule, des visages inondés de larmes se tournèrent vers elle. Les prêtres et les moines présents, agenouillés sur les pavés au milieu des gens du peuple, maçons et couturières, joignirent leurs voix à celle de Jeanne.

– *Christus qui venit in nomine Domini*...

Un nouveau fracas couvrit le chant, suivi par un grincement de mauvais augure. Les portes de la ville semblaient sur le point de céder. Déjà, elles laissaient filtrer un rai de lumière venu de l'extérieur.

Mon Dieu, se dit Jeanne. *Et si les infidèles réussissaient à entrer ?* Jusqu'alors, cette hypothèse lui avait paru presque impensable. Un flot de souvenirs la submergea sans crier gare. Elle revit les Normands envahir la nef de la cathédrale de Dorstadt, brandissant leurs haches, Jean inerte, le crâne fracassé ; elle entendit les cris épouvantables des mourants... et Gisla... Gisla...

Sa voix trembla, puis mourut. Les badauds levèrent sur elle cent regards inquiets. *Continue*, s'exhorta-t-elle, *continue de chanter*. Mais son esprit était paralysé. Les paroles du cantique se dérobaient à elle.

– *Hosanna in excelsis !* reprit une voix chaude de baryton, juste à côté d'elle.

Elle reconnut Léon, cardinal de l'église des Quatre-Saints-Couronnés, qui venait de la rejoindre au sommet de la muraille. L'énergie de sa voix l'arracha à sa lugubre rêverie, et ils reprirent leur chant en chœur.

– Par saint Pierre !

Une vibrante clameur monta de l'est. Les gardes postés sur le chemin de ronde sautaient de joie.

– Dieu soit loué ! criaient-ils. Nous sommes sauvés !

Jeanne scruta la plaine. Une puissante cavalerie galopait vers la ville. Ses bannières flottantes portaient l'emblème de la Croix et de saint Pierre.

Les Sarrasins lâchèrent leurs béliers et coururent vers leurs chevaux.

Jeanne plissa les yeux. Les cavaliers se rapprochaient à vue d'œil. Soudain, elle poussa un cri strident.

À la tête de l'avant-garde, sa lance brandie et prête à frapper, galopait Gerold, aussi grand, héroïque et féroce que les dieux de sa mère.

La bataille qui suivit fut brutale et sans merci. L'attaque des Bénéventins avait pris les Sarrasins au dépourvu. Ceux-ci furent refoulés loin des murs de Rome, et forcés de battre en retraite jusqu'à la côte. Là, les infidèles embarquèrent leur butin sur leurs vaisseaux et reprirent la mer. Dans leur hâte, ils laissèrent derrière eux un grand nombre des leurs. Pendant plusieurs semaines, Gerold et les siens sillonnèrent les côtes romaines pour traquer les bandes de maraudeurs sarrasins.

Rome était sauve. Les Romains oscillaient entre la joie et le désespoir – joie d'être délivrés, désespoir de voir Saint-Pierre détruite. La splendide basilique, en effet, n'était plus que l'ombre d'elle-même. L'antique croix d'or qui se dressait sur la tombe de l'Apôtre avait disparu, de même que le retable d'argent byzantin offert par le grand empereur Charlemagne. Les infidèles avaient arraché les entablements d'argent des portes et les plaques d'or qui décoraient le sol. Ils étaient allés – Dieu les pourfende ! – jusqu'à emporter le maître-autel. Ne parvenant pas à déplacer le sarcophage de bronze contenant les restes du Prince des apôtres, ils l'avaient défoncé avant de profaner et de disperser les cendres sacrées.

La chrétienté tout entière était endeuillée. Les plus nobles signes du passage des siècles, jusqu'alors préservés derrière les portes inviolables du plus ancien et du plus grand des sanctuaires chrétiens, étaient anéantis. D'innombrables générations de pèlerins, parmi lesquels on comptait les plus grands princes du monde, s'étaient humblement prosternées sur ces dalles sacrées. Les dépouilles de dizaines de pontifes reposaient entre ces murs. L'Occident ne possédait aucun lieu plus saint. Et cependant, ce sanctuaire de la Vraie Foi, que ni les Goths, ni les Vandales, ni les Grecs, ni les Lombards n'avaient osé bafouer, était tombé aux mains d'une horde de brigands venus d'Afrique.

Serge endossa la culpabilité de ce désastre. Il se retira dans ses appartements, refusant de voir quiconque à l'exception de Jeanne et de ses plus proches conseillers. Et il se remit à boire, vidant coupe sur coupe d'épais vin toscan jusqu'à sombrer dans un oubli total.

Ses beuveries eurent l'effet habituel : sa goutte revint, plus violente que jamais. Pour soulager sa douleur, il buvait encore. Il dormait de plus en plus mal. Nuit après nuit, il s'éveillait en hurlant, tourmenté par des cauchemars dans lesquels il recevait la visite vengeresse du spectre de son frère. Jeanne en vint à redouter que son cœur déjà affaibli ne supportât pas ce fardeau supplémentaire.

– N'oubliez pas la pénitence à laquelle vous êtes soumis, lui répétait-elle.

– Aucune importance, répondait le pape, découragé. Je n'attends plus rien du ciel. Dieu m'a abandonné.

– Ne vous reprochez pas en vain ce qui s'est passé. Il est des catastrophes que nul pouvoir mortel ne saurait ni prévenir ni guérir.

– L'âme de mon frère assassiné me harcèle, disait Serge en secouant la tête. J'ai péché, et cela est mon châtiment.

– Si vous refusez de penser à votre bien-être, pensez au moins à celui du peuple de Rome ! Il a plus que jamais besoin d'être consolé et guidé par vous.

Elle tenait ce langage pour lui rendre un peu de courage, mais la vérité était différente. Le peuple en voulait à Serge. L'arrivée des Sarrasins avait été annoncée assez tôt, entendait-on un peu partout, pour laisser au pape le temps de transporter les saintes reliques en lieu sûr. Sa confiance en la protection divine, objet à l'époque d'universelles louanges, était désormais considérée par tous comme le triste résultat d'un orgueil mal placé.

– *Mea culpa*, geignait le pape. *Mea maxima culpa*.

Jeanne avait beau le raisonner, le gronder et le cajoler, tout cela était vain. La santé de Serge se détériora rapidement. Elle fit de son mieux pour le sauver, mais cela ne servit à rien. Il n'avait plus le goût de vivre.

Son agonie dura longtemps. Bien après que sa raison l'eut quitté et qu'il eut sombré dans l'inconscience, le corps de Serge s'accrocha à ce bas monde, comme s'il rechignait à libérer son ultime étincelle. Un matin gris, il mourut, si discrètement que personne ne s'en aperçut de prime abord.

Jeanne le pleura sincèrement. Peut-être n'avait-il pas été l'homme – et encore moins le pape – qu'il aurait dû être. Mais elle connaissait mieux que personne les terribles démons qu'il avait affrontés, et à quel point il s'était débattu pour leur échapper. Qu'il eût perdu l'ultime bataille ne rendait pas sa lutte moins honorable.

Il fut enterré dans la basilique en ruine auprès de ses illustres prédécesseurs, à l'occasion d'une cérémonie dont la modestie frisa le scandale. Le deuil officiel fut à peine observé, car tous les regards romains étaient résolument tournés vers l'avenir – c'est-à-dire vers l'élection d'un nouveau pontife.

Fuyant les vents mordants du mois de janvier, Anastase pénétra dans la douce chaleur du palais ancestral de sa famille. C'était le plus glorieux édifice de Rome, à l'exception bien sûr du Latran, et Anastase le regardait avec une fierté bien compréhensible. Le plafond à voûtes de la grande salle, haut comme deux étages, était entièrement construit en pur marbre blanc de Ravenne. Ses murs étaient peints de fresques aux vives couleurs représentant des scènes inspirées de la vie des ancêtres de la famille. L'une d'elles montrait un consul discourant devant le Sénat ; une autre, un général sur un noir destrier, passant ses troupes en revue ; une troisième, un cardinal en train de recevoir le pallium des mains du grand pape Adrien. Un panneau entier de mur avait été laissé en blanc, dans l'attente du jour si longtemps espéré où la famille accéderait enfin à l'honneur suprême : la montée sur le siège apostolique de l'un des siens.

D'habitude, la grande salle était le théâtre d'une vibrante activité. Mais ce jour-là, à l'exception de la présence de l'intendant, elle était déserte. Afin d'éviter les déploiements de déférence de celui-ci – Anastase n'avait jamais de temps à perdre avec les subalternes –, il se rendit d'un pas pressé à la chambre de son père. À pareille heure, Arsène aurait normalement dû se trouver dans la grande salle, à deviser de stratégies politiques avec les notables de la ville. Mais depuis le mois précédent, une fièvre violente le maintenait cloué sur sa couche, privé de sa légendaire énergie.

– Mon fils, te voici, murmura Arsène en se redressant sur son lit à l'entrée d'Anastase.

Il était frêle et livide. Le spectacle de la déchéance croissante de son père emplit le cœur d'Anastase d'une curieuse sensation de vigueur et de jeunesse.

– Père, fit-il, ouvrant les bras.

Les deux hommes s'étreignirent avec chaleur.

– Quelles sont les nouvelles ? s'enquit Arsène.

– L'élection est prévue pour demain.

– Dieu soit loué !

Ce n'était, bien sûr, qu'une façon de parler. Bien qu'ayant officiellement reçu le titre prestigieux d'évêque d'Orte, Arsène n'avait pas été ordonné et ne se souciait guère de religion. Sa nomination était uniquement le fait de la reconnaissance politique de la formidable influence qu'il exerçait sur la ville.

– Il est plus que temps qu'un de mes fils monte sur le trône de saint Pierre !

– Hélas, ce dénouement n'est plus aussi certain que nous le pensions, Père.

– Que veux-tu dire ?

– Le soutien de Lothaire risque de ne pas suffire. Son peu d'empressement à défendre Rome face aux Sarrasins lui a valu de nombreuses hostilités. Le peuple se demande pourquoi il devrait se prosterner devant un empereur qui ne fait rien pour le protéger. L'idée de l'indépendance de Rome par rapport au trône franc fait son chemin dans les esprits.

Arsène réfléchit un instant avant de déclarer :

– Renie Lothaire.

Anastase, bouche bée, fixa son père. L'esprit de ce dernier, naguère si vif, donnait à l'évidence des signes de décrépitude.

– En faisant cela, objecta prudemment Anastase, je perdrais le soutien du parti impérial, sur lequel reposent tous nos espoirs.

– Pas du tout. Tu iras trouver ses membres, et tu leur expliqueras que si tu agis ainsi, c'est par stricte nécessité politique. Promets-leur que, quoi que tu sois amené à dire, tu resteras l'homme de l'empereur, et n'omets pas d'ajouter que tu as bien l'intention de le prouver juste après ton élection en leur accordant de généreuses nominations et de fructueux bénéfices.

– Lothaire m'en voudra à mort.

– Une fois que tu seras élu, cela n'aura plus guère d'importance. Nous organiserons ton sacre juste après l'élection, sans attendre la ratification impériale. Les circonstances étant ce qu'elles sont, nul n'osera protester, car Rome ne peut rester sans gouvernement un jour de plus que le strict nécessaire alors que les Sarrasins nous menacent. Quand Lothaire apprendra ce qui s'est passé, tu seras pape et évêque de Rome, et il ne pourra rien y changer.

Admiratif, Anastase hocha la tête. Son père avait pris sur-le-champ la mesure de la situation. Le vieux renard pouvait bien grisonner, il n'avait rien perdu de sa finesse.

Arsène tendit à son fils une longue clé de fer.

– Puise dans les coffres autant d'or qu'il en faudra pour acheter le soutien de ces gens-là. Sans cette maudite fièvre, crois-moi, je m'en chargerais moi-même !

Anastase serra entre ses doigts le puissant symbole de pouvoir que venait de lui confier son père.

– Reposez-vous, Père. Je m'occupe de tout.

Arsène le retint par la manche.

– Sois prudent, mon fils. Nous jouons là un jeu dangereux. J'espère que tu te souviens de ce qui est arrivé à ton oncle Théodore ?

S'il s'en souvenait ! Le meurtre de son oncle, en plein palais du Latran, avait marqué un tournant dans son enfance. L'ignoble rictus de Théodore, après que les hommes de la garde pontificale lui eurent crevé les yeux, demeurerait à jamais gravé dans sa mémoire.

– Je serai prudent, Père. Faites-moi confiance.

– C'est bien mon intention, souffla Arsène.

Ad te, Domine, levavi animam meam... Agenouillée sur le sol de pierre de la chapelle privée du Latran, Jeanne priait. Mais en dépit de sa ferveur, elle ne parvenait pas à s'élever dans la lumière de la grâce, comme si ses racines mortelles la maintenaient fermement arrimée à la terre.

Elle aimait Gerold. À quoi bon nier l'évidence ? Lorsqu'elle l'avait vu chevaucher vers la cité, à la tête des Bénéventins, son être tout entier avait vibré d'une étrange émotion.

À trente-trois ans, elle n'avait aucun ami. Les contraintes de son imposture ne lui avaient jamais permis de laisser qui que ce fût l'approcher de trop près. Elle avait vécu jusqu'ici une existence de ruse et de mensonge.

Était-ce pour cette raison que Dieu la privait de sa grâce ? Attendait-il qu'elle abandonnât son déguisement pour vivre la vie de femme pour laquelle elle était née ?

La mort de Serge l'avait relevée de son obligation de rester à Rome. Le prochain pape serait Anastase, et elle n'avait pas sa place dans son entourage immédiat.

Elle avait trop longtemps ignoré ses sentiments envers Gerold. Quel soulagement cela serait de se laisser aller, et de suivre enfin les injonctions de son cœur plutôt que celles de son cerveau !

Que se passerait-il quand Gerold et elle se reverraient ? Elle ne put réprimer un sourire en imaginant la joie de ce moment.

Tout était possible à présent. Tout pouvait arriver.

À midi, le jour de l'élection, une multitude s'était rassemblée sur le champ de foire qui s'ouvrait au sud-ouest du Latran. Selon une coutume ancestrale, officiellement réaffirmée par la constitution de 824, tous les citoyens romains, clercs et laïcs, participaient à l'élection du pape.

Jeanne dut se hisser sur la pointe des pieds pour apercevoir l'estrade, au ras d'une mer de nuques et d'épaules. Où était Gerold ? À en croire la rumeur, il venait de rentrer de sa campagne d'un mois contre les bandes sarrasines, et il était certainement dans les parages. Une frayeur soudaine étreignit le cœur de Jeanne. Serait-il reparti pour Bénévent sans chercher à la revoir ?

La foule se fendit avec respect quand Eustathe, l'archiprêtre, Desiderius, l'archidiacre, et Pascal, le primicerius, s'avancèrent sur le champ de foire et prirent place sur l'estrade : ce triumvirat de dignitaires, selon la tradition, gouvernait la cité *sede vacante*, c'est-à-dire pendant la vacance du trône papal, dans l'intervalle entre la mort d'un pontife et l'élection de son successeur.

Eustathe invita le peuple à prononcer en chœur une courte prière.

– Notre Père qui es aux cieux, guide-nous dans notre choix de ce jour, afin que nous tranchions avec prudence et honneur, sans que la haine l'emporte sur la raison, sans que l'amitié prenne le pas sur la vérité. Au nom de la Trinité sainte et indivisible du Père, du Fils et du Saint-Esprit, amen.

Pascal prit la parole.

– Le pape Serge ayant été rappelé à Dieu, il nous incombe d'élire son successeur. Tous les Romains ici rassemblés peuvent parler et exprimer de vive voix les sentiments que le Seigneur leur a insufflés, afin que la volonté générale soit exaucée.

– Messire primicerius, s'empressa de lancer Tassilo, chef du parti impérial, un nom éclipse à l'évidence tous les autres. Je veux ici parler d'Anastase, évêque de Castellum et fils de l'illustre Arsène. Sa noble naissance, son extraordinaire érudition, son incontestable piété sont autant de qualités naturelles qui le recommandent au trône. En la personne d'Anastase, nous aurons un ardent défenseur de la foi chrétienne et de nos intérêts.

– De *tes* intérêts, tu veux dire ! railla quelqu'un, dissimulé dans la foule.

– Nullement, rétorqua Tassilo. La magnanimité d'Anastase fera de lui un véritable père pour nous tous, amis romains.

– Anastase est l'homme de l'empereur ! Nous ne voulons pas d'un pantin pour pape !

– C'est vrai ! approuvèrent plusieurs voix.

Anastase monta sur l'estrade et leva les bras en un geste grandiloquent. La foule se tut.

– Mes chers concitoyens, vous me jugez mal. La fierté de mes nobles ancêtres coule aussi intensément dans mes veines que dans les vôtres. Je ne m'agenouillerai jamais devant un suzerain franc !

– Écoutez-le ! Laissez-le parler ! crièrent ses partisans, enthousiastes.

– Où se cachait Lothaire quand l'infidèle était à nos portes ? poursuivit Anastase. En nous abandonnant à notre sort, il a renoncé au droit de s'intituler « Protecteur des territoires de saint Pierre » ! En considération du rang de Lothaire, je lui dois le respect. En considération du fait qu'il est chrétien, je lui dois la courtoisie, mais si vous me parlez de loyauté, sachez que la mienne ira d'abord et toujours à Rome, ma seule patrie !

C'était bien dit. Ses fidèles applaudirent de plus belle, rejoints cette fois par une partie de la foule. La balance de l'opinion semblait pencher du côté d'Anastase.

– Pur mensonge ! s'écria Jeanne.

Toutes les têtes se tournèrent vers elle.

– Qui parle ainsi ? interrogea Pascal, fouillant la foule du regard. Que l'accusateur s'avance !

Jeanne hésita. Elle avait protesté sans réfléchir, courroucée par l'hypocrisie d'Anastase. À présent, il était trop tard pour reculer. Elle monta hardiment à l'assaut de l'estrade.

– C'est Jean Anglicus ! lança quelqu'un.

Un murmure traversa l'assistance. Chacun avait entendu parler de la noble attitude de Jeanne sur le rempart lors de l'attaque sarrasine.

Anastase s'interposa.

– Tu n'as pas le droit de t'adresser à cette assemblée, dit-il. Tu n'es pas romain !

– Laisse-le parler ! jeta quelqu'un.

D'autres reprirent la même demande en chœur, et Anastase fut forcé de céder.

– Réitère ton accusation, Jean Anglicus, ordonna Pascal.

Jeanne inspira profondément.

– L'évêque Anastase a pactisé avec l'empereur. Je l'ai entendu promettre de rendre Rome à la couronne franque.

– Faux prêtre ! Menteur ! grondèrent les partisans d'Anastase, indignés.

Élevant le ton, elle expliqua dans quelles circonstances elle avait entendu Lothaire demander l'aide d'Anastase pour obtenir que le peuple lui prêtât allégeance, et comment Anastase y avait consenti en échange du soutien politique de Lothaire.

– C'est une accusation grave, remarqua le primicerius. Qu'as-tu à répondre, Anastase ?

– Devant Dieu, ce prêtre ment ! Heureusement, je sais que mes concitoyens ne mettront pas la parole d'un étranger au-dessus de la mienne !

– N'as-tu pas été le premier à défendre l'allégeance ? cria une voix.

– Et alors ? riposta un autre. Cela ne prouve rien !

Les huées fusèrent. Le débat s'échauffa. Selon que c'était un partisan ou un adversaire d'Anastase qui prenait la parole, la foule abondait dans un sens ou dans l'autre.

– Messire primicerius ! lança Arighis, qui jusque-là n'avait dit mot.

– Je t'écoute, vice-dominus, dit respectueusement Pascal, surpris de voir ce vieux serviteur de la maison papale se mêler d'une querelle politique. Aurais-tu quelque chose à ajouter pour contribuer au débat ?

– Oui, fit Arighis en se tournant vers la foule. Citoyens de Rome, nous ne sommes pas encore hors de danger. Quand viendra le printemps, les Sarrasins risquent fort de tenter une nouvelle attaque. Face à une telle menace, nous devons être unis. Rien ne doit nous diviser. Qui que nous choisissions, notre nouveau pape devra être quelqu'un qui suscite une approbation unanime.

Un murmure d'assentiment parcourut l'assistance.

– Cet homme existe-t-il ? demanda Pascal.

– Il existe, rétorqua Arighis. C'est un homme de vision et de foi, un puits de science et de piété : je veux parler de Léon, cardinal de l'église des Quatre-Saints-Couronnés !

Cette suggestion fut accueillie par un profond silence. Le débat autour de la candidature d'Anastase avait été si vif qu'on avait cessé d'évoquer une autre possibilité.

– Le sang de Léon est aussi noble que celui d'Anastase, reprit le vice-dominus. Son père est un membre respecté du Sénat. Il a toujours dignement rempli ses devoirs de cardinal. En outre, qui d'entre nous pourrait avoir oublié son admirable attitude lors de l'attaque sarrasine, et la façon dont il nous rendit courage ? C'est un lion de Dieu, un nouveau saint Laurent, un homme qui peut et qui va nous protéger des infidèles !

La solennité de l'occasion avait poussé Arighis à faire montre d'un déploiement d'éloquence inhabituel. Enflammés par la profondeur de sa conviction, de nombreux Romains l'acclamèrent. Les partisans du parti papal reprirent les hourras en chœur.

– Léon ! Léon ! Nous voulons Léon pour pape !

Les partisans d'Anastase s'égosillèrent à leur tour, mais l'opinion de la multitude avait visiblement basculé. Quand il devint évident que le parti impérial ne l'emporterait pas, ses membres apportèrent leur soutien au cardinal. D'une seule voix, Léon fut proclamé pape et évêque de Rome.

Porté en triomphe sur les épaules de ses compatriotes, le nouveau pontife monta sur l'estrade. C'était un homme de petite taille, mais bien charpenté et encore dans la fleur de l'âge ; la vigueur de ses traits était renforcée par ses épais cheveux bruns et par l'éclat de ses yeux, pétillants de finesse et d'humour. Solennel, Pascal se prosterna devant lui et lui baisa les pieds. Eustathe et Desiderius ne tardèrent pas à suivre son exemple.

Tous les regards se tournèrent ensuite vers Anastase. Celui-ci n'hésita qu'une fraction de seconde, avant de se contraindre à s'agenouiller. S'étendant de tout son long sur le plancher de l'estrade, il baisa les orteils du nouveau pape.

– Relève-toi, noble Anastase, fit Léon en lui tendant la main. À dater de ce jour, je te nomme cardinal de Saint-Marcel.

C'était un geste généreux. Saint-Marcel était une des plus riches paroisses de Rome. Léon venait de faire don à Anastase de l'une des meilleures sinécures de la cité sainte.

La multitude applaudit.

Malgré le goût amer de la défaite qui lui emplissait la bouche, Anastase força ses lèvres à sourire.

– *Magnus Dominus et laudibilis nimis…*

Les notes de l'introït entraient par la fenêtre et résonnaient jusque dans la petite officine où Jeanne conservait ses remèdes. La basilique Saint-Pierre étant en ruine, le sacre du nouveau pape avait lieu en ce moment au Latran.

Comme l'ensemble du clergé, Jeanne aurait dû s'y trouver pour assister à ce joyeux événement. Mais il était encore plus important pour elle de tout laisser en ordre, de mettre à sécher les herbes fraîchement cueillies et de vérifier que ses jarres et ses fioles de remèdes étaient bien remplies. Quand elle eut fini, elle inspecta du regard les étagères où s'alignaient potions, poudres et plantes médicinales – synthèse concrète de toute sa science médicale. Un pincement de cœur lui fit comprendre que sa petite officine lui manquerait.

Une voix familière s'éleva dans son dos.

– Je savais bien que je te trouverais ici, dit Gerold.

Jeanne sursauta joyeusement et se tourna vers lui. Leurs regards se rencontrèrent.

– Toi ? dit-elle à mi-voix.

– Moi.

La chaleur de l'intimité retrouvée illuminait leurs traits.

– C'est étrange, fit Gerold. J'avais presque oublié.

– Oublié ?

– Chaque fois que je te vois, je… c'est comme si je te redécouvrais entièrement.

Elle vint à lui, et ils s'étreignirent avec une infinie douceur.

– Ces choses que je t'ai dites la dernière fois que nous nous sommes vus…, commença-t-elle. Je n'avais pas l'intention de…

Gerold lui mit un doigt en travers des lèvres.

– À moi de parler le premier. Je suis seul coupable de ce qui s'est passé. J'ai eu tort de te demander de me suivre. Je le comprends maintenant. Je n'avais pas bien perçu l'étendue de ce que tu as accompli à Rome… l'étendue de ce que tu es devenue. Tu avais raison, Jeanne. Rien de ce que je puis t'offrir ne peut se comparer à ce que tu as déjà.

Sauf l'amour, songea-t-elle aussitôt. Mais elle se retint de le dire.

– Je ne veux pas te perdre de nouveau, Gerold, s'entendit-elle murmurer.

– Ce ne sera pas nécessaire, déclara-t-il. Je ne repars pas à Bénévent. Léon m'a demandé de rester à Rome. Il vient de me nommer *superista*.

Superista ! Général en chef de la milice papale ! C'était un insigne honneur : ce titre équivalait au plus haut échelon de la hiérarchie militaire de Rome.

– J'aurai du travail, poursuivit-il, beaucoup de travail. La fabuleuse richesse du trésor pillé par les Sarrasins ne fera que les inciter à revenir à la charge.

– Crois-tu qu'ils reviendront ?

– Oui.

Face à toute autre femme, Gerold aurait menti pour la rassurer. Mais Jeanne n'était pas comme les autres femmes.

– Léon aura grand besoin de notre aide, Jeanne. De la tienne comme de la mienne.

– De la mienne ? Je ne vois pas ce que je pourrais faire pour lui.

– Tu veux dire que… tu ne sais pas encore ?

– De quoi parles-tu ?

– Tu es le nouveau nomenclator.

– Quoi ?

Ce n'était pas possible. Le nomenclator – l'un des sept optimates de Rome – était le ministre de la charité chrétienne, le protecteur suprême des pupilles de la cité, des veuves et des orphelins.

– Mais… je suis une étrangère !

– Cela ne compte pas aux yeux de Léon. Il n'est pas homme à rester prisonnier d'une tradition absurde.

Une telle occasion ne se présentait qu'une fois par vie. En l'acceptant, cependant, elle renonçait définitivement à ses espoirs de vivre un jour avec Gerold. Déchirée, elle n'osa pas ouvrir la bouche.

Gerold se méprit sur la signification de son silence.

– Ne te fais aucun souci, Jeanne. Je ne te poursuivrai plus de mes demandes en mariage. Je sais que nous ne pourrons jamais vivre ensemble de cette façon. En revanche, il me sera doux de travailler de nouveau en ta compagnie, comme autrefois. Nous nous sommes toujours bien entendus, n'est-ce pas ?

Jeanne était en proie à un vertige de pensées désordonnées. Les choses se déroulaient si différemment de ce qu'elle avait prévu !

– Oui, lâcha-t-elle en un souffle. Nous nous sommes toujours bien entendus.

– *Sanctus, sanctus, sanctus*...

Par la fenêtre ouverte, les douces paroles de l'hymne sainte descendaient jusqu'à leurs oreilles. La cérémonie du sacre était terminée. Le canon de la messe commençait.

– Viens, dit Gerold, en lui tendant la main. Allons rendre hommage ensemble à notre nouveau pape.

25

Le nouveau pontife prit les rênes du pouvoir avec une ardeur juvénile qui surprit tout le monde. Du jour au lendemain, sembla-t-il, le Latran quitta son état de vieux palais poussiéreux pour devenir une ruche bourdonnante. On apercevait les notaires et les secrétaires se presser le long des galeries, les bras encombrés de rouleaux de parchemin destinés à redéfinir plans, statuts, cartulaires et bénéfices.

Le renforcement des défenses de la cité était la priorité. Sur ordre de Léon, Gerold réalisa une inspection complète des remparts, afin d'en répertorier les moindres points faibles. À partir de ses suggestions, des plans furent établis, et les travaux de restauration commencèrent sans tarder. Trois portes et quinze tours furent entièrement reconstruites. Deux nouvelles tours furent érigées en vis-à-vis sur le Tibre à hauteur de Portus, là où le fleuve pénétrait dans la ville. On décida de les relier l'une à l'autre par un réseau de lourdes chaînes de fer, qu'il suffirait de tendre au-dessus des flots pour former un obstacle infranchissable par les navires. Plus jamais les Sarrasins ne pourraient envahir Rome par voie fluviale.

Restait en suspens la délicate question de la protection de la basilique Saint-Pierre. Afin de réfléchir au problème, Léon convoqua le haut clergé et tous les optimates, Gerold et Jeanne compris.

Plusieurs suggestions furent émises : l'implantation d'une garnison permanente de la milice à proximité de la basilique, la fermeture de la place, le renforcement des portes et des fenêtres au moyen de barres de fer…

Léon les entendit sans enthousiasme.

– De telles mesures permettront tout au plus de retarder l'invasion, dit-il. Elles ne suffiront pas à l'éviter.

– Permettez-moi de vous faire remarquer, Votre Sainteté, dit Anastase, qu'un gain de temps de cet ordre représenterait un avantage capital. Si nous sommes en mesure de contenir les barbares jusqu'à l'arrivée des troupes de l'empereur…

– À supposer qu'elles arrivent, remarqua Gerold.

– Il faut avoir foi en Dieu, superista, rétorqua Anastase.

– Dis plutôt foi en Lothaire. J'avoue en être dépourvu.

– Pardonne-moi, superista, reprit Anastase d'un ton exagérément onctueux, de devoir te rappeler l'évidence, mais il n'y a absolument rien d'autre que nous puissions faire pour le moment, puisque la basilique est sise hors les murs.

– Amenons-la à l'intérieur, dit Jeanne.

Anastase haussa les sourcils, sarcastique.

– Que proposes-tu, Jean Anglicus ? De déplacer la basilique pierre par pierre ?

– Non. Je suggère d'étendre les murs de Rome jusqu'à Saint-Pierre.

– Un nouveau rempart ! s'écria Léon, visiblement intrigué.

– Absolument irréalisable, maugréa Anastase. Aucun projet aussi ambitieux n'a été entrepris depuis l'époque antique.

– Il est peut-être temps d'y remédier, remarqua le pape.

– Nous ne disposons pas des fonds ! protesta Gratius, l'arcarius, c'est-à-dire le caissier pontifical. Nous aurons épuisé la totalité du trésor de Rome avant d'être parvenus à la moitié des travaux !

Léon réfléchit un instant.

– Nous lèverons un nouvel impôt, fit-il. Après tout, il est logique que chacun participe à l'érection de ce nouveau rempart, dans la mesure où il assurera la protection de tous.

Les idées se bousculaient déjà dans la tête de Gerold.

– Nous pourrions commencer la construction ici, dit-il en montrant du doigt la carte de la ville, par le château Saint-Ange, avant de poursuivre par la colline du Vatican et de contourner Saint-Pierre. Ensuite, la muraille pourrait redescendre en ligne droite jusqu'au Tibre.

Le tracé en forme de fer à cheval que venait d'esquisser le comte Gerold permettait de ceindre non seulement Saint-Pierre et les monastères et autres *diaconae* environnants, mais aussi l'ensemble du Borgo, quartier où se concentraient les nombreuses colonies saxonnes, frisonnes, franques et lombardes.

– Ce serait une nouvelle cité ! lança Léon.

– *Civitas Leonina*, proposa Jeanne. La cité Léonine.

Anastase et les autres prélats accueillirent d'un air maussade les regards extatiques échangés entre Léon, Gerold et Jeanne.

Après quelques semaines de consultation auprès des grands maîtres d'œuvre de la cité, le plan du rempart fut arrêté. Le projet était ambitieux. Fait de couches superposées de tuf et de terre, le nouveau mur se dresserait sur quarante pieds de hauteur par douze de largeur. Défendu par pas moins de quarante-quatre tours, il devait former une barrière capable de résister au plus violent des sièges.

En réponse à l'appel de Léon, des volontaires déferlèrent sur Rome, venus de toutes les bourgades et des plus lointaines campagnes du territoire pontifical. Ils s'entassèrent dans les venelles suffocantes et déjà surpeuplées du Borgo, et ne furent pas longs à mettre les ressources de la cité tout au bord de la rupture. Aussi loyaux et âpres à la besogne fussent-ils, la plupart d'entre eux étaient des ouvriers inexpérimentés et sans discipline, et canaliser toutes ces bonnes volontés ne fut pas chose facile. Ils se présentaient chaque jour sur le chantier sans savoir au juste ce qu'ils devaient faire, et l'on manquait cruellement de maçons qualifiés pour superviser leur travail. Au milieu du mois de mai, un pan de mur entier s'effondra, causant la mort de plusieurs ouvriers.

Le clergé, mené par les cardinaux de la ville, mit tout en œuvre pour pousser Léon à renoncer à son grandiose projet. L'écroulement du mur était un signe évident de la réprobation divine, avançaient-ils. L'idée dans son ensemble semblait pure folie : une structure aussi haute ne pouvait tenir debout, et quand bien même elle y parviendrait, jamais elle ne serait prête à temps pour défendre la ville contre la prochaine attaque des Sarrasins. Mieux valait concentrer les énergies du peuple sur la prière et le jeûne afin d'apaiser le divin courroux.

« Nous prierons comme si tout dépendait de Dieu, répondait inlassablement Léon, et travaillerons comme si tout dépendait de nous. »

Chaque jour, farouchement déterminé à mener son œuvre à terme, il partait à cheval vérifier l'avancement des travaux et exhorter les volontaires.

Jeanne admirait l'attitude obstinément défiante de Léon vis-à-vis des sceptiques. Radicalement différent de Serge par son caractère et son tempérament, Léon était un authentique guide spirituel, une mine d'énergie et de volonté. Mais l'admiration de Jeanne n'était pas unanime. En ville, les opinions étaient divisées entre ceux qui approuvaient la construction du mur et les contestataires du projet. Selon toute évidence, l'avenir politique de Léon allait dépendre en grande partie du succès de la construction des nouveaux remparts.

Anastase était parfaitement conscient de cette situation et de la chance qu'elle représentait. L'obsession de Léon le rendait vulnérable. Si le projet de muraille se révélait être un échec, la réprobation populaire avait toutes les chances de fournir à Anastase l'occasion qu'il attendait. Les membres du parti impérial n'auraient alors plus qu'à marcher sur le Latran, déposer le pape discrédité et installer leur candidat à sa place.

Devenu pape, Anastase s'attacherait à protéger la basilique Saint-Pierre en renouvelant et resserrant les liens de Rome avec le trône franc. Les armées de Lothaire seraient mieux à même de défendre Rome contre les assauts des infidèles que la muraille impraticable de Léon.

Cependant, il convenait d'agir avec prudence. Mieux valait ne pas s'opposer ouvertement au pontife, du moins tant que le peuple attendait le résultat de son audacieuse entreprise.

La sagesse recommandait de soutenir Léon publiquement, tout en s'efforçant de saboter discrètement son projet. À cette fin, Anastase avait d'ores et déjà œuvré pour provoquer l'écroulement d'un pan du rempart. La chose s'était faite sans difficulté : quelques-uns de ses hommes de main s'étaient nuitamment introduits sur le chantier pour saper les fondations du mur. Hélas, l'accident n'avait pas eu le retentissement escompté. À l'évidence, il fallait prendre des mesures plus énergiques et susciter un désastre de proportions suffisantes pour interrompre l'ensemble du projet, et ce une bonne fois pour toutes.

L'esprit d'Anastase cherchait tous les moyens de frapper. Cette fois encore, ses méditations étant demeurées stériles, il sentit gonfler au creux de sa gorge une vague de frustration. Si seulement il disposait d'une main de Titan pour arracher d'un seul geste le mur à ses fondations et le jeter tout entier dans les flammes de l'enfer !

Les flammes de l'enfer...

Anastase se raidit, le regard illuminé par une idée.

Jeanne mit quelque temps à s'éveiller ce matin-là. Ses yeux hébétés errèrent un long moment sur la configuration inconnue des poutres du plafond. Tout à coup, la mémoire lui revint : elle n'était plus dans un dortoir, mais dans ses appartements privés – un privilège dû à son haut rang de nomenclator. Gerold disposait lui aussi d'appartements au Latran, mais il n'y avait plus dormi depuis plusieurs semaines, préférant être hébergé à la Schola Francorum, en plein Borgo, afin d'être au plus près du chantier.

Jeanne ne le voyait plus guère qu'à distance, chevauchant entre les échafaudages ou en grande discussion avec quelque maître d'œuvre, penché sur un plan. Leurs échanges se bornaient à de brefs regards. Et pourtant, le cœur de Jeanne bondissait chaque fois qu'elle l'apercevait. *Ce corps de femme me trahit*, se disait-elle. Avec beaucoup de mal, elle concentra son attention sur les tâches et les devoirs qui l'attendaient.

La clarté de l'aube s'insinuait déjà par la fenêtre. Elle sursauta, s'apercevant qu'elle avait trop dormi. Elle devrait se hâter pour ne pas être en retard à sa réunion avec le patron de l'hospice Saint-Michel.

En se levant d'un bond, elle se rendit compte que la lumière qui pénétrait dans sa chambre ne pouvait être celle de l'aube, car elle donnait sur l'ouest.

Elle courut à la fenêtre. Par-delà la forme noire de la colline du Palatin, à l'autre bout de la ville, plusieurs langues de lumière orangée s'étiraient dans le ciel sans lune.

Des flammes. En provenance du Borgo.

Sans prendre le temps d'enfiler ses sandales, Jeanne s'élança dans la galerie.

– Au feu ! Au feu ! cria-t-elle. Au feu !

Les portes s'ouvrirent sur des visages ahuris tandis que les gens se répandaient dans le couloir. Arighis vint vers elle, les yeux gonflés de sommeil.

– Que se passe-t-il ? bougonna-t-il.

– Le Borgo brûle !

– *Deus, juva nos !* lâcha le vice-dominus en se signant. Je vais réveiller Sa Sainteté !

Et il s'éloigna sans perdre un instant en direction de la chambre papale. Jeanne dévala le grand escalier et franchit les portes du palais. Malgré les nombreux oratoires, monastères et presbytères qui cernaient le Latran, elle n'eut aucune peine à comprendre que l'incendie était en plein essor : le ciel tout entier était maintenant envahi d'un sinistre flamboiement.

D'autres la rejoignirent. Ils tombèrent à genoux, gémissant et implorant la clémence de Dieu et de saint Pierre. Le pape Léon parut enfin, tête nue et vêtu d'une simple tunique.

– Convoque la garde, ordonna-t-il à un chambellan. Réveille les palefreniers, et dis-leur d'apprêter sur-le-champ toutes les montures disponibles.

On amena les chevaux, fort irrités d'avoir été arrachés au confort de l'écurie à pareille heure. Léon enfourcha le premier de la file sous le regard médusé d'Arighis.

– Vous… vous n'avez pas l'intention de vous rendre sur place, Votre Sainteté ? demanda le vice-dominus.

– Si fait, répondit Léon, empoignant les rênes.

– Votre Sainteté, je proteste ! C'est trop dangereux. Ne serait-il pas plus sage que vous restiez pour dire une messe ?

– On prie aussi bien à l'air libre, Arighis. Écarte-toi !

Le vice-dominus s'exécuta à contrecœur. Léon éperonna son cheval et s'élança dans la rue sombre, presque aussitôt suivi de Jeanne et de plusieurs dizaines de cavaliers. Avec une grimace de dépit, Arighis choisit à son tour une monture. Bien qu'il fût piètre cavalier, sa place était au côté du pape. Léon avait sans nul doute pris une décision imprudente, mais il était de son devoir de l'accompagner.

Le cortège se mit au galop. La lueur des torches caressait follement les murs, et les ombres des cavaliers se poursuivaient mutuellement dans les ruelles obscures, tels des spectres saisis de démence. À l'approche du Borgo, l'âcre puanteur de la fumée leur envahit les narines, et un monstrueux grondement s'éleva, semblable au rugissement de mille bêtes fauves. Au détour d'une rue, le brasier leur apparut.

Ils se crurent précipités dans les profondeurs de l'enfer. Le quartier entier brûlait, enveloppé d'un ondulant suaire de feu. Dans un halo rougeâtre, les bâtiments de bois se tordaient sous la morsure des flammes. De-ci de-là, des ombres humaines couraient en tous sens comme des âmes damnées.

Les chevaux hennirent et renâclèrent, secouant la tête. Un prêtre, surgi de la fumée, courut vers le groupe de cavaliers, le visage maculé de sueur et de suie.

– Votre Sainteté ! Loué soit le Seigneur, vous voici !

Jeanne sut aussitôt, à son accent et à sa mise, qu'il était franc.

– Est-ce grave ? demanda brusquement Léon.

– C'est effroyable, rétorqua le prêtre, l'Hadrianum est détruit, de même que l'hospice de Saint-Pérégrin. Les colonies étrangères sont parties en fumée – la Schola Saxonum n'existe plus, comme du reste son église. Presque tous les bâtiments de la Schola Francorum sont en flammes. C'est un miracle si j'en suis sorti vivant.

– As-tu vu Gerold ? l'interrogea Jeanne.

Le prêtre secoua la tête.

– Le superista ? Il dormait à l'étage, avec les maçons. Je doute qu'un seul d'entre eux ait réussi à s'échapper. La fumée et le feu se sont répandus trop vite.

– Et les survivants ? s'enquit Léon. Où sont-ils ?

– La plupart se sont rassemblés à Saint-Pierre. Mais l'incendie progresse partout. Si on ne l'arrête pas, la basilique elle-même sera bientôt la proie des flammes !

Léon lui tendit une main.

– Monte en croupe. Nous nous y rendons de ce pas.

Un instant plus tard, le cortège de cavaliers repartit en direction de Saint-Pierre.

Jeanne ne suivit pas le mouvement. Une idée l'obsédait : retrouver Gerold.

La ligne de feu se dressait, infranchissable, devant elle. Elle la longea jusqu'à déboucher sur un carrefour de rues calcinées, où tout était en ruine. Les flammes avaient déjà fait leur office. Elle s'engagea dans celle qui menait à la Schola Francorum.

Des foyers épars crépitaient toujours de part et d'autre, et la fumée allait s'épaississant. Malgré la peur qui lui serrait le ventre, Jeanne s'exhorta à aller de l'avant. Plusieurs fois, son cheval se cabra. Elle lui talonna les flancs, cria, frappa, et il finit par repartir. Ils traversèrent un paysage d'apocalypse – arbres ratatinés, squelettes de maisons, corps noircis de malheureux rattrapés dans leur fuite. Aucun être vivant ne pouvait avoir survécu à un tel holocauste.

Tout à coup, les contours incertains d'un édifice surgirent devant elle. La Schola Francorum ! Si l'église et les bâtiments annexes n'étaient plus qu'un monceau de cendres, la résidence principale, par miracle, tenait encore debout.

Un regain d'espoir accéléra les battements de son cœur. Gerold avait peut-être survécu. Peut-être était-il encore à l'intérieur, blessé et attendant d'être secouru.

Le cheval s'arrêta net et refusa de faire un pas de plus. Elle le pressa du talon. Il se cabra sauvagement et l'éjecta de sa selle. Dès qu'il fut débarrassé de sa cavalière, il s'enfuit au galop.

Elle resta un moment au sol, à demi assommée. Un cadavre humain gisait près d'elle, noir et luisant comme l'obsidienne, le dos tordu en un horrible spasme d'agonie. Avec un haut-le-cœur, elle se leva, courut vers la schola. Elle devait coûte que coûte retrouver Gerold. Rien d'autre ne comptait.

La résidence était encerclée de brandons fumants. Ils se déposaient sur le sol, sur sa robe, dans ses cheveux, flottaient dans l'air en un suffocant nuage. Les charbons brûlants mordaient ses pieds nus. Mais il était bien trop tard pour regretter de ne pas avoir chaussé ses sandales.

Les portes de la schola se découpèrent juste devant elle, à quelques toises.

– Gerold ! hurla-t-elle. Où es-tu ?

Sauvage et indomptable comme le vent qui le fouettait, le feu changea de direction, faisant tomber une pluie de braises sur le toit de bardeaux, déjà sec comme de l'amadou. Un instant plus tard, le bâtiment entier s'embrasa.

Jeanne sentit ses cheveux se hérisser sur sa nuque. Les flammes dardaient vers elle leurs langues brûlantes.

– Gerold ! s'écria-t-elle encore, reculant d'un pas.

Gerold s'était couché fort tard, après avoir minutieusement étudié ses plans. Quand il avait enfin soufflé sa chandelle, il était tellement fourbu qu'il avait sombré sur-le-champ dans un sommeil sans rêves.

Il fut réveillé par l'odeur âcre de la fumée. Intrigué, il se leva. Sa première inspiration lui brûla les poumons avec une telle force qu'il tomba à genoux en hoquetant. *Un incendie*, se dit-il. *Mais d'où vient-il* ? L'épaisse fumée l'empêchait de voir à dix pas, quelle que fût la direction.

Des cris d'enfants retentirent tout près. Gerold rampa dans leur direction. Deux visages épouvantés vinrent à sa rencontre dans les ténèbres – un garçon et une fillette, âgés de quatre ou cinq ans. Ils s'accrochèrent à lui en pleurant à chaudes larmes.

– Tout ira bien, leur dit-il avec une assurance qu'il était loin d'éprouver. Nous serons bientôt tirés d'affaire. Avez-vous déjà joué au cheval et au cavalier ?

Les yeux écarquillés, les gamins hochèrent la tête.

– Bien. Montez, et accrochez-vous. Nous partons à cheval.

Il aida d'abord la fillette à se mettre à califourchon sur son dos, puis le garçon, et s'ébranla à quatre pattes, soufflant sous le poids de son vivant fardeau. La fumée était de plus en plus épaisse. À force d'entendre les enfants tousser et hoqueter, Gerold fut saisi d'une peur sourde. La plupart des victimes d'incendie mouraient asphyxiées, sans même avoir été effleurées par les flammes.

Il constata tout à coup qu'il avait perdu ses repères. Ses yeux fouillèrent en vain l'obscurité : il était impossible de distinguer la porte dans la fumée opaque.

– Gerold ! hurla une voix quelque part dans les ténèbres.

La tête au ras du sol pour trouver un filet d'air, il rampa vers elle à l'aveuglette.

Devant les murs de Saint-Pierre, les rescapés livraient aux flammes une féroce bataille. Une foule hétéroclite s'était peu à peu rassemblée pour défendre la basilique. On trouvait là des moines en robe noire du monastère de Saint-Jean voisin ; leurs frères encapuchonnés de l'abbaye grecque de Saint-Cyrille ; des diacres, des prêtres, des enfants de chœur ; des filles de joie et des mendiants ;

des hommes, des femmes, des enfants de toutes les colonies du Borgo – Saxons, Lombards, Anglais, Frisons et Francs. Hélas, les efforts de ces groupes disparates, déployés dans un manque total de coordination, étaient pour une bonne part inefficaces. Dans un chaos indescriptible, on se disputait les récipients permettant d'aller puiser de l'eau aux citernes et puits voisins. Une fontaine était cernée par une multitude grondante, tandis qu'une autre semblait entièrement oubliée. Vociférant dans plusieurs langues, les gens se bousculaient pour remplir leurs seaux. Les jarres se heurtaient et se brisaient, répandant sur le sol leur précieux liquide. Dans la confusion ambiante, la poulie d'un puits fut brisée. Pour continuer à en tirer de l'eau, la seule manière était de descendre le long des parois et de se passer les seaux de main en main, un procédé si laborieux qu'il fut très vite abandonné.

– Au fleuve ! Au fleuve ! crièrent des voix.

Et une foule hurlante descendit vers le Tibre. Dans leur précipitation, beaucoup partirent les mains vides, pour s'apercevoir à leur arrivée sur la berge qu'ils n'avaient rien pour rapporter de l'eau. D'autres s'embarrassaient de jarres énormes qui, une fois pleines, étaient trop lourdes pour leurs forces. À mi-pente, ils les vidaient à demi, pleurant de rage et de frustration.

Au milieu de ce chaos, Léon restait planté devant les portes de Saint-Pierre, aussi solide et indéboulonnable que les moellons de la glorieuse basilique. Sa présence réconfortait les cœurs. Aussi longtemps que le pape était présent, tout n'était pas perdu et il y avait de l'espoir. Aussi continua-t-on de combattre les flammes qui s'avançaient comme une marée inexorable, repoussant pied à pied les valeureux pompiers de Saint-Pierre.

Sur la droite de la basilique, la bibliothèque du monastère de Saint-Martin prit feu. Mille fragments de parchemin enflammés s'échappèrent de ses fenêtres ouvertes et, portés par le vent, s'abattirent en pluie sur le toit de Saint-Pierre.

Effaré, Arighis tira avec insistance sur la manche du pape.

– Votre Sainteté, je vous en supplie, il faut partir pendant qu'il en est encore temps !

Léon l'ignora et poursuivit sa prière.

Je vais appeler la garde, se dit Arighis. *Il ne me reste plus qu'à le faire emmener de force.* Sa qualité de vicedominus l'y autorisait. Mais il hésitait encore, torturé par l'impossibilité de prendre une décision. Avait-il le droit de défier la volonté de l'Apôtre suprême, même pour lui sauver la vie ?

Arighis repéra la menace imminente avant tout le monde. Tel un immense serpent de feu, un grand pan de nappe d'autel venait de s'échapper des entrailles fumantes du monastère. Le vent s'en empara et en fit une flèche ardente, dirigée droit sur Léon.

Arighis se jeta sur le pontife et le repoussa sur le côté, mais lui-même n'eut pas le temps de s'écarter. La nappe enflammée le gifla en plein visage. Elle lui brûla les yeux et s'enroula autour de son corps comme un flamboyant linceul. En un instant, ses vêtements et ses cheveux prirent feu.

Aveuglé et rendu sourd par les flammes, le vicedominus dévala les marches de la cathédrale jusqu'à ce que ses jambes se dérobent et qu'il tombe à terre. Dans un sursaut de conscience, Arighis comprit qu'il vivait le moment sacrificiel vers lequel sa vie entière avait tendu.

– Jésus-Christ ! trouva-t-il la force de hurler au moment où une douleur indicible lui transperçait le cœur.

Le nuage de fumée s'éclaircit imperceptiblement, et Gerold entraperçut la porte ouverte, droit devant lui. Sur le seuil, la silhouette de Jeanne oscillait dans l'air torride.

Un halo d'or pâle irradiait de sa chevelure. Gerold prit les enfants dans ses bras, se releva et marcha vers la porte.

Jeanne le vit émerger des ténèbres et courut à lui. Elle l'aida à reposer à terre ses protégés sanglotants et les serra tout contre elle en fixant son ami. Incapable de parler ou de se mouvoir, il titubait.

– Dieu merci, se contenta-t-elle de murmurer.

Mais le message muet qui illuminait son regard en disait beaucoup plus long.

Ayant confié les deux enfants à un groupe de nonnes, ils se hâtèrent de rejoindre la basilique, où la désorganisation des défenseurs de Saint-Pierre sauta aux yeux de Gerold.

Il prit sur-le-champ le commandement des opérations en ordonnant aux hommes de mettre en place un coupe-feu : on arracha les buissons, on ramassa les moindres brindilles et tout ce qui était susceptible de brûler, on arrosa la terre.

Les brandons pleuvaient toujours sur la basilique. Jeanne prit un seau d'eau des mains d'un moine et monta sur le toit. D'autres l'imitèrent : un, deux, puis quatre, puis dix, qui formèrent une chaîne humaine pour passer les seaux, les vider, les repasser, les remplir, les repasser, les vider, les repasser, les remplir encore… On trimait épaule contre épaule, en grimaçant sous l'effort, vêtements et visages souillés de suie, bouches ouvertes pour trouver un souffle d'air dans la chaleur suffocante.

Au pied de la basilique, le feu se rapprochait sans cesse, et l'herbe noircissait à la première caresse des flammes. Gerold et ses hommes luttaient désespérément pour élargir leur coupe-feu.

Sur les marches du parvis, Léon dessina un nouveau signe de croix et leva son visage implorant vers le ciel.

– Seigneur Dieu, pria-t-il, entends nos cris sans tarder !

L'incendie venait d'atteindre le coupe-feu. Les flammes se tordirent et se ramassèrent, comme pour franchir d'un bond la terre nue. Gerold et les siens ripostèrent à grand renfort de seaux d'eau. Après une sorte d'hésitation, le feu battit en retraite avec de puissants sifflements de colère, recula encore, et finit par se consumer lui-même.

La basilique était sauvée.

Jeanne sentit couler sur ses joues des larmes bienfaisantes.

Après l'incendie, les premiers jours furent consacrés à enterrer les morts, du moins ceux dont les corps avaient été retrouvés. La fournaise avait réduit de nombreuses victimes à des tas d'os et de cendres.

Arighis, comme il seyait à sa haute position, fut inhumé au terme d'une messe funèbre au Latran, dans une crypte attenante à la petite chapelle où reposaient déjà les souverains pontifes Grégoire et Serge.

Jeanne le pleura sincèrement. Même si Arighis et elle ne s'étaient pas toujours bien entendus, surtout dans les premiers temps, ils avaient fini par se respecter l'un l'autre. Elle appréciait à sa juste valeur la discrète efficacité du vice-dominus, sa connaissance inégalable des moindres détails des rouages complexes du fonctionnement du Latran, et même la fierté distante avec laquelle il s'acquittait des devoirs de sa charge. Il n'était que justice qu'il reposât désormais pour l'éternité auprès des saints-pères, qu'il avait toujours servis avec une dévotion totale.

Après l'observance du deuil officiel, le triste bilan des dommages commença. Si le mur léonin, où le foyer semblait s'être déclaré, n'avait subi que des dégâts mineurs, le Borgo était aux trois quarts détruit. Les colonies et les églises étrangères n'étaient plus que ruines.

Dans ces conditions, le fait que la basilique Saint-Pierre avait été épargnée tenait du prodige – et l'on s'empressa de crier au miracle. Le pape Léon, disait-on, avait repoussé le feu en se signant face aux flammes dévorantes. Cette version des faits fut avidement reprise par le peuple de Rome, lequel avait plus que jamais besoin de croire que son Dieu vénéré ne s'était pas retourné contre lui.

Le miracle accompli par Léon, attesté avec ferveur par toutes sortes de témoins, permit aux Romains de retrouver la foi. Et le nombre des témoins ne cessa de s'accroître chaque jour, au point qu'il parut bientôt évident que la cité entière avait lutté pour Saint-Pierre en cette fatale matinée.

Les critiques qui pesaient sur le pape furent balayées. Léon était un héros, un prophète, une vivante incarnation de l'esprit de saint Pierre. Le peuple se réjouissait de l'avoir pour guide, car un pontife capable de tels miracles devait également avoir le pouvoir de protéger Rome des Sarrasins.

Cependant, cette allégresse n'était pas universellement partagée. Lorsque la nouvelle du miracle parvint à l'église Saint-Marcel, ses portes furent immédiatement fermées. Les baptêmes furent reportés, les audiences annulées sans préavis. Les curieux s'entendirent répondre que le cardinal Anastase était victime d'une soudaine indisposition.

Jeanne travaillait jour et nuit à distribuer vêtements, remèdes et autres produits de première nécessité aux hospices et aux maisons de charité de la ville. Les infirmeries croulaient sous les blessés, et le nombre de médecins étant cruellement insuffisant, elle leur prêtait main-forte partout où la chose était possible. Pour certains, brûlés et noircis jusqu'à l'os, il n'y avait plus rien à faire, hormis leur administrer des décoctions de pavot, de mandragore et d'herbe aux poules afin d'adoucir leur agonie. D'autres étaient défigurés par d'horribles plaies, susceptibles de s'infecter. Jeanne leur appliquait des cataplasmes de miel et d'aloès, bien connus pour leur action sur les brûlures. D'autres encore, épargnés par les flammes, souffraient d'avoir inhalé de trop grandes quantités de fumée. Ceux-là étaient plongés dans un abîme de tourments, car ils se débattaient pour survivre chaque fois qu'ils prenaient une courte inspiration.

Ébranlée par l'effet cumulé de tant d'horreurs et de morts, Jeanne connaissait une nouvelle crise spirituelle. Comment un Dieu bienveillant avait-il pu laisser un tel désastre se produire ? Comment se pouvait-il qu'il eût châtié aussi cruellement des nourrissons forcément vierges de tout péché ?

L'ombre de ses vieux doutes s'abattit de nouveau sur son cœur troublé.

Un matin, alors qu'elle était en conciliabule avec Léon pour obtenir l'ouverture des portes des entrepôts pontificaux aux victimes de l'incendie, Waldipert, le nouveau vice-dominus, entra dans la salle du conseil sans avoir été annoncé. C'était un être osseux, de haute taille, dont la peau pâle et les cheveux jaunes trahissaient l'ascendance lombarde. Jeanne ne s'était pas encore habituée à voir cet étranger dans le costume officiel d'Arighis.

– Votre Sainteté, annonça Waldipert, je dois vous informer que deux citoyens sollicitent une audience immédiate.

– Qu'ils attendent, répondit Léon, agacé. J'entendrai leur requête tout à l'heure.

– Je vous demande pardon, Votre Sainteté, mais je crois que vous devriez prêter l'oreille à ce qu'ils ont à dire.

Léon haussa les sourcils. Ce langage eût-il été tenu par Arighis, il se serait rallié à son avis sur-le-champ, car le jugement de celui-ci était connu pour être entièrement digne de foi. Waldipert, lui, débutait dans ses fonctions.

Il connaissait mal les limites de son pouvoir, et risquait de présumer de sa propre importance.

Après une hésitation, le pape décida néanmoins de lui accorder le bénéfice du doute.

– Soit, dit-il. Fais-les entrer.

Waldipert se retira avec une révérence, et revint quelques instants plus tard en compagnie d'un prêtre et d'un adolescent. Le prêtre, trapu, avait le teint sombre. D'emblée, Jeanne reconnut en lui un des nombreux ecclésiastiques anonymes qui œuvraient pour la parole de Dieu dans l'obscure pauvreté des humbles paroisses de Rome. À en juger par sa mise, le garçon qui l'accompagnait devait appartenir à quelque ordre mineur – peut-être était-il lecteur, ou acolyte. C'était un adolescent avenant et bien bâti, de quinze ou seize ans, dont les grands yeux naturellement rieurs étaient pour l'heure obscurcis par un voile de chagrin.

Les nouveaux venus se prosternèrent devant le pontife.

– Relevez-vous, ordonna Léon. Dites-nous sans tarder ce qui vous amène.

Le prêtre prit la parole.

– Je m'appelle Paul, Votre Sainteté, et je suis prêtre de Saint-Laurent in Damaso, par la grâce de Dieu et par la vôtre. Cet enfant, Dominique, s'est présenté à la chapelle tout à l'heure et m'a demandé à être reçu en confession auriculaire, service que je me suis empressé de lui rendre. Mais ce qu'il m'a appris m'a tellement choqué que je vous l'ai amené pour qu'il vous le répète lui-même.

Léon fronça les sourcils.

– Le secret des confessions de cette nature ne doit en aucun cas être violé, observa-t-il.

– Votre Sainteté, ce garçon est ici de son plein gré, car il se trouve dans une profonde détresse d'âme.

Léon se tourna vers Dominique.

– Est-ce la vérité, mon fils ? Parle honnêtement, car il n'y a nulle honte à refuser de répéter les secrets du confessionnal.

– Je vais parler, Très Saint Père, fit l'adolescent d'une voix tremblante. Il le faut, pour le salut de mon âme !

– Fais donc, mon fils.

Les yeux de Dominique se noyèrent de larmes.

– Je ne savais pas, Très Saint Père ! s'exclama-t-il. Sur les saintes reliques, je jure que je ne me doutais pas de ce qui allait se passer ! Sinon, jamais je ne l'aurais fait !

– Fait quoi, mon fils ?

– Allumé l'incendie, bégaya l'adolescent en sombrant dans un violent accès de sanglots.

Un silence stupéfait s'abattit sur la salle.

– Tu as allumé l'incendie du Borgo ? demanda Léon à mi-voix.

– Oui… Dieu me pardonne !

– Pourquoi as-tu fait une chose pareille ?

Dans un effort désespéré pour redevenir maître de lui, le garçon déglutit bruyamment.

– Il… il m'a expliqué que la construction de ce mur était un grand mal pour la cité – que l'argent et le temps gaspillés auraient dû être consacrés à restaurer les églises et à soulager la misère du peuple.

– Il ? répéta Léon. Quelqu'un t'aurait-il ordonné d'allumer cet incendie ?

Dominique hocha la tête.

– Qui ?

– Monseigneur Anastase. Très Saint Père, le cardinal devait être habité par le diable quand il m'a tenu ces propos, car il a parlé de manière si convaincante que tout ce qu'il m'a dit m'a paru juste et bon.

Un nouveau silence suivit.

– Prends garde à ce que tu affirmes, mon garçon, dit le pape d'un air grave. Es-tu certain que c'est Anastase qui t'a ordonné d'agir ainsi ?

– Oui, Très Saint Père. Initialement, il s'agissait seulement de mettre le feu aux échafaudages du nouveau mur. Dieu sait si la chose a été facile : il m'a suffi de tremper quelques morceaux de charpie dans un peu d'huile de lampe, de les entasser au pied de l'échafaudage, puis de les allumer. Dans un premier temps, le feu est resté circonscrit au rempart, comme l'avait prédit monseigneur le cardinal. Mais tout à coup, le vent s'est levé, et… et…

Il se laissa tomber à genoux.

– Mon Dieu ! gémit-il. Tout ce sang innocent versé ! Jamais je ne referais une chose pareille, même si mille cardinaux me l'ordonnaient ! Je ne puis vivre avec le souvenir de mon crime, ajouta-t-il, levant sur le pape un visage baigné de larmes. Aidez-moi, Très Saint Père, je vous en supplie ! Prononcez votre pénitence ! Je suis prêt à affronter la mort, n'importe quelle mort, aussi terrible soit-elle, pour racheter mon âme !

Jeanne le regardait fixement, partagée entre l'horreur et la pitié. À l'évidence, il fallait ajouter la corruption du cœur de ce jeune homme à la longue liste des méfaits d'Anastase. Cet être simple et sans malice n'était pas fait pour commettre un tel crime, ni pour garder sur sa conscience un poids aussi lourd.

Léon posa une main sur la tête de Dominique.

– Nous avons déjà eu assez de morts, mon fils. Quel profit tirerait le monde si la tienne venait s'ajouter à la liste ? Non, Dominique, je te condamne non à la mort, mais à la vie – à une vie d'expiation. À partir d'aujourd'hui, tu es banni de Rome. Tu partiras en pèlerinage à Jérusalem, où tu auras l'occasion de prier devant le Saint-Sépulcre pour implorer le divin pardon.

L'adolescent leva sur le pape des yeux éberlués.

– Est-ce tout ?

– La voie de l'expiation n'est jamais facile, mon fils. Le voyage te paraîtra bien assez ardu.

Le pape disait vrai, songea Jeanne au souvenir de son propre pèlerinage vers Rome. Dominique devrait désormais vivre loin de son pays natal, séparé de sa famille, de ses amis, et de tout ce qu'il connaissait. Sur la route de Jérusalem, il allait affronter d'innombrables dangers – les montagnes abruptes et les gorges perfides, les chemins infestés de bandits, la faim, la soif, et mille autres périls.

– Consacre ta vie au service désintéressé de tes frères, enchaîna Léon. En toute chose, conduis-toi de façon que tes bonnes actions puissent un jour contrebalancer l'immense péché que tu viens de commettre.

Dominique se jeta de nouveau à terre et baisa l'ourlet de la robe pontificale. Puis il se leva, pâle et résolu, les traits transfigurés comme sous l'effet d'une révélation divine.

– Ma vie vous appartient, Très Saint Père. Je ferai tout ce que vous venez de m'ordonner. Je le jure, par le corps et par le sang de Jésus-Christ notre Sauveur !

Léon le bénit.

– Va en paix, mon fils.

Dominique se retira, accompagné du prêtre.

– Le cardinal Anastase est issu d'une puissante famille, déclara gravement le pape. Nous devrons donc agir en stricte conformité avec la loi. Je m'en vais rédiger une assignation détaillant les charges retenues contre lui. Viens avec moi, Jean. Il se peut que j'aie besoin de ton aide. Quant à toi, Waldipert…

– Oui, Votre Sainteté ?

Léon le gratifia d'un hochement de tête approbateur.

– Je te félicite. Tu as fait preuve de clairvoyance.

– Tu as bien fait de m'apporter sans tarder cette nouvelle, vice-dominus, dit Arsène. Laisse-moi te témoigner ma gratitude.

Il était en conférence secrète avec Waldipert dans une chambre retirée de son immense palais. Celui-ci venait d'achever le récit de la rencontre entre le pape Léon et le jeune Dominique.

Arsène ouvrit un petit coffre de bronze posé sur la table, y puisa vingt sous d'or et les tendit à Waldipert, qui empocha le tout prestement.

– Je suis heureux d'avoir pu vous rendre service, monseigneur, répondit le vice-dominus avec une ébauche de révérence.

Sans perdre un instant, il tourna les talons et s'en fut. Arsène ne lui tint pas rigueur de ce départ précipité. Il était impératif pour le vice-dominus de regagner le Latran avant que son absence ne fût remarquée.

Arsène se félicita d'avoir décelé en Waldipert, des années auparavant, un jeune homme plein d'avenir, alors qu'il n'était que chambellan. S'adjuger sa loyauté au fil des ans lui avait coûté cher. Mais à présent que Waldipert était vice-dominus, cet investissement allait enfin porter ses fruits.

Arsène sonna un valet.

– Cours à l'église Saint-Marcel et somme mon fils de venir sur-le-champ.

À l'annonce de la nouvelle, Anastase se laissa lourdement tomber dans un fauteuil, face à son père. Humilié jusqu'au plus profond de son être, il se maudit intérieurement.

– Comment aurais-je pu me douter que cet imbécile parlerait ? lâcha-t-il, visiblement sur la défensive. En me trahissant, il s'est condamné lui-même.

– Tu as commis l'erreur de lui laisser la vie sauve, lâcha Arsène d'un ton distrait. Tu aurais dû lui faire trancher la gorge sitôt son forfait commis. Mais ce qui est fait est fait. Réfléchissons plutôt à l'avenir.

– À l'avenir ? fit Anastase. Quel avenir ?

– Le désespoir est permis aux faibles, mon fils, pas aux hommes de notre trempe.

– Mais que puis-je faire ? Ma situation est plus que compromise !

– Tu dois quitter Rome. Ce soir. Tout de suite.

Le monde s'écroulait.

– Mon Dieu ! s'écria Anastase en se couvrant le visage de ses mains.

– Il suffit ! lâcha Arsène, sévère. Rappelle-toi qui tu es et ce que tu représentes.

Anastase se redressa quelque peu et fit un effort pour se maîtriser.

– Tu iras à Aix, commanda son père. À la cour impériale.

Anastase le regarda fixement. La peur vertigineuse qui lui étreignait le cœur l'empêchait de penser.

– Mais, Père… Lothaire sait que je l'ai dénoncé lors de l'élection.

– Et il sait également pourquoi tu as été contraint de le faire. L'homme est assez habile pour comprendre les contingences politiques. Crois-tu qu'il aurait réussi, sans cette qualité, à déposséder son père et ses frères du trône impérial ? Et, surtout, il a besoin d'or.

Arsène souleva une grosse bourse de cuir posée sur la table et la tendit à Anastase.

– Si le plumage impérial est encore froissé, voilà de quoi aider à le lisser.

Anastase considéra la bourse d'un air lugubre. *Faudra-t-il vraiment que je quitte Rome ?* L'idée de vivre en exil jusqu'à la fin de ses jours au sein d'une tribu de barbares l'emplissait de dégoût. *Autant mourir tout de suite.*

– Considère cela comme une chance, poursuivit son père. Tu auras l'occasion de lier des amitiés extrêmement puissantes à la cour de l'empereur. Elles te seront fort utiles quand tu seras pape.

Quand je serai pape... Ces mots traversèrent laborieusement l'épais brouillard jeté sur toutes choses par le désespoir d'Anastase. Son exil n'était donc peut-être pas définitif.

– Je veillerai sur tes intérêts, n'aie crainte, ajouta Arsène. Le vent de l'opinion ne soufflera pas éternellement en faveur de Léon. Cette vague-là finira par s'essouffler, puis par se retirer. Je t'enverrai chercher dès que je jugerai le temps venu.

La profonde nausée qui s'était emparée d'Anastase reflua peu à peu. Son père n'avait pas abandonné tout espoir. Il lui restait une chance.

– Je t'ai trouvé une escorte, dit sèchement Arsène. Douze de mes meilleurs hommes t'accompagneront en terre franque. Suis-moi, je te conduis aux écuries.

Les douze gardes étaient en selle et prêts à partir. Chacun d'eux était armé d'un glaive, d'une pique et d'une masse. Anastase ne manquerait pas de protection en chemin. Sa monture l'attendait, piaffant d'impatience – un animal aussi puissant qu'intrépide, qu'Anastase reconnut pour être l'étalon favori de son père.

– Il reste deux ou trois heures de jour, dit Arsène. C'est amplement suffisant pour vous permettre de prendre une solide avance. Les gens du pape ne viendront pas aujourd'hui. Rien ne leur permet de penser que tu soupçonnes quelque chose, et Léon prendra sûrement soin de rédiger une assignation officielle avant de te faire mettre aux arrêts. Ils ne te rechercheront pas avant demain matin, et ils commenceront par Saint-Marcel. Quand ils auront l'idée de venir ici, tu seras loin.

Anastase sentit monter en lui une bouffée d'inquiétude.

– Et vous, Père ?

– Ils n'ont aucune raison de me soupçonner. De toute façon, s'ils tentent de m'interroger à ton sujet, ils s'apercevront bien vite que c'est un loup qu'ils viennent d'attraper par la queue.

Le père et le fils se donnèrent l'accolade.

Est-il possible que tout cela arrive réellement ? se demanda Anastase, toujours sous le choc. Les choses allaient trop vite pour son entendement.

– Dieu soit avec toi, mon fils.

– Et avec vous, Père.

Anastase tourna les talons, enfourcha son cheval et l'éperonna sans tarder, afin que son père n'aperçût pas les larmes qui brillaient dans ses yeux. Peu après avoir franchi les portes du palais, il se retourna pour jeter un dernier regard derrière lui. Le soleil déclinant projetait des ombres grandissantes sur les douces pentes des collines romaines et teintait d'or les ruines majestueuses du Forum et du Colisée.

Rome ! Tout ce pour quoi il avait toujours œuvré, tout ce qui comptait à ses yeux reposait au sein de ces remparts sacrés.

Son dernier coup d'œil fut pour son père – au visage peiné mais résolu, aussi paisible et rassurant que le rocher de Saint-Pierre.

– *Membrum putridum et insanibile, ferro excommunicationis a corpore Ecclesiae abscidamus...*

Dans la sombre fraîcheur de la basilique du Latran, Jeanne écouta le pape Léon prononcer les terribles paroles qui allaient à jamais jeter Anastase hors du giron de la sainte mère Église. Elle ne fut pas sans remarquer que Léon s'était borné à prononcer une excommunication mineure, par laquelle le condamné se voyait interdire d'administrer ou de recevoir les sacrements (sauf l'extrême-onction, dont nulle âme ne pouvait être privée), mais non pas d'entretenir le moindre commerce avec ses frères chrétiens. *Léon a le cœur charitable*, se dit-elle.

Tout le clergé de Rome assistait à cette cérémonie solennelle, de même que toute la parentèle d'Anastase ; Arsène lui-même était présent, ne voulant pas mettre en péril son titre d'évêque d'Orte par une vaine manifestation publique d'opposition. Léon soupçonnait naturellement Arsène d'être complice de la fuite de son fils, mais n'avait aucune preuve pour étayer cette accusation et aucun autre motif de plainte contre lui, car ce n'était certainement pas un crime que d'être le père d'un condamné.

Au moment où le cierge représentant l'âme d'Anastase fut renversé, tête en bas, puis enfoncé en terre pour être éteint, Jeanne fut prise d'un singulier accès de tristesse. *C'est un tragique gâchis*, se dit-elle. Un esprit aussi brillant que celui d'Anastase aurait pu faire le plus grand bien à l'Église si son cœur n'avait été corrompu par une dévorante ambition.

26

La construction du mur léonin, ainsi qu'on l'appelait désormais, progressait à grands pas. L'incendie allumé pour le détruire était loin d'avoir atteint son but : l'échafaudage de bois avait entièrement brûlé, et l'un des remparts ouest était noirci, mais les dégâts s'arrêtaient là. Les divers obstacles qui ralentissaient la bonne marche du projet depuis l'origine s'évanouirent comme par enchantement. Les travaux continuèrent à un train soutenu tout au long de l'hiver et du printemps, car le climat resta constamment clément, caractérisé par des journées fraîches, ensoleillées, et sans une goutte de pluie. Des pierres de taille de la meilleure qualité affluaient régulièrement des carrières, et les manœuvres venus des campagnes environnantes besognaient sans relâche, dans une joyeuse harmonie.

À la Pentecôte, le mur atteignait déjà la hauteur d'homme. Plus personne n'aurait songé à traiter le projet de folie. Plus personne ne se plaignait du temps et de l'or investis. Les gens de Rome étaient de plus en plus fiers de leur chantier, dont la formidable échelle rappelait les heures glorieuses de l'Empire, quand de tels prodiges architecturaux étaient la règle, et non l'exception. Une fois achevé, le rempart constituerait une barrière monumentale, si puissante que les Sarrasins eux-mêmes seraient impuissants à l'abattre ou à la franchir.

Cependant, le temps passait. Aux calendes de juillet, un messager arriva en ville, porteur d'une effroyable nouvelle : une flotte sarrasine était en train de se former à Totarium, petite île située au large des côtes orientales de la Sardaigne. Une nouvelle attaque contre Rome se préparait.

À la différence de Serge, qui s'était exclusivement fié au pouvoir de la prière pour sauver la cité, Léon opta pour une riposte plus agressive. Il envoya sur-le-champ un héraut à Naples, grande cité maritime, pour armer une flotte capable d'affronter l'ennemi sur mer.

L'idée était audacieuse – et comportait des risques. Officiellement, et malgré son indépendance de fait, le duché de Naples devait allégeance à Constantinople. Le duc accepterait-il de voler au secours de la cité sainte ? Ou sauterait-il sur l'occasion pour s'allier aux Sarrasins et s'abattre sur Rome au nom de l'Empire romain d'Orient ? Le plan de Léon ne manquait pas de dangers. Mais avait-il le choix ?

Pendant dix jours, la ville demeura dans l'expectative. Quand enfin la flotte napolitaine se présenta à Porto, aux bouches du Tibre, Léon s'empressa de partir à sa rencontre, escorté par une imposante suite de miliciens en armes placée sous les ordres de Gerold.

L'anxiété des Romains ne se dissipa qu'à l'instant où César, le commandant de la flotte, se prosterna devant le pape et lui baisa humblement les pieds. Avec un soulagement dont il ne laissa rien paraître, Léon lui donna sa bénédiction et lui confia solennellement la garde des saintes dépouilles des apôtres Pierre et Paul.

Rome avait survécu au premier coup de dés du destin. Son avenir tout entier allait se jouer au second.

Le lendemain matin, en effet, la flotte sarrasine fut en vue. Ses voiles triangulaires étranglèrent l'horizon comme des serres d'aigle. Jeanne entreprit de compter les vaisseaux au fur et à mesure de leur apparition. Cinquante, cinquante-trois, cinquante-sept… Il en venait encore. Quatre-vingts, quatre-vingt-dix, et la flotte grossissait toujours. Où donc les infidèles avaient-ils trouvé tant de navires ? Cent, cent dix, cent vingt… Les Napolitains ne disposaient que de soixante et une galères. En les ajoutant aux six birèmes romaines en état de naviguer, on obtenait un total de soixante-sept vaisseaux, soit deux fois moins que l'ennemi !

Debout sur le parvis de l'église, Léon conduisait la prière du peuple de Porto.

– Ô Seigneur Dieu, Toi qui sauvas Pierre de la noyade quand il dut marcher sur les vagues, Toi qui arrachas Paul au gouffre de la mer, entends notre prière. Donne aux armes de tes fidèles serviteurs le pouvoir de vaincre et de repousser les ennemis de ton Église, afin que grâce à leur victoire ton nom puisse être glorifié dans toutes les nations !

– Amen ! répondit un chœur vibrant de poitrines.

Depuis le pont du navire amiral, César lança un ordre. Les Napolitains s'arc-boutèrent aussitôt à leurs rames, muscles bandés. Pendant un bref instant, les lourdes birèmes parurent rester en suspens sur l'eau. Puis elles se mirent en branle avec de grands gémissements.

Les deux rangées de rames superposées se soulevaient et replongeaient en cadence, scintillantes comme des joyaux. Le vent gonfla les voiles, et les birèmes partirent vers le large, en fendant l'onde turquoise de leur étrave bardée de fer.

Les navires sarrasins changèrent de cap pour venir à leur rencontre. Mais avant que les deux flottes ennemies aient pu se défier, un formidable grondement de tonnerre salua l'arrivée d'une tempête. Le ciel s'obscurcit, envahi de nuages noirs. Les lourdes galères napolitaines battirent en retraite et réussirent à se mettre en lieu sûr. Mais les vaisseaux sarrasins, le franc-bord abaissé pour être plus rapides au combat, étaient bien trop légers pour résister à la tourmente. Ils se mirent à rouler et à tanguer sur les vagues de plus en plus grosses, ballottés comme des morceaux d'écorce, s'entre-éventrant de leurs éperons de fer.

Bon nombre d'entre eux cinglèrent vers la côte, mais à peine eurent-ils touché terre qu'ils furent abordés. Stimulés par la violente colère qui suit toujours la terreur, les Romains massacrèrent leurs équipages sans merci, les traînant à terre et les pendant haut et court sous les gibets improvisés qu'ils venaient de dresser le long du rivage. Témoins de l'infortune de leurs frères, les autres vaisseaux infidèles repartirent vers le large, où ils furent brisés comme fétus de paille par des lames gigantesques et rugissantes.

Jeanne observa Léon. Il se tenait toujours devant l'église, bras levés, visage tourné vers le ciel en signe de gratitude. On eût dit un saint touché par la présence divine.

Peut-être est-il vraiment capable de miracles, se dit-elle en s'agenouillant respectueusement devant lui.

– Victoire ! Victoire à Ostie !

La merveilleuse nouvelle se répandit dans les rues de Rome. Les Romains sortirent de leurs maisons, les portes des entrepôts pontificaux furent ouvertes, le vin coula à flots. Pendant trois jours, la ville se livra à une formidable beuverie de triomphe.

Cinq cents Sarrasins furent promenés dans Rome, au milieu d'une foule goguenarde et hostile. Bon nombre d'entre eux furent lapidés ou battus à mort en chemin. Les survivants, trois cents environ, furent enchaînés et conduits dans un camp de la plaine de Néron, où on les condamna à travailler sur le chantier du mur léonin.

Avec cet apport de bras, le rempart s'éleva rapidement. En trois ans, ce chef-d'œuvre d'architecture fut achevé. C'était la plus extraordinaire construction réalisée à Rome depuis quatre siècles. L'ensemble du Vatican était désormais protégé par un rempart épais de douze pieds et haut de quarante, défendu par quarante-quatre tours massives. Il disposait de deux chemins de ronde superposés. Le chemin inférieur était soutenu par un alignement de gracieuses arcades. Trois portes donnaient accès à la ville : la Posterula Sant'Angeli, la Posterula Saxonum – ainsi nommée parce qu'elle s'ouvrait sur le quartier saxon – et la Posterula San Peregrinus, porte principale, par laquelle les futures générations de rois et de princes seraient appelées à passer pour se recueillir sur le tombeau de saint Pierre.

Aussi remarquable fût-il, ce rempart n'était que le premier d'une série d'ambitieux projets nourris par Léon pour la cité sainte. Fermement décidé à « restaurer tous les lieux saints », le pape s'engagea dans une vaste entreprise de rénovation. Le son des enclumes résonnait jour et nuit d'un bout à l'autre de la ville au gré des travaux, qui se déplaçaient d'église en église. La basilique saxonne, incendiée, fut entièrement reconstruite, ainsi que l'église frisonne San Michele et que la paroisse des Quatre-Saints-Couronnés, dont Léon avait été le cardinal.

Et surtout, le pape entreprit de restaurer Saint-Pierre. Brûlé, noirci, le portique fut intégralement refait ; les portes de la basilique, dépouillées de leur orfèvrerie par les Sarrasins, furent ornées d'éclatantes plaques d'argent, sur lesquelles les plus célèbres épisodes de l'histoire sainte furent gravés avec une stupéfiante précision. Le fabuleux trésor ravi par les infidèles ne tarda pas à être remplacé : le maître-autel reçut un nouvel habillage d'or et d'argent et fut surmonté d'un crucifix d'or massif incrusté de perles, d'émeraudes et de diamants ; un ciboire d'argent lourd de mille livres fut monté sur quatre grandes colonnes du plus pur travertin, décorées de lis sculptés. L'autel fut éclairé par des suspensions à chaînes d'argent garnies de boules d'or, dont la mouvante lumière caressait une éblouissante profusion de calices truffés de pierreries, de lutrins d'argent ouvragé, de riches tapisseries et de tentures de soie. La majestueuse basilique rayonnait de nouveau, d'une splendeur capable d'éclipser sa magnificence passée.

Jeanne finit par s'inquiéter au spectacle des flots d'or qui s'échappaient des coffres pontificaux. Sans nul doute, Léon avait recréé un sanctuaire dont la beauté imposait le respect. Mais la majorité des gens qui vivaient à proximité de ce fabuleux spectacle connaissaient une misère brutale et dégradante. En fondant la plus petite des plaques d'argent de Saint-Pierre pour en faire des pièces de monnaie, on aurait pu nourrir et vêtir la population entière du champ de Mars pendant toute une année. Le culte du Seigneur méritait-il un tel sacrifice ?

Gerold était le seul être au monde devant lequel elle fût capable de formuler une aussi dangereuse question. Quand elle le fit, celui-ci réfléchit un moment avant de répondre :

– J'ai déjà entendu affirmer que la beauté d'un sanctuaire apporte aux fidèles une autre sorte d'aliment – celui de l'âme, et non celui des corps.

– N'est-il pas difficile de distinguer la voix de Dieu sous les grondements d'un estomac vide ?

Attendri, Gerold secoua la tête.

– Tu n'as pas changé, Jeanne. Te rappelles-tu le fameux jour où tu demandas à Odo comment il pouvait être si sûr de la réalité de la Résurrection, puisqu'on n'en connaissait aucun témoin ?

– Je m'en souviens. Je me souviens aussi de la façon dont il m'a répondu, ajouta-t-elle en montrant la cicatrice qui lui traversait la paume.

– Quand j'ai vu ta blessure, j'ai eu envie de le rouer de coups. Et crois-moi, je l'aurais fait si je n'avais su que cela ne ferait qu'aggraver la situation.

– Tu as toujours voulu jouer les protecteurs, remarqua Jeanne en souriant.

– Quant à toi, tu as toujours eu une âme d'hérétique.

Il n'y avait qu'entre eux qu'ils pouvaient se parler aussi librement, débarrassés des entraves ordinaires du monde. C'était une des caractéristiques de la complicité qui les avait unis dès l'origine.

Gerold posa sur Jeanne un regard tendre, qui la troubla comme l'eût fait une caresse. Mais elle était désormais rompue à l'art de dissimuler ses sentiments, et désigna les rouleaux de parchemin entassés sur la table qui les séparait.

– Je dois étudier ces requêtes et recevoir leurs auteurs, dit-elle vivement.

– N'est-ce pas la tâche de Léon ?

– Il m'a priée de m'en charger à sa place.

Depuis quelque temps, Léon avait tendance à déléguer à Jeanne une part croissante de ses obligations quotidiennes afin de se consacrer à ses projets de reconstruction. Elle était ainsi devenue son ambassadeur auprès du peuple, et commençait à être si célèbre en ville, où on la voyait partout multipliant les devoirs de charité, qu'on avait fini par l'affubler du surnom de « petit pape » en lui témoignant un peu de l'affection portée à Léon lui-même.

Tandis qu'elle tendait le bras vers les parchemins, la main de Gerold effleura ses doigts. Elle les retira vivement, comme si elle venait de se brûler.

– Je… je dois partir, bredouilla-t-elle.

Et elle fut immensément soulagée, quoiqu'un peu déçue, de constater qu'il ne la suivait point.

Rehaussée par le succès du mur léonin et la rénovation de Saint-Pierre, la popularité de Léon, qu'on appelait désormais *Restaurator urbis*, c'est-à-dire le Restaurateur de la cité, ne faisait que croître. On le décrivait comme un nouvel Hadrien, un nouvel Aurélien. La foule l'acclamait. Rome résonnait partout de l'écho de ses louanges.

Partout, sauf dans les entrailles d'un palais de la colline du Palatin, où Arsène attendait avec une impatience grandissante le jour où il pourrait rappeler Anastase.

Rien ne se passait comme prévu. Il était impossible de renverser le pape, comme Arsène l'avait espéré dans un premier temps, et les chances de voir son trône laissé vacant par le biais d'un trépas bienvenu étaient plus que minces : plein de vigueur et de santé, Léon semblait, hélas, promis à une vie quasi éternelle.

Par ailleurs, la famille venait de subir un nouveau coup du sort. Éleuthère, le second fils d'Arsène, avait trouvé la mort la semaine précédente. Il chevauchait tranquillement sur la via Recta quand un stupide verrat s'était fourré dans les jambes de sa monture : le cheval avait trébuché, et Éleuthère était tombé, s'entaillant la cuisse. Dans un premier temps, nul ne s'était inquiété, car sa blessure était superficielle. Mais l'infortune appelant l'infortune, la plaie s'était infectée. Arsène avait aussitôt mandé Ennodius. Celui-ci avait saigné son fils avec abondance, mais sans résultat. Éleuthère était mort en deux jours. Arsène ordonna que fût retrouvé le propriétaire du cochon. Dès que ce fut fait, le malheureux eut la gorge tranchée d'une oreille à l'autre. Mais cette vengeance n'apporta à Arsène qu'une bien maigre consolation et, surtout, elle ne lui rendit pas Éleuthère.

Le père et le fils n'avaient jamais débordé d'amour l'un pour l'autre. Éleuthère était le parfait contraire d'Anastase : indolent, paresseux et indiscipliné, il avait toujours refusé l'éducation religieuse que voulait lui donner Arsène, préférant les bonheurs plus immédiats d'une existence laïque – les femmes, le vin, le jeu, et toutes les formes de débauche.

Si Arsène pleurait Éleuthère, ce n'était pas pour ce qu'il avait été ou pour ce qu'il aurait pu devenir si on lui en avait laissé le temps, mais pour ce qu'il représentait : une seconde branche de l'arbre dynastique, capable, si nécessaire, de donner quelque fruit prometteur.

Depuis des siècles, la famille d'Arsène était la première de Rome. Elle descendait directement de l'empereur Auguste. Et cependant, ce glorieux héritage était terni par l'ombre de l'échec, car aucun de ses membres n'avait jamais accédé à la récompense suprême : le trône de saint Pierre. Combien d'hommes de rang inférieur y avaient pris place ! Et avec quel tragique résultat ! Rome, jadis la merveille du monde, avait sombré dans une décadence honteuse. Les Byzantins la raillaient ouvertement, vantant par contraste la splendeur de Constantinople. Qui mieux qu'un membre de la famille d'Arsène, noble héritière d'Auguste, pouvait restituer sa grandeur perdue à la cité sainte ?

Après la mort d'Éleuthère, Anastase était le dernier de la lignée – l'ultime chance pour la famille d'Arsène de retrouver son honneur et celui de Rome.

Or, Anastase avait été banni.

Comme il l'eût fait d'une cape encombrante, Arsène se débarrassa brusquement de l'ombre de désespoir qui planait sur lui. La vraie grandeur ne guettait pas les occasions. Elle les créait. Pour régner, il fallait être prêt à payer le prix du pouvoir, aussi élevé fût-il.

Ce fut pendant une messe, le jour de la Saint-Jean, que Jeanne remarqua pour la première fois que le pape était souffrant. Il reçut les offrandes d'une main tremblante et écorcha de façon inhabituelle les paroles du *Nobis quoque peccatoribus*.

Lorsqu'elle l'interrogea, un peu plus tard, il écarta ses inquiétudes d'un revers de main, mettant ses symptômes sur le compte de la chaleur ou d'une indigestion.

Mais le lendemain, le pontife n'allait pas mieux, ni le jour suivant, ni le surlendemain. Il souffrait de migraines constantes et se plaignait de brûlures aux mains et aux pieds. Chaque jour, il s'affaiblissait un peu plus. Chaque jour, il devait déployer de plus grands efforts pour quitter son lit. Jeanne, de plus en plus inquiète, essaya tous les remèdes connus pour leur capacité à combattre les fièvres rampantes, mais rien n'y fit. Léon continuait de glisser lentement vers la mort.

Les voix du chœur s'élevèrent, tonitruantes, pour chanter le Te Deum, hymne finale de la messe. Anastase s'efforça de ne pas grimacer. Jamais il ne s'était accoutumé aux chants francs, dont les accents brutaux et inconnus lui écorchaient les oreilles comme un croassement de corneilles. Au souvenir des pures et délicates harmonies du chant romain, il fut pris d'une nouvelle bouffée de mélancolie.

Non qu'il perdît son temps à Aix. Suivant à la lettre les instructions paternelles, Anastase s'était mis en devoir d'obtenir le soutien de l'empereur. Il avait commencé par courtiser les amis et les proches de Lothaire, se rendant notamment agréable à Ermengard, son épouse. Il avait déployé mille efforts pour flatter et cajoler la noblesse franque, qu'il impressionnait par sa connaissance des Écritures, et encore davantage par sa maîtrise du grec – un talent des plus rares. Ermengard et ses amis ayant intercédé en sa faveur auprès de l'empereur, Anastase avait fini par être de nouveau admis en présence du souverain. Les doutes et les rancœurs de Lothaire semblaient oubliés. Le fils d'Arsène jouissait à nouveau de la confiance impériale.

J'ai accompli tout ce que me demandait Père, et davantage encore. Quand serai-je récompensé de mes efforts ? Par moments, Anastase redoutait de devoir se morfondre jusqu'à son dernier souffle au tréfonds de cette contrée barbare, lointaine et glacée.

Après la messe, de retour à ses appartements, il découvrit qu'une missive venait d'arriver pour lui. Ayant reconnu l'écriture de son père, il en trancha avidement le sceau. Dès la lecture des premières lignes, un cri d'exultation s'échappa de ses lèvres.

« Le temps est venu d'accomplir ton destin, écrivait Arsène. Reviens. »

Léon gisait sur le flanc, genoux repliés, mis à la torture par de violentes douleurs d'estomac. Jeanne venait de préparer une potion émolliente à base de blancs d'œufs battus dans du lait sucré, à laquelle elle avait ajouté un peu de fenouil pour ses vertus carminatives. Elle le regarda boire.

– C'est bon, murmura-t-il en reposant le bol.

Elle attendit pour s'assurer qu'il ne vomirait pas. Rien ne se produisit, et le pontife dormit plus paisiblement qu'il ne l'avait fait depuis plusieurs semaines. Lorsqu'il se réveilla, plusieurs heures plus tard, il se sentait mieux.

Jeanne décida de le nourrir exclusivement de cette potion pendant quelque temps.

Waldipert protesta.

– Il est bien trop faible ! N'a-t-il pas besoin d'aliments plus substantiels pour reprendre des forces ?

– Le traitement semble lui réussir, objecta Jeanne avec fermeté. Je veux qu'il ne prenne rien d'autre.

– Comme tu voudras, nomenclator, concéda Waldipert, ébranlé par tant de détermination.

Pendant toute une semaine, l'état de Léon ne cessa de s'améliorer. Ses douleurs disparurent, ses couleurs revinrent, et il paraissait même retrouver un peu de son ancienne énergie. Quand Jeanne lui apporta son bol de potion, un soir, le pape jeta sur la mixture laiteuse un regard désabusé.

– Et si je mangeais plutôt un pâté de viande ?

– Vous retrouvez votre appétit, Votre Sainteté, et c'est bon signe. Mais il vaut mieux ne pas précipiter les choses. Je reviendrai demain matin. Si vous avez encore faim, vous serez autorisé à boire un peu de potage aux herbes.

– Tyran, fit le pontife.

Elle sourit. Comme il était doux de le voir de nouveau d'humeur espiègle !

Le lendemain matin à l'aube, elle constata que Léon avait rechuté. Incapable de répondre à ses questions, il gémissait de douleur.

Elle s'empressa de confectionner une nouvelle dose de potion émolliente. Ce faisant, son regard tomba sur une assiette vide, posée sur la table de chevet, qui contenait quelques miettes.

– Qu'est ceci ? demanda-t-elle à Renaud, le jeune chambellan particulier du pape.

– Ce sont les restes du pâté de viande que vous lui avez fait servir, répondit l'adolescent.

– Je ne lui ai rien fait servir.

– Mais… messire, le vice-dominus m'a bien précisé que vous l'aviez expressément ordonné.

À force de considérer Léon, toujours tordu de douleur sur son lit, Jeanne sentit un horrible soupçon naître en elle.

– Vite, fais venir le superista et la garde ! s'écria-t-elle. Que personne ne laisse Waldipert quitter le palais !

Le chambellan hésita un instant, puis s'en alla à grandes enjambées.

D'une main tremblante, Jeanne prépara un puissant vomitif à base de moutarde et de racine de sureau, qu'elle réussit à glisser avec une cuiller entre les mâchoires crispées du pape. Quelques instants plus tard, celui-ci fut secoué d'un spasme violent. Son corps tout entier se contracta, mais il ne réussit à vomir qu'un filet de bile verdâtre.

Trop tard. Le poison a déjà quitté son estomac. Il a déjà entamé son œuvre de mort. Léon étouffait.

Que pouvait-elle faire d'autre ?

Sur ordre de Gerold, les moindres recoins du palais furent fouillés. Waldipert resta introuvable. Sans tarder, le vice-dominus fut déclaré criminel et fugitif, et une grande battue fut instituée en ville et dans la campagne environnante. Hélas, elle ne donna aucun résultat. Waldipert s'était volatilisé.

Les recherches étaient sur le point de cesser lorsqu'on le retrouva enfin. Il flottait entre deux eaux sur le Tibre, la gorge tranchée d'une oreille à l'autre, les traits figés en une grimace de surprise.

Le haut clergé et les plus grands dignitaires laïcs de Rome étaient rassemblés dans la chambre papale. Ils se tenaient les uns contre les autres au pied du lit, comme s'ils espéraient par ce contact se réconforter mutuellement.

Les lampes à huile de pavot brûlaient tout doucement dans leurs torchères d'argent. Dès la première lueur de l'aube, le doyen des chambellans les éteignit afin de ne rien perdre de leur précieuse substance. Ce simple geste domestique avait quelque chose d'incongru dans de telles circonstances.

Jeanne avait longtemps cru que Léon ne tiendrait pas jusqu'au matin. Depuis des heures, il ne réagissait plus ni à la voix ni au toucher. Depuis des heures, son souffle répétait le même enchaînement inexorable : suivant un horrible crescendo, il devenait régulièrement plus sonore, au point de s'affoler tout à fait, puis s'interrompait soudain. Un silence interminable s'ensuivait, au cours duquel personne n'osait respirer. Enfin, l'effrayant cycle recommençait.

Un léger froissement d'étoffe attira l'attention de Jeanne. À l'autre bout de la chambre, Eustathe, l'archiprêtre, pleurait en silence, pressant une manche de sa robe contre sa bouche pour étouffer le son de ses sanglots.

À cet instant, Léon lâcha un soupir, long, bruyant, rauque, puis ce fut le silence, un silence qui se prolongea, encore et encore. Jeanne se pencha sur lui. Toute vie avait disparu des traits du pape. Elle lui ferma les yeux et tomba à genoux au pied du lit.

Eustathe poussa un grand cri de lamentation. Les prélats et les optimates s'agenouillèrent pour prier. Pascal, le primicerius, se signa, puis se retira pour annoncer la triste nouvelle à ceux qui attendaient à l'extérieur de la chambre.

Léon, pontife suprême, serviteur des serviteurs de Dieu, chef de l'Église universelle et évêque du Siège apostolique de Rome, n'était plus.

Au-delà des murs du Latran, les premiers pleurs s'élevèrent.

La dépouille pontificale fut exposée à Saint-Pierre, devant l'autel d'un nouvel oratoire dédié à sa mémoire. Les funérailles ne tardaient guère en cette époque de l'année, car, quel que fût le degré de sainteté de l'âme qui l'avait habité, aucun corps ne résistait longtemps à la vermine dans les chaleurs du mois de juillet romain.

Peu après l'enterrement, le triumvirat qui gouvernait Rome par intérim proclama qu'une nouvelle élection se tiendrait dans les trois jours. Avec Lothaire au nord, les Sarrasins au sud, et entre les deux les Lombards et les Byzantins, la situation était trop précaire pour qu'on pût se permettre de laisser plus longtemps vacant le trône de Pierre.

C'est trop tôt, songea Arsène, fort dépité, en apprenant la nouvelle. *Cette élection vient trop tôt. Anastase ne sera pas de retour à temps.* Waldipert, le pauvre fou, avait tout gâché. On lui avait pourtant expliqué par le menu comment distiller le poison progressivement, à doses infimes. De cette façon, Léon aurait agonisé encore un bon mois, et sa mort n'aurait éveillé aucun soupçon.

Mais le vice-dominus, cédant à la panique, avait administré au pape une dose de poison si forte que Léon était mort sur le coup. Et ensuite, il avait eu l'audace de venir trouver Arsène pour lui demander protection ! *Après tout, même si ce n'est pas tout à fait de la façon qu'il espérait, il est maintenant à l'abri de la loi.*

Ce n'était certes pas la première fois qu'Arsène ordonnait de faire tuer quelqu'un. Tuer faisait partie du prix à payer pour prendre ou conserver le pouvoir, et seuls les faibles répugnaient à s'en acquitter. Mais jamais il n'avait été contraint de sacrifier une personne aussi proche que Waldipert. Si déplaisante cette décision fût-elle, elle s'était révélée nécessaire. Si le vice-dominus avait été capturé et interrogé, il aurait fini par avouer sous la torture tout ce qu'il savait. Arsène n'avait fait que son devoir en cherchant à protéger sa famille – et sa personne. Il était prêt à anéantir quiconque menacerait la sécurité des siens, comme on écrase la guêpe qui s'apprête à vous piquer.

Cependant, la mort de Waldipert l'attristait. Des mesures aussi violentes, même si elles étaient indispensables, assombrissaient inévitablement son humeur.

Il lui fallut déployer un important effort de volonté pour ramener ses pensées vers des affaires plus urgentes. L'absence de son fils lui compliquait singulièrement la tâche ; toutefois, si son élection était difficile, elle n'était pas impossible. Il s'agissait avant tout d'obtenir d'Eustathe, l'archiprêtre, l'annulation de la sentence d'excommunication prononcée à l'encontre d'Anastase. Cet objectif n'était pas sans exiger une bonne dose d'habileté politique.

Arsène souleva la clochette d'argent posée sur sa table et sonna son secrétaire. Il avait fort à faire, et très peu de temps pour tout mener à bien.

Assise sur un tabouret dans son officine du Latran, Jeanne écrasait des pétales séchés de fleur d'hysope dans son petit mortier. Le cœur gonflé de chagrin, elle trouvait une sorte d'apaisement dans les mouvements mécaniques de sa main et de son poignet.

Léon était mort. Elle avait peine à y croire. Il émanait de lui une telle vigueur, une telle énergie ! S'il avait vécu, il aurait certainement fait beaucoup pour extirper Rome du bourbier d'ignorance et de pauvreté dans lequel elle végétait depuis des siècles ; il semblait avoir le cœur, la force et la volonté nécessaires. Hélas, le destin ne lui en avait pas laissé le temps.

La porte s'ouvrit. Gerold entra. Elle affronta son regard, aussi intense qu'une caresse sur sa peau.

– On vient de m'apporter la nouvelle, annonça-t-il sans préambule. Anastase a quitté Aix.

– Tu ne crois tout de même pas qu'il revient à Rome ?

– Si. Pourquoi, sinon, aurait-il abandonné si brusquement la cour de l'empereur ? Il cherche à conquérir le trône qui lui a échappé il y a six ans.

– Mais comment pourrait-il être élu ? Il est excommunié !

– Arsène est en train de pousser l'archiprêtre à revenir sur son excommunication.

Consciente de la gravité de la nouvelle, Jeanne fronça les sourcils. Après plusieurs années d'exil à la cour impériale, Anastase était, plus que jamais, l'homme de l'empereur. S'il était élu, Lothaire n'aurait aucun mal à faire main basse sur Rome et ses provinces.

– Il n'a certainement pas oublié, ajouta Gerold, la façon dont tu es intervenue contre lui lors de l'élection de Léon. S'il est élu pape, il sera dangereux pour toi de rester à Rome. Anastase n'est pas homme à pardonner une offense.

C'en était trop. Jeanne, déjà ébranlée par la mort de Léon, sentit ses yeux s'emplir de larmes.

– Ne pleure pas, ma perle.

Les bras de Gerold se refermèrent sur elle, fermes, chauds, rassurants. Ses lèvres effleurèrent la tempe de Jeanne, puis sa joue, soulevant au passage une vague de frissons sur sa peau.

– Tu as assez donné, Jeanne. Pars avec moi, et nous vivrons comme nous l'avons toujours souhaité – ensemble, unis à jamais, mari et femme.

Levant lentement les yeux, elle aperçut son beau visage tout près – trop près – du sien. Il l'embrassa, et elle ne vit plus rien.

– Dis-moi oui, souffla-t-il. Dis oui, Jeanne.

Comme happée sous la surface de sa conscience, elle se sentit entraînée par un formidable courant de désir.

– Oui, murmura-t-elle. Oui.

Elle avait parlé sans réfléchir, répondant d'instinct à la force de la passion de Gerold. Et pourtant, dès que ce mot fut sorti de sa gorge, un calme extraordinaire s'empara d'elle. Sa décision était prise. Elle lui paraissait à la fois juste et irrévocable.

Gerold se pencha sur elle pour l'embrasser de plus belle. À cet instant, les cloches tintèrent pour annoncer le repas de midi. Peu après, des voix et des piétinements retentirent dans la galerie, de l'autre côté de la porte.

Gerold et Jeanne se séparèrent avec des mots tendres, non sans s'être promis de se retrouver après l'élection.

Le jour de l'élection, Jeanne alla se recueillir dans la petite église de la Schola Anglorum qu'elle avait fréquentée à son arrivée à Rome.

Ravagée de fond en comble lors du grand incendie, l'église avait été reconstruite au moyen de matériaux arrachés aux temples et aux monuments de la Rome antique. En s'agenouillant devant le maître-autel, Jeanne constata que son piédestal de marbre arborait le symbole reconnaissable entre tous de Magna Mater – la Grande Mère –, déesse de la Terre vénérée par les tribus païennes en des temps immémoriaux. Sous le grossier symbole, elle lut, inscrit en latin : « Sur ce marbre, de l'encens fut offert à la Déesse. » À l'évidence, ceux qui avaient apporté ici ce grand bloc de marbre n'avaient déchiffré ni le symbole ni l'inscription. Ce n'était pas particulièrement surprenant, car bien des membres du clergé romain, sachant tout juste lire, étaient incapables de reconnaître les anciens caractères, et encore plus de les interpréter.

Jeanne crut voir dans la juxtaposition incongrue de l'autel chrétien et de son support païen un parfait écho de sa propre condition : prêtre ordonné, elle rêvait encore aux dieux de sa mère ; homme aux yeux du monde, elle était tourmentée en secret par un cœur de femme ; à la recherche de la foi, elle était déchirée entre son aspiration à connaître Dieu et sa peur de découvrir qu'il n'existait pas. Raison et cœur, foi et doute, volonté et désir… Les douloureuses contradictions de sa nature seraient-elles un jour résolues ?

Elle aimait Gerold. La cause était entendue. Mais pouvait-elle l'épouser ? N'ayant jamais vécu une vie de femme, était-elle capable de commencer maintenant, au crépuscule de sa vie ?

– Aide-moi, Seigneur, pria-t-elle à mi-voix, levant les yeux vers le crucifix d'argent qui dominait l'autel. Montre-moi la voie, dis-moi ce que je dois faire. Mon Dieu ! Élève-moi dans Ton éblouissante lumière !

Seules ses paroles s'élevèrent dans l'abside. Son esprit, lui, resta prisonnier au ras du sol, écrasé par le poids de ses doutes.

Une porte grinça dans son dos. Elle se retourna, vit une tête apparaître dans l'embrasure et se retirer tout aussi vite.

– Il est ici ! cria une voix. Je l'ai trouvé !

Son cœur fit un bond. Était-il possible qu'Anastase eût été si prompt à abattre ses foudres sur elle ?

Elle se leva.

Les portes de l'église s'ouvrirent en grand, et les sept princes de Rome entrèrent, précédés par une formation d'acolytes portant bannière. Les cardinaux, puis les sept optimates entrèrent à leur tour. Mais ce ne fut qu'en apercevant Gerold que Jeanne acquit enfin la certitude qu'on n'allait pas l'arrêter.

En digne procession, la délégation remonta l'allée centrale et s'arrêta devant Jeanne.

– Jean Anglicus, déclara solennellement le primicerius, par la volonté de Dieu et par celle du peuple romain, tu viens d'être élu pape, évêque de Rome et du Siège apostolique.

Sur ce, il se prosterna devant elle et lui baisa les pieds.

Abasourdie, Jeanne le regarda faire. Pouvait-il s'agir d'une plaisanterie de mauvais goût ? Ou d'un traquenard, destiné à la pousser à trahir sa défiance envers le nouveau pape ?

Ses yeux cherchèrent Gerold. Les traits figés en un étrange masque de gravité, il s'agenouilla devant elle.

L'issue de l'élection avait surpris tout le monde. Le parti impérial, emmené par Arsène, s'était d'emblée prononcé en faveur d'Anastase. Le parti papal avait riposté en proposant le nom d'Hadrien, évêque de Saint-Marc, qui n'était pas à proprement parler un guide charismatique. Petit, rond et le visage criblé de vérole, celui-ci s'était avancé d'un pas lent sur l'estrade, les épaules tombantes, comme s'il croulait déjà sous le poids des responsabilités qu'on cherchait à lui imposer. Hadrien était un homme pieux, un excellent prêtre, mais rares étaient ceux qui auraient songé à lui pour guider spirituellement le monde.

Et, manifestement, Hadrien se rangeait à l'avis général : quand il ouvrit la bouche, ce fut pour retirer sa candidature, en informant les Romains assemblés qu'après de longues prières et une profonde réflexion il avait décidé de décliner l'insigne honneur qu'on lui faisait.

Cette déclaration causa une tempête de murmures parmi les membres du parti papal, qui n'avaient pas été avertis de sa décision. Des applaudissements fusèrent en revanche chez les partisans de l'empereur. La victoire d'Anastase semblait ne plus faire de doute.

Soudain, une clameur monta depuis l'arrière de l'assemblée, où se pressaient les plus humbles citoyens.

« Jean Anglicus ! crièrent plusieurs voix. Jean Anglicus ! »

Pascal chargea la garde de faire taire les importuns, mais ceux-ci, connaissant leurs droits, ne se laissèrent pas réduire au silence. La constitution de 824 accordait à tous les Romains, clercs ou laïcs, le droit de vote en cas d'élection du pape.

Arsène avait cru surmonter cet obstacle inattendu en achetant sans vergogne la loyauté du peuple de Rome. Ses agents avaient diligemment sillonné la foule en promettant du vin, des femmes et de l'or. Mais ces incitations se révélèrent insuffisantes. Le peuple était mal disposé envers Anastase, que le regretté pape Léon avait jugé bon d'excommunier. Et l'on se mit à réclamer à cor et à cri « le petit pape », l'ami de Léon et son bras droit.

Même dans ces conditions, Arsène aurait pu l'emporter, car l'aristocratie tolérait mal de se laisser dicter son choix par une poignée de gens de peu. Mais le parti papal, voyant dans cet accès de fièvre populaire une occasion unique d'écarter Anastase du trône, se rangea du côté du peuple. La cause était entendue. Jeanne fut élue.

Anastase et son escorte campaient près de Pérouse, à quatre-vingt-dix milles de Rome, quand un courrier arriva avec la nouvelle. Avant même d'avoir lu le message jusqu'au bout, Anastase laissa échapper un cri déchirant. Sans un mot pour ses compagnons médusés, il se replia dans sa tente, dont il referma soigneusement les pans pour s'assurer que nul ne l'y suivrait.

Restés à l'extérieur, ses hommes entendirent des sanglots déchirants. Au bout d'un long moment, ceux-ci se muèrent en une sorte de hurlement animal, qui se poursuivit jusqu'au bout de la nuit.

Jeanne, vêtue d'une robe de soie écarlate brodée d'or et montée sur un blanc palefroi, drapé et harnaché d'or, se dirigeait vers le lieu de son sacre. Banderoles et bannières s'échappaient de chaque porte et de chaque fenêtre tout au long de la Via Sacra, en un violent mélange de couleurs ; les pavés étaient parsemés de myrte au parfum sucré. Une foule de badauds en liesse s'alignait le long de la chaussée, et l'on se bousculait pour avoir une chance d'apercevoir le nouveau pape.

Perdue dans sa rêverie, Jeanne entendait à peine le vacarme de la foule. Elle pensait en cet instant à Matthieu, à son vieux maître Asclepios, à frère Benjamin de Fulda. Tous avaient eu foi en elle, tous l'avaient encouragée à aller de l'avant, mais aucun d'entre eux n'aurait pu imaginer ce qui se passait aujourd'hui. Elle-même avait peine à y croire.

La première fois qu'elle s'était déguisée en homme, dans le but d'être admise au sein de la confrérie de Fulda, Dieu n'avait pas fait pleuvoir ses foudres sur elle. Mais irait-il jusqu'à laisser une femme monter sur le trône de Pierre ? Cette question tournait sans fin dans ses pensées.

Les cavaliers de la garde pontificale, emmenés par Gerold, faisaient escorte autour d'elle. Gerold fixait d'un air inquiet la foule qui s'ouvrait devant eux. De temps en temps, quelqu'un réussissait à briser le cordon des gardes, et chaque fois, la main du superista se posait sur la garde de son épée, prête à défendre Jeanne. Cependant, il n'eut pas l'occasion de s'en servir : les importuns ne désiraient que baiser l'ourlet de la robe du nouveau pape et recevoir sa bénédiction.

Ce fut ainsi, au terme de maintes interruptions, que la longue procession parvint au Latran. Le soleil était à son zénith quand on fit halte devant la cathédrale. Jeanne mit pied à terre, et les cardinaux, évêques et diacres prirent place derrière elle. À pas lents, elle gravit les marches du parvis et pénétra dans la nef flamboyante de l'illustre basilique.

Respectant un rituel aussi ancien que raffiné, l'*ordo coronationis*, ou cérémonie du couronnement, dura plusieurs heures. Deux évêques menèrent d'abord Jeanne à la sacristie, où elle fut parée d'une aube, d'une dalmatique et d'une pénule. Ensuite, elle rejoignit le maître-autel pour entendre les litanies et recevoir l'onction. Pendant que l'on disait le *Vere dignum*, l'archidiacre et deux diacres régionaux maintinrent ouvert au-dessus de sa tête un volume des Évangiles. Puis vint la messe proprement dite, nettement plus longue qu'à l'ordinaire en raison de l'ajout de maintes prières et formules propres à la solennité de l'événement.

Pendant tout ce temps, Jeanne se tint debout et très raide, malgré le poids de ses robes liturgiques, aussi chargée d'or que le plus grand des princes byzantins. Malgré la splendeur de sa tenue, elle se sentait minuscule et mal préparée à accepter l'immense responsabilité qu'on venait de déposer sur ses épaules. Elle se rassura en songeant que tous ceux qui l'avaient précédée devaient eux aussi avoir tremblé et douté. Et cependant, au bout du compte, tous avaient réussi à remplir leur rôle.

Mais eux étaient des hommes.

L'archiprêtre entonna la bénédiction finale.

– Dieu tout-puissant, accorde ta bénédiction à ton humble serviteur Jean Anglicus, fais-lui don de ta miséricorde…

Dieu consentira-t-il à me bénir ? Son courroux ne va-t-il pas s'abattre sur moi dès l'instant où la couronne papale effleurera mon crâne ?

L'évêque d'Ostie s'avança, apportant la couronne sur un coussin de soie blanche. Arrivé devant Jeanne, il l'éleva au-dessus de sa tête. Elle sentit sa gorge se nouer. Le cercle d'or lui ceignit le front.

Rien ne se produisit.

– Longue vie à notre souverain pontife Jean Anglicus, promu par décret divin notre évêque et notre pape ! s'écria Eustathe.

Le chœur entonna un dernier chant au moment où Jeanne se retournait pour faire face à l'assemblée.

À l'instant où elle émergea sur le parvis de la basilique, une immense ovation de bienvenue l'accueillit. Des milliers de Romains attendaient depuis des heures sous le soleil brûlant pour saluer leur nouveau pape. Conformément à leur volonté, elle portait la couronne et ils l'en remercièrent dans un grand concert de vivats.

Levant les bras, Jeanne sentit enfin son esprit s'élever dans la lumière. Une délicieuse béatitude, qui la veille encore s'était refusée à elle, l'envahit soudain de façon tout à fait inattendue. Si Dieu lui permettait d'éprouver une telle joie, cela signifiait qu'il ne la réprouvait pas. Ses doutes furent balayés d'un seul coup, remplacés par une conviction rayonnante et glorieuse : *Ceci est mon destin, et ceci mon peuple.*

Elle venait d'être illuminée par l'amour qu'elle portait à tous ces gens. Et elle se jura de les servir, au nom du Seigneur, jusqu'à son dernier souffle.

Et peut-être, un jour, le Seigneur consentirait-il à lui pardonner.

À quelque distance, Gerold regardait Jeanne, stupéfait. Elle semblait transfigurée par une joie indicible. Lui seul la connaissait assez bien pour deviner l'exultation intime qu'elle vivait en cet instant, mille fois plus important pour elle que les honneurs de la cérémonie qui venait de se dérouler. Tandis qu'elle recevait la vibrante ovation du peuple de Rome, le cœur de Gerold fut transpercé par une insoutenable certitude : il venait de perdre à jamais la femme qu'il aimait – et pourtant, il ne l'avait jamais aimée davantage.

27

En guise d'acte inaugural, le nouveau pape décida de parcourir Rome à pied. Accompagnée d'une suite d'optimates et de miliciens, Jeanne visita une par une les sept régions ecclésiastiques de la cité, pour saluer le peuple et prêter une oreille attentive à ses griefs et besoins.

Comme la tournée solennelle touchait à sa fin, Desiderius, l'archidiacre, tenta d'entraîner Jeanne vers le haut de la via Lata, à l'opposé du fleuve.

– Il nous reste à visiter le champ de Mars, dit-elle.

Les membres de sa suite échangèrent des regards consternés. Installé sur les basses terres qui bordaient le Tibre, le champ de Mars, cuvette marécageuse et suffocante, était le plus misérable quartier de Rome. À l'apogée de la République antique, il avait été voué au culte du dieu de la Guerre. Aujourd'hui, ses rues jadis glorieuses grouillaient de chiens errants, de mendiants et de bandits.

– Il serait déraisonnable de s'aventurer là-bas, Votre Sainteté, protesta Desiderius. Le typhus et le choléra y font rage.

Mais déjà, Jeanne descendait vers le fleuve, flanquée de Gerold et de ses gardes. Desiderius et les autres prélats n'avaient pas d'autre choix que de la suivre.

Des rangées de bicoques étroites, dont la charpente, pour beaucoup, ployait comme l'échine d'un vieux cheval de bât, s'agglutinaient les unes contre les autres le long des ruelles bourbeuses qui bordaient le fleuve. Certaines étaient entièrement effondrées. Leurs poutres rongées de pourriture avaient été laissées sur place, bloquant parfois le passage. Le quartier était dominé par les arches en ruine de l'aqueduc de l'Aqua Marcia, antique merveille architecturale dont les parois craquelées dégoulinaient d'eau noire. Celle-ci s'accumulait au pied de l'édifice en mares stagnantes, creuset de toutes sortes de maladies.

Des grappes de miséreux se pressaient autour de marmites pleines d'un brouet malodorant, mis à bouillonner au-dessus de pauvres feux nourris de brindilles et de fumier séché. Le sol des rues était recouvert d'une couche de boue causée par les crues incessantes du Tibre. Déchets et excréments obstruaient le ruisseau. Une puanteur intolérable planait dans la forte chaleur estivale, attirant des nuées de mouches, de rats et de vermine.

– Par le sang de Dieu ! grogna Gerold, tout près de Jeanne. Cet endroit est un nid à peste !

Jeanne connaissait le sinistre visage de la pauvreté, mais jamais elle n'avait contemplé misère aussi criante.

Deux enfants se tenaient accroupis autour d'un petit feu. Leurs tuniques étaient si usées qu'elles laissaient voir la pâleur de leur peau. Leurs pieds étaient enveloppés de chiffons répugnants. L'un d'eux, un petit garçon, était manifestement fiévreux. Malgré la chaleur, il tremblait comme une feuille. Jeanne retira sa pénule de lin et lui en couvrit les épaules. L'enfant, étonné, frotta sa joue contre la riche étoffe, dont la caresse était plus douce que tout ce qu'il avait connu dans sa vie.

Jeanne sentit qu'on tirait l'ourlet de sa robe. La petite sœur du garçonnet levait vers elle ses grands yeux ronds.

– Es-tu… un ange ? demanda-t-elle d'une voix fluette.

– Je crois plutôt que c'est toi qui es un ange, répondit Jeanne en effleurant son menton.

Au fond du pot de terre, un morceau de viande filandreuse et indéfinissable commençait à brunir. Une très jeune femme aux cheveux jaunes et plats s'approcha d'un pas traînant. Venue de la berge, elle portait un seau d'eau. La mère des enfants ? Elle-même semblait à peine sortie de l'enfance : elle pouvait avoir seize ans tout au plus.

Son regard s'éclaira, plein d'espoir, quand elle aperçut Jeanne et sa noble suite.

– La charité, bons pères, dit-elle en tendant une main calleuse. Vous me donnerez bien une piécette pour le salut de mes petits ?

Jeanne fit un signe du menton à Victor, le sacellarius, qui plaça un denier dans la paume ouverte de la jeune femme. Avec un sourire ravi, celle-ci déposa son seau pour empocher la pièce.

Jeanne tressaillit. L'eau du seau était aussi noire que celle d'un égout. À n'en pas douter, c'était cela qui avait rendu malade le petit garçon. Mais avec l'aqueduc hors d'état, sa mère n'avait pas le choix. Il fallait puiser l'eau souillée du Tibre ou mourir de soif.

D'autres avaient fini par reconnaître le pape et sa suite. Le peuple affluait de partout pour saluer Jeanne, qui s'efforça de bénir autant de gens que possible. Mais la foule continuait de grossir, et finit par l'encercler de si près qu'elle ne put bientôt plus faire un geste. Gerold distribua des ordres. À coups d'épaule, ses gardes ouvrirent un chemin au milieu des badauds, et le cortège pontifical battit en retraite jusqu'à la via Lata, d'où il remonta vers le ciel ouvert et la brise saine de la colline du Capitole.

– Il faut reconstruire l'aqueduc de l'Aqua Marcia, annonça Jeanne lors de sa réunion avec les optimates dès le lendemain matin.

Pascal, le primicerius, haussa les sourcils.

– La restauration d'un édifice chrétien serait une façon plus appropriée d'inaugurer votre règne, Votre Sainteté.

– Le peuple n'a pas besoin d'églises supplémentaires. Elles abondent déjà à Rome. En revanche, un aqueduc en état de marche pourrait sauver des vies innombrables.

– Le projet est hasardeux, déclara Victor, le sacellarius. L'échec est possible.

Il avait raison. La reconstruction de l'aqueduc était une entreprise titanesque, voire impossible, étant donné la pauvreté des moyens techniques disponibles. Les manuscrits renfermant le savoir des Anciens en matière d'art de la construction étaient perdus ou brûlés depuis plusieurs siècles. Les plans sur parchemin avaient été effacés un à un pour être ensuite recouverts d'homélies chrétiennes ou d'histoires de la vie des saints et des martyrs.

– Essayons, décréta Jeanne. Nous ne pouvons pas laisser ces pauvres gens vivre dans de telles conditions.

Les optimates gardèrent le silence, non pour marquer leur approbation, mais parce qu'il eût été politiquement malhabile de s'opposer au premier des prêtres alors que celui-ci avait déjà une opinion visiblement arrêtée.

– Qui pensez-vous charger de la supervision des travaux, Votre Sainteté ? finit par demander Pascal.

– Gerold.

– Le superista ?

– Qui d'autre ? C'est lui qui a dirigé le chantier du mur léonin, auquel beaucoup, soit dit en passant, ne croyaient pas davantage.

Ces dernières semaines, la croissante mélancolie de Gerold n'avait pas échappé à Jeanne. La situation était d'autant plus délicate, pour lui comme pour elle, qu'ils se côtoyaient de façon quasi permanente. Mais du moins avait-elle des devoirs à remplir et un sens aigu de sa mission. Gerold, lui, s'ennuyait. Il tournait en rond comme une bête en cage. Elle le sentait sans qu'il fût nécessaire de le dire. D'ailleurs, ni elle ni lui n'avait jamais eu besoin de mots pour savoir ce que l'autre ressentait.

Lorsqu'il vint la trouver, elle lui fit part de son projet de reconstruction de l'aqueduc de l'Aqua Marcia.

– À proximité de Tivoli, dit-il, l'aqueduc s'enfonce sous terre et traverse une série de collines. Si ce tronçon est très endommagé, sa réparation risque d'être ardue.

Jeanne sourit. Les idées se bousculaient dans l'esprit de Gerold, déjà en train d'anticiper les obstacles qu'il allait rencontrer.

– Si la chose est possible, dit-elle, je sais que tu es l'homme de la situation.

– Es-tu sûre de le vouloir ? demanda Gerold, dardant sur elle un regard empreint de désir.

Troublée, elle refusa de montrer ses sentiments. Admettre leur amour, même en tête à tête, serait aller au désastre.

– Je ne vois rien qui puisse être plus utile au peuple, répondit-elle d'un ton qui se voulait détaché.

Il détourna les yeux.

– Soit. Mais n'oublie pas que je ne peux rien promettre. Je vais étudier le problème, et je ferai tout mon possible pour remettre cet aqueduc en état de marche.

– Je n'en demande pas davantage.

Elle entrevoyait peu à peu, et sous un jour nouveau, ce que recouvrait la fonction de pape. Cette position, qui conférait en théorie d'immenses pouvoirs, imposait surtout de lourds devoirs. Son temps était presque entièrement accaparé par le fardeau des obligations liturgiques. Le dimanche des Rameaux était consacré à bénir et à distribuer des rameaux d'olivier devant Saint-Pierre. Le Jeudi saint, elle lavait les pieds des pauvres et leur servait un repas de ses propres mains. À la Saint-Antoine, sur le parvis de la cathédrale Sainte-Marie-Majeure, elle aspergeait d'eau bénite les bœufs, chevaux et mules menés là par leurs propriétaires. Le troisième dimanche de l'Avent, elle procédait à l'imposition des mains pour chacun des candidats devant être ordonnés prêtres, diacres ou évêques.

Il fallait aussi dire la messe quotidienne. Certains jours, c'était une messe à stations, précédée d'une procession à travers les rues de la ville jusqu'à l'église où la cérémonie devait se tenir ; en chemin, on s'arrêtait pour entendre diverses requêtes. La procession et la messe occupaient alors l'essentiel de la journée. On dénombrait chaque année plus de quatre-vingt-dix messes à stations, notamment pour les fêtes de la Vierge, les quatre-temps, la Noël, les dimanches de la septuagésime et de la sexagésime, et aussi presque tous les dimanches et jours fériés du carême.

Il y avait des fêtes pour honorer des saints comme Pierre, Paul, Laurent, Agnès, Jean, Thomas, Luc, André et Antoine, sans parler de la Nativité, de l'Annonciation et de l'Assomption de la Vierge. Il s'agissait là de fêtes fixes ou immuables, ce qui signifiait qu'elles tombaient toujours le même jour de l'année, comme Noël et l'Épiphanie. L'Oblation, la fête du Trône de saint Pierre, la Circoncision du Christ, la Nativité de Jean-Baptiste, la Saint-Michel, la Toussaint et l'exaltation de la Croix étaient aussi des fêtes fixes. Pâques, le jour le plus important de l'année chrétienne, était une fête mobile : sa place dans le calendrier suivait le cycle de la pleine lune ecclésiastique, comme c'était le cas pour les fêtes « satellites » comme le Mardi gras, le mercredi des Cendres, l'Ascension et la Pentecôte.

Chacune de ces fêtes chrétiennes était célébrée pendant quatre jours au moins : il y avait la vigile, ou veille de la fête ; la fête elle-même ; le lendemain ; et l'octave, ou huitième jour. Au total, plus de cent soixante-quinze jours fériés étaient consacrés à un cérémonial extrêmement élaboré.

Cet état de fait laissait à Jeanne fort peu de temps pour gouverner et s'occuper de ce qui lui tenait vraiment à cœur : l'amélioration du sort des pauvres et de l'éducation du clergé.

En août, l'exigeante routine liturgique fut interrompue par un synode. Soixante-sept prélats y participèrent, parmi lesquels tous les *suburbicarii*, ou évêques provinciaux, et quatre évêques francs envoyés par l'empereur Lothaire.

Deux des thèmes de débat abordés à cette occasion étaient pour Jeanne d'un intérêt particulier. Le premier concernait l'*intinctio*, ou pratique de la sainte communion par trempage du pain eucharistique dans le vin plutôt que par une distribution séparée des deux éléments. Près de quinze ans après que Jeanne eut introduit cette façon de faire à Fulda en vue de prévenir l'expansion des épidémies, l'idée s'était tellement répandue qu'il s'agissait maintenant d'une coutume presque universelle en pays franc. Le clergé romain, qui ne savait rien du rôle joué par Jeanne dans l'origine de cette pratique, la considérait avec une grande méfiance.

– Je vois là une transgression de la loi divine ! lança l'évêque de Castrum, indigné. Car enfin, la Bible montre bien que le Christ fit don *séparément* de son corps et de son sang à ses disciples !

Des murmures d'approbation jaillirent un peu partout.

– C'est la pure vérité, renchérit Pothos, évêque de Trevi. Cette pratique n'apparaît nulle part dans les écrits des Pères. Elle doit donc être condamnée.

– Devons-nous condamner une idée au seul titre qu'elle est nouvelle ? intervint Jeanne.

– En toute chose, répondit gravement Pothos, il convient de se laisser guider par la sagesse des Anciens. La seule vérité dont nous puissions être sûrs est celle qui a déjà été confirmée par le passé.

– Tout ce qui est ancien fut nouveau un jour, objecta Jeanne. Le nouveau précède toujours l'ancien. Ne serait-il pas absurde de mépriser ce qui précède et de chérir ce qui suit ?

Pothos fronça les sourcils, visiblement embarrassé par ce déploiement de dialectique. Comme la plupart de ses pairs, il n'était pas formé au débat philosophique et se sentait plus à son aise lorsqu'il citait quelque autorité.

Une longue discussion suivit. Jeanne aurait pu imposer sa décision par décret, mais elle préférait la persuasion à la tyrannie. En fin de compte, les évêques se rendirent à son raisonnement. La pratique de l'intinction serait conservée en terre franque, du moins provisoirement.

Le débat suivant intéressa d'autant plus Jeanne qu'il impliquait son vieil ami Gottschalk, l'oblat qu'elle avait un jour aidé à reprendre sa liberté. Selon le rapport d'un évêque franc, il s'était de nouveau attiré de sérieux ennuis. Jeanne en fut attristée, mais pas particulièrement surprise : Gottschalk avait toujours eu le don de cultiver le malheur aussi assidûment qu'un amant poursuit sa maîtresse.

Il était accusé d'hérésie. Raban Maur, ancien abbé de Fulda promu au rang d'archevêque de Mayence, avait eu vent des théories radicales qu'il prêchait en matière de prédestination. Saisissant l'occasion pour prendre sa revanche, Raban l'avait fait emprisonner et rouer de coups.

Jeanne fronça les sourcils. La cruauté avec laquelle certains chrétiens comme Raban Maur traitaient leurs frères n'avait jamais cessé de l'étonner. Les Normands semblaient leur inspirer moins de répugnance qu'un fidèle chrétien qui s'écartait ne fût-ce que d'un pas de la stricte doctrine de l'Église. *Pourquoi réserverions-nous aux nôtres le sel de notre haine ?*

– En quoi consiste la nature spécifique de cette hérésie ? demanda-t-elle à Wulfram, le doyen des évêques francs.

– En premier lieu, répondit Wulfram, le moine Gottschalk affirme que Dieu a voué par avance chaque homme soit au salut, soit à la perdition. Ensuite, que le Christ n'est pas mort sur la Croix pour tous les hommes, mais seulement pour les élus. Et enfin, qu'un homme déchu ne peut faire aucun bien, si ce n'est par la grâce divine, ni exercer son libre vouloir pour faire autre chose que le mal.

Voilà qui ressemble bien à Gottschalk, se dit Jeanne. De nature pessimiste, il s'était senti attiré par une théorie qui prédestinait l'homme au malheur. Mais ses idées n'étaient ni particulièrement hérétiques, ni même particulièrement neuves. Saint Augustin en personne avait écrit exactement la même chose dans deux grands livres, *De civitate Dei* et l'*Enchiridion*.

Personne dans cette salle ne semblait s'en rendre compte. Même si tous vénéraient l'illustre nom d'Augustin, aucun des évêques présents ne s'était apparemment donné la peine de lire son œuvre.

Nirgotius, évêque d'Anagni, se leva pour prendre la parole.

– C'est une apostasie éhontée, car l'on sait fort bien que Dieu prédestine les élus, non les condamnés !

Le raisonnement péchait par manque de rigueur, puisque la prédestination d'un groupe impliquait la prédestination de l'autre. Mais Jeanne ne se donna pas la peine de relever ce détail, car les idées que prêchait Gottschalk la gênaient elle aussi. Il y avait un danger certain à induire les fidèles à croire qu'ils n'avaient aucune chance d'obtenir le salut en s'efforçant de faire le bien. Pourquoi éviter le péché si les dés étaient jetés d'avance ?

– Je suis d'accord avec Nirgotius, dit-elle enfin. La grâce divine n'est pas le fruit d'un choix prédestiné, mais l'expression du pouvoir tout-puissant de l'amour du Seigneur, qui illumine toutes les choses existantes.

Les évêques accueillirent cette déclaration avec chaleur, car elle s'accordait avec leur propre pensée. Ils se prononcèrent à l'unanimité pour réfuter la théorie de Gottschalk. À l'instigation de Jeanne, cependant, ils votèrent aussi une condamnation de l'archevêque Raban Maur pour le traitement « brutal et peu chrétien » qu'il avait fait subir au moine errant.

Au total, quarante-deux canons furent votés au cours du synode, la plupart pour réformer la discipline et l'éducation ecclésiastiques. À la fin de la semaine, l'assemblée fut ajournée. Chacun convint que ses travaux s'étaient fort bien déroulés, et que le pape Jean l'avait présidée avec une intelligence inhabituelle. Les Romains étaient plus fiers que jamais d'être représentés par un guide spirituel aussi sage et aussi instruit.

La bienveillance acquise à Jeanne par le synode ne dura pas longtemps. Dès le mois suivant, la communauté ecclésiastique fut ébranlée jusque dans ses fondations lorsqu'elle annonça son vœu d'instituer une école pour femmes. Même ses plus proches partisans furent outrés : quelle sorte de pape avaient-ils élu ?

Jordanes, le *secundicerius*, la prit publiquement à partie lors de la réunion hebdomadaire des optimates.

– Votre Sainteté, déclara-t-il, vous nous faites grand tort en cherchant à éduquer les femmes.

– Pourquoi ?

– Vous savez sans nul doute, Votre Sainteté, que la taille du cerveau de la femme est inversement proportionnelle à celle de son utérus ; par conséquent, plus une fille est instruite, moins elle a de chances de porter un jour des enfants.

Un corps stérile ne vaut-il pas mieux qu'un esprit infécond ? se demanda-t-elle en son for intérieur.

– Où as-tu lu cela ?

– La chose est notoire.

– Assez notoire, semble-t-il, pour que personne ne se soit donné la peine de l'écrire pour en informer autrui.

– Ce qui est déjà évident pour tous n'a pas besoin d'être écrit. Personne n'a écrit que la laine provient du mouton, et cependant, nous savons tous qu'il en est ainsi.

Des sourires naquirent un peu partout. Jordanes se rengorgea, très satisfait de la force de son argument. Jeanne réfléchit un instant.

– Si ce que tu avances est vrai, finit-elle par dire, comment expliques-tu l'extraordinaire fécondité de femmes aussi instruites que Laeta, qui correspondit avec saint Jérôme et qui, au dire de celui-ci, avait accouché de quinze enfants sains de corps ?

– Une aberration ! Une rare exception à la règle !

– Si mes souvenirs sont exacts, Jordanes, ta sœur Juliana sait lire et écrire.

– À peine, Votre Sainteté, répondit le secundicerius, pris de court. Juste assez pour lui permettre de tenir les registres de sa maison.

– Et cependant, si j'en crois ta théorie, même une infime dose de savoir devrait avoir un effet néfaste sur la fertilité d'une femme. Combien d'enfants Juliana a-t-elle mis au monde ?

Jordanes s'empourpra.

– Douze.

– Une autre aberration ?

Un silence embarrassé lui répondit.

– À l'évidence, Votre Sainteté, finit par lâcher Jordanes, votre opinion est faite sur ce sujet. Je n'en dirai donc pas davantage.

– Il n'était pas très avisé d'insulter Jordanes en public, dit Gerold à Jeanne, un peu plus tard. Tu risques de le pousser dans les bras d'Arsène.

– Mais il avait tort, protesta Jeanne. Les femmes ont la même capacité d'apprentissage que les hommes. N'en suis-je pas la preuve vivante ?

– Bien sûr. Mais tu dois laisser du temps aux esprits. Il est impossible de refaire le monde en un jour.

– Le monde ne sera jamais refait si personne ne s'attelle à cette tâche. Le changement doit bien commencer quelque part.

– C'est exact, admit Gerold. Mais il ne doit pas commencer maintenant, ni ici… ni avec toi.

– Pourquoi ?

Parce que je t'aime, aurait-il voulu dire, *et parce que j'ai peur de te perdre*.

– Tu ne peux te permettre de te faire de nouveaux ennemis, se contenta-t-il de répondre. Aurais-tu oublié qui tu es, d'où tu viens ? Je puis te protéger d'un certain nombre de dangers, mais pas de toi-même.

– Ce n'est pas si grave. Le ciel nous tombera-t-il sur la tête parce que quelques femmes apprennent à lire et à écrire ?

– Te souviens-tu de ce que ton vieux tuteur Asclepios t'a dit un jour ?

– Que certaines idées sont dangereuses.

– Précisément.

Il y eut un long silence.

– C'est entendu, soupira-t-elle. Je parlerai à Jordanes, et je ferai le nécessaire pour apaiser son ressentiment. Et je te promets d'être plus diplomate à l'avenir. Mais ce projet est trop important pour que j'y renonce.

– Le contraire m'aurait étonné, dit Gerold en souriant.

Au mois de septembre, l'établissement pour femmes fut officiellement baptisé école Sainte-Catherine par Jeanne, en souvenir de son frère Matthieu, qui avait été le premier à lui parler de la sainte savante. Chaque fois qu'elle passait tout près du modeste bâtiment de la via Merulana d'où montaient des voix de femmes en pleine récitation, son cœur faisait des bonds joyeux.

Jeanne tint parole. Elle sut se montrer diplomate et très courtoise envers Jordanes et les autres optimates. Elle réussit même à tenir sa langue le jour où elle entendit le cardinal Citronatus prêcher qu'au moment de la résurrection finale Dieu résoudrait le problème des « imperfections » des femmes en donnant le sexe masculin à tous les êtres humains. Elle se contenta de convoquer Citronatus, et de lui suggérer aimablement de retirer cette phrase de ses sermons pour obtenir une meilleure influence sur ses paroissiennes. Présentée en termes aussi prudents, la suggestion atteignit pleinement son but : flatté par l'attention du pape, Citronatus renonça à prêcher cette idée.

Patiemment, et sans jamais se plaindre, Jeanne supportait la ronde quotidienne des messes, audiences, baptêmes et autres ordinations. L'automne passait ainsi, sans incident notable.

Aux ides de novembre, cependant, le ciel s'obscurcit, et il se mit à pleuvoir. Pendant dix jours et dix nuits, des trombes d'eau s'abattirent, au point que les Romains en étaient parfois réduits à se boucher les oreilles pour ne plus entendre le formidable martèlement de la pluie sur les toits. Les vieux égouts de la cité furent bientôt saturés ; dans les rues, l'eau s'accumulait en mares toujours plus importantes, qui au fil des jours gonflèrent et se rencontrèrent pour former des torrents. Les dalles de basalte de la chaussée furent englouties.

Et il pleuvait toujours. Les eaux du Tibre montèrent, submergèrent les talus, envahirent les champs de la campagne environnante, détruisirent les pâturages, emportèrent le bétail.

À l'intérieur des murs de la cité, le premier quartier inondé fut le champ de Mars, avec sa grouillante population de pauvres gens. Certains se réfugièrent en lieu plus sûr dès les premiers signes de montée des eaux, mais beaucoup restèrent sur place, répugnant à laisser derrière eux leur logis et leurs maigres possessions. Soudainement, c'en fut trop. Les flots, ayant dépassé la hauteur d'homme, interdisaient toute tentative de fuite. Des centaines de personnes furent prises au piège à l'intérieur de leurs frêles bicoques de bois. Si la crue se poursuivait, ils étaient condamnés à périr noyés.

En de semblables circonstances, le Saint-Père se retirait d'ordinaire dans la cathédrale du Latran pour entonner un chapelet de litanies solennelles, prosterné devant l'autel. Mais à la grande consternation du haut clergé, Jeanne ne fit rien de tel. À la place, elle convoqua Gerold pour échafauder un plan de sauvetage.

– Que pouvons-nous faire ? demanda-t-elle à son fidèle ami. Il doit bien y avoir un moyen de sauver ces malheureux.

– Tous les accès au champ de Mars sont inondés, répondit Gerold. Il n'y a plus aucun moyen d'y arriver, sauf par bateau.

– Si nous utilisions ceux qui sont ancrés à Ripa Grande ?

– Ce ne sont que des barques de pêche, bien fragiles pour des eaux aussi furieuses.

– Essayons quand même. Nous ne pouvons pas rester les bras croisés pendant que ces pauvres gens se noient !

Gerold sentit gonfler en son cœur une bouffée de tendresse. Ni Serge ni même Léon ne se seraient à ce point inquiétés du sort des miséreux du champ de Mars. Jeanne avait une autre attitude : ne voyant aucune différence de nature entre les riches et les pauvres, elle les traitait sans distinction. À ses yeux, tous méritaient la même considération.

– Je m'en vais de ce pas mobiliser la garde, dit-il.

Peu après, ils arrivèrent sur le quai de Ripa Grande, où Jeanne usa de son autorité pour réquisitionner toutes les embarcations en état de naviguer. Gerold et ses hommes prirent chacun place à bord d'un canot, et Jeanne s'empressa de les bénir, haussant le ton pour se faire entendre malgré la pluie assourdissante. Sitôt fait, elle stupéfia tous les spectateurs en enjambant le plat-bord de la barque où se tenait Gerold.

– Que… que fais-tu ? souffla-t-il, sidéré. Tu n'envisages tout de même pas de nous suivre !

– Et pourquoi pas ?

– C'est trop dangereux !

– J'irai là où l'on a besoin de moi.

Eustathe, l'archiprêtre, les observait d'un air navré depuis l'embarcadère.

– Votre Sainteté, pensez à la dignité de votre rang ! Vous êtes le pape, l'évêque de Rome ! Risqueriez-vous votre vie pour une poignée de manants ?

– Ce sont les enfants de Dieu, Eustathe, au même titre que toi et moi.

– Mais… qui dira les litanies ?

– Toi, Eustathe. Et mets-y tout ton cœur, car nous aurons grand besoin de tes prières, répliqua-t-elle, en se tournant vers Gerold. Eh bien, superista ? Comptes-tu souquer, ou dois-je le faire à ta place ?

Reconnaissant sans peine la lueur de détermination qui dansait dans ses prunelles gris-vert, Gerold prit les rames. Il n'était plus temps de discuter : les flots continuaient leur inexorable montée. Entraînée par ses coups de rame puissants, la barque s'éloigna du ponton.

Eustathe cria quelque chose, mais ses paroles se perdirent dans le vent et la pluie.

La flottille improvisée mit le cap au nord-ouest. Le Tibre avait envahi toute la partie basse de Rome, comme s'il se fût agi de son lit. De la Porta Septimania au pied de la colline du Capitole, tous les bâtiments, maisons et églises, étaient inondés. La colonne de Marc Aurèle était à demi submergée ; des vagues léchaient le pas des portes du Panthéon.

À l'approche du champ de Mars, les marques des terribles ravages causés par l'inondation se multiplièrent. Débris de bois et restes de cabanes effondrées étaient charriés par le courant ; des cadavres flottaient à la surface, tournant sur eux-mêmes au gré des caprices du torrent. Épouvantés, les habitants des maisons qui tenaient encore debout s'étaient réfugiés dans les étages supérieurs. Agglutinés aux fenêtres, ils agitaient désespérément les bras en appelant au secours.

Les bateaux se séparèrent, et chacun mit le cap sur une maison. Les vagues rendaient l'approche difficile. Certains habitants, pris de panique, se jetaient à l'eau dès qu'ils voyaient une embarcation. D'autres échouaient sur la proue ou le plat-bord de la barque et la faisaient chavirer. Une intense confusion régnait à la surface, où ceux qui ne savaient pas nager essayaient désespérément de s'accrocher à ceux qui savaient, pendant que les rameurs, dans un concert de jurons, tentaient d'équilibrer leurs esquifs.

Enfin, toute la flottille s'ébranla à la file en direction de la colline du Capitole, au pied de laquelle furent débarqués les infortunés passagers, invités à trouver refuge sur la terre ferme. Sitôt cette opération terminée, on repartit vers le champ de Mars afin de sauver d'autres vies.

Les sauveteurs firent ainsi plusieurs voyages. Les tuniques collaient aux corps, les muscles étaient tiraillés de fatigue. Alors qu'ils s'en revenaient vers le Capitole, croyant avoir sauvé tous ceux qui pouvaient l'être, Jeanne entendit l'appel d'une voix enfantine. Elle se retourna et aperçut la silhouette d'un garçonnet à une fenêtre. Sans doute venait-il de se réveiller, à moins que la panique ne l'eût empêché de s'approcher plus tôt de la fenêtre.

Jeanne et Gerold échangèrent un bref regard. Sans un mot, le comte changea de cap, revint en arrière, et immobilisa la barque sous la fenêtre au bord de laquelle se penchait l'enfant. Jeanne se leva et tendit les bras vers lui.

– Saute ! Saute tout de suite, je vais t'attraper !

L'enfant resta paralysé, fixant des yeux agrandis par la terreur sur le bateau qui oscillait en contrebas.

– Saute ! répéta Jeanne.

Timidement, le garçon enjamba l'appui de la fenêtre. Tendant toujours les bras, Jeanne se hissa sur la pointe des pieds.

À cet instant, un grondement assourdissant emplit le ciel. L'antique porte Sainte-Agathe, sur le flanc nord du mur d'Aurélien, venait de céder sous la pression des flots. Soulevé par une vague terrifiante, le Tibre était en train d'envahir la ville.

Jeanne vit la bouche du garçonnet former un cri de terreur au moment où le bâtiment s'ouvrait en deux. À la même seconde, elle sentit le fond de la barque se dérober sous ses pieds.

Elle hurla, trébucha, et réussit à s'accrocher au plat-bord tandis que l'esquif, menaçant à chaque instant de se retourner, était précipité dans le courant furieux. L'eau l'encerclait de partout. Elle leva la tête, à bout de souffle, et aperçut Gerold recroquevillé près de la barre.

Avec un horrible fracas, la barque s'arrêta net. Jeanne fut précipitée contre le banc de nage.

Pendant de longues secondes, elle demeura immobile, hébétée, sans comprendre. Lorsqu'elle se décida enfin à jeter un coup d'œil autour d'elle, elle vit quelque chose qu'elle ne comprit pas : des murs, une table, des chaises.

La barque avait pénétré à l'intérieur d'une maison. La force stupéfiante du torrent l'avait précipitée contre une fenêtre d'étage, dont elle avait en partie défoncé le cadre.

Gerold gisait à l'arrière de l'esquif, le visage tourné contre le plancher qui baignait dans plusieurs pouces d'eau. Elle rampa vers lui, le retourna. Il était inerte et ne respirait plus. Elle le hissa hors de la barque et le déposa au sol, sur le ventre. Puis elle appuya fortement sur son dos pour chasser l'eau de ses poumons. *Il ne peut pas mourir. Il ne doit pas mourir.* Dieu n'était pas cruel à ce point. Soudain, l'image du malheureux enfant penché à sa fenêtre l'assaillit. *Dieu est capable de tout.*

Elle appuya, relâcha. Appuya, relâcha encore. Et encore.

La bouche de Gerold s'ouvrit tout à coup pour libérer une gerbe d'eau.

Dieu soit loué ! Il respirait de nouveau. Jeanne l'examina avec soin. Aucun os brisé, aucune plaie ouverte. En revanche, elle releva une grosse contusion noirâtre à la naissance de son front, où il avait probablement reçu un coup violent. Sans doute était-ce ce coup qui l'avait assommé.

Pourquoi ne revient-il pas à lui ? Gerold restait abîmé dans son sommeil artificiel. Sa peau était pâle et moite, son souffle court, son pouls faible, trop rapide. *Que se passe-t-il ? Que puis-je faire de plus ?*

« Un choc violent provoque un froid pénétrant qui peut tuer un homme », avait écrit Hippocrate. Cette phrase, qui lui avait autrefois permis de sauver la vie de Gottschalk, lui revint tout à coup en mémoire.

Il n'y avait plus un instant à perdre. Elle devait réchauffer Gerold.

Des rafales de vent et de pluie s'engouffraient à l'intérieur grâce à la brèche ouverte par le passage de la barque. Jeanne se redressa et se mit en devoir d'explorer les lieux. Derrière la pièce où elle se trouvait, elle en découvrit une seconde, plus petite, dénuée de fenêtre et par conséquent plus sèche. En son centre, elle aperçut un petit trépied de fer dans lequel étaient jetées quelques bûches. Elle trouva aussi une pierre à feu et quelques brins de paille sur une étagère, ainsi qu'une couverture de grosse laine, déchirée mais sèche, dans une malle du coin de la pièce.

Revenue auprès de Gerold, elle le souleva par les épaules et le traîna à l'arrière, l'étendant près du trépied. Brins de paille dans une main, elle entrechoqua la pierre à feu et le fer du trépied. Ses mains tremblaient tellement qu'elle dut s'y reprendre à plusieurs fois pour obtenir une étincelle. Enfin, la paille consentit à s'embraser. Elle la déposa au fond du trépied, où des flammèches s'élevèrent, léchant les rondins. Le bois humide siffla, cracha, rechignant à brûler. Un fragment d'écorce rougeoya. Jeanne éventa la flamme, la couva avec ferveur. Au moment où le feu allait enfin prendre, une violente rafale de vent pénétra dans la pièce et l'éteignit.

Elle jeta un regard désespéré sur les bûches. Il n'y avait plus de paille, et donc aucun moyen de rallumer un feu. Gerold était toujours inanimé. Sa peau était en train de virer au bleuâtre, et ses yeux semblaient s'enfoncer un peu plus dans leurs orbites à chaque minute qui passait.

Elle n'avait plus qu'une solution. En hâte, elle ôta les vêtements trempés de Gerold et découvrit son corps musculeux, marqué çà et là de cicatrices récoltées lors d'anciennes batailles. Quand sa tâche fut achevée, elle jeta sur lui la couverture.

Elle se redressa, et, frissonnant dans l'air glacé, entreprit de se déshabiller à son tour : elle retira d'abord sa pénule et sa dalmatique, puis son aube, son amict, et sa ceinture. Une fois nue, elle se coula sous la couverture et se lova de tout son long contre Gerold.

Elle l'étreignit pour lui communiquer un peu de sa chaleur, pour lui insuffler un peu de vigueur et de vie.

Bats-toi, Gerold, mon amour. Bats-toi.

Fermant les yeux, elle se concentra afin de jeter un pont entre leurs âmes. Plus rien d'autre n'existait. La petite pièce, le feu éteint, la barque, la tempête qui faisait rage, rien de tout cela n'était réel. Ils étaient seuls au monde. Ils vivraient unis ou périraient ensemble.

Les paupières de Gerold frémirent. D'instinct, il leva une main, comme pour écarter quelque voile invisible. Jeanne se pressa contre lui de plus belle. Il s'éveilla. Ses yeux de saphir la considérèrent sans la moindre trace de surprise. Il savait déjà qu'elle était près de lui.

– Ma perle…, murmura-t-il.

Pendant un temps assez long, ils ne dirent mot, unis par une connivence muette. Puis il passa un bras autour d'elle pour l'attirer plus près encore. Ses doigts touchèrent les épaisses cicatrices qui lardaient le dos de Jeanne.

– La marque du fouet ? demanda-t-il.

– Oui, répondit-elle, rougissante.

– Qui t'a fait cela ?

Lentement, en hachant ses mots, elle conta la façon dont son père l'avait battue jusqu'au sang après qu'elle eut refusé d'effacer le livre d'Asclepios.

Gerold resta coi, mais ses mâchoires se crispèrent. Il se pencha sur elle et baisa une à une ses cicatrices.

Au fil des ans, Jeanne avait appris à juguler ses émotions, à refouler sa douleur et ses sanglots. Mais cette fois, elle autorisa ses larmes à couler librement sur ses joues.

Il l'étreignit tendrement, en lui chuchotant une cascade de mots doux, jusqu'à ce que ses larmes se tarissent. Leurs lèvres se mêlèrent, leurs corps entiers, et Jeanne fut envahie par une bouleversante vague de chaleur. Elle enlaça Gerold et ferma les yeux, grisée par la douceur de ses sensations – par la reddition de sa volonté, enfin pliée aux désirs de son corps.

Était-ce contre cette volupté que sa mère avait jadis voulu la mettre en garde ? Était-ce ce miracle qu'elle avait fui durant tant d'années ? Se donner n'était pas se vendre. Elle eut plutôt l'impression de vivre une glorieuse expansion de son être – un peu comme une prière, faite non de mots mais de regards, de caresses, de baisers et de peaux mêlées.

– Je t'aime ! s'écria-t-elle au moment de l'extase.

Et il n'y avait nulle profanation dans ces paroles – mais plutôt un sacrement.

Dans la grande salle du palais du Latran, Arsène attendait des nouvelles du pape avec les optimates et les membres du haut clergé. Lorsqu'on l'avait avisé de l'attitude du pape Jean face aux inondations, c'était tout juste s'il en avait cru ses oreilles. Mais après tout, fallait-il s'attendre à autre chose de la part d'un étranger issu de la plèbe ?

Radoin, commandant en second de la milice papale, pénétra en coup de vent dans la salle.

– Quelles sont les nouvelles ? s'empressa d'interroger le primicerius.

– Nous avons réussi à sauver de nombreuses vies, expliqua Radoin. Hélas, je crains que nous n'ayons perdu Sa Sainteté.

– Perdu ? Que veux-tu dire par là ?

– Sa Sainteté avait pris place dans la barque du superista. Nous pensions tous qu'ils nous suivaient, mais sans doute ont-ils rebroussé chemin pour secourir quelque survivant. C'était juste avant l'effondrement de la porte Sainte-Agathe et le raz-de-marée.

Un concert de cris horrifiés salua la nouvelle. Plusieurs prélats se signèrent.

– Est-il possible qu'ils aient survécu ? demanda Arsène.

– Non, répondit Radoin. Les flots ont tout balayé sur leur passage.

Arsène dut produire un gros effort pour dissimuler son enthousiasme.

– Dieu les garde, réussit-il à dire.

– Dois-je faire sonner le glas ? s'enquit l'archiprêtre.

– Pas encore, répondit Pascal. Ne nous précipitons pas. Le pape Jean est le premier vicaire de notre Seigneur. Il se peut que Dieu ait accompli un miracle pour le sauver.

– Pourquoi ne pas entreprendre des recherches sur place ? suggéra Arsène, désireux de s'assurer au plus tôt de la vacance du trône de Pierre.

– L'effondrement de la porte nord a rendu tout le quartier inaccessible, expliqua Radoin. Nous ne pourrons rien faire avant la décrue.

– Dans ce cas, prions, proposa Pascal. *Deus misereatur nostri et benedicat nobis...*

Courbant la tête, les autres se joignirent à sa prière.

Arsène récita mécaniquement les mots de l'oraison, mais son esprit était ailleurs. Si, comme cela semblait certain, le pape Jean avait bien péri au cours de l'inondation, Anastase jouirait bientôt d'une seconde chance. *Cette fois, il ne faudra pas que l'élection soit troublée par le moindre imprévu*, se dit-il, en se promettant d'user de tout son pouvoir pour assurer le succès de son fils.

– *... et metuant eum omnes fines terrae. Amen.*

– Amen, répéta Arsène, songeant déjà aux bonnes nouvelles que promettait d'apporter le lendemain.

En se réveillant vers l'aube, Jeanne sourit en découvrant Gerold toujours endormi près d'elle. Son regard s'attarda sur son visage long et anguleux – aussi saisissant de mâle beauté que le jour où elle l'avait contemplé pour la première fois, de l'autre côté d'une table de banquet, vingt-huit ans plus tôt.

Ai-je su tout de suite ? se demanda-t-elle. *Dès le premier instant ? Ai-je su tout de suite que je l'aimais ? Je le crois.*

Elle acceptait enfin une vérité qu'elle avait longtemps combattue : Gerold était une part d'elle-même, Gerold *était* elle-même, d'une façon mystérieuse, qu'elle ne pouvait ni expliquer ni nier. Ils étaient deux âmes sœurs, liées inextricablement et pour l'éternité, deux moitiés d'un tout parfait incapables d'atteindre à la plénitude l'une sans l'autre.

Elle ne s'attarda pas à réfléchir aux implications de cette découverte enchanteresse. C'était déjà bien assez que de vivre l'instant présent, le bonheur suprême d'être ici, et maintenant, près de lui. L'avenir n'existait plus.

Il dormait sur le côté, la tête proche de la sienne, les lèvres imperceptiblement entrouvertes, ses longs cheveux roux ébouriffés. Animée d'une irrépressible tendresse, Jeanne tendit la main et écarta délicatement une mèche de sa joue.

Les paupières de Gerold se soulevèrent, dévoilant un regard tellement empreint d'amour et de désir qu'elle en eut le souffle coupé. Sans un mot, il ouvrit les bras, et elle vint à lui.

Ils somnolaient encore, voluptueusement enlacés, lorsque Jeanne sursauta tout à coup, persuadée d'avoir entendu un bruit singulier. Elle retint son souffle et tendit l'oreille. Tout était calme. Elle comprit alors que ce n'était pas un son qui venait de la réveiller, mais au contraire le silence – et plus précisément l'absence du grondement de la pluie sur le toit.

Il ne pleuvait plus.

Elle se leva, alla à la fenêtre. Le ciel était sombre et lourd, mais pour la première fois depuis plus de dix jours, quelques trouées d'azur s'étiraient à l'horizon, teintées d'or par de puissants rayons de soleil.

Dieu soit loué. L'eau va bientôt redescendre.

Gerold la rejoignit et lui prit la taille. Elle se laissa aller contre lui, avide de sa chaleur.

– Crois-tu qu'on viendra bientôt nous chercher ? demanda-t-elle à mi-voix.

– Très bientôt. Il ne pleut plus.

Elle enfouit le visage au creux de son épaule.

– Jamais je ne me suis sentie aussi heureuse, Gerold… Ni aussi malheureuse !

– Je comprends, ma perle.

– Plus jamais nous ne connaîtrons de tels moments.

Il caressa ses cheveux d'or pâle.

– Rien ne nous oblige à retourner là-bas.

Elle le dévisagea avec surprise.

– Que veux-tu dire ?

– Personne ne sait que nous sommes ici. Si nous restons cachés à l'arrivée des secours, ceux-ci finiront par repartir. D'ici un jour ou deux, dès les premiers signes de décrue, nous pourrons nous glisser de nuit hors de la ville. Personne ne nous remarquera, car tout le monde nous croira morts. Nous pourrons enfin vivre ensemble, librement.

Sans répondre, elle se détourna vers la fenêtre.

Gerold attendit sa décision. Sa vie, son bonheur étaient dans la balance.

Au bout d'un long moment, elle se retourna pour lui faire face. Aux nuées de chagrin qui obscurcissaient son regard gris-vert, Gerold comprit qu'il l'avait perdue.

– Je ne puis me dégager de l'immense responsabilité qui m'a été confiée, dit-elle, pesant chacun de ses mots. Le peuple de Rome croit en moi. Je n'ai pas le droit de l'abandonner. En me dérobant, je deviendrais quelqu'un d'autre, une autre, différente de la personne que tu aimes.

Gerold savait que son pouvoir sur Jeanne ne serait jamais plus grand qu'en cet instant. S'il s'en servait, s'il la prenait tout de suite dans ses bras et s'il la couvrait de baisers, elle accepterait de le suivre. Mais ce serait abuser de la situation. Même si elle lui cédait, sa reddition risquait de ne pas durer. Il ne voulait pas la forcer à faire un choix qu'elle pourrait regretter par la suite. Il fallait qu'elle vînt à lui de son plein gré, ou qu'elle ne vînt pas.

– Je te comprends, murmura-t-il. Aussi, je n'insisterai pas. Mais je veux que tu saches quelque chose. Je ne te le dirai pas deux fois. Tu es ma femme, ma seule femme sur cette terre, et je suis ton unique mari. Quoi qu'il arrive, quoi que le temps et le destin nous réservent, nul n'y pourra rien changer.

Ils se rhabillèrent afin d'être prêts pour l'arrivée des secours, puis s'assirent l'un contre l'autre. Jeanne posa son front contre l'épaule de Gerold. Ils étaient encore dans cette position, totalement unis l'un à l'autre, lorsque le premier bateau pointa sa proue au coin de la rue.

Pendant qu'on les ramenait vers la terre ferme, Jeanne conserva obstinément la tête baissée, comme pour prier. Sentant sur sa nuque le regard intrigué des gardes et craignant de ne pas maîtriser ses sentiments, elle se garda de jeter le moindre coup d'œil à Gerold.

À leur débarquement, ils furent sur-le-champ encerclés par une foule en liesse. Ils eurent à peine le temps de s'adresser un ultime regard au moment où on les soulevait de terre pour les porter en triomphe vers leurs appartements respectifs.

28

Papa populi, ainsi fut-elle appelée – le pape du peuple. On ne cessait de raconter comment elle s'était aventurée hors de son palais le jour de la grande inondation, risquant sa vie pour en sauver d'autres. Où que Jeanne se rendît à Rome, on l'accueillait avec frénésie. La chaussée, devant elle, était jonchée de feuilles d'acanthe parfumées. Des gens se pressaient à toutes les fenêtres pour la saluer. Jeanne tirait force et consolation de l'amour qu'on lui manifestait. Sa vie était plus que jamais vouée aux Romains.

Les optimates et le haut clergé, en revanche, réprouvaient le comportement qu'elle avait eu lors de la crue. Se ruer en personne au secours des pauvres dans une barque ! Voilà qui était grotesque, et surtout bien embarrassant pour l'Église et la dignité pontificale ! Cette élite considérait Jeanne avec un désamour croissant, amplifié par leurs différences : elle était une étrangère, ils avaient grandi à Rome ; elle croyait à la puissance de la raison et de l'observation, eux croyaient à celle des miracles et des saintes reliques ; elle recherchait le progrès, ils préféraient rester attachés aux habitudes et aux traditions.

La plupart d'entre eux avaient rallié les rangs de la bureaucratie ecclésiastique dès l'enfance. Parvenus à l'âge d'homme, ils étaient profondément imprégnés de la tradition du Latran, et donc peu enclins aux réformes. À leurs yeux, il y avait une bonne et une mauvaise façon de procéder – la bonne étant celle qui avait toujours prévalu.

De manière compréhensible, le style de gouvernement de Jeanne les déconcertait. Sitôt qu'elle détectait un problème – le manque de lits dans un hospice, l'iniquité d'un dignitaire corrompu, une pénurie alimentaire –, elle s'employait à le résoudre. Elle se sentait fréquemment gênée par la bureaucratie papale, pesante machine administrative qui au fil des siècles avait développé des ramifications quasi labyrinthiques. L'administration papale se composait de centaines d'offices, chacun d'entre eux disposant d'une hiérarchie et de responsabilités propres auxquelles il tenait jalousement.

Dans son impatience, Jeanne se débattait perpétuellement pour contourner la formidable inefficacité d'ensemble du système. Par exemple, lorsque Gerold eut besoin de fonds supplémentaires pour la poursuite des travaux de l'aqueduc, elle préleva simplement la somme requise sur le trésor, sans se donner la peine de suivre la procédure habituelle, qui consistait à déposer une requête au bureau du sacellarius.

Arsène, toujours aux aguets, ne manqua pas de chercher à tirer profit de cette situation. Il s'empressa d'aller trouver Victor, le sacellarius, et aborda prudemment le sujet.

– Je crains que Sa Sainteté n'ait pas encore une notion très claire des façons de faire romaines, lâcha-t-il au détour de la conversation.

– Le contraire serait étonnant pour quelqu'un qui est né à l'étranger, répliqua Victor, se demandant où Arsène voulait en venir.

– J'ai été outré d'apprendre que le pape Jean a osé puiser dans le trésor sans te consulter.

– Ce fut en effet un geste… inconsidéré.

– Inconsidéré ! Mon cher Victor, à ta place, je ne serais pas aussi indulgent !

– Non ?

– Un homme averti en vaut deux.

Victor se départit d'un seul coup de son faux air d'indifférence.

– Aurais-tu entendu quelque chose ? demanda-t-il, anxieux. Sa Sainteté songerait-elle à me remplacer ?

– Qui peut le dire ? Peut-être le pape a-t-il l'intention de supprimer purement et simplement ta fonction. Ainsi, il pourrait se servir à sa guise dans le trésor sans avoir de comptes à rendre.

– Il n'oserait pas !

– En es-tu sûr ?

Victor ne répondit pas. Arsène en profita pour porter l'estocade :

– Je commence à me dire que l'élection du pape Jean fut une erreur. Une grave erreur.

– L'idée m'a déjà effleuré, admit Victor. Certains de ses projets, comme cette école pour femmes, par exemple… Enfin, ajouta-t-il en secouant la tête, les voies du Seigneur sont impénétrables.

– Ce n'est pas Dieu qui a placé Jean sur le trône, Victor. Nous nous en sommes chargés nous-mêmes. Et nous pouvons le lui reprendre.

C'en était trop pour le sacellarius.

– Jean est le vicaire du Christ ! riposta Victor, choqué. Je te concède qu'il est… étrange. Mais de là à comploter contre lui ? Non, vraiment non… Il n'y a aucun motif d'en arriver à cette extrémité.

– Tu as sans doute raison, concéda Arsène.

Il était plus prudent d'en rester là. Le grain était semé, et Arsène savait qu'il finirait par germer.

Depuis leur séparation après la crue du Tibre, Gerold n'avait pas revu Jeanne. Le chantier avait quitté l'enceinte de la ville pour se déplacer vers Tivoli, à vingt milles de distance. Gerold suivait de fort près tous les détails de la reconstruction, de la conception des plans à la supervision des équipes de maçons. Il mettait volontiers la main à la pâte, aidant à transporter de lourdes pierres ou à les recouvrir de mortier frais. Ses hommes ne furent pas peu surpris dans un premier temps de voir leur superista en personne s'abaisser à d'aussi humbles tâches, mais Gerold y trouvait un grand réconfort : seul le labeur physique le plus intense le délivrait momentanément de la mélancolie qui régnait sur son cœur.

Il aurait mille fois mieux valu que nous ne cédions pas à notre désir, se disait-il souvent. Sans cet écart, peut-être auraient-ils pu continuer à vivre comme auparavant. Mais à présent…

Il avait le sentiment d'avoir trop longtemps vécu dans un aveuglement complet. Tous les chemins qu'il avait empruntés lors des dernières années, tous les risques qu'il avait courus, tout ce qu'il avait cherché à réaliser et à devenir convergeait vers une personne unique : Jeanne.

Une fois l'aqueduc restauré, elle s'attendrait certainement à ce qu'il reprenne ses fonctions de général de la milice. Mais la côtoyer de nouveau chaque jour, tout en sachant qu'elle serait à jamais hors d'atteinte… il ne le supporterait pas.

Je quitterai Rome dès la fin des travaux. Je retournerai à Bénévent, je reprendrai le commandement de l'armée de Siconulf. Avec ses ennemis bien identifiés et ses objectifs clairs, la vie simple des soldats ne manquait pas d'attrait.

Il travailla et fit travailler les autres sans relâche. Trois mois plus tard, les travaux étaient achevés.

L'aqueduc restauré fut consacré en grande pompe à la fête de l'Annonciation. Conduit par Jeanne, le clergé tout entier – portiers, acolytes, lecteurs, exorcistes, prêtres, diacres et évêques – se déploya autour des immenses arches de tuf en une somptueuse procession. On aspergea les pierres d'eau bénite, on chanta des litanies, des psaumes, des hymnes. Lors d'une halte, Jeanne prononça quelques mots pour bénir l'édifice. Elle leva les yeux vers l'endroit où se dressait Gerold, au sommet de la première arche. Élancé, il dépassait d'une tête tous ceux qui l'entouraient.

Elle lui fit un signe de la main, et il abaissa un levier, ce qui déclencha l'ouverture des vannes. Le peuple applaudit à tout rompre quand l'eau froide et pure des sources de Subiaco, jaillissant à quelque quarante-cinq milles des murs de Rome, coula en chantant jusqu'au champ de Mars pour la première fois depuis plus de trois cents ans.

Conçu à la mode impériale, le trône papal était un fauteuil à haut dossier de chêne, richement sculpté et incrusté de rubis, de perles, de saphirs et autres pierreries, massif et aussi peu confortable qu'il était imposant. Jeanne y était assise depuis plus de cinq heures, recevant en audience un cortège sans fin de requérants. Elle changeait souvent de position, de plus en plus nerveuse, dans l'espoir de chasser la douleur croissante qui lui vrillait le dos.

Juvianus, le doyen des intendants, annonça le plaignant suivant.

– Le *magister militum*, messire Daniel.

Jeanne fronça les sourcils. Le maître des milices était un officier difficile à manier, épineux, irascible – et surtout très proche d'Arsène. Sa présence en ce lieu n'augurait rien de bon.

Daniel s'avança à grands pas, salua du menton les notaires et autres officiers pontificaux, puis gratifia Jeanne d'une esquisse de révérence.

– Votre Sainteté, commença-t-il, abrupt, est-il vrai que vous ayez l'intention, lors des ordinations de mars, de nommer Nicéphore évêque de Trevi ?

– C'est la vérité.

– Cet homme est un Grec !

– Quelle importance ?

– Une position aussi illustre doit revenir à un Romain.

Jeanne se retint de soupirer. Il était exact que tous ses prédécesseurs s'étaient servis de l'épiscopat comme d'un outil politique, distribuant les évêchés parmi les nobles familles de Rome comme autant de parts de gâteau. Jeanne désapprouvait cette pratique, qui avait produit un grand nombre d'*episcopi agraphici* – évêques illettrés –, auxquels on devait la propagation de toutes sortes de superstitions et de croyances infondées. Comment un prélat pouvait-il interpréter justement la parole de Dieu s'il n'était même pas capable de la déchiffrer ?

– Une position aussi illustre, répondit-elle d'un ton calme, doit revenir à la personne la mieux qualifiée pour la tenir. Nicéphore est un homme de science et de foi. Il fera un excellent évêque.

– Voilà un jugement qui n'a rien d'étonnant, venant d'un *étranger* comme vous !

Daniel avait délibérément employé le mot *barbarus* plutôt que *peregrinus*, plus anodin. Un murmure traversa l'assemblée.

– Tu n'as rien contre Nicéphore, dit Jeanne en regardant l'officier dans les yeux. Seul l'égoïsme te fait parler ainsi, Daniel, car tu brigues cette dignité pour ton fils Pierre.

– Et pourquoi pas ? En vertu de son nom et de sa naissance, Pierre est parfaitement digne d'une aussi noble fonction.

– Mais pas en vertu de son mérite.

La mâchoire inférieure de Daniel s'affaissa.

– Vous osez… vous osez… mon fils…

– Ton fils, le coupa Jeanne, lit aussi bien un livre à l'envers qu'à l'endroit, car il n'entend rien au latin. Il a appris par cœur les quelques passages écrits qu'il lui arrive de citer. Le peuple mérite mieux que cela. Et Nicéphore peut le lui apporter.

Offensé, Daniel se raidit.

– Écoutez bien ce que je dis, Votre Sainteté : vous n'avez pas fini d'entendre parler de cette affaire !

Sur ce, il tourna les talons et s'en fut.

Il court droit chez Arsène, songea Jeanne, *qui trouvera sûrement un moyen de faire d'autres remous*. Daniel avait en tout cas raison sur un point : elle n'avait pas fini d'entendre parler de cette affaire.

Elle fut prise d'une inexprimable lassitude. L'air de cette salle sans fenêtre semblait s'épaissir autour d'elle. Saisie de nausée, elle porta une main à son pallium pour l'écarter de son cou.

– Messire Gerold, le superista, annonça Juvianus.

Gerold ! Jeanne s'anima quelque peu. Ils ne s'étaient plus parlé depuis l'inondation. Elle avait secrètement espéré qu'il viendrait aujourd'hui, tout en redoutant cette confrontation. Plus consciente que jamais du poids des regards de l'assistance, elle garda un masque impassible.

Gerold entra, et le cœur perfide de Jeanne fit un bond. La lumière mouvante des chandeliers dansait sur les traits du visiteur, illuminant les contours ciselés de son front et de ses pommettes. Il lui rendit son regard. Leurs yeux eurent un échange silencieux, et pendant un bref instant ce fut comme s'ils étaient seuls au milieu de cette noble compagnie.

Il s'avança. S'agenouilla devant le trône.

– Relève-toi, superista, dit-elle d'une voix qui lui parut à elle-même incertaine. En ce jour, tu mérites les plus insignes honneurs. Rome t'est hautement reconnaissante.

– Merci, Votre Sainteté.

– Ce soir, nous rendrons hommage à ton succès par un banquet. Tu siégeras à ma table, à la place d'honneur.

– Hélas, je ne pourrai pas être présent. Je quitte Rome aujourd'hui même.

– Quitter Rome ? répéta-t-elle, stupéfaite. Que veux-tu dire ?

– À présent que la grande tâche que vous m'avez confiée est achevée, je renonce à mon titre de superista. Le prince Siconulf m'a prié de rentrer à Bénévent pour reprendre le commandement de ses armées, et j'ai accepté.

Jeanne réussit à maintenir sa rigide posture sur le trône, mais ses mains se crispèrent sur leurs appuis.

– C'est impossible, lâcha-t-elle. Je ne le permettrai pas.

Les prélats assemblés écarquillèrent les yeux. Rares étaient les officiers qui renonçaient à un poste aussi illustre, mais après tout le Franc était libre d'aller et venir à sa guise.

– En me mettant au service de Siconulf, répondit-il d'un ton égal, je continuerai à servir les intérêts de Rome, car les terres du prince de Bénévent offrent un puissant rempart chrétien contre les Lombards et les Sarrasins.

Jeanne serra les mâchoires et se tourna vers les prélats.

– Laissez-nous, ordonna-t-elle.

Juvianus et les autres échangèrent des regards perplexes, puis quittèrent la salle, tête baissée en signe de respectueuse obéissance.

– Était-ce bien sage de les faire sortir ? demanda Gerold quand ils furent seuls. Tu risques d'éveiller les soupçons.

– Il fallait que je te parle seule à seul. Quitter Rome ? Où as-tu la tête ? Peu m'importe, d'ailleurs, je ne le permettrai pas ! Siconulf trouvera bien quelqu'un d'autre pour diriger ses armées. J'ai besoin de toi ici, près de moi.

– Ma perle…, murmura-t-il d'une voix pareille à une caresse. Ouvre les yeux. Nous ne pouvons pas échanger un regard sans risquer de trahir nos sentiments. Un coup d'œil, un mot de trop, et ta vie serait aussitôt en péril ! Je *dois* partir, ne le comprends-tu pas ?

Jeanne savait qu'il avait raison. Mais l'idée de son départ imminent l'emplissait de terreur. Gerold était la seule personne au monde qui la connût vraiment, la seule à qui elle pût se fier.

– Sans toi, je serais complètement esseulée, dit-elle. Je doute de pouvoir le supporter.

– Tu es plus forte que tu ne le crois.

– Non.

Elle quitta son trône pour marcher vers lui. Soudain, la tête lui tourna. Elle chancela. Gerold fut près d'elle en un instant. Il lui prit le bras, la soutint.

– Tu es souffrante !

– Non, juste… fourbue.

– Tu travailles trop. Il te faut du repos. Viens, je te raccompagne jusqu'à tes appartements.

Elle lui étreignit l'avant-bras.

– Promets-moi que tu ne partiras pas avant que nous n'ayons de nouveau parlé.

– Bien sûr, répondit-il, le regard grave. Je ne partirai pas avant que tu ne sois tout à fait rétablie.

Jeanne reposait sur son lit, dans le silence de sa chambre. *Suis-je malade ? Si tel est le cas, je dois en découvrir la cause et me soigner au plus vite, avant qu'Ennodius et les autres membres de la Société de médecine aient vent de mon état.*

Elle s'attela à la tâche sans tarder, s'interrogeant elle-même comme si elle était son propre patient.

Quand sont apparus les premiers symptômes ?

À la réflexion, elle ne se sentait pas au mieux depuis plusieurs semaines.

Quels sont ces symptômes ?

Fatigue, manque d'appétit, sensation d'empâtement. Quelques nausées, surtout au lever…

Un frisson de terreur s'empara d'elle.

Son esprit remonta désespérément le temps, s'efforçant de retrouver la date de ses dernières menstrues. C'était deux mois plus tôt, peut-être trois. Elle avait été si affairée qu'elle n'y avait prêté aucune attention.

Tous les symptômes convergeaient, mais il existait un moyen sûr de vérifier son diagnostic. Elle souleva le bassin posé sur le sol à côté de son lit.

Peu après, elle le reposa d'une main tremblante.

La preuve était irréfutable. Elle portait un enfant.

Anastase ôta ses cothurnes de velours et s'étendit sur le divan. *Bonne journée*, se dit-il, satisfait de lui-même. *Oui, la journée a été excellente*. Ce matin, il avait brillé à la cour impériale. Sa perspicacité et son érudition avaient fait forte impression sur Lothaire et sa suite.

L'empereur lui avait demandé de donner son opinion sur *De corpore et sanguine Domini*, traité qui causait un grand tumulte chez les théologiens francs. Écrit par Paschase Radbert, abbé de Corbie, ce texte avançait une théorie des plus audacieuses, selon laquelle l'Eucharistie, loin d'être une représentation symbolique, contenait réellement le corps et le sang du Christ, « celui qui est né de Marie, qui a souffert sur la croix, et qui s'est relevé de sa tombe ».

« Qu'en penses-tu, cardinal Anastase ? avait lancé Lothaire. L'hostie est-elle vraiment le corps du Christ ? »

Anastase gardait une réponse toute prête.

« L'Eucharistie est un symbole, sire. Car il est aisé de démontrer que le Christ possède deux corps distincts ; le premier enfanté par Marie, et le second représenté dans l'Eucharistie. *Hoc est corpus meum*, a dit Jésus en rompant le pain lors de la Cène. « Ceci est mon corps. » Or, il était encore physiquement présent avec ses disciples lorsqu'il a proféré ces mots. À l'évidence, il les entendait donc au sens figuré. »

L'argument était si subtil que tout le monde l'applaudit. Lothaire le félicita en le décrivant comme « un second

Alcuin ». Ayant arraché plusieurs poils de sa barbe, il les offrit à Anastase – un geste d'insigne distinction au sein de ce peuple étrange et barbare.

Anastase sourit, encore tout imbu du plaisir de ce glorieux moment. Ayant versé un peu de vin dans une coupe d'argent, il attrapa le rouleau de parchemin contenant la dernière lettre de son père. Il rompit le sceau de cire. Déroula la fine feuille de vélin blanc. Ses yeux parcoururent avidement les lignes, puis s'arrêtèrent sur le récit du vol des dépouilles de saint Marcellin et de saint Pierre.

La profanation des sépultures de saints n'avait rien d'inhabituel. Tous les sanctuaires chrétiens du monde faisaient étalage de leurs reliques afin d'attirer des cohortes de fidèles en mal de miracles. Des siècles durant, les Romains avaient fait leurs choux gras de cette universelle obsession en organisant le commerce régulier des reliques. Les pèlerins sans nombre qui affluaient vers la cité sainte étaient prêts à verser des sommes substantielles pour acquérir une phalange de saint Damien, une clavicule de saint Antoine ou un cil de sainte Sabine.

Cependant, les ossements de saint Marcellin et de saint Pierre n'avaient pas été vendus : quelqu'un les avait volés, ignominieusement arrachés à leurs sépultures en pleine nuit et transportés hors de la ville. *Furta sacra* – le vol des choses sacrées –, ainsi dénommait-on cette sorte de crime. Il était nécessaire de punir les coupables, sans quoi l'on risquait de voir la ville se vider de ses plus grands trésors.

« À la suite de ce vol infâme, écrivait son père, nous avons tous demandé au pape Jean de doubler le nombre des gardes postés dans les églises et cimetières. Mais le souverain pontife refuse. À l'en croire, la milice est mieux employée au service des vivants qu'à celui des morts. »

Anastase savait déjà que Jean avait affecté l'essentiel des effectifs de la milice pontificale à la construction d'écoles, d'hospices et de maisons d'accueil. Le pape consacrait son temps et son attention – sans parler des finances papales – à des projets séculiers de cet ordre, pendant que se languissaient les églises de Rome. Celle du père d'Anastase n'avait pas reçu la moindre lampe en or ni le moindre candélabre d'argent, depuis le sacre de Jean Anglicus. Et cependant, les innombrables cathédrales, oratoires, baptistères et chapelles de Rome étaient la gloire de la ville. Or, il fallait bien que ces édifices fussent en permanence embellis et agrandis si la cité sainte souhaitait éclipser en splendeur sa rivale orientale, Constantinople, qui déjà se faisait effrontément appeler « la nouvelle Rome ».

Anastase se promit de faire en sorte que les choses soient différentes quand il serait pape. Il ramènerait Rome au temps de sa gloire. Sous sa houlette, les églises de la ville ruisselleraient de nouveau de richesses inouïes, redeviendraient plus éblouissantes que les meilleurs palais de Byzance. Il était convaincu que Dieu ne l'avait mis sur cette terre que pour accomplir cette œuvre immense.

Il revint à la lecture de la lettre de son père, avec un intérêt amoindri, car sa dernière partie n'abordait que des sujets sans importance : la liste des prêtres devant être ordonnés lors des festivités de Pâques venait d'être publiée ; son cousin Côme s'était remarié à la veuve d'un diacre ; et un certain Daniel, magister militum, se déclarait profondément outré de ce qu'un Grec avait été nommé évêque de préférence à son fils.

Anastase se raidit. Un Grec ? Son père semblait citer cette affaire comme un simple exemple supplémentaire du regrettable manque de *romanità* du pape Jean. Se pouvait-il que les vastes perspectives ouvertes par cet événement lui eussent entièrement échappé ?

Voilà l'occasion que j'attendais, se dit-il, enthousiaste. La chance lui souriait enfin. Il se leva en hâte et alla à sa table. Saisissant une plume, il se mit à écrire.

« Cher père, ne perdez pas un instant à la réception de la présente lettre. Envoyez-moi sur-le-champ le magister militum Daniel. »

Jeanne faisait les cent pas dans sa chambre. *Comment ai-je pu être aveugle à ce point ?* L'idée, tout simplement, ne lui était pas venue qu'elle pût se trouver enceinte. Après tout, à quarante et un ans, elle avait largement dépassé l'âge fertile.

Il est vrai que ma mère était encore plus âgée lors de sa dernière grossesse.

Et elle était morte en couches.

Ne te donne jamais à aucun homme.

Une terreur glacée se déversa dans le cœur de Jeanne. Elle s'efforça de se calmer. Ce qui était arrivé à sa mère ne devait pas nécessairement lui arriver. Elle était vigoureuse, en parfaite santé. Ses chances de survivre à un enfantement étaient excellentes. Mais que deviendrait-elle ensuite ? Dans la ruche grouillante de regards indiscrets qu'était le Latran, elle n'avait aucun moyen de garder son accouchement secret, et encore moins de dissimuler l'enfant lorsqu'il serait venu au monde. Son sexe serait à coup sûr dévoilé.

Quelle mort serait considérée comme un châtiment suffisant pour punir l'immensité de son crime ? Son supplice serait forcément effroyable. Il se pouvait qu'on lui arrachât les yeux après les avoir brûlés au fer rouge, ou qu'on l'écorchât jusqu'à l'os. On choisirait peut-être de l'écarteler lentement, avant de la brûler vive. Une fin hideuse était inévitable après la venue de son enfant.

Si cet enfant venait.

Elle posa les deux mains à plat sur son ventre. L'être qui grandissait en elle ne donna nul signe de mouvement. Le fil qui le reliait à la vie était encore extrêmement ténu. Un petit rien suffirait à le briser.

Elle s'approcha du coffre fermé à double tour où elle conservait ses remèdes, qu'elle avait fait apporter peu après son sacre. Ils étaient plus accessibles dans sa chambre, et à l'abri des mains avides. Ses doigts errèrent entre les divers sachets et fioles jusqu'à ce qu'elle eût trouvé ce qu'elle cherchait. D'une main experte, elle prit une mesure d'ergot de seigle, qu'elle fit infuser dans une coupe de vin pur. À petites doses, c'était un remède bienfaisant. Au-delà, cette substance pouvait provoquer un avortement – mais cette méthode, outre les risques encourus par celle qui décidait de l'employer, ne fonctionnait pas toujours.

Avait-elle encore le choix ? Si elle ne mettait pas au plus tôt un terme à sa grossesse, elle était condamnée à subir une mort horrible.

Elle leva la coupe vers ses lèvres.

Les mots d'Hippocrate lui traversèrent l'esprit. *L'art médical est une vocation sacrée. Un médecin doit user de son talent selon ses capacités et son jugement pour aider les souffrants, mais en aucun cas pour nuire.*

Jeanne balaya ce scrupule. Toute sa vie, son corps de femme n'avait été qu'une source de maux et de tourments – un obstacle dressé entre elle et ses aspirations. Elle ne lui permettrait pas de la priver de vie.

Elle but d'un trait le contenu de la coupe.

En aucun cas pour nuire. En aucun cas pour nuire. En aucun cas pour nuire...

Ces quelques mots se mirent à résonner sous son crâne, et son cœur se gonfla de chagrin. Avec un sanglot, elle jeta au sol la coupe vide, qui roula bruyamment au loin, répandant sur les dalles un mince serpent écarlate.

Elle se coucha sur son lit et attendit que le poison fît effet. Le temps passa. Rien ne se produisait. *C'est un échec.* Cette pensée l'effraya et la soulagea en même temps. Elle se rassit, et fut soudain saisie d'un violent tremblement. Son corps entier se souleva, secoué de spasmes incontrôlables. Son cœur se mit à cogner dans sa poitrine. Affolée, elle prit son pouls : il galopait furieusement.

Une fulgurante douleur la transperça, d'une inconcevable intensité. On eût dit qu'un poignard chauffé au rouge fouissait ses entrailles. Elle agita la tête en tous sens, elle se mordit la lèvre pour s'empêcher de crier. Elle ne devait en aucun cas attirer l'attention.

Les quelques heures suivantes passèrent dans une sorte de brouillard : Jeanne oscillait entre conscience et inconscience. Sans doute fut-elle victime d'hallucinations. Elle crut que sa mère était assise à son chevet, les paumes doucement posées sur son front brûlant, l'appelant sa « petite caille » et lui chantant des mélopées dans la langue des Anciens.

Peu avant l'aube, elle s'éveilla enfin, tremblante et très faible. Longtemps, elle n'osa pas bouger. Puis elle entreprit, à gestes lents, de s'examiner. Son pouls était régulier, son cœur battait avec vigueur, son teint était rassurant. Elle ne releva ni effusion de sang ni aucun signe d'un mal durable.

Elle avait survécu à son supplice.

L'enfant aussi.

Il n'y avait plus qu'une personne au monde vers qui elle pût se tourner. Lorsqu'elle fit part à Gerold de son état, il fit d'abord montre d'une incrédulité totale.

– Grand Dieu ! Est-ce possible ?

– Apparemment, riposta Jeanne, lugubre.

Il demeura un long moment silencieux, le regard fixe.

– Est-ce la raison de ton récent malaise ?

– Oui.

Elle ne mentionna pas l'ergot de seigle. Gerold ne l'aurait pas compris.

Il la prit dans ses bras et lui fit poser le front contre son épaule. Ils restèrent immobiles pendant de longues minutes, laissant leurs cœurs battre à l'unisson.

– Te rappelles-tu ce que je t'ai dit pendant l'inondation ? demanda-t-il à mi-voix.

– Nous nous sommes dit bien des choses, ce jour-là.

Mais le pouls de Jeanne s'accéléra : elle savait ce à quoi il faisait allusion.

– Je t'ai dit que tu étais ma seule femme sur cette terre, et que je me considérais, moi, comme ton unique mari.

Il la força à redresser le menton. Leurs regards se mêlèrent.

– Je te comprends mieux que tu ne crois, Jeanne. Je sais à quel point ton cœur est déchiré. Mais aujourd'hui, le destin a décidé à notre place. Nous partirons, et nous vivrons ensemble, comme nous avons toujours été voués à le faire.

Il avait raison. C'était la seule solution. L'éventail de chemins qui s'ouvrait naguère devant elle s'était réduit à un sentier étroit et unique. Une vague de tristesse l'envahit, en même temps qu'une étrange excitation.

– Nous pouvons partir dès demain, reprit Gerold. Renvoie tes chambellans pour la nuit. Une fois tout le monde assoupi, tu ne devrais pas avoir de mal à sortir par une porte latérale. Je t'attendrai dehors avec des vêtements de femme, que tu enfileras sitôt que nous aurons quitté les remparts.

– Dès demain ! s'écria Jeanne, qui à aucun moment n'avait envisagé un départ aussi précipité. Mais… on nous recherchera !

– Quand on s'apercevra de notre absence, nous serons loin. En outre, la garde cherchera deux hommes, pas un humble couple de pèlerins.

Le plan était audacieux, mais il pouvait fonctionner. Elle résista cependant.

– Je ne puis partir si vite. Il y a tant de choses que je dois encore accomplir ici !

– Je le sais, mon ange. Mais nous n'avons pas le choix. Tu dois le comprendre.

– Attendons Pâques, proposa-t-elle. Ensuite, je te suivrai.

– Pâques ! Dans près d'un mois ! Et si quelqu'un devinait ton état entre-temps ?

– Je ne suis enceinte que de quatre mois. Sous mes amples robes, je puis aisément dissimuler ma grossesse pendant un mois supplémentaire.

Gerold secoua la tête avec véhémence.

– Je ne te laisserai pas prendre un tel risque. Nous devons partir maintenant, pendant qu'il en est encore temps.

– Non, répliqua-t-elle avec une conviction égale. Jamais je ne laisserai mon peuple privé de son pape le jour le plus saint de l'année.

Elle est bouleversée, se dit Gerold. *Incapable de pensées claires*. Il n'avait guère le choix. Mieux valait composer avec elle pour l'heure, mais il s'arrangerait en secret pour préparer un départ rapide. Au moindre signe de danger, il serait ainsi en mesure de la mettre en lieu sûr – par la force s'il le fallait.

À l'occasion de *nox magna*, la grande nuit de la célébration de Pâques, des milliers de gens s'entassèrent dans la cathédrale du Latran et tout autour pour participer à la vigile, au baptême et à la messe. Le long office commençait le samedi soir et se prolongerait jusqu'au matin de Pâques.

À l'extérieur de la cathédrale, Jeanne alluma le cierge pascal, puis le tendit à Desiderius, l'archidiacre, qui le porta cérémonieusement à l'intérieur de la sombre nef. Jeanne et le reste du clergé lui emboîtèrent le pas en entonnant le *lumen Christi*, hymne à la lumière du Christ. À trois reprises, la procession s'arrêta dans l'allée centrale pour permettre à Desiderius d'allumer les cierges des fidèles. Lorsque Jeanne atteignit l'autel, la grande nef scintillait de mille flammes minuscules, dont la lueur se réfléchissait sur le marbre lisse des murs et des colonnes, en une somptueuse allégorie de la Lumière donnée au monde par le Christ.

– *Exultet jam angelica turba caelorum. Exultent divina mysteria !*

Desiderius venait d'attaquer joyeusement les premières mesures de l'*Exultet*. Ce très vieux chant, connu depuis la nuit des temps, souleva au fond du cœur de Jeanne une émotion poignante.

Je n'entendrai plus jamais cette splendide mélodie devant un autel, se dit-elle avec mélancolie. En plein cœur de cette célébration de rédemption et d'espoir, elle n'était pas loin d'éprouver une vraie révélation divine.

– *O vere beata nox, quae expoliavit Aegyptios, ditavit Hebraeos ! Nox, in qua terrenis caelestia junguntur...*

En sortant de la cathédrale à la fin de la messe, Jeanne remarqua un homme en haillons, tout crotté, qui attendait sur les marches du parvis. Croyant avoir affaire à un mendiant, elle fit signe à Victor, le sacellarius, de lui donner l'aumône.

L'homme refusa les pièces qu'on lui tendait.

– Je ne demande pas la charité, Votre Sainteté. Je suis un messager, et j'apporte des nouvelles pressantes.

– Donne-les donc.

– L'empereur Lothaire et son armée sont à Paterno. Au train où ils avancent, ils seront à Rome sous deux jours.

Un murmure d'inquiétude traversa la file des prélats.

– Le cardinal Anastase est avec eux, ajouta le messager.

Jeanne fronça les sourcils. La présence d'Anastase dans l'entourage impérial était du plus mauvais augure.

– Pourquoi l'appelles-tu cardinal ? l'interrogea-t-elle d'un ton sévère. Anastase a été excommunié. Il n'a plus droit à ce titre.

– Je vous prie de me pardonner, Votre Sainteté, mais c'est ainsi que l'empereur le désigne.

De mieux en mieux ! Le mépris affiché par l'empereur envers la sentence d'excommunication prononcée par le défunt pape Léon était un défi ouvert à l'autorité pontificale. Dans un tel état d'esprit, Lothaire était capable de tout.

Cette nuit-là, après avoir discuté avec elle de la situation, Gerold pressa de nouveau Jeanne de tenir sa promesse.

– J'ai attendu Pâques comme tu me l'as demandé. Tu dois fuir dès à présent, avant que Lothaire ne soit là.

Jeanne secoua la tête.

– Si le trône est vacant à son arrivée, il n'aura aucun mal à y installer Anastase.

La perspective de voir le fils d'Arsène monter sur le siège apostolique déplaisait autant à Gerold qu'à Jeanne, mais la sécurité de celle-ci constituait sa priorité absolue.

– Tu trouveras toujours une excellente raison pour rester ici, Jeanne. Nous ne pouvons pas repousser éternellement notre départ.

– Je ne trahirai pas la confiance du peuple en laissant Rome entre leurs mains, répliqua-t-elle avec entêtement.

Gerold eut envie de la soulever de terre et de l'emporter sans lui demander son avis afin de l'arracher au traquenard qui était en train de se refermer sur elle. Comme si elle lisait dans ses pensées, elle reprit la parole.

– C'est l'affaire de quelques jours, dit-elle d'un ton conciliant. Quel que soit le but de Lothaire, il ne restera pas à Rome un jour de plus que nécessaire. Dès qu'il sera reparti, je te suivrai.

Gerold réfléchit un instant.

– Et à ce moment-là, tu ne soulèveras plus d'objection ?

– Aucune objection, promit Jeanne.

Le lendemain, Jeanne prit place sur les marches de Saint-Pierre, tandis que Gerold partait à cheval accueillir Lothaire. Des sentinelles avaient été postées tout le long du mur léonin.

Peu après, un cri descendit des remparts.

– L'empereur est arrivé !

Jeanne ordonna l'ouverture de la porte San Peregrinus.

Lothaire la franchit le premier. Anastase chevauchait à son côté, effrontément paré de son pallium de cardinal. Son visage aristocratique, au front haut, affichait une fierté hautaine.

Jeanne fit comme si elle ne le voyait pas. Elle attendit sur les marches que l'empereur mît pied à terre et vînt à elle.

– Soyez le bienvenu dans la sainte cité de Rome, sire, dit-elle en tendant sa main droite, ornée de l'anneau pontifical.

Lothaire ne s'agenouilla pas, mais il courba les hanches, très raide, pour baiser le symbole de son autorité spirituelle.

Jusqu'ici, tout va bien, se dit Jeanne.

Le premier rang des hommes de Lothaire s'ouvrit en deux, et elle aperçut Gerold, le visage livide de rage. Une grosse corde lui liait les poignets.

– Que signifie cela ? interrogea Jeanne, cassante. Pourquoi le superista est-il attaché ?

– Il vient d'être arrêté pour trahison, répondit Lothaire.

– Trahison ! Le superista est mon plus fidèle serviteur. J'ai toute confiance en lui.

Anastase intervint pour la première fois.

– Cette trahison ne vous concerne pas, Votre Sainteté, mais l'empereur. Gerold est accusé d'avoir conspiré pour livrer Rome aux mains des Grecs.

– Absurde ! Qui a proféré cette accusation insensée ?

À cet instant, Daniel parut à cheval dans le dos d'Anastase et darda sur Jeanne un regard plein de triomphale arrogance.

– Moi, lâcha-t-il.

Plus tard, dans l'intimité de sa chambre, Jeanne réfléchit longtemps au problème, en quête d'une solution. Gerold et elle étaient victimes d'un complot diabolique. En sa qualité de pontife, elle-même ne pouvait être jugée. Mais Gerold pouvait l'être – et s'il était déclaré coupable, elle serait fatalement éclaboussée. Ce plan était évidemment l'œuvre d'Anastase.

Je n'ai pas encore dit mon dernier mot, pensa-t-elle, en redressant fièrement le menton. Anastase pouvait bien se livrer à toutes les manœuvres concevables. Il s'en prenait au pape, et le pape n'était pas à bout de ressources.

29

Le grand triclinium, extension relativement récente du palais du Latran, n'en était pas moins déjà chargé d'histoire. Les fresques qui ornaient ses murs étaient tout juste sèches quand le pape Léon III et Charlemagne, le grand-père de Lothaire, s'y étaient rencontrés avec leurs suites respectives pour sceller l'accord légendaire qui, en élevant Charles du rang de roi de France à celui d'empereur du Saint Empire romain, allait changer la face du monde.

Les cinquante-cinq années écoulées depuis ce jour n'avaient en rien émoussé la splendeur du lieu. Ses trois vastes absides étaient pavées de marbre blanc et bordées de fines colonnes de porphyre, aux ciselures d'une époustouflante complexité. Quant aux murs, ils étaient couverts de fresques chatoyantes, peintes de main de maître, représentant des scènes de la vie de l'apôtre Pierre. Mais ces merveilles elles-mêmes étaient éclipsées par la grande mosaïque adossée à la voûte de l'abside centrale. Saint Pierre y était représenté sur un trône magnifique, la tête parée d'une auréole circulaire – la marque des saints. À sa droite était agenouillé le pape Léon, à sa gauche l'empereur Charlemagne. Le front de chacun d'eux était ceint d'une auréole carrée, symbole des vivants : tous deux vivaient encore lors de la construction du triclinium.

À l'avant de la salle, Jeanne et Lothaire étaient juchés sur deux grands trônes incrustés de pierreries et placés *sedentes pariter*, c'est-à-dire sur un pied d'égalité. Les deux sièges avaient été prudemment installés côte à côte, et à même hauteur, de façon qu'aucun d'eux ne dominât l'autre. Les archevêques, cardinaux et abbés de Rome étaient assis face à eux sur de hauts fauteuils de style byzantin, luxueusement capitonnés de velours vert. Les autres *sacerdotes*, les optimates, et les principaux aristocrates francs et romains se tenaient en retrait. La grande salle était comble.

Quand tout le monde fut en place, les hommes de Lothaire amenèrent Gerold, toujours enchaîné. Jeanne eut un sursaut en apercevant les contusions qui lui marquaient le visage et le cou. À l'évidence, il avait été maltraité.

Lothaire se tourna vers Daniel.

– Avance-toi, magister militum, et réitère ton accusation, afin que tous puissent l'entendre.

– J'ai entendu le superista dire au pape Jean que Rome avait intérêt à conclure une alliance avec les Grecs afin de libérer la cité du joug franc.

– Mensonge ! rugit Gerold, aussitôt réduit au silence par une violente bourrade.

– Ne le touchez pas ! ordonna Jeanne aux gardes, avant de s'adresser à Gerold : Tu nies donc cette accusation, superista ?

– Absolument. Ce n'est qu'un tissu de mensonges.

Jeanne inspira profondément. Elle devait se jeter à l'eau maintenant, ou se taire à jamais.

– Je confirme la version du superista, déclara-t-elle d'une voix forte.

Un murmure choqué parcourut l'assemblée. Par cette réponse, le pape Jean passait du statut de juge à celui de coaccusé.

Pascal, le primicerius, intervint.

– Votre Sainteté, vous n'avez ni à soutenir ni à dénier l'accusation. Souvenez-vous des paroles du grand Charlemagne : *Judicare non audemus*. Ce n'est pas votre procès qui se tient ici, car nul tribunal terrestre n'a le pouvoir de vous juger.

– Je le sais, Pascal. Cependant, je suis prêt à affronter cette accusation de mon plein gré, afin de délivrer les esprits de toute suspicion imméritée.

Sur ce, elle fit signe à Florentin, le vestiarius. Comme cela avait été convenu par avance, Florentin s'avança aussitôt. Il tenait dans ses bras un gros manuscrit magnifiquement relié – le Livre des Évangiles, réceptacle sacré de la parole de saint Luc, de saint Marc, de saint Matthieu et de saint Jean. Jeanne le prit avec révérence.

– Sur les Évangiles, proféra-t-elle d'une voix sonore, par lesquels nous fut révélée la parole divine, je jure devant Dieu et devant saint Pierre qu'une telle conversation n'a jamais eu lieu. Que Dieu me foudroie sur-le-champ si je mens !

Ce geste spectaculaire porta ses fruits. Un silence respectueux suivit, durant lequel nul n'osa faire un geste.

Tout à coup, Anastase s'avança à la hauteur de Daniel.

– Je suis prêt à servir de *sacramentale* à cet homme, lança-t-il hardiment.

Le cœur de Jeanne se serra. Anastase ripostait à la perfection. Il venait d'invoquer la loi de la *conjuratio*, selon laquelle la culpabilité ou l'innocence était déterminée par le nombre de *sacramentales*, ou garants du serment, que chaque partie était capable de réunir.

Prompt à réagir, Arsène se leva à son tour et se joignit à son fils. Plusieurs autres l'imitèrent, un par un. Jordanes, le secundicerius, qui naguère s'était opposé à Jeanne dans le débat sur l'école des femmes, était du nombre, de même que Victor, le sacellarius.

Jeanne se rappela la façon dont Gerold lui avait enjoint de se montrer plus diplomate avec ses adversaires. Dans sa hâte à aller de l'avant, elle n'avait pas assez prêté attention à ses avertissements.

À présent, l'heure des comptes était venue.

– Je suis prêt à me porter sacramentale pour le superista ! lança une voix venue du fond de la salle.

Tous les regards se braquèrent sur Radoin, le commandant en second de la garde papale, qui se frayait un chemin à travers la foule. Très raide, il vint se planter à côté de Gerold. Son geste en incita d'autres à faire de même. Peu après, Juvianus, le doyen des intendants, s'avança, suivi des cardinaux Joseph et Théodore, de six évêques suburbains, et de plusieurs dizaines de membres du bas clergé qui, plus près du peuple, savaient mieux que quiconque apprécier tout ce que Jeanne avait fait pour Rome. Hésitant à prendre parti, le reste de l'assemblée ne bougea pas.

Lorsque tous ceux qui souhaitaient se prononcer l'eurent fait, on fit les comptes : cinquante-trois sacramentales du côté de Gerold, soixante-quatre en faveur de Daniel.

Lothaire s'éclaircit la gorge.

– Dieu a rendu son jugement de la façon la plus nette qui soit. Avance, superista, pour entendre notre sentence.

Les gardes voulurent empoigner Gerold, qui se dégagea d'un geste rageur.

– Quel que soit le nombre de ceux qui sont prêts à se parjurer, l'accusation est fausse ! Je demande l'ordalie !

Jeanne retint son souffle. Ici, dans le sud de l'Empire, le jugement de Dieu se faisait par le feu, non par l'eau. L'accusé devait marcher pieds nus sur neuf socs de charrue chauffés à blanc. S'il y parvenait, il était déclaré innocent. Mais rares étaient ceux qui survivaient à un tel supplice.

Le regard de Gerold traversa la salle pour se vriller sur Jeanne. *N'interviens pas*, sembla-t-il lui dire.

À l'évidence, il avait l'intention de se sacrifier pour elle. S'il réussissait l'épreuve, son innocence – et celle de Jeanne – serait prouvée. Mais il était plus probable qu'il mourût en chemin.

Comme Hrotrud, songea Jeanne. Le souvenir de la triste fin de la sage-femme d'Ingelheim fit naître en elle une soudaine inspiration.

– Avant de poursuivre, intervint-elle, je souhaiterais poser quelques questions au maître des milices.

– Des questions ? répéta Lothaire, surpris.

– Voilà qui est hautement irrégulier, protesta Anastase. Si le superista désire affronter le jugement de Dieu, c'est son droit. À moins que Sa Sainteté ne mette en doute le bien-fondé de la justice divine ?

– Pas le moins du monde, répondit Jeanne. Pas plus que je ne méprise le bien-fondé de la raison, qui nous fut donnée par Dieu. Quel mal y a-t-il à poser quelques questions ?

Incapable de trouver une réponse satisfaisante, Anastase haussa les épaules et se replia dans le silence, visiblement vexé.

En son for intérieur, Jeanne se répéta les six questions probatoires de Cicéron.

Quis ?

Elle se tourna vers Daniel.

– Qui, à part toi, fut témoin de la conversation supposée que tu as surprise ?

– Personne. Mais le témoignage de ces sacramentales garantit ma bonne foi.

Quomodo ?

– Comment as-tu fait pour entendre une conversation aussi confidentielle ?

Daniel n'hésita qu'un instant.

– En me dirigeant vers le dortoir, je suis passé devant le triclinium. Voyant les portes entrouvertes, je me suis approché pour les refermer. C'est à ce moment-là que j'ai reconnu la voix du superista.

Ubi ?

– Où le superista se tenait-il ?

– Devant le trône.

– À peu près à la même place que maintenant ?

– Oui.

Quando ?

– Quand cela s'est-il passé ?

Daniel tira nerveusement sur la manche de sa tunique. Les questions s'enchaînaient si vite qu'il n'avait pas le temps de réfléchir.

– Eh bien… le jour de la Sainte-Agathe.

Quid ?

– Et qu'as-tu entendu exactement ?

– Je l'ai déjà déclaré à la cour.

– S'agit-il des termes employés par le superista, ou d'un compte rendu approximatif de la conversation ?

Daniel esquissa un sourire. Le pape Jean le croyait-il assez stupide pour tomber dans un piège aussi grossier ?

– Ce sont précisément les termes employés par le superista.

Jeanne se pencha en avant.

– Voyons si je t'ai bien compris, magister militum. Selon toi, le jour de la Sainte-Agathe, aux portes du triclinium, tu as surpris une conversation au cours de laquelle le superista m'a déclaré que Rome devrait s'allier aux Grecs.

– C'est exact.

Jeanne se tourna vers Gerold.

– Où étais-tu le jour de la Sainte-Agathe, superista ?

– À Tivoli, où s'achevaient les travaux de rénovation de l'aqueduc de l'Aqua Marcia.

– Quelqu'un pourrait-il en témoigner ?

– Des dizaines d'hommes ont travaillé avec moi du matin au soir. Tous pourraient dire ce que j'ai fait ce jour-là.

– Comment expliques-tu ce fait, magister militum ? Il m'a toujours paru qu'un homme pouvait difficilement se trouver en deux endroits au même moment.

Daniel pâlissait à vue d'œil. Ses lèvres s'agitèrent en un effort désespéré pour former une réponse.

– Ne serait-il pas possible que tu te sois trompé de date, magister militum ? demanda Anastase. Après autant de temps, les dates sont parfois difficiles à se remémorer.

Daniel saisit la perche au vol.

– Oui, tu as raison. Tout bien réfléchi, la chose s'est passée plus tôt, à… à la Saint-Ambroise, et non à la Sainte-Agathe. Je me suis trompé.

– Celui qui se trompe une fois peut se tromper une seconde fois, lâcha Jeanne. Mais revenons à ton témoignage. Tu dis avoir entendu chaque mot de cette conversation ?

– Oui, répondit lentement Daniel, méfiant.

– Tu as l'ouïe fine, magister militum. Je te prie de faire la démonstration de cette extraordinaire acuité en renouvelant ton exploit.

– Pardon ? fit Daniel, hagard.

– Prends place derrière les portes comme tu le fis ce soir-là. Le superista dira quelques mots. À ton retour, tu nous les répéteras…

– Quel artifice est-ce là ? s'indigna Anastase.

Lothaire jeta sur Jeanne un regard réprobateur.

– Votre Sainteté, l'usage de tours de jongleur risque fort d'entacher la solennité de ce jugement.

– Sire, ce n'est pas un tour de jongleur que j'ai en tête, mais une mise à l'épreuve. Pour que Daniel ait dit vrai, il faut qu'il soit capable d'entendre le superista aujourd'hui comme alors.

– Je proteste, mon roi ! s'exclama Anastase. Un tel procédé est entièrement contraire au droit coutumier !

Lothaire réfléchit. En un sens, Anastase avait raison. L'usage de preuves pour fonder ou réfuter une accusation était une idée singulière. D'un autre côté, l'empereur n'avait aucune raison de croire que Daniel mentait.

Celui-ci réussirait à coup sûr la curieuse épreuve imaginée par le pontife, ce qui ne ferait que renforcer la crédibilité de son témoignage. Trop de choses dépendaient de l'issue de ce procès pour que son déroulement pût prêter le flanc à des critiques ultérieures.

– Faites, lâcha l'empereur avec un geste autoritaire.

À contrecœur, Daniel traversa la grande salle et alla se poster derrière les portes.

Jeanne posa un doigt en travers de ses lèvres pour faire signe à Gerold de garder le silence.

– *Ratio in lege summa justitia est*, prononça-t-elle d'une voix forte. « La raison est la plus haute justice en matière de droit. »

Elle ordonna ensuite à un garde d'aller chercher Daniel.

– Eh bien ? l'interrogea-t-elle sitôt que celui-ci fut revenu. Qu'as-tu entendu ?

Pris de court, Daniel chercha une réponse vraisemblable.

– Le... le superista a répété ses protestations d'innocence, finit-il par grommeler.

Tous ceux qui s'étaient avancés pour cautionner ses dires poussèrent des cris de désarroi. Écœuré, Anastase détourna la tête. Les épais sourcils noirs de Lothaire se froncèrent un peu plus.

– Il n'a rien été dit de tel, affirma Jeanne. D'ailleurs, ce n'est pas le superista qui a parlé, mais moi seul.

Daniel laissa exploser sa colère.

– Quelle différence cela fait-il, après tout, si j'ai bien entendu ou non la conversation en question ? Vos actes ont amplement montré de quel côté penche votre sympathie ! N'avez-vous pas ordonné évêque le Grec Nicéphore ?

– Ah ! s'exclama Jeanne. Voilà qui répond à la dernière des questions probatoires : *Cur ?* C'est-à-dire pourquoi. Pourquoi as-tu menti à l'empereur en prétendant avoir entendu ce dialogue ? Ce n'était point le désir de vérité qui t'animait, Daniel, mais la seule envie, car tu convoitais cet évêché pour ton fils !

– Honte à lui ! s'écria une voix dans l'assistance, aussitôt reprise par d'autres.

– Traître !

– Menteur !

– Fripon !

Les témoins de Daniel eux-mêmes se mirent à l'insulter, impatients de reprendre leurs distances.

Jeanne leva une main pour ramener l'assemblée au silence. Chacun attendit, retenant son souffle, qu'elle prononçât une sentence à l'encontre de Daniel. Pour un crime aussi lourd, le châtiment se devait d'être sévère : à coup sûr, la langue qui avait osé proférer de tels mensonges serait tranchée. Par la suite, Daniel serait probablement écartelé.

Mais Jeanne ne tenait pas à lui faire payer un prix aussi élevé. Elle avait atteint son but en innocentant Gerold. Daniel était un être détestable, aigri et cupide, mais après tout, il n'était pas plus malfaisant que certains autres. En outre, elle en était certaine, il n'avait été qu'un outil aux mains d'Anastase.

– Magister militum Daniel, déclara-t-elle d'un ton grave, à partir de cet instant, tu es privé de ton titre, de tes terres et de tes privilèges. Tu devras quitter Rome aujourd'hui même et resteras à jamais banni de la cité sainte et de ses sanctuaires.

L'assistance s'émerveilla de ce déploiement inattendu de *caritas*. Eustathe, l'archiprêtre, saisit l'occasion au vol :

– Loués soient Dieu et saint Pierre, Prince des apôtres, grâce à qui la vérité s'est manifestée ! Et longue vie à notre seigneur et pontife suprême, le pape Jean !

– Longue vie ! répéta la foule.

Les vivats résonnèrent longtemps entre les murs de la salle, faisant trembler les lampes dans leurs torchères d'argent.

– Qu'espérais-tu ? gronda Arsène, faisant nerveusement les cent pas devant son fils, assis sur un divan. Le pape Jean est peut-être naïf, mais ce n'est pas un imbécile. Tu l'as sous-estimé.

– C'est vrai, concéda Anastase. Mais peu importe. Me voici de retour à Rome, qui plus est avec le soutien de Lothaire et de ses armées.

Arsène s'arrêta net.

– Que veux-tu dire par là ? demanda-t-il, cassant.

– Je veux dire, Père, que je suis désormais en position de prendre de force ce que nous n'avons pas réussi à obtenir par le vote.

– Prendre le trône de force ? Maintenant ?

– Et pourquoi pas ?

– Tu es resté loin de Rome trop longtemps, mon fils. Je crains que tu n'apprécies pas bien notre situation. Il est vrai que le pape Jean s'est fait quelques ennemis, mais nombreux sont ceux qui le soutiennent encore.

– Que suggérez-vous, dans ce cas ?

– Sois patient. Repars chez les Francs, affûte tes armes, et attends.

– Attendre quoi ?

– Que tourne le vent du destin.

– Quand cela se produira-t-il ? J'ai suffisamment attendu pour prétendre à ce qui me revient de droit !

– Un mouvement précipité serait dangereux. Rappelle-toi ce qui est arrivé à Jean le Diacre.

Jean le Diacre était le candidat malheureux à l'élection qui avait placé Serge sur le trône pontifical. Après le scrutin, furieux, il avait marché sur le Latran à la tête d'une troupe d'hommes en armes et s'était emparé du trône de force. Mais les princes de la ville s'étaient tous unis contre lui ; en quelques heures, le palais avait été repris, et l'usurpateur déposé. Le lendemain, à l'heure où Serge avait été sacré en grande pompe, la tête tranchée de Jean grimaçait au sommet d'une pique plantée dans la cour du Latran.

– Une telle mésaventure ne m'arrivera pas, Père, déclara Anastase, plein de confiance. J'ai pensé à tout. Et Dieu sait que j'ai eu du temps pour penser durant toutes ces années d'exil au fin fond d'une contrée perdue.

Son ton de reproche implicite n'échappa pas à Arsène.

– Et que proposes-tu au juste ?

– Mercredi aura lieu la grande fête des Rogations. La messe sera dite à Saint-Pierre, après les stations. Le pape Jean mènera en personne la procession jusqu'à la basilique. Nous attendrons qu'il soit loin et nous prendrons le Latran par surprise. Tout sera terminé avant même qu'il se soit aperçu de quoi que ce soit.

– Lothaire ne lancera pas ses troupes contre le Latran. Il sait qu'un tel geste suffirait à soulever toute la ville contre lui, y compris ses plus fidèles partisans.

– Nous n'avons pas besoin des troupes de Lothaire. Mes hommes suffiront amplement. Dès lors que je serai en possession du trône, l'empereur m'offrira son soutien. Je n'ai aucun doute là-dessus.

– Peut-être, fit Arsène, mais la prise du palais pontifical ne sera pas facile. Le superista est un guerrier valeureux, et la milice lui est dévouée corps et âme.

– Le superista s'intéresse avant tout à la sécurité de la personne du pape. En raison de la présence de l'armée impériale, Gerold choisira certainement d'escorter la procession avec la majeure partie de ses cavaliers.

– Et ensuite ? Tu dois te douter que Gerold lancera contre toi toutes les forces disponibles.

Anastase sourit.

– Ne vous faites point de souci pour Gerold, Père. J'ai un plan en ce qui le concerne.

Arsène secoua la tête.

– Ton entreprise est hasardeuse. Un échec signifierait la ruine de notre famille – la fin de tout ce pour quoi nous avons tant œuvré durant toutes ces années.

Il a peur, se dit Anastase. Cette révélation fit éclore en lui une sorte d'étrange satisfaction. Toute sa vie, il s'était reposé sur l'aide et les conseils de son père, et cela n'avait pas été sans une certaine aigreur. Pour une fois, il était en mesure de prouver qu'il était le plus fort. Il considéra Arsène avec un mélange d'amour et de pitié. *Peut-être est-ce cette même peur*, se dit-il, *et ce défaut de volonté au moment crucial qui l'ont toujours empêché d'accéder à la gloire.*

Son père, lui aussi, le dévisageait curieusement. Dans les profondeurs de ses prunelles, dont les ans avaient fini par ternir l'éclat, Anastase crut lire de l'inquiétude, mais aussi un autre sentiment, un sentiment qu'il n'y avait jamais vu : le respect.

Il plaça une main sur l'épaule paternelle.

– Faites-moi confiance, Père. Vous serez bientôt fier de moi, je vous le promets.

Les Rogations étaient une fête fixe, invariablement célébrée le 25 avril. Comme tant d'autres commémorations de même nature – l'Oblation, la fête du Trône de saint Pierre, les quatre-temps, la Noël –, ses racines remontaient à l'ère païenne. Dans la Rome antique, le 25 avril était la date des Robigalia, fêtes en l'honneur de Robigo, divinité que l'on invoquait pour préserver les céréales de la rouille du blé. Les Robigalia étaient un festival plein d'allégresse, comportant une grande procession qui traversait toute la ville jusqu'à un champ de maïs, où des animaux étaient solennellement sacrifiés. Cette procession était suivie de courses, de jeux et d'autres formes de divertissement dans les prés voisins. Plutôt que de chercher à supprimer cette tradition de longue date, ce qui n'eût fait qu'éloigner ceux qu'ils cherchaient à convertir à la foi chrétienne, les premiers papes choisirent sagement de maintenir ces festivités, en leur conférant un caractère plus chrétien. La procession des Rogations se dirigeait toujours vers un champ de maïs, mais elle s'arrêtait d'abord à la basilique Saint-Pierre, où l'on célébrait une messe en grande pompe pour honorer le Seigneur et le supplier, par l'entremise des saints, de bénir la future moisson.

Cette année, le temps avait choisi de coopérer : le ciel, aussi bleu qu'une étoffe fraîchement teinte, était dénué de la moindre trace de nuage. Le soleil répandait une lumière dorée sur les arbres et les toitures, et la caresse bienvenue d'une brise du nord tempérait sa chaleur.

Jeanne chevauchait au milieu de la procession aux bannières chamarrées, derrière les acolytes et les defensores, à pied, et les sept diacres régionaux, qui eux allaient à cheval. Suivaient les optimates et les autres dignitaires du palais apostolique. Au moment où le long cortège traversait la cour du Latran et passait devant la statue de bronze de la Louve, Jeanne s'agita nerveusement sur son blanc palefroi. Sa selle devait avoir été mal mise, car déjà son dos était saisi de douleurs sourdes qui revenaient à intervalles réguliers.

Gerold, imité par les autres cavaliers de la garde, passait son temps à remonter et à redescendre la procession à cheval. À un moment donné, il s'arrêta à la hauteur de Jeanne, plus beau que jamais dans son armure d'apparat.

– Ne te sens-tu pas bien ? lui glissa-t-il. Tu es pâle.

– Tout va bien, répondit-elle avec un sourire forcé.

Dès que la procession déboucha sur la Via Sacra, Jeanne fut saluée par un tonnerre d'acclamations. Conscient de la menace que représentaient Lothaire et son armée, le peuple de Rome était venu en nombre pour manifester son amour et son soutien au pape. La foule se massait sur vingt pieds de chaque côté de la chaussée, lançant cris et vivats, de sorte que les gardes étaient fréquemment obligés de repousser les badauds pour ouvrir un passage au cortège. Si Lothaire avait encore eu besoin d'une preuve de la popularité de Jeanne, il était servi.

Chantant et agitant leurs encensoirs, les acolytes furent les premiers à s'engager sur cette voie antique, empruntée par les papes depuis la nuit des temps. Leur pas était encore plus lent qu'à l'accoutumée, car de nombreux requérants attendaient le pontife au bord de la route ; et selon la coutume, la procession s'arrêtait chaque fois qu'il le fallait pour que Jeanne entendît leurs doléances. Lors d'une de ces haltes, une vieille femme aux cheveux gris et au visage balafré se jeta au sol devant elle.

– Pardonnez-moi, Très Saint Père ! hurla la femme. Pardonnez-moi pour le mal que je vous ai fait !

– Lève-toi, brave femme, et sèche vite tes pleurs, répondit Jeanne. Car je ne vois point que tu m'aies fait le moindre mal.

– Ai-je à ce point changé ? Ne me reconnaissez-vous plus ?

Quelque chose, dans ces traits ravagés, éveilla soudain un souvenir au tréfonds de la mémoire de Jeanne.

– Serait-ce toi, Marioza ? s'exclama-t-elle, incrédule. Mon Dieu, que t'est-il arrivé ?

La courtisane semblait avoir vieilli de trente ans depuis leur rencontre. Elle porta tristement une main à son visage défiguré.

– Le baiser du poignard, soupira-t-elle. Vous avez sous les yeux le cadeau d'adieu d'un amant jaloux.

– *Deus misereatur !*

– « Ne compte pas bâtir ta fortune sur les faveurs des hommes », m'avez-vous dit un jour. Eh bien, vous aviez raison ! L'amour des hommes m'a conduite à ma perte.

Ainsi Dieu m'a-t-il punie du mauvais tour que je vous ai joué jadis. Pardonnez-moi, Très Saint Père, si vous ne voulez pas me voir damnée pour les siècles des siècles !

Jeanne traça à la hâte un signe de croix au-dessus de sa tête.

– Je te pardonne volontiers, Marioza, et de tout mon cœur.

La courtisane saisit la main de Jeanne et la baisa avec ferveur.

Sous les applaudissements du peuple, la procession reprit son chemin. Comme l'on passait devant l'église Saint-Clément, Jeanne perçut une soudaine agitation sur sa gauche. Au fond de la foule, un groupe de gueux se mit à jeter une pluie de pierres en direction du cortège. L'une d'elles atteignit son palefroi à l'encolure. L'animal se cabra, soulevant Jeanne de sa selle, sur laquelle elle retomba lourdement. Une terrible douleur s'empara d'elle. Hébétée et haletante, elle n'eut que le temps d'agripper ses rênes dorées. Les diacres les plus proches se précipitèrent pour la secourir.

Gerold fut le premier à repérer les fauteurs de troubles. Il piqua sa monture et avança sur eux avant même que la première pierre eût quitté leurs mains.

Le voyant approcher, les coquins déguerpirent. Gerold se lança à leur poursuite. Arrivés devant le parvis de l'église Saint-Clément, les fuyards firent volte-face, sortirent des armes des replis de leurs manteaux, et fondirent sur lui.

Avec un signe aux gardes qui le suivaient, Gerold tira son glaive. Mais nulle réponse, nul martèlement de sabots ne s'éleva dans son dos. Et quand les gueux l'encerclèrent à la façon d'un essaim de guêpes, il était seul. Gerold s'efforça de manier son épée à l'économie, s'assurant de ne porter que des coups voués à atteindre leur but. Il blessa ainsi quatre de ses assaillants. À un certain moment, touché d'un coup de dague à la cuisse, il se laissa tomber à bas de son cheval et feignit d'être évanoui, mais garda une main crispée sur la poignée de son glaive.

À peine eut-il touché terre qu'il se remit debout, épée brandie. Avec un cri de surprise, son agresseur le plus proche se jeta sur lui. Gerold s'écarta, prit le coquin à revers et lui entailla le bras d'un coup de glaive puissant. L'homme s'enfuit, tout ensanglanté. Plusieurs autres marchèrent sur Gerold, mais celui-ci venait de reconnaître les voix de ses gardes derrière lui. Les renforts l'auraient rejoint en quelques secondes. Il choisit de reculer tout en gardant un regard vigilant sur les gueux.

La dague, surgissant derrière lui, s'enfonça entre ses côtes sans un bruit, aussi furtivement qu'un voleur s'introduit dans un sanctuaire. Avant qu'il pût comprendre ce qui se passait, ses genoux se dérobèrent et il s'affaissa lourdement sur le sol. À peine eut-il le temps de s'étonner de l'absence de douleur – il ne sentit que la chaleur poisseuse des flots de sang qui ruisselaient le long de son échine.

Un concert de cris s'éleva au-dessus de sa tête, suivi d'un grand fracas de métal. Ses gardes venaient d'arriver, et s'employaient à mettre les gueux en déroute. *Je dois les aider*, se dit Gerold. En voulant ramasser son glaive, tombé à terre près de lui, il s'aperçut qu'il était absolument incapable de remuer sa main.

Jeanne avait vu Gerold se ruer aux trousses des émeutiers. Elle avait aussi vu ses hommes essayer de le suivre, aussitôt retenus par un cordon humain qui venait de se former du même côté de la chaussée, comme en réponse à un ordre invisible.

Un traquenard ! Elle voulut crier un avertissement, mais ses mots se perdirent dans le vacarme ambiant. Elle tenta d'ordonner à son cheval de rejoindre Gerold, mais les diacres, méfiants, le retinrent par la bride.

– Laissez-moi aller ! s'exclama-t-elle. Lâchez-moi !

Elle ne fut pas obéie. Impuissante, elle vit les gueux cerner Gerold, tendre les bras vers lui, agripper sa ceinture, sa tunique, ses membres, et le faire glisser à bas de sa selle. Sa chevelure de feu lança un dernier éclair, et il fut englouti au cœur de la mêlée.

Jeanne sauta à bas de son palefroi et se mit à courir, en se frayant un chemin entre les acolytes effarés. Lorsqu'elle atteignit enfin le bord de la chaussée, la foule s'entrouvrait déjà devant les gardes, de retour avec le corps inerte de leur chef.

On déposa Gerold par terre. Elle s'agenouilla près de lui. Un filet de sang s'échappait de la commissure de ses lèvres. En hâte, elle retira son pallium, le froissa, et le pressa contre la blessure de son dos, dans l'espoir d'endiguer l'hémorragie. C'était peine perdue. En quelques minutes, l'épaisse étoffe fut gorgée de sang.

Leurs yeux échangèrent un regard intense, un regard empreint d'amour et de douloureuse résignation. Un effroi indicible s'empara soudain de Jeanne.

– Non ! s'écria-t-elle en le serrant dans ses bras, comme si cette étreinte pouvait suffire à repousser l'inévitable. Ne meurs pas, Gerold ! Ne me laisse pas seule !

Il leva vaguement une main. Quand elle la prit dans la sienne, il réussit à grimacer un sourire.

– Ma perle…

Sa voix était faible, comme si elle venait de très loin.

– Résiste, Gerold, reste avec nous. Nous allons te ramener au Latran. Nous…

Jeanne le sentit partir avant même son dernier soupir, avant même que son grand corps ne se fût tout à coup affaissé entre ses bras. Elle se pencha encore, lui caressa longuement la chevelure, le visage. Il gisait, inerte et paisible, les lèvres entrouvertes, les yeux levés vers le ciel.

Ce n'était pas possible. Son esprit était forcément resté près d'elle. Elle allait le revoir, il suffisait de le chercher. Elle regarda tout autour d'elle. S'il se cachait dans les parages, il lui adresserait un signe. S'il était encore quelque part, il le lui ferait savoir.

Elle ne vit rien. Ne sentit rien. Dans ses bras gisait un cadavre, un cadavre doté de son visage.

– Dieu l'a rappelé à lui, soupira Desiderius.

Elle ne fit pas un geste. Tant qu'elle le tiendrait dans ses bras, il ne serait pas entièrement parti. Une part de lui resterait auprès d'elle.

Desiderius lui prit le bras.

– Menons-le jusqu'à l'église.

À travers un brouillard, elle entendit et comprit. L'archidiacre avait raison : il ne fallait pas que Gerold restât en pleine rue, sous les regards curieux de cette foule inconnue. Elle devait veiller à ce qu'on lui rendît dignement les derniers honneurs ; c'était tout ce qu'elle pouvait faire pour lui.

Elle le reposa doucement sur le sol, comme si elle craignait de lui faire mal, puis ferma ses paupières et croisa ses bras sur sa poitrine afin que les gardes pussent l'emporter dignement.

À l'instant où elle voulut se relever, elle fut prise d'une douleur si violente qu'elle se courba en deux et retomba à terre avec un hoquet. Son corps se souleva en une série d'effroyables spasmes. Une formidable pression lui broya la poitrine, comme si un poids énorme s'était soudain écrasé sur elle. Cette pression descendit peu à peu vers son aine, toujours plus forte, si forte qu'elle crut que ses entrailles allaient se déchirer.

L'enfant. Il va naître.

– Gerold ! hurla-t-elle avec un râle de douleur.

Il ne pouvait plus rien pour elle. Elle était seule.

– *Deus misereatur !* s'exclama Desiderius. Sa Sainteté est possédée par le démon !

La foule, frappée d'une terreur extrême, se mit à crier et à gémir.

Aurianos, le doyen des exorcistes, s'avança en hâte et aspergea Jeanne d'eau bénite.

– *Exorcizo te, immundissime spiritus, omnis incursio adversarii, omne phantasma...*

Tous les regards étaient fixés sur elle. Chacun s'attendait à voir l'esprit malin s'échapper de sa bouche ou de son oreille.

Elle hurla encore une fois au moment où, après une ultime contraction de douleur, la terrible pression s'estompa soudain, expulsée de ses entrailles dans un grand flot de sang.

La voix d'Aurianos se tut, remplacée par un silence médusé.

Sous l'ourlet de l'ample robe blanche du pontife, désormais teintée de sang, le corps minuscule et bleuâtre d'un fœtus mort-né venait d'apparaître.

Desiderius fut le premier à retrouver l'usage de la parole.

– C'est un miracle ! s'exclama-t-il, tombant à genoux.

– Sorcellerie ! cria quelqu'un d'autre.

Tous se signèrent.

La foule se pressa pour voir ce qui s'était passé. On jouait des coudes, on se bousculait, on écrasait les pieds de son voisin pour parfaire son point de vue.

– Reculez ! criaient les diacres, agitant leurs crucifix comme autant de gourdins pour repousser la foule, de plus en plus houleuse.

Quelques échauffourées se déclarèrent au pourtour de la procession. Les gardes intervinrent avec brutalité.

Jeanne assista à toutes ces choses de très loin. Gisant sur le pavé dans une mare de son propre sang, elle se sentait peu à peu saisie d'une miraculeuse sensation de paix. La rue, la foule, les bannières de la procession s'auréolèrent dans son esprit d'une étrange lumière. On eût dit que tous ces éléments formaient la trame d'une gigantesque tapisserie dont elle venait seulement, enfin, de cerner le motif.

Elle sentit son esprit s'épanouir en elle et combler son vide intérieur. Elle était à présent baignée d'une glorieuse lumière. La foi et le doute, la volonté et le désir, le cœur et la raison… Tout cela ne faisait qu'un. Tout cela était Dieu.

La lumière s'accentua encore. Avec un ultime sourire, Jeanne partit à sa rencontre au moment où les bruits et les couleurs du monde se dissolvaient dans l'invisible, tel le disque lunaire à l'orée de l'aube.

Épilogue

Quarante-deux ans plus tard

Anastase, assis devant un pupitre de la salle des copistes du Latran, rédigeait une lettre. Sa main raidie par l'arthrose et la vieillesse le faisait souffrir à chaque mouvement de plume. Cependant, en dépit de la douleur, il continua d'écrire. Cette missive, de la plus haute urgence, devait être envoyée sans délai.

« À Sa Majesté le vénérable empereur Arnoul », inscrivit-il en en-tête.

Lothaire n'était plus de ce monde depuis longtemps : il avait péri quelques mois après son départ de Rome. Son trône était d'abord revenu à son fils Louis II, puis, à la mort de celui-ci, au neveu de Lothaire, Charles le Gros, tous deux des rois faibles et dénués de personnalité. Le décès de Charles, en 888, avait scellé le sort de la lignée carolingienne, inaugurée par l'illustre Charlemagne. Arnoul, duc de Carinthie, avait alors réussi à s'emparer du trône au détriment d'un bataillon de prétendants. Dans l'ensemble, Anastase avait plutôt vu ce changement d'un bon œil. Arnoul était plus perspicace et plus puissant que Lothaire. Anastase comptait justement faire appel à ces qualités, car il était grand temps de faire quelque chose au sujet du pape Étienne VI.

Le mois précédent, à la grande horreur de toute la noblesse de Rome, Étienne avait fait scandale en ordonnant que l'on fît venir au Latran la dépouille de Formose, l'un de ses prédécesseurs. Après avoir fait installer le cadavre sur un siège d'accusé, Étienne avait présidé à une caricature de « procès ». Non content d'accabler le défunt de toutes sortes de calomnies, il lui avait fait trancher trois doigts de la main droite – celle qui portait l'anneau papal – en guise de châtiment pour les crimes que Formose venait d'« avouer ».

« J'en appelle à Votre Majesté, écrivit Anastase, pour intervenir à Rome et mettre un terme aux excès de notre pontife, qui sont la honte de toute la chrétienté. »

Une soudaine crampe fit trembler sa plume. Quelques gouttes d'encre se répandirent sur le parchemin. Jurant dans sa barbe, Anastase essuya les taches, posa sa plume et étira ses doigts, en les massant pour soulager la douleur.

Il est bien étrange, se dit-il avec une pointe d'amertume, *qu'un homme tel qu'Étienne ait pu accéder à la papauté, alors que moi-même, que ma naissance et mon savoir prédestinaient naturellement à cette dignité, n'y suis jamais parvenu.*

Il était passé tout près du but. Après la mort honteuse de la papesse, Anastase avait occupé le Latran, revendiquant le trône de Pierre avec la bénédiction de l'empereur Lothaire.

Que n'eût-il accompli si on l'avait laissé régner ! Hélas, le destin en avait décidé autrement. Une poignée de clercs, peu nombreux mais influents, s'était farouchement opposée à lui. Pendant plusieurs mois, la question de la succession papale avait été âprement débattue. En fin de compte, convaincu qu'une partie substantielle de la population romaine ne voudrait jamais d'Anastase pour pape, Lothaire lui avait retiré son soutien. Anastase avait été déposé, puis ignominieusement expédié dans un monastère du Trastévère.

À ce moment-là, ils ont tous cru que j'étais un homme fini, se dit-il. *Mais c'était me sous-estimer.*

Avec patience, talent et diplomatie, il avait réussi son retour, gagnant enfin la confiance du pape Nicolas. Celui-ci l'avait nommé bibliothécaire, position de prestige et de grand pouvoir qu'il détenait depuis plus de trente ans.

Ayant atteint l'âge inouï de quatre-vingt-sept ans, Anastase était à présent admiré, vénéré et universellement loué pour son immense savoir. Des érudits, des hommes d'Église venus du monde entier affluaient à Rome pour le rencontrer et admirer son chef-d'œuvre, le *Liber pontificalis*, chronique officielle de la vie des papes. Un mois plus tôt encore, l'archevêque franc Arnaldo lui avait demandé la permission de recopier le manuscrit pour sa cathédrale, faveur à laquelle Anastase avait gracieusement consenti.

Le *Liber pontificalis* était sa dernière chance d'accéder à l'immortalité en même temps que son ultime legs au monde terrestre. Il contenait aussi sa vengeance finale contre le pire de ses rivaux, l'être honni dont l'élection, en une noire journée de l'an 853, l'avait privé de la gloire à laquelle il semblait promis. Anastase avait tout simplement éliminé la papesse Jeanne de la liste officielle des souverains pontifes : le *Liber pontificalis* ne citait même pas son nom.

Ainsi, la gloire d'Anastase le Bibliothécaire se perpétuerait à travers les âges, tandis que la papesse Jeanne serait perdue, oubliée, rejetée à jamais dans le néant.

Sa crampe avait cessé. Il reprit sa plume et recommença à écrire.

Dans l'atelier des copistes du palais épiscopal de Paris, l'archevêque Arnaldo était penché sur l'ultime page de sa copie du *Liber pontificalis*. Un étincelant rai de soleil s'engouffrait par l'étroite fenêtre, illuminant une nuée de poussière d'or. Arnaldo recopia la ligne finale, relut la page de haut en bas, et reposa sa plume d'un geste las.

Recopier l'intégralité du manuscrit du *Livre des papes* avait représenté un long et difficile labeur. Les scribes du palais n'avaient pas été peu surpris de voir leur archevêque s'atteler en personne à cette tâche plutôt que de la confier à l'un d'entre eux, mais Arnaldo avait d'excellentes raisons d'agir de la sorte. En effet, il ne s'était pas contenté de reproduire le célèbre manuscrit : il l'avait aussi corrigé. Entre la chronique du règne du pape Léon et celle qui concernait le pape Benoît, il avait ajouté un paragraphe consacré à la papesse Jeanne, rendant ainsi à son pontificat la place qui lui revenait dans l'histoire.

Il avait agi par loyauté personnelle autant que par goût de la vérité. Tout comme Jeanne, l'archevêque n'était pas ce qu'il paraissait être. Car Arnaldo, né Arnalda, n'était autre que la fille de l'intendant franc Arn et de sa femme Bona, chez qui Jeanne avait un temps séjourné après s'être enfuie de Fulda. À cette époque, Arnalda n'était qu'une fillette, mais elle n'avait jamais oublié Jeanne – ses yeux doux et intelligents, le plaisir de leurs leçons quotidiennes, et leur fierté partagée le jour où Arnalda avait réussi à lire et à écrire ses premiers mots.

Elle se sentait liée à Jeanne par une dette immense, car c'était elle qui avait sauvé sa famille du ténébreux abîme de la pauvreté et de l'ignorance en lui montrant la voie de la lumière, ce qui avait permis à Arnalda d'accéder un jour à sa haute position. Inspirée par l'exemple de Jeanne, elle avait elle aussi choisi, à l'approche de l'âge adulte, de se travestir en homme afin de poursuivre ses rêves.

Combien d'autres ont fait le même choix ? se demanda-t-elle. Ce n'était pas la première fois que cette question l'effleurait. Combien de femmes avaient osé franchir le pas, abandonnant leur identité féminine, renonçant à toute vie de famille à seule fin d'obtenir ce qui leur aurait autrement été interdit ? Qui pouvait le dire ? Arnalda elle-même avait peut-être déjà croisé sans le savoir un autre de ces changelins, une sœur secrète et inconnue, dans la pénombre d'une cathédrale ou d'un cloître.

Cette pensée fit naître un sourire sur ses lèvres. Ayant plongé une main dans les replis de sa robe d'archevêque, elle serra entre ses doigts le médaillon de bois de sainte Catherine accroché autour de son cou. Il ne l'avait jamais quittée depuis le jour où Jeanne le lui avait offert, un demi-siècle plus tôt.

Dès le lendemain, elle ferait relier le manuscrit de cuir et d'or. Quand il serait prêt, elle le déposerait aux archives de la bibliothèque épiscopale. Ainsi resterait-il quelque part une trace de la papesse Jeanne, qui, bien que femme, n'en avait pas moins été un bon et fidèle vicaire de Jésus-Christ. Un jour, sans doute, quelqu'un lirait son histoire et la conterait à son tour.

Ma dette est payée, se dit-elle. *Requiesce in pace, Johanna Papissa.*

Chronologie des principaux événements historiques

814 : Charlemagne meurt le 28 janvier. Jeanne naît le même jour. Louis le Pieux est couronné empereur.

823 : À Rome, le primicerius Théodore et le nomenclator Léon sont assassinés en plein palais. Le pape Pascal prend la défense des meurtriers et frappe d'anathème les victimes, en considérant leur mort comme un acte de justice.

824 : La *Constitutio Romana* confère à l'empereur franc le droit d'entériner tout pape nouvellement élu.

828 : Les Normands pillent Dorstadt.

829 : Gottschalk est libéré de ses vœux monastiques lors du synode de Mayence.

833 : Lothaire, fils de Louis le Pieux, mène la rébellion de ses frères contre leur père. Trahi, puis défait au Champ du mensonge, Louis est déposé.

834 : Une contre-rébellion remet Louis le Pieux sur le trône. Il pardonne à ses fils et leur restitue leurs domaines et privilèges.

840 : Louis le Pieux meurt. Lothaire lui succède.

841 : Les frères de Lothaire, Charles et Louis, se soulèvent contre lui. Les armées royales s'affrontent à Fontenoy le 25 juin. Ce sanglant massacre laisse l'Empire sans défense face aux attaques normandes.

844 : Le pape Grégoire meurt. Serge est élu à sa place. Les armées franques descendent sur Rome pour faire respecter la *Constitutio Romana*.
Les Normands mettent Paris à sac.

846 : Les Sarrasins attaquent Rome et pillent la basilique Saint-Pierre.

847 : Le pape Serge meurt. Élection de Léon. Début de la construction du mur léonin.

848 : Incendie du Borgo. Gottschalk avance sa théorie de la double prédestination.

849 : Les Sarrasins sont vaincus sur mer à Ostie.

852 : Le mur léonin est achevé et consacré le 27 juin.

853 : Léon meurt. Jeanne est élue pape.

854 : Synode de Rome.

Crue du Tibre.

855 : Mort de Jeanne. Anastase s'empare du trône pontifical mais en est chassé deux mois plus tard. Benoît devient pape.

Remerciements

Pour leur assistance au cours de mes recherches, je dois ma reconnaissance à Lucy Burgess de Cornell, à Caroline Suma du Pontifical Institute for Medieval Studies de Toronto, à Eileen DeRycke de l'université de Syracuse, à Elizabeth Lukacs du Lemoyne College, au Dr Paul J. Dine, au Dr Arthur Hoffman, et à M. John Lawrence, ainsi qu'au personnel des bibliothèques de Vassar College et de Hamilton College, de l'université de Pennsylvanie, et de l'université de Californie à Los Angeles. Je remercie tout spécialement Linda McNamara, Gail Rizzo et Gretchen Roberts de l'Onondaga Community College, qui ont déployé une énergie et un talent inépuisables pour m'obtenir de nombreux livres rares dans diverses bibliothèques, tant aux États-Unis qu'à l'étranger. Merci aussi à Lil Kinney, à Liz Liddy et à Susan Brown pour leurs fructueuses recherches, qui ont permis de dénicher de nombreuses informations peu connues concernant le neuvième siècle.

Un certain nombre de personnes ont lu le manuscrit à divers stades de sa rédaction et m'ont éclairée de leur compétence. Je remercie le Dr Joseph Roesch, Roger Salzmann, Sharon Danley, Thomas McKague, David Ripper, Ellen Coin, Maureen McCarthy, Virginia Ruggiero, John Starkweather, et ma mère, Dorothy Woolfolk. Leurs suggestions ont rendu ce livre incommensurablement meilleur qu'il ne l'était.

Je tiens aussi à remercier mon agent, Jean Naggar, qui a accepté de s'engager au vu d'un manuscrit partiel ; Irene Prokop, mon premier éditeur chez Crown, dont la chaleur et l'enthousiasme m'ont tellement encouragée ; et Betty A. Prashker, qui a pris le relais après le départ d'Irene.

Je dois encore remercier ceux qui m'ont soutenue tout au long de mes sept années de recherches et d'écriture : ma fille, Emily, et mon mari, Richard, combattants de première ligne ; ma belle-sœur, Donna Willis Cross, qui a cru en ce livre et en moi à des moments où ma propre confiance vacillait ; Mary Putman, qui a mis les bouchées doubles afin que je sois plus libre d'écrire ; Patricia Waelder et Norma Chini, fidèles alliées qui m'ont permis de bénéficier du temps dont j'avais besoin pour écrire ; Susan Francesconi, dont la compagnie lors de nos longues marches a beaucoup contribué à préserver ma santé mentale ; Joanna Woolfolk, Lisa Strick, James MacKillop, et Kathleen Eisele. Comme le disait Shakespeare, « je suis riche de mes amis ».

Et par-dessus tout, je voudrais remercier mon père, William Woolfolk, à qui ce livre est justement dédié : sans ses conseils et ses encouragements constants, cet ouvrage n'aurait jamais été écrit.

RÉALISATION : NORD COMPO À VILLENEUVE-D'ASCQ
IMPRESSION : CPI FRANCE
DÉPÔT LÉGAL : FÉVRIER 2021. N° 147027 (3040898)
IMPRIMÉ EN FRANCE